CARA SUMMERS

Délicieux fantasmes

INTÉGRALE
UN HIVER BRÛLANT

Traduction française de
CLAIRE NEYMON

SAGAS
HARLEQUIN

Collection : SAGAS

Titre original :
LED INTO TEMPTATION

Ce roman a déjà été publié en 2011

HARPERCOLLINS FRANCE
83-85, boulevard Vincent-Auriol, 75646 PARIS CEDEX 13
Service Lectrices — Tél. : 01 45 82 47 47

www.harlequin.fr

ISBN 978-2-2804-3350-1 — ISSN 2426-993X

Prologue

— Aux nouveaux départs ! s'exclama Naomi Brightman en levant sa flûte de champagne pour trinquer avec ses sœurs.

Il était trop tard désormais pour avoir des regrets. D'habitude, c'était toujours à elle, l'aînée, de se montrer raisonnable, de peser le pour et le contre avant d'agir. Eh bien, pas cette fois ! Grâce à elle, l'affaire était conclue, les papiers dûment signés et elle en était ravie.

A l'instant où elle avait franchi le seuil de Haworth House, elle avait eu le coup de foudre. Perché sur une imposante falaise dominant l'océan et surmonté d'une tour qui semblait vouloir percer le ciel, le manoir l'avait envoûtée. Il lui inspirait des images de romance et de passion et elle s'était mise à rêver, elle qui avait depuis longtemps décidé que fantasmes et réalité ne faisaient jamais bon ménage.

Quoi qu'il en soit, aujourd'hui encore, alors qu'elle fêtait la signature du contrat d'achat, elle demeurait convaincue que le destin avait placé cette maison sur leur route, qu'elle était faite pour elles.

— A notre première entreprise, dit Reese, levant à son tour sa flûte de champagne. La route a été longue pour arriver jusqu'ici.

Naomi avait dix-sept ans, Jillian, seize et Reese, quinze lorsqu'elles avaient, pour la première fois, songé à construire quelque chose ensemble. Elles avaient toujours su que le jour viendrait où il leur faudrait quitter ce pensionnat du sud de la France où elles avaient grandi. Abandonnées par leur père alors que Reese n'était encore qu'une toute petite fille, elles étaient devenues inséparables. A tel point que les sœurs les avaient surnommées « les trois Mousquetaires ». Mais à l'adolescence, il était devenu de plus en plus clair que leurs choix de carrière allaient les séparer.

Jillian adressa un sourire radieux à ses sœurs.

— A notre nouvelle maison !

Tandis qu'elles sirotaient leur champagne, Naomi songea à cette nuit lointaine où elles s'étaient promis de créer quelque chose ensemble. Elles avaient bu du champagne, cette fois-là aussi, mais dérobé dans la cave des sœurs par l'intrépide Jillian.

Aujourd'hui, ce rêve devenait réalité. Elles allaient transformer Haworth House, autrefois résidence d'été de Hattie Haworth, légende du cinéma muet, en un hôtel de charme qui offrirait une excellente cuisine et un décor des plus raffiné.

En tant que juriste, Naomi avait été chargée de monter le projet. Reese, dont la renommée de chef s'étendait désormais au-delà des frontières, s'occuperait de la restauration. Quant à Jillian, nouvellement installée comme antiquaire, elle prendrait en charge l'aménagement et la décoration.

— N'est-ce pas tout simplement parfait ? s'exclama cette dernière avec enthousiasme.

C'était elle qui avait déniché Haworth House, sur Belle Island, au large de la côte du Maine. La maison possédait une histoire qui ne pouvait que la séduire. En effet, tout allait mal dans la vie de Hattie Haworth lorsqu'elle était venue se réfugier ici, dans ce havre de paix.

Hattie n'avait pas su négocier le passage du cinéma muet au parlant. Les studios l'avaient mise sur la touche et son mari l'avait quittée pour une femme plus jeune, à l'avenir plus prometteur.

Reese jeta un coup d'œil circulaire à la pièce qui avait été autrefois le boudoir privé de Hattie.

— Parfait me semble un peu exagéré, non ?

Naomi partageait son avis. La lumière du soleil filtrait à travers les vitres poussiéreuses, révélant l'état de décrépitude de la pièce, du papier peint à la cheminée en partie écroulée.

Imperturbable, Jillian poursuivit :

— Cette tour ne sera pas difficile à rénover et avouez que le reste de la maison est superbe.

Reese sourit.

— C'est vrai. La cuisine a un grand potentiel et la vue sur l'océan est imprenable. Mais cette pièce, en revanche, donne l'impression d'avoir été abandonnée depuis des années.

— C'est le cas, dit Jillian. J'ai effectué des recherches dans la presse locale et au début, juste après la disparition de Hattie, le bruit a couru que son fantôme hantait cette pièce. Les propriétaires ont fait condamner l'accès à la tour. Par la suite, la rumeur s'est estompée, mais aucun des occupants successifs ne s'y aventura plus jamais.

— Et toi, bien sûr, tu t'empresses d'en faire ouvrir l'accès, s'exclama Reese en jetant à Naomi un regard entendu. C'est tout toi, ça !

Jillian leva le menton, piquée au vif.

— Je pense que Hattie est très heureuse de nous avoir ici.

— Que veux-tu dire ? demanda Naomi.

— La première fois que je suis entrée dans cette pièce, j'ai senti sa présence. Venez.

Jillian posa sa flûte, saisit ses sœurs par la main.

— Venez, répéta-t-elle, les entraînant vers le grand miroir ovale suspendu au-dessus de la cheminée.

— Que voyez-vous ?

— Les sœurs Brightman, répondit Naomi.

Une fois de plus, elle s'étonna de voir à quel point elles étaient différentes, toutes les trois. Jillian, la plus petite, avait les cheveux blonds et bouclés et s'habillait en style résolument ethnique, tendance hippie. Reese, la plus grande et la plus piquante, portait ses cheveux noirs très courts et une tenue devenue désormais son uniforme, jean et T-shirt. Elle-même se considérait comme la plus ordinaire des trois avec ses cheveux roux mi-longs, ses yeux gris-vert et son allure très sage. Elle était toujours vêtue de tailleurs stricts, tenue qui s'accordait parfaitement avec le sérieux du cabinet d'avocats pour lequel elle travaillait à Boston.

— Attendez, dit Jillian, l'arrachant brusquement à ses réflexions.

Les secondes s'écoulèrent. Côte à côte, elles fixaient le miroir. L'air s'était étrangement rafraîchi. Jillian serra plus fort leurs mains.

— Vous sentez comme il fait froid, tout à coup ?

— Un véritable réfrigérateur, murmura Reese.

Naomi réprima un frisson.

Soudain, il y eut comme un éclair. Toutes trois retinrent leur souffle tandis qu'une ombre pâle traversait le miroir.

— Vous l'avez vue ? murmura Jillian.

Ses deux sœurs la fixèrent, interloquées.

— Je vous l'avais dit. Elle est là ! s'exclama-t-elle, triomphante. Si elle ne voulait pas de nous ici, elle nous l'aurait fait savoir.

Le silence retomba.

Naomi n'en revenait pas. Avait-elle perdu la tête ? Elle avait vu passer une ombre dans le miroir, elle l'aurait juré. Elle aurait dû intervenir aussitôt, dire à ses sœurs que ce n'était pas possible, qu'elles ne pouvaient pas s'installer à Haworth House dans ces conditions. Mais au lieu de cela, elle se surprit à déclarer d'un ton parfaitement calme :

— Eh bien, il semblerait que notre maison soit déjà habitée.

— Ce n'est pas tout, enchaîna aussitôt Jillian. Il y a autre chose dont je ne vous ai pas encore parlé.

— Autre chose ? s'exclamèrent Reese et Naomi de concert.

— Il existe une pièce secrète.

Jillian s'avança vers le mur, tira sur un levier dissimulé dans les motifs du papier peint. Un panneau coulissa, révélant une petite pièce. Elle était à peine plus grande qu'un placard. Jillian s'y glissa et en ressortit aussitôt, portant un carton à chapeau.

Elles s'approchèrent. Naomi remarqua qu'un morceau de parchemin était fixé sur le couvercle.

« Boîte à fantasmes. Attention ! Celui que vous choisirez deviendra réalité. »

Reese lança à Jillian un regard soupçonneux.

— C'est une plaisanterie.

— Je te jure que non. J'ai découvert la pièce la première fois que je suis venue dans la tour. Mais j'ai préféré vous attendre avant d'ouvrir la boîte. Naomi, tu es l'aînée, à toi l'honneur !

Elle sentit un frisson la parcourir tandis qu'elle soulevait le couvercle. A l'intérieur se trouvaient plusieurs petits morceaux de parchemin pliés. L'appréhension se mêla à la curiosité. La petite note sur le couvercle sonnait vraiment comme un avertissement.

Elle leva les yeux vers ses sœurs.

— On compte jusqu'à trois et on pioche en même temps. Un…

— Deux…, dit Jillian.

— Trois, ajouta Reese.

Elles plongèrent toutes les trois la main dans le carton et sortirent chacune un morceau de parchemin. Durant quelques secondes, seul le bruit étouffé des vagues venant se briser sur les rochers, en contrebas, troubla le silence.

Reese le rompit la première, émettant un petit sifflement.

— Je ne sais pas pour vous, mais ce que dit mon message est d'ordre plutôt intime.

— Moi aussi, dit Jillian.

Seule Naomi ne dit rien. Elle était incapable de parler, incapable de détacher les yeux des mots inscrits sur le parchemin. Ils traduisaient très exactement le fantasme secret qui avait enflammé son imagination lorsqu'elle était adolescente, dans le pensionnat religieux du sud de la France.

Mais qui aurait pu être au courant ? Elle n'en avait jamais parlé à personne, pas même à ses sœurs. C'était une chose interdite, inavouable, qui, pourtant, pendant toute une période, n'avait cessé de l'obséder, la rendant quasiment incapable de penser à autre chose.

Elle avait tellement rêvé de ce plaisir interdit, coupable. Et soudain, ce message…

L'excitation la saisit en songeant à ce qui était inscrit sur le carton à chapeau. « Celui que vous choisirez deviendra réalité. »

1

Un an plus tard…

« Il faut que j'arrive jusqu'à Haworth House. Il le faut absolument. » Naomi se répétait ces mots comme une litanie tandis que le ferry l'emmenait vers Belle Island. Une litanie qui se faisait de plus en plus lancinante depuis que la tour crénelée du manoir était apparue à l'horizon. Elle ne parvenait pas à en détacher son regard et, malgré le vent frais qui avait conduit les passagers à se réfugier à l'intérieur, elle était demeurée sur le pont. Et à présent encore, alors que le bateau avait accosté et que les passagers se pressaient pour débarquer, elle s'attardait auprès du bastingage.

Deux semaines plus tôt, sa vie si bien organisée à Boston avait basculé. Tout d'abord, elle avait perdu toute trace de son fiancé, comme si ce dernier s'était volatilisé dans la nature. Puis le cabinet d'avocats King & Fairchild pour lequel elle travaillait lui avait signifié qu'elle n'était plus considérée comme faisant partie du personnel. Enfin, elle avait appris que le FBI la soupçonnait d'être mêlée à l'escroquerie de cent millions de dollars à laquelle s'était livré son fiancé au cours des six mois qu'avait duré leur relation.

En se remémorant les événements de ces deux dernières semaines, elle n'arrivait toujours pas à croire que tout cela lui soit arrivé, à elle. Elle avait l'impression de voir se dérouler les épisodes d'un feuilleton télévisé. Pourtant, la situation était bien réelle et il s'agissait bien d'elle.

A présent, elle s'accrochait à l'idée que si elle parvenait à gagner Haworth House, elle trouverait le moyen de reprendre sa vie en main, et de se remettre. Hattie y était parvenue, alors pourquoi pas elle ?

Au lointain, une mouette vola un instant autour de la tour avant de s'élever dans le ciel d'un bleu étincelant. Jamais, un an plus tôt, alors qu'elle fêtait l'acquisition de la maison avec ses sœurs, elle n'aurait pu soupçonner que sa vie connaîtrait un destin à ce point parallèle à celui de sa première propriétaire. Et c'était dans cette maison que Hattie était venue se réfugier.

Elle était consciente de fuir, chose qu'elle n'avait encore jamais fait de toute son existence. Comment était-ce possible ? En tant qu'aînée, elle était censée représenter un modèle pour ses sœurs. En l'espace d'un mois, sa vie bien remplie de brillante avocate s'était transformée en un véritable cauchemar.

Elle n'avait pas eu d'autre solution que de quitter Boston. Elle ne supportait plus ces picotements dans la nuque qui la faisaient frissonner des pieds à la tête chaque fois qu'elle se sentait surveillée — et elle l'était vingt-quatre heures sur vingt-quatre. Par le FBI, par la police de Boston, et peut-être par son ex, Michael Davenport. Tout le monde semblait persuadé qu'il allait chercher à entrer en contact avec elle.

Les larmes affluèrent soudain à ses yeux, brouillant sa vue. Elle les refoula, se détourna très vite du bastingage, mordant ses lèvres pour les empêcher de trembler. Elle ne pleurerait pas. Pas question. Elle ne pleurait jamais. Ce n'était pas le moment de perdre courage. Il lui restait une chose à faire, une dernière : comprendre comment elle avait pu se tromper à ce point sur Michael Davenport.

Elle songea soudain à cette dernière soirée où il avait mis un terme à leur relation. Il lui avait donné rendez-vous au Four Seasons. C'était dans ce restaurant qu'ils avaient fait connaissance, six mois auparavant. Elle était en plein dîner en compagnie de clients et de son patron et mentor chez King & Fairchild, Leo King.

Michael prétendait qu'il avait eu le coup de foudre. L'avait-elle eu, elle aussi ? Elle avait tout lieu de le penser. Elle avait été emportée dans cette idylle comme dans un tourbillon. Michael était un grand romantique et il savait merveilleusement s'y prendre. Il y avait eu des fleurs, des petits cadeaux amusants, des bibelots qu'il lui offrait systématiquement en souvenir de chacune de leurs rencontres. « Les présents de Michael », voilà comment elle les appelait. Et elle les conservait tous, alignés sur une étagère, dans son appartement.

Il lui en avait même offert un dernier, le jour de leur rupture. Un souvenir de Boston qu'il avait acheté dans la boutique de l'hôtel. Combien de fois s'était-elle remémoré leur dernière rencontre, dans sa tête, mais aussi face à la police et au FBI ? Des centaines de fois. Michael s'était montré très gentil. Il lui avait dit qu'il devait s'absenter un moment pour affaires. Il avait pris sa main, l'avait embrassée tendrement, promettant de lui donner des nouvelles. Elle n'avait lu que de la sincérité dans son regard. Et elle l'avait cru, comme elle avait cru tout ce qu'il lui avait dit jusque-là.

Naomi Brightman, idiote et crédule !

Et elle n'était pas certaine d'avoir définitivement renoncé à lui. Dans sa hâte à quitter son appartement sans être suivie, elle n'avait pas pris de valise. En revanche, elle avait emporté tous les petits présents de Michael dans le grand sac fourre-tout qu'elle trimballait partout avec elle.

Idiote et crédule ? C'était peu de le dire ! Elle n'était qu'une imbécile.

— Quelque chose ne va pas, mademoiselle ?

Naomi fit volte-face et dut carrément lever la tête pour voir le visage de l'homme qui s'était approché du bastingage. Elle eut l'impression étrange et fugitive de le connaître. Pour quelle raison ? Il était grand, la carrure large, et il portait des lunettes de soleil qui dissimulaient totalement ses yeux. Ce n'était donc pas son regard qui lui donnait l'impression de l'avoir déjà rencontré.

Elle passa rapidement en revue les cheveux sombres qui s'échappaient de la capuche de son coupe-vent, les pommettes hautes, la ligne ferme de la mâchoire. Ce ne fut que lorsque son regard se posa sur sa bouche que la mémoire lui revint brusquement.

Le père Pierre Bouchard.

Cet homme lui rappelait le jeune prêtre français qui avait été son confesseur au pensionnat. En fait, il avait été bien davantage. Elle frissonnait encore en y pensant. A l'âge de quatorze ans, elle était tombée follement amoureuse du jeune et beau prêtre et, pendant plus d'un an, il avait hanté tous ses fantasmes. Cet homme lui ressemblait étrangement.

— Nous nous connaissons ? demanda-t-elle.

Il sourit et Naomi trouva la ressemblance encore plus frappante. Ses joues s'empourprèrent.

— Non. Je ne pense pas que nous nous soyons déjà rencontrés. Vous êtes certaine que tout va bien ?

— Oui, très bien.

Elle scrutait son visage, peu disposée à laisser tomber.

— Vous n'auriez pas été prêtre à Notre-Dame-de-la-Consolation, un pensionnat au sud de Lyon, par hasard ?

— Non, pas du tout.

Elle se sentit soulagée. Il n'était pas le père Bouchard. Comment cela aurait-il été possible, d'ailleurs ? La voix n'était pas la même, ni l'accent. Et puis, par quel hasard extraordinaire se serait-il trouvé à Belle Island ? Et pourquoi l'aurait-elle souhaité, en plus ? Des années s'étaient écoulées sans qu'elle pense à lui. Cependant, depuis un an, il surgissait fréquemment dans ses pensées. En fait, depuis qu'avec ses sœurs, elle avait ouvert la boîte à fantasmes de Hattie Haworth.

Elle n'avait pas oublié un seul mot de ce qui était inscrit sur le morceau de parchemin qu'elle avait pioché : « Ton fantasme secret a toujours été de faire l'amour avec un prêtre. Le moment est venu de goûter enfin au fruit défendu. »

Elle repoussa fermement ce souvenir. Elle avait des problèmes autrement plus importants à régler.

— Désolée, dit-elle. Je vous ai confondu avec quelqu'un.

— Ce n'est pas grave.

Mais cette sensation de le connaître persista néanmoins tandis qu'elle suivait la file des passagers pour quitter le ferry. Arrivée sur le quai, elle ne put résister à l'envie de se retourner. L'homme croisa son regard, le soutint. Cette fois, ce ne fut pas seulement une sensation de familiarité qu'elle éprouva, mais une irrésistible attirance. Elle eut aussitôt envie de rebrousser chemin, d'aller lui parler.

— Ohé, Naomi !

Elle tourna vivement la tête et aperçut Avery Cooper, ami d'université de Jillian qu'elles avaient engagé pour assurer la direction de Haworth House. Son sourire éblouissant lui réchauffa le cœur. Les deux semaines qui venaient de s'écouler n'avaient pas été très gaies, c'était le moins que l'on puisse dire.

Métisse mince et élégant, il était comme à son habitude vêtu d'une chemise gris pâle et d'un pantalon noir. Une fine chaîne en or brillait à son cou, ainsi qu'un petit anneau à son oreille gauche.

Refoulant les larmes qui avaient jailli dans ses yeux, elle courut vers lui. Il lui ouvrit les bras, la souleva contre lui, la faisant tournoyer gaiement.

— Ça, c'est de ma part !

Elle battit encore plus vite des cils, ne voulant pas que ses larmes la trahissent. Lorsqu'il la déposa au sol, il la serra de nouveau contre lui, avec tendresse cette fois-là.

— Et ça, de la part de tes sœurs.

Lorsqu'il s'écarta, la deuxième fois, il l'observa avec plus d'attention.

— J'aime beaucoup ces lunettes de soleil et ce foulard. Tu ressembles à une star des années 1960.

— C'est ce que j'ai trouvé de mieux pour quitter mon appartement sans me faire remarquer.

Elle souleva son sac.

— Et je n'ai même pas pris de valise, j'avais tellement peur qu'on me suive. Ceci dit, le FBI ne m'a jamais interdit de quitter Boston. Et puis, venir à Belle Island, ce n'est pas comme si je cherchais à m'enfuir à l'étranger.

Elle fronça les sourcils.

— Je ne devrais pas me sentir coupable, c'est ridicule.

— C'est ton côté petite fille obéissante qui ressort. Tu crois qu'on t'a suivie ?

— Je ne pense pas. Pour la première fois depuis deux semaines, je ne ressens pas ces horribles picotements dans la nuque.

— Bien.

Avery glissa un bras autour de ses épaules et ils quittèrent le quai, gagnèrent la promenade qui longeait la plage.

— Reese et Jillian sont très contrariées de ne pouvoir être là, dit Avery.

Jillian se trouvait en Europe pour acheter des antiquités et Reese, elle, avait entamé une tournée de promotion pour le livre de cuisine qu'elle venait juste de terminer. A la vérité, Naomi préférait qu'il en soit ainsi. Après tous les événements qui avaient bouleversé sa vie, ces quinze derniers jours, elle avait besoin de passer un peu de temps seule.

— Ma mission, poursuivit Avery, consiste à t'entourer de toutes les attentions qu'elles ne peuvent te prodiguer en personne. Et pour commencer, allons déjeuner.

— Je n'ai pas…

— Faim. Je sais. Je sais.

Avery se voulait compréhensif, mais il l'entraîna néanmoins vers un petit café qui disposait d'une jolie terrasse.

— Allons, fais-moi plaisir. Accordons-nous un petit moment de détente. De retour à l'hôtel, je suis certain que tu vas t'enfermer dans ta tour et moi, j'ai une tonne de travail.

Ils s'installèrent à une table qui offrait une vue superbe sur l'océan. A la pointe de l'île, Naomi aperçut la tour de Haworth House et elle se détendit un peu.

— J'imagine que c'est depuis que ce crétin t'a laissée tomber que tu as perdu l'appétit. A l'époque où je me morfondais après Lowell Bidderman, je n'ai quasiment rien mangé pendant un mois. J'en avais même perdu tous mes beaux muscles.

Elle le regarda, intriguée. Pour autant qu'elle sache, Avery était en couple avec son compagnon actuel depuis l'université.

— Lowell Bidderman ? Qui est-ce ?

— Mon premier amour. C'était au lycée, je devais avoir quatorze ans. C'est lui qui m'a fait prendre conscience de mon homosexualité. Mais je n'ai pas eu le courage d'en parler, même à lui. Pendant toutes mes années de lycée, je me suis fait passer pour hétéro. Et toi, tu te souviens de ton premier amour ?

Elle sentit ses joues s'empourprer. Comment aurait-elle pu l'oublier ?

— Tu rougis, dit Avery. C'était si fort que ça ?

— Il ne s'agissait que d'une toquade d'adolescente. Du pur fantasme, c'est tout.

— Ce sont les histoires les plus fortes, dit Avery, se penchant vers elle. Allez, raconte.

Elle hésita. Elle n'en avait jamais parlé à personne.

— La confession apaise l'âme, insista-t-il.

— Tu vas trouver ça idiot, mais à quatorze ans, je me suis entichée du jeune prêtre qui avait été affecté dans notre pensionnat.

— C'est vrai ? dit-il, le regard soudain brillant. C'est comme dans *Les oiseaux se cachent pour mourir,* alors ? La jeune fille innocente, le beau prêtre attentionné, l'amour impossible… tout cela sur fond de paysages sauvages en Australie. J'ai adoré ce roman. Et Richard Chamberlain dans le film… il était superbe.

Elle acquiesça d'un signe de tête, soulagée de voir qu'il n'était pas choqué.

— Moi aussi, j'ai adoré cette histoire. J'avais acheté le roman et je l'avais caché dans le dortoir. Je le lisais à la lampe électrique, la nuit, sous les couvertures.

— Les plaisirs interdits sont toujours les plus intenses. Dis-m'en un peu plus sur ce prêtre.

— Le père Bouchard était attaché à notre établissement. Il était jeune, vingt-trois ou vingt-quatre ans, je pense, et si gentil. Il savait écouter. Je pouvais lui parler de tout. J'étais folle de lui. Chaque jour, je me confiais à mon journal et chaque nuit, je rêvais de lui.

Un an plus tôt, après avoir tiré le message du carton à chapeau de Hattie, elle avait ressorti tous ses carnets et les avait relus.

— Des détails. Donne-moi des détails, insista Avery. As-tu réellement fait l'amour avec lui ? Je veux dire… en rêve ?

Elle se sentit rougir de nouveau. Elle s'était imaginée faisant beaucoup de choses avec ce jeune prêtre et pas seulement dans ses rêves et elle avait tout noté dans ses carnets.

— Que crois-tu ? J'avais lu *Les oiseaux se cachent pour mourir.*

— Savait-il ce que tu ressentais ? Lui en avais-tu parlé ?

Choquée, elle écarquilla de grands yeux.

— Bien sûr que non ! Il ne s'agissait que de fantasmes. De purs fantasmes.

— Exactement comme pour Lowell et moi, sauf que dans ton cas, il était prêtre.

Elle hocha la tête. Oui, sauf qu'il était prêtre. C'était justement à cela que faisait allusion le message sur le parchemin d'Hattie. « Le moment est venu de goûter au fruit défendu ». C'était ce qui l'avait conduite à relire ses carnets.

L'expression sur le visage d'Avery attira soudain son attention.

— Que se passe-t-il ?

— Rien. Je réfléchissais. Sais-tu qu'il y a un prêtre, le père Dane MacFarland, qui doit arriver à Haworth House aujourd'hui ?

— Avery, tu ne crois tout de même pas que…

— Je ne crois rien. Je fournis une simple information. Si cela se trouve, il a plus de quatre-vingts ans et marche avec un déambulateur.

Elle prit le menu que lui tendait la serveuse et sourit.

— Nous allons prendre une bouteille de votre meilleur champagne et deux homards.

— Du champagne ? s'exclama-t-elle.

— Consigne de tes sœurs. J'ai pour mission de te faire oublier ton chagrin et les moments difficiles. Avant qu'on ne te trouve ici.

— Tu ne crois pas que mes sœurs en font un peu trop ?

— Non. Ce n'est qu'un juste retour des choses. Il y a longtemps que tu t'occupes d'elles et que tu en fais beaucoup.

Elle sourit et il posa sa main sur la sienne, la pressa tendrement.

— Voilà qui est mieux. Tu sais, elles auraient voulu te parler, mais comme nous sommes quasiment certains que tu es sur écoute, elles n'ont pas voulu prendre le moindre risque. Elles veulent que tu puisses être tranquille ici le plus longtemps possible.

— Nous avons pris soin de ne jamais mentionner Haworth House lorsque nous nous sommes parlé. Et nous nous sommes servies de ce code que nous avions inventé lorsque nous étions petites.

— Je vois. Avec moi aussi, elles prennent les plus grandes précautions. Elles ne téléphonent que de cabines publiques et m'appellent uniquement sur ma ligne privée.

Elle poussa un soupir.

— Il n'y aura pas besoin d'être Sherlock Holmes pour me retrouver ici.

— Ecoute, si en agissant ainsi, elles pensent t'aider, moi, je trouve ça très bien. Et puis, qui sait, cela te fera peut-être gagner un ou deux jours de tranquillité.

La serveuse arriva sur ces entrefaites et déboucha le champagne. Dès qu'elle eut servi les flûtes, Avery leva un toast.

— A la nouvelle Naomi Brightman.

— L'ancienne me convenait très bien, rétorqua-t-elle.

— J'imagine que ses priorités se trouvent un peu bouleversées, non ?

— Certes, mais je peux sans doute remettre un peu d'ordre dans sa vie. Je n'ai pas encore eu le temps d'y réfléchir.

Elle leva sa flûte, l'air songeur. Son regard se posa sur Haworth House, dans le lointain, et elle sentit quelque chose bouger en elle.

— J'ai le sentiment que j'y arriverai ici.

— Très certainement. Ce que je veux dire, c'est que les choses peuvent changer. Tu n'es pas obligée de revenir à ta vie d'avant.

— D'avant Michael Davenport, tu veux dire.

Il lui sourit.

— Exactement. Une porte se ferme, une autre s'ouvre. Hattie Haworth a réinventé sa vie, ici. Tu peux peut-être faire de même. Je bois donc à la nouvelle Naomi Brightman.

— Pourquoi pas ? dit-elle. A l'avenir, alors ! ajouta-t-elle, faisant tinter sa flûte contre la sienne.

— Désirez-vous autre chose, père MacFarland ?

Dane leva les yeux de son livre, ôta ses lunettes de soleil et sourit à la jolie jeune femme rousse qui, très obligeamment, lui resservait du thé froid depuis plus d'une heure.

— Non. Je vous remercie, Tess.

« Sauf si vous proposez de me présenter à Naomi Brightman », songea-t-il. Voilà qui l'arrangerait. Il y avait plus d'une heure qu'elle s'était enfermée dans son appartement privé de la tour. Il était bien placé pour le savoir, il ne l'avait pas quittée des yeux depuis le ferry. Le FBI et la police ne tarderaient pas à s'apercevoir qu'elle était ici, à Belle Island, c'était certain. Mais, pour l'instant, la MacFarland Investigations, l'agence de détectives qu'il dirigeait avec son frère Ian, semblait la seule à être arrivée sur place.

A l'exception de Michael Davenport. Son instinct lui disait que cet escroc était déjà là et qu'il ne tarderait pas à prendre contact avec elle. Jusqu'à présent, en tout cas, Naomi n'était pas sortie, pas même pour contempler la vue sublime qu'offrait son balcon.

Il signa sa note de boisson et la tendit à Tess.

— Je crois que je vais rester un petit moment encore. C'est un endroit très agréable pour lire.

— Pas de problème. Durant les mois d'été, notre terrasse attire toujours beaucoup de monde. Elle est à la disposition des résidents.

Voilà qui l'arrangeait. L'hôtel était un bâtiment de trois étages organisé autour d'une cour intérieure bordée d'une jolie galerie ornée de colonnes. D'un côté, on entrait dans le hall de l'hôtel. De l'autre, un porche donnait accès à l'escalier qui menait à la plage. De la table à laquelle il était assis, il jouissait d'une vue parfaite sur le balcon de Naomi. Vide, jusqu'à présent. Ce qui n'était peut-être pas plus mal, finalement. Il allait devoir jouer fin avec la jeune femme. Elle était déjà parvenue à le déstabiliser. En effet, il n'avait pas du tout prévu de lui adresser la parole sur le ferry. Mais lorsqu'il l'avait aperçue, seule, auprès du bastingage, le regard perdu au loin, il s'était senti irrésistiblement attiré par elle et n'avait pu s'empêcher de s'approcher.

Il leva les yeux vers le balcon. Deux jours plus tôt, il était entré dans sa chambre, en mission de reconnaissance. Parvenu à décoder ses conversations avec ses sœurs, il avait appris qu'elle s'apprêtait à venir à Haworth House et avait aussitôt envoyé un de ses hommes surveiller son appartement de Boston. Puis il avait effectué un voyage éclair à Belle Island pour repérer le terrain.

Son attention fut ramenée à la réalité : Tess tripotait maladroitement l'étui de cuir contenant la note de Dane comme si elle hésitait à parler.

— C'est la première fois que nous accueillons un prêtre à l'hôtel, fit-elle observer, finalement.

Il avait prévu cette question lorsqu'il avait décidé avec Ian de se faire passer pour un homme d'Eglise.

— Mon évêque est à la recherche de lieux pour organiser des retraites spirituelles.

— Oh ! Dans ce cas, sachez que Haworth House dispose de tout ce qu'il faut pour cela. Vous devriez en parler à notre directeur, M. Cooper.

Il lui sourit.

— Je n'y manquerai pas, Tess.

Mais c'était surtout à Naomi Brightman qu'il avait l'intention d'en parler. C'était le prétexte qu'il avait choisi pour la rencontrer.

— Je quitte mon service. Je serai de retour demain matin. Je vous verrai, sans doute.

— Bien sûr.

Il ne quitterait Haworth House que lorsqu'il aurait mis la

main sur Michael Davenport. Selon son informateur au FBI, Naomi Brightman ne leur avait rien caché. La police et le FBI savaient que Davenport avait promis de lui donner des nouvelles. Et Dane était certain qu'il tiendrait parole là-dessus.

Une partie du mode opératoire de Davenport consistait à se servir des femmes. Elles étaient ses partenaires ou ses victimes, selon les circonstances. Lors de sa dernière arnaque, à Kansas City, il avait caché ses gains chez une comparse en attendant que les choses se calment. Puis il s'était enfui avec l'argent et sa partenaire s'était fait tuer.

Davenport s'était servi de Naomi pour dissimuler l'argent, Dane en était certain. Avec son casier judiciaire vierge et son passé sans problème, Naomi était, à n'en pas douter, une victime dans l'affaire. Mais elle ne s'en trouvait pas moins en danger. Dane savait que Davenport n'avait pas quitté la région de Boston. Il avait été aperçu à trois reprises dans le secteur, au cours des quinze derniers jours. Il n'y avait qu'une explication à cela : il n'avait pas encore récupéré les cent millions de dollars volés.

Dane avait une dette vieille de trois ans à régler avec Davenport. Cette fois, rien ne l'empêcherait de mettre la main sur lui.

— Alors, à demain, mon père.

Tess lui adressa un petit signe, puis elle tourna les talons pour regagner l'hôtel. Il la suivit des yeux. La pétulante serveuse lui avait fourni quelques informations non négligeables. Mais grâce aux recherches méticuleuses de Ian, il n'y avait pas grand-chose qu'il ignorait au sujet de Naomi Brightman et de Haworth House.

Lorsque son téléphone portable sonna, il jeta un coup d'œil à l'écran et sourit. Quand on parlait du loup…

— Que se passe-t-il ?

— Rien, répondit Ian. Je venais aux nouvelles. Alors, cette couverture ?

— Jusqu'à présent, tout va bien.

En tant que détective, Dane incarnait souvent des personnages très différents. Adolescent, que ce soit dans les familles d'accueil ou dans la rue, il s'était découvert un talent de caméléon et l'avait cultivé. Il lui permettait de se sortir de toutes les situations. La décision de se faire passer pour un prêtre, cette fois, était venue de Ian lorsqu'il avait appris que Naomi Brightman avait reçu une éducation catholique très stricte.

Ian était son demi-frère. Dane avait neuf ans et Ian sept lorsque leur mère était morte et ils avaient été séparés par les services sociaux. Quelque part, ils avaient un autre frère et une autre sœur qu'ils ne connaissaient pas.

— La serveuse, en tout cas, n'y a vu que du feu, dit-il.

Ian rit, admiratif. Sa famille adoptive lui avait tout appris de la religion catholique. Il soutenait que les femmes plaçaient une confiance aveugle dans les prêtres. Sa mère adoptive, notamment, avait eu pour habitude de tout confier de ses peines et de ses joies au prêtre de sa paroisse. Dane, lui, n'avait pour toute référence en la matière que la saison 2 des *Sopranos*, lorsque la femme de Tony noue des relations très proches avec le prêtre de sa paroisse.

— Il me reste à tester l'efficacité de cette petite mascarade, poursuivit Dane. Depuis mon arrivée, je n'ai pas encore vu Naomi Brightman. Il faut que je me débrouille pour obtenir un entretien avec elle.

— Ça va marcher comme sur des roulettes, tu verras.

Dane y comptait bien. S'il avait accepté l'idée de Ian, c'était parce qu'il avait besoin d'une couverture qui lui permette de gagner aussi vite que possible la confiance de Naomi Brightman. Plus tôt il comprendrait quel rôle elle avait joué dans la combine de Davenport, mieux ce serait. Et surtout, il voulait absolument se trouver dans les parages lorsque ce dernier la contacterait.

En outre, son rôle de prêtre pourrait lui être d'un grand secours face à un autre problème : le lien qu'il avait tout de suite senti se créer entre lui et Naomi Brightman, à peine avait-il lu sa fiche. Cela ne lui ressemblait pas du tout. Il y avait longtemps qu'il avait appris à garder ses distances dans les affaires qu'il avait à résoudre.

Il s'était aussitôt dit que cette connivence provenait du fait qu'ils avaient eu, tous deux, à assumer les responsabilités d'aînés dans leurs familles respectives. Cela dit, leurs parcours étaient totalement différents. Elle n'avait jamais été séparée de ses sœurs alors que lui avait perdu toute sa famille.

Il leva de nouveau les yeux vers son balcon. La première fois qu'il l'avait vue, sa réaction avait de loin dépassé la simple empathie. Il s'était senti incroyablement attiré par elle, sexuellement. Une réaction purement viscérale qu'il semblait incapable de contrôler. Et qui s'était répétée, identique, chaque fois qu'il l'avait vue depuis.

Tout d'abord, il avait tenté d'empêcher cette réaction de se produire. En vain. Il avait alors tenté de l'analyser. Puis, finalement, il s'était efforcé de s'y habituer.

Mais ça n'était pas sans mal. Il avait eu toutes les peines du monde à résister à l'envie de la toucher lorsqu'il était venu lui parler sur le ferry. Il avait ressenti le besoin de poser la main sur son bras ou encore d'effleurer sa joue. S'il voulait être crédible en tant que prêtre, il allait devoir maîtriser ses impulsions.

— Tu es toujours là, Dane ? demanda Ian au bout du fil.

— Oui.

Il s'en voulait de se laisser distraire ainsi. Il détourna les yeux du balcon.

— J'imagine que tu n'as pas vu non plus Davenport ?

— Tu seras le premier au courant lorsque je l'aurai trouvé. Il n'était pas sur le ferry.

Il s'y était attendu. Davenport était intelligent. Il savait aussi bien que lui que Naomi viendrait à Haworth House. Depuis un an qu'elle avait acheté l'hôtel avec ses sœurs, c'était le seul endroit où elle était venue se réfugier. Davenport viendrait, ce n'était qu'une question de temps. Il y avait une myriade d'endroits sur l'île où se donner rendez-vous sans être vus.

Il y eut un blanc au téléphone, puis Ian reprit :

— Il ne se passe pas grand-chose au bureau. Je m'ennuie.

Il imaginait sans peine son frère, en jean et T-shirt, les pieds sur le bureau, lançant des boules de papier dans la corbeille stratégiquement placée en face. Lorsqu'il l'avait retrouvé, un an plus tôt, il travaillait dans un bureau de la CIA, vêtu d'un costume-cravate et arborant un air très sérieux. Son visage n'avait quasiment pas changé depuis l'enfance. Mais depuis qu'ils travaillaient ensemble, Ian avait adopté un look décontracté qui lui donnait une allure différente.

— Les enquêtes sur le terrain ne sont pas toujours marrantes, je t'assure. Surtout la filature.

Il ne s'était rien passé de très excitant depuis qu'il surveillait Naomi Brightman. Elle avait vu sa vie entrer dans une zone de forte turbulence, mais elle s'efforçait visiblement de s'accrocher à une routine. Tous les jours, elle buvait son cappuccino au même endroit. Elle arrivait à son bureau et en partait à la même heure. Sauf le mardi. C'était le jour où elle travaillait tard. Sa façon de s'habiller, aussi, était routinière. Elle était toujours vêtue d'un tailleur, dont la couleur différait selon le jour, certes, et, en plus de son attaché-case, elle trimballait sempiternellement le même énorme sac fourre-tout. Elle le portait d'ailleurs lorsqu'il lui avait parlé sur le ferry.

Il fronça les sourcils et se redressa sur sa chaise.

— Ian, il y a quelque chose que j'aimerais que tu vérifies pour moi.

— Je suis tout ouïe.

— J'ai échangé quelques mots avec Naomi sur le ferry, juste avant de débarquer. Rien d'important, sans même nous être présentés. Mais elle pensait me connaître. Ça a eu l'air de la secouer. Elle m'a demandé si je n'avais pas été prêtre dans le pensionnat où elle se trouvait dans le sud de la France. Vois si tu peux trouver quelque chose là-dessus.

— D'accord. Je te tiens au courant. Et si les choses s'emballent sur l'île, tu m'appelles, OK ? Je serais ravi de venir te prêter main-forte.

— Ça marche.

Il raccrocha et glissa son portable dans sa poche. Il allongea les jambes, s'étira. Ian n'avait pas son pareil pour dénicher des renseignements. Avec son aide, il ne doutait pas de retrouver un jour le reste de leur famille. Les deux petits derniers avaient quatre ans et deux ans à la mort de leur mère.

Il remit ses lunettes de soleil et laissa son regard vagabonder sur la mer. Sharon MacFarland n'avait que vingt-huit ans lorsqu'elle avait disparu. Un an de moins que lui aujourd'hui. Elle avait été une mère attentionnée et très aimante, il s'en souvenait parfaitement. Le problème, c'était son rêve. Elle était persuadée de trouver un jour le prince charmant. Et Dieu sait si elle l'avait cherché, avec constance, sans jamais renoncer. Si bien qu'aucun des quatre enfants n'avait le même père. Malheureusement, aucun de ces pères ne s'était révélé être le prince tant attendu.

Il eut soudain conscience d'une présence et, sans même avoir levé les yeux vers le balcon, il sut que Naomi s'y trouvait. Dès qu'il la vit, il sentit la même attirance sexuelle que les fois précédentes.

Avant même de s'être rendu compte de ce qu'il faisait, il s'était avancé pour mieux voir.

Elle se tenait debout, près de la rambarde, et contemplait la mer. Il ne voyait pas ses jambes, mais il les imaginait parfaitement. Il se souvenait de sa démarche souple, athlétique. S'il fermait les yeux, il retrouvait, gravé dans sa mémoire, chaque trait de son visage, tel que l'avait fixé l'objectif pour sa photo sur le site Web de la King & Fairchild. Des yeux gris-vert, un teint clair éclaboussé de taches de rousseur, un petit nez droit, des pommettes hautes, saillantes, et un menton volontaire.

Mais il y avait quelque chose de différent chez elle, aujourd'hui. Elle avait toujours le même air sérieux, mais paraissait moins crispée, les épaules détendues, les mains reposant tranquillement sur le rebord du balcon.

Il fut alors frappé par un nouvel élément : ses cheveux. Ils étaient lâchés et retombaient souplement sur ses épaules, flamboyant dans les derniers rayons de soleil de la fin d'après-midi. Pour la première fois, il remarquait leurs superbes reflets d'un roux intense. Il observa son visage. Elle bougeait les lèvres. Murmurait-elle quelque chose ? Priait-elle ?

Une image traversa soudain son esprit tel un flash. Elle était dans ses bras, sa joue pressée contre la sienne, son souffle chaud balayait sa peau. Elle murmurait à son oreille. Mais son corps était en feu et son cœur cognait si fort dans sa poitrine qu'il ne parvenait pas à distinguer les mots qu'elle prononçait.

Brusquement, elle tourna la tête dans sa direction et son regard se posa sur lui, remonta lentement le long de son corps. Ce fut un choc. Il ne pensait pas possible d'être aussi excité sous le simple effet d'un regard. Ce fut pourtant ce qui arriva.

Lorsqu'elle plongea son regard dans le sien, il y eut quelques secondes — peut-être moins encore, s'efforça-t-il de se convaincre plus tard — où il fut incapable de penser à rien ni à personne d'autre qu'à elle. Et ce fut à peine s'il put résister à l'envie de traverser la cour et de grimper, tel Roméo, jusqu'à son balcon.

Cette pensée lui parut si ridicule qu'il retrouva aussitôt toute sa lucidité. Pour qui se prenait-il ? Pour un héros de bande dessinée ? Pour le jeune amoureux fou de la tragédie de Shakespeare ?

Ce ne fut pas lui, toutefois, qui rompit le charme. Ce fut Naomi Brightman qui tourna soudain les talons et disparut dans sa chambre.

2

Lorsque Naomi pénétra dans la suite qu'elle partageait avec ses sœurs, elle se sentit aussitôt soulagée. Elle avait passé un moment très agréable avec Avery, mais c'était ici, avant tout, qu'elle avait envie d'être.

Elle ôta ses chaussures, posa son sac sur le lit et s'approcha de la baie vitrée. Un petit panier cadeau était disposé sur la table basse. Elle l'ouvrit. Il contenait une boîte de friandises, une carte professionnelle du village de Belle Bay et deux lettres.

La première était de Reese.

« Naomi,

« Désolée de ne pouvoir être présente. Jillian et moi avons demandé à Avery de prendre soin de toi. S'il y a une chose dont nous sommes certaines, c'est que tu sauras surmonter cette épreuve. Toute notre vie, nous t'avons vue te fixer des objectifs et les atteindre. Nous sommes impatientes de voir ce que tu vas faire à présent. Le chocolat, c'est pour que tu penses à te faire plaisir.

« Et n'oublie pas ce que tu me disais toujours lorsque j'étais petite et que j'avais peur de ne pas atteindre le but que je m'étais fixé : "Ne pas se décourager. Un pas après l'autre."

« Je t'embrasse,

« Reese. »

Naomi sentit les larmes lui picoter les yeux. Elle savait, sans avoir besoin d'ouvrir la petite boîte, qu'elle contenait les truffes en chocolat que Reese avait créées, friandises exclusives devenues le symbole de Haworth House. Le chocolat était depuis toujours son péché mignon, aussi faisait-elle très attention de ne pas en manger trop. Mais Reese, sa plus jeune sœur, considérait le chocolat comme une excellente thérapie.

Elle relut le petit mot. « Nous sommes impatientes de voir ce que tu vas faire à présent ».

Et si ce dont elle avait envie, c'était de retrouver son travail et sa vie d'avant… avant Michael Davenport ? Un pas après l'autre, c'était un très bon conseil, encore fallait-il savoir dans quelle direction on allait.

Elle poussa un soupir, saisit la seconde lettre.

« Naomi,

« Avery passe son temps à me dire : "Lorsqu'une porte se ferme, une autre s'ouvre." J'espère qu'en venant à Haworth House, tu sauras comment ouvrir cette porte. Pour moi, ce lieu a marqué le départ d'une toute nouvelle carrière.

« La carte professionnelle que tu trouveras dans la corbeille est celle d'une nouvelle boutique qui vient d'ouvrir au village. Elle s'appelle Découvertes. Je me suis dit que tu aurais peut-être envie d'une garde-robe différente pour le jour où tu décideras d'ouvrir cette porte. Et puis, faire du shopping est le meilleur moyen que je connaisse pour éliminer le stress et se mettre en condition pour explorer de nouveaux horizons.

« Je t'embrasse,

« Jillian. »

Naomi sentit de nouveau les larmes affluer à ses yeux. Elle les refoula, observa la carte de plus près. « Découvertes, propriétaire et gérante Molly Pepperman, mode et accessoires. »

De toute évidence, Avery et ses sœurs étaient sur la même

longueur d'onde. Ils la poussaient tous les trois vers un nouveau départ. Et elle était plutôt d'accord avec eux. Elle aussi avait envie de découvrir qui allait être la nouvelle Naomi Brightman.

Pour l'instant, elle n'en avait pas la moindre idée. Laisser l'ancienne Naomi derrière elle ? Voilà qui n'était pas simple. Elles avaient fait un sacré bout de chemin ensemble. Comment était-elle censée passer de la personne qu'elle avait été toute sa vie à une autre… dont elle ignorait tout ?

« Un pas après l'autre. »

Son regard se posa sur le grand sac qu'elle trimballait partout avec elle. Si elle avait envie de repartir à zéro, elle ferait mieux de commencer par s'en débarrasser. Depuis neuf ans, depuis son entrée en fac, en fait, elle ne faisait pas un pas sans lui. Il contenait à peu près tout ce qui était essentiel à sa vie. C'était son refuge, pire qu'un doudou.

Périodiquement, disons une fois par an, elle triait son contenu. Mais dès qu'elle écartait un objet, il se trouvait aussitôt remplacé par un autre devenu à son tour indispensable.

Il pesait une tonne. Elle le souleva, le retourna et versa son contenu sur le lit. Seigneur, quel bazar ! Il y avait un agenda et trois carnets. Elle ne se rendait jamais à aucune audience ni réunion sans en avoir un sous la main. Il y avait sa trousse de maquillage, une paire de boucles d'oreilles de rechange, un porte-monnaie, un portefeuille et tous les petits cadeaux que lui avait faits Michael durant les six mois qu'avait duré leur relation.

Quelque part, au beau milieu de la tourmente qui avait suivi ce fameux jour où elle s'était retrouvée face aux deux agents du FBI, dans le bureau de Leo King, elle avait tenté de déterminer si ce qu'elle avait éprouvé pour Michael Davenport avait vraiment été de l'amour.

Ou si elle s'était seulement laissé éblouir par toutes les attentions qu'il lui prodiguait. Personne ne l'avait jamais traitée avec autant d'égards, comme si elle était une femme exceptionnelle.

Elle saisit le porte-clés qu'il lui avait offert lors de leur dernière rencontre. Il comportait deux breloques, une clé de Boston en argent et un cœur de cristal. Lorsqu'il le lui avait offert, il lui avait demandé ses clés, les avait transférées lui-même dessus. Ainsi, lui avait-il dit, elle transporterait toujours la clé de son cœur avec elle.

Ce genre de gestes, ces mots, c'était tout à fait Michael. Un parfait gentleman. Dès leur première rencontre au Four Seasons, il avait pris leur relation en charge et décidé de tout.

C'était certainement l'une des raisons qui l'avaient rendu si attirant à ses yeux. En tant qu'aînée, elle avait si souvent dû prendre des décisions, assumer ses sœurs. Michael la délivrait de tout fardeau. Il avait même pris en charge l'aspect physique de leur relation. Compte tenu de l'éducation qu'elle avait reçue, il avait décidé de prendre son temps avec elle.

Un peu trop, d'ailleurs, à son goût. Ils avaient échangé de longs baisers et même des caresses assez poussées dans sa limousine privée. Mais ils n'avaient jamais réellement fait l'amour. Elle avait failli lui en parler plusieurs fois, s'en étonner, mais elle ne l'avait pas fait. C'était tellement plus simple de se laisser porter par le courant.

Se serait-elle montrée plus audacieuse si ce qu'elle éprouvait pour lui avait été différent, s'il y avait eu davantage de passion entre eux ?

Naomi avait donné sa bague de fiançailles aux autorités pour aider à rembourser une partie de l'argent que Michael avait escroqué. Mais elle avait gardé tous les bibelots. C'était lui, au départ, qui lui avait demandé de les conserver. Ainsi, plus tard, lorsqu'ils seraient âgés, ils les regarderaient et se remémoreraient les premiers temps de leur relation.

A l'époque, cette idée l'avait émue et elle s'était promis de ne jamais s'en séparer. Etait-ce pour cette raison qu'elle les avait emportés jusqu'ici, à Belle Island ? Ou bien nourrissait-elle encore l'espoir fou que toutes ces histoires concernant Michael s'avèrent fausses et qu'il prenne contact avec elle, comme il le lui avait promis ?

Elle se détourna brusquement, s'éloigna, puis revint finalement vers le lit. Que lui arrivait-il ? Toute cette relation n'avait été qu'un mensonge. Pourquoi refusait-elle de l'admettre ? Elle fixa un instant les bibelots. Elle ferait mieux de les jeter. Tous. Mais pour ce soir, elle n'allait pas se mettre trop de pression. « Un pas après l'autre. »

Elle récupéra sa trousse de maquillage, son téléphone et son portefeuille et remit tout le reste dans le sac. Elle ne se sentait pas encore tout à fait prête à s'en débarrasser, mais elle ne voulait plus le garder avec elle.

Elle gagna la chambre de Jillian. Avoir une sœur accro de shopping et généreuse avait ses avantages. Elle choisit un petit sac à main dans sa collection, à peine assez grand pour contenir quelques objets. Elle savait que Jillian ne verrait aucun inconvénient à le lui prêter, d'autant que c'était pour la bonne cause. La nouvelle Naomi Brightman entendait s'alléger. Plus question de transporter son énorme sac.

Soudain, une idée lui traversa l'esprit. Elle savait où elle allait le ranger. Elle attrapa ses clés, quitta la pièce et longea le couloir jusqu'à la porte de chêne sculptée qui conduisait à l'ancien boudoir de Hattie. Elle l'ouvrit, grimpa le petit escalier métallique en colimaçon qui menait au second étage.

Lors de la rénovation de la maison, la pièce avait été séparée en deux espaces par une cloison : un côté salon avec canapé et fauteuils et un côté bureau.

Elle s'approcha du mur, tira le levier qui commandait l'ouverture de la porte menant à la petite pièce secrète de Hattie. Sans même allumer la lumière, elle y déposa son sac. Lorsqu'elle aperçut le carton à chapeau, elle hésita, tentée, comme chaque fois qu'elle revenait à Haworth House, de choisir un autre morceau de parchemin. Si elle piochait un message différent, cesserait-elle d'être obsédée par celui concernant le prêtre ?

Non. Elle tira de nouveau le levier et regarda la porte se fermer. Elle ne voulait plus y penser. Surtout pas aujourd'hui. « Un pas après l'autre », se redit-elle, regagnant sa chambre à la hâte. Ce soir, elle voulait se laisser envoûter par la magie de Haworth House. Elle sortit sur le balcon et, les mains posées sur la rambarde, contempla la mer. C'était un rituel auquel elle se prêtait chaque fois qu'elle venait ici. La vue de l'océan la calmait et l'aidait à faire le point. Le soleil de la fin d'après-midi caressait délicieusement son visage et bientôt lui revint à l'esprit une prière de son enfance. « S'il vous plaît, murmura-t-elle, faites que je trouve le moyen d'accomplir ce qui doit l'être. »

C'était le père Bouchard qui la lui avait apprise durant l'une de leurs conversations dans la sacristie. Cette phrase était très vite devenue son mantra personnel. D'habitude, elle priait pour ses sœurs, mais aujourd'hui c'était pour elle.

« Faites que je trouve le moyen de découvrir la nouvelle Naomi Brightman. »

Voilà. Elle l'avait dit. Et, dans la douceur de cette fin d'après-midi, face à la mer, elle le répéta encore et encore.

La sensation d'être observée la fit soudain tressaillir. Elle baissa les yeux vers la cour. Quelques tables s'étaient remplies et une serveuse s'avançait avec un plateau chargé de boissons.

Personne ne semblait regarder dans sa direction. Pourtant, les picotements dans sa nuque la trompaient rarement et, ces derniers temps, elle avait souvent eu l'occasion de vérifier qu'ils lui servaient de détecteur fiable.

A cette heure, l'ombre gagnait déjà la galerie et ce furent ses jambes qu'elle vit en premier. Des jambes interminables. L'homme était grand — très grand. Elle laissa son regard remonter plus haut. Il portait un T-shirt noir qui soulignait son torse, ses épaules larges.

Intriguée, elle observa son visage. Il se trouvait en partie dans l'ombre, mais elle le devina fin, les pommettes saillantes, la mâchoire ferme. Une ombre de barbe naissante lui donnait un air un peu rude.

Brusquement, elle le reconnut. C'était l'étranger qui lui avait parlé sur le bateau. Celui qui lui avait rappelé le père Bouchard.

Sans sa capuche, elle découvrait qu'il avait des cheveux noirs. A cette distance, elle n'aurait su définir la couleur de ses yeux. Tout ce qu'elle pouvait dire, c'est qu'ils étaient sombres et braqués sur elle. Elle frissonna, comme électrisée, incapable de détourner son regard du sien.

Que lui arrivait-il ? Cet homme était un étranger et ils se

dévisageaient — que dire ? se dévoraient littéralement des yeux. Son pouls s'était mis à battre la chamade et elle avait de la peine à respirer, comme si elle venait de monter les escaliers en courant.

Ce fut alors qu'il s'avança et qu'elle vit ce qu'elle n'avait pas encore vu.

Le col romain. Le col des prêtres.

Elle crut que son cœur s'était arrêté de battre. Une onde de chaleur irradia son corps. L'homme qu'elle dévorait des yeux était un prêtre. Pas un fantasme, un véritable prêtre. Et l'attirance qu'elle avait éprouvée pour lui s'en trouvait soudain décuplée.

Non. Ce n'était pas possible. Il ne pouvait pas lui arriver de nouveau une chose pareille. Dans un ultime effort de volonté, elle se détourna, rentra dans sa chambre et se laissa choir dans le fauteuil le plus proche.

Le regard fixé devant elle, elle s'efforça de se concentrer sur les détails : la couleur vert pâle des murs choisie sur les conseils de Jillian, le tapis oriental aux tons pastel, les reflets du parquet de bois blond. Peu à peu, l'image de l'homme, du prêtre, qu'elle avait vu dans la cour s'estompa et la colère s'empara d'elle.

Tout cela était la faute de ce petit morceau de parchemin qu'elle avait pioché dans la boîte de Hattie. Son attirance pour le père Bouchard était de l'histoire ancienne et elle était très vite passée à autre chose. A quatorze ans, elle était une jeune fille sensible et impressionnable lorsqu'elle avait lu *Les oiseaux se cachent pour mourir.*

A Notre-Dame-de-la-Consolation, toutes les élèves étaient amoureuses du père Bouchard. Jamais le confessionnal n'avait été aussi fréquenté. A voir les longues files d'attente dans l'église, on aurait pu croire que le pensionnat était devenu un lieu de perdition. Naomi avait même trouvé un moyen supplémentaire pour passer du temps en compagnie du jeune prêtre. Elle s'était portée volontaire pour faire le ménage de la sacristie chaque jour, après la messe. C'était à ce moment-là qu'il s'attardait toujours et trouvait le temps de l'écouter, de lui parler. Une fois seule, ensuite, elle consignait soigneusement dans son journal la moindre de ses paroles et comptait les sourires qu'il lui avait adressés. Partout, dans son journal, dans ses carnets, elle s'était mise à écrire son nom associé au sien : Naomi Bouchard. De petites choses simples, presque puériles, reflet d'un amour pur, innocent.

Au début, les rêves qu'elle caressait à longueur de journée étaient innocents, eux aussi. Comme celui de faire de longues promenades en sa compagnie, leurs bras, leurs mains se frôlant parfois. Mais le trouble qui l'envahissait dès qu'elle imaginait le moindre contact entre eux n'était pas aussi innocent qu'il y paraissait.

Et finalement, ses fantasmes étaient devenus plus explicites. Tout du moins, autant qu'ils pouvaient l'être dans l'esprit d'une jeune fille de son âge. Consciente néanmoins de commettre un péché en s'y adonnant, elle n'en avait jamais parlé à personne. Avant aujourd'hui, quand elle s'était confiée à Avery.

Lorsque le père Bouchard avait été transféré dans une petite paroisse près de Monte-Carlo, son chagrin avait été tel que pendant des semaines elle s'était endormie en pleurant. Puis, peu à peu, la vie avait repris son cours et elle avait tout oublié de cette histoire.

Jusqu'au jour où elle avait tiré le petit morceau de parchemin du carton à chapeau de Hattie.

A l'instant où Naomi disparut dans sa chambre, Dane se maudit. Il était clair que Mlle Brightman allait lui poser un réel problème.

Primo, il avait envie d'elle. Secundo, elle représentait le lien privilégié avec l'homme qu'il était déterminé à trouver. Et il n'avait pas l'habitude de mêler travail et plaisir, cela ne menait jamais à rien de bon.

Inutile de se voiler la face, il savait depuis l'instant où il avait posé les yeux sur elle que sa mission n'allait pas être facile. D'autant qu'il incarnait un prêtre. Son objectif était d'amener

Naomi à se confier à lui. Ce qui signifiait passer du temps en tête à tête avec elle.

Et même s'il était tenté de lui faire des avances — ce qui était déjà le cas —, il risquait tout bonnement d'être démasqué et de voir s'envoler sa seule chance de coincer Davenport.

« Pas touche, MacFarland. Zone interdite. » Il n'avait plus qu'à jouer à fond son rôle de prêtre et à ne penser qu'en termes de sainteté et de célibat. Sa capacité à incarner des personnages différents avait toujours été son point fort. Et un homme averti en valait deux.

Un rire l'arracha à ses réflexions. Ce ne fut qu'en apercevant le jeune couple qui entrait dans la cour, de retour de la plage, qu'il se rendit compte qu'il n'avait pas bougé depuis que Naomi était rentrée dans sa chambre. Et qu'il n'avait pas non plus quitté son balcon des yeux.

Qu'espérait-il ? La voir ressortir ?

Il secoua la tête, atterré par sa réaction. Il avait une mission à accomplir, se répéta-t-il, gagnant le hall de l'hôtel. Et son objectif premier était d'obtenir un entretien personnel avec Naomi Brightman.

Il aperçut Avery Cooper à la réception et s'avança vers lui. A première vue, l'homme avait l'allure d'un videur de boîte de nuit huppée, mais il ne fallait pas s'y tromper. D'après l'enquête de Ian, il était sorti major de sa promotion à Harvard. Et il savait, pour l'avoir observé à l'arrivée du ferry et au restaurant, qu'il était ami avec Naomi. Ce qui faisait de lui un allié à avoir absolument dans son camp.

Et l'homme idéal pour lui organiser son premier rendez-vous avec Naomi. Ce serait pour le lendemain, décida-t-il. Cela leur laisserait le temps, à elle de s'installer, et à lui d'entrer un peu plus profondément dans son rôle.

Son rôle de prêtre, bien sûr. Et un prêtre définitivement célibataire.

3

— Tu es sûre que ça ne te dérange pas ? demanda Avery, confortablement installé dans un fauteuil, ses longues jambes étendues devant lui.

Il avait monté lui-même le repas commandé par Naomi et ils avaient dîné ensemble.

— Il n'est pas trop tard pour changer d'avis, tu sais.

— Non. J'ai envie de rencontrer le père MacFarland demain matin.

Et c'était vrai.

Avery n'eut pas l'air très convaincu par sa réponse, probablement à cause de la réaction qu'elle avait eue lorsqu'il lui avait appris que le prêtre souhaitait s'entretenir en privé avec elle. Elle avait laissé tomber le verre de vin qu'elle tenait à la main, puis s'était coupée dans sa hâte à ramasser les morceaux.

Comment pouvait-on être aussi stupide ? se reprocha-t-elle avec colère. Elle avait accepté d'emblée de rencontrer le prêtre. Elle n'allait tout de même pas se laisser troubler par de ridicules fantasmes d'adolescente. Elle était adulte aujourd'hui, et avocate. Et elle avait même été fiancée !

Les choses avaient mal tourné. Michael l'avait laissée tomber et elle avait perdu son emploi. Il n'était donc pas surprenant qu'elle ait les nerfs à fleur de peau. Nombre de femmes auraient sombré dans la dépression à sa place.

Au lieu de cela, elle était venue à Haworth House dans le but de se recomposer, de reprendre sa vie en main. Elle n'avait pas l'intention de se terrer dans son appartement à cause d'un prêtre.

— Le père MacFarland a l'air d'un homme charmant, dit Avery. Si Tess n'avait pas vendu la mèche et signalé qu'une des propriétaires se trouvait là, j'aurais pu m'occuper de lui. Mais il tient expressément à te voir. Son idée de réserver nos installations pour organiser des retraites spirituelles et recruter de nouveaux séminaristes est tout simplement brillante.

— L'église possède déjà des lieux de retraite, non ? demanda-t-elle.

— Tout à fait. Mais il y a un manque croissant de prêtres aux Etats-Unis. Le père MacFarland espère que le choix d'un hôtel de caractère suscitera davantage de vocations.

— Et toi, tu entends déjà le bruit du tiroir-caisse.

Il sourit.

— Absolument. Si le père MacFarland aime l'hôtel, cela pourrait s'avérer très profitable pour nous, surtout hors saison.

— Je suis très contente de pouvoir m'entretenir avec lui, dit-elle. Cela me fera du bien, j'en suis certaine. Je n'ai pas quitté mon appartement depuis que je suis arrivée.

— Dans ce cas, je ne regrette pas de m'être laissé convaincre, dit-il en se levant.

Il jeta un coup d'œil à sa montre.

— Il n'est pas très tard, je vais passer un coup de fil au père MacFarland pour lui dire que c'est d'accord. Demain, 10 heures, dans la cour. Ah ! encore une chose.

Avery plongea la main dans sa poche, en sortit un trousseau de clés. Naomi le regarda, surprise.

— Qu'est-ce que c'est ?

— Si nous voulons que tu sortes, il va te falloir un moyen de locomotion. Tant que tu seras sur l'île, je tiens à ce que tu puisses te servir de ma voiture.

— Ta Corvette ? s'exclama Naomi.

— Oui.

Elle savait à quel point Avery chérissait sa voiture.

— Je peux prendre la voiture que Jillian laisse ici si je veux me rendre en ville.

Il s'avança, déposa les clés dans la paume de sa main.

— Considère le fait de conduire la Corvette comme faisant partie du processus de découverte de la nouvelle Naomi Brightman. Lorsque j'ai des soucis, je m'offre une petite virée, la voiture décapotée, le nez au vent. Ça aide, je t'assure. Et c'est moins cher qu'une thérapie. Essaie, tu verras.

— D'accord.

Elle referma les bras autour de son cou.

— Merci.

Il s'écarta, lui sourit.

— Amuse-toi. Et puisque ma mission est terminée pour ce soir, je vais aller remettre le nez dans mon travail.

Dès qu'il fut sorti, elle ferma sa porte à clé et se tourna vers le balcon. Pendant qu'ils dînaient, le ciel s'était assombri. Il faisait nuit à présent. Seule la clarté argentée de la lune filtrait à travers le voilage léger qu'elle avait tiré devant la porte-fenêtre.

Prise d'une impulsion soudaine, elle s'avança, tira le rideau, ouvrit toute grande la porte. Comme s'il ne suffisait pas d'avoir dû quitter Boston, elle n'allait tout de même pas se cacher dans sa chambre. Ce n'était pas ainsi qu'elle allait pouvoir découvrir qui était la nouvelle Naomi Brightman.

Ce fut alors qu'elle l'aperçut. Il se trouvait dans la chambre en face de la sienne, un étage plus bas. Elle se sentit la bouche sèche brusquement. Les portes de son balcon étaient ouvertes et les rideaux se soulevaient, gonflés par la brise. Les lumières étaient allumées et, à travers le tissu léger devenu transparent, elle le voyait avec une netteté absolue.

Il ne portait pas son col. Plus rien n'indiquait qu'il était prêtre. Mais elle reconnut son corps. Et cette fois, elle eut tout loisir de l'observer. Il ne portait qu'une serviette enroulée autour de la taille lorsqu'il traversa la chambre et saisit le téléphone. Il se tenait dos à elle, ses cheveux noirs humides de la douche lissés en arrière, des gouttes d'eau luisant encore sur ses épaules.

Elle sentit son pouls s'accélérer tandis qu'elle laissait son regard descendre le long de son dos, jusqu'à sa taille. La serviette humide moulait, telle une seconde peau, ses hanches étroites, et ses fesses qu'elle devinait fermes. Et elle eut une envie impérieuse de le toucher, de laisser ses mains explorer chaque parcelle de son corps viril, musclé. Elle eut envie de sentir le goût de sa peau sous ses lèvres, sa bouche.

Elle s'imaginait déjà dans sa chambre, caressant son corps, enivrée, impatiente. Et soudain, elle fut prise de vertige. Il lui semblait que ses jambes ne la portaient plus. Pourtant, sans même s'en rendre compte, elle s'était avancée jusqu'à la rambarde du balcon.

Et elle continuait de le fixer, fascinée par son dos, les muscles de son bras, l'élégance de son mouvement lorsqu'il reposa le téléphone. A cet instant, elle vit le col, posé juste à côté. Le col de prêtre. Cela aurait dû avoir l'effet d'une douche froide.

Il n'en fut rien. Bien au contraire. Tout ce qu'elle avait ressenti jusque-là s'intensifia brusquement. Elle sentait son pouls battre dans ses tempes. Une chaleur intense avait envahi son corps, comme une fièvre soudaine. Et son cerveau lui semblait déconnecté. Elle n'était plus que sensations.

Lorsqu'il se retourna, plongea son regard dans le sien, elle demeura incapable du moindre mouvement, l'esprit vide. Elle frémit de désir, un désir violent, irrépressible et totalement incontrôlable. Et c'était tant mieux. Elle ne voulait rien contrôler. Jamais elle n'avait éprouvé pareil chamboulement de ses sens.

Elle n'aurait su dire combien de temps elle resta immobile, ni combien de temps elle aurait pu demeurer ainsi, sur le balcon. Elle finit néanmoins par entendre qu'on frappait à sa porte. Ce devait être le *room service* qui venait débarrasser le repas, songea-t-elle, traversant la chambre, les jambes flageolantes.

Mais lorsqu'elle ouvrit la porte, il n'y avait personne. Elle ne vit qu'une enveloppe posée sur le seuil. Elle la ramassa, s'efforçant de retrouver ses esprits. Sa porte fermée à clé, elle gagna son lit et comprit soudain.

L'enveloppe était faite du même parchemin jauni que le message qu'elle avait tiré du carton à chapeau de Hattie. Elle sut, avant même de l'ouvrir, ce que dirait le contenu.

« Ton fantasme secret a toujours été de faire l'amour avec un prêtre. Le moment est venu de goûter au fruit défendu. »

Naomi jeta un coup d'œil à sa montre. 9 h 46. Deux minutes à peine s'étaient écoulées depuis qu'elle l'avait consultée. Il était trop tôt pour descendre dans la cour. D'un pas nerveux, elle gagna son dressing, inspecta son image dans le miroir.

Pour la énième fois.

Elle ne s'était pas améliorée. Elle avait toujours l'air d'une avocate. Son tailleur en lin gris perle et le petit débardeur de soie blanche qu'elle portait dessous étaient très élégants et parfaitement adaptés à sa fonction. Depuis toujours, elle aimait les tons discrets. Sa garde-robe tout entière en témoignait.

Alors pourquoi se trouvait-elle sinistre, aujourd'hui ? Sa tenue était parfaite pour se rendre au tribunal de Boston, en été. Elle était bien avocate, non ? Et propriétaire d'un hôtel, qui plus est. Alors, qu'est-ce qui clochait ?

Elle leva le menton, se toisa d'un air de défi. C'était la tenue idéale pour un rendez-vous d'affaires. Aucun des vêtements qu'elle possédait ici, à Haworth House, jeans, T-shirts et *a fortiori* shorts et débardeurs, n'était envisageable pour un rendez-vous avec un client potentiel. Ne parlons pas d'un prêtre.

Elle s'approcha du lit, s'y laissa choir, la tête entre les mains. Jamais elle ne s'était souciée à ce point de son apparence. Ni pour le bureau, ni pour la Cour, ni pour Michael Davenport.

Ni même pour elle.

Le problème était peut-être là, justement. Peut-être, pour devenir la nouvelle Naomi Brightman, fallait-il qu'elle se soucie un peu plus d'elle-même, qu'elle songe davantage à se faire plaisir. Elle ouvrit le tiroir de sa table de nuit, jeta un coup d'œil à l'enveloppe trouvée devant sa porte. Comment était-elle arrivée là ? Mystère !

Etait-ce Hattie qui l'y avait mise ? Elle ne pouvait nier avoir envisagé cette hypothèse. Mais la seule manifestation de sa présence remontait au jour où elle avait sablé le champagne avec ses sœurs pour fêter l'achat de la maison. Il ne s'était rien produit depuis. Pas de brusque sensation d'air glacé. Rien. Pourtant, elle avait souvent l'impression de la sentir présente.

Une explication moins farfelue serait que Jillian ait parlé

à Avery du carton à chapeau et de la pièce secrète. Il savait désormais ce qu'elle avait éprouvé pour le père Bouchard et il aurait très bien pu aller récupérer le parchemin et le poser devant sa porte. Peut-être pour l'inciter à se mettre à vivre différemment, à mettre un brin de folie dans son existence, comme il l'avait suggéré en lui confiant les clés de la Corvette. Peut-être pensait-il qu'une chose aussi extravagante que séduire un prêtre était exactement ce qu'il fallait pour la pousser à réinventer sa vie.

Peu importe qui avait mis le parchemin devant sa porte. Sa présence l'avait contrainte à réfléchir et elle avait pris une décision.

Si l'idée de faire l'amour avec un prêtre était aussi excitante, c'était par goût de l'interdit, parce que c'était défendu, impossible. Garder le secret rajoutait encore au frisson que procurait le fruit défendu. Elle se souvenait qu'au pensionnat, personne n'était au courant. Son fantasme s'exacerbait lors de ces nuits où elle écrivait dans son journal, cachée sous les draps, à la lumière de sa lampe électrique, et elle continuait à le vivre dans les rêves qui la hantaient dès qu'elle s'endormait. Durant la journée, elle faisait très attention et se comportait de manière tout à fait normale et parfaitement respectueuse à l'égard du jeune prêtre.

Il n'y avait donc aucune raison pour qu'elle ne parvienne pas à gérer de la même manière l'attirance qu'elle éprouvait pour le père MacFarland. Si le désir persistait, elle renouerait avec l'habitude d'écrire dans son journal, noterait en secret tout ce qu'elle aurait envie de lui faire, s'assurant ainsi que le fantasme resterait consigné là, sur la page.

Avant de s'endormir, elle avait un instant pensé à monter chez Hattie et à récupérer un de ses anciens carnets dans son sac. Mais ils appartenaient désormais au passé, à sa vie antérieure. Après son rendez-vous avec le père MacFarland, elle se rendrait en ville et s'achèterait de nouveaux carnets pour y noter tous ses fantasmes.

Et elle en avait déjà un à raconter, le rêve qu'elle avait fait cette nuit. Le souvenir en était si vif encore qu'elle se sentit happée soudain, ses yeux se fermant malgré elle, son souffle brusquement plus saccadé.

Sa chambre était plongée dans la pénombre. La lune avait déserté le ciel et seule la lueur des étoiles filtrait à travers les rideaux. Mais elle savait que cette silhouette sur le balcon, c'était lui. Son corps ne s'y était pas trompé. Il avait aussitôt réagi.

Il était là, debout, ses cheveux noirs encore humides, ne portant que la serviette enroulée autour de sa taille. Celle-là même qu'elle avait tant rêvé de lui ôter, la veille.

Elle éprouva soudain l'irrépressible envie de se lever, d'aller vers lui. Mais elle était comme paralysée, incapable de bouger. Elle parvint seulement à se redresser dans son lit. Aucun son ne sortait de sa bouche. Elle ne pouvait que le regarder, le corps étreint d'un désir presque douloureux.

Finalement, elle parvint à lever la main, à lui faire signe d'approcher.

Il s'avança dans la pénombre. Le désir embrasa son corps. Il s'agenouilla sur le lit, prit la main qu'elle lui tendait et l'attira vers lui. Ils étaient tous deux à genoux, face à face, leurs corps se touchant presque. C'est alors qu'elle vit la petite bande de tissu blanc à son cou. Elle se détachait, immaculée, sur sa peau bronzée. Elle tendit la main, effleura du bout des doigts le col rigide. Un frisson d'excitation la parcourut tout entière.

Il ne fallait pas. C'était défendu. Etait-ce pour cela qu'elle en avait tant envie ? Elle leva la tête. Leurs yeux se croisèrent. Il y avait tant de passion dans le regard qu'il posa sur sa bouche qu'elle sentit ses lèvres trembler.

Trouvant la force de bouger, elle referma la main sur son épaule, l'attira vers elle. Il la prit par la taille. Leurs corps se touchaient enfin et les sensations jaillirent, intenses, bouleversantes.

Il bougea contre elle et elle sentit toute la longueur de son sexe en érection presser son ventre. « Il ne fallait pas, non », songea-t-elle, tandis qu'une chaleur intense la submergeait.

Son corps, lui, réclamait davantage et elle se souvint de ce qu'elle avait imaginé, de ce qu'elle voulait lui faire, et elle laissa ses mains descendre jusqu'à sa taille, ses doigts se glisser sous la serviette. Ses muscles étaient encore plus fermes qu'elle ne l'avait imaginé. Elle pressa avec délectation ses fesses sous ses paumes, les griffa de ses ongles.

Alors, exactement comme elle l'avait espéré, il la saisit fermement par les hanches, la souleva. Elle referma les jambes autour de sa taille, plaqua son corps contre le sien jusqu'à ce qu'elle sente son sexe presser sa chair en feu. La serviette et son petit slip les séparaient encore, mais peu lui importait. Elle ne voulait surtout pas qu'il s'arrête de bouger et elle ne voulait pas s'arrêter non plus, éperdue, enivrée par ce plaisir qu'elle sentait monter en elle. Les yeux clos, elle se sentait grimper, grimper, et finalement, au sommet, elle lâcha prise, chavira dans l'extase.

Lorsqu'elle s'était réveillée, il n'était plus là. Tout cela n'avait été qu'un rêve…

Elle ouvrit les yeux. Le souvenir du plaisir qu'elle avait ressenti était si intense qu'elle se sentit soudain sans force et dut se cramponner au bord du lit pour ne pas s'écrouler.

C'était triste, mais vrai. Elle n'avait jamais joui aussi puissamment dans la vie réelle que dans ce rêve avec le père MacFarland. La nouvelle Naomi allait devoir faire quelque chose pour remédier à cela.

Elle posa les yeux sur les vêtements pliés au pied de son lit, un T-shirt et un petit slip de coton blanc très sages. Dommage qu'elle n'ait pas porté quelque chose de plus affriolant, de plus érotique dans son rêve, un petit slip de dentelle facile à ôter… A cela aussi, elle allait devoir remédier. Ce n'était pas seulement des carnets qu'elle allait acheter en ville, aujourd'hui. Elle avait l'intention de rendre une petite visite à la boutique que Jillian lui avait recommandée.

Son regard glissa vers l'enveloppe. Elle referma le tiroir, prit une grande inspiration. Elle avait pris la bonne décision. Elle entendait continuer à se faire plaisir en vivant pleinement ses fantasmes. N'avait-elle pas passé une merveilleuse nuit, la plus belle qu'elle ait connue depuis des semaines ?

Elle avait toujours aimé relever les défis et garder le contrôle de la situation. Rien de plus facile dans le cas présent. Elle ferait en sorte que ses rencontres avec le père MacFarland soient brèves et gardent un caractère purement professionnel. Au cœur de la nuit, en revanche, elle pourrait s'adonner sans frein aux fantasmes les plus débridés et faire l'amour avec lui sans barrières ni retenue. Elle consignerait alors les moindres détails de ces moments intenses dans son journal.

Voilà. C'était un plan très simple et qui ne mettrait personne en péril.

Elle se leva, jeta un coup d'œil à sa montre. 9 h 45. Elle saisit le petit sac emprunté à Jillian et les clés de la Corvette. Il était temps de se rendre à son rendez-vous avec le père MacFarland.

Lorsque son portable se mit à sonner, Michael Davenport posa le taille-haie et répondit. La voix au bout de la ligne était nerveuse.

— Alors, tu l'as ?

— Non. Je n'ai pas encore pris contact.

— Pourquoi ?

Il réprima un soupir. Il avait toujours préféré travailler seul. Mais cette fois, on l'avait identifié et il n'avait pas eu le choix : c'était soit travailler avec un partenaire, soit renoncer à un projet très lucratif. Il avait choisi la première solution. Et il donnerait l'illusion de travailler en duo tant qu'il n'aurait pas trouvé le moyen de mettre fin à cette collaboration.

— Patience, répondit-il.

Il y eut un grognement agacé à l'autre bout de la ligne.

Pour Michael, partenaire ou pas, le jeu consistait à délester Naomi Brightman des cent millions de dollars qu'il avait cachés chez elle.

— Chaque fois que tu m'appelles, tu accrois les chances

qu'on me localise. Ce ne serait pas de chance pour toi, vu que je suis le seul à savoir où se trouve l'argent.

Il y eut un nouveau grognement dans le téléphone.

Michael coinça l'appareil contre son oreille et continua de tailler la haie qui bordait le jardin de l'hôtel. Il y avait peu de chances que son portable puisse être localisé, mais l'autre l'ignorait. Ce n'était qu'un amateur.

— Quand auras-tu l'argent ?

— Bientôt. Elle est arrivée sur l'île hier après-midi. J'étais en ville lorsqu'elle a débarqué.

Il aurait pu ajouter que de l'endroit où il se trouvait, il voyait le balcon de Naomi et la porte de sa chambre. Mais moins son partenaire en savait, mieux c'était.

— Cooper, le directeur, est venu la chercher au ferry. Je ne peux pas entrer en contact avec elle tant qu'elle se trouve à l'hôtel. C'est trop risqué. Elle est peut-être surveillée et on pourrait me reconnaître.

C'était ce qu'il entendait faire croire à son partenaire, tout du moins. Car maintenant que Naomi était sur l'île, il n'avait plus qu'à attendre le moment opportun.

— Il va falloir que tu me laisses gérer ça comme je l'entends.

— Pas d'entourloupe, je te préviens.

Cet imbécile ne croyait pas si bien dire. Michael eut un petit sourire ironique.

— Ecoute, nous voulons tous les deux la même chose, non ?

— Et nous l'aurions déjà si tu n'étais pas aussi cupide. Le travail devrait être terminé depuis des semaines.

Il se retint de préciser que sa prétendue cupidité allait leur rapporter un énorme bénéfice.

— Tu n'aurais jamais dû lui donner l'argent, fit l'autre d'un ton accusateur. Il serait depuis longtemps placé sur un compte à l'étranger.

— Et les fédéraux sauraient très exactement où. Et pas seulement eux, il y a des gens qui se sont fait une spécialité de traquer ce genre de grosses sommes. Et le jour où tu veux retirer le fric, tu te fais pincer. Je sais ce que je fais.

Il le savait, en effet. Naomi avait apporté l'argent sur l'île. Elle était si prévisible qu'il n'y avait pas le moindre doute là-dessus. Il lui suffisait à présent d'attendre le moment opportun pour agir. Il viendrait. La patience était une qualité maîtresse dans le genre d'activité qu'il pratiquait.

— Je te donne deux jours. Si tu n'as pas l'argent d'ici là, je vais voir les flics et je leur dis où tu es.

Il poussa un soupir et coupa la communication. C'était une menace en l'air, il le savait. Mais c'était le signe que son partenaire paniquait. Voilà pourquoi il préférait travailler seul. Il allait devoir lui régler son compte, comme il l'avait fait pour le précédent.

Mais rien ne pressait. Deux jours, c'était plus qu'il ne lui en fallait pour prendre contact avec Naomi et il n'entendait pas se laisser bousculer. La traque, l'affût et l'attaque pour attraper sa proie, c'était la phase de l'opération qu'il préférait.

4

— Voici vos cappuccinos, dit Tess en posant les tasses devant Dane. J'apporterai les viennoiseries dès que Mlle Brightman sera arrivée. Désirez-vous autre chose ?

— Pas pour l'instant, merci.

Tandis que Tess s'éloignait, Dane se cala contre son dossier et jeta un coup d'œil à sa montre. 9 h 58. S'il était une chose qu'il avait apprise sur Naomi Brightman, au cours des deux dernières semaines, c'était son extrême ponctualité. L'heure approchant, il se sentait de plus en plus tendu.

Il savait s'y prendre avec les femmes. Il n'en était pas à ses premières armes. Et il saurait comment prendre celle-ci. Combien de fois ne se l'était-il pas répété durant les longues nuits sans sommeil qu'il avait passées ? Et combien de fois ne s'était-il pas retrouvé le corps en feu à force de fantasmer sur la façon dont il aimerait la prendre, justement.

Il avait envie d'elle, envie de la prendre dans ses bras, de la caresser, de lui faire l'amour. Il y avait eu ce moment insensé, la veille, lorsqu'il l'avait surprise en train de l'observer au moment où il sortait de la douche. Jamais il n'avait éprouvé un désir aussi violent, aussi incontrôlable. Il avait eu envie de la rejoindre. Elle était si proche. L'idée qu'en quelques minutes, il pouvait être chez elle, contre elle, en elle, l'avait bouleversé au point qu'il avait failli commettre une erreur irréparable.

Mais Dane MacFarland n'aimait pas commettre d'erreurs. Et il allait s'assurer que la séduisante Mlle Brightman ne l'entraîne pas à en commettre une, aujourd'hui. Il suffisait qu'il se souvienne qui il était. Les jeux de rôle étaient son point fort.

Lorsqu'elle fit son apparition dans la cour, il sentit réagir chaque fibre sensible de son corps. Et tandis qu'elle s'approchait, le désir l'assaillit, intense, irrépressible. Voilà qui n'était pas très bon pour lui. Il s'enjoignit à la raison, sachant qu'il ne pouvait se permettre la moindre erreur avec elle.

Il se reprit, faisant appel à une technique qu'il avait acquise au fil des années. Il évacua toute pensée liée à Dane MacFarland de son esprit pour devenir littéralement son personnage. Cependant, même un prêtre n'aurait pu s'empêcher d'admirer Naomi, la grâce de sa démarche, la beauté de ses jambes longues et musclées. Elle portait l'un de ses tailleurs stricts, des chaussures fonctionnelles, et elle avait rassemblé ses cheveux en chignon.

En tant que prêtre, il s'autorisa à regarder voler quelques mèches que le vent ébouriffait, mais l'homme en lui ne pouvait s'empêcher de penser combien il aimerait dénouer ses cheveux, les voir glisser jusqu'à ses épaules en un halo de boucles rousses éclatantes autour de son visage.

Il se leva lorsqu'elle atteignit la table, recentrant toute son énergie sur le rôle qu'il jouait. Désormais, il était le père MacFarland.

A plusieurs reprises, en traversant la cour, Naomi avait eu envie de faire demi-tour et de se sauver à toutes jambes. Elle savait ce que le père MacFarland pouvait provoquer en elle par un seul regard et jusqu'où son imagination pouvait l'entraîner ensuite. Elle en avait fait l'expérience. Mais elle allait se concentrer et faire en sorte que cette entrevue soit brève. Il ne lui faudrait certainement pas beaucoup de temps pour répondre à ses questions et lui montrer les infrastructures de l'hôtel. Elle laisserait ensuite à Avery le soin de négocier la partie financière.

Puis elle prendrait la Corvette, se rendrait en ville, s'achèterait des vêtements nouveaux et une réserve de carnets et se préparerait à vivre son fantasme.

— Mademoiselle Brightman, j'ignorais qui vous étiez lorsque

nous nous sommes parlé sur le ferry. Je ne pensais pas non plus avoir le plaisir de vous revoir si vite. Je suis le père MacFarland.

Il ôta ses lunettes de soleil. Il avait des yeux gris-bleu au regard doux, étrangement lointain. Elle n'y vit aucune trace de la passion qui les enflammait dans son rêve ou lorsqu'il s'était retourné pour la regarder, la veille. C'était presque comme si l'homme qu'elle avait en face d'elle était une autre personne. La nervosité qui lui nouait l'estomac lorsqu'elle avait quitté sa chambre monta d'un cran.

— Je suis très heureuse de faire votre connaissance, mon père, dit-elle, saisissant la main qu'il lui tendait. J'ai cru comprendre que vous étiez intéressé par les équipements que Haworth House peut offrir.

— C'est exact. Je dois avouer que vous êtes à la tête d'une propriété magnifique.

Il lui adressa un sourire purement amical, mais elle sentait la chaleur de sa paume pressée contre la sienne et la fièvre montait déjà en elle. Les souvenirs de son rêve affluaient et elle se sentait chavirer, l'esprit troublé. Il fallait qu'elle se concentre sur ce qu'elle avait à faire, qu'elle respire.

Après qu'il eut ôté sa main, l'empreinte de sa paume demeura dans la sienne, telle une brûlure. Elle ne parvenait pas à chasser de son esprit les détails troublants de son rêve, le souvenir de ses mains fermes sur son corps, de ses doigts pressant ses hanches lorsqu'il l'avait soulevée contre lui. Une onde de chaleur irradia ses reins, son ventre, se concentra au creux de ses cuisses, et elle dut agripper le dossier d'une chaise pour ne pas chanceler.

Elle ne pouvait détacher les yeux de son visage, mais rien dans son regard n'indiquait qu'il ait ressenti quoi que ce soit lorsqu'ils s'étaient serré la main. Peut-être ce regard intense échangé la veille avait-il été à sens unique, lui aussi.

Tant mieux, songea-t-elle. C'était exactement ce qu'elle souhaitait et elle se sentit soulagée. Elle se trouvait à la tête d'un hôtel et elle avait un travail à accomplir, elle ne devait songer qu'à cela et…

— J'ai pris la liberté de vous commander un cappuccino.

La voix l'arracha à ses réflexions. Elle baissa les yeux vers la table et vit la tasse et sa mousse de lait si alléchante saupoudrée de cacao. Elle tira la chaise et s'assit.

— Tess, la serveuse qui est aux petits soins pour moi, m'a confié que vous aviez un faible pour le cappuccino, poursuivit le père MacFarland.

— En effet, elle a raison.

En plus de celui que j'ai pour les prêtres, songea-t-elle, encore toute retournée. Elle s'obligea à croiser son regard.

Rien. Pas la moindre émotion.

N'y pense plus, Naomi. Tu as ton fantasme secret. Qu'il ne soit pas plus conscient de ce qui se passe que ne l'était le père Bouchard rendra les choses beaucoup plus simples.

— Elle va également nous apporter quelques viennoiseries, poursuivit-il. A la cuisine, ils savent que vous n'avez pas commandé de petit déjeuner, ce matin.

Il était très prévenant, très aimable.

Mais « prévenant » n'était pas le mot qui lui venait à l'esprit lorsqu'elle repensait à l'homme qu'elle avait vu, la veille, à demi nu. Il lui avait donné l'impression d'un homme prêt à prendre ce qu'il voulait, au mépris des conséquences. Un frisson d'excitation la parcourut.

Elle saisit sa tasse, but une gorgée, son regard rivé au sien. Elle ne parvenait pas à détourner les yeux de son visage, comme hypnotisée par lui.

— Le personnel s'inquiète beaucoup pour vous, dit-il. Vous avez traversé des moments difficiles, je crois.

Tandis qu'il parlait, sa main avait imperceptiblement glissé vers la sienne. Il la retira aussitôt, sans la toucher.

Que se serait-il passé si ses doigts avaient touché les siens ? Elle brûlait de le savoir, mais elle chassa très vite cette pensée, serra plus fort sa tasse.

« Concentre-toi. Pense à ton travail. »

— Avery m'a dit que vous songiez à organiser des retraites à Haworth House. Vous envisagez de recruter de nouveaux séminaristes, je crois.

— Je m'efforce de susciter des vocations et cet endroit me paraît idéal pour une retraite.

Il but une gorgée de cappuccino et reposa sa tasse.

— Est-ce dans ce but que vous êtes venue ici, vous aussi ?

— Pour faire une retraite ? Je ne suis pas certaine d'aimer la connotation militaire du mot.

— Pour faire le point, alors ? suggéra-t-il.

— Oui. Cela convient davantage.

— Et c'est concluant ?

Elle fronça les sourcils, songeuse.

— Je crois, oui.

Elle pensa à sa décision de se séparer de son grand sac et d'en emprunter un à Jillian. C'était une avancée modeste, mais très symbolique.

— Les choses se décantent dans mon esprit. Je réfléchis à ce que je vais faire à l'avenir.

— Au sens religieux du terme, les retraites sont signe de renouveau.

Elle laissa son regard glisser vers l'étendue bleue de l'océan, au-delà du porche.

— J'ai toujours pensé que c'était ce que Hattie Haworth avait trouvé ici. Elle ne fuyait pas, elle était venue chercher un nouveau départ.

Il rapprocha de nouveau sa main, elle le sentit. Lorsqu'elle se tourna vers lui, elle surprit la tension dans ses épaules, son visage.

— Ecoutez, dit-il, je sais que je suis un étranger pour vous. Mais si vous ressentez le besoin de parler à quelqu'un, je sais écouter.

Sa voix était agréable et douce, le ton sincère. Mais elle fut déçue. De la compréhension ? Cela ne lui suffisait pas. Pas du tout. L'impatience la gagna. Il savait peut-être écouter, mais ce n'était pas d'un confesseur dont elle avait besoin.

Ce n'était pas non plus ce dont Hattie avait eu besoin, elle en était certaine. Durant toute sa carrière, elle avait été sous la coupe des hommes, le directeur des studios de cinéma d'abord, puis son mari. Et tous les deux l'avaient laissée tomber lorsqu'ils n'avaient plus eu besoin d'elle.

Les similitudes avec sa propre existence étaient frappantes.

Cette fois, ce fut davantage que de l'impatience qu'elle ressentit, mais elle parvint à se maîtriser. Elle n'avait qu'une envie, se lever et partir. Mais elle avait un hôtel à faire tourner.

« Finis-en avec ce rendez-vous, Naomi. »

Elle s'efforça de sourire.

— Que puis-je vous dire afin de vous convaincre de choisir Haworth House pour vos séminaristes ?

Il joignit les mains sur la table et se pencha vers elle. Les secondes s'écoulèrent tandis qu'il l'observait. Pour la première fois, elle surprit une étincelle dans ses yeux, un peu de cette intensité qui brûlait dans le regard qu'ils avaient échangé, la veille. Le désir n'était peut-être pas à sens unique, finalement. Peut-être était-il attiré par elle autant qu'elle l'était par lui, mais cherchait-il à le cacher.

N'était-ce pas ce qu'elle était en train de faire, elle-même ? N'avait-elle pas décidé que si cette attirance pour lui se prolongeait, elle agirait comme elle l'avait fait avec le père Bouchard ? Elle vivrait son fantasme dans le secret le plus absolu.

Il s'apprêtait à parler, mais fut interrompu par l'arrivée de Tess qui posa sur la table une corbeille remplie de petites brioches encore toutes chaudes.

— Désirez-vous autre chose, mon père ? Mademoiselle Brightman ?

— Non, merci, Tess, dit Naomi. C'est parfait.

Ils tendirent en même temps la main vers la corbeille. Leurs doigts se frôlèrent et ils s'écartèrent d'un geste vif, faisant tomber deux petites brioches qui roulèrent sur le sol. Ils repoussèrent leurs chaises en même temps, se penchèrent pour les ramasser. Cette fois, lorsque leurs mains se touchèrent, il prit l'initiative, saisit la main de Naomi. Un frisson la parcourut tout entière.

Ils étaient tout près l'un de l'autre, presque comme dans son rêve lorsqu'il était venu s'agenouiller sur le lit. La force de ses doigts, la fermeté de sa main étaient telles qu'elle les avait imaginées. Et cette onde de chaleur, aussi, qui montait le long de son bras, irradiait son corps, jusqu'au creux de ses reins, de son ventre.

Tout le reste était nouveau et… bien réel. L'odeur de l'océan apportée par la brise et qui se mêlait à la sienne, épicée, subtile. Elle sentait chacun de ses doigts presser les siens comme s'il ne voulait plus jamais la lâcher. La tête lui tournait. Ce n'était plus l'homme charmant et détendu avec lequel elle discutait un instant plus tôt. C'était celui dont le regard brûlant avait plongé dans le sien, la veille, la clouant sur place, et chaque fibre de son corps se mit à palpiter.

Leurs visages n'étaient qu'à quelques centimètres l'un de l'autre. Jamais elle n'avait été à ce point sensible à la présence d'un homme. Sa peau bronzée, son souffle sur sa joue, ses yeux dont elle ne pouvait détacher les siens, littéralement envoûtée. Elle les vit s'assombrir, leur iris gris-bleu devenu à peine plus clair que les pupilles. Ce n'était plus de la compréhension qu'elle y lisait, mais un feu intense qui lui coupa le souffle.

Il avait envie de l'embrasser, elle le savait, et ce désir dans son regard fit s'embraser le sien. Elle voulait sa bouche sur la sienne. Ici. Maintenant. Il suffirait d'un imperceptible mouvement et leurs lèvres se toucheraient, s'uniraient. Un instant et elle saurait tout de leur fermeté, de leur goût, de la texture de sa langue. Et le désir était si fort qu'il annihila toute pensée. Tous les soucis, toutes les tensions qui pesaient sur elle depuis deux semaines s'envolèrent. Seule la passion l'habitait. Une passion dévorante qu'elle ne connaissait pas. Il fallait qu'il l'embrasse. Absolument. Il fallait qu'elle sache…

— Mon père…

Ce fut ce mot, ce seul mot qui permit à Dane de reprendre pied dans la réalité. De se ressaisir. Il n'aurait jamais dû la toucher. Pourtant, il n'avait pensé à rien d'autre depuis qu'il l'avait vue traverser la cour, s'avancer vers lui. Le problème, c'était ce pouvoir qu'elle avait sur lui. Il posait les yeux sur elle et c'était fini, son corps se déconnectait de sa tête, il ne contrôlait plus rien.

Deux fois, il s'était surpris à tendre la main vers elle avant que ces satanées brioches ne tombent par terre. Deux fois. Et il n'avait toujours pas lâché ses doigts. Pas plus qu'il ne parvenait à détacher les yeux de sa bouche.

Ses lèvres étaient entrouvertes, pleines et sensuelles. Il avait failli l'embrasser. Il le pouvait encore. Ce serait si facile. Il suffisait de franchir la petite distance qui les séparait et il goûterait à leur douceur... Et ensuite ? Il parvenait déjà difficilement à garder le contrôle, que se passerait-il alors ? La tentation d'essayer, quelles que soient les conséquences, lui fit lâcher la main de Naomi. Mais il ne bougea pas, ne se releva pas.

Qui était-elle pour lui faire un tel effet ? Voilà deux semaines qu'il l'observait et il savait très bien qu'elle l'attirait. Mais n'aurait-il pas dû déceler un signe, sentir qu'elle était le genre de femme capable d'envoûter un homme, de lui faire perdre toute logique, toute raison ?

Toute conscience du travail qu'il devait accomplir ?

Dans ses yeux écarquillés se mêlaient l'innocence et le désir. Etait-ce ce qui l'attirait, le fascinait ? Il sentit la colère monter en lui. Comment pouvait-il se montrer aussi faible ? Quelle que soit l'emprise qu'elle avait sur lui, il allait devoir résoudre le problème.

— J'arrive, lança soudain Tess en se précipitant. Laissez-moi vous aider.

Elle se baissa, ramassa les brioches. Lorsqu'elle s'éloigna, Dane se rendit compte qu'ils n'avaient pas bougé. Ce fut Naomi qui la première retrouva ses esprits et, prenant appui sur le bord de la table, se leva.

Il avait le souffle court et le sang battait dans ses tempes lorsqu'il se leva à son tour. Il n'était pas le seul, visiblement. Le pouls de Naomi palpitait intensément dans le petit creux, à la base de son cou. Elle était troublée, elle aussi. C'était une consolation. Piètre, certes, car il est plus facile de gérer ce genre de sentiments lorsqu'ils ne sont pas réciproques.

— Je ne pense pas avoir répondu à toutes vos questions, mon père, dit Naomi.

— Non, en effet, acquiesça Dane.

Il s'en fallait de beaucoup.

— Je pense qu'une visite des lieux s'impose.

Elle jeta un coup d'œil à sa montre.

— Malheureusement, je dois me rendre en ville, ce matin. Que diriez-vous de me retrouver ici, à 13 h 30, afin que je puisse vous montrer ce que Haworth House a de mieux à vous offrir ? Si vous recherchez des lieux pour la lecture ou la méditation, il existe un endroit retiré, le long de la plage, qu'il faut absolument que vous voyiez.

— Entendu.

Elle lui adressa un sourire bref et très professionnel, mais, en la regardant regagner l'hôtel, il remarqua que son pas n'était pas très assuré.

Le sien le serait, il l'espérait. Dans quelques instants. C'est alors que les paroles de Naomi lui revinrent à la mémoire et qu'il en mesura la portée. Elle l'avait invité à découvrir un endroit retiré, sur la plage. Et il avait accepté de l'accompagner.

Quel idiot il faisait !

Un prêtre aurait-il accepté pareille proposition ? Mieux encore, serait-il capable de s'y rendre et de se contrôler ? Il y avait quelques minutes à peine, il avait failli l'embrasser, dans la cour, au vu et au su de tout le monde.

Il jura intérieurement en sortant son portefeuille pour glisser un billet sur la table. Ce qui se passerait ou ne se passerait pas sur la plage était le cadet de ses soucis en cet instant. Naomi Brightman se rendait en ville et Davenport risquait de saisir cette occasion pour entrer en contact avec elle.

5

Avery avait tout à fait raison au sujet des balades en décapotable, songea Naomi en se garant dans le petit parking près de la jetée. La route en Corvette, pied au plancher, lui avait éclairci les idées. Elle avait aussi enlevé toutes les épingles de ses cheveux. Elle jeta un coup d'œil à son reflet dans le rétroviseur et se reconnut à peine. Elle avait les joues roses, les cheveux ébouriffés par le vent.

Mais ce n'était là que la partie émergée de l'iceberg. Elle saisit le petit sac de Jillian et verrouilla les portières. Il s'était passé quelque chose en elle lorsque le père MacFarland s'était baissé pour ramasser les brioches. Il avait pris sa main, avait failli l'embrasser et elle avait reconnu l'homme aperçu dans la cour, le premier jour. C'était comme s'il y avait deux êtres distincts en lui : le prêtre affable et réservé et l'homme troublant et sexy qu'elle avait surpris, la nuit dernière, de son balcon.

Peut-être tous les prêtres avaient-ils ces deux aspects en eux : le directeur de conscience et l'homme ?

C'était l'homme qui avait failli l'embrasser. Et elle commençait à en avoir assez de ce qui avait « failli » arriver.

Au volant de la Corvette, sur la route, elle avait eu le temps de réfléchir et elle était parvenue à une conclusion. Limiter son envie de séduire le père MacFarland aux notes qu'elle griffonnerait dans son journal en espérant que cela ferait surgir d'autres rêves érotiques, cela, c'était la façon dont elle avait géré la situation avec le père Bouchard, à l'âge de quatorze ans. C'était insensé, non ? Elle avait quasiment le double aujourd'hui. Il devait bien exister une solution un peu plus adulte, tout de même.

Voilà où elle en était de ses réflexions.

Car elle n'envisageait pas sérieusement de faire de son fantasme une réalité, si ? Elle pressa une main sur son estomac, brusquement tendue, et traversa le parking. « Un pas après l'autre », se souvint-elle. Pour commencer, elle allait suivre le conseil de Jillian et faire des emplettes. Lorsqu'elle atteignit le trottoir, elle s'arrêta pour jeter un coup d'œil à la vue.

La jetée et le restaurant dans lequel elle avait déjeuné avec Avery se trouvaient sur sa droite. Quelques tables étaient déjà occupées dans le patio. Son regard se posa un peu plus loin, sur un homme qui portait un grand chapeau de pêcheur en paille. Il avait quelque chose de vaguement familier.

Elle l'observa plus attentivement : jean usé, débardeur, bras musclés. Il tenait quelque chose dans la paume de sa main et, tandis qu'elle l'observait, il souleva l'objet. Le métal étincela dans la lumière du soleil. Une sorte d'appât, probablement, supposa-t-elle. Puis, d'un geste nonchalant, il s'amusa à le faire passer d'une main dans l'autre.

La sensation de familiarité la frappa de nouveau. Elle avait déjà vu ce geste. Et soudain, elle se souvint. Elle avait vu Michael faire cela. Lors de leur dernier rendez-vous, il s'était amusé de la sorte avec le porte-clés qu'il lui avait offert. Elle détailla l'homme de nouveau et, cette fois, elle aperçut le tatouage sur son épaule.

Seigneur, était-elle en train de devenir paranoïaque ? Le très conservateur Michael Davenport ne risquait pas de se faire tatouer un jour. Et il n'était certainement pas le seul à jouer de la sorte avec les objets.

Délibérément, elle regarda au-delà du restaurant, vers la petite anse de sable de la plage publique, couverte de chaises longues et de parasols colorés. Des mouettes criaient dans le ciel. Des enfants riaient en sautant dans les vagues blanches d'écume qui venaient se briser sur la rive.

Un peu plus loin, dans l'eau, des pêcheurs se prélassaient

dans deux petits bateaux, les bouchons de leurs lignes flottant doucement au rythme des vagues. Lorsque l'une des lignes se tendit soudain, Naomi mit sa main en visière et regarda l'homme se lever et dérouler du fil. C'est alors qu'elle sentit les picotements dans sa nuque.

Elle faillit faire volte-face, mais se retint à temps. Au lieu de cela, elle se retourna tranquillement, faisant semblant d'observer la rue comme si elle cherchait à se repérer. Bien que son matériel de pêche soit encore posé sur une chaise, l'homme au tatouage avait disparu.

Sur la gauche de Naomi se trouvait la rue principale. Elle la remonta, passa devant une banque, un immeuble de bureaux qui abritait une agence immobilière, un cabinet d'avocats et une galerie d'art. Un peu plus loin, au carrefour, se trouvait un café offrant quelques tables installées sur le trottoir, à l'ombre d'un joli store rayé vert et blanc.

Deux clients y étaient installés. Le premier portait une casquette de base-ball et lui tournait le dos. Il plongea la main dans le sac de marin posé sur la chaise à côté de lui et en sortit un livre. L'autre, plus grand et de forte corpulence, avait une barbe grisonnante et était occupé à griffonner quelque chose sur un journal plié. Naomi supposa qu'il s'agissait de mots croisés. Aucun des deux hommes ne lui accorda la moindre attention lorsqu'elle passa près d'eux et les picotements ne se reproduisirent pas.

Un peu plus loin, elle aperçut Book Traders, une librairie, confiserie et magasin de souvenirs. Exactement le genre d'endroit susceptible d'attirer Michael Davenport.

Pourquoi songeait-elle encore à lui ? Décidée à le chasser de ses pensées, elle fit demi-tour, traversa la rue en diagonale et se dirigea vers la boutique que lui avait recommandée Jillian. Découvertes se trouvait juste en face du café et elle s'y serait rendue plus tôt si elle n'avait pas eu le sentiment d'être surveillée et éprouvé le besoin de voir de plus près toutes les personnes qui se trouvaient dans la rue.

La vitrine l'intrigua d'emblée. On n'y trouvait pas les habituels mannequins des boutiques de mode. Un tissu soyeux, d'un bleu intense, se trouvait drapé sur des étagères disposées en gradins et les différents articles y étaient présentés avec goût et raffinement. Le regard de Naomi fut immédiatement attiré par la lingerie. Un soutien-gorge de dentelle et un petit slip assorti, dans un ton jaune clair, étaient nonchalamment posés sur le fond bleu, comme si une personne venait de les ôter et les avait abandonnés là. A côté, d'autres ensembles, déclinés dans un arc-en-ciel de couleurs, étaient soigneusement pliés et disposés en piles.

Les sous-vêtements de Naomi étaient aussi fonctionnels que les tenues qu'elle portait par-dessus. Mais ces petits morceaux de dentelle vaporeuse étaient du pur rêve. Une image traversa soudain son esprit. Elle se trouvait sur le balcon de sa chambre, vêtue seulement du petit ensemble de dentelle jaune. Sur le balcon, en face, se trouvait le père MacFarland, une serviette nouée autour de la taille. C'était l'homme qui la regardait, pas le prêtre, et ce regard, pourtant imaginaire, lui fit soudain tourner la tête. L'espace d'un instant, la sensation fut si intense qu'elle dut s'appuyer à la vitrine pour ne pas chanceler.

« Reprends-toi, Naomi. » Un fantasme était une chose, mais il tournait véritablement à l'obsession, à présent. Elle prit une longue inspiration et s'obligea à se concentrer sur la vitrine. Elle était venue faire du shopping.

Des T-shirts et des shorts occupaient le devant de la vitrine. Il n'y avait pas une seule couleur neutre dans le lot. Disposé dans un angle, le couvercle entrouvert, se trouvait un petit coffre de marine d'où sortait tout un assortiment de bijoux fantaisie. Là aussi, la couleur semblait le maître mot : turquoise, corail, jade et améthyste.

Sur un fond jaune vif, et suspendues sur des cintres, se trouvaient deux robes bains de soleil aux imprimés éclatants. L'une était dos nu et l'autre possédait de fines bretelles ornées de petits nœuds sur les épaules. Au-dessous de chacune était disposée une paire de sandales à lanières et talons hauts dans un ton coordonné. Elle baissa les yeux vers ses chaussures noires.

Sinistres. Définitivement.

Lorsqu'elle entra dans la boutique, elle écarquilla des yeux émerveillés. Comme Dorothy dans *Le Magicien d'Oz,* lorsque son monde passe du noir et blanc au Technicolor.

Une petite brunette aux cheveux coupés très court sortit de derrière le comptoir et s'avança, la main tendue.

— Bonjour, je suis Molly Pepperman. Bienvenue chez Découvertes.

— Naomi Brightman, répondit Naomi, lui serrant la main. Je crois que vous connaissez ma sœur Jillian.

Le visage de Molly s'illumina.

— Oui, en effet. Elle m'a dit que vous passeriez certainement me voir. La boutique est à vous. Sentez-vous libre de vous y promener à votre guise. Si vous le souhaitez, en revanche, vous pouvez me mettre à contribution.

— Je crois que c'est ce que je vais faire. J'ai besoin de renouveler totalement ma garde-robe.

— Génial ! s'exclama Molly. Un changement de look ? C'est exactement ce que j'adore faire.

Naomi jeta un regard autour d'elle. La boutique était agréable et aérée, en dépit du choix considérable de vêtements et d'accessoires qu'elle offrait.

— Par quoi commençons-nous ?

— Par nous promener. Je vous propose de faire le tour du magasin et de me dire ce qui attire votre œil. Une robe, une couleur, un bijou. Cela peut être n'importe quoi.

Naomi poussa un soupir.

— Je n'y connais pas grand-chose en matière de mode. Ce n'est franchement pas mon fort de m'habiller.

— Ne vous inquiétez pas, ça, c'est ma partie, dit Molly, attrapant un petit panier. Voilà, imaginez-vous en train de faire vos courses. Vous choisissez ce qui vous plaît.

Naomi jeta de nouveau un regard circulaire à la boutique.

— J'aime assez ces lunettes, là, sur le présentoir.

— Excellent choix. Très rétro années 1960.

Molly ne s'était pas moquée d'elle, ne l'avait pas regardée

avec condescendance pour avoir commencé timidement par des lunettes de soleil. Elle se sentit ragaillardie.

— Finalement, non. Je ne vais pas les prendre. Je n'ai plus envie de me cacher, même derrière des lunettes de soleil.

Molly sourit, ravie.

— Dans ce cas, vous avez choisi la bonne boutique. Quelque chose d'autre vous tente ?

— En fait, la première chose qui a attiré mon regard, c'est un petit ensemble slip soutien-gorge dans la vitrine. Le jaune.

— Et vous prétendez ne rien connaître à la mode ! C'est le tout dernier cri en matière de lingerie.

Molly gagna la vitrine et se pencha pour récupérer le petit ensemble.

— Le bleu, aussi, me plaît beaucoup, ajouta Naomi en la suivant.

— Il a un succès fou.

Molly ajoutait l'ensemble bleu dans le panier lorsque Naomi sentit brusquement les picotements se réveiller dans sa nuque. Elle leva la tête, inspecta la rue d'un rapide coup d'œil. La terrasse du café se trouvait juste en face, à l'angle. L'un des hommes qu'elle avait repérés un moment plus tôt avait disparu. L'autre était toujours plongé dans ses mots croisés.

— Vous voyez autre chose qui vous tente dans la vitrine ? demanda Molly.

— La robe bain de soleil turquoise et les sandales assorties.

— Ce sont mes préférées, moi aussi.

Molly ajouta les sandales dans le panier et fit glisser la robe de son cintre.

— Nous nous occuperons des tailles plus tard.

Lorsqu'elles eurent terminé de faire le tour de la boutique, Molly vida le panier et pendit les articles devant la cabine d'essayage.

— Alors, qu'en pensez-vous ?

Ce que Naomi en pensait, c'était que rien de ce qu'elle avait choisi ne ressemblait à la traditionnelle Naomi Brightman.

— A Boston, il m'aurait fallu écumer tout le centre commercial pour réunir un tel choix. Et je n'aurai sans doute pas eu le cran d'acheter quoi que ce soit. Votre boutique est pleine de trésors. Par quoi vais-je commencer ?

— L'ensemble slip et soutien-gorge jaune. Je sais qu'il va vous aller. Essayez-le, vous verrez, il va faire toute la différence. Ensuite, je vous passerai autre chose.

Elle pénétra dans la cabine et referma la porte. Puis elle se déshabilla, pliant un à un ses vêtements avant de les poser sur le petit banc. Espérons qu'il serait aussi facile de se débarrasser des vieilles habitudes et des anciennes façons de penser.

Dès qu'elle eut enfilé le petit ensemble de dentelle jaune, elle s'observa dans le miroir. Il y avait incontestablement quelque chose de… différent en elle. Elle s'approcha, s'efforça de déterminer ce que c'était. Le soutien-gorge et le slip étaient fins et transparents. Elle se tourna d'un côté, puis de l'autre. A chaque mouvement, elle sentait le léger frottement de la dentelle sur sa peau, ses seins. Son corps frissonnait de sensations.

C'était le même visage qu'elle voyait, le même corps. Et en même temps, ce n'était pas tout à fait…

— Alors, qu'en pensez-vous ? demanda Molly à travers la porte.

— C'est toujours la même Naomi que je vois.

— Mais…

— Je me sens différente.

Du bout des doigts, elle effleura la dentelle à l'endroit où pigeonnaient ses seins, puis elle descendit vers ses hanches, suivit la ligne du petit slip.

— Plus sexy.

Le rire de Molly filtra au-dessus de la porte.

— Quoi d'autre ?

Naomi revit le petit ensemble dans la vitrine et se souvint de ce qu'elle avait pensé. Il donnait l'impression que quelqu'un venait juste de l'ôter et l'avait abandonné là. Et le fantasme qui titillait son esprit, depuis, prit soudain forme.

Elle ferma les yeux. Une fois de plus, elle s'imaginait sur le seuil de la porte-fenêtre. Dans sa chambre, en face, Dane

MacFarland se trouvait au téléphone, vêtu seulement de la serviette nouée autour de sa taille.

Mais cette fois, lorsqu'il se retournait, plongeant son regard dans le sien, elle ne se contentait pas de cet échange. Elle sortait, s'avançait sur le balcon. Un frisson la parcourait tout entière en voyant son regard s'assombrir, soudain plus intense. Alors, sans cesser de le fixer, elle tendait les mains derrière elle, dégrafait son soutien-gorge. La dentelle glissait le long de ses bras, de ses seins, sensation délicieuse, rendue plus troublante encore par les yeux de cet homme rivés sur elle, sur chacun de ses mouvements.

Tremblante, elle glissait alors les doigts sous l'élastique du petit slip et, lentement, elle le faisait glisser le long de ses hanches, de ses cuisses. Son corps était en feu lorsque le léger sous-vêtement tombait sur le sol.

C'était alors qu'il sortait à son tour sur son balcon.

La violence du désir qui l'assaillit la fit s'approcher du miroir et elle dut prendre appui sur lui pour ne pas chanceler. La tête lui tournait et elle posa son front sur le verre froid pour calmer sa fièvre.

— Naomi ?

— Oui, parvint-elle à articuler.

Elle s'efforça d'ouvrir les yeux. Elle se trouvait dans la cabine d'essayage et le petit ensemble jaune gisait à ses pieds.

— Des recherches ont été faites sur les raisons pour lesquelles les femmes portent des sous-vêtements sexy. Est-ce pour l'homme de leur vie ou pour elles-mêmes ? dit Molly. Eh bien, on a découvert que la majorité des femmes les portent pour elles-mêmes, pour se faire plaisir.

Naomi jeta un regard à son reflet dans le miroir. Ce n'était pas entièrement vrai. Dès qu'elle avait aperçu l'ensemble jaune, c'était à un homme qu'elle avait pensé. Et pas n'importe lequel.

— Je parie que si vous remettez votre tailleur, à présent, vous ne vous verrez plus de la même façon. Vous ne vous sentirez plus la même.

Naomi se sentait déjà différente. L'ancienne Naomi ne se

serait jamais imaginée en train de se déshabiller pour séduire un homme. Elle ne l'avait jamais fait. Et ce n'était pas pour n'importe quel homme qu'elle se dénudait ainsi. C'était pour un prêtre.

Le frisson du fruit défendu... Ses doigts tremblaient lorsqu'elle remit le soutien-gorge.

— Je prends cet ensemble dans toutes les couleurs disponibles, dit-elle.

— C'est comme si c'était fait.

— Pouvez-vous me faire passer la robe et les sandales, à présent ?

Molly ouvrit la porte et lui tendit les articles.

— Juste une question.

— Bien sûr.

— Qui est l'heureux élu ?

Naomi enfila la robe. C'était celle aux fines bretelles. Elle n'était pas plutôt en place qu'elle s'imagina dénouant une bretelle, puis l'autre.

— Comment savez-vous qu'il y a un homme ?

— A cette lueur particulière dans votre regard. Est-ce de la séduction ou une revanche à prendre ?

— Un peu des deux, probablement, répondit-elle en enfilant les sandales.

Puis elle se regarda dans le miroir. La femme qui lui faisait face n'avait plus grand-chose à voir avec celle qui était entrée dans la cabine, vêtue de son ensemble sinistre.

Et peut-être que tout cela n'avait finalement aucun rapport avec un homme. Peut-être avait-elle décidé qu'il était grand temps qu'elle fasse quelque chose pour elle-même. Et ce fantasme de se déshabiller pour Dane MacFarland ? Bon, elle aurait tout le temps d'y penser plus tard.

Dane bougea sur sa chaise, mal à l'aise. Depuis qu'il avait vu Naomi choisir deux ensembles de lingerie dans la vitrine, il sentait son sexe douloureusement tendu. Et pour couronner le tout, il avait l'impression de ne plus vraiment contrôler la situation. Elle avait quitté la cour de l'hôtel précipitamment, ce matin, et c'était entièrement sa faute. Il lui avait fait peur lorsqu'il avait pris sa main et avait failli l'embrasser. Et il s'était fait peur aussi.

Il l'avait suivie en ville, ce qui s'était avéré plus difficile que prévu. Le compteur de sa voiture de location plafonnait bien au-dessous de celui de la Corvette. Heureusement, grâce à Tess, il avait une idée de l'endroit où elle se rendait. Une boutique qui s'appelait Découvertes et que Jillian avait coutume de recommander à ses clientes.

Lorsqu'il avait vu Naomi garer sa voiture dans le petit parking, vers la jetée, il s'était garé dans une rue latérale. Mais elle était rapide. Le temps qu'il change de T-shirt et sorte sa casquette de base-ball, elle s'avançait déjà dans sa direction. Il avait eu à peine le temps de voir que la boutique ne possédait que deux issues, l'entrée sur la rue principale et une porte de côté pour les livraisons. En toute hâte, il avait choisi de s'installer au café, à une table en terrasse, dos à elle. Mais il avait senti son regard posé sur lui et avait attendu, inquiet, retenant sa respiration. Elle avait fini par traverser pour aller voir la vitrine et il avait pu prendre le temps de se repérer un peu mieux.

C'était problématique de filer quelqu'un dans une petite ville. Heureusement, le café situé au centre de la zone commerçante offrait une position stratégique. Lorsque Naomi était entrée dans la boutique, il s'était déplacé vers une table à l'intérieur d'où il pouvait encore mieux surveiller le secteur.

Il voyait à la fois sa voiture et le magasin. Il s'était donc trouvé aux premières loges pour repérer les articles qu'elle sélectionnait dans la vitrine.

Depuis qu'il avait vu la vendeuse s'emparer de ce petit ensemble de lingerie jaune, une image l'obsédait : Naomi vêtue seulement de ces deux petits morceaux de dentelle vaporeuse. Et tandis qu'il surveillait la rue tout en buvant du café glacé, de nombreux fantasmes avaient traversé son esprit.

Ils commençaient tous de la même façon. Elle se trouvait

dans la cabine d'essayage, face au miroir. Il arrivait derrière elle et l'attirait contre lui. Il effleurait le petit soutien-gorge, puis refermait les mains sur ses seins et les caressait à travers la dentelle, titillant leurs pointes, les pressant entre ses doigts avant de poursuivre son exploration. Il laissait sa main glisser sur sa peau d'une douceur de soie et descendait plus bas, plus bas encore…

La première fois qu'il avait vécu le fantasme jusqu'au bout, il l'agrippait par les hanches, la plaquait contre lui tandis qu'il glissait ses doigts sous l'élastique du petit slip, puis entre ses jambes et en elle. Le regard plongé dans le sien, il la prenait, pénétrant sa chair enivrante, plongeant en elle, encore et encore.

Au début, il gardait un rythme très lent et il observait sa réaction dans le miroir, chaque nuance, chaque expression. Il n'en perdait rien. Son pouls qui battait à la base de son cou, sa respiration qui se faisait haletante, son corps qui se tendait tandis qu'elle approchait de l'orgasme. Chaque fois qu'elle était sur le point de l'atteindre, il immobilisait ses doigts et la tenait, plaquée contre lui, au bord du plaisir.

Il attendait qu'elle le supplie, qu'elle l'appelle pour bouger de nouveau, accélérer le rythme jusqu'à ce qu'elle se soulève sur la pointe des pieds, cambrée contre lui, éperdue. Il se penchait alors, posait les lèvres dans son cou, mordillait sa nuque, tout en la prenant avec fougue. Jusqu'à ce qu'elle chavire soudain, sa chair palpitant contre ses doigts.

Ça, c'était le fantasme numéro un. Dans le numéro deux, il faisait de même, mais avec sa bouche, sa langue. D'où l'état très inconfortable dans lequel il se trouvait.

Dans un effort de volonté soudain, il chassa ces images troublantes de son esprit, but une longue gorgée de café glacé et se tint immobile. Il n'osait plus bouger. Imaginer tout ce qu'il pourrait faire avec Naomi dans cette satanée cabine d'essayage l'avait excité à un point tel qu'à la moindre pression sur son sexe, il risquait de ne pas pouvoir se contrôler et de jouir.

Sans compter que plus il fantasmait sur Naomi Brightman et s'imaginait faisant l'amour avec elle, plus il lui serait difficile de contrôler son désir la prochaine fois qu'il la verrait. Il était grand temps qu'il se sorte cette cabine d'essayage de la tête.

Il jeta un coup d'œil à sa montre. C'était bien ce qu'il pensait. Il y avait plus d'une heure qu'elle se trouvait dans cette boutique. Cela ne lui ressemblait pas. Il l'avait observée pendant deux semaines, à Boston, et il ne l'avait jamais vue acheter autre chose que de la nourriture ou s'arrêter le matin pour boire son cappuccino. Personne d'autre, non plus, n'était entré dans la boutique, par l'une ou l'autre des deux portes.

Donc, si Michael Davenport prévoyait d'entrer en contact avec elle à Belle Bay, ce ne serait probablement pas dans ce magasin. Mais il avait appris à faire confiance à son instinct et celui-ci lui disait que Davenport était là et la surveillait. Restait à savoir quand et où il passerait à l'action.

Dane jeta un coup d'œil à la terrasse du café. Elle s'était remplie, mais aucun des clients ne ressemblait à Davenport. Seul un homme se trouvait là depuis aussi longtemps que lui, le type assez fort avec la barbe grisonnante, totalement concentré sur ses mots croisés.

Dans la rue, les piétons étaient moins nombreux et deux camions de livraison ralentissaient le flot des voitures en provenance de la jetée.

Un mouvement de l'autre côté de la rue attira soudain son attention. Naomi venait d'apparaître sur le seuil de la boutique, son sac à l'épaule, les mains chargées de paquets. Il la fixa un instant, interdit.

Elle portait une petite robe bain de soleil toute courte qui changeait du tout au tout par rapport au tailleur très classique qu'elle portait en entrant. Ses jambes étaient… elles paraissaient… interminables.

Il les regardait, fasciné, lorsque la brunette de la boutique sortit à son tour. Tandis qu'elle discutait avec Naomi, l'homme à la barbe grisonnante se leva, posa un billet sur la table et quitta le café. Il traversa la rue en direction de la boutique et, lorsque Naomi salua la brunette et prit le chemin de la jetée, il lui emboîta le pas, une dizaine de mètres derrière elle. Ils étaient les seuls sur le trottoir.

Une coïncidence ? C'était difficile à croire. Dane sentait tous ses sens en alerte. Ceci dit, en ce qui concernait Naomi Brightman, ils l'étaient vingt-quatre heures sur vingt-quatre.

A Boston, il n'avait pas été le seul à la surveiller. Pourquoi le serait-il ici ? En tout cas, si Barbe Grise était un agent du FBI, il avait des progrès à faire. Où avait-il appris à suivre les gens d'aussi près ?

Se laissant guider par son instinct, Dane fourra sa casquette de base-ball dans son sac et se leva.

Le temps qu'il traverse la terrasse du café, Naomi avait déjà remonté une bonne partie de la rue et le type qui la suivait s'était rapproché d'elle.

Il pressa le pas, se retrouva presque à son niveau sur le trottoir d'en face. Un plan surgit alors dans son esprit. Visiblement, elle se rendait à sa voiture pour poser ses paquets. Dès qu'elle atteindrait la Corvette, il l'appellerait et traverserait la rue à sa rencontre. Le type prendrait peut-être peur en s'apercevant qu'elle n'était pas seule.

Le plan se tenait et Dane était sur le point de le mettre à exécution lorsqu'un énorme camion de livraison s'immobilisa au milieu de la rue, bloquant totalement la vue. Il s'apprêtait à le contourner quand un mouvement, à la terrasse d'un restaurant sur la jetée, attira son attention.

Un homme portant un chapeau de paille venait de se lever et se penchait par-dessus la rambarde. Il l'aurait probablement pris pour un simple curieux si le chapeau n'était brusquement tombé.

Le sang de Dane ne fit qu'un tour. C'était Michael Davenport, le regard rivé sur ce qui se passait de l'autre côté de la rue. Dane évalua la distance. Trente secondes pour atteindre le café et il mettrait enfin la main sur ce salopard.

Il allait foncer lorsqu'un cri retentit.

Naomi.

Le cœur battant à tout rompre, il s'élança pour contourner le camion.

C'est alors qu'il l'entendit crier de nouveau.

6

Molly raccompagna Naomi jusqu'à la porte de la boutique.

— Vous êtes superbe. Profitez bien de votre nouveau look, à présent.

— J'y compte bien !

— Vous êtes certaine de ne pas avoir besoin d'aide pour porter vos paquets jusqu'à votre voiture ? Je peux fermer la boutique une minute. A vrai dire, avec tout ce que vous avez acheté, je pourrais même fermer pour le reste de la journée.

Naomi rit, heureuse. Elle avait passé un moment très agréable avec Molly et elle adorait sa nouvelle garde-robe.

— Non, ça va aller. Ma voiture n'est qu'à deux pas.

— Au revoir, alors, et revenez me voir bientôt.

— Je n'y manquerai pas.

Elle prévoyait de faire mieux encore et, si elle n'avait pas été contrainte de se montrer prudente, elle aurait aussitôt téléphoné à ses sœurs. Pendant qu'elle essayait les vêtements dans la cabine, une idée lui était brusquement venue : ouvrir un petit point de vente de Découvertes à Haworth House. Ce serait profitable pour Molly aussi bien que pour l'hôtel, elle en était certaine.

Elle échafaudait déjà un plan dans sa tête lorsqu'elle ressentit soudain des picotements dans la nuque. Cette fois, la colère s'empara d'elle et elle fit volte-face. L'homme à la barbe grise qu'elle avait repéré au café s'avançait dans sa direction. Il ne ressemblait à aucun des membres du FBI qui la filaient à Boston. Lorsqu'il l'aperçut, il détourna le regard. De toute évidence, il manigançait quelque chose. Le pas décidé, il se rapprochait dangereusement.

Elle réfléchissait à toute allure aux différentes solutions qui s'offraient à elle. Continuer en faisant comme si de rien n'était, courir jusqu'à sa voiture ou encore attendre l'homme de pied ferme.

N'avait-elle pas décidé que c'en était fini de se laisser impressionner ou manipuler par les hommes ?

— Vous me suivez ? lança-t-elle.

L'homme la regarda, pris au dépourvu. Mais son étonnement fut de courte durée. Un instant plus tard, il fonçait sur elle.

Elle attendit et s'écarta au dernier moment, alors qu'il tendait les bras pour s'emparer d'elle. Il n'attrapa que de l'air et elle profita de cet instant de confusion pour rebrousser chemin, courir à toutes jambes en direction de la boutique.

Elle entendit l'homme jurer derrière elle. Ses nouvelles sandales ne lui permettaient pas de courir aussi vite qu'elle l'aurait voulu. Elle redoutait de se tordre les pieds. Soudain, elle se sentit violemment poussée vers le côté. Elle allait buter contre le mur d'un immeuble, mais, au dernier moment, elle se sentit retenue, tirée en arrière par la bandoulière de son sac, et fit volte-face.

— Donnez-moi ce sac, lança l'homme, menaçant.

Elle laissa tomber ses paquets et saisit la bandoulière à deux mains.

— C'est hors de question.

Il tira et se sentit glisser.

— Lâchez mon sac ! hurla-t-elle.

Il tira plus fort et, cette fois, elle perdit l'équilibre, vint s'écraser contre lui. Ils titubèrent, près de tomber, mais elle en profita pour enrouler fermement la bandoulière autour de son poignet.

L'homme soufflait, le visage rouge de colère.

— Donnez-moi ce sac, nom de Dieu !

— Non !

Plus rapide que l'éclair, il lâcha la bandoulière et saisit d'une main ferme le bras de Naomi.

— Dans ce cas, vous venez avec.

Pour la première fois, elle eut peur. Elle s'efforça de résister, les pieds plantés dans le sol. Mais ses nouvelles sandales glissaient. Elle poussa un cri.

L'homme commença à courir. Un peu plus haut, au carrefour, elle vit la portière d'une voiture sombre s'ouvrir. La panique s'empara d'elle. Un frisson glacé parcourut sa colonne vertébrale. Elle courait aussi, à présent, entraînée, incapable de résister. Elle cria de nouveau et, la main bloquée sur la bandoulière, lança de toutes ses forces son sac dans le visage de son agresseur.

Il hurla, la lâcha, porta ses deux mains à son nez. Elle trébucha et vint buter contre le trottoir. Elle parvint à reprendre son équilibre. Du sang coulait entre les doigts de l'homme. Saisissant le sac à deux mains, cette fois, elle frappa de nouveau.

Il poussa un hurlement et se précipita vers la voiture qui l'attendait. Elle allait se lancer à sa poursuite lorsque deux mains puissantes la saisirent par les épaules.

— Ça va ?

— Arrêtez-le ! Il est en train de s'enfuir, cria Naomi.

Ce n'est que lorsqu'elle se retourna qu'elle reconnut celui qui était venu à son secours.

— Père MacFarland ? Que…

— Vous êtes blessée ?

— Non, ça va.

Elle se retourna juste à temps pour voir le voleur de sac bousculer une vieille dame et se jeter dans la voiture qui démarra dans un crissement de pneus. Elle eut le temps de relever le numéro de la plaque d'immatriculation avant qu'elle ne disparaisse au carrefour.

— VGB 1370.

— Que dites-vous ? demanda Dane.

Elle se tourna vers lui, croisa son regard.

— VGB 1370. C'est le numéro de la voiture. Cet homme a tenté de me voler mon sac. Je vais porter plainte auprès du shérif.

— Attendez, cria une voix derrière eux. Voilà le shérif Kirby.

Dane se retourna. La brunette de la boutique courait vers eux, son téléphone portable à la main. Un homme grand et blond l'accompagnait. Il portait un badge et un revolver à la ceinture.

Grâce aux recherches de Ian, Dane savait que les Kerby étaient shérifs sur Belle Island depuis quatre générations. Nate Kerby avait succédé à son père trois ans auparavant.

Quelques curieux avaient commencé à se rassembler. Dane s'écarta tandis que Naomi décrivait les événements au shérif qui prenait des notes. Il avait besoin d'un peu de temps pour se ressaisir, laisser se calmer le tourbillon d'émotions qui l'avaient assailli en entendant crier Naomi — la peur, tout d'abord, mais aussi la culpabilité et le besoin impérieux de la protéger.

Ah, bravo ! Lui qui était censé garder la tête froide pour pouvoir mettre la main sur Michael Davenport et assurer la sécurité de Naomi !

Davenport avait quitté la terrasse du restaurant. Il l'avait constaté alors que Naomi relevait le numéro de la voiture. Il la vit vider le contenu de son sac : clés de voiture, portefeuille, stylo, carnet, rouge à lèvres, dans les mains de Molly. Le shérif ouvrit le portefeuille. Il ne contenait que très peu de liquide et deux cartes de crédit.

Tandis que ce dernier revenait avec Naomi sur le déroulement des événements, il écouta attentivement, repassa chaque scène dans son esprit. A cause du camion de livraison et de la distance, il avait manqué beaucoup de choses, mais ce qu'il avait vu avait suffi à lui glacer le sang. Jamais il ne serait arrivé à temps pour arracher Naomi à son agresseur. Heureusement, elle avait eu le courage de l'affronter et de se défendre. Ça, c'était très bien. En revanche, que se serait-il passé s'il ne l'avait pas empêchée de courir après cet homme ? Il aurait pu l'agresser de nouveau, voire même l'embarquer de force dans la voiture, et où serait-elle en ce moment ?

Il en était là de ses réflexions lorsque le shérif s'approcha et se présenta.

— Nate Kerby. Vous êtes le père MacFarland.

Devant l'air étonné de Dane, il s'expliqua :

— Tout nouvel arrivant à Haworth House alimente les conversations sur Belle Island pendant un bon moment.

Il tourna une page de son carnet.

— J'aimerais avoir votre version des faits.

— Ma version des faits, c'est que Mlle Brigthman a eu beaucoup de chance.

— Je partage votre avis. Heureusement que vous vous trouviez dans les parages. Où étiez-vous exactement ?

— Au café, depuis environ une heure.

— Vous connaissez bien Mlle Brightman ?

— J'ai fait sa connaissance ce matin, au petit déjeuner, à l'hôtel. J'avais demandé à rencontrer la propriétaire. Je songe à utiliser l'hôtel comme lieu de retraite.

— Etes-vous au courant des problèmes qu'elle a eus récemment, à Boston ?

— Il se trouve que oui. Son visage a souvent fait la une des journaux, ces derniers temps. Vous pensez qu'il y a un lien avec ce qui s'est passé aujourd'hui ?

— Je ne crois pas beaucoup au hasard.

Dane n'y croyait pas beaucoup non plus.

— Elle m'a dit avoir repéré son agresseur au café, à l'angle. Il était en terrasse, plongé dans des mots croisés. Au début, elle a pensé qu'il pouvait s'agir d'un agent du FBI. Avez-vous remarqué cet homme ?

— Oui, à mon arrivée. Il n'y avait que très peu de clients.

Nate Kirby jeta un coup d'œil à la rue.

— Ce café est idéalement situé si l'on veut surveiller quelqu'un, vous ne trouvez pas ?

Dane ne répondit pas. Le shérif le soupçonnait-il de s'être installé là pour garder un œil sur Naomi ?

— Ou pour attendre le moment opportun pour lui voler son sac, lança-t-il, légèrement ironique.

— Ah ! oui, le sac.

Nate referma son carnet et le glissa dans la poche de sa chemise.

— Nous enregistrons peu de délits à Belle Island. Celui-ci semblait prémédité.

Incontestablement. Et il s'en était fallu de peu qu'il se termine mal, songea Dane.

— Avez-vous eu le temps de voir qui conduisait la voiture ?

— Non. Vous avez lancé une recherche ?

— Mon adjoint s'en occupe. L'immatriculation a révélé qu'il s'agissait d'une voiture de location. Il est possible que cela ne nous mène nulle part.

Dane le pensait aussi. Ian aurait peut-être plus de chance que la police locale.

Naomi laissa brusquement tomber un de ses paquets. Dane vit que sa main tremblait lorsqu'elle le ramassa. Il s'avança, la prit doucement par le bras.

— Shérif, je raccompagne Mlle Brightman à l'hôtel.

— Excellente idée. Je garde le contact.

— Moi aussi, dit Molly en leur adressant un petit signe de la main.

Naomi se dégagea tandis qu'ils regagnaient la voiture.

— Je vais très bien, dit-elle.

— C'est à voir, rétorqua-t-il d'un ton sec.

Il se ravisa aussitôt. Il ne fallait pas qu'il oublie qui il était. Le père MacFarland, confesseur, confident. Peut-être ami, désormais.

Lorsqu'ils atteignirent la Corvette, il lui demanda les clés. Elle les chercha dans son sac. Il était petit, très différent de l'énorme fourre-tout qu'elle trimballait toujours avec elle. Où était-il passé ? Il aurait bien aimé le savoir, mais c'était une question que le père MacFarland ne pouvait pas poser.

— Voilà, dit Naomi en lui tendant le trousseau.

— Bien. C'est ce qu'on appelle une jeune femme obéissante.

Elle le fusilla du regard.

— Non, désolée. Ça, c'était l'autre Naomi Brightman. La nouvelle est très différente.

Il la regarda, étonné.

— Quoi qu'il en soit, je pense qu'il vaut mieux que je conduise.

Après avoir déposé les achats de Naomi dans le coffre, il s'avança pour lui ouvrir la portière.

— Comme vous pouvez vous en douter, mon geste n'est pas totalement désintéressé. Pour un prêtre, l'occasion de conduire une Corvette ne se présente pas souvent.

Au lieu de monter dans la voiture, elle s'appuya contre la voiture et croisa son regard.

— Je suis désolée.

— Parce que je n'ai pas souvent l'occasion de conduire des voitures de sport ?

Elle sourit.

— Non. Parce que je ne vous ai pas remercié.

— Je n'ai pas fait grand-chose. Vous aviez l'air de maîtriser parfaitement la situation.

— J'étais folle de rage.

— J'ai vu ça.

— J'avais vraiment envie de frapper cet homme. Si vous n'étiez pas intervenu, je crois que j'aurais pu faire des dégâts.

— Ou vous retrouver grièvement blessée. Il voulait votre sac et vous avez vu sa carrure ?

— C'est un sac que j'ai emprunté à ma sœur Jillian. Il était hors de question que je le lui laisse.

— Pourquoi le lui avez-vous emprunté ? demanda Dane d'un ton qu'il voulait détaché.

— J'avais décidé que j'avais besoin de changement. J'en avais assez de mon grand sac. C'était un acte symbolique. Un pas après l'autre.

— Un pas après l'autre ? demanda-t-il, surpris.

— C'est une façon d'avancer dans la vie. Pas à pas. Ce sac était une sorte de grigri pour moi. Mes sœurs me l'avaient offert lorsque je suis entrée en fac. Je ne m'en étais jamais séparée depuis.

— Auriez-vous laissé le voleur vous le prendre, celui-là ?

— Bonne question. Il y a encore une semaine, peut-être. Mais plus maintenant. Plus jamais.

Naomi s'écarta de la voiture, fit quelques pas avant de se retourner de nouveau vers Dane MacFarland.

— Ce n'est pas qu'une question de sac. Lorsque j'ai vu cet homme se précipiter sur moi, ça a été la goutte d'eau qui fait déborder le vase. J'ai eu… des problèmes dernièrement. Dès mon arrivée en ville, ce matin, je me suis sentie observée. Je n'ai pas supporté que cet homme s'en prenne à moi. Il était temps pour moi de tenir tête. Est-ce que vous pouvez comprendre cela ?

— Oui. Vous avez été à rude épreuve récemment, sous pression.

Et c'était sans compter la trahison, la rupture sentimentale.

— Je trouve que vous avez très bien géré les choses.

Elle le fixa, surprise.

— Vous êtes au courant de ce qui s'est passé à Boston ?

— Les prêtres regardent CNN et lisent les journaux, vous savez. Après ce que vous avez vécu, il est assez aisé de comprendre que ce crétin qui a voulu vous arracher votre sac ait servi de bouc émissaire.

— Oui, j'imagine qu'on peut voir les choses ainsi. Sauf que les boucs émissaires sont souvent innocents. Pas lui. Il méritait un bon coup de sac dans la figure.

— C'est vrai.

— D'habitude, je ne suis pas comme ça.

— C'est-à-dire ?

Elle eut un geste vague de la main.

— Je me suis sentie soudain une âme de justicier, une sorte d'ange exterminateur.

La description était assez juste, songea Dane. Avec ses cheveux roux auréolant son visage dans la lumière dorée du soleil, son épaule dénudée par la bretelle de la robe qui avait glissé et son air déterminé, elle avait quelque chose de Jeanne d'Arc.

Sans réfléchir, il tendit la main, remit la bretelle en place. Lorsqu'il sentit sous ses doigts la peau si douce de Naomi, il ne put résister. Il referma la main sur son épaule. Une onde de chaleur irradia alors tout son corps, lave brûlante dans ses veines, et il ne vit plus qu'elle.

Le reste n'existait plus : la Corvette, le parking, la rumeur des passants dans la rue. Il ne voyait que ses yeux devenus soudain d'un vert plus sombre et qui donnaient envie de s'y noyer, son pouls qui battait à la base de son cou. Il ne sentait plus que la douceur de sa peau sous ses doigts. Il n'entendait plus que le halètement de sa respiration. Des images fugaces des fantasmes vécus dans le café assaillaient son esprit, rendant très facile, beaucoup trop facile, d'oublier qu'il ne devait pas la toucher, qu'il ne pouvait pas l'attirer dans ses bras et satisfaire ce besoin irrépressible de la serrer contre lui qu'il éprouvait chaque fois qu'il la voyait.

Naomi était incapable de penser, de parler. L'intensité du regard de Dane bloquait toute réflexion, toute raison, toute parole tandis que son cœur, emballé, battait comme un fou dans sa poitrine.

Elle ne voyait plus que lui, si proche. Sa chaleur l'enveloppait. Son odeur virile, épicée, l'enivrait et son corps tout entier brûlait d'un désir qu'elle n'avait jamais connu. Elle se sentait perdre pied et, lorsqu'elle chancela soudain, il la retint, l'attira contre lui.

Ce fut merveilleux, inouï. Une explosion de plaisir. Chaque fibre de son corps vibrait au contact du sien et elle en frissonnait encore, sous le choc, lorsque la corne du ferry de midi retentit.

Il s'écarta aussi promptement qu'il l'avait attirée à lui. Elle demeura immobile, désorientée, et il lui fallut quelques secondes et le second coup de corne du ferry pour revenir à la réalité. Elle se rendit compte alors qu'elle était appuyée sur l'aile de la voiture. Heureusement, car ses jambes ne la portaient plus.

— Ça va ? demanda-t-il.

Elle hocha la tête, incapable de prononcer une parole. De toute façon, qu'aurait-elle pu dire ? Qu'elle avait envie de lui, envie qu'il caresse son corps, qu'il lui fasse l'amour, là, tout de suite, sur le parking, au beau milieu de Belle Bay ?

Il ne dit rien, se contenta de lui ouvrir la portière. Elle monta, reconnaissante à son corps d'obéir encore à son cerveau. Lui fit le tour de la voiture, se glissa au volant.

Bouleversée, elle regardait fixement son profil tandis qu'ils quittaient le parking. Elle avait envie de savoir si Dane MacFarland était troublé lui aussi, s'il avait ressenti la même attirance qu'elle. Son corps brûlait-il du même désir irrépressible ? Elle aurait tellement voulu pouvoir le lui demander.

Elle ne savait plus où elle en était. Qu'allaient-ils faire ? La question tournait dans sa tête, obsédante, lorsqu'ils quittèrent Belle Bay.

S'efforçant de maîtriser sa colère, Michael Davenport rangea son matériel de pêche dans le coffre et grimpa dans sa voiture. Les choses ne se passaient pas comme il l'avait espéré. Elles auraient dû, pourtant. Jusqu'à présent, tout avait marché comme sur des roulettes. Naomi avait saisi la première occasion pour quitter Boston et venir se réfugier à Belle Island. Et elle avait emporté l'argent avec elle.

Désormais, il ne lui restait plus qu'à attendre le moment opportun pour récupérer ce qui lui appartenait.

Il s'était dit que ce serait aujourd'hui lorsqu'il avait surpris quelques bribes de conversation entre membres du personnel de l'hôtel. La Corvette de M. Cooper devait être sortie pour 10 h 30 précises. Mlle Brightman la prendrait pour se rendre en ville.

Il avait rangé à la hâte son taille-haie et s'était éclipsé. Il devait arriver en ville avant elle et attendre le bon moment pour l'approcher. Ce serait nettement moins risqué qu'à l'hôtel.

Il avait choisi d'attendre au restaurant, sur la jetée, là où elle avait déjeuné la veille avec Avery Cooper. De l'endroit où il se trouvait, il n'avait vu qu'une petite partie de la mascarade qui s'était jouée, un peu plus bas, dans la rue. Mais il pouvait néanmoins affirmer que ce n'était pas du travail de pro.

Ceci dit, les agresseurs avaient bien failli lui prendre son sac et, là, il avait paniqué. Ce qui lui appartenait avait peu de chances de s'y trouver, mais on ne savait jamais.

Il sentit une nouvelle bouffée de colère l'envahir. Il respira lentement pour se calmer. L'homme qui avait tant insisté pour devenir son partenaire se trouvait à l'origine de cette tentative avortée. Ce n'était qu'un incapable et il paierait pour son incompétence. Michael mit sa voiture en route et quitta sa place de parking.

L'incident lui avait au moins appris deux choses au sujet de son partenaire. Un, l'homme en savait davantage qu'il ne le supposait. Deux, il devenait de plus en plus incontrôlable.

Ce petit problème se réglerait en temps et en heure. Il savait comment s'y prendre lorsqu'un partenaire devenait gênant.

Quelque chose, cependant, le perturbait plus encore. C'était le changement chez Naomi. Il l'avait trouvée très différente lorsqu'elle était arrivée à Belle Bay en Corvette. Ce n'était pas uniquement une question de cheveux ébouriffés par le vent. Il y avait quelque chose de différent dans sa façon de marcher. Et son sac aussi l'avait intrigué. Ce n'était pas celui qu'elle portait habituellement. Le nouveau n'était pas du tout son genre. Et puis, il avait été pris totalement au dépourvu lorsqu'elle l'avait fixé, assis à la terrasse du restaurant. Il savait qu'elle ne l'avait pas reconnu, mais il n'avait pas aimé l'insistance avec laquelle elle l'avait regardé.

Sa surprise avait été à son comble lorsqu'il l'avait vue sortir de la boutique. Elle ne ressemblait plus à la jeune femme avec laquelle il était sorti ces six derniers mois. Les vêtements y étaient pour beaucoup, mais ils n'expliquaient pas tout.

Loin de là.

Un élément nouveau qui compliquait encore la situation.

Il savait que sa force résidait dans sa capacité à prévoir les réactions des individus. Mais la harpie qui avait balancé de toutes ses forces son sac au visage de son agresseur ne cadrait pas du tout avec la Naomi qu'il connaissait.

— Quelle poisse !

Il balança un coup de poing sur le volant. A cause de son

imbécile de partenaire et de l'attitude plus que surprenante de Naomi, il allait devoir agir plus vite que prévu, et la précipitation faisait souvent commettre des erreurs.

Il allait devoir se montrer très prudent. L'enjeu était trop important pour courir le moindre risque.

Il changea de vitesse d'un geste brusque. Et pour couronner le tout, il y avait ce prêtre. Il lui trouvait un air vaguement familier, sans parvenir toutefois à s'expliquer pourquoi. Comme par hasard, il s'était trouvé là lorsque Naomi s'était fait agresser. Comme surgi de nulle part.

Elle était surveillée, il le savait. On la filait dans l'espoir de le coincer lorsqu'il chercherait à entrer en contact avec elle. Un prêtre… Ça pouvait faire une bonne couverture, ça !

Son téléphone portable sonna alors qu'il s'engageait dans l'allée qui menait au parking des employés de l'hôtel.

— Alors ? dit la voix.

— Tes hommes ne sont pas parvenus à lui prendre son sac.

Il y eut un bref silence au bout de la ligne.

— De quoi parles-tu ?

Il se mit à rire.

— Du petit numéro de vol à la tire qui fait jaser tout Belle Bay. J'ai assisté au fiasco. Mlle Brightman a bien failli trucider ton type. Heureusement, son acolyte et lui, ces deux crétins, ont réussi à filer. Sinon, ils seraient en train de s'expliquer chez le shérif en ce moment et de balancer celui qui les a recrutés. J'espère que tu as été discret.

Cette fois, le silence s'éternisa, à sa grande satisfaction.

— Même si tu avais récupéré le sac, tu n'aurais pas eu le fric, lança-t-il.

— Tu mens.

— Je suis le seul à savoir où il se trouve et, si tu veux en voir la couleur, tu as intérêt à me laisser agir seul.

Nouveau silence.

— Alors, c'est quoi ton plan ? demanda son partenaire.

Il eut un rire sarcastique.

— J'en ai plusieurs. Mais j'apprécierais de ne pas me faire doubler, si tu vois ce que je veux dire.

Puis il raccrocha.

Il disposait de temps encore et Naomi était là, à portée de main. Elle ne pourrait plus lui échapper.

7

A peine Dane avait-il arrêté la voiture devant Haworth House qu'Avery dévalait les marches du perron.

— Naomi, ça va ?

Il l'aida à sortir de la voiture, l'examina.

— Tu es blessée ?

Il se tourna vers Dane.

— Nate m'a dit que vous vous trouviez là et que vous êtes intervenu.

— Elle n'avait besoin de personne, répondit Dane. Elle se débrouillait très bien toute seule.

— Tout va bien, dit Naomi.

Et c'était vrai en ce qui concernait la bagarre et son sac. Elle n'y avait pas songé un instant durant le trajet. Ce qui s'était passé avec Dane sur le parking avait chassé l'incident de son esprit.

— Comment se fait-il que tu sois déjà au courant ?

— Nous sommes sur Belle Island, dit Avery en secouant la tête. On ne vole pas les sacs, ici.

Elle leva fièrement le menton.

— Pas à moi, en tout cas.

— Ah, je reconnais bien là ma courageuse !

Il l'attira dans ses bras, la serra contre lui.

— Viens, je vais te commander un thé. Ou, mieux, du champagne pour fêter tes achats chez Découvertes.

Ses achats ! Oh, Seigneur, eux aussi, elle les avait oubliés. Elle esquissa un sourire.

— Remettons le champagne à plus tard, si tu veux bien. Je vais aller déballer mes emplettes.

Tandis qu'Avery l'entraînait dans l'escalier, une pensée traversa soudain son esprit : garder ses distances. Mais oui, c'était cela la solution. Se tenir éloignée de Dane MacFarland pendant un temps et tout rentrerait dans l'ordre.

— Nous avons rendez-vous à 13 h 30, dit soudain Dane.

Elle se retourna, comme happée par sa voix L'attirance était si forte que si Avery ne l'avait pas tenue par le bras, elle aurait dévalé les marches vers lui.

Il portait ses lunettes de soleil et elle n'aurait su dire si c'était l'homme ou le prêtre qui lui parlait. Elle laissa glisser son regard vers sa bouche et, soudain, le prêtre n'exista plus. Ces lèvres pleines, sensuelles, appartenaient à l'homme et elle les désirait. Malgré la distance, il lui semblait sentir leur goût, leur pression délicieuse sur les siennes.

Dans un effort désespéré, elle repoussa cette tentation insensée. Mais elle ne put endiguer l'onde de chaleur torride qui assaillit son corps.

Si elle goûtait une fois à ses lèvres, une seule, peut-être serait-elle à jamais délivrée.

Dane fit le tour de la voiture. Elle le vit sortir ses sacs du coffre, les tendre à un employé de l'hôtel. Puis il grimpa les marches vers elle, plongea son regard dans le sien.

— A moins que vous ne préfériez remettre le rendez-vous ?

Garder ses distances, se dit-elle bravement. Ne pas oublier cela. Mais elle n'avait pas trouvé de meilleur moyen de le faire en emmenant Dane MacFarland se promener sur une plage privée. Cela risquait plus vraisemblablement de…

— Je vous retrouve à 13 h 30, dit-elle très vite.

Il acquiesça d'un signe de tête.

— A tout à l'heure, alors.

Elle le suivit des yeux jusqu'à ce qu'il ait disparu dans le hall de l'hôtel.

— Je peux te remplacer, dit Avery. Je connais l'île comme ma poche. Cela te permettrait de te reposer.

Se reposer ? Elle ne savait même pas si elle y parviendrait de nouveau un jour. En tout cas, pas avant…

— Non, je vais m'occuper de lui, dit-elle, le corps parcouru d'un frisson de plaisir coupable à cette seule perspective.

Avery glissa un doigt sous son menton et leva son visage vers le sien.

— Toi, tu mijotes quelque chose.

— Non.

Elle sentit son visage s'empourprer. Elle pressa une main contre sa poitrine. Son cœur battait à tout rompre.

— Peut-être… je ne sais pas.

Elle ne pouvait pas sérieusement envisager de… de faire ce à quoi elle pensait.

— Non, absolument pas, conclut-elle.

— Très bien.

Avery glissa un bras autour de ses épaules, la serra affectueusement contre lui.

— Je vais aller en cuisine faire préparer un pique-nique pour ta petite excursion sur la plage.

— Appelle-moi dès que tu auras des informations sur ce numéro d'immatriculation, dit Dane.

A peine entré dans sa chambre, il avait téléphoné à son frère.

— Si tu obtiens une identité qui corresponde à quelque chose, cherche qui a pu engager ces types.

— D'accord. Tu es préoccupé ou je me trompe ?

— Davenport est en ville.

— Tu l'as vu ?

— Un quart de seconde. Au même moment, Naomi se faisait agresser par ce type qui voulait lui prendre son sac.

Si elle ne s'était pas trouvée en danger, il n'aurait pas perdu une seconde et aurait mis la main sur Davenport.

— Il t'a reconnu ?

— J'en doute. Il y a trois ans, à Kansas City, notre entrevue a été très brève et je portais un déguisement.

— Il pense t'avoir éliminé en même temps que sa partenaire.

— J'imagine, oui.

Du bout des doigts, Dane effleura la cicatrice qu'avait laissée la balle, au creux de ses reins, souvenir de sa dernière rencontre avec Davenport.

— Même s'il m'a trouvé un air vaguement familier, il n'a certainement pas fait le rapprochement.

Il avait eu de la chance, ce jour-là. Mais pas la partenaire de Davenport. Et cela, par sa faute. C'était lui qui l'avait convaincue de lui tendre un piège.

En tout cas, rien de tel ne se produirait avec Naomi.

— C'est une bonne nouvelle qu'il soit là, dit Ian. Ça veut dire que tu ne t'étais pas trompé. Elle a en sa possession quelque chose qu'il veut récupérer. Tu n'as plus qu'à attendre.

— Exactement.

Mais en attendant, justement, il avait d'autres choses en tête qui risquaient fort de le déconcentrer.

Il gagna la fenêtre et ferma les rideaux. Il ne voulait plus voir le balcon de Naomi. S'il ne le soustrayait pas à sa vue, il allait rester planté là, à attendre qu'elle sorte.

Il avait besoin de réfléchir et c'était impossible lorsqu'elle se trouvait dans les parages. La conversation avec son frère l'avait aidé à se recentrer sur sa mission et c'était tant mieux. Il traversa la chambre, s'assit au pied du lit.

— Davenport est probablement derrière cette histoire de vol de sac, reprit-il. Il était aux premières loges. Le shérif pense comme moi qu'il ne peut s'agir d'une coïncidence. La question est : pourquoi ?

— Réfléchissons, dit Ian à l'autre bout de la ligne.

Il imaginait son jeune frère, calé contre le dossier de sa chaise, les jambes croisées, les pieds posés sur le bureau.

— Si nous partons du postulat que Naomi possède quelque chose qu'il veut..., commença Ian.

— Continue, je t'écoute.

Il avait lui-même réfléchi au problème durant le trajet de retour à l'hôtel. Cela lui avait permis, entre autres, de dépasser l'envie folle qui le taraudait d'emmener Naomi loin de Belle Island.

Il ne comprenait pas ce qui se passait avec elle et il n'aimait pas ne pas comprendre. Elle l'avait tout de suite attiré, certes, mais aujourd'hui, c'était comme si elle possédait une sorte d'emprise sur lui, comme s'il n'était entre ses mains qu'une marionnette dont elle tirerait les ficelles.

Ce qu'il éprouvait pour elle dépassait la simple attirance physique. Lorsqu'il l'avait prise dans ses bras, sur le parking, il s'était senti perdre pied, envoûté par le contact de son corps souple comme une liane, par son parfum. Il avait eu l'impression de se noyer, parfaitement consentant, ne songeant même pas à se débattre. Et lorsque, enfin, il avait trouvé la force de la lâcher, quelque chose en lui avait protesté violemment.

Ce n'était pas très bon signe, tout ça.

— De toute évidence, ce que convoite Davenport doit être suffisamment petit pour tenir dans son sac, dit Ian. Une clé de coffre ou de casier de consigne, quelque chose de ce genre.

Dane se renversa sur le lit.

— Ou un objet petit, mais d'une valeur considérable. Un bijou rare, une pièce, un timbre, quelque chose du même style que ce qu'il avait fait il y a trois ans. Il avait investi tous ses gains dans une figurine de bronze d'une valeur inestimable.

— Tu crois que le type en voulait seulement à son sac ?

— Que veux-tu dire ?

— Il lui en voulait peut-être à elle.

— Je ne crois pas. Naomi prétend que l'homme n'a commencé à la traîner en direction de la voiture que lorsqu'elle a refusé catégoriquement de lui donner son sac. Et puis, si Davenport et ses sbires avaient voulu l'enlever, il y avait plus efficace. Ils se garaient sur le côté de la boutique, entraient par la porte latérale et, en deux minutes, le tour était joué. En pleine rue, il y a toujours le risque que quelqu'un s'interpose. Non, je crois que le but, c'était le sac.

— Si Davenport a manigancé ce vol, il a dû penser pouvoir

s'en sortir sans prendre contact directement avec elle. Cet échec va le contraindre à modifier ses plans.

— Ce qui pourrait mettre Naomi Brightman en danger de mort.

— Et toi aussi, souligna Ian. N'oublie pas ce qui s'est passé à Kansas City. Ce type n'aime pas qu'on l'oblige à changer de stratégie.

Il posa les yeux sur le rideau fermé.

— Au fait, as-tu trouvé quelque chose à propos de Notre-Dame-de-la-Consolation qui pourrait expliquer pourquoi Naomi Brightman avait l'impression de me connaître ?

— J'y travaille. Veux-tu que je vienne te rejoindre ?

Il rit.

— Le terrain te manque, à ce que je vois. Priorité à la recherche sur l'immatriculation, tu t'occuperas du pensionnat après.

Après avoir raccroché, il demeura un moment le regard fixé au plafond. Davenport n'avait pas agi comme il s'y attendait. Il n'allait pas être facile de prévoir ce qu'il allait faire à présent. Une chose était certaine, cependant : Dane le savait prêt à tout pour récupérer son argent. Quant à Naomi, elle avait surpris tout le monde en ripostant à son agresseur. Davenport avait connu une jeune femme sage, au comportement plutôt tranquille et prévisible. Si elle se mettait à le dérouter, elle se trouvait en grand danger.

Il poussa un soupir. Il fallait absolument qu'il devienne son confident et découvre ce qu'elle savait. Et il fallait qu'il la protège. A Belle Island, il n'avait pas franchement été à la hauteur et, à Kansas City, il n'était parvenu à protéger personne, pas même lui.

En tant que prêtre, il ne pouvait pas — ne devait pas — poser la main sur elle. Mais ces interdictions semblaient n'avoir aucune prise sur lui. Le désir grandissant qu'il éprouvait pour Naomi Brightman avait le pouvoir de lui faire oublier toutes ses priorités. Et pour couronner le tout, il n'était pas seulement attiré physiquement par elle, elle lui plaisait. Et de plus en plus.

La vie lui avait appris très tôt à regarder la réalité en face. Aujourd'hui, elle était double. Il avait une mission à accomplir, la ferme intention de la mener à terme, et il désirait Naomi Brightman comme jamais il n'avait désiré aucune autre femme.

De nouveau, il regarda en direction du balcon. Résultat : prêtre ou pas, il ne savait pas combien de temps encore il allait pouvoir résister au désir de la prendre dans ses bras, de la caresser.

Et infiniment plus encore.

Naomi accrocha sa boucle d'oreille, puis jeta un dernier regard à son reflet dans le miroir. Elle avait changé trois fois de tenue avant de se décider pour un short blanc, un petit haut à bretelles rouge que lui avait vivement conseillé Molly et des sandales rouges.

Elle n'avait pu résister à l'envie de monter dans le boudoir de Hattie pour se regarder dans son miroir. Elle jeta un regard circulaire à la pièce. Hattie était là, elle sentait sa présence.

— Ecoutez, j'ai besoin d'un conseil, dit-elle à voix basse. Et pas seulement pour les vêtements.

Pour toute réponse, il n'y eut que le bruit lointain de l'océan.

Qu'espérait-elle ? Elle n'aurait su le dire. Mais elle avait ressenti le besoin de parler à quelqu'un. Pas à Avery, c'était un homme et, aussi compréhensif soit-il, elle avait l'habitude de parler à des femmes. A ses sœurs.

Elle fixa de nouveau le miroir.

— Je ne peux parler de cette histoire de prêtre ni à Reese ni à Jillian. Je suis leur sœur aînée, je me dois de servir d'exemple. Comment pourrais-je leur avouer que mon fantasme secret est de séduire un prêtre ? Et qu'en outre, c'est exactement ce qui est inscrit sur le morceau de parchemin tiré dans le carton à chapeau ?

Elle eut l'impression que le bruit de la mer se faisait plus fort dans le lointain.

— Je me suis dit que si quelqu'un pouvait comprendre, c'était vous.

Combien de fois l'ex-star hollywoodienne vieillissante s'était-elle retrouvée face à ce miroir, à examiner son reflet ? L'espace d'une seconde, Naomi crut voir une lueur dans le miroir, un bref éclat de lumière. Lorsqu'elle s'approcha, il n'y avait rien, mais la température avait fraîchi et elle se sentait plus proche qu'elle ne l'avait jamais été de ce lieu et de celle qui y avait vécu.

Encouragée, elle poursuivit :

— Dans moins d'une demi-heure, je dois me rendre à la plage avec le père MacFarland et j'ai tellement envie de lui que tout se brouille dans ma tête.

Elle inspira pour se donner du courage, décidée à tout dire.

— Lorsque je suis avec lui, toute pensée s'envole. Je ne suis plus que sensations. C'est merveilleux, incroyable.

Tellement incroyable qu'emportée par l'enthousiasme, Naomi fit un petit tour sur elle-même devant le miroir. Son reflet la surprit tant elle se trouvait différente de d'habitude. En sortant de la boutique, dans la robe bain de soleil, elle s'était sentie féminine. Mais en cet instant, dans cette tenue, elle se sentait femme. Intensément femme.

Avait-elle déjà éprouvé ce sentiment ? Elle savait que non. Comment s'était-elle sentie jusqu'à présent ? Grande sœur ? Confidente ? Oui, souvent. Amie ? C'était certain. Avocate ? Elle songea à ses tenues trop sages, aux journées passées au bureau, le nez dans les dossiers, aux séances peu enthousiasmantes à la cour, à seconder son patron.

Elle se retourna, jeta un nouveau coup d'œil à la pièce.

— Le rôle d'ange exterminateur est simple. Tchac ! Tchac ! et hop, c'est fini ! lança-t-elle, mimant les coups portés à son agresseur. Etre femme est nettement plus difficile.

Nerveuse, brusquement, elle se tourna vers le miroir.

— Avez-vous également éprouvé cela, Hattie, lorsque vous vous regardiez dans ce miroir ? Est-ce ici que vous vous êtes sentie femme pour la première fois ?

Une lueur brilla tout au fond du miroir. Naomi fut parcourue d'un frisson, mais elle s'efforça de poursuivre.

— Hier, en arrivant ici, j'ai décidé que c'en était fini de l'ancienne Naomi. J'allais changer, en y allant progressivement, pas à pas. Mais ce dont j'ai envie, c'est du grand saut dans l'inconnu, sans filet. Je ne suis pas certaine d'avoir le cran pour cela. Mais si je me rends à la plage avec le père MacFarland, je pense que je n'aurai plus le choix.

Elle se rendit compte qu'elle avait serré les poings si fort qu'elle ne sentait plus ses doigts.

— J'envisage sérieusement de séduire un prêtre.

Voilà, elle l'avait dit ! Elle avait la gorge nouée, mais la foudre ne lui était pas tombée sur la tête. Quelque chose bougea soudain dans l'air, autour d'elle, et, dans le miroir, une lueur brilla l'espace d'une seconde.

— Me comprenez-vous, Hattie ? Avez-vous aussi désiré quelqu'un au point d'enfreindre toutes les règles ? De commettre l'ultime péché ?

Cette fois, il n'y eut point de lueur. Il n'y eut pour toute réponse que le bruit de l'océan. Une pensée soudaine traversa son esprit.

— Peut-être vous êtes-vous seulement amusée avec ces petits messages sur les parchemins. Peut-être n'étaient-ils faits que pour se distraire, exciter les sens, comme certains jeux érotiques que proposent parfois les magazines féminins.

Elle se détourna, s'éloigna du miroir. Puis, soudain, elle fit volte-face, revint vers lui.

— Je ne fais pas semblant, moi. Il ne s'agit pas d'un jeu. Il est prêtre, j'ai envie de lui, et je sens que rien ne peut plus m'arrêter. Ce sera Eve séduisant Adam et…

Elle s'interrompit brusquement. Que lui arrivait-il ? Elle était en train de bavarder à tort et à travers. Et avec un fantôme, en plus !

Elle pressa une main sur sa poitrine, le souffle court. Pensait-elle vraiment parvenir à prendre une décision en venant ici ? Et si choix il y avait, ne l'avait-elle pas déjà fait ?

Si elle se rendait sur cette plage avec le père Dane MacFarland… Une seule question demeurait : comment s'y prenait-on pour séduire un prêtre ?

Elle se sentait l'estomac noué, les mains moites. Elle n'aurait su dire combien de temps elle demeura ainsi, face au miroir, lorsque, soudain, une idée jaillit dans son esprit. Le cœur battant à tout rompre, elle posa la main à plat sur le miroir.

— Merci, Hattie.

Puis elle se précipita hors de la pièce.

8

Dane était appuyé contre la Corvette lorsque Naomi descendit les marches du perron. Il la regarda, médusé.

Elle était époustouflante. Il l'avait souvent imaginée nue ou peu vêtue. Mais la voir surgir ainsi, devant lui, si sexy dans cette tenue minimaliste, était une expérience à couper le souffle. Il ne la quitta pas un instant des yeux tandis qu'Avery installait un grand sac de toile à l'arrière de la voiture. Et lorsque ce dernier s'approcha et qu'elle se tourna vers lui pour prendre les clés qu'il lui tendait, il laissa son regard glisser sur sa nuque, ses épaules, puis descendre le long de son dos, jusqu'au creux de ses reins.

Elle était superbe. Tous les beaux raisonnements qu'il s'était faits pour se calmer s'envolèrent à l'instant où il posa son regard sur ses jambes. Il ne songeait déjà plus qu'à les sentir nouées autour de sa taille, enserrant ses reins tandis qu'il plongeait en elle, la prenait avec fougue.

La tête lui tournait et il fut reconnaissant à la voiture de lui offrir un appui. Ses mains brûlaient de l'envie irrépressible de la saisir, de l'attirer dans ses bras.

— Prêt ? demanda-t-elle.

Il acquiesça d'un signe de tête. Plus que jamais, songea-t-il.

— Dans ce cas, allons-y.

Elle fit le tour de la voiture, s'installa au volant. Il monta à son tour, se glissa tant bien que mal dans le siège baquet. Mal à l'aise, il tripota son col, conscient de s'être jeté dans la gueule du loup tandis que Naomi quittait l'allée de l'hôtel et engageait la Corvette sur la route.

Michael Davenport regarda la Corvette quitter l'allée de l'hôtel. La sueur ruisselait le long de son dos. Le métier de jardinier était une bonne couverture, mais il était épuisant. Il n'en finissait pas de tailler ces haies. Mais cette tâche répétitive avait au moins un avantage, elle lui avait permis d'évacuer sa colère et de se vider la tête.

Il avait fait preuve de patience et cela s'avérait payant. Il se mit à l'ombre, posa son taille-haie et but une longue gorgée d'eau fraîche à la bouteille Thermos qu'il portait en bandoulière. Le grand sac de toile que le directeur avait placé dans la Corvette contenait un pique-nique, c'était évident. Ce qui signifiait que le prêtre et Naomi seraient absents de l'hôtel pendant un bon moment.

Double avantage pour lui. Si le prêtre appartenait au FBI, cela ferait une personne de moins qui le surveillerait. Quant à Naomi, il avait l'intention d'aller faire un tour chez elle. Si ce qu'il cherchait s'y trouvait, il le récupérerait et filerait. Dans le cas contraire, il installerait des micros dans l'appartement et dans la chambre du prêtre également. D'une manière ou d'une autre, il serait bientôt en possession de ce qui lui appartenait.

La situation n'était pas idéale. Les gars du FBI se déplaçaient généralement par deux. Cela dit, mieux valait n'avoir à se préoccuper que d'un seul au lieu de deux. Il pouvait gérer. La dernière fois, à Kansas City, il s'en était sorti de justesse. Tout se déroulait pour le mieux, mais, lorsqu'il était arrivé pour le rendez-vous final, sa partenaire n'était pas seule.

Il avait tiré sur le type avant même qu'il ait eu le temps de se retourner. Puis il avait abattu sa partenaire. Tous deux avaient payé le prix de leur trahison, et son partenaire actuel paierait, lui aussi.

L'idée le fit sourire tandis qu'il se baissait, ouvrait son sac. Il échangea sa casquette de base-ball contre le chapeau de pêche qu'il avait porté en ville. Puis il rangea son taille-haie et gagna la porte de derrière de l'hôtel.

La chance allait lui sourire, il le savait. Il était quasiment certain de trouver ce qu'il cherchait chez Naomi. Mais si ce n'était pas le cas, il ne serait pas trop déçu. Dans les arnaques qu'il montait, il aimait qu'il y ait du sport.

Naomi avait pris goût aux escapades en Corvette. Elle conduisait comme la première fois, vite, avec témérité. Dane surveillait la route. A une seule occasion, il posa les mains sur le tableau de bord lorsque, à la sortie d'un virage un peu raide, elle dut faire une embardée pour éviter une vache.

— Désolée, dit-elle. Cette voiture a le don de réveiller en moi le démon de la vitesse.

— Pas de problème.

C'était un aspect du caractère de Naomi qu'il découvrait. Il jeta un coup d'œil dans sa direction. Elle souriait tandis qu'ils grimpaient la colline à vive allure, puis, d'un coup de volant un peu sec, elle engagea la voiture sur une petite route en terre. Cette témérité avait-elle toujours couvé en elle, attendant seulement le moment opportun pour se manifester ?

— Vous disiez regarder CNN et lire les journaux, mon père. Vous arrive-t-il de regarder des films ?

Dane lui fut reconnaissant d'engager la conversation et de le distraire de ses pensées.

— Bien sûr.

— Quel genre de films ?

— Les vieux films de ciné-club.

Elle lui lança un regard surpris.

— Dans ce cas, vous avez certainement vu des films d'Alfred Hitchcock ?

— Je les ai tous vus. Mon préféré, c'est *Fenêtre sur cour*.

— Cette route, ce matin, me fait penser à *La Main au collet*.

— Lorsque Grace Kelly emmène Cary Grant dans cette folle équipée en décapotable sur les hauteurs de Monaco.

— Exactement.

Elle ralentit avant un dernier virage, puis se gara sur le bas-côté et coupa le contact.

— Qu'en pensez-vous ?

Ce qu'il en pensait ? Qu'il valait mieux qu'il cesse de penser, justement, car si Grace Kelly avait emmené Cary Grant ce jour-là, c'était dans le but de le séduire. Un peu plus loin, en contrebas, s'étendait une jolie plage de sable blond nichée au creux des falaises. De part et d'autre, des rochers déchiquetés s'avançaient loin dans la mer et les vagues venaient s'y briser dans un éclaboussement d'écume et d'embruns. Mais dans la petite anse, au creux des falaises, la mer d'un bleu intense était calme et limpide. Sur la gauche, on apercevait la silhouette de Haworth House, et, sur la droite, planté à l'extrémité d'une langue de terre, un phare se dressait fièrement vers le ciel.

— C'est magnifique, dit Dane, et si paisible !

Le bruit de l'océan, si présent à l'hôtel et dans le port de Belle Bay, était presque imperceptible ici. Seuls le vent et, de temps à autre, le cri solitaire d'une mouette venaient rompre le silence.

— Nous devons continuer à pied, expliqua Naomi. Le chemin est assez escarpé par moments, je vous préviens. Ça va aller ? dit-elle, se tournant vers lui.

— Ça devrait.

Ce qui inquiétait Dane, surtout, c'était la façon dont il allait gérer la situation lorsqu'il se retrouverait avec elle sur cette plage déserte.

— Ce terrain appartient à l'hôtel, les habitants du secteur n'y viennent pas. J'ai également conseillé à mes sœurs de ne pas en parler à nos clients.

Elle engloba le paysage d'un geste large.

— Lorsque la marée monte, les rochers deviennent très glissants et la plage disparaît totalement. Les petites grottes au fond se remplissent en partie d'eau. Personne ne vient ici. C'est un lieu très intime.

Il ferma un instant les yeux.

« Ne songe qu'à ta mission, MacFarland. »

Naomi descendit de voiture et saisit un petit sac de paille posé sur le siège arrière.

— Pouvez-vous prendre le sac en toile ? Avery nous a fait préparer un pique-nique.

Il s'empara du sac et la suivit jusqu'au bord de la falaise. Le paysage descendait progressivment vers la mer, formant de petites terrasses. Çà et là, des fleurs sauvages poussaient dans les anfractuosités des rochers. Mais ce n'était pas leur parfum que sentait Dane. C'était celui de Naomi qui l'enveloppait, titillait ses sens.

— Par ici, dit-elle, amorçant la descente.

Il jeta un coup d'œil par-dessus son épaule avant de la suivre. Il n'y avait personne en vue. Cette partie de l'île paraissait totalement déserte. Ce qui signifiait qu'ils étaient probablement à l'abri de Davenport ici. Un bon point. En revanche, elle ne serait pas à l'abri de lui.

Lorsqu'elle dérapa sur un petit éboulis de pierres, il passa devant elle, ouvrit la marche. Ils suivaient une sorte de chemin, suffisamment large par endroits pour qu'ils puissent marcher de front. Parfois, il redevenait étroit, les contraignant à se rapprocher, et Dane sentait son corps s'électriser à chaque frôlement de leurs bras.

— Puis-je vous poser une question personnelle, mon père ? demanda-t-elle soudain.

— Faites.

— Est-ce une obligation de porter en permanence votre col ?

— Non.

— Dans ce cas, pourquoi le portez-vous en ce moment, à Haworth House ?

« Pour me rappeler qui je suis », songea-t-il.

— Parce que c'est en tant que prêtre que je me trouve ici, missionné par mon évêque. En particulier aujourd'hui, où je me rends sur cette plage. Je pense avoir trouvé le lieu idéal pour la méditation et la prière.

Cette fois, ce fut son pied qui dérapa sur des cailloux. Elle saisit son bras et il sentit l'empreinte de chacun de ses doigts sur sa peau.

— Il serait préférable de marcher en file indienne, dit-elle.

Il évita soigneusement de croiser son regard et reprit la tête.

Elle fixait son dos. Il était redevenu le prêtre, mais c'était le corps fascinant de l'homme qu'elle avait vu de son balcon qui se trouvait devant elle, si proche, si tentant. Le T-shirt gris pâle soulignait ses épaules musclées. Le col romain dépassait juste de l'encolure.

— Pourquoi avez-vous choisi de devenir prêtre ? demanda-t-elle.

Il y eut un instant de silence.

— Parce que je voulais être différent des autres. Je voulais aider mon prochain. Et vous, pourquoi êtes-vous devenue avocate ?

Elle s'avança à sa hauteur. Il avait hésité avant de répondre. C'était pourtant une question qu'on avait dû lui poser souvent. Et maintenant, il lui renvoyait la balle. Une méthode vieille comme le monde pour ne pas répondre.

— Je suis devenue avocate pour pouvoir protéger mes sœurs.

— Je comprends, dit-il, se tournant vers elle.

Elle marqua un temps d'arrêt. Etait-ce du regret, du chagrin, qu'elle décelait soudain dans son regard ?

— Vous avez une famille ?

— Oui.

Cette fois, le silence dura plus longtemps. Un cri de mouette le perça soudain, très haut, dans le ciel.

— Je l'ai perdue, dit-il finalement.

— Perdue ? Comment ?

Elle tendit la main, la posa sur son bras. Il baissa les yeux, regarda longuement sa main.

— Je ne sais pas pourquoi je vous ai dit cela. Je n'en parle jamais.

Il se détourna aussitôt, reprit sa marche. Elle était convaincue qu'il ne dirait pas un mot de plus. Elle aurait voulu lui dire que cela ne faisait rien, qu'il avait tout à fait le droit de ne pas vouloir en parler. Mais elle avait la gorge nouée.

— Ma mère n'était pas franchement conventionnelle dans sa manière d'élever ses enfants, commença-t-il, la surprenant soudain. Elle nous aimait, mais elle aimait également les hommes et il y en eut beaucoup. Lorsque j'ai été en âge de pouvoir analyser un peu la situation, j'ai conclu qu'elle cherchait l'homme de sa vie, mais que la chance ne voulait pas lui sourire. Elle n'a jamais abandonné cette quête. Mes deux frères, ma sœur et moi sommes probablement de pères différents tous les quatre. Je suis l'aîné. Un soir, j'avais neuf ans, elle n'est pas rentrée.

Elle saisit son bras.

— Que lui était-il arrivé ?

— Je ne l'ai su que le lendemain, lorsque la police et les services sociaux sont venus chez nous. On l'avait transportée aux urgences où elle était morte d'une rupture d'anévrisme.

Elle sentit son cœur se serrer. Elle l'imaginait, petit garçon de neuf ans, s'efforçant de comprendre ce qui s'était passé. Elle était plus jeune que lui lorsque son père les avait conduites, ses sœurs et elle, dans ce pensionnat du sud de la France. Il était mort peu après. Elle savait ce que l'on éprouvait en pareille circonstance.

— J'ai fait tout ce que j'ai pu pour qu'on ne nous sépare pas, poursuivit Dane. En vain. Je n'étais qu'un enfant. Mais je n'oublierai jamais le dernier regard de mes frères et de ma sœur lorsqu'on les a emmenés.

Elle serra plus fort son bras et attendit qu'il la regarde avant de parler.

— Lorsque mon père est mort, au moins, nous n'étions pas seules. Ma mère était française. Elle avait été emportée par une leucémie six mois auparavant. Mes parents n'avaient pas d'autre famille, c'est pourquoi mon père nous avait confiées à ce pensionnat. Ce ne devait être que temporaire, le temps pour lui de se retourner. Il venait nous chercher, le jour où sa voiture a quitté la route près de Monte-Carlo. Nous avons eu de la chance dans notre malheur. Les sœurs veillaient sur nous et il n'a jamais été question de nous séparer, mes deux sœurs et moi.

— Comme vous, ma mère n'avait pas de famille non plus. J'ai été placé dans une famille d'accueil, mon frère, Ian, dans une autre. Brianna avait deux ans, Caleb, quatre. Ils furent adoptés et Ian aussi, un peu plus tard. Je suis toujours à la recherche des deux plus jeunes, mais j'ai retrouvé Ian. Il travaillait pour la CIA. C'est un garçon brillant, extrêmement doué. Ensemble, nous finirons par retrouver les autres.

— Je suis vraiment désolée, dit-elle. Si je peux vous aider en quoi que ce soit… Je ne sais pas ce que j'aurais fait si on m'avait séparée de mes sœurs.

Il posa sa main sur la sienne.

— Vous avez vos sœurs, certes, mais vous avez souffert, vous aussi.

— J'ai perdu mon travail et mon fiancé. Je n'ai pas perdu ma famille.

— Ce n'est pas rien de perdre un fiancé. Vous l'aimiez, j'imagine.

Michael lui avait dit qu'il l'aimait. Elle, elle n'avait jamais prononcé ces mots.

— Je croyais l'aimer. Même après avoir entendu tout ce qu'on m'a dit sur lui, je le croyais encore. Je tentais encore de faire coïncider l'homme que je connaissais et celui que me décrivait le FBI. C'était un homme gentil, attentionné, très romantique. Il m'achetait des tas de bibelots pour que je garde un souvenir de chacune de nos rencontres.

— Quel genre de bibelots ?

— Des babioles. Un porte-clés, un aimant pour le réfrigérateur, une boule de verre avec de la neige. Je les ai tous gardés. Ils étaient tous rangés sur une étagère, chez moi. Je les ai même apportés ici. Inutile de me demander pourquoi.

Il n'insista pas. Ce fut Naomi qui choisit finalement de poursuivre.

— J'imagine que j'essayais bêtement de me raccrocher à l'idée qu'il m'aimait encore. Jamais personne ne m'avait prodigué autant d'attention. C'était extrêmement valorisant.

— Et il était bon amant ?

Elle le regarda, surprise, ne sachant que répondre. Il intervint aussitôt.

— Je suis désolé. C'était une question extrêmement grossière. Et, en plus, cela ne me regarde pas.

Elle le fixa droit dans les yeux.

— J'ignore quelle sorte d'amant Michael aurait été. Nous n'avons jamais fait l'amour ensemble, ajouta-t-elle, le rouge lui montant soudain aux joues. Vous vous demandez sans doute pourquoi j'ai accepté de me fiancer avec lui.

Elle commençait à se le demander elle aussi.

— Michael semblait le genre d'homme dont une femme ne peut que tomber amoureuse. Un homme charmant, attentionné, mon patron l'adorait. Je me suis laissé porter par le courant. Je n'en suis pas très fière.

— Et lui, il était amoureux de vous ?

— C'est ce qu'il prétendait, en tout cas. Il se comportait comme s'il l'était. Mais visiblement, je ne le connaissais pas bien, alors je ne peux pas dire.

— A ma connaissance, les gens se fiancent pour deux raisons principales : par amour ou par intérêt. Si ce n'est pas l'amour fou qui l'a motivé, un escroc comme lui devait avoir une bonne raison de vouloir établir une relation avec vous. Qu'apportiez-vous dans l'affaire ?

Elle le fixa, surprise.

— Rien.

— Ne vous sous-estimez pas.

La sécheresse du ton, cette impatience dans la voix… ce n'était pas le prêtre qui parlait. Elle fronça les sourcils, alertée, mais, avant qu'elle ait pu dire quoi que ce soit, il poursuivait :

— Vous étiez un gage d'honnêteté pour lui. A combien de clients a-t-il eu accès au cours des six derniers mois, grâce à vous ?

Brusquement, ce fut comme si les pièces d'un puzzle se mettaient en place, et la réalité de sa relation avec Michael frappa Naomi de plein fouet.

La colère s'empara d'elle.

— Grâce à moi, il a pu convaincre mon patron, et la plupart de nos plus gros clients d'investir avec lui. Voilà pourquoi Leo King m'a dit qu'il devait se séparer de moi. Il ne me pensait pas complice, ni que j'étais mêlée aux malversations de Michael, mais pour la réputation de la firme, je ne pouvais plus en faire partie. Michael Davenport s'est servi de moi. Plus jamais je ne laisserai un homme agir ainsi avec moi. Plus jamais.

Il n'aurait su dire comment les choses se passèrent ensuite. Etait-il bouleversé par Naomi, par ses paroles, par cet air de défi sur son visage, ou céda-t-il tout simplement à la tentation qui n'avait cessé de croître chaque fois qu'ils s'étaient frôlés sur le chemin ? Toujours est-il qu'elle fut soudain dans ses bras, chaque courbe de son corps pressée intimement contre le sien.

Il vit son regard se troubler, son pouls s'accélérer soudain, battement frénétique au creux de son cou.

Tout d'abord, il ne bougea pas. Mais lorsqu'elle noua les bras autour de son cou, lorsqu'il sentit son corps ferme et souple vibrer contre le sien, il ne put résister et la plaqua contre lui. Le prêtre aurait dû s'écarter. L'homme en était incapable.

Jamais il n'avait éprouvé un désir aussi violent, aussi fou. Il avait envie d'elle, besoin d'elle. Un besoin vital, primaire. Une fois de plus, le monde disparut autour de lui et il n'y eut plus qu'elle. Il se penchait déjà, franchissant la petite distance qui le séparait de ses lèvres offertes, lorsque son col pressa désagréablement son cou, telle une arête vive contre sa peau.

Brusque retour à la réalité. Le monde était là, de nouveau. Il avait une mission à accomplir et la femme qu'il tenait dans ses bras était peut-être en danger de mort. Il n'aurait su dire ce qui des deux l'emporta, lui donna la force de la lâcher.

— Je ne peux pas, Naomi. Nous ne pouvons pas.

Il saisit ses poignets, dénoua ses bras de son cou.

Le désir brûlait dans son regard, intense, mais il surprit la douleur fugace qui le traversa avant qu'elle ne détourne les yeux.

— Parce que vous êtes prêtre.

Ce n'était pas une question. Il lui fut donc épargné d'avoir à répondre. Tant mieux. Il ne savait pas s'il aurait pu mentir sans se trahir. En tout cas, il lui fallut toute sa volonté pour ne pas l'attirer de nouveau dans ses bras. Sa vulnérabilité le bouleversait. Mais il ne pouvait pas se le permettre. S'il la touchait, il ne pourrait plus s'arrêter, il le savait.

Elle se reprit très vite et passa devant lui, ouvrant la marche. Il l'admirait. En plus de toutes ses qualités, Naomi Brightman possédait un sacré tempérament.

Elle ne dit rien sur le chemin, ne parla que lorsqu'ils furent arrivés sur la plage.

— Vous avez faim ?

— Je mangerais volontiers.

L'incident était clos. Elle ne reviendrait pas dessus. Mais Dane n'en éprouva aucun soulagement tandis qu'ils se dirigeaient vers la grève.

Le regard rivé sur l'océan, elle s'assit, ôta ses sandales et glissa ses pieds dans le sable chaud. Il contempla un instant ses jambes magnifiques avant de la rejoindre et s'occupa alors à déballer la bouteille Thermos et à leur servir deux verres de boisson fraîche. Pendant ce temps, elle avait extrait du sac deux boîtes cartonnées.

— C'est ma sœur Reese qui a eu l'idée de ce conditionnement pour les pique-niques. Les aliments restent protégés du sable.

Il en ouvrit une. Elle contenait deux petits sandwichs. Il en tendit un à Naomi.

— J'espère que vous aimez le poulet au curry, dit-elle.

— L'odeur est déjà très alléchante.

Il mordit dans le sandwich, mais peu lui importait son goût. Il ne songeait qu'aux lèvres de Naomi. Quel goût auraient-elles eu sur les siennes ?

Pendant les minutes qui suivirent, ils mangèrent en silence. Il s'efforça de se ressaisir. C'eût été plus facile si Naomi n'avait pas été assise si près de lui, dans ce décor enchanteur, si isolé, si intime, qu'il semblait hors du temps et donnait l'impression que ce qui s'y passerait demeurerait à jamais secret. Et comme si ce n'était pas suffisant, à chaque vague qui venait se briser sur la grève, il revoyait la scène de *Tant qu'il y aura des hommes,* dans laquelle Deborah Kerr et Burt Lancaster font l'amour sur le sable, balayés par les vagues qui déferlent.

Il s'efforça de chasser cette image de son esprit et de se concentrer sur ce qu'il avait à faire. Davenport se trouvait sur l'île et il préparait un plan d'attaque. Il ne fallait pas qu'il l'oublie.

Du coin de l'œil, il la vit rassembler les restes du pique-nique, les ranger dans le sac. Lorsqu'elle replia ses jambes, et qu'elle referma les bras autour de ses genoux, elle fit voler un peu de sable sur lui et il sursauta. C'était comme si elle l'avait touché. Jamais encore il n'avait été aussi sensible à la présence d'une femme, aussi prompt à réagir, tous les sens en éveil. Jusqu'où iraient-ils s'il l'embrassait, s'il la touchait ? Ses doigts fourmillaient de l'envie de caresser son corps, d'en modeler les courbes sous ses paumes, d'en découvrir tous les secrets.

Il jura intérieurement. Que lui arrivait-il ? Il n'était plus un adolescent pour fantasmer de la sorte. Peut-être n'aurait-il pas dû venir sur cette plage, mais il s'y trouvait à présent et c'était une occasion rêvée pour amener Naomi à se confier. Il avait besoin du maximum d'informations sur Davenport s'il voulait avoir une chance de le prendre de vitesse.

— Alors, que pensez-vous de cet endroit pour une retraite, mon père ? demanda-t-elle.

Il se tourna vers elle. C'était la première fois qu'il croisait son regard depuis ce qui s'était passé en arrivant sur la plage. Il vit l'émotion soulever sa poitrine, un frémissement la parcourir.

Il savait exactement ce qu'elle avait en tête. Les mêmes pensées folles agitaient son esprit et s'il n'y mettait pas un terme… Il passa un doigt dans son col, nerveux, histoire de se souvenir de son rôle.

— C'est parfait. Je m'imagine très bien en train de célébrer un office du matin tandis que le soleil se lève.

Un office du matin. Elle laissa son regard se perdre au loin, s'efforçant de se représenter la scène. Impossible. Depuis qu'ils s'étaient assis sur le sable, elle n'avait été capable de penser qu'à une seule chose, une scène du film *Les oiseaux se cachent pour mourir,* dans laquelle le père Ralph court après Meggie sur la grève et roule avec elle dans le sable. Sauf que ce n'étaient pas Richard Chamberlain et Rachel Ward qu'elle voyait. C'était Dane et elle.

Cela pourrait si facilement être elle, roulant dans l'eau dans les bras de Dane. Et tandis que les images envahissaient son esprit, elle avait vécu la scène comme si elle y était, senti le flux et le reflux du sable et des petits coquillages dans son dos tandis qu'elle s'abandonnait au rythme fou de leur étreinte, leurs deux corps ivres, enlacés et balayés par la mer.

Elle se tourna vers lui, observa son visage. Il contemplait la mer, appuyé sur ses coudes, ses longues jambes étendues devant lui. Ils étaient si près l'un de l'autre que leurs bras se touchaient presque. Elle imaginait les siens se refermant sur elle, la plaquant contre lui, son corps épousant intimement le sien, ses seins pressés contre son torse…

Oh ! elle avait tellement envie de savoir comment ce serait de faire l'amour avec lui, de vivre cette ultime tentation, ce désir fou de tout connaître qui avait coûté le paradis à Adam et Eve. Si elle restait assise ici une seconde de plus, elle allait se jeter sur lui.

Et se voir rejetée de nouveau ? Pas question. Pour atteindre l'homme, elle allait devoir passer par le prêtre. Elle avait songé à quelque chose dans le boudoir de Hattie. Mais, pour cela, il fallait qu'elle s'éloigne un moment afin de retrouver son calme. Elle se leva, gagna le bord de l'eau d'un pas mal assuré.

Il se leva à son tour. Il était content qu'elle ait bougé. Quelques secondes encore et il ne répondait plus de rien. Il l'aurait renversée sur le sable et il aurait connu la première fois en elle. Il aurait senti le fourreau soyeux de sa chair se refermer autour de lui, l'emprisonner.

Il s'immobilisa, se rendant compte qu'il l'avait suivie au bord de l'eau. Il enfouit les mains dans ses poches.

— Je vais marcher un moment le long de la plage, dit-il très vite.

Il n'attendit pas sa réponse. Il ne se faisait pas confiance. Il fallait qu'il s'éloigne, qu'il réfléchisse.

Il se dirigea vers les rochers, s'efforçant de faire le vide, de chasser Naomi de son esprit.

Quel pouvoir avait-elle sur lui pour qu'il réagisse ainsi ? Il ne parlait jamais de la séparation de sa famille. Il n'aimait pas repenser à cette époque, à l'incapacité dans laquelle il s'était trouvé d'aider ses frères et sa sœur.

De plus, il n'aurait pas dû se trouver en train de remuer

tous ces souvenirs. Il devait impérativement se concentrer sur ce que Naomi lui avait appris. L'argent que Davenport avait extorqué devait être dissimulé dans l'un de ces bibelots dont il lui avait fait cadeau.

Sur ce plan, Davenport avait l'avantage. Il savait lequel contenait le jackpot. Et connaissant Naomi, il avait sans doute une idée précise de l'endroit où le chercher. Mais ce matin, le sac de Naomi ne contenait aucun bibelot de la sorte. Davenport s'attendait-il à ce qu'elle l'ait avec elle ?

— Hé, attendez ! fit-elle dans son dos.

Il se retourna. Elle s'avançait à sa rencontre. Comment Davenport avait-il pu passer six mois près d'elle et ne pas la toucher, ne pas lui faire l'amour ?

Il posa son regard sur sa bouche et le désir, soudain, embrasa son corps. Il oublia tout : la menace, l'argent, sa détermination à faire arrêter Davenport.

S'il pouvait faire l'amour avec elle une fois, une seule, peut-être le manque qui le consumait disparaîtrait-il ? En dépit du risque que cela représentait, il parvint pratiquement à se convaincre que s'il faisait l'amour avec elle, il serait à tout jamais délivré.

— Vous avez l'air préoccupé, dit-elle soudain.

Où avait-il la tête ? Il devait obtenir d'autres informations d'elle et le temps filait. Il s'efforça de sourire.

— Je me disais que je vous faisais perdre votre temps à m'écouter. Le moins que je puisse faire est de vous rendre la pareille et de vous écouter à mon tour. C'est un peu mon métier.

Elle lui sourit.

— Vous ne croyez pas si bien dire, mon père. En fait, si je vous ai proposé de venir ici, ce n'est pas uniquement pour des raisons professionnelles concernant Haworth House. J'ai aussi des raisons personnelles. Je me sens coupable et souhaiterais que vous m'entendiez en confession.

Il la regarda, interloqué. Naomi Brightman en confession ? Que pouvait-elle bien avoir à lui dire ?

9

— Vous voulez que je vous entende en confession ?
— Oui.
Elle jeta un regard autour d'elle.
— Je me suis dit que cette plage isolée serait l'endroit idéal.
La brise s'était levée, rabattant ses cheveux sur son visage. Elle les écarta, tendue.
— Peut-être pourrions-nous trouver un endroit plus abrité où nous asseoir.
Ils gagnèrent un grand rocher plat, protégé du vent par une crête. Ils s'assirent côte à côte, sans se toucher, et Naomi joignit les mains sur ses genoux, comme elle l'avait fait tant de fois en confession. Mais, cette fois, c'était pour les empêcher de trembler.
— Tout ce que je vous dirai est protégé par le secret de la confession, n'est-ce pas ?
— Absolument.
Il scruta son visage.
— Est-ce en rapport avec Michael Davenport ?
Elle lut de l'inquiétude dans son regard. Ce n'était pas du tout ce qu'elle avait envie d'y voir.
— Non. C'est personnel.
C'en était fini de Michael Davenport et de l'influence qu'il avait eue sur sa vie. Tout cela, c'était du passé. Elle ne se laisserait plus manipuler par personne, ni traiter comme un pion. Et elle n'accepterait pas davantage « non » ou « nous ne pouvons pas » comme réponse.
— Je vous écoute, dit-il.

Elle prit une grande inspiration pour se donner du courage et commença :

— Vous m'attirez. Vous m'avez attirée dès l'instant où je vous ai vu.

Il ouvrit la bouche, prêt à intervenir, mais elle l'arrêta d'un geste.

— Ce n'est qu'un début, mon père. Je sais que vous êtes également attiré par moi. Je me trompe ?

— Non, vous ne vous trompez pas.

Ainsi, il l'admettait. Elle sentit son pouls s'emballer. Elle l'aurait compris même sans qu'il le dise. Quelque chose avait changé dans son regard.

— Mais…, commença-t-il.

De nouveau, elle l'arrêta, levant la main.

— Je n'ai pas terminé ma confession. Si vous m'interrompez sans arrêt, je n'arriverai jamais au bout.

Il ne dit rien. Il se contenta d'acquiescer d'un hochement de tête.

— Vous m'avez plu dès le premier jour, lorsque je vous ai vu dans la cour de l'hôtel. Puis j'ai remarqué votre col. Beaucoup de femmes, en découvrant que vous étiez un prêtre, auraient mis un point final à l'histoire. Il est prêtre. Il a fait vœu de chasteté. Territoire interdit.

Il n'avait pas bougé. Elle non plus, depuis qu'ils s'étaient assis. Mais son regard s'était assombri et la tension qui se dégageait de lui était palpable.

Elle reprit sa respiration pour calmer les battements de son cœur.

— Lorsque j'ai découvert que vous étiez prêtre, cela n'a fait qu'accroître mon désir. Vous allez me dire que c'est l'attrait du fruit défendu, mais il y a davantage que cela.

Elle lui raconta tout alors de sa passion adolescente pour le père Bouchard, des fantasmes qui avaient peuplé son esprit et de ceux qu'elle avait consignés dans ses carnets.

— Pourquoi me dites-vous tout cela, Naomi ? demanda-t-il

lorsqu'elle eut terminé. Je n'ai pas à vous donner l'absolution, vous n'avez rien fait de mal.

Elle leva le menton, plongea son regard dans le sien.

— Je crois que j'ai nourri des pensées impures.

— Mais vous n'êtes pas passée à l'acte.

— Pas encore.

Elle se leva, s'éloigna un instant, puis revint sur ses pas.

— Je veux le faire. Je n'ai plus quatorze ans et n'ai pas l'intention de laisser ce que j'éprouve pour vous au stade du fantasme. Je veux faire l'amour avec vous.

Voilà. Elle l'avait dit. Lorsqu'il ouvrit la bouche pour parler, elle paniqua. Il ne pouvait pas dire non. Elle ne le laisserait pas dire non.

— Ecoutez-moi jusqu'au bout.

Elle avait l'impression d'être au tribunal, en train de plaider le dossier le plus important de sa carrière. A la différence près qu'elle était partie prenante, qu'il s'agissait de sa vie, cette fois.

— J'improvise, dit-elle. Habituellement, je prépare soigneusement ce que je dois dire. Je sais exactement où je vais. Avec vous, c'est différent.

Elle s'avança vers lui.

— Je sais que ce que je vous demande n'est pas bien. Je sais que je suis en train de vous pousser à commettre un péché. Mais je suis fatiguée de devoir toujours être exemplaire, fatiguée qu'on choisisse pour moi et…

Elle s'interrompit. Elle se laissait emporter.

— C'est la première chose que je vais faire pour moi, dit-elle plus sobrement. Alors, si la foudre ne m'écrase pas, j'ai une proposition à vous faire. Je veux faire l'amour avec vous une fois. Une seule.

Lorsqu'elle s'interrompit, il ne dit rien. Mais ce qu'elle lut dans son regard fit s'emballer son cœur. Elle se sentit la gorge sèche tout à coup.

— Je vous promets la plus grande discrétion. Personne ne saura rien. Je ne vous demande rien non plus. Vous pouvez renoncer à vos projets concernant Haworth House, quitter l'hôtel et nous n'aurons plus jamais à…

Le reste de sa phrase se perdit lorsqu'il se leva, franchit la distance qui les séparait.

— Je peux parler, à présent ?

Elle acquiesça d'un signe de tête. La panique l'assaillit de nouveau. Et voilà, il allait dire non et elle allait devoir inventer un plan B ou même C. Elle supplia Hattie de lui venir en aide.

— J'accepte.

— Vous acceptez ?

La surprise le disputa à l'incrédulité. Sa stratégie avait fonctionné. Elle avait du mal à le croire.

Lorsqu'il emprisonna son visage entre ses mains, le monde entier chavira, se dissipa. Plus rien n'existait que le plaisir intense de l'instant, l'attente fiévreuse de ce qui allait suivre.

Pendant un moment, il ne dit rien, surpris de s'être montré aussi clair. Tout s'était brouillé dans son esprit à l'instant où elle lui avait dit qu'elle était attirée par lui. Le pouvoir incroyable des mots… « Je veux faire l'amour avec vous », avait-elle déclaré et il avait su alors qu'il ne quitterait pas cette plage sans qu'elle soit à lui. Ce fantasme de faire l'amour avec un prêtre, il voulait que ce soit avec lui qu'il devienne réalité.

Il effleura ses lèvres du pouce.

— J'espère que vous ne le regretterez pas, Naomi.

— Je sais que non.

Elle posa les mains sur ses épaules, se hissa sur la pointe des pieds.

— J'espère que vous non plus.

Il le regretterait, il le savait. Mais les regrets seraient pour plus tard. Il ne voulait penser qu'à l'instant, à en faire un moment inoubliable.

Déjà, elle nouait les bras autour de son cou, l'attirait vers elle.

— Embrassez-moi.

Il se pencha vers elle. Il pensait être préparé à ce moment. Il s'était tant de fois imaginé cette scène, ce moment où il l'embrasserait. Mais il se retrouva en territoire totalement inconnu. Ils avaient beau être sur ce rocher, lorsque leurs lèvres s'unirent, il aurait juré sentir le sable se dérober sous ses pieds. Et le bruit des vagues s'amplifia soudain, devint un déferlement sauvage autour d'eux.

La douceur de ses lèvres, leur goût l'enivraient. Mais lorsque leurs langues se cherchèrent, s'unirent, ce fut une explosion de sensations qui déferla en lui. Il prit sa bouche, but à ses lèvres avec passion, éperdument, tel un noyé qui lâche prise.

Et il la sentait s'abandonner, toute à ce baiser. Des nuits entières, il était resté éveillé, à en rêver, mais il n'avait pas imaginé l'intensité de sa réponse, la fougue avec laquelle sa langue se mêlait à la sienne, insistante, exigeante, la façon dont ses doigts plongeaient dans ses cheveux, dont son corps pressait le sien, avide.

Elle suffoquait, les yeux clos, le corps en feu, et elle avait envie de crier qu'elle voulait plus, beaucoup plus, qu'elle le voulait, tout à elle, maintenant. Elle sentait ses seins presser son torse, leurs pointes dressées, presque douloureuses, écrasées contre ses muscles, et son corps tout entier vibrait, pris de fièvre. C'était plus que du désir, c'était irrépressible, insensé, telle une obsession. Plus rien d'autre n'existait. Il lui fallait cet homme.

Une mouette poussa un cri, haut dans le ciel. Brusquement, il la saisit par les poignets, dénoua ses bras de son cou et s'écarta d'elle.

Elle le regarda, surprise. Lorsqu'elle voulut s'avancer, il la maintint à distance.

— Embrassez-moi, dit-elle.

— Je le ferai. Je veux simplement que nous prenions le temps, expliqua-t-il. Si nous ne devons faire l'amour qu'une fois, je ne veux rien précipiter. Je veux que ce soit un moment qui compte.

— Un moment qui compte ?

Elle le regarda fixement. Le corps brûlant de désir, elle avait du mal à se concentrer.

— Vous m'avez dit avoir rêvé de faire l'amour avec le père

Bouchard. Avez-vous également fantasmé sur moi ? Vous êtes-vous imaginée faisant l'amour avec moi ?

Tout ce qu'elle savait, c'était que quels qu'aient été les fantasmes qu'elle avait pu concevoir à son sujet, ils n'étaient qu'un pâle reflet de ce qu'elle venait juste d'entrevoir dans ses bras.

— Alors ? insista-t-il.

— Oui. Pourquoi ?

— Je pense que nous pourrions leur donner vie.

— Ne pourrions-nous pas improviser, tout simplement ?

Il esquissa un sourire.

— Nous y viendrons, plus tard. Faisons durer le temps. Parlez-moi des images qui ont traversé votre esprit.

Elle commençait à comprendre. Et elle était d'accord avec lui. Elle aussi, elle voulait prolonger au maximum le temps qu'ils passeraient ensemble.

Ce serait le seul qui leur serait jamais accordé.

— Lorsque je me trouvais dans la cabine, chez Découvertes, je me suis imaginée me déshabillant pour vous.

Il lâcha ses poignets, recula de quelques pas et s'assit.

— Pourquoi ne le feriez-vous pas pour moi, maintenant ?

Elle hésita. Visiblement, il était capable de rester maître de lui. Il avait interrompu leur baiser, s'était écarté alors qu'elle n'aurait vu aucun inconvénient à ce qu'il la renverse à même le sol et lui fasse l'amour, là, tout de suite, sans plus de préliminaires. Jusqu'où fallait-il aller pour lui faire perdre le contrôle ?

Elle écarta les cheveux de son visage, plongea son regard dans le sien. Puis lentement, très lentement, elle fit glisser l'une après l'autre les bretelles de son petit haut. Dans l'intimité de la cabine d'essayage, elle avait joué ce jeu pour elle-même. Elle n'avait pas pu imaginer ce qu'elle éprouverait en faisant de même devant un homme.

Devant le père Dane MacFarland.

Lentement, centimètre par centimètre, elle fit glisser le petit haut rouge. Lorsqu'elle dénuda ses seins, elle sentit la chaleur de son regard les envelopper et leurs pointes soudain durcies se dressèrent. Enhardie, elle lâcha le petit haut, le laissa glisser jusqu'à sa taille et referma les mains sur ses seins.

— Savez-vous que je vous ai imaginée dans la cabine, vous caressant ? murmura-t-il.

Elle sourit, enjôleuse. Elle se sentait toutes les audaces. Sans quitter son regard, elle se mit à caresser ses seins, les pressant avec volupté sous ses paumes, les faisant pigeonner. Puis, lentement, elle en agaça les pointes entre le pouce et l'index. La caresse était délicieuse et fit courir un petit frisson au creux de ses reins. Mais le grognement de plaisir qu'elle arracha à Dane l'excita bien davantage.

— Vous êtes encore plus belle que je ne l'avais imaginé, dit-il.

Ses paroles faillirent la déconcentrer, la troublant au point que ses doigts tremblaient lorsqu'elle les laissa descendre jusqu'à sa taille, saisit le petit haut rouge et le fit passer par-dessus son short. Elle le laissa tomber à terre. Elle entreprit alors de dégrafer son short.

— Vous avez besoin d'aide ?

— C'est hors de question. Dans un strip-tease, on regarde, mais on ne touche pas, susurra-t-elle.

— C'est cela la règle ? Désolé, je n'ai pas beaucoup d'expérience en la matière.

— Vous qui êtes amateur de vieux films, vous avez certainement vu *Gypsy, vénus de Broadway,* avec Natalie Wood.

A la voir faire sauter le bouton de son short, commencer à en faire glisser la fermeture Eclair, il était fortement tenté de mettre un terme à cette petite séquence qu'il avait lui-même réclamée.

— De plus, c'était votre idée de prendre tout notre temps, non ? insista-t-elle.

Elle avait raison et elle le tenait, pieds et poings liés. Il n'aurait jamais cru que ce strip-tease puisse être aussi excitant. Ses seins étaient magnifiques, deux petits dômes tout ronds. Il avait envie de les presser sous ses paumes, de les caresser, exactement comme elle l'avait fait.

Mais bien avant qu'elle ne se déshabille, il était déjà grisé par la situation, par ce fantasme de séduire un prêtre. La fascination de l'interdit, l'envie de goûter au fruit défendu, tout cela exerçait un irrésistible attrait sur lui. Il n'avait jamais participé à aucun jeu de rôle sexuel, mais il devait admettre que le fait qu'il soit prêtre et qu'elle ait rêvé de faire l'amour avec un prêtre l'excitait terriblement.

Et cet après-midi de plaisir interdit serait le seul et unique qu'ils s'accorderaient. Tandis qu'il écoutait sa confession, il avait soudain pris conscience que saisir l'instant présent n'avait jamais été aussi vrai qu'aujourd'hui.

Une fois qu'elle aurait découvert la vérité à son sujet…

Il repoussa cette pensée. Si ce devait être leur unique moment ensemble, il voulait qu'il soit inoubliable. Il en paierait le prix plus tard.

Elle avait dégrafé son short et le faisait glisser le long de ses jambes, mais le regard de Dane resta rivé sur le petit slip de dentelle rouge qu'elle portait dessous. Il n'aurait jamais cru possible de devenir plus dur qu'il ne l'était. Il se trompait. Il sentit soudain son sexe se dresser, palpitant, tendu à l'extrême. Lorsqu'elle glissa ses pouces sous les petits élastiques de côté, il se leva, s'avança vers elle.

— Vous ne respectez pas les règles, dit-elle.

— Dès que vous l'aurez ôté, je serai en vous.

— Oh, vraiment ?

Le pouls de Naomi s'était mis à palpiter comme un fou. Elle s'immobilisa.

— Si c'est ce que vous avez en tête, je vous trouve un peu trop vêtu pour la circonstance.

Sans la quitter des yeux, il ôta son col, puis son T-shirt et son pantalon. Elle avait les yeux rivés sur lui et, lorsqu'elle posa les mains sur l'élastique de son caleçon, il saisit ses poignets.

— Laissez-moi faire, dit-elle.

— Avant que nous allions plus loin, êtes-vous protégée ?

— J'ai ce qu'il faut dans la poche de mon short.

— Très bien.

Lui aussi avait emporté ce qu'il fallait, mais il préférait ne pas avoir à expliquer pourquoi un prêtre se trouvait en possession de préservatifs.

Déjà, elle glissait les doigts dans l'élastique de son caleçon.

— Vous ne voulez pas savoir si j'ai des fantasmes, moi aussi ? demanda-t-il, immobilisant de nouveau ses mains.

— Vous en avez ?

— Oui. Plusieurs vous concernant.

Il ramassa son petit short, la prit par la main et la conduisit vers l'endroit où il se trouvait assis, quelques instants plus tôt.

— Je me trouvais à la terrasse du café, en face de Découvertes, lorsque vous avez choisi ces articles de lingerie dans la vitrine. Je vous ai imaginée en train de les essayer, ce qui m'a beaucoup excité. Je me voyais vous rejoignant dans la cabine. Venez... je vais vous montrer.

Il la conduisit jusqu'aux rochers, la fit se tourner, poser ses mains à plat, devant elle, sur la pierre douce érodée par le vent et la mer. Puis, la saisissant par les hanches, il la fit reculer un peu afin qu'elle se penche en avant.

— Maintenant, je vais vous caresser, murmura-t-il.

Elle sursauta lorsqu'elle sentit ses doigts effleurer sa nuque et un long frisson la parcourut. Il les laissa glisser lentement le long de son dos, jusqu'au creux de ses reins, et s'immobilisa lorsqu'ils rencontrèrent le petit string de dentelle rouge.

— Voilà ce que je rêvais de faire depuis que je vous ai vue arriver sur le perron de l'hôtel, vêtue de votre short et de votre petit haut rouge.

— Dites-moi ce que vous me faisiez dans la cabine d'essayage...

— Je vais y venir.

Il l'espérait, tout du moins. Mais la position qu'il lui avait fait prendre faisait déjà naître un nouveau fantasme dans son esprit.

De nouveau, il laissa ses doigts descendre le long de son dos, caresser sa peau satinée, si douce, suivre la courbe envoûtante de ses reins. Mais, cette fois, lorsqu'il rencontra la dentelle du petit string, il en suivit le dessin, glissa la main entre ses jambes, ne s'arrêtant que lorsqu'il fut à l'entrée de son sexe, ses doigts effleurant sa chair douce et moite.

— Je vous en prie…, supplia-t-elle, le souffle court.

Elle se cambra, se pressa contre ses doigts jusqu'à ce qu'elle sente l'extrémité de son majeur la pénétrer. Son corps tout entier frissonna sous l'avalanche de sensations.

— Doucement…, murmura-t-il.

Il saisit le lobe de son oreille entre ses dents, le mordilla, le lécha avec volupté, s'efforçant de garder le contrôle. Ce serait si facile d'enfiler un préservatif, d'écarter ce petit string et de plonger en elle. Mais il avait entendu la surprise dans sa voix lorsqu'il lui avait avoué avoir fantasmé sur elle et il avait encore beaucoup de choses à lui montrer. Il ôta sa main.

Elle eut un petit gémissement de protestation.

— Bientôt, dit-il.

Elle se sentait le corps en feu, l'esprit tout entier occupé par cette image de la cabine d'essayage. Il la rejoignait, elle le sentait derrière elle et c'était si érotique qu'elle… oh…

Il glissa les bras autour d'elle, referma les mains sur ses seins. Heureusement. Un instant encore et ses jambes ne la portaient plus.

— Regardez-moi vous caresser, Naomi.

Lorsqu'elle baissa les yeux, vit ses mains puissantes et fermes presser la chair si douce, si sensible de ses seins, ses doigts en agacer les pointes toutes dures, elle crut qu'elle allait défaillir. C'était si incroyablement érotique de le voir faire. Son corps tout entier, réceptif comme jamais encore il ne l'avait été, vibrait si intensément qu'il lui semblait qu'elle allait exploser et se dissoudre.

Pourtant, ce n'était rien encore. Il descendit plus bas, plus bas encore, jusqu'au petit string, et s'arrêta.

Elle bougea contre lui.

— Je croyais que… que vous vouliez me caresser, parvint-elle à articuler.

Une main disparut de sa vue. Elle le regarda glisser l'autre sous la dentelle rouge de son string. Ce fut comme si une décharge électrique traversait ses reins lorsqu'elle sentit ses doigts presser soudain son clitoris. Alors, sans crier gare, d'un seul mouvement, il la pénétra, glissa deux doigts dans la chair douce et humide de son sexe.

Instantanément, elle fut au bord de l'orgasme. Il la maintint là, un moment, ne bougeant pas, ne la laissant pas bouger non plus.

Puis, soudain, penché à son oreille, il murmura :

— Jouis pour moi, Naomi.

Et ses deux mains entrèrent en action.

L'orgasme, violent telle une vague qui déferle et balaie tout sur son passage, lui arracha un long cri rauque tandis que son corps était emporté, roulé dans les vagues successives d'un plaisir qui lui coupa le souffle.

10

Lorsqu'elle reprit conscience, Naomi était installée à califourchon sur lui, la tête nichée au creux de son épaule. Il était assis dans le sable, appuyé contre les rochers. Combien de temps étaient-ils restés ainsi ? Leur souffle était régulier, les battements de leurs cœurs apaisés.

La mer avait monté et l'ombre des rochers s'étendait plus loin sur la plage.

Elle n'avait pas envie de bouger. Elle aimait sentir son bras refermé autour de ses épaules. Mais le temps filait, elle le savait, et elle ne voulait pas en perdre une seconde.

Elle leva la tête, plongea son regard dans le sien. Le désir intense qu'elle y lut enflamma instantanément son corps. Elle sentit soudain toute la longueur de son sexe en érection presser sa cuisse.

— Tu n'as pas toujours été prêtre.

— Non. Je n'ai même jamais été un bon candidat pour cela.

Elle s'en doutait. Elle avait été surprise lorsqu'il avait d'emblée accepté sa proposition de faire l'amour avec elle. Et puis, depuis le début, elle avait ressenti l'impression étrange qu'il y avait deux hommes en lui.

— Pourquoi dis-tu que tu n'as jamais été un bon candidat ?

— J'ai fugué à plusieurs reprises, au début, lorsqu'on m'a placé dans des familles d'accueil. J'ai même vécu un certain temps dans la rue. J'aurais sans doute fini en prison si un policier et sa femme ne m'avaient pas recueilli.

— Tu as été élevé par un policier ?

— Oui, un Irlandais catholique. Après m'avoir arrêté deux fois, il a pris le temps de se renseigner sur ma famille. Puis il m'a fait une proposition. Si j'acceptais les règles, je pouvais rester chez lui et il m'aiderait à retrouver mes frères et ma sœur.

— Tu as accepté.

— J'étais mal parti, j'allais droit dans le mur. En fait, il n'a pas réussi à trouver mes frères et sœur, mais il n'a jamais renoncé.

— Et tu es finalement devenu prêtre, pas policier.

— C'est sa femme, Nell, qui m'y a encouragé. Un policier par famille, c'était suffisant selon elle.

Elle se pencha, enfouit son visage au creux de son cou et se mit à l'embrasser, à caresser sa peau du bout de la langue. Elle sourit lorsqu'il réagit, parcouru d'un frisson.

— Naomi…

— Je ne suis pas encore sevrée de toi.

Elle s'écarta, emprisonna son visage entre ses mains.

— Nous avons chacun vécu un de nos fantasmes. C'est très bien. Mais j'ai joui, pas toi.

Elle sentit son sexe palpiter soudain contre sa cuisse.

— Je crois que nous devrions improviser maintenant, poursuivit-elle. Je veux que tu sois en moi lorsque tu jouiras. Et je ne veux pas essayer d'imaginer comment ce sera. Je veux le vivre.

— C'est d'accord.

Elle s'écarta pour récupérer son short et sortit un préservatif de sa poche. Il avait ôté son caleçon et, lorsqu'elle posa les yeux sur son sexe, long, puissant, un frisson la parcourut tout entière. Oh ! ce désir presque douloureux qui assaillait ses reins… Elle avait tant envie de lui, de le sentir en elle.

— Hum, tu es magnifique, dit-elle, se réinstallant sur lui.

Mais au lieu de mettre le préservatif, elle referma les doigts sur son sexe, se pencha, en effleurant la pointe de sa langue.

Il poussa un gémissement, se cambra, pressant son sexe contre sa bouche tandis qu'il enfouissait les doigts dans ses cheveux, les agrippait dans ses poings serrés.

— Je n'avais pas imaginé faire cela, dit-elle.

D'un coup de langue, elle le lécha sur toute sa longueur.

— Ça me plaît beaucoup.

Elle referma alors sa bouche sur lui et l'aspira. Il eut l'impression que ses poumons se vidaient de tout leur air et il ferma les yeux. Encouragée, elle le prit tout entier en elle et le suça, enroulant sa langue autour de lui, le mordillant doucement, pressant avec volupté l'arête de son sexe avant de se retirer. Une fois, deux fois, elle l'aspira ainsi tout entier en elle, ses lèvres, fourreau étroit autour de sa chair palpitante.

— Stop, dit-il soudain d'une voix rauque, le souffle court.

Elle s'écarta à regret, leva les yeux vers lui.

— Tu n'aimes pas ?

— Si.

Mais lorsqu'elle voulut se pencher de nouveau, il l'en empêcha, agrippant fermement ses cheveux.

— Tu voulais que je sois en toi, cette fois, non ?

Elle sourit.

— Et si je veux continuer à improviser ?

— Moi aussi, j'en ai le droit.

Il la saisit alors par les hanches, la souleva à sa rencontre, lui ouvrit les jambes, effleurant de la pointe de sa langue le triangle de dentelle rouge de son string. Il le saisit entre ses dents, le mordilla, puis, insinuant sa langue dessous, il la lécha d'un côté puis de l'autre, provocateur. Elle haletait, le corps parcouru de délicieux frissons. Lorsqu'il pressa soudain sa langue contre sa chair à travers la fine barrière de dentelle, ses reins furent traversés d'un désir si violent qu'elle crut défaillir. Elle se cramponna à ses épaules et, glissant ses pieds sous elle, elle se cambra, éperdue, s'offrant, écartelée, à sa caresse.

— Un instant…, murmura-t-il.

D'un geste preste, il lui ôta son string.

— Voilà qui est mieux.

Elle sentit vaguement qu'il lui prenait le préservatif des doigts et l'enfilait, mais elle était tout entière concentrée sur la caresse de son souffle chaud sur son clitoris.

Elle gémit lorsqu'il goûta soudain sa chair de deux coups de langue et ne put retenir un cri lorsqu'il la pénétra, la transperça de sa langue.

Et le plaisir montait déjà en elle quand, refermant les mains sur ses hanches, il la guida vers lui, vers son sexe dressé, palpitant et dur. Il contrôlait chaque mouvement, la faisant descendre lentement sur lui, pressant son sexe entre les lèvres de son sexe, la pénétrant à peine. Et la sensation inouïe de leurs chairs brûlantes s'épousant enfin. Et il voulait que le plaisir de l'attente dure, pour eux deux. Mais soudain, comme s'il venait d'atteindre le point de rupture, il la souleva une dernière fois et plongea en elle, de toute la longueur de son sexe.

— Fais-moi jouir, Naomi, murmura-t-il alors.

Elle se mit à bouger, lentement, se soulevant pour mieux redescendre sur lui, le reprendre en elle l'instant d'après, encore et encore, tout entière suspendue aux sensations qui déferlaient dans tout son corps.

Il referma la main sur sa nuque, l'attira vers lui.

— Fais-moi jouir, maintenant.

Et il prit sa bouche, sa langue se mêlant à la sienne, la pressant langoureusement, au même rythme que celui de leurs corps se prenant et se déprenant. Elle avait l'impression de se noyer en lui. Le goût de sa bouche, son odeur, la pression délicieuse de son sexe contre sa chair... Elle aurait voulu que cela ne cesse jamais. Mais, peu à peu, elle sentit la fébrilité la gagner. La montée du plaisir était si intense, si dévorante, qu'elle ne put s'empêcher d'accélérer le rythme.

Il suivit avec sa langue, pressant follement la sienne, prenant sa bouche avec fougue. Et Naomi se mit à bouger de plus en plus vite, éperdue, le corps en feu, tout entière tendue vers ce plaisir qui la gagnait. Et lorsqu'elle sentit soudain l'orgasme exploser en elle, elle ne lâcha rien et, corps soudé au sien, elle continua de le chevaucher, l'entraînant avec elle vers l'éblouissement de l'extase.

Il était presque 18 heures lorsque Dane regagna sa chambre à Haworth House, l'esprit tout entier occupé par Naomi et les moments qu'ils venaient de vivre ensemble. Ils avaient fait l'amour deux fois encore avant de quitter la plage. Et chaque fois, elle l'avait emmené plus loin, lui faisant éprouver des sensations qu'il n'avait encore jamais connues avec aucune femme.

A présent, il devait réfléchir, remettre les choses en perspective. Au cours des trois heures passées avec elle, il avait joué le jeu, accepté de vivre avec elle son fantasme et s'était autorisé à être le père Dane MacFarland.

Il serait resté plus longtemps avec elle, sur la plage, et s'y trouverait probablement encore si la marée ne les avait surpris. Ils avaient dû marcher avec de l'eau jusqu'aux chevilles pour regagner le chemin par lequel ils étaient venus.

Elle n'avait pas dit un mot durant le trajet de retour. Lui non plus. Que dire ? Il ignorait tout de ce qu'il allait faire maintenant. Il était urgent qu'il y réfléchisse.

Une chose était certaine, en tout cas, s'il avait pu penser que faire l'amour avec Naomi Brightman suffirait à le guérir d'elle, il s'était lourdement trompé.

Il se mit à arpenter la pièce. Jamais encore il n'avait été aussi intime avec une femme, que ce soit sur le plan physique ou émotionnel. Elle savait le prendre, obtenir de lui des réponses que personne, jamais, n'avait obtenues. Hormis le fait de se faire passer pour un prêtre, tout ce qu'il lui avait dit au sujet de sa vie était vrai. Il avait même évoqué des choses auxquelles il n'avait plus pensé depuis des années.

Le flic irlandais dont il lui avait parlé l'avait littéralement arraché à la rue. Patrick, c'était son nom, et sa femme, Nell, n'avaient pas d'enfants. Nell rêvait de le voir entrer au séminaire, mais, finalement, le couple n'avait fait de lui ni un flic ni un prêtre. Mais il n'aurait probablement pas été aussi bon dans son métier sans ce que lui avait appris Patrick. Il avait dix-huit ans lorsque le couple avait disparu dans un accident. L'argent qu'il lui laissait avait permis de financer ses études à l'université et l'avait aidé à créer son entreprise.

Bien sûr, il avait parlé de Patrick et de Nell à Ian. Jamais à personne d'autre. Mais il n'avait pas pu s'empêcher d'en parler à Naomi.

Il s'arrêta devant la porte du balcon, l'ouvrit. Il la vit tout de suite, assise à une table, en train de discuter avec Leo King et un autre homme, Thomas Fairfield, jeune associé dans le cabinet où elle travaillait auparavant. Il avait remarqué les deux hommes. Ils attendaient dans le hall avec Avery, à leur retour.

Les vautours commençaient à rôder autour d'elle, prêts à bondir pour récupérer l'argent volé par Davenport. Il n'était pas le seul à penser que Naomi détenait la clé pour le trouver. Le FBI ne devait pas être loin, non plus.

Dane repensa à leur arrivée à Haworth House, un moment plus tôt. Après avoir confié les clés de la voiture à un employé de l'hôtel, Naomi s'était tournée vers lui et lui avait tendu la main.

Ce geste très formel et les quelques mots qu'elle lui avait adressés n'étaient pas une attitude de façade destinée au personnel de l'hôtel. Elle lui signifiait par là qu'elle entendait respecter sa part du contrat. Ce qui s'était passé entre eux sur la plage en resterait là, comme elle l'avait promis. Elle serait discrète et il n'avait pas à s'inquiéter d'une quelconque demande de sa part.

Mais les choses n'étaient pas aussi simples et il avait toutes les raisons de s'inquiéter. Il avait suffi que leurs mains se touchent, une simple pression de sa paume contre la sienne, et le désir avait embrasé son corps. Il n'avait eu qu'une envie : la soulever dans ses bras, grimper dans la voiture et s'enfuir avec elle. Au diable les conséquences !

Mais il fallait bien les envisager, ces conséquences. La réalité, elle, n'avait pas changé. Naomi était toujours en danger et même si, pendant quelques heures, il l'avait oublié, Michael Davenport se trouvait sur l'île. Et il n'était pas idiot. Très vite, il interviendrait pour récupérer ce qu'il avait donné à Naomi, après quoi, nul ne savait ce dont il était capable.

Après cette poignée de main, devant l'hôtel, il était resté à distance, ce qui ne l'avait pas empêché d'entendre Leo King inviter Naomi à prendre un verre.

Visiblement, elle n'avait pas apprécié de le trouver là. Son visage s'était crispé. Deux jours plus tôt, il l'avait renvoyée, sous prétexte qu'elle avait été trop proche de Davenport. Elle devait se demander ce qu'il venait faire sur l'île, flanqué de son associé.

Il y avait aussi cette histoire de bibelots. Dane devait absolument investiguer de ce côté. En résumé, ce n'était pas d'un amant dont Naomi Brightman avait besoin en ce moment, mais d'un garde du corps, à l'esprit clair et à l'œil vif.

Il quitta le balcon et il s'avançait vers sa table de nuit lorsqu'il remarqua le tableau, au-dessus du lit. Il était légèrement de travers. Il s'immobilisa, jeta un coup d'œil circulaire à la pièce. S'il n'avait pas été aussi préoccupé par Naomi, il aurait tout de suite vu le problème.

Quelqu'un était entré dans sa chambre et l'avait fouillée. Les signes étaient imperceptibles, mais il avait l'habitude de les repérer. Le rabat de sa valise était fermé alors qu'il l'avait laissé entrouvert. Son sac sur le lit avait été légèrement déplacé. La porte de la penderie était fermée, elle aussi. A l'intérieur, les portemanteaux avaient bougé.

De toute évidence, quelqu'un s'intéressait à lui. Il s'approcha, passa la main le long du cadre du tableau. Le micro était fixé sur le côté. Il le laissa en place et décida qu'il appellerait Ian un peu plus tard, d'un endroit plus sûr.

Lorsqu'il sortit de nouveau sur le balcon, il avait les idées tout à fait claires et savait ce qu'il avait à faire. Plus question de se laisser distraire. Il fallait qu'il se rende dans la chambre de Naomi pour vérifier si elle aussi se trouvait sur écoute.

Pour l'instant, elle était toujours en bas, en train de discuter avec son ex-patron. Autant en profiter et aller jeter un coup d'œil tout de suite. Il levait les yeux vers la tour lorsqu'il vit soudain passer une ombre à la fenêtre, juste au-dessus de son balcon. Il se précipita dans sa chambre, prit dans son sac les outils dont il allait avoir besoin.

Il y avait quelqu'un, en ce moment, dans la pièce de Hattie.

Naomi venait juste de s'asseoir lorsque Tess posa un verre de vin blanc devant elle.

— Désirez-vous autre chose ?

Naomi lui sourit.

— Non, merci. Ça ira.

— Je lui ai demandé d'ouvrir une bouteille de pouilly-fuissé et de t'en apporter un verre dès que tu arriverais, dit Leo.

— J'apprécie l'attention.

C'était lui qui lui avait fait découvrir les vins de Bourgogne. Mais en cet instant, tandis qu'elle portait poliment le verre à ses lèvres, elle songea qu'elle aurait préféré un alcool fort pour se remettre de ses émotions, et reprendre pied dans la réalité.

Ceci dit, rien de tel que de trouver Leo et son associé l'attendant dans le hall pour remettre les pieds sur terre. Ni sa nouvelle garde-robe ni un après-midi de rêve avec Dane MacFarland n'allaient si facilement la libérer de son passé.

— Tu ne nous demandes pas pourquoi nous sommes ici ? dit Thomas.

Elle se tourna vers lui. Il travaillait déjà depuis plusieurs années dans l'entreprise lorsqu'elle était arrivée, mais elle avait toujours eu le sentiment de représenter une menace pour lui. Et elle se souvenait parfaitement de son air suffisant et de la satisfaction dans son sourire, le matin où Leo lui avait dit que leur cabinet ne pouvait pas se permettre de la garder.

— Très bien. Pourquoi êtes-vous ici, alors ? demanda-t-elle.

— Nous pensons, Thomas et moi, que nous avons agi avec un peu trop de hâte en nous séparant de toi, expliqua Leo. Thomas, si tu lui annonçais la bonne nouvelle ?

Thomas s'éclaircit la voix.

— Nous souhaiterions que tu reviennes travailler dans l'entreprise.

Elle les regarda tour à tour, interloquée.

— Pour quelle raison ?

— Nous pensons ne t'avoir accordé ni le soutien ni la confiance que tu mérites, dit Thomas.

— Rien n'a changé, répondit-elle, s'adressant à Leo.

J'étais fiancée avec Michael Davenport. Grâce à moi, il a pu entrer en contact avec vous et certains de nos clients les plus importants. Ma présence dans l'entreprise vous le rappellerait sans cesse.

— Ton départ a porté un coup supplémentaire à la réputation du cabinet. En agissant ainsi, nous avons donné l'impression que tu pouvais être impliquée dans les malversations. Et la rumeur a couru que nous l'étions peut-être aussi.

Elle fronça les sourcils.

— Des clients vous croient coupables de telles malversations ?

— C'est ce qui s'est dit, en effet, répondit Thomas, contenant difficilement sa colère. C'est ridicule. Nous aussi avons été abusés par ce charlatan.

Leo posa sa main sur celle de Naomi.

— Comme tu l'as été toi-même. Nous en avons discuté avec Thomas. En te laissant partir, nous avons alimenté les soupçons. Ton retour accréditerait le fait que nous avons été victimes, tout comme toi.

Elle réfléchit un instant. La démonstration se tenait.

Leo lâcha sa main.

— Si tu pouvais rassembler au plus tôt tes affaires, nous souhaiterions prendre le premier ferry pour le continent, demain matin. L'affaire Middleton passe en jugement après-demain. J'aimerais que tu m'assistes au tribunal. Je sais combien tu y as travaillé. Gagner cette affaire serait un atout considérable pour le cabinet.

Elle observa un instant les deux hommes. Le sourire de Thomas était un peu forcé, mais il avait le mérite d'essayer de faire bonne figure. Leo, lui, rayonnait. Quant à elle, il lui suffisait de dire oui et elle récupérait son travail.

Il était clair qu'ils n'avaient aucun doute sur le fait qu'elle accepterait leur offre. Elle serait un atout, elle aussi, pour le cabinet. Soudain, elle sentit la moutarde lui monter au nez. La jeune femme qui avait pris le ferry, la veille, n'aurait pas eu à réfléchir deux fois à leur proposition. Mais aujourd'hui…

Soudain elle perçut la présence de Dane sur son balcon.

Chaque fibre de son corps réagit aussitôt. Son pouls se mit à battre plus fort et elle sentit la chaleur de son regard irradier son dos. Elle saisit son verre, espérant que la fraîcheur du vin calmerait le feu qui, de nouveau, embrasait son corps. L'espace d'un instant, elle se sentit prise au piège entre Dane et les deux hommes en face d'elle. Puis, soudain, elle sut qu'il était parti.

Leo fit tinter son verre contre le sien.

— Je porte un toast. A l'avenir de King and Fairchild. Espérons qu'un jour, nous trinquerons à King, Fairchild and Brightman.

— Non.

Elle reposa son verre sans boire une goutte.

— Non ? demanda Leo, surpris. Que dis-tu ?

— Je dois réfléchir à votre offre, Leo. Ce qui est certain, c'est que je ne prendrai pas le ferry demain matin. J'ai encore quelques détails à régler ici. En attendant, je vous souhaite un bon séjour à Haworth House.

Sur ces paroles, elle se leva et gagna rapidement le hall de l'hôtel, tellement absorbée dans ses réflexions qu'elle faillit buter contre le shérif Nate Kirby.

— Naomi, attends !

Elle se retourna. Thomas et Leo l'avaient suivie. Ils s'immobilisèrent en apercevant le shérif.

— Il y a un problème ? demanda Leo.

— J'ai seulement quelques questions à poser à Mlle Brightman.

— Elle va avoir besoin de la présence d'un avocat.

— Leo, je peux parfaitement me représenter moi-même. Quant à ma réponse, vous n'en aurez pas d'autre pour l'instant.

Elle s'efforçait de sourire.

— Mais je souhaite vraiment que vous profitiez de votre soirée à Haworth House. Le dîner vous est offert.

Leo King n'était pas content, mais il ne dit rien et fit demi-tour, Thomas sur les talons.

— Qui est-ce ? demanda Nate, entraînant Naomi vers deux places libres dans le hall.

— Mon ex-patron. Il a fait le voyage jusqu'ici pour me proposer de reprendre ma place dans le cabinet.

Nate lui désigna un fauteuil et prit place en face d'elle.

— Il doit vraiment tenir à vous.

— Il faut croire, dit-elle, hochant la tête.

Puis elle leva les yeux, croisa le regard du shérif.

— Vous avez eu des nouvelles au sujet de la plaque d'immatriculation ?

— Pas encore. J'ai reçu un coup de fil du FBI de Boston. Ils voulaient savoir si vous vous trouviez à Belle Island. Ils vous pensaient encore sur place.

Naomi leva le menton, peu décidée à se justifier.

— Personne ne m'a dit que je ne devais pas quitter Boston.

Nate sourit.

— Aviez-vous dit à votre ex-patron que vous veniez ici ?

— Non. Mais j'imagine qu'en découvrant que je n'étais pas à Boston, la conclusion logique était de venir me chercher ici.

— Le FBI n'a pas franchement apprécié que vous ne les teniez pas au courant de vos déplacements, mais ils m'ont communiqué une information dont je dois vous faire part.

— De quoi s'agit-il ?

— Votre appartement a été cambriolé. C'est une voisine qui a appelé la police.

Un frisson glacé lui parcourut le dos.

— Quand ?

— La voisine n'a pas su le dire avec certitude. Ça a pu arriver hier ou dans la matinée. Elle s'en est rendu compte en rentrant de son travail, cet après-midi, lorsqu'elle a voulu arroser vos plantes.

— On sait qui c'est ? demanda-t-elle, les pensées tournant à cent à l'heure dans son esprit.

Il l'observa attentivement.

— Simple supposition : quelqu'un qui croit que vous détenez la clé qui conduit à l'argent extorqué par Michael Davenport. Et qui pensait la trouver chez vous.

Dane se rua dans l'escalier de service, grimpa les marches quatre à quatre. Il avait déjà perdu beaucoup de temps à éviter la cour et le hall de l'hôtel, ne voulant pas risquer d'attirer l'attention de Naomi ni de son ex-patron. L'escalier ne conduisait qu'au second étage. Il savait que la pièce de Hattie se trouvait encore deux niveaux au-dessus.

Un second escalier y menait. Il gravit les marches de pierre, se retrouva devant l'épaisse porte de chêne sculpté. Grâce aux outils qu'il avait emportés, la serrure ne résista pas longtemps. Il s'engagea alors dans l'étroit escalier de métal en colimaçon. Il était plongé dans l'obscurité. Le froid, intense, le saisit aussitôt.

Il devait y avoir un interrupteur quelque part, mais la personne qui se trouvait dans la tour n'avait visiblement pas choisi d'allumer la lumière. Il grimpa lentement, s'efforçant de ne faire aucun bruit, l'oreille aux aguets. Seul lui parvenait le roulement lointain de l'océan.

L'obscurité se dissipa peu à peu tandis qu'il atteignait les dernières marches. Il déboucha sur une arche ouvrant sur la pièce. La poussière dansait dans la lumière du jour qui entrait à flots par les fenêtres. Il fut étonné de constater que la pièce était glaciale alors qu'il s'était attendu à ce qu'elle soit d'une chaleur étouffante. De l'endroit où il se trouvait, toute une partie de la pièce lui était cachée. Il sentit un frisson courir le long de son dos.

Il n'était pas seul.

Il sortit son revolver, le prit à deux mains pour aller inspecter les lieux. Il s'avançait lorsqu'il enregistra un léger mouvement sur sa droite. Il voulut pivoter, mais le coup qu'il reçut à la tempe le précipita au sol. Le revolver lui échappa, et glissa hors de sa portée. Il roula sur le sol pour se mettre à l'abri. En vain. Le second coup le frappa à la cuisse. Une douleur fulgurante lui traversa la jambe. Il parvint néanmoins à se hisser sur les genoux. Des étoiles dansaient devant ses yeux, mais il distingua Michael Davenport, armé d'un tisonnier.

Il leva les mains en signe de reddition, mais il savait qu'il ne parviendrait pas à éviter le coup. Davenport avait de grandes chances de terminer aujourd'hui le travail entrepris trois ans plus tôt.

A cet instant, il y eut comme un éclair dans la pièce et le froid se fit plus intense. Dane vit le tisonnier s'immobiliser soudain dans l'air. Davenport était devenu livide et son regard écarquillé fixait l'espace, droit devant lui.

Dane tâtonna à la recherche de son revolver. Mais avant qu'il ait eu le temps de le brandir, Davenport reculait en poussant un hurlement.

Il lâcha le tisonnier. Un instant plus tard, il avait disparu.

11

Naomi avait la tête qui tournait lorsqu'elle regagna sa chambre. Qui avait visité son appartement et que signifiait cette offre que lui faisait Leo ?

Pourtant, en dépit de tous ces événements, c'était la scène devant l'hôtel, au retour de la plage, qui ne cessait de revenir en boucle dans son esprit. Il lui avait été très difficile de serrer la main de Dane et de lui dire au revoir. Elle avait passé tout le trajet de retour à préparer ce qu'elle dirait. Mais au moment où leurs mains s'étaient touchées, les mots, la promesse qu'elle lui avait faite, tout s'était envolé. Plus rien n'existait que la pression délicieuse de sa paume contre la sienne, la caresse de son regard sur sa peau, le désir fou qui brûlait en elle.

Elle s'étonnait encore que ses jambes soient parvenues à la porter jusque dans le hall. Son esprit disait une chose, mais son corps, lui, n'était visiblement pas capable de renoncer à Dane MacFarland. C'était aussi simple que cela. Aussi basique.

Et puis, tel était l'éternel problème avec le fruit défendu. Y goûter une fois ne suffisait pas. C'était si bon qu'on avait envie de recommencer.

Mais la nouvelle Naomi n'était visiblement pas devenue insouciante à ce point. Elle n'avait pas suivi son instinct, ni cédé à l'envie d'enlever Dane pour s'enfuir avec lui. Elle avait respecté la parole donnée.

Bravo !

Elle se laissa tomber sur son lit, la tête entre les mains. La présence de Leo et de Thomas, à son arrivée, leur insistance à ce qu'elle vienne prendre un verre avec eux l'avaient brusquement ramenée sur terre. Et cette proposition de reprendre son poste dans le cabinet ? Pourquoi n'avait-elle pas accepté ? Etait-ce à cause de Dane ?

Cet homme la mettait dans tous ses états, c'était certain. En entrant dans le hall, elle ne songeait qu'à une chose : aller s'enfermer dans sa chambre et passer une soirée tranquille à revivre chaque seconde des moments merveilleux passés sur la plage avec lui.

Puéril, non ? Exactement comme avec le père Bouchard lorsqu'elle avait quatorze ans. Mais cet après-midi avait été si merveilleux qu'elle en avait bien le droit, non ?

Elle se leva, gagna la porte du balcon, puis revint vers le lit. De toute façon, la fête était gâchée. Elle allait passer sa soirée à se demander pourquoi Leo King voulait qu'elle revienne et qui avait bien pu s'introduire dans son appartement à Boston.

Le monde réel refaisait surface. A quoi s'était-elle attendue ? En venant ici, elle savait déjà qu'elle n'aurait pas la paix très longtemps. Et les agents du FBI non plus ne la lâchaient pas.

Sans s'en rendre compte, elle gagna de nouveau la porte du balcon. Un instant, elle fut tentée de l'ouvrir, de jeter un coup d'œil à la chambre de Dane.

Elle avait la main sur la poignée lorsqu'elle entendit le bruit. Un son étouffé en provenance du dessus. Elle leva les yeux vers le plafond, le cœur battant à tout rompre.

Il y avait quelqu'un dans la pièce de Hattie.

Elle se précipita dans le couloir, gagna la porte de chêne. Elle était entrouverte. Elle sentit sa gorge se serrer.

Elle l'avait fermée à double tour en partant, en fin de matinée, et personne dans le personnel, hormis Avery, ne possédait la clé. Elle tendait la main vers la poignée lorsqu'un cri retentit, un cri qui la glaça, suivi d'un bruit de pas précipités dans l'escalier en fer. La porte s'ouvrit brusquement, la projetant en arrière. Sa tête heurta le mur. Des étoiles se mirent à danser devant ses yeux, mais elle put néanmoins apercevoir l'homme qui venait de passer devant elle et courait dans le couloir vers la porte de l'escalier.

Choquée, elle mit quelques instants à retrouver ses esprits. Malgré la casquette de base-ball enfoncée sur sa tête, il n'y avait pas le moindre doute. Au cours des six derniers mois, elle avait eu maintes fois l'occasion d'observer ce profil, le nez droit, la ligne ferme de la mâchoire. Et cette fois, elle ne se laissa pas berner par le tatouage sur le haut du bras.

Michael.

Elle voulait crier son nom. Ce ne fut qu'un murmure qui franchit ses lèvres. Elle s'écarta du mur, prête à courir après lui.

Mais un gémissement l'arrêta. Il provenait du boudoir de Hattie. Sans réfléchir, elle fonça, grimpa quatre à quatre les marches de l'escalier en colimaçon.

Elle trouva Dane assis sur le sol, près de l'arche. Il se tenait la tête. Près de lui, un tisonnier gisait sur le sol.

— Dane ?

Il se leva.

— Que s'est-il passé ? Es-tu…

Le reste de sa phrase se perdit lorsqu'elle aperçut le revolver dans ses mains.

Dane s'avança vers elle, glissa l'arme à sa ceinture d'un geste preste, très professionnel.

— Que fais-tu avec un…

Il l'interrompit, posant une main sur sa bouche, et l'entraîna contre le mur. Que se passait-il ? Les idées les plus folles se bousculaient dans son esprit.

— Nous ne pouvons pas parler ici, murmura-t-il à son oreille. Dis-moi qu'il faut soigner la blessure que j'ai à la tête et qu'il y a ce qu'il faut dans la salle de bains.

Une blessure à la tête ? Elle fut saisie de panique. Lorsqu'il ôta sa main, elle vit le sang couler de sa joue et elle ne pensa plus à rien d'autre.

— Tu saignes. Viens, il y a ce qu'il faut pour te soigner dans la salle de bains.

Les jambes flageolantes, elle le précéda.

Une fois à l'intérieur, il alluma la lumière et ferma la porte à clé. La pièce était petite. Un lavabo, des toilettes, une douche. Il n'eut qu'à tendre la main pour ouvrir le robinet d'eau. Le bruit de la douche envahit l'espace.

— Pourquoi fais-tu cela ? demanda Naomi.

— La personne qui était ici a pu installer un micro.

Michael ? C'était lui qui était ici. Pourquoi aurait-il installé un micro ? Et pourquoi Dane…

Elle songea au revolver.

— Que faisais-tu dans la pièce de Hattie ?

— Je me trouvais sur mon balcon et j'ai vu qu'il y avait quelqu'un dans la tour.

Et il s'était précipité, avec un revolver ? Elle sentit son cœur se serrer. Il lui faudrait élucider toutes ces questions. Mais dans l'immédiat, elle se concentra sur ce qu'il y avait à faire, ouvrit la porte de l'armoire à pharmacie, au-dessus du lavabo. Antiseptique, gaze, bandages. Sa main tremblait lorsqu'elle les aligna sur l'étagère.

Quand elle referma la porte de l'armoire, elle aperçut le reflet de Dane dans le miroir. Ses cheveux ébouriffés, le sang sur sa joue lui donnaient l'air dangereux. Il ne ressemblait plus à l'homme avec lequel elle avait passé l'après-midi sur la plage. Ne s'était-elle pas dit, plusieurs fois, qu'il existait deux êtres en lui ?

De nouvelles questions surgissaient dans son esprit. Elle les ignora, lui fit signe de s'asseoir sur les toilettes. Puis elle s'attela à sa tâche. Elle se pencha, examina l'endroit où le sang s'était accumulé dans ses cheveux. Elle l'effleura doucement.

— La coupure n'est pas profonde. Tu n'auras pas besoin de points de suture.

— Tant mieux.

Il étouffa un cri de douleur lorsqu'elle fit couler l'antiseptique pour nettoyer la plaie. Puis elle appliqua une compresse propre sur la blessure et, saisissant la main de Dane, elle la pressa dessus.

— Tiens-la un moment, pour arrêter les saignements.

— Bravo. Tu es très douée.

— J'ai eu l'occasion de m'entraîner avec mes sœurs. Quand on est l'aînée, on soigne pas mal de bobos.

Elle était la première surprise par le ton assuré de sa voix, alors qu'intérieurement, elle se sentait sens dessus dessous et la poitrine si oppressée qu'elle avait du mal à respirer.

Elle s'adossa au mur. La pièce était minuscule et ils ne se trouvaient qu'à quelques centimètres l'un de l'autre. S'il se levait, il serait impossible d'éviter le contact. En dépit des questions qui agitaient son esprit, des réponses qu'elle attendait, la seule idée de le toucher fit naître en elle un désir incontrôlable.

Et de nouveau, elle sentit la colère monter en elle. Pour la première fois depuis qu'elle s'était ruée dans l'escalier, elle sentit ses idées s'éclaircir.

— Tu n'es pas prêtre, dit-elle.

— Non.

Elle s'en doutait, mais cet aveu lui fit mal. Sa colère redoubla.

— Qui es-tu ? Un agent du FBI ?

— Non.

Les réponses laconiques de Dane, son calme l'obligèrent à prendre sur elle. Elle n'avait qu'une envie : le frapper. Elle céderait peut-être à la tentation plus tard. Pour l'instant, elle voulait des réponses.

— Qui es-tu, alors et que fais-tu à Haworth House ?

Il l'observa un instant en silence. Le calme revenait peu à peu dans son esprit. Ils se trouvaient dans cette salle de bains fermée à clé et il y avait peu de chances pour que Michael Davenport revienne. Il s'était passé quelque chose, quelque chose qu'il ne s'expliquait pas. Davenport tenait le tisonnier au-dessus de sa tête et il s'apprêtait à lui porter un coup fatal lorsqu'il s'était figé sur place. Il n'oublierait jamais le cri qu'il avait poussé.

Il repoussa cette question à plus tard. La situation actuelle requérait toute son attention. Naomi avait eu un choc et elle se remettait tout doucement. Ses mains avaient cessé de trembler pendant qu'elle le soignait. Mais il lisait facilement en elle et il savait qu'elle bouillait de colère. Il réfléchit un instant. Quelle partie de la vérité devait-il lui avouer ?

— Très bien, lança-t-elle brusquement.

Elle s'avança vers la porte. Sa jambe frôla la sienne. L'espace était si exigu qu'il était impossible de bouger sans se toucher.

— Puisque tu ne veux rien me dire, je vais te laisser expliquer au shérif Kerby ta présence ici. Il se trouvait encore dans le hall lorsque j'ai regagné ma chambre.

Il se leva. Il plaqua une main sur la porte et saisit son poignet avant qu'elle ait eu le temps de tourner la clé.

— Que faisait Kerby ici ?

Elle se tourna vers lui et leurs corps se touchèrent. Dane sentit le feu l'embraser à chaque point de contact. Elle éprouvait la même chose, il le lut dans son regard.

Elle leva le menton.

— Réponds à ma question d'abord, monsieur MacFarland, si toutefois c'est ton nom.

Il tenait toujours son poignet serré dans sa main. Elle sentait son pouls battre frénétiquement sous ses doigts. Il devait le sentir aussi.

Il détacha doucement ses doigts, recula d'un pas et s'assit sur les toilettes.

— Dane MacFarland est mon vrai nom.

Elle s'adossa à la porte.

— Et la vraie raison pour laquelle tu es venu ici ?

— Je cherche Michael Davenport.

— Pour qui travailles-tu ?

— Pour personne. Mon frère Ian et moi dirigeons la MacFarland Investigations. Nous n'avons pas de client sur cette affaire. C'est personnel. J'ai failli coincer Davenport il y a trois ans, mais il m'a échappé.

— Raconte-moi.

— C'est une longue histoire.

— Je crois qu'il vaut mieux que tu me la racontes plutôt que d'avoir à t'expliquer auprès du shérif Kerby.

Il hocha la tête.

— Très bien. Il y a trois ans, j'ai été engagé par une banque de Kansas City pour les aider à localiser Davenport et à récupérer l'argent qu'il leur avait extorqué. Il se servait de plusieurs identités, mais son mode opératoire était à peu près toujours le même. Il avait démarré l'arnaque dans une petite société de confiserie, amenant le conseil d'administration à lui confier la gestion du fonds de retraite des employés. Entre-temps, il s'était fiancé avec la fille du patron. Ce dernier jouissait d'une solide réputation et, au vu des bénéfices qu'affichait la société, les investisseurs sont venus en nombre frapper à la porte de Davenport. Un beau matin, il avait disparu, et l'argent avec lui.

— C'est exactement ce qui s'est passé à Boston.

— Oui. Il a suivi le même scénario. Mais à Boston, la presse s'en est mêlée, c'est ce qui a attiré mon attention.

— Comment s'y prend-il pour subtiliser l'argent ?

— Il est très doué en informatique. En apparence, tout est normal. L'argent est là. En réalité, il l'a déposé depuis longtemps dans différentes banques et en a retiré en quantités si minimes que personne n'y a prêté attention. Le seul gros retrait avait été de deux millions de dollars et il avait eu lieu quelques jours à peine avant que Davenport disparaisse.

— Que fait-il ? Il le cache sous son matelas en attendant de prendre le large ?

— Ce n'est pas facile de transporter de grosses sommes en liquide. Le transfert de fonds vers l'étranger est la solution la plus facile, mais ce genre d'opération peut être retracé. J'ai ma petite idée là-dessus.

— Laquelle ? demanda-t-elle d'un ton sec. Ne fais pas durer le suspens.

Il se retint de sourire.

— Ma théorie s'est révélée exacte à Kansas City. Il achète un objet transportable d'une valeur correspondante.

Naomi fronça les sourcils.

— Transportable ? Comme dans *Charade*, le film avec Cary Grant et Audrey Hepburn où son mari investit tout l'argent dans un timbre rare ?

— Oui, c'est ça.

— C'est une façon de blanchir l'argent, dit Naomi. Dès qu'il est installé ailleurs, sous une nouvelle identité, il vend l'objet en question, dépose l'argent sur un compte et démarre une nouvelle arnaque.

Elle s'écarta de la porte, elle avait besoin de marcher. Mais il n'y avait pas la place de bouger. Elle s'immobilisa, croisa le regard de Dane.

— Tu as dit que tu avais failli le coincer à Kansas City ?

— Il avait une partenaire. Elle avait pris des contacts, s'était portée garante pour lui, puis elle a commencé à se méfier. Perspicace, la jeune femme ! Davenport a beaucoup de mal à travailler en équipe. Elle avait mis la main sur l'objet, une figurine de bronze, et n'entendait pas la lui restituer tant qu'il ne lui aurait pas donné sa part des bénéfices. Je l'ai approchée. Elle a compris qu'elle était coincée et a accepté de coopérer et de lui tendre un piège.

— Et alors, que s'est-il passé ?

— J'étais avec elle lorsqu'il est venu récupérer la figurine. Je ne l'ai pas entendu arriver. Il nous a tiré dessus. Je m'en suis sorti, pas elle.

Elle ouvrit de grands yeux. Ce n'était pas possible. L'homme qu'elle connaissait n'avait pas pu faire ça. Mais celui qu'elle avait vu dans le couloir, celui qui avait frappé Dane n'était pas l'homme qu'elle connaissait. C'était un étranger.

Et celui qui se trouvait face à elle, aussi. Elle sentit sa poitrine se serrer, une douleur sourde l'oppresser. Que savait-elle de lui, en réalité ? Rien.

— Tu crois que je suis la partenaire de Michael ? dit-elle.

— Non. Le FBI a pu le penser, mais ils n'en sont plus aussi convaincus. Davenport s'est servi de toi pour avoir accès à King and Fairchild et à ses clients. Lorsque la situation a commencé à mal tourner, je pense qu'il a caché l'objet chez toi, avec l'idée de venir le récupérer plus tard.

— C'est pour cette raison que tu es venu ici, alors, que tu as voulu me connaître, que tu m'as fait l'amour ?

Il la fusilla du regard. Il se leva, s'avança vers elle. Elle fit un pas en arrière, buta contre la porte.

— Non, je suis venu ici pour arrêter un voleur et un meurtrier. Crois-tu que j'avais planifié ce que j'ai ressenti pour toi lorsque je t'ai vue ? Jouer le rôle d'un prêtre était censé dresser une barrière infranchissable entre nous. J'avais l'intention de gagner ta confiance sans qu'il puisse jamais être question de séduction. Or je n'ai eu que cela en tête depuis que j'ai posé les yeux sur toi. Au point de ne plus pouvoir penser à rien, ni à personne d'autre que toi. Ce qui s'est passé entre nous n'aurait jamais dû se produire.

Elle fut soulagée de sentir la porte la retenir, dans son dos. Il lui semblait que ses jambes allaient se dérober sous elle. Mais elle soutint bravement son regard.

— Pourtant, ça s'est produit.

— Oui.

Et tous deux se souvenaient parfaitement de ce qui s'était produit. A ce moment, il ne la touchait pas, mais il était si près qu'elle sentait la chaleur de son corps l'irradier tout entière. Elle ne pensait déjà plus qu'à la caresse de ses mains sur sa peau. La pièce, toute petite, lui parut soudain minuscule. Son odeur l'enivrait là où s'attardaient encore les senteurs de la mer. Et à chaque inspiration, le souvenir de leurs étreintes sur la plage se faisait plus obsédant.

Son souffle balaya sa joue et elle ne songea plus qu'à ses lèvres. Elle voulait sa bouche. Elle voulait vivre encore ce plaisir insensé que lui seul pouvait lui donner. Il le lui fallait. Elle se hissait déjà sur la pointe des pieds lorsqu'elle se ressaisit.

Non, c'était impossible. Dans un geste désespéré, elle posa les mains sur sa poitrine, le repoussa. Mais lorsqu'elle sentit soudain sous ses paumes les battements sourds de son cœur, elle se cramponna à pleines mains à sa chemise et l'attira à elle.

— C'est insensé, dit-elle, se sentant chavirer, son corps plaqué contre le sien. Nous sommes fous.

— Oui, murmura-t-il.

Déjà, il effleurait son cou de ses lèvres, caressait sa gorge, la rondeur de ses seins.

— Nous entamerons une thérapie demain.

Elle faillit pousser un cri, frustrée, lorsqu'il s'écarta soudain. Il la saisit par les bras et la hissa à sa hauteur.

— Finis les fantasmes, dit-il, le regard plongé dans le sien.

Elle acquiesça, parcourue d'un frisson.

— Cette fois, c'est seulement toi et moi.

C'était exactement ce qu'elle voulait aussi. Quel qu'il soit.

— Embrasse-moi, dit-elle. Maintenant.

— Dis mon nom.

— Dane.

Alors, ce fut comme si la passion se déchaînait en lui. Oubliées la douceur, la lente exploration de leurs premiers baisers. Et c'était ce dont elle avait envie. Il s'empara de sa bouche, pressant follement ses lèvres, les écrasant sous les siennes, et, lorsqu'il plongea en elle, cherchant sa langue, enroulant la sienne autour, elle suffoqua. Il mordait ses lèvres, buvait à sa bouche comme s'il ne devait jamais se rassasier et, à chaque seconde, ce feu, qu'il avait le pouvoir d'allumer, embrasait un peu plus son corps.

Jamais elle n'avait connu pareille fièvre. La tête lui tournait. Il lui sembla entendre le bruit de la douche, sentir la vapeur chaude qui avait envahi la pièce, mais elle ne songeait qu'à ses lèvres, ses mains. Elle voulait cet homme, éperdument. Il se mit à la déshabiller et elle l'aida, fébrile, à lui ôter son chemisier, puis son short.

Enfin, elle retrouvait le contact de ses mains sur sa peau. Et il prenait possession de son corps, la touchait, pressant sa chair de ses doigts fermes. Ses épaules, ses seins, ses hanches, il était partout à la fois, attisant le feu en elle.

Elle se sentait chavirer, le corps brûlant de désir, assailli de sensations plus violentes encore que tout ce qu'elle avait pu éprouver l'après-midi même.

— Viens, dit-elle, le souffle rauque. Maintenant.

L'urgence dans sa voix, son corps en feu contre le sien… Il faillit perdre tout contrôle. Il aurait dû s'y attendre, pourtant. Ce n'était pas la première fois qu'il l'embrassait, qu'il la caressait. Mais dès qu'il avait posé ses lèvres sur les siennes, un désir fou, primitif, s'était emparé de lui. Jamais encore aucune femme ne l'avait excité à ce point. Et jamais il ne s'était senti à ce point incapable de résister.

Il la repoussa contre la porte, caressant ses seins, ses hanches. Elle était belle, musclée et si douce à la fois. Mais ce n'était pas encore assez. Il voulait davantage. Il la voulait à lui. Ivre de désir, il lui écarta les jambes, glissa deux doigts en elle, pressa sa chair. Il vit son regard chavirer. Elle se tendit soudain et ce fut son nom qu'elle cria lorsque le plaisir la submergea, lorsqu'elle jouit contre ses doigts.

Il la hissa contre lui, referma ses jambes autour de sa taille. Le sang battait furieusement à ses tempes. Le désir nouait ses reins, douloureux, réclamant la délivrance. Il lui semblait avoir attendu toute sa vie ce moment où il la prendrait.

La respiration saccadée, le regard rivé au sien, il enfila rapidement le préservatif sur son sexe tendu. Puis, la soulevant contre lui, il plongea en elle d'un seul coup de reins. Sa chair douce et chaude se referma sur lui, tel un étroit fourreau de soie.

Elle frissonna, se cambra contre lui, les ongles plantés dans ses épaules.

— Viens, jouis avec moi, cette fois, murmura-t-elle.

Il la prit alors fougueusement, se retirant pour mieux plonger en elle l'instant d'après, encore et encore. Lorsque l'orgasme la submergea, il sentit son sexe se contracter, palpiter autour du sien, l'enserrer, possessif. Et il jouit avec elle, chaviré, ébloui.

12

Naomi essuya la buée du miroir et examina son reflet d'un œil critique. Elle aurait voulu pouvoir dissiper aussi facilement le brouillard qui régnait dans son esprit.

La douche y avait un peu contribué, certes, mais la femme qu'elle voyait face à elle, cheveux mouillés, lèvres gonflées par les baisers, le corps encore tout frissonnant drapé dans une serviette, donnait l'impression de ne pas très bien savoir où elle en était.

Tout cela, grâce à Dane MacFarland. Un homme qui lui avait menti. Mais auquel elle était prête à se donner n'importe où, n'importe quand, n'importe comment. Elle fronça les sourcils, se toisant d'un œil sévère. Elle avait d'autres sujets de préoccupation en ce moment et qui requéraient d'elle un cerveau en état de fonctionner.

Ce qui, de toute évidence, n'était pas le cas lorsque Dane MacFarland se trouvait dans les parages.

De son côté, il semblait moins perturbé qu'elle et elle n'aurait su dire si cela l'agaçait, la blessait, ou si elle l'enviait. En tout cas, une chose était certaine : après ce moment de sexe débridé, il avait retrouvé ses esprits suffisamment vite pour lui dire de fermer la porte de la salle de bains à clé pendant qu'il allait lui chercher des vêtements propres et procédait à un petit tour d'inspection à la recherche de micros.

Des micros. Elle n'en revenait toujours pas que Michael Davenport ait pu poser des micros dans sa chambre, dans la pièce de Hattie et va savoir où encore ? Et qu'il ait pu par deux fois blesser Dane.

Elle songea au cri qu'elle avait entendu avant qu'il ne dévale les escaliers et ne l'envoie buter contre le mur. C'était le cri d'un homme terrorisé. Comment avait-elle pu être fiancée avec lui pendant six mois et ne rien voir d'autre qu'un homme attentionné et doux ? Il y avait de la peur, de la violence dans l'individu qui avait déboulé comme un fou et s'était sauvé en courant comme s'il avait le diable à ses trousses.

Maintenant, au moins, elle savait qui était le véritable Michael Davenport. C'était déjà ça.

Elle s'était montrée plus clairvoyante en ce qui concernait Dane. Tout de suite, elle avait senti quelque chose d'étrange chez lui, quelque chose qui ne collait pas avec l'image du prêtre.

On frappa soudain à la porte. Elle sursauta. Il était parti depuis moins de cinq minutes.

— C'est moi, dit-il à voix basse. Je t'ai apporté des vêtements.

Il les lui glissa dans l'entrebâillement de la porte et la referma d'un geste sec. Elle regarda fixement le battant, surprise, mais se sentit aussitôt soulagée. Il se montrait pratique et efficace, très bien. Elle se tourna vers le miroir, hocha la tête. Elle serait bien inspirée de faire pareil.

Quelque part, dans l'hôtel, rôdait un homme dangereux qui avait posé des micros, éliminé une partenaire et tenté à deux reprises de tuer Dane. Il était temps de cesser de rêver à de fougueuses étreintes et de se montrer rationnelle.

Tandis que Naomi s'habillait, Dane passa en revue la pièce de Hattie. Il n'y régnait plus le froid glacial qu'il avait senti en arrivant et qu'il n'avait pas retrouvé non plus en quittant la salle de bains, un moment plus tôt.

Il trouva un micro au dos de l'ordinateur et le laissa en place. Il n'avait pas ôté non plus celui découvert dans la chambre de Naomi. Mais cette pièce était plus grande et il devait y en avoir d'autres. Il jeta un regard autour de lui. Une cloison séparait l'espace en deux. C'était ce qui l'avait empêché de voir Davenport et permis à ce dernier de le surprendre.

Une partie de la pièce était agencée en bureau et l'autre en un petit salon très confortable. Il y avait également une cheminée encadrée par des rayonnages de livres et, tout à côté, la double porte coulissante qui ouvrait sur le balcon. Il inspecta la pièce, trouva un second micro dans un vase et sortit finalement sur le balcon. Il était vaste, bordé d'une rambarde en fer forgé et surmonté par un auvent. Une table, des chaises et deux chaises longues agrémentaient l'espace. Le micro se trouvait sous le rebord de la table. Dane l'ôta cette fois.

Depuis un moment, il réfléchissait à un endroit sûr où pouvoir parler avec Naomi sans craindre d'être interrompu ou écouté. Le balcon avait l'avantage de ne pas donner sur la cour, mais sur le jardin en terrasses qui s'étendait jusqu'à la falaise. Le crépuscule était tombé, des lumières scintillaient, çà et là, entre les bosquets d'arbres et les massifs, et il suivit des yeux le chemin qui descendait en serpentant d'une terrasse à l'autre. Sur sa droite, il distingua la haie qui bordait le jardin.

Lorsque Naomi le rejoignit sur le balcon, il comprit à son air qu'il allait devoir fournir des explications. Sans dire un mot, il lui indiqua une chaise et referma la porte derrière elle.

— Comment va ta tête ? demanda-t-elle.

— Elle me fait mal.

— Tu veux un whisky ? Jillian veille toujours à ce que nous ayons des réserves.

— Non, merci.

Il s'assit en face d'elle. Elle portait le T-shirt et le short qu'il était allé chercher dans sa chambre et, avec ses cheveux relevés en queue-de-cheval, elle avait l'air d'une adolescente. Elle était à croquer.

Elle croisa les mains sur la table.

— Ecoute, j'ai des tonnes de questions à te poser. Et je suis certaine que tu en as, de ton côté. Mais je veux d'abord mettre quelque chose au point.

— D'accord.

— Nous devons absolument maîtriser ce qui se passe entre nous.

Il était d'accord sur ce point. Il posa néanmoins la question :

— Et c'est quoi, ce qui se passe entre nous ?

— Un pur désir physique.

Il n'aurait su dire pourquoi, mais cette définition ne lui convenait pas. Elle avait pourtant raison. C'était exactement ce qu'il avait ressenti dans la salle de bains. Un désir irrépressible, basique, primitif. Jamais il n'avait eu envie d'une femme à ce point. Et jamais il n'avait fait l'amour aussi sauvagement, avec aussi peu de finesse.

Il aurait dû laisser tomber le sujet, poursuivre la conversation. Mais non. Il se pencha vers elle.

— Je ne pense pas que cela suffise à définir ce qui s'est passé sur la plage, cet après-midi.

Elle le fixa droit dans les yeux.

— C'était différent. Il s'agissait d'un fantasme. Il est terminé. Je ne suis pas certaine que ce qui s'est passé dans la salle de bains le soit.

— Admettons. Et où veux-tu en venir ?

— Nous n'aimons ni l'un ni l'autre perdre le contrôle ou que les choses nous échappent. Nous devrions faire en sorte que cela ne se reproduise plus.

— Je te garantis que nous ferons encore l'amour ensemble.

Elle posa ses mains à plat sur la table et se leva.

— Certainement pas avant que Michael Davenport soit sous les verrous. Ce doit être la priorité des priorités.

— Je suis tout à fait d'accord pour que nous revoyions nos priorités. Mais je ne veux faire aucune promesse.

Surtout pas une promesse qu'il se savait incapable de tenir.

Elle déglutit, choisissant d'ignorer le petit frisson que ses paroles avaient fait courir en elle. Elle ne voulait pas de promesses. C'était lui qu'elle voulait et il prenait un malin plaisir à la provoquer. Elle prit une longue inspiration et compta jusqu'à dix, une technique qu'elle avait souvent utilisée face à ses sœurs. Puis elle tenta une approche différente.

— Ecoute, nous sommes tous les deux des adultes.

— Je suis entièrement d'accord là-dessus.

Il sourit. Un sourire charmeur, troublant, qui lui fit perdre instantanément le fil de ses pensées.

— Au moins, commença-t-elle, s'efforçant de se concentrer, pouvons-nous nous mettre d'accord sur la nécessité de contrôler nos impulsions. Cet homme a failli te tuer à deux reprises. Son arrestation doit être notre première préoccupation.

Il se leva, tendit les mains vers elle.

— Tu as raison.

Avant même qu'elle ait eu le temps de faire le moindre geste, il la saisissait par le menton, plantait un petit baiser sur son nez.

— Te taquiner est presque aussi irrésistible que de te faire l'amour. Mais je suis d'accord avec toi pour que nous mettions nos désirs en sourdine, le temps d'en avoir fini avec Davenport.

Elle l'observa, pas tout à fait certaine qu'il soit sur la même longueur d'onde qu'elle. C'était un homme complexe, pas le prêtre qu'elle avait cru au départ, mais pas uniquement non plus le détective centré sur sa mission qu'il prétendait être. Quoi qu'il en soit, elle ne pouvait se permettre de trop penser à lui et elle décida de se concentrer sur leur objectif.

— Pendant que je m'habillais, j'ai pensé à ta théorie. Tu crois que lorsque Michael a senti le vent tourner, il a investi l'argent dans un objet qu'il m'a donné. Pourquoi ? Pourquoi ne s'est-il pas tout simplement enfui avec l'argent ?

— Pour de nombreuses raisons. D'abord, il est cupide. Il déteste interrompre une arnaque, ne pas aller jusqu'au bout pour récupérer le maximum. Peut-être aussi attendait-il une grosse somme d'un client. Et puis, je pense qu'il est accro au risque. Il aime le frisson qu'il lui procure, il aime provoquer ses adversaires, attendre le moment où ils pensent le coincer pour leur faire un pied de nez et disparaître. Ou alors, il y avait une raison plus pratique, un délai par exemple pour convertir l'argent en un objet.

Elle hocha la tête.

— Et j'étais la naïve idéale pour garder l'objet jusqu'à ce que les choses se calment. Il me connaît, il savait que je finirais par venir à Belle Island et que ce serait moins risqué qu'à Boston d'entrer en contact avec moi.

Elle croisa son regard.

— J'imagine que l'objet en question est l'un des bibelots dont il m'a fait cadeau ou, du moins, qu'il se trouve caché dedans.

— C'est ce que je crois.

— Il fallait quand même qu'il soit sûr que je les emporterais. Ils se trouvaient tous chez moi. Chaque fois qu'il venait, il les inspectait. Il était très heureux que je les apprécie autant. Et, bien sûr, comme une imbécile que je suis, je les ai emportés. Sans doute parce que j'espérais encore qu'il ne m'ait pas menti sur tout.

Elle gagna la rambarde du balcon, puis se retourna.

— Ça me met en rage qu'il ait été aussi sûr de ma réaction. Comment ai-je pu être aussi crédule ?

Il s'avança vers elle.

— Tu ne l'as pas été.

— Bien sûr que si.

Il prit ses mains dans les siennes.

— Non, tu ne t'es pas laissé berner par tout ce qu'il te racontait. Si tel avait été le cas, tu n'aurais pas accepté qu'il te berce de « Je veux y aller doucement avec toi, je ne veux pas te brusquer ». Tu lui aurais sauté dessus.

Elle le regarda fixement, ses paroles faisant leur chemin dans son esprit. Comment faisait-il pour la comprendre mieux qu'elle ne se comprenait elle-même ?

— Il y a peut-être une explication plus simple, reprit-il. Peut-être ne s'attendait-il pas à ce que tu emportes tous les bibelots, mais seulement un.

— Evidemment. Le porte-clés ! Il était certain que je l'emporterais. Quand je pense que c'est lui qui avait fait le transfert de mes clés, le jour où il me l'a offert.

Elle s'écarta, les poings serrés de colère.

— Voilà qui répond au moins à une de mes questions, dit-il.

— Laquelle ? A quel point Naomi Brightman est stupide ?

— Non. Tu n'es pas stupide. Michael Davenport est un homme très intelligent. Il sait deviner les gens. Il a d'ailleurs fait son commerce du mensonge et de la duperie. Ne retourne pas ta colère contre toi. Garde-la pour lui, lorsque nous l'attraperons.

— Tu as raison. A quelle question ai-je répondu, alors ?

— Pourquoi il a engagé quelqu'un pour te voler ton sac.

— Ce qui soulève une nouvelle interrogation. Pourquoi engager ces deux hommes, surtout s'il est accro au risque ? Il était en ville, ce matin.

— Tu l'as vu, toi aussi ?

— Je crois. Il y avait un homme à la terrasse du restaurant, près de la jetée. Il a fait un geste qui a attiré mon attention, mais, quand j'ai vu le tatouage, je me suis dit que ce n'était pas lui. Mais l'homme qui a crié et qui s'est précipité hors de la tour était bien Michael et il portait un tatouage.

Il hocha la tête.

— Il était effectivement en terrasse, près de la jetée, ce matin. Il a perdu son chapeau en tentant de voir ce qui se passait avec le type qui voulait voler ton sac.

— Comment expliques-tu qu'il ait engagé ces types, alors ? demanda Naomi.

— Et si ce n'était pas lui ?

— Tu veux dire que quelqu'un d'autre serait au courant de l'existence de l'objet et de l'endroit où il pourrait se trouver ? Michael ne serait donc pas le seul sur le coup.

Ce qui la mettait encore plus en danger, songea-t-il.

— C'est peut-être la même personne qui a fouillé mon appartement.

Il la saisit par les épaules.

— Quelqu'un s'est introduit chez toi ?

— C'est le shérif qui me l'a appris. Il s'est déplacé en personne pour m'en informer. Ça ne peut pas être Michael, puisqu'il se trouvait à Belle Bay. De plus, il savait que j'aurais le porte-clés avec moi. Il fallait bien que je ferme ma porte en partant de Boston.

Un énorme fracas retentit soudain, juste au-dessous. Il la saisit et la plaqua sous lui, contre le muret du balcon.

— Que se passe-t-il ? demanda-t-elle d'une voix étouffée, le visage pressé contre son torse.

— Pur réflexe. Plus il y a de gens qui savent que tu possèdes un porte-clés qui vaut des millions de dollars, plus tu es en danger.

Un juron retentit soudain.

— Attendez. Laissez-moi vous donner un coup de main, dit une voix féminine.

Ils n'entendirent plus rien ensuite, hormis des bruits de couverts et de vaisselle. Visiblement, l'un des serveurs avait renversé un plateau.

Il aurait dû la lâcher et l'aider à se relever. Il n'en fit rien. Il en était incapable. Et cela n'avait rien à voir avec le besoin de la protéger.

Etrange. Il ne ressentait pas cette brusque fièvre qui l'assaillait chaque fois que leurs corps se touchaient. Non, c'était une chaleur douce qui envahissait tout son être. Les secondes s'égrenèrent. Il n'aurait su dire combien. Mais il aurait pu rester ainsi très longtemps.

Ce fut elle qui parla la première.

— Il faut que je te montre le porte-clés.

— Tu as raison.

Leurs visages étaient si proches qu'il sentait son souffle balayer sa peau. Avant de la laisser se lever, il la regarda.

— Il ne s'agit pas d'un simple désir physique, Naomi.

Il vit une expression d'incrédulité puis de panique passer dans son regard. Rien que de très normal. C'était exactement ce qu'il ressentait, lui aussi. Il l'aida à se relever.

— Une fois dans la pièce de Hattie, nous ne pourrons plus parler. Davenport y a placé deux micros. Nous aurons besoin d'un endroit sûr lorsque nous aurons récupéré le porte-clés.

— Je sais ce qu'il nous faut, dit Naomi. Suis-moi.

Dissimulé dans l'ombre de la haie, Michael Davenport regarda Naomi et l'homme qui se faisait passer pour un prêtre disparaître dans la pièce de la tour. Le temps filait et il voulait son argent. Ils le faisaient attendre, mais ils allaient le payer, elle et son faux prêtre au revolver.

Et ils paieraient aussi pour ce qui s'était passé dans la pièce de la tour.

Rien que d'y penser, il sentait son cœur battre sourdement dans sa poitrine. Il lui avait fallu un moment pour se remettre de la peur qui l'avait littéralement tétanisé. Mais il comprenait à présent ce qui s'était passé. C'était ce foutu froid et le fait de ne pas trouver tout de suite l'argent là où il était certain que Naomi l'avait mis qui lui avaient brouillé l'esprit.

La colère s'était emparée de lui, une fureur aveugle en constatant qu'elle n'avait pas joué son rôle comme elle était censée le faire. A ce stade-là, il aurait encore pu se contrôler. Mais le faux prêtre avait débarqué.

La seule chose dont il se souvenait précisément, c'était de s'être emparé du tisonnier. Il se souvenait d'avoir frappé, d'avoir vu l'homme tomber à terre. Tout le reste n'était qu'une succession de séquences incohérentes : le cri, le martèlement des pas dans l'escalier de fer, l'éclair de lumière qui l'avait aveuglé un instant. Puis il se revoyait dévalant l'escalier, sortant par l'arrière pour aller se réfugier dans les bosquets du jardin.

Mais il avait réussi à maîtriser son mouvement de colère. C'était Naomi la responsable. C'était elle qui avait commis une erreur. Il la connaissait mieux qu'elle ne se connaissait elle-même. C'est pourquoi il était certain qu'elle avait apporté l'argent sur l'île. Il ne lui restait plus qu'à trouver où elle l'avait mis.

Et il n'existait qu'une personne qui puisse le lui dire. Dès qu'elle l'aurait fait, elle paierait. Et l'homme qui l'aidait aussi.

13

Dane suivit Naomi dans une petite pièce de la taille d'un placard. Un espace extrêmement exigu, constata-t-il, une fois la porte refermée derrière eux. Il dut baisser la tête pour éviter l'ampoule nue qui pendait du plafond. Le grand sac de Naomi se trouvait posé sur le sol et, lorsqu'il se baissa pour l'attraper, il se cogna violemment la tête contre la sienne.

Elle tituba. Il la saisit par les épaules.

— Ça va ?

— Oui. Ce n'est pas moi qui suis blessée à la tête.

— Pas de problème.

Il la lâcha, voulut s'accroupir. Cette fois, ce furent leurs genoux qui se cognèrent.

Elle lui sourit.

— Attends, il suffit de se coordonner pour descendre, le tout en se tortillant un peu, expliqua-t-elle, lui faisant une petite démonstration.

Il suivit ses indications. Il n'était pas aussi doué qu'elle, mais ils se retrouvèrent bientôt, assis face à face, en tailleur. Leurs genoux se touchaient et ils occupaient quasiment tout l'espace.

— C'est très intime, dit-il, jetant un regard autour de lui.

Il voulait s'assurer que la pièce représentait un endroit sûr pour parler avec elle. Le levier qui commandait la porte était habilement dissimulé. Il n'aurait jamais songé à aller le chercher à cet endroit. Et il doutait que Michael Davenport l'ait repéré.

— Qu'est-ce que c'est que cet endroit ?

Elle se pencha vers lui.

— La pièce secrète de Hattie, répondit-elle à voix basse.

— En te voyant actionner le levier, j'ai tout de suite pensé à une pièce secrète. Comment l'as-tu trouvée ?

— Lorsque ma sœur Jillian a découvert Haworth House, la tour était condamnée. Prétendument, elle était hantée par Hattie. Mais ma sœur n'est pas du genre à reculer devant ce genre de choses. Elle a fait ouvrir la tour et décidé que ce serait un endroit idéal pour nous installer. C'est elle, également, qui a découvert la pièce secrète.

— Mon frère Ian a entendu des rumeurs au sujet du fantôme de Hattie.

— Ce ne sont pas des rumeurs. Hattie est là.

— Tu l'as vue ?

— En quelque sorte.

Naomi lui raconta ce qui s'était passé la première fois où elle s'était retrouvée avec ses sœurs dans la pièce de la tour et ce qu'elles avaient vu dans le miroir.

Il hocha la tête. Il songeait à l'expression sur le visage de Michael Davenport.

— Tu n'as pas l'air surpris, fit remarquer Naomi.

— Je crois que Davenport a vu quelque chose juste avant de crier. Lorsque j'ai ouvert la porte, il régnait dans la pièce une température de chambre froide. Après qu'il m'a frappé, la première fois, j'étais dos au miroir, mais lui, il lui faisait face. Il a vu quelque chose, j'en suis certain. Si ça n'a pas été le cas… Bref, disons que Hattie m'a peut-être sauvé la vie.

Elle tendit la main, la posa sur la sienne.

— Alors, nous avons une dette envers elle.

— Oui.

Il jeta un coup d'œil autour de lui.

— Sais-tu à quoi lui servait cette pièce ?

— Tout ce que nous avons trouvé ici, c'est un carton à chapeau.

Elle souleva son sac, lui montra la boîte.

— Elle y cachait des chapeaux ?

— Je ne crois pas. Il n'y en avait pas dedans.

Elle souleva la boîte, la posa entre leurs jambes.

— Regarde.

Dane lut ce qui était inscrit sur le couvercle.

« Boite à fantasmes. Attention ! Celui que vous choisirez deviendra réalité. »

Il haussa les sourcils et leva les yeux vers elle.

— Mes sœurs et moi avons pensé que c'était peut-être un indice quant au type d'activité auquel se consacrait Hattie lorsqu'elle s'est installée ici ou tout simplement ce qu'elle faisait pendant ses loisirs.

— Ian n'a rien trouvé de la sorte la concernant. As-tu choisi un fantasme ?

— Nous en avons toutes choisi un.

— C'était quoi, le tien ? demanda Dane.

— Je ne l'ai même pas dit à mes sœurs ! protesta-t-elle.

Il ne répondit pas, attendit. Elle leva le menton d'un air de défi.

— Devine. Tu as droit à une réponse.

— Le comble de l'interdit… Faire l'amour avec un prêtre ?

— Oui. Et une fois que je l'ai eu choisi, il n'a plus été possible d'y échapper, apparemment.

— Sauf que je ne suis pas prêtre. C'est une chance pour nous.

Elle le regarda fixement, les sourcils froncés.

— Une chance ? En quoi ?

— Il faudra que nous en parlions.

Il le faudrait absolument. Il y avait plusieurs choses dont il voulait discuter avec elle.

Il prit le carton à chapeau, le posa sur le côté. Puis il se pencha, effleura ses lèvres. Ce devait être un petit baiser, rapide et tendre, mais tout changea lorsqu'il sentit ses lèvres presser doucement les siennes. Cette fois, ce ne fut pas une douce chaleur, mais un désir fou, le même qu'il avait éprouvé la première fois où il l'avait vue, qui embrasa instantanément son corps.

Il n'aurait pas dû l'embrasser. Sa bouche était irrésistible, à la fois le feu de l'enfer et le paradis. Déjà, il voulait davantage. Il arracha ses lèvres aux siennes, effleura sa mâchoire, son cou.

— Je croyais que nous avions…, dit-elle, le souffle court. Nous avions défini nos priorités.

— Oui.

Il lécha son oreille, en mordilla le lobe. Puis il la saisit par la taille, l'attira vers lui. Leurs genoux se cognèrent. Il sentit son coude presser ses côtes avant qu'elle ne s'installe à califourchon sur lui.

— Il y a beaucoup trop de vêtements entre nous, murmura-t-elle.

Il était d'accord.

Mais elle bougeait déjà contre lui, corps ferme et souple pressant le sien, et il sentait sa chaleur l'envahir, le priver de toute force. Jamais aucune femme ne lui avait fait pareil effet.

Et tandis que les cellules de son cerveau se déconnectaient une à une, il sentit vaguement qu'elle se soulevait, s'accroupissait. Et alors qu'elle se déshabillait, se contorsionnant pour ôter son short, son petit slip de dentelle, sa bouche ne quitta pas un instant la sienne. Elle le provoquait, mutine, mêlant sa langue à la sienne, mordillant ses lèvres du bout de ses jolies petites dents.

— Hum..., murmura-t-elle. Dès que je commence avec toi, je ne peux plus m'arrêter.

C'était très bien ainsi, songea-t-il, incapable de parler. Et tandis qu'elle s'écartait, bataillait pour dégrafer sa ceinture, descendre la fermeture Eclair de son pantalon, il ne trouva pas la force de lever les bras, ni de l'écarter de lui.

— Le préservatif, dit-il, le souffle rauque.

Mais il n'était pas certain d'avoir parlé à voix haute. Le sang battait dans ses veines. Il sentait son cœur cogner si fort dans sa poitrine qu'il n'entendait plus rien. Ce n'est que lorsqu'il la sentit soudain dérouler le préservatif sur son sexe gonflé, tendu, qu'un peu de force lui revint enfin.

Il la saisit par les hanches, la souleva, la positionna au-dessus de lui. Elle descendit alors et le prit tout entier en elle. Il sentit les muscles de son sexe se contracter autour du sien, sa chair se refermer sur lui.

— Dane, dit-elle, la respiration haletante. Je te veux.

De nouveau, sa bouche chercha la sienne.

— Prends-moi, dit-il.

Et c'est ce qu'elle fit, ivre de désir, éperdue. Sa bouche était partout sur lui, ses lèvres, ses joues, son cou. Ses mains aussi et ses ongles qui griffaient ses épaules tandis qu'elle le prenait avec fougue, lui faisait l'amour, ardente et passionnée. Il la sentait autour de lui. Elle serrait et desserrait ses muscles, imprimant à son sexe de délicieuses pressions tandis qu'elle montait, descendait sur lui, l'aspirait en elle, encore et encore.

Il n'avait jamais connu pareil désir. Il ne savait pas que l'on pouvait vouloir une femme à ce point. Déjà, le plaisir montait en lui, inexorable, et il savait qu'il ne pourrait pas résister longtemps. Soudain, il fut là, violent comme une lame de fond balayant tout sur son passage et il cambra les reins, explosa en elle, l'orgasme ricochant à travers tout son corps. Un instant plus tard, elle criait son nom, chavirant à son tour.

Lorsque Naomi trouva la force d'ouvrir les yeux, elle découvrit qu'elle était assise sur le sol, à côté de Dane. Ils étaient adossés au mur et il avait glissé un bras autour de ses épaules.

Elle souleva la tête pour le regarder. Il avait les yeux fermés et, tandis qu'elle observait son profil, elle sentit quelque chose bouger dans sa poitrine. Soudain, son cœur se mit à battre plus fort alors que les paroles qu'il avait prononcées sur le balcon lui revenaient à la mémoire : « Ce n'est pas qu'un simple désir physique. »

Et en dépit de ce moment de frénésie sexuelle qu'ils venaient de vivre, elle savait qu'il avait raison. Les émotions se bousculaient en elle, complexes, indéchiffrables, et elle sentit la panique la gagner.

Elle refusa d'y songer davantage. Le moment était mal choisi pour tenter de comprendre ce qui se passait en elle. Et mal choisi, également, pour avoir fait ce qu'ils venaient de faire !

— Ça va ? demanda-t-elle.

Il sourit. Il ouvrit les yeux, se tourna vers elle.

— Si ça va ? J'ai adoré que tu te jettes sur moi. Recommence quand tu veux.

Elle récupéra ses vêtements et se rhabilla à la hâte.

— Sois sérieux. Nous ne sommes pas venus ici pour batifoler, mais pour vérifier si un porte-clés que je transporte depuis deux semaines ne dissimule pas cent millions de dollars.

— Très juste.

Il s'empara de son sac et le lui tendit.

— A toi l'honneur.

Elle ne bougea pas, mais regarda fixement le sac devant elle.

— Je ne comprends pas ce qui se passe entre nous.

— Tu comprendras, le moment venu. Nous comprendrons tous les deux.

Ce n'était pas vraiment la réponse qu'elle attendait. Son cœur se serra de nouveau. Qu'aurait-elle voulu qu'il dise ? Qu'il ne comprenait pas, lui non plus, et qu'il était aussi déboussolé qu'elle ? Ou quelque chose de poli et de rassurant comme l'aurait fait Michael ? Aurait-elle préféré qu'il mente ? Elle ne pouvait pas, ne voulait pas s'occuper du problème à présent. Elle plongea la main dans son sac, en sortit le trousseau de clés.

Il s'en saisit, l'observa sans un mot.

Naomi le trouvait relativement ordinaire. Il était composé d'un petit cœur de cristal et d'une clé d'argent, suspendus à une chaîne. L'anneau n'avait rien de rare non plus. Il s'agissait du genre d'anneau très serré dans lequel il faut glisser les clés, la plupart du temps au prix d'un ongle cassé et de pas mal d'énervement.

— Dis-moi exactement comment ça s'est passé le soir où il t'en a fait cadeau au Four Seasons, dit Dane.

— C'était un mardi, jour où je travaillais relativement tard. Il était plus de 19 heures. Je rentrais chez moi lorsqu'un taxi s'est brusquement arrêté à ma hauteur. Michael en est descendu.

— Il ne t'avait pas prévenue ?

— Non, il est arrivé comme ça. Il s'est excusé et m'a expliqué qu'il avait subitement eu envie de me voir. Il m'a proposé d'aller prendre un verre au Four Seasons. J'étais fatiguée et prête à lui dire non, mais il m'a tout de suite entraînée vers le taxi. Il a toujours su se montrer très persuasif.

— Il était coutumier de ce genre d'improvisation ?

— Non. Au contraire, il avait tendance à tout planifier. Mais je n'y ai pas pensé sur le moment, j'étais tellement fatiguée.

— Il connaissait ton emploi du temps. Il savait que tu travaillais tard, le mardi.

Elle acquiesça d'un signe de tête.

— A quoi penses-tu ?

— Qu'il avait planifié cette rencontre. Peut-être ne voulait-il pas passer ni à ton bureau ni chez toi. Il savait certainement que les choses commençaient à tourner mal pour lui. De quoi avez-vous parlé dans le taxi ?

— De rien en particulier, si je me souviens bien. De ma journée. Il m'a demandé comment elle s'était passée. Je travaillais sur une affaire avec Thomas Fairchild. Je lui ai demandé comment s'était passée la sienne. Il m'a dit que c'était une de ces journées trépidantes à l'issue desquelles il aspirait à me retrouver.

— Comment était-il ? Tendu ? Agité ?

— Non. Comme d'habitude. Serein. Détendu.

— Et au Four Seasons ?

— Lorsque nous sommes arrivés, il a commandé du champagne, puis il s'est excusé un moment.

— Qu'as-tu fait pendant ce temps ?

— J'ai noté quelques idées qui m'étaient venues dans mon carnet. Je le fais souvent. Ce soir-là, j'ai pensé à un détail important concernant l'affaire sur laquelle je travaillais.

Elle sortit ses carnets du sac.

— J'en emporte toujours un avec moi.

— Tu ne t'es pas servie d'aucun de ces carnets depuis que tu es ici ?

— Non. J'ai tout monté dans cette pièce avec l'idée de repartir à zéro. Je devais acheter un nouveau carnet à Belle Bay. Tu connais la suite.

— Combien de temps Davenport s'est-il absenté ?

— Cinq minutes. Dix, peut-être. Il s'était rendu à la boutique de souvenirs et il avait acheté ce porte-clés en souvenir de notre premier rendez-vous au Four Seasons.

— Il ressemble effectivement à un objet de magasin de souvenirs.

— Il m'a demandé mes clés et a insisté pour les mettre lui-même. Ça a pris du temps. Je me suis excusée et me suis rendue aux toilettes, le temps qu'il finisse.

— Et ensuite ?

— Lorsque je suis revenue, Michael discutait avec Leo King et Thomas Fairchild. Ils étaient passés prendre un verre avec un client. Nous avons trinqué et il m'a dit qu'il devait s'absenter un temps.

Elle prit le porte-clés et le tint en l'air à la hauteur de ses yeux.

— Il m'a dit qu'il me donnait la clé de son cœur.

Le cœur de cristal scintilla dans la lumière crue de l'ampoule.

— Je ne vois rien dans ce porte-clés qui puisse valoir des millions de dollars.

— Je dois admettre que moi non plus. Es-tu certaine que c'est celui qu'il t'a donné ce soir-là ?

— Ça ne peut être que lui. Il ne m'a jamais quittée depuis.

— Et s'il se trouve dans cette pièce depuis ton arrivée, Davenport n'a pas pu le trouver et le remplacer par un autre ?

— Tu crois que c'était ça son plan ?

Il eut un haussement d'épaules.

— Je ne sais pas encore. J'essaie de trouver. Pour l'instant, nous savons qu'il t'a emmenée au Four Seasons la veille du jour où il a disparu et qu'il t'a fait cadeau de ce porte-clés. J'ai le sentiment qu'il t'a fait passer l'objet ce jour-là pour le mettre à l'abri. Voyons ce que tu as d'autre dans ce sac.

Vingt minutes plus tard, ils avaient examiné tous les bibelots dont Michael lui avait fait cadeau. Et ils étaient alignés devant eux.

— Je ne vois rien d'anormal, dit-elle. Chacun de ces objets me semble être ce qu'il est, un point c'est tout. Que fait-on, à présent ?

Un par un, il remit les bibelots dans le sac.

— Nous pensions avoir trouvé. Il nous faut repartir à zéro en envisageant les choses sous un autre angle.

Il la prit par la main, l'aida à se relever.

— Premièrement, nous allons informer le shérif de la présence de Davenport sur l'île, lui dire qu'il est venu à l'hôtel. Ensuite, nous allons tâcher de trouver un endroit où nous pouvons parler et qui soit un peu plus agréable qu'une pièce secrète destinée à ne contenir guère plus qu'un carton à chapeau. Puis nous reviendrons sur tous ces objets, un à un. Quelque chose nous a peut-être échappé.

L'endroit le plus agréable qu'ils purent trouver s'avéra être la suite d'Avery Cooper, située juste au-dessus de son bureau. Naomi était d'abord passée le voir à la réception avec Dane. Le regard désapprobateur que certains clients leur jetèrent leur donna une petite idée de l'allure qu'ils devaient avoir. Dès qu'Avery les aperçut, il les fit rapidement passer dans son bureau et les conduisit dans sa suite.

Le temps qu'ils lui fassent le récit de leur rencontre avec Davenport, il s'était remis du choc. Et lorsque Nate Kerby arriva sur place, ils s'étaient douchés et avaient revêtu des vêtements propres qu'un employé de l'hôtel était allé chercher dans leurs chambres respectives.

Adossée au comptoir de la cuisine, Naomi sirotait un verre de vin tandis qu'Avery disposait sur un plateau les petits sandwichs qu'il avait fait monter de la cuisine. Par la porte du salon, elle voyait Dane et Nate occupés à démonter les bibelots de Michael.

Avery posa le plateau sur le comptoir et s'approcha d'elle.

— Ils sont du genre McGyver, tous les deux. C'est loin d'être mon cas.

Elle lui jeta un regard amusé.

— Ni le mien. Mais j'adore ton genre, tu le sais.

Avery lui sourit, saisit son verre de vin.

— Si tu me parlais de Dane MacFarland ?

Elle jeta un coup d'œil dans sa direction. Tournevis en main, il s'attaquait à une boule représentant Boston sous la neige. Son cœur fit un bond dans sa poitrine.

— Il n'est pas prêtre.

— Je sais. J'aimais beaucoup ce personnage de prêtre, mais je dois avouer que le détective ne manque pas de charme. Et il t'intéresse tout autant.

Ce n'était pas une question, aussi ne chercha-t-elle même pas à nier ni à esquiver le sujet. Elle posa son verre, fit quelques pas.

— Certes, mais…

— Mais quoi ?

Elle leva les mains dans un geste d'impuissance.

— C'est compliqué.

Il la rejoignit, posa les mains sur ses épaules.

— Alors, ne complique pas davantage les choses. Tu as envie de lui et c'est réciproque. Fais-moi confiance, je le sais. Il n'y a qu'à voir la façon dont vous vous regardez.

— Le problème, c'est qu'il ne s'agit pas seulement de désir. Je crois que je suis en train de tomber amoureuse.

Elle avait osé l'avouer. Elle sentit un frisson de panique parcourir son corps.

Il y eut un bref silence, puis Avery pressa tendrement ses épaules.

— Eh bien, c'est une chance pour toi qu'il ne soit pas prêtre. Il est libre.

— Je ne sais quasiment rien de lui. Nous avons discuté sur la plage et il ne m'a dit que deux ou trois choses le concernant.

— J'espère sincèrement que vous avez fait autre chose que discuter.

— Ce n'est pas drôle, rétorqua-t-elle, incapable cependant de réprimer un petit sourire.

Avery l'attira contre lui.

— Allez, raconte.

Elle leva la tête, croisa son regard.

— Tout est arrivé si vite. Dans ce qu'il m'a dit, je ne sais même pas ce qui est vrai.

Par-dessus l'épaule d'Avery, Naomi regarda Dane vider le contenu du petit globe dans un bol. Comment en était-elle arrivée à cette situation ?

— Il est venu à Haworth House, il m'a menti parce qu'il avait un compte à régler avec Michael. Je devrais le haïr, mais non. Je le désire comme jamais je n'ai désiré aucun homme. Lui, ce qu'il veut, c'est coincer Michael.

— Et alors ? Tu veux qu'on arrête ce salopard, toi aussi, non ?

— Bien sûr. Et qu'on restitue l'argent à tous ceux qu'il a escroqués.

— Tu sais, Naomi, je fais partie de ces incurables optimistes qui pensent que l'on peut tout avoir, le beurre et l'argent du beurre. Alors, vous arrêtez *son* homme, Michael Davenport, et ensuite, tu t'occupes de *ton* homme.

Avery saisit le plateau de sandwichs d'un geste théâtral et passa devant elle.

— Tu veux bien apporter quelques bières supplémentaires, s'il te plaît ?

Elle resta quelques secondes figée sur place, à fixer son dos. Puis elle empoigna son carnet, son verre de vin et les bières et rejoignit le petit groupe autour de la table basse. Nate finissait juste de remettre les restes des bibelots de Michael dans son sac.

— Il n'y a vraiment rien à tirer de ce tas de babioles ! s'exclama-t-il.

— Je suis d'accord, dit Dane. Mais je persiste à croire que Davenport a donné quelque chose d'important à Naomi, ce soir-là, au Four Seasons. Sinon, comment expliquer sa présence ici ?

Il se tourna vers elle.

— Te souviens-tu d'avoir écrit quelque chose de particulier dans ton carnet ?

Elle le regarda, surprise.

— Non. Je ne crois pas. Rien d'important.

— Vérifie quand même.

Elle jeta un coup d'œil à ses notes.

— J'ai repris le déroulement des événements après que nous avons parlé ensemble de ma dernière soirée avec Michael. J'ai noté avoir discuté une minute avec Thomas Fairfield avant de quitter le cabinet. Ensuite, je rentrais chez moi quand le taxi s'est arrêté à ma hauteur. Michael m'a emmenée au Four Seasons. Il s'est excusé, a disparu un moment. Pendant ce temps, j'ai pris quelques notes concernant l'affaire à laquelle je travaillais avec Thomas. Michael est revenu avec le porte-clés. Il a transféré mes clés. Je me suis rendue aux toilettes. A mon retour, Leo King et Thomas étaient là, avec un client. Ils discutaient avec Michael. Ce dernier m'a donné le porte-clés. Il a réglé l'addition. Nous sommes sortis et il a demandé au taxi de me reconduire chez moi.

— Il ne t'a pas raccompagnée ? demanda Dane.

— Non.

— Ça lui ressemblait de te laisser rentrer seule ?

Elle eut un petit haussement d'épaules.

— Il venait juste de me dire qu'il devait s'absenter quelque temps. Ça ne m'a pas paru bizarre.

Nate se tourna vers Dane.

— Il ne s'est approché ni de son bureau ni de son appartement, deux lieux qu'il supposait ou savait être surveillés.

— En revanche, dit Dane, il l'a emmenée dans un lieu où il serait certain d'être vu avec elle. Et justement, Leo King et Thomas les ont vus.

— C'est intéressant, dit Nate, se tournant vers Naomi, que votre patron, son associé, Davenport et vous-même, vous vous soyez trouvés au Four Seasons le soir où Davenport vous a fait le coup de la disparition.

— Et les mêmes se retrouvent à Haworth House aujourd'hui, fit remarquer Avery.

Nate hocha la tête.

— Je n'aime pas beaucoup ce genre de coïncidence.

— Moi non plus, dit Dane.

— Vous ne croyez tout de même pas que Thomas et Leo sont complices ? s'exclama Naomi.

— Cela expliquerait pourquoi Davenport n'a pas tenté de

prendre ton sac, ce matin, dit Dane. Quelqu'un l'a doublé sur ce coup.

Naomi allait répondre, mais le son strident d'une alarme retentit soudain. Avery se précipita sur le balcon, Nate et Dane sur les talons. Naomi sentit tout de suite l'odeur âcre de la fumée.

— Je vous laisse, dit Avery. Il y a le feu quelque part. Je vais donner des instructions au personnel et faire évacuer l'hôtel.

— Je vous accompagne, dit Nate.

— Toutes les chambres sur le côté de l'hôtel évacuent côté jardin, lança Avery par-dessus son épaule, les autres côté allée.

Naomi le suivait déjà. Dane la retint par le bras.

— Il s'agit de *mon* hôtel et de *ma* maison, lança-t-elle. Je dois y aller.

— C'est peut-être un piège.

— Tu crois que Davenport a mis le feu ?

— A sa place, c'est exactement ce que je ferais. Je créerais une diversion. Il n'a pas récupéré ce qu'il convoitait, les choses ne se passent pas aussi facilement qu'il le pensait. Il est furieux contre toi. Il est homme à se venger.

— Peu importe. Je dois m'occuper de mes clients. Ne me dis pas que tu n'agirais pas de même à ma place.

Sans même s'en rendre compte, Naomi saisit son grand sac posé sur la table basse et gagna la porte.

— Très bien, je t'accompagne, dit Dane. Mais au moindre problème, tu fais ce que je te dis.

14

Trois quarts d'heure plus tard, Naomi se trouvait avec Dane au fond du jardin. Derrière eux, ils entendaient les vagues se briser sur les rochers, au pied de la falaise. Les clients étaient rassemblés par petits groupes le long des allées, attendant le moment de regagner leurs chambres.

— Je suis extrêmement fière d'Avery et du personnel, dit Naomi.

Dane hocha la tête.

— C'est un homme très compétent et qui sait diriger une équipe.

En effet, l'évacuation de Haworth House s'était faite dans le plus grand calme. En moins de quinze minutes, les pompiers étaient arrivés et en ce moment même, avec l'aide du personnel, ils faisaient le tour de l'hôtel, chambre par chambre, afin de déterminer l'origine du feu.

Peu à peu, la situation revenait à la normale. Les conversations reprenaient et l'odeur de fumée se dissipait déjà, laissant la place au parfum des fleurs. La tour de Hattie se dressait dans le ciel de nouveau clair, parsemé d'une myriade d'étoiles.

Naomi commençait à se détendre lorsqu'elle sentit soudain des picotements dans sa nuque. Elle tourna vivement la tête, regarda autour d'elle.

— Que se passe-t-il ? demanda Dane.

— Une sensation étrange. Ça m'arrive quand je me sens observée.

Il jeta un rapide coup d'œil aux alentours. Tout le monde

semblait concentré sur ce qui se passait à l'hôtel et, hormis dans la haie qui bordait le jardin, il n'y avait aucun endroit où quiconque aurait pu se cacher.

Un mégaphone siffla soudain.

— Tout est rentré dans l'ordre, annonça une voix. Vous pouvez regagner vos chambres.

— Naomi ?

Naomi se retourna. Leo King s'avançait vers elle.

— Je ne t'ai pas vue devant l'hôtel, alors j'ai fait le tour. Ça va ?

Elle sourit.

— Oui, tout va bien, à présent. Et Thomas, où est-il ?

— En train de regagner sa chambre, j'imagine. Je lui ai dit que je te cherchais.

Naomi sentit les doigts de Dane se crisper sur son bras.

— Leo King, dit Leo en lui tendant la main.

— Dane MacFarland, dit Dane, lâchant le bras de Naomi.

Mais à l'instant où il serra la main de Leo, il se tétanisa comme si son corps venait de recevoir une décharge électrique et Naomi le vit avec horreur s'écrouler sur le sol.

Avant qu'elle ait eu le temps de se baisser vers lui, Leo la saisissait par le bras et elle sentit le canon d'un revolver s'enfoncer dans ses côtes.

— Il va bien, dit Leo. Je l'ai simplement neutralisé. Un petit coup de Taser. Mon revolver, en revanche, est muni d'un silencieux et je n'hésiterai pas à m'en servir. C'est clair ?

Naomi hocha la tête, le dos parcouru d'un frisson glacé. Elle s'efforça néanmoins de garder l'esprit clair. Dane n'était pas en danger. Pour l'instant, du moins. Du coin de l'œil, elle vit les clients se diriger vers l'hôtel. Tant mieux. Ils seraient hors de danger. Combien de temps avait-elle devant elle avant que Dane reprenne ses esprits ? Combien avant qu'Avery et Nate se mettent à sa recherche ?

— Que veux-tu, Leo ? demanda-t-elle.

— Ce qui m'appartient.

La voix de Leo était calme et posée, comme à l'habitude, mais son regard brûlait d'une fureur que Naomi ne lui connaissait pas.

— Je veux les cent millions de dollars que Davenport m'a volés. Il n'aurait jamais dû te les donner. Grâce à mes informateurs du FBI, j'ai su qu'il allait être arrêté et je l'ai prévenu. Il devait me remettre l'argent au Four Seasons. Il l'avait converti en timbres rares que je devais garder le temps que les choses se calment. Ensuite, il aurait trouvé acquéreur et nous aurions partagé les gains.

Naomi le fixait, interdite.

— Tu travailles avec Davenport ?

— Non, répliqua sèchement Leo. C'est *lui* qui travaille pour moi. Je lui fournissais les clients. C'est moi qui lui ai soufflé l'idée de te séduire afin que la firme puisse avoir un bouc émissaire lorsque l'argent des clients disparaîtrait. J'avais pensé à tout. Tout prévu. Puis il t'a donné l'argent, sous mon nez.

— Que m'a-t-il donné, Leo ? demanda Naomi.

— Les timbres. J'étais venu avec Thomas et un client. Ils me servaient de couverture afin que je puisse les récupérer discrètement. Au lieu de cela, c'est à toi qu'il les a donnés avant de filer. Le temps que je m'excuse auprès de mon client, il s'était volatilisé.

Des timbres. Le cerveau de Noami tournait à cent à l'heure. Il n'était pas étonnant qu'ils n'aient rien trouvé dans le porte-clés. Où Michael avait-il pu les cacher ?

— Je ne sais toujours pas ce que tu veux, Leo.

— Ton sac. Les timbres doivent s'y trouver.

— C'est pour cela que tu as payé quelqu'un pour me le voler, ce matin ?

Leo ignora la question et poursuivit :

— Tu vas me le donner gentiment.

La main qui tenait le revolver ne bougea pas lorsqu'il saisit le sac, arracha la bandoulière de l'épaule de Naomi. Mais, soudain, son corps s'affaissa et il s'écroula sur le sol. Face à Naomi se tenait Michael, une arme munie d'un silencieux à la main.

— Si tu cries ou si tu fais le moindre geste, je t'abats comme lui.

Elle sentit la panique l'envahir. Le sang bourdonnait dans ses oreilles.

— Ramasse le sac et donne-le-moi, ordonna Michael.

Elle s'exécuta.

— Bien, dit-il, glissant la bandoulière à son épaule.

« Va-t'en, priait silencieusement Naomi. Tu as ce que tu veux, alors, va-t'en, à présent. »

— Tu m'as donné du fil à retordre, dit Michael d'un ton doucereux. Et ton ami aussi.

C'est alors qu'elle sentit un petit mouvement contre son pied. Dane avait bougé. Il était réveillé, ce qui rendait la situation plus dangereuse encore. S'il faisait le moindre geste…

— J'ai songé à différentes façons de te faire souffrir, poursuivait Michael, mais je n'ai pas eu le temps de les mettre en pratique. Dommage. Mais il me vient une idée… Je crois que je vais tuer ton ami.

Il sourit en la voyant devenir blême.

— Oui… C'est ce que je vais faire.

— Non, attends ! s'exclama-t-elle.

Elle fit un imperceptible pas de côté, de façon à buter contre le genou de Dane. Il fallait absolument qu'il écoute.

— Les timbres ne se trouvent pas dans le sac.

Michael la fixa droit dans les yeux.

— Tu mens.

Elle prit une grande inspiration. Pourvu que ce qu'elle avait dit soit vrai.

— Vide le sac, tu verras bien.

C'est ce qu'il fit, le revolver toujours pointé sur elle. Un seul regard au contenu éparpillé sur le sol lui suffit.

— Où sont-ils ? lança-t-il, hargneux.

« Ils » ? Naomi comprit aussitôt où Michael avait dissimulé les timbres. Déjà, un plan se dessinait dans son esprit. Restait à faire en sorte que Michael le suive.

— Je peux te conduire jusqu'aux carnets, mais il y a un prix, dit-elle, le cœur battant à tout rompre.

— Non, c'en est fini de tes manigances. Dis-moi où ils sont et je te laisserai partir.

— Tu imagines que je vais te croire ? Je ne suis pas aussi idiote que tu peux le penser, Michael.

— C'est possible, rétorqua-t-il d'une voix tendue.

— Ecoute, les carnets sont dans la tour, dans une pièce secrète. Je suis la seule à savoir où elle se trouve. Tu épargnes Dane, c'est le prix.

— Tu veux que je lui laisse la vie sauve ?

— Exactement. Ta seule chance de récupérer les carnets est de m'accompagner dans la tour.

— Si tu mens…

— Il n'y a qu'un moyen de le savoir. A moins que tu ne te sentes pas capable de retourner là-bas.

— Bien sûr que si.

Michael baissa le revolver, le glissa à sa ceinture, sous sa chemise. Puis il empoigna Naomi par la main.

— Je te préviens, tu n'as pas intérêt à tenter quoi que ce soit, dit-il, l'entraînant vers l'hôtel.

La voix menaçante de Davenport acheva de réveiller Dane. Son corps, cependant, demeurait engourdi. Il était parvenu à bouger un pied pour signaler à Naomi qu'il avait repris conscience, mais c'était tout ce qu'il avait pu faire.

Elle avait compris, toutefois, et s'était débrouillée comme un chef pour lui faire savoir ce qu'elle avait l'intention de faire. Son plan était parfait, sauf qu'il lui faisait courir un énorme risque. Elle allait se retrouver seule face à Davenport.

Il rassembla ses forces et parvint à se hisser à genoux. La tête lui tournait. Il lutta et avait presque réussi à se remettre sur pied lorsque le shérif le rejoignit. Il jeta un coup d'œil au corps de Leo King.

— Que s'est-il passé ?

— C'est l'œuvre de Davenport. Venez, je vous donnerai

tous les détails en chemin. Naomi a compris que les timbres se trouvaient dans ses carnets et elle est en train d'emmener Davenport les récupérer. Dès qu'il les aura, il la tuera.

Naomi s'efforça d'ignorer la peur qui lui glaçait le sang tandis qu'elle se frayait discrètement un chemin parmi les clients de l'hôtel, Michael sur les talons. Bientôt, ils atteignirent l'escalier de la tour.

— Bien, murmura Michael.

Lorsqu'ils commencèrent à grimper l'escalier qui menait au premier étage, elle sentit le canon du revolver presser un peu plus fort ses côtes.

— Pas d'entourloupe, souffla-t-il à son oreille lorsqu'ils furent devant la porte de chêne qui menait à la pièce de Hattie.

Naomi parvint à ne pas trembler lorsqu'elle chercha la clé, l'introduisit dans la serrure. Dane allait arriver. Elle se raccrochait à cette certitude pour endiguer la panique qui l'envahissait. Il ne perdrait pas de temps, elle le savait. Mais en attendant, elle devait conduire Michael dans la pièce de Hattie et trouver un moyen de le distraire.

— Il y a quoi ici, une super climatisation ? demanda ce dernier.

Elle pressa l'interrupteur et la lumière inonda la cage d'escalier. Elle commença à grimper. Michael hésita.

« Pas encore, Hattie, supplia-t-elle. Attends. »

Il la suivit finalement et ils gravirent l'escalier en colimaçon. Dès qu'ils furent entrés dans la pièce, elle attaqua :

— Ici, c'était le boudoir privé de Hattie. Tu as entendu parler d'elle ?

— Oui, rétorqua-t-il, jetant un regard méfiant à la pièce. C'était une actrice finie et elle a terminé sa vie ici, en ermite. Une Greta Garbo sans le glamour.

Naomi se moquait de ce qu'il pouvait penser. Il fallait qu'elle continue à gagner du temps. Elle se tourna vers lui et, soudain, elle sut. Flatter son ego, voilà ce qu'il fallait faire.

— Il y a une chose, Michael, que j'aimerais savoir : comment as-tu fait pour dissimuler les timbres dans mes carnets sans que je m'en rende compte ?

— Rien de plus facile. Je l'ai fait le dernier soir, au Four Seasons. Lorsque tu t'es rendue aux toilettes, tu as laissé ton carnet sur la table.

C'était vrai. Elle s'en souvenait parfaitement.

— Et si je ne m'étais pas rendue aux toilettes ?

Il sourit.

— Je t'aurais conseillé d'aller te repoudrer le nez.

Devant tant de morgue, Naomi sentit tout son être se crisper.

— Et tu y serais allée, tu es tellement influençable, ajouta-t-il.

« Plus maintenant », songea Naomi, rageuse.

Soudain, du coin de l'œil, elle vit apparaître la tête de Dane dans l'escalier.

Il fallait qu'elle continue d'occuper l'attention de Michael.

— Hattie est toujours présente, tu sais. Elle hante la tour.

— Tu ne crois tout de même pas me faire peur avec un fantôme.

L'air trembla. Mais pas la main de Michael qui tenait le revolver. Il fit un pas en avant, le lui enfonça dans les côtes.

— Si le coup part, il ne te tuera pas tout de suite. Je te conseille de me montrer la pièce secrète, et vite.

Lentement, elle recula vers le mur et tira sur le levier. Elle savait que les carnets se trouvaient sur le sol, là où elle les avait laissés. Elle vit la lueur dans le regard de Michael lorsqu'il les aperçut. Si seulement il pouvait entrer dans la pièce, elle refermerait la porte et il serait piégé.

Mais il n'en fit rien. Il s'approcha d'elle, plongea son regard dans le sien.

— Brave fille. Maintenant, tu vas avoir ta récompense. Un seul coup et je serai débarrassé de toi.

— Tu fais ça, Davenport, et tu es mort.

Rapide comme l'éclair, Michael referma son bras autour du cou de Naomi et fit volte-face. Elle sentit le métal froid du revolver presser sa tempe.

— Faux, lança-t-il. C'est…

Sa phrase se termina dans un cri étranglé tandis qu'une lueur traversait le miroir, en face de lui.

Le cœur de Naomi se mit à cogner fort dans sa poitrine.

— Arrêtez ou je vais tirer ! hurla Michael, pointant son arme vers le miroir.

Dane s'élança alors. Naomi bondit aussitôt.

— Non !

Elle saisit le bras de Michael. Le coup partit, étouffé, à peine audible, mais elle sentit la brûlure de la balle. Elle trébucha, tomba sur le sol au moment où Dane fonçait sur Michael.

Ils rebondirent tous les deux contre le mur avant de rouler au sol. Dane finit par avoir le dessus et frappa violemment Michael d'un direct à la mâchoire.

Le shérif déboucha alors en haut de l'escalier.

— J'arrive, MacFarland.

Mais Michael ne bougeait déjà plus.

Naomi sentait la tête lui tourner.

— Ça va ? demanda Dane, se précipitant vers elle.

A l'instant où il refermait la main sur son bras, la violence de la douleur lui coupa le souffle. Sa vue se brouilla.

— Tu saignes, Naomi. Tu es blessée !

La dernière chose qu'elle vit fut le sang sur ses mains, puis ce fut le trou noir.

Naomi se redressa, glissa ses deux jambes par-dessus le bord du lit.

— Je veux me lever et m'habiller, déclara-t-elle.

— Les quarante-huit heures de repos prescrites par le médecin ne sont pas écoulées, fit remarquer Reese.

— Et du plus loin que je me souvienne, tu as toujours insisté pour que nous respections à la lettre les prescriptions du médecin, ajouta Jillian. A ton tour, aujourd'hui.

Naomi fronça les sourcils, prête à répliquer.

— Nous sommes arrivées tôt ce matin, laisse-nous le temps de récupérer un peu, dit Reese.

— Et puis il y a quelque chose dont nous voulons te parler, alors autant le faire tout de suite, ajouta Jillian.

Ses sœurs tentaient de la distraire, c'était une stratégie qu'elle connaissait bien. Elle ferma un instant les yeux et, aussitôt, les images des derniers moments vécus dans la tour lui revinrent en un flash. Le bras de Michael enserrant son cou, la peur lorsqu'il avait visé Dane. Dans les rêves qu'elle faisait dans ce sommeil chaotique sous tranquillisants, la balle atteignait sa cible et Dane s'écroulait, le devant de sa chemise maculé de sang.

Elle repoussa très vite ces images. Où était-il ? Elle voulait le voir. Il ne lui avait pas rendu visite. Du moins, elle ne s'en souvenait pas.

— Je crois que le jeune homme qui m'a recousue n'est pas vraiment médecin, dit-elle. Vous l'avez vu ? On lui donnerait à peine seize ans.

Elle se sentait incapable de se lever, tout à coup. Ils avaient dû lui injecter une dose de tranquillisants d'enfer. Pour laisser à ses sœurs le temps d'arriver, sans doute.

Reese leva les yeux au ciel.

— C'est le FBI qui l'a fait venir du continent. Je peux te dire qu'il n'aurait pas franchi le barrage de ton armée privée s'il n'était pas le véritable Dr McCoy.

— Mon armée privée ?

— Avery et tes deux gorilles, le shérif et Dane MacFarland, dit Jillian. Ils ont écarté tous ceux qui voulaient te voir. Jusqu'ici, nous sommes les seules à avoir pu t'approcher. Ils ont même refusé l'entrée à des types très impressionnants.

— Le FBI, sans doute, dit Naomi.

— Ne te fais aucun souci, Dane est en train de les briefer sur tout ce qui s'est passé, dit Reese. Il nous a également expliqué l'essentiel.

— Les cent millions de dollars de timbres étaient dissimulés dans un de tes carnets, poursuivit Jillian. Michael Davenport a été arrêté. Leo King, ton ex-patron et complice, est mort. Et Dane affirme que tu lui as sans doute sauvé la vie.

— Non, c'est faux. J'ai seulement pensé que l'intervention de Hattie ne suffirait pas et…

Naomi s'interrompit, les images envahissant de nouveau son esprit.

— Je doute que ton trio de protecteurs ait fait état auprès des autorités du rôle joué par Hattie, dit Reese. Bien sûr, si tu tiens à t'habiller et à aller les informer de l'aspect surnaturel de l'affaire, je crois qu'ils risquent de te cuisiner un bon moment.

— D'accord, dit Naomi, se réinstallant contre ses oreillers.

— Tu as encore vu Hattie ? demanda Jillian.

Naomi hocha la tête.

— Le même éclair dans le miroir, la même lueur que la première fois.

— Je n'ai aucune envie d'entendre ratiociner sur Hattie, dit Reese. C'est de l'histoire ancienne. Parle-nous plutôt de Dane MacFarland. Qui est-il ?

Naomi posa la main sur sa poitrine. Son cœur battait à tout rompre. Qui il était ? Elle aurait bien voulu le savoir, elle aussi.

— Alors ? insista Jillian.

— Le problème est là, justement, répondit-elle, levant les mains en un geste d'impuissance. J'ignore qui il est.

Jillian jeta un regard sceptique à Reese et vint s'asseoir au pied du lit.

— Avery prétend que c'est sérieux entre vous.

— C'est tout ce qu'il t'a dit ?

— Oui. Après, motus et bouche cousue !

— Il ne voulait sans doute pas que nous opérions totalement à l'aveuglette, dit Reese. Pour tout te dire, pendant que tu récupérais, nous avons parlé à Dane. Un petit contre-interrogatoire de sœurs inquiètes. Il nous a dit être venu sur l'île, déguisé en prêtre, pour coincer Michael Davenport.

Naomi poussa un soupir. De toute évidence, Dane avait le temps de parler à tout le monde sauf à elle.

— Alors ? insista de nouveau Jillian.

Reese attendait, elle aussi, le regard interrogateur.

— Nous voulons les détails. Tous les détails.

Résignée, Naomi se cala contre ses oreillers et raconta toute l'histoire.

Lorsque Dane arriva devant la porte de la chambre avec Avery, il entendit résonner les rires à l'intérieur. Cela aurait dû le rassurer. Il n'en fut rien.

— Entrez, répondit une voix au coup qu'il frappa à la porte.

Avery passa le premier. Les trois sœurs étaient assises sur le lit. A l'instant où Dane aperçut Naomi, un flot d'émotions le submergea avec la violence d'un coup de poing.

Elle allait bien. Il ne l'avait pas perdue. Ces mots, il se les était répétés sans cesse pendant le transport à l'hôpital. Ils étaient devenus comme une litanie dans son cerveau au cours des longues heures qui s'étaient écoulées ensuite, tandis qu'il attendait le diagnostic du médecin et réglait avec le shérif Kerby les derniers détails de l'arrestation de Davenport.

La peur qui lui nouait l'estomac depuis qu'il avait fait irruption dans la pièce de Hattie et avait vu le revolver de Davenport pressé sur sa tempe se dissipa à l'instant où il la vit, assise sur le lit, vivante.

Et son cœur, qui s'était mis à battre plus fort, chavira. Il l'aimait. Il n'aurait su dire quand ni comment cela s'était produit. Mais en cet instant, l'émotion était si forte que ses jambes ne le portaient plus.

Trois regards le fixaient.

— Naomi..., parvint-il à articuler.

Puis ce fut le vide total dans sa tête.

Ce fut Jillian qui se leva et fit sortir tout le monde, laissant la chambre plongée dans le silence.

— Tu as apporté des fleurs, dit finalement Naomi.

Dane baissa les yeux vers le bouquet de roses qu'il tenait à la main.

— C'est Avery qui m'a dit que tu les aimais.

Elle n'avait pas l'air très heureux de les voir. Ne sachant trop qu'en faire, il les posa au pied du lit. Il était venu avec un plan en tête. Les fleurs en faisaient partie.

— Naomi.

— Dane.

Ils avaient parlé en même temps.

— Toi d'abord, dit Naomi.

— J'aime beaucoup tes sœurs, commença-t-il, ne sachant comment aborder le sujet qui lui tenait à cœur.

Il avait envie de tendre la main, de la toucher. Mais il savait que s'il s'y risquait, c'en serait fini. Il serait incapable de poursuivre. Il enfonça les mains dans ses poches.

Le silence retomba.

— Ecoute, dit Naomi, je sais pourquoi tu as apporté ces fleurs. C'est une façon élégante de me dire adieu.

Il la regarda, interloqué.

— Non ! s'exclama-t-il. Jamais de la vie.

Il s'avança, s'assit sur le bord du lit. Il brûlait d'envie de la prendre dans ses bras, mais il n'en fit rien.

— Je t'ai apporté ces fleurs parce que je veux repartir à zéro avec toi. Enfin, non…

Il passa une main nerveuse dans ses cheveux.

— Ce n'est pas exactement ça. J'aimerais que tu acceptes de tout recommencer avec moi. D'effacer l'ardoise.

Elle le fixait d'un regard grave. Son silence déclencha en lui une nouvelle vague de panique.

— Tout recommencer, dit-elle finalement.

— Oui.

Il se leva, fit quelques pas, puis revint vers elle.

— J'ai eu le temps de réfléchir. J'ai parlé avec tes sœurs. Je pense que nous n'avons pas pris un bon départ. J'ai dit pas mal de mensonges. J'en suis désolé.

Il s'approcha du lit, mais n'osa pas s'asseoir.

— Je veux te laisser le temps de me connaître. Tout le temps.

De nouveau, Naomi le fixa un long moment en silence.

— Est-il vrai que tu as un frère qui s'appelle Ian ? demanda-t-elle finalement.

— Oui.

— Et ce que tu m'as dit sur la famille qui t'a recueilli et sur tes frères et ta sœur que tu n'es pas parvenu à retrouver ?

— Tout cela est vrai. Je t'ai confié des choses que je n'ai jamais dites à personne, pas même à Ian. Je ne comprenais pas pourquoi.

Il s'avança de nouveau, plus près cette fois, et s'assit sur le bord du lit.

— A présent, je sais pourquoi. J'étais en train de tomber amoureux de toi.

Le choc dans les yeux de Naomi réveilla sa peur.

— Tu ne me connais pas, dit-elle.

Il saisit ses mains, les serra dans les siennes.

— Si. Je sais beaucoup de choses sur toi grâce aux recherches de Ian. Je connaissais même l'existence de tes carnets. Je savais que tu les emportais partout. J'aurais dû deviner plus tôt que Davenport s'en servirait. J'aurais pu arrêter…

Il s'interrompit, le regard rivé sur le pansement sur son bras. Puis il prit une grande inspiration et se lança :

— Désormais, je promets d'être honnête avec toi. Il n'y aura plus de mensonges. La seule chose que j'ignorais lorsque j'ai décidé de me faire passer pour le père MacFarland, c'était qu'à l'âge de quatorze ans, tu étais tombée amoureuse d'un jeune prêtre. Si je l'avais su, j'aurais sans doute renoncé à cette couverture. Mais ce n'est pas certain. J'étais prêt à tout pour coincer Davenport.

Naomi plongea son regard dans le sien. Elle ne savait peut-être pas tout de lui, mais elle connaissait l'essentiel. C'était un homme intègre, courageux et qui aimait sa famille. Un homme compréhensif, sur lequel elle pouvait compter. Ce qu'il lui avait dit sur la plage était vrai et elle en était heureuse. Mais avait-elle vraiment besoin de cette preuve ?

Elle savait qui il était. Ne l'avait-elle pas reconnu, en un sens, la première fois qu'elle l'avait vu ? Et n'était-ce pas pour cette raison que ce qu'elle éprouvait pour lui lui faisait si peur ?

— Je ne veux pas tout recommencer, dit-elle.

Il pressa ses mains entre les siennes.

— Naomi, je ne veux pas…

— Tu as dit ce que tu avais à dire, à toi de m'écouter, à présent.

Il ne lâcha pas ses mains, se contenta d'acquiescer d'un signe de tête.

— Je ne veux pas tout recommencer avec toi. Je veux construire sur ce que nous avons déjà. Et j'ai une confession à te faire.

Les mains de Dane se crispèrent sur les siennes.

— Laquelle ?

— Je suis en train de tomber amoureuse, moi aussi. En fait, je pense que je le suis déjà.

Il porta ses mains à ses lèvres, les embrassa tendrement.

— Nous allons y aller doucement. Prendre le temps.

Naomi l'attira à elle, pressa ses lèvres sur les siennes.

— Non, je ne crois pas.

Et tandis qu'elle glissait sa langue entre ses lèvres, elle l'attira sur elle, se mit à dégrafer son jean.

— Nous ne pouvons pas… ton bras.

— Si, nous pouvons.

Elle avait fait glisser son jean et, incapable de résister, il lui avait déjà ôté son petit slip.

— Je crois qu'il ne nous reste plus qu'à improviser, dit-elle.

Et son rire sensuel, un peu rauque, résonna à son oreille, porteur d'une infinité de promesses.

Dane fut parcouru d'un frisson lorsqu'il la sentit douce et chaude, prête pour lui. Il emprisonna son visage entre ses mains, plongea en elle.

— Je ne t'attendais pas. Jamais je n'aurais pensé trouver une femme sans laquelle je ne pourrais plus envisager de vivre. Nous allons devoir improviser pour le restant de nos jours.

— C'est une proposition qui me convient tout à fait.

Ils souriaient tous les deux lorsqu'ils roulèrent, enlacés, sur le lit.

CARA SUMMERS

L'heure des fantasmes

INTÉGRALE
UN HIVER BRÛLANT

Traduction française de
EMMANUELLE SANDER

SAGAS
HARLEQUIN

Titre original :
TAKEN BEYOND TEMPTATION

Ce roman a déjà été publié en 2011

1

Quatorze mois plus tôt

Dès que Jillian pénétra dans la chambre de la tour, elle sut qu'elle n'était pas seule. Et pas seulement à cause de la température, soudain plus fraîche à mesure qu'elle gravissait les marches de l'escalier en colimaçon. D'après ce qu'elle savait, ces zones froides étaient fréquentes dans les maisons hantées.

Soudain, elle tressaillit et sentit ses cheveux se dresser sur sa tête. Il y avait quelqu'un d'autre dans la chambre, elle en avait la certitude.

Elle scruta l'obscurité. La poussière qui s'était accumulée sur les vitres donnait à la lumière du jour une teinte blafarde.

— Bonjour ! lança-t-elle d'une voix timide.

Mais elle n'entendit que le bruit lointain des vagues qui venaient s'écraser sur les rochers en contrebas de la demeure.

— Je ne suis pas un intrus. C'est l'agent immobilier qui m'a donné les clés.

Toujours pas de réponse.

— Je suis une des nouvelles propriétaires, insista-t-elle. Mes sœurs et moi avons signé le compromis de vente aujourd'hui.

Pas de doute, l'air avait vibré. Elle en était sûre. Loin de se décourager, elle continua d'avancer prudemment.

C'était la première fois qu'elle sentait la présence d'un être immatériel, songea-t-elle, le cœur battant. Pourtant, elle n'avait jamais cru aux fantômes. Du moins, pas avant ce jour.

Enfant, elle avait dévoré tous les *Alice* de la Bibliothèque verte, dont elle admirait le courage et la capacité à relever les défis. A un moment donné, elle avait même souhaité lui ressembler. Mais, pour l'heure, elle se contenterait de sa chance de détective.

Car il y avait bien un fantôme à Haworth House, et elle était absolument certaine qu'il se trouvait dans cette tour. Le revenant s'appelait Hattie Haworth. Vivian Thorley, l'agent immobilier qui connaissait Belle Island comme sa poche, lui avait raconté son histoire lorsqu'elles avaient fait le tour de la propriété. Jillian avait voulu savoir pourquoi la porte qui conduisait à la tour était scellée par des planches.

— Les deuxièmes propriétaires de Haworth House croyaient que la demeure était hantée, lui avait-elle répondu d'un air hautain. Mais je n'ai normalement pas le droit de vous le dire.

Hattie, la propriétaire initiale, était une star du cinéma muet qui avait été mise au placard lors du passage au cinéma parlant. Abandonnée par son studio et son mari, elle avait fini ses jours seule. D'après Vivian, Hattie avait trouvé refuge à Belle Island et avait vécu en recluse à Haworth House jusqu'à sa mort.

— Mais depuis que la tour a été scellée, avait-elle ajouté, plus personne n'a eu à s'en plaindre.

Puis elle avait rapidement tiré Jillian par le bras pour la ramener dans la cour de la vieille demeure en pierre, là où la vue sur l'océan était la plus belle.

Inspirant profondément, Jillian s'avança un peu plus loin dans la chambre de la tour. Lorsque Vivian Thorley lui avait raconté cette histoire, elle avait immédiatement ressenti de la compassion pour cette star de cinéma déchue.

— C'est affreux d'être restée enfermée dans cette tour pendant toutes ces années, dit-elle à haute voix.

Bien entendu, elle n'avait pas parlé du fantôme à ses sœurs lorsqu'elle les avait appelées pour décrire le lieu. A quoi bon noircir le tableau ? Le plus important avait été de leur vendre l'idée que Haworth House était l'endroit rêvé pour leur projet. Et c'était ce qu'elle avait fait.

Elle étudia de nouveau la pièce et sentit son ventre se nouer.

Elle avait déjà pris des risques dans sa vie, mais jamais aussi gros. Sans compter que ceux-ci n'impliquaient pas qu'elle.

Pourtant, dès l'instant où elle avait vu la tour de pierre s'élancer fièrement vers le ciel, elle avait su que c'était le lieu qu'elle cherchait depuis toujours.

Il lui suffisait maintenant d'en convaincre Hattie Haworth. Prenant son courage à deux mains, elle déclara d'une voix ferme :

— Je voulais vous prévenir. Mes sœurs et moi avons prévu de transformer Haworth en hôtel de charme.

Pas de réponse.

— Depuis que nous sommes adolescentes, nous nous sommes promis de créer ensemble une entreprise.

Et la transformation de Haworth House en hôtel permettrait aux sœurs Brightman d'honorer leur parole.

Naomi était au lycée lorsqu'elle avait eu l'idée de monter plus tard une affaire avec ses sœurs afin qu'elles ne se retrouvent jamais séparées. Lorsqu'elles étaient enfants, leur père les avait toutes placées dans un pensionnat religieux. Naomi avait quatre ans et Jillian, deux. Reese n'était alors qu'un nourrisson.

Cet arrangement n'aurait dû être que provisoire. Leur père avait, en effet, besoin de temps pour se remettre du décès de leur mère. Il était en chemin pour venir les chercher lorsque sa voiture avait quitté la route et dévalé la falaise, près de Monte-Carlo. Les religieuses les avaient donc gardées, et les trois sœurs étaient devenues inséparables. Pourtant, Naomi, qui avait toujours eu l'esprit pratique, avait déjà compris que leurs carrières professionnelles les sépareraient un jour. Elle s'était orientée vers l'économie et le droit, Reese avait su très jeune qu'elle voulait devenir cuisinier, mais Jillian se sentait plutôt attirée par les voyages et l'art.

— Cette idée d'hôtel n'est pas un projet farfelu, poursuivit-elle en flânant dans la pièce.

Les rideaux de soie fanés qui ornaient les fenêtres venaient certainement de France. Enchantée, elle s'approcha pour étudier quelques meubles anciens tout en continuant de parler. Ce monologue l'aidait à garder son calme.

— Naomi travaille dans un cabinet d'avocats, à Boston. Elle gérera la partie commerciale. Reese, ma plus jeune sœur, est un grand chef. Elle chargera de la cuisine. Quant à moi, je m'occuperai de l'architecture d'intérieur.

Même si elle n'avait pas eu de vocation précoce, comme ses sœurs, elle savait désormais ce qu'elle voulait faire. Et Haworth House était l'endroit idéal pour lancer sa carrière.

Faisant une courte pause, elle passa la main sur une petite table Empire.

— Vous avez de très beaux meubles, dit-elle en connaisseur.

Elle sentit de nouveau une vibration dans l'air.

Elle s'avança encore et découvrit que ce qu'elle avait pris pour une ombre était en réalité un immense lit à baldaquin en acajou finement sculpté.

— C'était votre chambre. Ou plutôt votre boudoir. Parler de chambre est beaucoup trop trivial eu égard à votre train de vie.

Cette fois, il y eut plus qu'un frémissement. Elle aurait juré avoir entendu quelque chose. Un rire, peut-être ?

Elle se tourna dans cette direction et remarqua alors un miroir biseauté, entièrement doré à la feuille d'or.

— Oh, mon Dieu ! s'écria-t-elle, sous le charme.

Accélérant le pas, elle tendit la main pour passer délicatement ses doigts tout autour du cadre.

— C'est magnifique !

Puis elle recula légèrement. Ne venait-elle pas d'apercevoir une petite lueur dans le miroir ? Ou était-ce le fruit de son imagination ?

Cette fois, la lueur se fit plus vive et l'image d'une femme belle, grande et élancée lui apparut. Ses cheveux, d'un blond vénitien, ondulaient sur ses épaules tandis que sa robe, blanche et diaphane, flottait autour d'elle.

Jillian sentit son cœur bondir dans sa poitrine et, pour la première fois depuis son arrivée dans la chambre de la tour, elle ne sut quoi dire. La gorge nouée par la peur, elle était incapable de produire un son. Pourtant, il ne faisait aucun doute dans son esprit qu'elle se trouvait face à Hattie Haworth.

Sentir la présence d'un fantôme était une chose. Mais le voir en était une autre. Et au moment même où elle commençait à s'habituer à sa présence, l'image s'évanouit.

— Non, attendez ! s'écria-t-elle en posant la main à plat sur le miroir.

Hattie était partie et Jillian se trouva seule face à son propre reflet. Incapable de détourner son regard de la glace, elle attendit qu'Hattie réapparaisse. Soudain, elle vit quelque chose bouger sur le mur derrière elle. Tournant les talons, elle aperçut un panneau coulissant à demi ouvert.

Elle sortit aussitôt sa lampe de poche et s'avança vers l'ouverture. Et bientôt, elle découvrit ce dont elle avait toujours rêvé : une chambre secrète. Elle était à peine plus grande qu'un placard, et ne contenait qu'un carton à chapeau tapissé de tissu délavé par le temps. Un bout de parchemin était fixé sur le couvercle.

Jillian le souleva et l'apporta à côté du miroir. Puis elle s'assit en tailleur sur le plancher pour l'étudier. Sur le couvercle était collée une étiquette. « Boîte à fantasmes : Attention ! Celui que vous choisirez deviendra réalité. »

Elle regarda dans le miroir.

— Qu'avons-nous là, Hattie ? demanda-t-elle à voix basse.

Pendant quelques secondes, elle hésita à l'ouvrir, évaluant les risques. L'avertissement était très clair. Peut-être valait-il mieux attendre l'arrivée de ses sœurs pour regarder ce que contenait la boîte ? Mais la patience n'avait jamais été son fort.

Elle souleva très délicatement le couvercle et découvrit alors une pile d'enveloppes. Cette fois, elle n'hésita plus aussi longtemps. Elle enfonça profondément la main au fond de la boîte et sortit un pli.

Après tout, où était le mal ? Les fantasmes n'étaient pas une mauvaise chose, et ne se réalisaient pas si souvent.

Pourtant, à la lecture du message, elle se sentit prise de vertiges. Repliant à la hâte le bout de parchemin, elle rangea le tout dans la boîte et ferma le couvercle. Puis, d'un bond, elle remit le carton à chapeau dans la chambre secrète, actionna le levier qui commandait le panneau et s'adossa contre le mur, le cœur battant.

C'était sûrement une coïncidence ! Car qui pouvait connaître le fantasme qui avait enflammé son imagination lorsqu'elle était adolescente ?

Peut-être que toutes les enveloppes contenaient le même message ? Mais elle n'avait plus le courage d'aller ouvrir la boîte pour le découvrir.

Elle n'allait pas se laisser déstabiliser par un simple bout de papier, tout de même ! C'était ridicule. Après tout, les mots n'avaient aucun pouvoir.

Troublée, elle se dirigea vers le miroir. Mais elle ne croisa que son propre reflet.

— Que faisiez-vous avec ce carton à chapeau, Hattie ? Et pourquoi n'y a-t-il rien d'autre dans votre chambre secrète ?

Mais il n'y eut aucune réponse, à l'exception de cette phrase qui résonnait inlassablement dans sa tête.

« Celui que vous choisirez deviendra réalité. »

Affolée, elle pivota et dévala à toute vitesse l'escalier en colimaçon.

2

Lorsque sa voiture glissa sur la nappe d'huile et fit une embardée, Jillian appuya à fond sur la pédale de frein et s'agrippa au volant de toutes ses forces. Soudain, elle faillit en perdre le contrôle, mais elle le maintint fermement, comme son ex-petit ami le lui avait appris.

Dès qu'elle avait abordé le virage en épingle à cheveux, elle avait repéré la nappe d'huile, mais trop tard. Et elle aurait pu s'en tirer sans incident si ce 4x4 n'était sorti de nulle part.

Une multitude de bruits lui parvinrent à la fois : le crissement des pneus, le hurlement du moteur et le martèlement des graviers heurtant violemment la carrosserie. Dans sa poitrine, son cœur battait à tout rompre.

Très loin, dans son esprit, elle s'attendit à voir sa vie défiler devant ses yeux.

Mais ce ne fut pas le cas.

En lieu et place, elle fut prise dans un tournoiement d'images au ralenti — le fossé au bord de la route, la haute tour de Haworth House qui s'élevait dans le ciel bleu et pur, une rangée de grands pins, puis un grand véhicule en travers de la chaussée — accompagné d'un crissement de pneus qui sembla durer une éternité.

Un dernier frisson plus tard, la voiture s'arrêta de tournoyer et le silence se fit. Ouf, elle était en vie ! Prenant une profonde inspiration, elle sentit l'air lui brûler les poumons. Elle se concentra alors sur la vue qui s'offrait à elle et eut un hautle-cœur. A travers le nuage de poussière, l'avant d'un énorme 4x4 gris apparut à quelques centimètres à peine de sa voiture.

Quelques centimètres.

Elle ôta ses mains du volant et s'aperçut qu'elles tremblaient. Elle vit alors une silhouette sortir lentement du grand véhicule et se diriger vers elle.

Eblouie par le soleil, elle ne perçut au départ qu'une vague silhouette, grande et élancée.

— Tout va bien ? demanda un homme à la voix grave.

— Oui, je vais bien, répondit-elle en baissant les yeux, comme pour s'en assurer.

Mais il ne pouvait pas en être autrement. Jillian Brightman n'avait pas le temps d'aller mal. Pour le lui prouver, elle se dépêcha de sortir de sa Coccinelle New Beetle. Ses jambes flageolèrent juste un peu. C'était bon signe.

— Et vous ? s'enquit-elle.

— Je vais bien, mais ce n'est pas moi qui viens d'effectuer un redressement spectaculaire, dit-il d'un air admiratif. Vous conduisez très bien.

— Je ne m'attendais pas à trouver là une nappe d'huile et j'étais très pressée, expliqua-t-elle. Comme d'habitude.

Ces quatorze derniers mois, elle n'avait pas eu une minute à elle, surtout depuis l'achat de Haworth House et l'ouverture de leur hôtel.

Elle essuya la poussière qui couvrait sa veste, et remarqua qu'elle ne tremblait plus. Parfait.

— Je l'ai échappé belle ! ajouta-t-elle, soulagée.

— Oui, vous pouvez le dire.

Lorsqu'elle leva les yeux, son champ de vision se limitait à un torse puissant. Elle n'avait pas entendu l'homme approcher. Ils étaient maintenant nez à nez, à quelques centimètres à peine l'un de l'autre.

« Recule, Jillian », s'enjoignit-elle, en même temps que son cœur faisait un bond dans sa poitrine.

Par rapport à elle, l'homme était d'une stature imposante. A vue de nez, il mesurait au moins un mètre quatre-vingt-cinq, songea-t-elle en penchant la tête en arrière. Ses yeux étaient cachés derrière des lunettes de soleil, mais elle remarqua surtout ses cheveux blonds légèrement décoiffés, son visage viril marqué d'une petite cicatrice sur la joue, et l'ombre d'une barbe naissante. Lorsque son regard se posa enfin sur ses lèvres sensuelles, elle eut de nouveau un sursaut.

Troublée, elle fit un pas en arrière et heurta la portière de la voiture.

En un éclair, il s'avança pour la rattraper par le bras et elle sentit les muscles puissants de sa cuisse contre la sienne. Une sensation de chaleur intense se propagea dans toutes les parties de son corps, y compris les plus intimes. Son esprit s'embruma et sa gorge devint soudain sèche.

— Vous êtes certaine que tout va bien ? demanda-t-il d'une voix inquiète.

Oui, bien sûr. Elle était simplement sous l'effet de la montée d'adrénaline qui s'était produite lorsqu'elle avait failli percuter son 4x4. Comment expliquer sinon la conscience aiguë qu'elle avait des doigts de cet homme si séduisant sur son bras ? Et la difficulté qu'elle éprouvait à trouver ses mots ?

— Je vais bien, bafouilla-t-elle.

D'une minute à l'autre, elle allait se remettre à trembler.

Lequel des deux bougea en premier, elle n'aurait su le dire. Mais, soudain, il fut encore plus près d'elle, si près qu'elle sentit la chaleur de son souffle sur sa bouche. Elle pouvait presque en goûter la saveur, et elle fut choquée par la force du désir à l'état pur qui l'étreignit.

L'espace d'une seconde, elle fut tentée de céder à son impulsion, de se hisser sur la pointe des pieds pour effacer le mince espace qu'il y avait entre eux.

Mais non. Sa vie était trop compliquée pour oublier toute prudence. Cet homme était un simple étranger. Et elle avait du travail… Pourtant, dès l'instant où il l'avait touchée, toutes ses obligations s'étaient évanouies.

Elle trouva pourtant la force de lever la main pour le repousser fermement.

— Je dois partir, dit-elle brusquement.

Il lâcha son bras et fit un pas en arrière. Mais il ne regagna pas sa voiture. En lieu et place, il se mit à faire le tour de sa voiture. Ses gestes étaient lents et elle eut tout le loisir d'admirer ses larges épaules, ses hanches étroites et ses longues jambes moulées dans un jean étroit et délavé. Elle parvint malgré tout à reprendre ses esprits. Et lorsqu'il fut revenu à son point de départ, elle avait retrouvé tout son aplomb.

L'homme n'était pas originaire de l'île, songea-t-elle. Elle avait rencontré presque tout le monde, et elle ne l'aurait pas oublié.

Car elle le trouvait vraiment beau.

Il était temps de se ressaisir, songea-t-elle, car elle avait un faible pour les beaux gosses. Et cette attirance lui avait souvent joué des tours.

Le dernier en date était pilote de course. Et depuis leur rupture, elle s'était juré de ne plus entamer de nouvelle relation, du moins pas tant qu'elle n'aurait pas finalisé ses projets professionnels.

— Vous avez de la chance, dit le beau gosse d'une voix traînante. Pas une égratignure. Vous voulez examiner ma voiture ?

Elle regarda sa montre. Elle n'avait plus le temps. Elle avait passé celui qui lui restait à le regarder. Et voilà qu'il s'approchait de nouveau d'elle.

— Ecoutez, dit-elle précipitamment, j'ai un rendez-vous à Belle Bay dans cinq minutes. Je dois me dépêcher. Les avocats ont horreur d'attendre. Je vous crois sur parole, d'accord ?

Elle saisit son sac à main dans la voiture et en sortit une carte de visite.

— Je m'appelle Jillian Brightman. En cas de problème, vous pouvez me joindre à Haworth House.

Il prit la carte et l'examina quelques secondes.

— Cela vous va ? demanda-t-elle en tapant nerveusement du pied.

Il acquiesça.

— En cas de souci, répondit-il avec un sourire en coin, vous serez la première informée.

— Parfait, répondit-elle.

Puis elle se glissa derrière le volant de sa voiture et mit le contact. Faisant marche arrière, elle contourna le 4x4 et appuya sur l'accélérateur. Il lui fallut trois bonnes minutes pour retrouver son calme.

Ian MacFarland s'éloigna autant que possible de la courbe du virage où il avait failli trouver la mort et regarda la voiture de Jillian serpenter le long de la route qui conduisait au village de Belle Bay. Son cœur battait encore la chamade. Et il ne pouvait pas mettre cette réaction uniquement sur le compte de l'accident.

Pourtant, lorsqu'il avait vu la Coccinelle arriver quasiment sur lui, il avait cru que sa dernière heure avait sonné. La nappe d'huile avait fait déraper la voiture de la jeune femme et, si elle n'avait pas maîtrisé son véhicule, aucun des deux n'aurait échappé à la mort.

Aucun doute, elle savait conduire.

Mais la raison pour laquelle son cœur s'était emballé était surtout due à Jillian Brightman elle-même. D'ordinaire, il n'était pas du genre à céder à ses pulsions. Pendant les cinq années où il avait travaillé pour le compte de la CIA comme analyste, il avait appris à prendre son temps, à observer les événements sous tous les angles et à ne pas tirer de conclusions hâtives.

Or, à la minute où il était sorti de son 4x4, il avait ressenti pour la jeune femme une attirance inouïe. Il s'était dirigé vers la voiture de Jillian pour s'assurer qu'elle allait bien, ce qui était normal. Mais l'envie presque irrésistible qu'il avait eue de la toucher, de l'embrasser l'avait déconcerté. L'espace d'un instant, en sentant les douces courbes de son corps pressées contre lui, le désir de l'embrasser était devenu si impérieux, si irrépressible, qu'il avait accaparé tout son esprit.

Au point de lui faire oublier les conséquences possibles d'un tel acte.

Il se demandait encore pourquoi il avait réagi de la sorte. Il avait déjà fait son enquête sur les sœurs Brigthman et il aurait dû être mieux préparé à l'effet qu'aurait Jillian sur ses sens. Peut-être que la photo qu'elle avait publiée sur son site Web ne lui rendait pas justice. On y voyait pourtant clairement ses grands yeux bleus, ses boucles blondes et ses traits espiègles qui lui rappelaient ceux de la fée Clochette. Mais le cliché ne rendait pas son énergie. En chair et en os, elle était beaucoup plus séduisante que ce qu'il avait imaginé.

Et elle se déplaçait aussi vite qu'elle conduisait, songea-t-il. Il se rappelait avec quelle agilité elle était sortie de sa voiture. Et puis il y avait eu ce moment où elle l'avait regardé, droit dans les yeux. Jamais il n'aurait imaginé avoir un tel choc. Pas plus qu'il n'avait prévu que son esprit se viderait d'un seul coup.

La jeune femme l'avait surpris de bien des façons. Elle n'était même pas censée se trouver sur l'île cette semaine. Et cet élément pouvait considérablement compliquer son travail. Avery Cooper, le directeur d'Haworth House qui l'avait contacté, avait bien insisté pour qu'il mène son enquête incognito.

Rassemblant ses idées, Ian se remémora l'appel téléphonique qu'il avait reçu.

— Bonjour, Avery Cooper à l'appareil, avait annoncé son correspondant de but en blanc. Vous savez certainement qui je suis ?

— Oui, avait-il répondu.

— Etes-vous aussi doué pour les enquêtes que votre frère ?

— Il faut espérer. Mais je n'ai pas autant d'expérience que Dane.

Ian avait voulu que les choses soient claires.

— Que voulez-vous ? avait-il ajouté.

— Tout d'abord, avait prévenu Avery, j'aimerais que notre entretien demeure strictement confidentiel. Pas un mot, même pas à votre frère. Je ne veux pas qu'il interrompe ses vacances avec Naomi et surtout pas que les sœurs Brightman s'inquiètent inutilement. Pas tant que je n'ai pas la certitude de ne pas être paranoïaque.

— Si j'estime que mon frère doit être informé de certains éléments de l'enquête, je le ferai sans hésiter, avait-il répondu.

Je peux lui demander de ne rien dévoiler aux sœurs Brightman. Mais je ne peux rien vous garantir tant que je ne sais pas de quoi il retourne.

Il y avait eu une courte pause à l'autre bout de la ligne, puis Avery lui avait parlé des incidents qui s'étaient produits à Haworth House quelques semaines après que Dane, le frère de Ian, avait capturé cet escroc de Michael Davenport et que l'histoire du fantôme de Haworth House avait fait la une des journaux télévisés.

Tout d'abord, le système de climatisation était tombé en panne, mais Avery avait mis cet événement sur le compte de la malchance. Lorsque l'on créait une entreprise, les mauvaises surprises étaient fréquentes.

Puis il y avait eu l'affaire des champignons empoisonnés dans le marsala de veau, qui était le plat phare du restaurant. Heureusement, le jeune chef que Reese avait embauché s'en était aperçu et leur avait sauvé la mise. Lorsque Avery avait fait analyser les champignons par un laboratoire, il avait découvert que, grâce à Dieu, ils n'auraient tué personne. En revanche, quiconque les aurait absorbés serait tombé gravement malade. Enfin, une cliente avait fait une chute dans le grand escalier qui conduisait au rez-de-chaussée. Heureusement, la femme n'avait dévalé que quelques marches et s'en était tirée avec plus de peur que de mal.

Mais lorsque Avery avait découvert les fragments d'un câble très mince accroché en travers des premières marches, il avait décidé d'appeler le frère de Dane.

Après avoir écouté le récit du directeur de l'hôtel, Ian était tombé d'accord avec lui sur trois points. Tout d'abord, il avait raison d'être inquiet ; deux, il était trop tôt pour dire si les incidents avaient un lien entre eux ; et trois, trop tôt pour inquiéter les sœurs Brightman.

Mais lorsqu'il avait proposé à Avery de venir sur place mener une enquête plus approfondie, il s'était demandé si cette démarche était vraiment justifiée, et s'il ne cédait pas à son propre désir d'aller sur le terrain. Car ces derniers temps, ses travaux d'investigation pure l'ennuyaient et il avait commencé à envier le rôle plus actif de son frère.

Pourtant, maintenant que Jillian Brightman était de retour sur l'île, il allait avoir du mal à mener son enquête sans se faire remarquer.

Heureusement, il aimait les surprises autant que les défis.

Dès que la voiture de Jillian eut disparu, il reprit son 4x4 pour monter vers Haworth House. Grâce à la dernière affaire sur laquelle il avait travaillé avec son frère, il avait déjà effectué des recherches sur les trois sœurs Brightman.

Etrangement, leur histoire ressemblait un peu à la sienne. Les trois sœurs avaient perdu leurs parents très jeunes et avaient été élevées dans un pensionnat religieux du sud de la France. Dane et lui avaient neuf et sept ans, leur petit frère quatre ans et leur sœur deux ans, lorsque leur mère était décédée brutalement d'une rupture d'anévrisme. Ils avaient été pris en charge par les services sociaux et Ian n'avait plus revu aucun membre de sa famille jusqu'à ce que Dane le retrouve à la CIA, un an et demi plus tôt.

Depuis, son frère et lui avaient non seulement apprécié d'avoir retrouvé un parent, mais aussi découvert qu'ils pouvaient combiner leurs talents. Lui était plutôt l'intellectuel et Dane, l'homme d'action. Ian avait alors démissionné de la CIA pour travailler dans l'agence de sécurité et d'investigation de son frère aîné.

Dane était celui qui avait le plus souffert de l'éclatement de leur famille, se souvint-il. Il avait été placé dans une famille d'accueil et, bien qu'il ne se soit pas étendu sur les détails, Ian savait qu'il avait passé quelque temps dans la rue. Dane s'était ensuite tourné vers un métier d'investigation parce qu'il s'était juré de trouver et de réunir sa famille.

Comparée à l'histoire de son frère aîné, la sienne ressemblait à un conte de fées. Après avoir été séparé de ses frères et sœurs, Ian avait été adopté par une famille de catholiques pratiquants qui avaient déjà eu la chance d'avoir deux enfants et qui désiraient en avoir un troisième. Chacun de leurs fils avait à peine un an d'écart avec lui, et ils avaient dû s'adapter à leur nouveau frère. JoAnn, la mère, n'avait jamais fait de différence entre ses enfants. Mais avec son père adoptif, les choses n'avaient pas été pareilles. Même à sept ans, il ne lui avait pas fallu longtemps pour savoir qu'elles étaient les « règles ». Il avait appris à se tenir à l'écart et à ne pas venir concurrencer ou éclipser ses frères. Toutefois, il avait réussi à entrer dans une école d'ingénieur et à embrasser une carrière qui lui plaisait. L'un dans l'autre, il n'avait pas à se plaindre.

Mais depuis que Dane était de retour, il partageait son désir de retrouver le reste de sa famille.

Les sœurs Brightman avaient eu plus de chance. Elles n'avaient jamais été séparées jusqu'à ce que Naomi, l'aînée, rencontre Dane à Haworth House. Ce dernier était alors à la poursuite de Michael Davenport, un escroc d'envergure internationale. Et dès l'instant où il avait vu Naomi, il avait été foudroyé par l'amour et ils étaient devenus inséparables. Actuellement, les deux tourtereaux étaient en voyage dans le sud de la France.

Comment ne pas se réjouir pour Dane ! Il méritait tellement d'être enfin heureux. Mais, de son côté, Ian n'avait nullement envie d'une relation stable. Il savait par expérience qu'il fallait y consacrer une attention de tous les instants. Et il avait déjà beaucoup à faire. Renouer avec son frère et savoir comment devenir un partenaire utile pour la société MacFarland Investigations lui prenaient déjà tout son temps.

En remontant l'allée qui conduisait à Haworth House, il tomba sous le charme de la demeure. Il l'avait déjà vue en photo et effectué une visite virtuelle sur le site Web, mais avec ses tourelles en pierre grise et sa tour qui s'élançait vers le ciel, elle était absolument splendide. A droite de l'entrée principale se trouvaient les jardins en terrasses et celui en forme de labyrinthe.

Après avoir éteint le contact et confié les clés de la voiture au voiturier, il jeta son manteau sur l'épaule et entra dans le hall. Aussitôt, il aperçut Avery Cooper assis derrière le comptoir de la réception. Le grand homme d'origine africaine était un compagnon d'études de Jillian, qu'elle avait engagé pour diriger

Haworth House. Et Ian approuvait tout à fait cette décision. Avery était en effet diplômé d'une école de commerce et, si les journaux locaux disaient vrai, l'hôtel connaissait un véritable succès.

Mais il allait de soi que le battage médiatique qui avait entouré l'arrestation de Michael Davenport, allié aux rumeurs sur le rôle joué par Hattie Haworth, le fantôme du cinéma muet, leur avait fait beaucoup de publicité.

Dès qu'il le vit, Avery le gratifia d'un large sourire. Laissant l'homme avec lequel il s'entretenait entre les mains de son assistante, il l'invita à le suivre.

Avery attendit d'être arrivé dans sa suite privée pour lui parler.

— Nous sommes dans le pétrin, déclara-t-il. Jillian est arrivée à l'imprévu ce matin.

— Oui, répondit Ian en posant son manteau. J'ai failli heurter sa voiture sur la route. Nous nous sommes parlé brièvement.

— Quoi, vous lui avez parlé ! s'écria-t-il en lui lançant un regard noir. Elle sait donc que vous êtes là !

— Elle sait que je suis là, mais elle ne sait pas qui je suis. Grâce à son adresse au volant, il n'y a pas eu de dégâts matériels. De plus, elle était très pressée de se rendre à Belle Bay. Nous ne nous sommes pas présentés et nous n'avons pas rempli de constat. C'était inutile.

Avery soupira de soulagement.

— Asseyez-vous, je vous prie, dit-il. Voulez-vous boire quelque chose ? De l'eau, de la bière, du vin ? D'ordinaire, j'accueille un peu mieux mes invités.

Ian comprit alors à quel point Avery était inquiet par la série d'incidents troublants qui s'étaient produits à Haworth House.

— De l'eau, s'il vous plaît, répondit-il.

Il suivit Avery dans la cuisine de la suite et accepta une bouteille d'eau minérale que l'homme avait sortie du réfrigérateur.

— Pourquoi Jillian est-elle ici ? demanda Ian.

— Elle était censée revenir la semaine prochaine pour clore l'acquisition d'une nouvelle affaire à Belle Bay. Elle prévoit d'ouvrir sa propre boutique d'antiquités. Mais hier, le colonel

Jenkins l'a appelée et lui a proposé un rendez-vous. Son fils et lui sont en train d'acheter une chaîne de petits hôtels le long des côtes de la Caroline. Les établissements ont besoin d'être remis au goût du jour et ils aimeraient embaucher Jillian comme consultante. Mais d'abord, ils souhaiteraient voir ce qu'elle a fait de Haworth House. Elle a donc aussitôt changé ses plans. Cet hôtel est le reflet de son talent. L'entrée, la salle de restaurant, les chambres, tout est son œuvre. Elle a également trouvé et acheté tous les meubles anciens. Lorsqu'ils viendront ici demain, ils ne pourront qu'être agréablement surpris.

Pendant qu'Avery parlait, Ian remarqua au ton de sa voix toute l'admiration et l'estime qu'il éprouvait pour Jillian. Ils n'étaient jamais sortis ensemble, mais ils étaient amis depuis très longtemps. Et d'après ses recherches, il savait qu'Avery sortait depuis longtemps avec un homme nommé Matt Trudell.

— Comment voulez-vous que l'on fasse ? demanda Ian. Dois-je me présenter et lui dire simplement que je suis en vacances ?

Avery réfléchit quelques instants.

— Elle appellera aussitôt Naomi, puis Dane voudra savoir ce que vous faites là. J'ai rencontré votre frère et, le connaissant, il écourtera ses vacances pour venir vous rejoindre.

En effet, ce scénario était plus que plausible, songea Ian.

— Je pense que nous devons nous en tenir à votre idée de départ, continua Avery. Vous êtes écrivain et vous effectuez des recherches sur Haworth House. Votre livre raconte pourquoi Hattie est venue s'y installer et pourquoi elle a vécu en recluse pendant toutes ces années. Vous avez ainsi une excuse pour poser des questions et fouiner dans le coin. J'en ai déjà parlé au personnel, et ils ont hâte de vous rencontrer.

— Parfait.

Avery le regarda fixement.

— Il existe une autre raison pour laquelle je ne veux pas que Jillian sache qui vous êtes ni pourquoi vous êtes ici. Son rendez-vous de demain avec les Jenkins représente peut-être un tournant dans sa carrière. Je ne veux pas qu'elle s'inquiète pour rien. Reese tourne sa première émission de télévision à

Los Angeles, Naomi est avec Dane, et je ne l'ai jamais vue aussi heureuse. Peut-être que je me fais des idées pour rien et je ne voudrais pas me montrer alarmiste.

— J'ai compris, répondit Ian en décapsulant sa bouteille d'eau.

Pour la première fois de sa vie, il allait se mettre dans la peau d'une autre personne. Dane avait l'habitude d'une telle gymnastique pour conduire ses enquêtes, et il avait hâte de relever ce nouveau défi.

— Rien ne nous empêche de suivre notre plan, ajouta-t-il. Jillian et moi, nous ne sommes que deux inconnus. Nous nous sommes juste rencontrés suite à un accident qui n'a pas eu lieu. J'essaierai donc de garder mes distances, de me montrer discret. Si elle me pose des questions, j'utiliserai ma couverture d'écrivain.

— En plus, vous n'avez pas l'air d'un détective.

Ian jeta un coup d'œil furtif à son T-shirt élimé et à son jean usé jusqu'à la corde et sourit.

— Dane dit que je passe par une phase de rébellion, répondit-il. J'ai travaillé pendant cinq ans à la CIA en costume-cravate derrière un ordinateur, vous savez.

— Oh ! s'écria Avery. Vous étiez un enquêteur spécialisé en informatique.

— Cela vous pose un problème ?

Avery éclata de rire.

— Mon Dieu, non ! répondit-il. Je suis un grand fan de Tom Clancy, et Jack Ryan, son héros, fait exactement ce travail.

— Je suis également fan de Jack, dit Ian.

Il reposa la bouteille d'eau.

— Supposons que vous ne vous fassiez pas des idées, continua-t-il. A votre avis, qu'est-ce qui se passe ici ?

Le visage d'Avery s'assombrit.

— Jusqu'à présent, tous les incidents semblaient viser l'hôtel, répondit-il. Nous avons eu quelques clients mécontents lorsque le système de climatisation est tombé en panne. Mais si le chef n'avait pas découvert les champignons empoisonnés ou si la femme s'était gravement blessée en tombant dans l'escalier, cette mauvaise publicité aurait porté un sale coup à la réputation de l'hôtel. Les conséquences financières auraient pu être énormes.

Ian acquiesça.

— Ainsi, les sœurs Brightman pourraient avoir un ennemi jaloux de leur succès ? demanda-t-il.

— C'est ce que je crois, dit Avery. Mais je ne sais pas qui cela peut-être.

— Donc, plus tôt je commencerai mon enquête et mieux ce sera, dit Ian. Quelle est mon identité d'écrivain, au fait ? Vous avez bien dû m'inscrire dans vos registres ?

— Jack Ryan, cela vous convient ?

— Absolument.

Mais lorsque Avery passa devant lui, Ian posa la main sur son bras.

— Mettez-moi juste dans une chambre proche de celle de Jillian. Si vous avez vu juste, il vaut mieux que je ne sois pas trop loin, au cas où les menaces se feraient plus sérieuses.

L'expression d'Avery se durcit.

— Vous croyez qu'elle pourrait être personnellement en danger ?

— C'est une éventualité que vous avez également envisagée. C'est pour cette raison même que vous ne voulez pas que les sœurs Brightman soient informées de ces menaces. Si elles savaient que l'hôtel était vraiment visé, elles reviendraient aussitôt.

Avery le dévisagea quelques instants.

— Je suis heureux de vous avoir appelé, Jack, dit-il. Allons enregistrer votre arrivée, voulez-vous ?

3

Lorsque Jillian sortit du cabinet d'avocats Bisson et Tanner, elle avait follement envie d'exécuter quelques pas de danse. Même si elle savait que ses talents s'exprimaient vraiment dans l'architecture d'intérieur, elle rêvait depuis longtemps de posséder sa propre boutique d'antiquités. Mais ce n'était qu'après avoir acheté et transformé Haworth House en hôtel avec ses sœurs qu'elle avait sérieusement envisagé de voir son rêve enfin se concrétiser. Bien sûr, elle savait qu'elle prenait un risque en créant cette affaire juste après l'ouverture de l'hôtel. Mais lorsqu'elle avait appris que la librairie des Kelly, située dans la Grand-Rue, était à vendre, elle n'avait pas pu résister à la tentation de l'acheter avant l'heure. Deux années avant ce qu'elle avait prévu.

S'avançant au bord du trottoir, elle tourna la tête à droite puis à gauche et observa la rue principale du petit village qu'elle commençait maintenant à bien connaître. Soudain, le bruit strident d'une sirène lui fit tourner la tête. Le ferry quittait le port. Tout près, des parasols bariolés égayaient la terrasse d'un restaurant qui faisait face à la mer. De l'autre côté de la rue se trouvait un café, bondé à cette heure de la journée. Et un pâté de maisons plus loin se tenaient un magasin de souvenirs, une banque, et, directement à l'opposé de l'agence immobilière, son nouveau magasin d'antiquités.

En le voyant, elle sentit son cœur bondir de joie. Les clés qu'elle tenait dans la main et les documents qu'elle venait de signer dans le bureau de Myron Bisson en avait fait l'heureuse propriétaire.

Les Kelly, un couple d'environ soixante-dix ans, avaient tenu la librairie pendant plus de quarante ans, mais ils souhaitaient maintenant avoir plus de temps à consacrer à leurs petits-enfants. En ce moment, ils étaient justement en voyage en Irlande. Heureusement, ils avaient signé tous les documents avant de partir.

Jillian ouvrit la main et regarda fixement le trousseau. Ce n'était pas la première fois qu'elle prenait des risques. Et elle avait déjà fait les frais de sa précipitation. Mais elle avait réussi à convaincre ses sœurs d'acheter Haworth House et le résultat avait été payant. Pas de doute, la chance lui souriait.

Cette fois, elle céda à son désir de sautiller de joie. Une partie d'elle souhaitait traverser la rue, ouvrir la porte de la vieille boutique pour aller voir l'endroit qu'elle venait d'acquérir.

Une autre voulait partager la bonne nouvelle avec quelqu'un. Elle aurait pu appeler Avery, bien sûr. Il serait venu avec elle s'il avait pu se libérer. Mais elle préféra remonter la rue pour se rendre dans la boutique de Molly Pepperman, située juste à l'angle du pâté de maisons. Molly avait été la première personne de Belle Bay à se lier d'amitié avec elle et c'était elle qui l'avait présentée aux Kelly. Maintenant, elles allaient être voisines.

Elle venait juste de faire quelques pas dans cette direction lorsque son regard fut attiré par un 4x4 gris qui se garait de l'autre côté de la rue. Elle sentit un frisson la parcourir et sut qui en était le conducteur avant même qu'il ouvre la portière. C'était lui, le grand inconnu qu'elle avait failli percuter et presque embrasser.

Tout le temps où elle s'était trouvée dans le bureau de Me Bisson, elle avait réussi à chasser cette idée de son esprit. Mais dès que le bel homme était sorti de sa voiture, les souvenirs avaient afflué de plus belle. Tout le temps qu'il mit à verrouiller sa voiture, elle eut une conscience aiguë de sa présence, son pouls s'accéléra et l'air sembla s'épaissir autour d'elle.

Tandis qu'il se dirigeait vers la jetée, elle ne put détacher son regard de sa silhouette. Son jean et son T-shirt usés moulaient son corps long et mince, et ses lunettes de soleil ne faisaient qu'ajouter à son charme. Cet homme était vraiment craquant.

Une sensation proche de la panique l'envahit. Elle ne pouvait pas mettre la puissance de cette attirance sur le simple fait qu'elle le trouvait beau et séduisant. Un peu plus tôt, après l'accident, elle avait presque réussi à se persuader que sa réaction était due au fait qu'elle avait frôlé la mort. Mais pourquoi cela se reproduisait-il maintenant ?

Tous ses sens étaient bouleversés et une bouffée de chaleur la submergea. C'était ridicule. Cet homme était un parfait inconnu.

A ce moment-là, les souvenirs s'abattirent sur elle avec la violence d'un coup de poing. Sous le choc, elle fit un pas en arrière et heurta un bac à fleurs fermement ancré au bord du trottoir.

Mon Dieu ! Sa réaction face à cet homme était-elle due à l'enveloppe qu'elle avait piochée dans la boîte à fantasmes du boudoir secret de Hattie ?

Non, c'était impossible ! Prise de vertiges, elle plaça une main sur son front. Seule une poignée de personnes connaissait l'existence de cette boîte, songea-t-elle. Elle et ses sœurs étaient au courant. Et Naomi en avait certainement parlé à Dane. Dans le battage médiatique qui avait entouré l'arrestation de Michael Davenport, l'ex-fiancé de Naomi, on avait certes parlé dans la presse du fantôme de Hattie qui hantait pour ainsi dire l'hôtel. Mais l'existence de la boîte était restée secrète. Et elle-même n'avait parlé à personne, pas même à Reese ou à Naomi, du billet qu'elle avait pioché.

« Vous éprouverez le délicieux frisson d'être séduite par un inconnu. »

Aucun doute là-dessus. Le bel étranger l'avait totalement séduite. Pendant ces quelques moments d'intense émotion, en haut de la colline, elle avait tout oublié.

Fermant les yeux, elle essaya de remettre de l'ordre dans ses idées. Elle travaillait trop. Le lancement de sa boutique et son rendez-vous avec le colonel Jenkins lui occasionnaient trop de tension. Les enjeux étaient tellement importants. Si le colonel appréciait son travail, il pouvait la propulser au sommet de sa carrière en tant qu'architecte d'intérieur. Et elle bénéficierait en même temps du coup de pouce nécessaire pour lancer sa boutique. Voilà sur quoi elle devait se concentrer.

Mais la phrase inscrite sur le carton à chapeau clignotait dans son esprit comme l'enseigne d'un néon.

« Attention ! Celui que vous choisirez deviendra réalité. »

Etre séduite par un inconnu était son fantasme secret depuis qu'elle avait quatorze ans. Après avoir lu les aventures d'*Alice*, progressivement, elle avait commencé à dévorer des romans d'amour en cachette des religieuses. Et si elle s'était sentie émoustillée en les lisant, elle l'avait été encore plus en imaginant ses propres aventures amoureuses interdites.

Le confinement du pensionnat l'avait fait souffrir encore plus que ses sœurs. Naomi était studieuse et travaillait dur pour intégrer une université aux Etats-Unis. Et tant que les religieuses laissaient Reese se livrer à des expériences culinaires dans les cuisines de l'internat, celle-ci était aux anges.

Mais Jillian avait toujours rêvé d'évasion. Elle aurait aimé mener une vie plus dangereuse, peuplée d'inconnus audacieux. Ses fantasmes mettaient d'ailleurs souvent en scène Indiana Jones, le héros incarné à l'écran par Harrison Ford.

La première nuit où elle était entrée dans le boudoir de la tour et où Hattie lui avait indiqué la chambre secrète, elle avait cru que le choix de cette enveloppe n'était que pure coïncidence. Mais plus tard, lorsqu'elle avait divulgué à ses sœurs l'existence de la pièce secrète et du carton à chapeau, chacune avait pioché un pli.

Et elle avait tiré le même fantasme.

« Vous éprouverez le délicieux frisson d'être séduite par un inconnu. »

Chaque enveloppe contenait un message très personnel car aucune d'elles n'avait souhaité le partager. Peut-être à cause de l'avertissement sur le couvercle.

Etonnamment, celui de Naomi s'était réalisé avec Dane.

Sa sœur lui avait en effet révélé le contenu de son fantasme, le lendemain où Michael Davenport avait tiré sur elle. Et d'après Naomi, Hattie avait contribué à sauver la vie de Dane.

Mais quel autre rôle cet être immatériel pouvait-il bien jouer ? Un fantôme pouvait-il vraiment réaliser le fantasme qu'elle et ses sœurs avaient choisi ? Et à quoi lui avait servi cette boîte à fantasmes ? Pourquoi avait-elle caché le carton à chapeau, et rien d'autre, dans cette pièce ?

Son fantasme allait-il se réaliser, à l'instar de celui de Naomi ?

Le souhait-elle seulement ?

Non, et mille fois non ! Ces pensées frôlaient le ridicule. Elle rouvrit les yeux, bien décidée à chasser ces idées fantasques de son esprit. Hélas, la première chose qu'elle vit fut le bel inconnu, si grand et si craquant. Il semblait s'être ravisé et ne se dirigeait plus vers la jetée. Maintenant, il traversait la rue dans sa direction.

En admirant ses longues jambes arpenter la chaussée, elle sentit de nouveau un frisson la parcourir et des bouffées de chaleur l'envahir.

Il ne regardait même pas vers elle.

Parfait, car elle avait mieux à faire que de gérer des fantasmes d'adolescente. Ou de regarder bêtement un homme qu'elle venait à peine de rencontrer. Et qu'elle ne souhaitait plus revoir.

Quelle menteuse elle faisait ! Elle songea soudain à la boutique de Molly. C'était là qu'elle souhaitait se rendre avant que M. Beau Gosse traverse son champ de vision et vienne la distraire si inopinément. Elle tourna les talons et s'avança d'un pas décidé vers l'angle de la rue. Molly ne pourrait sûrement pas se libérer pour découvrir sa nouvelle boutique, mais elle saurait partager avec elle sa joie.

En arrivant devant la vitrine du magasin de son amie, elle admira le grand étalage de couleurs — dans les piles de lingerie en dentelle, dans les robes bain de soleil éclatantes accrochées sur des cintres, qui contrastaient sur les murs bleu ciel de la boutique. Molly recevait régulièrement des nouveautés et son magasin marchait très bien. Jillian avait d'ailleurs l'intention de s'entretenir avec elle sur ses techniques de marketing.

Elle poussa enfin la porte et aperçut aussitôt son amie. La petite brune était debout avec une cliente qui se regardait dans les miroirs de plain-pied qui trônaient au centre de la boutique. Comme elle ne voulait pas les interrompre, elle se dirigea vers un portant pour regarder quelques vêtements qui avaient attiré son attention.

Son amie avait toujours su optimiser l'espace en offrant à ses clientes un large choix de produits sans surcharger son magasin. Dans les autres boutiques, les robes et les pantalons de toutes les tailles encombraient les portants, mais Molly avait fait le choix de présenter des silhouettes complètes, avec chaussures, chapeaux, sacs à main et bijoux assortis. Du coin de l'œil, elle observa son amie. Sa cliente était une vieille dame qui se regardait attentivement dans le miroir.

— Qu'en pensez-vous, miss Emmy Lou ? demanda Molly. Je trouve que cette couleur vous va très bien.

— Ça ne fait pas trop jeune ? répondit la dame.

Question bête, songea Jillian. Miss Emmy Lou faisait facilement dix ans de moins que son âge.

— Pas du tout ! s'écria Molly. C'est une robe-chemisier très classique. Ma grand-mère en porte à la messe tous les dimanches et elle a au moins vingt ans de plus que vous.

— Ta grand-mère avait quatre ans de plus que moi lorsque nous étions à l'école, dit la vieille dame en riant.

— Très bien, répondit Molly en feignant de réfléchir. Disons que je pensais plutôt à mon arrière-grand-mère alors.

— Vous pensiez surtout à faire une vente, rétorqua miss Emmy Lou en se tournant vers elle. Votre grand-mère serait fière de vous.

— Il n'en reste pas moins que la robe vous va très bien, renchérit Molly.

— Je suis assez d'accord avec vous, répondit la vieille dame en se tournant de nouveau vers le miroir. Mais pour les chaussures… ?

— Des mocassins, tout aussi indémodables.

Molly sembla enfin remarquer la présence de Jillian.

— Jillian, viens ici et dis franchement ce que tu en penses, dit-elle.

Elle sourit à son amie, qui l'embrassa rapidement avant de se tourner vers miss Emmy Lou.

Molly fit alors les présentations.

— Miss Emmy Lou s'occupe de la bibliothèque, à l'angle de la rue Whipple, dit la petite brune.

La vieille dame tendit la main à Jillian.

— Et vous devez être une des sœurs qui a apporté un souffle nouveau à notre petit village, dit Emmy Lou. J'ai lu l'interview que vous avez accordée à notre journal local il y a quelques semaines. Je suis heureuse de faire votre connaissance.

— Pareillement, dit Jillian.

Et elle répondit à la ferme poignée de main et au sourire franc de la vieille dame.

— J'ai aussi entendu dire que vous aviez acheté la librairie des Kelly, dit Emmy Lou. Cela faisait au moins dix ans qu'ils parlaient de prendre leur retraite.

— C'est exact, répondit-elle. J'ai conclu l'achat aujourd'hui même. Voici d'ailleurs les clés. J'espérais convaincre Molly de prendre une petite demi-heure pour m'y accompagner.

Miss Emmy Lou lança un regard circulaire dans la boutique.

— Il semblerait que je sois l'unique cliente. Je vais me dépêcher.

Ses yeux pétillèrent en croisant le regard de Jillian.

— Que pensez-vous de cette tenue ? ajouta la vieille dame.

— Je prendrai la robe ainsi que les chaussures, répondit Jillian sans hésiter. Molly a le chic pour assortir les vêtements et les accessoires.

— Lorsque j'étais enfant, je rêvais d'habiller les stars, dit Molly.

— Les stars, dites-vous ? s'esclaffa Emmy Lou. C'est vraiment ma journée. Allez, je prends le tout.

— Il ne me faudra qu'une minute pour tout emballer, dit Molly.

— Inutile, répliqua la vielle dame. Si ces vêtements classiques me vont si bien, je vais les garder sur moi. Mettez juste dans un sac les affaires qui sont dans la cabine.

Pendant que Molly s'affairait, Jillian se tourna vers Emmy Lou.

— Voulez-vous vous joindre à nous ? demanda-t-elle.

— Avec plaisir, répondit la vieille dame. Nous, libraires, nous sommes plutôt curieux. J'ai entendu dire que vous aviez fait du très bon travail à Haworth House et j'aimerais savoir quels sont vos projets concernant la librairie.

— Je vais la transformer en magasin d'antiquités, expliqua Jillian. Haworth House est comme une vitrine pour moi. Beaucoup de mes clients m'ont demandé de leur trouver des articles spécifiques. J'ai donc pensé qu'il était temps d'ouvrir mon propre magasin.

— Je ne t'attendais pas avant la semaine prochaine, dit Molly en sortant quelques minutes plus tard de la boutique.

— En effet, dit Jillian. Mais j'ai reçu un appel du colonel Jenkins, qui souhaite me rencontrer demain à Haworth House. Lui et son fils sont en train d'ouvrir une chaîne d'hôtels et ils s'intéressent à mon travail. Ils veulent m'engager comme consultante. Ce serait une opportunité professionnelle incroyable pour moi.

— Le colonel Jenkins, dites-vous ? s'étonna Emmy Lou. Le colonel Samuel Jenkins ?

— Oui, répondit Jillian. Vous le connaissez ?

— Si c'est celui auquel je pense, il est né ici, à Belle Island, répondit Emmy Lou. Il s'agit de Samuel Jenkins deuxième du nom, je suppose. Son père est décédé dans des circonstances tragiques ici même lorsque Sam n'avait que quatre ans. Sa famille a ensuite vendu tous ses biens et a quitté l'île.

— Je lui poserai la question demain, dit Jillian en s'arrêtant en face de la librairie.

Puis elle sortit la clé de sa poche.

Sa main tremblait légèrement lorsqu'elle l'inséra dans

la serrure. La porte émit un craquement plaintif quand elle l'ouvrit et elle entra.

La poussière dansait dans les rayons de lumière qui filtraient par les fenêtres. La boutique était telle que dans ses souvenirs, à l'exception du mobilier qui n'était plus là et des étagères désormais vides.

— D'après les Kelly, dit Jillian, à l'origine, il s'agissait d'une maison. Et dès que j'ai imaginé ce lieu sous cet angle, j'ai su que c'était l'endroit que je cherchais. Ils ont gardé les pièces intactes. Voici d'ailleurs un petit salon. Je vais retirer quelques étagères, mais, pour l'essentiel, je vais conserver la répartition des pièces et y apporter des meubles.

— Bonne idée, murmura Molly. C'est comme si tu redonnais une seconde vie à la maison.

Jillian passa dans la deuxième pièce.

— Nous voici dans la salle à manger. Je vais la meubler en tant que telle, ou dans l'esprit d'une bibliothèque, ou même comme une chambre à coucher, selon les meubles que je trouverai.

— La maison est plus ancienne que moi, commenta Emmy Lou. Lorsque j'étais enfant, c'était déjà un magasin. Je peux faire quelques recherches à la bibliothèque, si vous voulez.

— Volontiers, répondit Jillian.

Puis elle ouvrit la porte qui conduisait dans la cuisine où les Kelly offraient du thé ou du cidre à leurs clients. Stupéfaite, elle s'arrêta net sur le seuil. Tout était sens dessus dessous. On aurait dit que l'on s'était servi d'une masse pour fracasser les placards. Sur l'un des murs, un message était inscrit à la peinture rouge.

Partez tant qu'il en est encore temps.

Il avait raison au moins sur un point. Jillian Brightman se déplaçait vraiment très vite. Si vite que lorsqu'elle se précipita hors de la librairie, Ian n'eut pas le temps d'éviter la collision. L'impact fut suffisamment violent pour envoyer voler sa tasse de café et le faire reculer d'un pas. Il parvint toutefois à s'agripper aux épaules de la jeune femme pour ne pas tomber.

— Encore vous ! s'écria-t-il.

L'espace d'un instant, son esprit se vida. Il ne savait qu'une chose : ils étaient proches, si proches qu'il pouvait sentir son souffle sur ses lèvres. Et les lèvres de Jillian étaient humides, entrouvertes et à quelques centimètres seulement de sa bouche. Un simple avant-goût de…

Elle fit un pas en arrière, et ce simple mouvement suffit à lui faire reprendre conscience de la réalité. Mais lorsqu'il vit un éclair de colère traverser son regard, il pressa ses épaules un peu plus fort.

— Tout va bien ? demanda-t-il.

— Oui, répondit-elle sèchement.

Elle inspira profondément et se dégagea de son étreinte.

— Enfin, non, se reprit-elle.

Elle pointa un doigt vers la porte du magasin.

— On vient de vandaliser une des pièces de ma boutique, ajouta-t-elle d'une voix hésitante. Je dois m'en aller.

Il dévisagea alors les deux autres femmes qui l'accompagnaient. Elles semblaient apeurées et inquiètes, et elles le regardaient fixement.

Il soupira. Il allait devoir garder un profil bas. C'était la deuxième fois qu'il entrait en collision avec une femme qui n'était pas censée savoir qu'il se trouvait sur l'île.

Et c'était la deuxième fois en quelques heures qu'il avait failli l'embrasser, dans la rue, en public et devant témoins ! Elle avait de nouveau réussi à lui faire tout oublier. Ses compétences en matière de couverture n'étaient pas vraiment au point…

Derrière eux, la petite femme brune tenait son téléphone portable collé contre l'oreille. Après l'avoir rangé dans sa poche, elle posa une main sur le bras de Jillian.

— J'ai appelé Nate, dit-elle. Il nous attend à son bureau. Donne-moi la clé.

Jillian fouilla dans sa poche. La petite brune verrouilla la porte d'entrée du magasin et la lui rendit.

— Nate voudra se rendre compte des dégâts lui-même, dit-elle encore, mais nous devons d'abord aller à son bureau pour qu'il fasse un rapport.

La petite brune s'éloigna avec Jillian, et Ian ressentit un besoin impérieux de la suivre. Pourtant, elle allait au bon endroit. Les recherches qu'il avait effectuées pour le compte de son frère lui avaient appris que Nate Kirby était le shérif de Belle Island, à l'instar de son père et de son grand-père. Et d'après Dane, l'homme de loi local était assez compétent.

— Vous connaissez Mme Brightman ?

Il détacha à regret son regard de la silhouette de Jillian et croisa une paire d'yeux noisette, intelligents et empreints d'inquiétude.

— Non, enfin, nous n'avons pas été présentés officiellement, répondit-il. C'est la deuxième fois que nous entrons en collision aujourd'hui.

Et il allait falloir que ça cesse.

— Je suis un client de l'hôtel, expliqua-t-il.

La vieille dame acquiesça.

— Mais vous semblez vous faire du souci pour elle, dit-elle. Nate Kirby est notre shérif. Il saura quoi faire.

Essayait-elle de le convaincre ou de se convaincre elle-même ?

— C'est terrible, ce qui est arrivé, continua-t-elle. Quelqu'un a fracassé les placards de la cuisine et renversé de la peinture rouge sur les murs. On croirait voir du sang.

Il sentit sa gorge se nouer.

— Il y avait un message inscrit sur l'un des murs, ajouta-t-elle. *Partez tant qu'il en est encore temps.*

Il regarda de nouveau en direction de Jillian. Le besoin urgent de la rejoindre était encore plus fort maintenant. Il sentait qu'elle était en danger.

— Il ne se passe jamais rien de tel à Belle Bay, dit la vielle dame. Et tout le monde ici est reconnaissant envers les sœurs Brightman. Elles ont contribué à la reprise économique de toute la communauté. Les raisons d'un tel acte me dépassent.

Un pâté de maisons plus loin, il aperçut Jillian en compagnie du shérif et de la petite brune qui revenait vers eux. Il était temps pour lui de s'éclipser. Il se tourna de nouveau vers la vieille dame, prêt à lui poser d'autres questions. Mais mieux valait garder un profil bas pour l'instant.

— Le shérif arrive, dit-il. Vous êtes certaine que tout va bien ?

— Oui, tout va très bien, répondit-elle en lui tendant la main. Je m'appelle Emmy Lou Pritchard. Je m'occupe de la bibliothèque. Et vous êtes ?

Il la dévisagea quelques instants. Un détective plus expérimenté se serait éclipsé sans donner de nom et il eut la vague impression d'avoir été battu à ce petit jeu par une bibliothécaire.

— Je m'appelle Jack Ryan, déclara-t-il.

— Jack Ryan, répéta-t-elle avec un petit sourire. Je suis heureuse de faire votre connaissance. Je me sens soudain beaucoup plus rassurée quant à la sécurité de Jillian.

4

— A ton nouveau magasin ! s'écria Molly en levant la coupe de champagne que la serveuse venait de lui verser.

Jillian trinqua avec son amie et trempa ses lèvres dans le verre.

— Merci à toi d'avoir répondu à mon invitation à dîner, ce soir.

— C'est plutôt à moi de te remercier pour ce repas, répondit Molly en levant les yeux au ciel. Non seulement ton restaurant est le meilleur de l'île, mais encore il offre la plus belle vue.

Le spectacle était en effet de toute beauté, songea-t-elle en regardant dans la même direction que son amie. Même si le patio de Haworth House n'offrait pas la vue spectaculaire que l'on avait des chambres et de la tour, une des grandes arches laissait apparaître une large bande d'océan, sur fond de soleil couchant.

Molly leva de nouveau son verre.

— En plus, me voilà à boire du champagne tout en bavardant avec mon amie. Que demander de plus ? Ah, j'oubliais : je vais aussi avoir le plaisir de goûter à un des fabuleux desserts de ta sœur Reese.

— J'avais besoin d'une soirée légère, ce soir, répondit Jillian en regardant son amie par-dessus sa coupe. Et mes sœurs sont toutes très occupées.

— Naomi est heureuse avec Dane, n'est-ce pas ?

— Très.

Cela expliquait d'ailleurs pourquoi elle ne voulait pas l'appeler. Sa sœur aînée avait toujours été sa conseillère, mais elle avait aussi le droit d'endosser d'autres rôles de temps à autre.

— Et Reese ? demanda Molly.

— Elle est très affairée et elle adore ça, répondit-elle avec un petit sourire. Elle participe au tournage d'une émission de cuisine, à Los Angeles. On espère que ça va marcher. Ma sœur est sur le point de réaliser tous ses rêves d'enfant. Je me souviens encore du jour où elle m'a demandé de l'emmener dans la cuisine au beau milieu de la nuit pour préparer un gâteau d'anniversaire à Naomi.

— Et tu as réussi ce tour de force dans un pensionnat religieux ? s'étonna Molly.

— Dans ma famille, je suis celle qui aime prendre des risques, renchérit-elle.

C'était sa façon de compenser le sentiment d'enfermement qu'elle ressentait.

— Naomi était notre modèle, continua-t-elle. Reese était la petite dernière que l'on devait protéger. J'étais donc la plus téméraire, et je l'ai toujours été.

— Et ce gâteau ?

— Délicieux.

Molly la regarda d'un air malicieux.

— Mais tu aimes toujours prendre des risques, déclara son amie. Tu as trouvé cette demeure, et tu as convaincu tes sœurs de l'acheter. Et maintenant, tu viens aussi d'acquérir ta propre boutique.

Jillian jeta un coup d'œil circulaire à la salle.

— Nous nous sommes promis, lorsque nous étions encore à l'école, qu'un jour, nous créerions ensemble une entreprise. Dès que j'ai passé le pas de cette porte, j'ai su que Haworth House était pour nous. Mais je ne m'attendais pas à avoir ma boutique si tôt.

Molly leva encore sa coupe de champagne.

— Portons un toast à ton futur succès, alors !

Elle s'appuya contre le dossier de sa chaise.

— Je n'ai pas eu une minute pour respirer depuis mon retour sur l'île, ce matin, soupira-t-elle. Cette soirée est un vrai moment de détente.

Molly dévisagea son amie quelques secondes.

— Je ne suis pas certaine d'être aussi détendue que toi, dit-elle en posant sa main sur la sienne. Je suis navrée pour ce que l'on a fait à ton magasin.

— Nate m'a rassurée, répondit Jillian. Il pense que cet acte de vandalisme est lié à un autre incident qui s'est produit près du lycée. Je n'aurais jamais cru que je me sentirais soulagée à l'idée de savoir que des adolescents ont juste voulu s'amuser un peu. Heureusement que le magasin n'avait pas encore été rénové !

— Oui, répondit Molly, Nate sait y faire.

Jillian observa plus attentivement son amie. Au ton de sa voix, elle se rappela que Nate et elle avaient eu une liaison.

— Comment ça va, entre vous deux ? demanda-t-elle.

Molly soupira.

— Ça ne va pas du tout. Lorsqu'il m'a quittée quand j'étais au lycée, j'ai cru que je ne m'en remettrais jamais. Mais j'ai survécu. Et puis j'ai décidé de mener ma vie sans lui. Je suis partie à New York et j'ai suivi des études de stylisme. J'allais partir à Los Angeles et réaliser mon rêve d'habiller les stars lorsque ma grand-mère est tombée malade. Je suis donc revenue sur l'île, et j'ai découvert que je n'avais pas du tout oublié Nate Kirby. Contrairement à lui.

— Il te l'a dit ?

— Il me l'a fait comprendre.

— Mais lui as-tu posé directement la question ?

Molly secoua la tête.

— Non, j'ai trop peur. Les mots sont si définitifs. Et je n'ai jamais oublié ceux qu'il a prononcés au bal de fin d'année, lorsqu'il a repris sa bague. « C'est fini, Molly ».

Elle ouvrit la bouche pour répondre, puis se ravisa. Les mots avaient un caractère définitif, en effet. Et de quel droit pouvait-elle se permettre de donner des conseils ? Elle-même n'avait jamais réussi à entretenir de relation à long terme avec les hommes. Et elle ne savait même pas ce qu'elle allait faire avec l'étranger qu'elle n'arrêtait pas de percuter sans pouvoir l'éviter.

De retour à l'hôtel, elle avait informé Avery du saccage de

son magasin, puis elle avait parcouru les pièces qu'elle avait prévu de visiter avec le colonel Jenkins. Le beau gosse semblait être omniprésent. Une ou deux fois, elle avait croisé furtivement son regard et, chaque fois, elle avait eu l'impression de perdre pied. A un moment donné, au bar, elle s'était retournée et leurs yeux étaient restés rivés comme deux aimants. L'espace d'un instant, elle avait perdu tous ses moyens, exactement comme lorsqu'elle était entrée en collision avec lui devant son magasin.

C'était comme si elle avait percuté un rocher, se souvint-elle, sauf que sa peau s'était mise à brûler à chaque point de contact. Plus rien d'autre que lui n'existait et elle avait dû mobiliser tous ses efforts pour reprendre ses esprits. Lorsqu'elle y repensait…

— Ah ! les hommes, soupira Molly.

Non, pour elle, il n'y avait qu'un seul homme, songea-t-elle en sentant ses tempes bourdonner. Et voilà que cela recommençait. Elle sentait sa présence. Elle savait qu'il l'observait, maintenant.

Molly la dévisagea avec inquiétude.

— Que se passe-t-il ? demanda son amie.

— Fais comme si de rien n'était, répondit-elle en baissant la voix. Je veux que tu regardes par-dessus mon épaule et que tu me dises ce que tu vois.

Molly s'exécuta, mais son visage resta impassible. Puis elle prit sa coupe et y trempa ses lèvres.

— Il y a un homme à tomber par terre au balcon du premier étage. Je pense que c'est le même beau gosse que tu as heurté quand tu es sortie en courant de ta boutique.

— Je le savais, répliqua Jillian. Il me regarde.

Puis, incapable de s'en empêcher, elle se retourna et croisa son regard. Grave erreur. Son cœur bondit dans sa poitrine et sa bouche s'assécha d'un seul coup. Mais elle commençait à s'y habituer. Elle n'était pas seulement inquiète de ressentir une telle chaleur chaque fois qu'elle le voyait, mais aussi d'avoir ce besoin impérieux de se lever, de quitter la table et d'aller le rejoindre. Simplement.

Troublée, elle s'accrocha aux accoudoirs de sa chaise. Mais elle ne trouva pas la force de détourner les yeux.

— Dois-je appeler Nate pour qu'il l'arrête ? demanda Molly.

La voix moqueuse de son amie la surprit au moment même où elle s'apprêtait à se lever. Mais pour aller où ? Dans sa chambre ? Cette éventualité lui donna la force de détourner les yeux du bel inconnu et de regarder Molly.

— Non, dit-elle d'une voix tremblante.

Elle se sentait à bout de souffle, comme si elle venait de gravir une colline en courant. Et qu'elle avait failli sauter dans le vide.

Elle humidifia ses lèvres et s'efforça de garder les yeux sur Molly. Pourtant, elle savait que le beau gosse s'était détourné.

— Il est client ici, dit-elle. Mais je n'arrête pas de… me cogner à lui.

— Et en quoi est-ce un problème ? demanda Molly.

Elle hésita. Peut-être que le fait d'en parler serait sain et bénéfique.

— Je me sens très attirée par lui, avoua-t-elle.

— J'ai bien vu. J'ai même cru que tu allais te lever et me laisser plantée là. Mais je te comprends. Depuis combien de temps le connais-tu ?

— C'est bien ça le problème, dit Jillian. En réalité, je ne le connais pas.

— Dis-moi tout, répondit son amie en la regardant d'un air intrigué.

Elle lui raconta alors comment ils avaient failli avoir un accident sur la colline, puis tout ce qui s'était produit tout au long de la journée.

— Il n'y a aucune raison pour que je sois dans cet état-là, conclut-elle.

Molly sembla réfléchir.

— Je ne l'ai vu que deux fois, répondit son amie, et je n'avais pas l'esprit très clair après l'épisode de la boutique, mais j'ai ma petite idée. Si je n'avais pas un certain shérif en tête, j'aurais bien aimé entrer en collision avec ce beau gosse. Comment s'appelle-t-il, d'ailleurs ?

— Je ne sais pas, lâcha Jillian à voix basse.

Molly écarquilla les yeux de surprise.

— Tu ne sais pas comment il s'appelle et tu es folle de lui ?

— On peut dire ça comme ça, répondit-elle, gênée.

— Il y a peut-être une explication, dit son amie.

— Ah oui ?

— Oui. Il t'attire autant parce que c'est un inconnu.

— Qu'est-ce qui te faire dire ça ?

— A l'université, je ne me suis pas cantonnée à mes cours de stylisme. J'ai aussi étudié la psychologie féminine. Depuis la nuit des temps, nous rêvons toutes d'être séduites par un inconnu.

— Un fantasme, murmura Jillian en sentant son cœur se serrer.

Elle songea de nouveau à ses rêveries d'adolescente. Mais aujourd'hui, elle était une femme.

— Pourquoi une femme voudrait-elle être séduite par un inconnu ? demanda-t-elle.

— Parce que cela la décharge de ses responsabilités et de ses craintes d'être jugée. Elle peut explorer son plaisir sans crainte des lendemains.

Elle prit sa coupe et but une gorgée de champagne.

— Ce n'est pas mon fantasme, mentit-elle.

— Je trouve que tu te défends un peu trop pour être honnête, rétorqua son amie au bout de quelques instants.

Elle songea de nouveau au carton à chapeau.

« Attention ! Celui que vous choisirez deviendra réalité. »

— Je suis venue à Haworth House pour travailler, dit-elle.

— Tu sais ce que l'on dit sur le travail sans divertissement ? répliqua Molly.

Debout dans sa chambre, Ian attendait qu'Avery le rejoigne en observant Jillian.

Il était resté à Belle Bay jusqu'à ce que la jeune femme en ait terminé avec le shérif, puis il l'avait suivie jusqu'à l'hôtel en gardant discrètement ses distances. Elle avait passé une heure avec Avery et il avait profité de ce laps de temps pour faire un tour de repérage dans l'hôtel.

Tout l'après-midi, il avait fait de son mieux pour ne pas la perdre de vue tout en restant discret. Mais cela avait été difficile. Même s'ils n'étaient pas entrés physiquement en contact, elle avait eu conscience de sa présence à plusieurs reprises.

Après avoir parlé à Avery, elle avait passé le reste de l'après-midi à visiter les parties communes de l'hôtel et à prendre des notes sur un carnet. Au bar, leurs regards s'étaient croisés brièvement alors qu'il prenait place sur un tabouret pour commander une bière. Une autre fois, elle ne s'était pas retournée, ne lui avait même pas lancé un regard, mais, à la manière dont son corps s'était raidi, il savait qu'elle avait senti sa présence.

Exactement comme cela s'était produit quelques instants plus tôt, lorsqu'il était sorti sur le balcon. Elle s'était retournée juste avant qu'il ait pu faire un pas en arrière et leurs yeux s'étaient croisés. Son beau regard l'avait frappé avec la force d'un coup de poing. Son sang s'était mis à bouillir dans ses veines. L'espace d'un instant, le monde avait cessé d'exister, à l'exception de son désir brûlant pour elle. Il avait donné un coup de poing dans la balustrade et s'était ressaisi.

Mais il avait dû attendre qu'elle se tourne vers son amie pour respirer normalement. Jamais personne ne lui avait fait autant d'effet.

Toute la journée, il l'avait suivie au lieu d'interroger le personnel de l'hôtel, mais cette décision était justifiée. L'acte de vandalisme dont son magasin avait fait l'objet pouvait être en rapport avec les événements qui s'étaient produits à l'hôtel. En revanche, concernant les émotions qui venaient de le bouleverser, qui résonnaient encore au plus profond de son être, il n'avait pas de réponse.

Le cœur battant, il observa ses mains posées sur la rambarde du balcon. Lorsque Jillian s'était tournée vers lui, il s'y était agrippé. Mais qu'avait-il eu l'intention de faire ? L'escalader pour aller la rejoindre en bas, dans la cour ?

Il y avait quelque chose en elle, un lien secret, qu'il n'avait jamais ressenti pour personne d'autre. Pas même pour sa famille. Et cela expliquait peut-être la violence de ses réactions.

Un peu plus tôt, en ville, lorsqu'il avait garé sa voiture, il avait senti les yeux de Jillian posés sur lui avant de croiser furtivement son regard. Et lorsqu'elle était sortie en courant de la boutique et failli le renverser, il n'avait plus eu aucune envie de relâcher son étreinte. Il aurait très bien pu l'embrasser, au beau milieu de la rue.

Il soupira. Quel manque de professionnalisme ! Son expérience des filatures se résumait en effet à ce qu'il avait vu dans les films et lu dans les livres. Et tous ces héros semblaient avoir beaucoup plus de chance que lui. Car, tôt ou tard, il ne pourrait plus se cacher. Et Jillian Brightman n'était pas de nature à fuir les affrontements. Elle vivait à cent à l'heure et il ne serait bientôt plus capable de l'éviter. Mais comment faire son travail en restant terré dans sa chambre ?

Lorsque la confrontation aurait lieu, le résultat allait être… très intéressant, songea-t-il. Elle aurait des questions à lui poser et il devrait lui fournir des réponses. Mais avant toute chose, il devait la protéger.

Car il avait le mauvais pressentiment que Jillian Brightman était en danger.

Soudain, il entendit frapper à la porte et alla ouvrir d'un pas rapide.

Avery entra, l'air grave, et se dirigea directement vers les portes-fenêtres qui donnaient sur le balcon.

— Que pensez-vous de ce qui s'est produit au village ? demanda-t-il d'emblée.

— Je ne suis pas encore certain de « penser » quelque chose, mais j'ai quelques inquiétudes.

— Je croyais que vous alliez pouvoir dissiper les miennes, rétorqua Avery en se tournant vers lui. J'ai promis à Jillian et à Molly de les rejoindre pour le café. Nous avons donc une demi-heure devant nous. En attendant, j'ai demandé à un serveur de les garder à l'œil.

Il invita Avery à s'asseoir sur le canapé.

— Puis-je savoir ce que vous pensez de l'affaire ? demanda Ian.

— L'acte de vandalisme dans son magasin est à mon avis

sans aucun rapport avec ce qui s'est passé ici. Le shérif lui a affirmé qu'il s'agissait d'un acte isolé. D'une bande de voyous qui se sont amusés à tagger le château d'eau près du lycée. Après, ils ont vu un magasin vide et…

— Le shérif est-il au courant des incidents qui se sont déroulés à l'hôtel ? l'interrompit Ian.

— Non, je n'ai appelé que vous.

— Jillian vous a dit ce qui était inscrit sur les murs ?

— Elle m'a dit que les placards étaient par terre et que les murs étaient tachés de peinture, mais elle ne m'a pas donné de détails.

— Vous semblez vouloir vous ménager mutuellement, répondit-il gravement. Miss Emmy Lou m'a fourni quelques renseignements, juste après l'incident.

Avery le regarda d'un air étonné.

— Comment, vous étiez sur place ! s'écria-t-il.

— Oui, même si je n'ai jamais eu l'intention d'être surpris par Jillian lorsqu'elle est sortie en courant du magasin. Je voulais juste garder un œil sur elle. J'ai pourtant veillé à garder mes distances. Lorsque les trois femmes sont entrées dans le magasin, je suis allé dans l'agence immobilière de l'autre côté de la rue et j'ai fait la connaissance de Vivian Thorley.

— Notre reine locale de l'immobilier ! Depuis qu'elle a vendu Haworth House aux sœurs Brightman, son affaire est en plein essor. Il y a des bruits selon lesquels elle aurait triplé ses bénéfices. Elle vient souvent à l'hôtel avec ses clients. Elle est redoutable. J'espère qu'elle n'a rien essayé de vous vendre.

— Non, mais ce n'est pas l'envie qui lui manquait. Pourtant, dès que je lui ai expliqué que j'étais écrivain, son sourire a disparu et elle m'a reconduit à la porte. Elle a dû se dire qu'un écrivain sans le sou ne pouvait pas acheter une maison coûteuse sur la plage. Ensuite, je me suis promené dans la rue en face de l'ancienne librairie, mais j'étais au mauvais endroit au mauvais moment lorsque les trois femmes se sont ruées dehors. D'après Miss Pritchard, le message sur le mur disait : *Partez tant qu'il en est encore temps.*

— Nom d'un chien ! s'écria Avery. Même si Jillian n'était pas là lorsque les autres incidents se sont produits, on dirait bien qu'ils sont dirigés contre elle.

— Oui, c'est exact. Les tags sur un château d'eau, ça peut être de l'art urbain. Mais ce message est trop personnel.

— Je n'y comprends rien, dit Avery en passant nerveusement une main dans ses cheveux.

— Inutile de s'alarmer, j'exagère peut-être. Lorsque j'étais à la CIA, mon travail consistait à imaginer les pires scénarios.

— Mieux vaut prévenir que guérir, murmura Avery.

— Je vais appeler un ami pour demander son aide, un ancien agent de terrain à la CIA. Il s'appelle Cody Marsh. Il s'est installé à son compte il y a plusieurs années. D'habitude, il choisit ses affaires, mais celle-ci peut l'intéresser. Il pourra faire des recherches pour moi. Je ne peux pas passer mon temps derrière un ordinateur et surveiller Jillian en même temps.

— D'accord, dit Avery. Vous pouvez ajouter ses services sur ma note. Que puis-je faire d'autre ?

— Pendant que Jillian sera demain avec le colonel Jenkins, je pense que Jack Ryan pourrait commencer ses recherches. Je vais interroger le personnel, et donner vie à mon personnage. Vous pouvez dire à Jillian pourquoi je suis ici. Comme nous semblons destinés à nous rencontrer, je pense qu'il est préférable qu'elle sache qui je suis ou, du moins, qui je suis censé être.

— Vous avez raison. Je m'en occupe. Autre chose ?

— Que savez-vous de ce colonel Jenkins ?

Avery réfléchit quelques instants.

— Uniquement ce que Jillian m'en a dit. D'après elle, il s'est taillé une solide réputation dans l'industrie hôtelière, essentiellement dans le sud du pays. Pourquoi cela ?

— Simple curiosité. Lorsque j'ai filé ces dames jusqu'à la librairie, j'ai surpris quelques bouts de conversation. D'après Miss Pritchard, le colonel Jenkins est né ici, à Belle Island. S'il s'agit de la même personne, le père du colonel est mort dans des circonstances tragiques. Sa famille a ensuite quitté l'île.

— Jillian ne m'en a pas parlé.

— Peut-être qu'il s'agit de deux Jenkins différents.

Le téléphone d'Avery sonna.

— Allô ? dit-il.

Il remit l'appareil dans sa poche.

— C'était Jillian. Elles m'attendent pour le café.

Songeur, il ouvrit la porte à Avery. Il n'avait pas tout dit au directeur de l'hôtel. Car si Jillian choisissait la confrontation, il avait deux problèmes. Tout d'abord, il devait gérer le flot d'émotions incontrôlables qui le submergeaient en sa présence. Ensuite, il ne savait pas pendant combien de temps il pourrait rester Jack Ryan, l'écrivain. Car cette femme était loin d'être idiote.

5

— Si je comprends bien, dit Cody, tu enquêtes sur trois incidents survenus à l'hôtel et sur un acte de vandalisme dans la boutique que Jillian Brightman a achetée dans le village.

— On peut résumer cela comme ça, répondit Ian.

Il y eut un court silence pendant lequel il entendit son ami prendre des notes.

Profitant de l'occasion, il se déplaça pour observer Jillian, assise dans la cour en contrebas avec Molly et Avery. Il ne sortit pas sur le balcon, mais, à la manière dont son dos s'était raidi, elle avait senti sa présence. Indéniablement, ses sens étaient en harmonie avec les siens et il brûlait d'envie de la toucher. Le jour où cela finirait par arriver, où cela les conduirait-il ? se demanda-t-il en frissonnant.

— Est-ce que le fantôme de Hattie pourrait y être pour quelque chose ? demanda Cody.

Faisant un pas en arrière, Ian dut faire de terribles efforts pour reprendre le fil de la conversation.

— Je n'ai jamais parlé de fantôme, répondit-il avec un petit sourire.

— Non, tu as pris soin d'éviter le sujet. J'ai toujours admiré ta subtilité, MacFarland. Mais l'appât aurait été trop gros si tu m'avais fait miroiter quelque chose de surnaturel, n'est-ce pas ?

Les derniers cas que Cody avait résolus pour le compte de la CIA concernaient justement des événements paranormaux qui n'étaient certainement pas étrangers à sa retraite anticipée, songea-t-il. Depuis, son ami s'était occupé de plusieurs cas présentant des phénomènes similaires.

— Tu devrais savoir que la capture de Michael Davenport par ton frère a fait la une des actualités, continua Cody. Hattie Haworth a même été citée. Nous avons aussi eu droit à une rétrospective de sa carrière cinématographique.

Cette fois, Ian ne put se retenir de rire.

— Ne me dis pas que tu passes ton temps vautré devant la télévision, maintenant !

— C'est devenu un de mes plaisirs secrets depuis que je ne vais plus sur le terrain.

— Menteur.

— D'accord. J'ai fait une recherche sur internet. Et ma question tient toujours. Mais sache que je ne suis pas expert en fantômes.

— Je ne connais personne d'autre qui puisse m'aider, Cody.

— Certains revenants ont la réputation d'être malveillants.

— Pour ne pas dire vraiment mauvais. Chaque fois que je regarde *Poltergeist*, j'ai la chair de poule.

Ian se passa une main nerveuse dans ses cheveux.

— Tu penses vraiment que notre coupable peut être un fantôme ? demanda-t-il, ironique.

— Bienvenue dans mon univers, MacFarland. Et c'est bien ce que tu voulais, quand tu m'as appelé. Je sais comment ton esprit cartésien fonctionne. De façon consciente ou inconsciente, tu voulais écarter les phénomènes paranormaux de ta liste.

Cody avait peut-être raison, mais il avait aussi besoin de parler à quelqu'un. A la CIA, il trouvait toujours un collègue avec lequel confronter ses idées.

— Je ne crois pas que le fantôme soit le méchant dans l'histoire, répondit Ian. D'après Dane, Hattie a été généreuse avec les sœurs Brightman. On dirait même qu'elle désire leur présence. Mon frère m'a assuré qu'elle a aidé Naomi à lui sauver la vie.

— L'a-t-elle vraiment vue ? demanda Cody.

— Non, mais Michael Davenport, oui.

— Intéressant. Ainsi, notre fantôme est sélectif. Il n'apparaît qu'aux personnes de son choix. Tu as probablement raison, ce n'est pas notre coupable. D'après mes recherches, les fantômes sont attachés à un lieu. Si l'on s'en tient à cette hypothèse, Hattie Haworth n'a pas pu se rendre au village et maculer de peinture rouge les murs du magasin. Et le fait de mettre des champignons empoisonnés dans un plat, sectionner les tuyaux du système de la climatisation et accrocher un câble en travers des escaliers sont des activités physiques qui écartent tout être immatériel de notre liste de suspects.

— Quelle brillante démonstration ! s'écria Ian.

— Tu as affaire à un professionnel. Donc…

Ian entendit le stylo de Cody courir sur son bloc-notes.

— Je ne suis pas un grand adepte des coïncidences, continua-t-il. Je pense donc qu'il y a forcément une personne malveillante dans cette histoire. Les principales motivations d'un crime sont l'avidité, l'amour et la survie. Jusqu'à présent, les sœurs Brightman ont connu un succès fulgurant dans leurs affaires. A qui peut bien profiter leur chute ? Ou qui serait heureux de les voir tomber ?

— D'après miss Emmy Lou Pritchard, personne. L'hôtel a boosté l'économie locale et tout le monde profite de leur succès.

— Et pourquoi devons-nous croire miss Emmy Lou ?

— Je pense que je vais l'embaucher comme assistante dans mes recherches. Elle s'occupe de la bibliothèque de la ville et elle est attentive à tout.

— Dis-moi qu'elle est aussi séduisante que les sœurs Brightman.

Ian sourit.

— Peut-être dans ses beaux jours.

— J'aime les femmes un peu âgées.

— Tu aimes encore plus les fantômes. Je peux compter sur ton aide, alors ?

— A une seule condition.

— Laquelle ?

— Après avoir résolu cette affaire, j'aimerais bénéficier d'un séjour gratuit à Haworth House. Je voudrais avoir l'occasion de rencontrer Hattie en personne, si l'on peut dire.

— Je peux t'arranger ça.

— Marché conclu ! Je vais commencer à faire des recherches sur tous les anciens propriétaires de Haworth House. Puis j'approfondirai l'histoire de Hattie Haworth. Je n'ai rien trouvé sur la période qu'elle a passée à Belle Island. Elle a fait construire cette maison et elle y a vécu pendant des années. Peut-être qu'il existe un lien entre le coupable et Hattie ou la maison ?

— Autre chose, intervint Ian. Peux-tu enquêter sur le colonel Samuel Jenkins ! Il a l'intention d'embaucher Jillian comme consultante. Mais j'ai appris qu'il y a déjà eu un Samuel Jenkins sur l'île, mort dans des circonstances tragiques, qui avait un fils, Sam junior.

— Tu penses à un mobile que je n'ai pas encore cité : la vengeance.

— Comment ai-je pu oublier à quel point tu étais perspicace ?

— Il suffit que je te le rappelle.

Dès que Cody eut raccroché, Ian se dirigea de nouveau vers la fenêtre. Mais quand il vit que la table était vide, il se rua hors de la chambre.

Jillian fit un signe de la main à Molly et, dès que sa voiture fut hors de vue, elle tourna les talons, fonça vers le bâtiment et s'engouffra dans la cage d'escalier la plus proche. Comme elle ne voulait pas croiser Avery, elle évita soigneusement la réception. Elle venait de passer une excellente soirée, mais elle avait besoin d'être un peu seule pour réfléchir et elle mourait d'envie de retourner dans la chambre de la tour.

Hattie et elle avaient des choses à se dire. Pendant le dîner, dès qu'elle s'était retournée et qu'elle avait aperçu l'inconnu qui la regardait du haut du balcon, elle n'avait pu sortir de son esprit l'avertissement du carton à chapeau.

« Celui que vous choisirez deviendra réalité. »

Depuis, il résonnait dans sa tête comme une rengaine dont elle n'arrivait pas à se défaire. Il fallait qu'elle en ait le cœur net.

Le fantasme que Naomi avait pioché dans la boîte il y avait un peu plus d'un an s'était réalisé. Et alors ? Cela ne voulait pas dire qu'il allait en être de même pour le sien. La partie d'elle-même qui aimait prendre des risques le désirait plus que tout, mais l'autre partie, celle de la femme d'affaires vouée entièrement à son entreprise, lui conseillait de se concentrer sur son nouveau magasin et sur sa réunion du lendemain avec le colonel Jenkins. Non, elle ne pouvait pas réaliser maintenant son fantasme d'adolescente.

Soudain, à l'étage, une porte claqua. Elle sursauta et se figea quelques secondes en entendant des bruits de pas s'approcher rapidement. Elle ne ressentait pas de la peur, mais du désir, car, bien avant qu'il arrive sur le palier, elle savait de qui il s'agissait.

Même ainsi, elle ne put éviter le choc. Ils vacillèrent quelques secondes sur la première marche, puis l'inconnu pivota et la plaqua contre le mur.

Le sifflement de leur souffle court vibrait autour d'eux. Les secondes s'égrenèrent sans qu'ils esquissent un seul geste. Elle en était incapable. Elle se sentait prisonnière de toutes ses courbes viriles, envahie par un courant de lave qui s'engouffrait dans toutes les parties de son corps, ses muscles, son sang, ses os. Si elle avait eu la force de lever les bras, elle aurait pu le repousser. Et peut-être même l'aurait-il laissée partir. Ou peut-être pas.

Comment le savoir ? Son esprit était embrumé et toute sa force de volonté anéantie. Plus rien n'avait plus d'importance que cet instant. Plus rien n'existait à l'exception de cet homme.

Jamais elle n'aurait pu imaginer qu'entre deux personnes les émotions puissent être aussi violentes. Si impérieuses. Elle pouvait presque sentir son sang battre avec force dans ses veines.

— Si nous persistons à foncer l'un contre l'autre, nous finirons par nous blesser, dit-il d'une voix rauque.

— Il faut donc que ça cesse, répondit-elle dans un souffle.

— C'est ce que vous voulez ? demanda-t-il en suivant de sa main les contours de son visage.

Chaque pression de ses doigts était comme une brûlure.

— Non.

— Que diriez-vous de ça, plutôt.

De son autre main, il la serra un peu plus près de lui et sa bouche descendit lentement vers la sienne. Son souffle balayait ses lèvres d'une brise tiède. Il allait l'embrasser, et elle n'allait rien faire pour l'en empêcher. Pourquoi l'aurait-elle fait, puisqu'elle le désirait ? Où était le mal ? Ils étaient juste deux inconnus. Le fantasme parfait.

Mais le fantasme devint réalité au moment où ses lèvres viriles couvrirent les siennes. L'inconnu ne l'embrassa pas aussi lentement qu'il avait caressé sa joue. Ses lèvres se firent dures, brûlantes, prenant complètement possession d'elle. Elle ne put retenir un gémissement de plaisir lorsque sa langue vint glisser contre la sienne. Elle réussit enfin à bouger, non pour le repousser, mais pour enfoncer ses doigts dans ses épaules afin de l'attirer encore plus près d'elle. Un sentiment de désespoir l'envahit, aussi terrifiant que merveilleux. Plus. Elle en voulait plus.

Ian sut qu'il était perdu dès qu'il l'avait prise dans ses bras. Certes, il leur avait évité une chute sérieuse dans l'escalier. Mais il avait été incapable de la relâcher. Il savait qu'il devait le faire, mais son corps ne lui obéissait plus.

Pas étonnant, songea-t-il. Il l'avait désirée dès le premier instant et, chaque fois qu'ils s'étaient heurtés, son désir n'avait fait qu'augmenter. Ses réticences, voire même son incapacité à battre en retraite, étaient donc compréhensibles.

Toutefois, il aurait pu éviter ce baiser. Ou, du moins, le reporter à plus tard. Il raisonnait toujours avec logique et prudence. Et il y avait tellement de raisons valables *de ne pas* l'embrasser. Mais en sentant les courbes douces de son corps pressées contre les siennes, toutes s'étaient évanouies.

Si elle avait montré le moindre signe de résistance, il aurait pu conserver un soupçon de rationalité. Mais dès l'instant où il avait effleuré ses lèvres, sa logique l'avait abandonné et il était devenu esclave de ses sens.

Sa bouche était une fête au goût étonnant. Il s'attendait à y trouver une saveur douce et délicate, mais pas ce parfum sauvage, riche et exotique. Et chaque fois qu'il caressait sa langue, il découvrait un nouvel arôme.

Un bruit sourd battait à ses oreilles, comme un marteau sur une enclume. Celui de son sang qui bouillonnait dans ses veines. Soudain, elle forma un mot avec sa bouche, qu'il devina sur ses lèvres plus qu'il ne l'entendit.

« Encore. »

Répondant à cet appel, il caressa d'une main fébrile son corps, faisant glisser ses mains le long de ses hanches. Puis il la souleva. Aussitôt, elle enroula ses jambes autour de sa taille et se pressa contre son entrejambe dans une étreinte très intime.

Déconcerté, il sentit quelque chose céder, comme une porte qui s'ouvrait.

Il n'avait jamais rien vécu qui ressemble à cette explosion enflammée de ses sens. Son corps s'embrasa et le désir devint si violent, si aigu, qu'il le transperça.

Eperdu, il fit courir avidement ses mains sur ses courbes. Il la voulait, il la désirait, tout de suite. Il se sentait animé par le besoin désespéré d'un homme qui a faim ou qui a soif. Presque brutalement, il la plaqua encore plus contre le mur et l'embrassa dans le cou.

— Je te veux, dit-il d'une voix grave.

— Oui, répondit-elle en s'arc-boutant contre lui.

— Pas ici…

Mais les mains de Jillian avaient trouvé suffisamment d'espace entre leurs corps pour défaire le bouton de son jean. Dans le silence de l'escalier, ce petit bruit résonna de manière érotique. Il la prendrait donc là, contre ce mur, debout.

Mais, soudain, ils entendirent une porte claquer.

Aussitôt, il se figea, et la partie censée de son esprit reprit le dessus. Un bruit de pas emplit la cage d'escalier, puis un autre.

Dans ses bras, il la sentit se raidir. Elle aussi avait compris qu'ils n'étaient plus seuls. L'invitant au silence, il l'aida à déplier ses jambes et à se remettre sur pied.

— Tout va bien ? demanda-t-il contre ses lèvres.

Deux secondes s'écoulèrent, et deux autres bruits de pas résonnèrent avant qu'elle hoche la tête. Il lui prit le bras et ils descendirent quelques marches. Un homme apparut alors sur le palier et les salua de la tête.

Ian lui rendit son salut.

Puis l'homme les dépassa. Lorsqu'ils eurent atteint le palier suivant, une porte claqua, et ils comprirent qu'ils étaient de nouveau seuls. Il prit alors le temps d'observer Jillian. Ses cheveux étaient décoiffés, ses lèvres gonflées étaient entrouvertes. L'espace d'un instant, il fut tenté de laisser de côté toute prudence et toute raison, et de terminer ce qu'il avait commencé. Ce serait fou, sauvage. Merveilleux. Mais cela ne lui ressemblait pas du tout.

Il trouva alors la force de la relâcher et recula d'un pas. Il avait failli faire l'amour à Jillian Brightman dans la cage d'escalier de son hôtel, réalisa-t-il soudain. Sans réfléchir à la manière dont cet acte pouvait compromettre son enquête ou, pire encore, l'empêcher de la protéger.

Lorsqu'elle croisa son regard, il s'attendait à y trouver de la colère, du reproche, de la gêne ou des questions. Mais il n'y vit que de l'amusement.

— Nous avons failli…, dit-elle avant de pouffer de rire.

— Et il a failli…, répondit Ian en riant à son tour.

— Ce n'est pas très drôle, dit-elle en s'appuyant contre le mur pour garder l'équilibre.

— Non, je suis d'accord avec vous.

Mais ils ne s'arrêtaient pas de rire pour autant. Soudain, un sentiment étrange le traversa. Ce n'était pas de la passion, mais quelque chose qu'il n'arrivait pas à identifier. Quelque chose d'encore plus intime.

Elle leva la tête vers l'escalier.

— Je n'ai jamais rien fait de tel auparavant. Pas dans une cage d'escalier, du moins, dit-elle.

— C'est tout aussi nouveau pour moi, répondit-il sur le ton de la confidence.

Pendant quelques secondes, la tentation de terminer ce qu'ils avaient commencé emplit l'air autour d'eux.

Il serait aisé de la convaincre, songea-t-il. Ou vice versa. Mais ce ne serait pas sage. Pourtant, il ressentit une vive déception lorsqu'elle acquiesça.

— Bien, dit-elle en reculant, j'allais monter et vous alliez descendre.

Puis elle s'éloigna. Le cœur serré, il l'observa gravir les marches. Mais juste avant qu'elle disparaisse de son champ de vision, il lui lança :

— Ce n'est que partie remise !

Elle ne se retourna pas. Et ce ne fut que lorsqu'il entendit la porte se fermer derrière elle qu'il se rendit compte que malgré l'intimité qu'ils avaient partagée, elle ne lui avait même pas demandé son nom.

Jillian ferma la porte du premier étage puis s'adossa contre le mur. En entendant les derniers mots de l'inconnu, ses jambes s'étaient mises à trembler.

« Ce n'est que partie remise. »

A ce moment-là, elle avait dû se faire violence pour ne pas faire demi-tour et remettre ça sur-le-champ.

Puis elle se souvint de ses intentions premières : parler à Hattie avant de choisir quoi faire à propos de…

Elle ferma les yeux. Incroyable. Elle ne connaissait toujours pas son no m !

Pire encore, elle n'était même pas sûre de le vouloir. Car Molly avait raison. Si aucun homme ne lui avait jamais fait un tel effet, n'était-ce pas dû justement au fait qu'il était pour elle un inconnu ?

Prisonnière dans un ascenseur avec un homme beau et passionné, kidnappée par un pirate, combien de fois avait-elle lu ce genre d'histoires ? Rêvé de ces scénarios ? Cela expliquait sûrement pourquoi elle avait réagi de manière si virulente la première fois qu'elle avait vu son bel inconnu.

Profiter des joies du sexe sans les reproches, sans les angoisses, sans les conséquences des relations à long terme. Que rêver de mieux ? Et même s'ils n'étaient pas allés jusqu'au bout, ce qu'elle avait vécu dans l'escalier avait été l'expérience sexuelle la plus excitante de toute sa vie. Elle n'imaginait même pas ce qu'elle aurait ressenti si jamais ils n'avaient pas été interrompus

A cette seule pensée, elle vacilla et prit appui contre le mur pour ne pas flancher. Car maintenant que la question était posée, le champ de tous les possibles s'ouvrait devant elle. Difficile dans ces conditions de se concentrer sur son travail à Haworth House, songea-t-elle.

« Ce n'est que partie remise », avait-il dit.

Bien sûr, elle était toujours débordée. Mais elle savait aussi faire de la place dans son agenda lorsque cela était nécessaire. Elle ferma les yeux et inspira profondément. Avant d'oublier toute prudence, elle devait réfléchir. Et il fallait qu'elle parle à Hattie.

D'un pas décidé, elle traversa le couloir et saisit le code qui ouvrait la porte de la tour. Puis elle actionna l'interrupteur et monta l'escalier en colimaçon. En entrant dans le boudoir, ses yeux se posèrent sur la ravissante lampe Tiffany qui ornait une petite table et les grandes fenêtres qui perçaient les murs voûtés, et qui formaient un cadre parfait au ciel, parsemé d'étoiles.

Comme Hattie avait dû aimer cette pièce, se dit-elle. Elle et ses sœurs avaient refusé de la louer avec les autres chambres. Elles avaient préféré prendre leurs quartiers au premier étage de la tour et avaient transformé le boudoir en bureau.

L'architecte qui avait rénové la demeure avait divisé la pièce en deux parties : une avec trois bureaux et une autre meublée comme un salon, avec la petite table style Louis Philippe qui avait trôné dans le boudoir de Hattie.

Demain, elle viendrait de bonne heure pour y préparer sa réunion avec le colonel Jenkins et son fils. Elle comptait même terminer la visite de l'hôtel par cette pièce. Sans perdre de temps, elle se dirigea vers le levier caché dans le mur et ouvrit la chambre secrète de Hattie. La lumière s'alluma automatiquement lorsqu'elle fit coulisser le panneau.

Délicatement, elle souleva le carton à chapeau, l'emporta vers le miroir biseauté puis s'assit en tailleur à même le sol. Puis elle leva la tête vers son reflet.

— Hattie, j'ai besoin d'aide, dit-elle.

Rien.

Elle fixa le miroir, guettant la lueur qu'elle avait vue lors de sa première visite ainsi que lorsque ses sœurs et elle étaient venues porter un toast à leur avenir.

Toujours rien.

— Ecoute, c'est toi qui as choisi de me révéler la présence de cette boîte à fantasmes. Je n'en aurais jamais rien su si tu n'avais pas déclenché l'ouverture de la porte, la première fois que je suis venue. Même si j'ai lu beaucoup d'histoires de détectives dans ma jeunesse, il ne me serait jamais venu à l'esprit d'inspecter les murs à la recherche d'un panneau secret. Et pourquoi avoir caché cette boîte, d'ailleurs ?

Elle se tourna vers le carton à chapeau. Pourquoi Hattie l'avait-elle mis dans cette pièce, à l'abri des regards ? Ses sœurs et elle n'avaient pas eu beaucoup de temps pour élaborer des théories depuis ce jour où elles étaient venues trinquer au succès de l'hôtel.

Lorsqu'elle leur avait révélé l'existence de la pièce secrète et du carton à chapeau, Naomi avait été désignée pour tirer la première une enveloppe, mais celle-ci avait insisté pour qu'elles le fassent toutes les trois en même temps.

Reese avait trouvé son fantasme très charnel, Naomi n'avait rien dit du tout. Et Jillian ne leur avait jamais avoué qu'elle avait déjà pioché une enveloppe le jour où elle avait découvert la boîte.

Finalement, Naomi leur avait dévoilé le sien, qui était aussi le plus tabou : faire l'amour avec un prêtre. Certes, Dane n'était pas vraiment prêtre, puisque c'était la couverture qu'il avait choisie pour venir sur l'île afin d'arrêter l'ex-fiancé de Naomi. Mais aujourd'hui, Dane et elle étaient amoureux. Son fantasme s'était donc réalisé, même si Jillian et Reese n'avaient toujours rien dit du message que contenait leur enveloppe.

C'était leur secret.

Jillian regarda de nouveau dans le miroir.

Quel était celui de Hattie ?

— Les fantasmes de cette boîte sont-ils adaptés à chaque personne ? Dans ce cas, comment pouvais-tu savoir quels étaient les nôtres ?

Surtout qu'avant de piocher cette enveloppe, Jillian n'avait plus songé à ce fantasme depuis des années.

— Tu sais, on étudie les fantasmes sexuels des femmes à l'université, maintenant. Peut-être que je devrais leur envoyer la boîte ?

Elle ne vit rien briller dans le miroir, mais elle aurait juré que le bruit de la mer en contrebas s'était soudain amplifié.

Elle observa la boîte.

— Etaient-ce tes fantasmes ou ceux d'une autre personne ?

Au début, en observant le décor d'origine du boudoir, elle s'était demandé si Hattie Haworth n'avait pas dirigé une maison close, privée et luxueuse. La boîte à fantasmes aurait pu être utilisée par les clients. Le commerce du sexe existait depuis la nuit des temps, et les petites villes n'étaient pas épargnées. Dans ce cas, Hattie et ses clients s'étaient montrés très discrets.

Mais pourquoi avoir caché la boîte à fantasmes derrière un panneau secret ? Il avait certainement été conçu pour protéger quelque chose, conclut-elle en se tournant vers la pièce dérobée.

Ou quelqu'un ?

Mais elle n'était pas venue pour répondre à ces questions.

— D'accord, dit-elle, contrariée. Ne me dis rien. Mais je découvrirai pourquoi tu as fait construire une pièce secrète pour n'y cacher que cette boîte.

Elle inspira puis expira profondément.

— Et je vais également essayer de savoir ce que je vais faire avec le fantasme que j'ai choisi.

Si Hattie ne voulait pas l'aider, elle s'en sortirait toute seule.

— Mais d'abord, jamais deux sans trois, dit le proverbe.

Soulevant le couvercle de la boîte, elle mélangea les enveloppes et en piocha une.

C'est à peine si elle vit ses mains trembler, ainsi que la petite lueur dans le miroir. Toute son attention était centrée sur le bout de papier qu'elle dépliait.

« Vous éprouverez le délicieux frisson d'être séduite par un inconnu. »

Soudain, un flot d'émotions l'envahit, un mélange de peur, de désir et d'excitation. Et elle dut mobiliser tous ses efforts pour se contrôler.

Une petite voix intérieure, sournoise et moqueuse, la railla : jamais deux sans trois, jamais deux sans trois, jamais deux sans…

Cette fois, au lieu de remettre le pli dans la boîte, elle le glissa dans sa poche. Puis elle plaça le carton à chapeau dans la chambre secrète et ferma la porte. Molly avait raison. Ce fantasme présentait beaucoup d'attraits.

Et l'inconnu aussi. Personne ne lui avait jamais inspiré un tel désir. Son corps répondait au sien comme avec aucun autre homme. Elle serait idiote de s'en éloigner.

Et elle n'en avait nullement l'intention.

Un plan commençait déjà à se former dans son esprit tandis qu'elle descendait l'escalier.

6

Une heure plus tard, Ian arpentait le hall à présent désert. La promenade qu'il avait faite dans le jardin ne lui avait ni sorti Jillian de la tête ni apaisé les sens. En sentant la brise de l'océan fouetter son visage, il avait réussi à accéder à la partie rationnelle de son cerveau, mais son côté logique ne lui apportait plus le réconfort habituel.

Cette femme était si différente de lui ! Pourtant, il l'avait désirée dès le premier instant où il avait croisé sa route, et son désir pour elle n'avait fait que croître chaque fois qu'il l'avait vue ou touchée. Il n'était pourtant pas de nature impulsive, mais elle avait réussi à l'émouvoir d'une manière jusque-là inconnue.

D'un seul baiser, elle l'avait entraîné beaucoup plus loin que toutes ses expériences passées. Il repensait encore à cette chaleur fulgurante qui avait envahi son corps, au plaisir qui l'avait transpercé. Il avait même perdu le contrôle de lui-même, comme à cet instant, dans l'escalier, où il n'avait plus du tout été certain de pouvoir se maîtriser.

Même maintenant, il ne pouvait chasser de son esprit ce qu'il avait ressenti lorsque le corps souple de Jillian s'était serré contre le sien, lorsque ses mains s'étaient agrippées à ses épaules, lorsque sa bouche avait exprimé tout son désir. Et il ne pouvait cesser d'imaginer jusqu'où elle l'emmènerait lorsqu'ils finiraient par faire l'amour ensemble.

Mais il devait être capable de se raisonner, et cette promenade au bord de la falaise lui avait fait beaucoup de bien. Car de nombreux obstacles se dressaient entre eux.

Tout d'abord, elle ne savait même pas qui il était vraiment. Et Avery, qui l'avait engagé, ne souhaitait pas qu'il lui dévoile son identité. Il y avait ensuite ce vague pressentiment qu'elle était en danger. Un danger encore indéfini, mais qui pouvait très bien prendre de l'ampleur. Autant de bonnes raisons pour garder ses distances, et se borner à son travail.

Indécis, il se dirigea vers les baies vitrées du hall qui donnaient sur l'arrière du jardin et le labyrinthe. Non, il ne se sentait pas encore prêt à regagner sa chambre. Car il n'était pas certain de résister à la tentation de frapper à la porte de Jillian.

Pourtant, il devait rester sur ses gardes, car elle était beaucoup trop différente de lui sur le plan émotionnel, et c'était sans doute la seule raison valable de ne pas aller la rejoindre. Jusqu'à présent, dans sa vie, il avait réussi à garder une certaine distance avec les femmes. Et il n'avait pas besoin de suivre une analyse pour comprendre pourquoi.

Le jour où sa famille lui avait été littéralement enlevée était inscrit au fer rouge dans sa mémoire. Il revoyait encore le visage impassible des personnes qui étaient entrées dans leur appartement et qui les avaient conduits à l'Assistance publique.

Une dame leur avait expliqué ce qui s'était passé. Leur mère était décédée. Et malgré ses questions, elle n'avait pas voulu leur dire ni pourquoi ni comment. Ce n'est que dans le premier foyer où il avait été placé qu'une dame âgée au regard patient lui avait donné les informations qu'il attendait.

Sa mère était morte d'une rupture d'anévrisme. Elle avait employé ce terme, si savant pour un petit garçon de son âge, car elle avait senti son besoin de connaître la vérité. Elle avait même cherché pour lui la définition dans un dictionnaire.

Elle lui avait aussi expliqué que pour leur assurer à tous le meilleur avenir, il était préférable de les séparer. Aucune famille ne pourrait les adopter tous les quatre.

Mais jamais il n'avait pu comprendre cette décision. Et il n'avait plus jamais revu sa famille jusqu'à ce que Dane le retrouve à la CIA pour lui proposer de travailler avec lui.

Il savait très bien pourquoi il avait toujours dressé une barrière émotionnelle entre lui et les femmes. S'il ne s'impliquait pas trop, les séparations étaient plus faciles à gérer. Mais il était certain que cette barrière commençait à présenter des brèches avec Jillian.

Et il savait également qu'il était prêt à sauter le pas. L'analyse était sa spécialité. Toute la journée, il calculait des probabilités. Et les tentations auxquelles il était soumis allaient faire voler en éclats tous ses principes.

Il espérait juste pouvoir différer l'inévitable jusqu'à ce qu'il ait trouvé la raison des événements étranges qui sévissaient à l'hôtel. Fort de cette idée, il se dirigea d'un pas rapide vers la salle du restaurant. D'après les informations que lui avait données Avery, le jeune chef qui était en cuisine arrivait de bonne heure et partait tard.

Il poussa les portes à doubles battants et fut surpris de pénétrer dans un univers si sophistiqué. La pièce, tout en longueur, était scindée en deux par un immense plan de travail en inox et en acier inoxydable. Le métal brillait sur les murs où s'alignaient les réfrigérateurs, les fours et les meubles de rangement. De larges éviers et des cuisinières à huit feux trônaient sur les îlots centraux. Il ne fallait pas être un spécialiste pour comprendre qu'il s'agissait d'un équipement de pointe.

Le seul occupant de la pièce était assis sur un tabouret à l'autre bout du plan de travail. Il leva la tête en voyant Ian approcher.

— Puis-je vous aider ? demanda le jeune homme.

Même avec ses lunettes qui lui donnaient un air sérieux, on lui donnait à peine vingt-cinq ans. Il se tenait devant un bloc-notes, un menu et un stylo à la main. Sur sa blouse était brodé son nom : Jarrell.

D'un pas décidé, Ian s'avança vers lui et lui tendit la main. C'était exactement la personne à qui il souhaitait parler.

— Je m'appelle Jack Ryan, dit-il en souriant. M. Cooper vous a certainement parlé de moi.

Jarrel serra la main qu'il lui tendait.

— Oui, vous êtes écrivain et vous faites des recherches sur Haworth House.

Le jeune homme l'invita à prendre place près de lui sur un tabouret.

— Je me cantonne dans la cuisine ici, continua-t-il. Si vous êtes là pour trouver des informations sur notre fantôme local, je ne vous serai pas d'une grande aide.

— J'ai déjà des informations sur le fantôme.

Jarrell posa son stylo.

— Je ne vois pas en quoi je peux vous aider, monsieur Ryan.

— Vous l'avez déjà fait, répondit Ian en jetant un regard admiratif autour de lui. Ce lieu est déjà une merveille à décrire.

Le visage du jeune homme s'éclaira.

— Il est étonnant, n'est-ce pas ? C'est Reese Brightman, une des propriétaires de l'hôtel, qui l'a conçu.

Ian étudia le carnet en face de Jarrell et les pages éparpillées tout autour de lui.

— Je vois que vous êtes très occupé.

— Oui, répondit le jeune homme, soudain beaucoup plus détendu. Nous changeons de menu tous les mois. Ça demande beaucoup de travail.

— Si vous avez un peu de temps, j'aimerais vous poser quelques questions. Sauf si vous préférez que je revienne à un autre moment.

— Non, ça ira. M. Cooper m'a demandé de vous aider.

Ian garda le silence quelques instants. Son but était de réunir des informations sur les incidents sans alarmer le personnel. Mais il avait le sentiment que Jarrel avait de l'estime pour Reese et qu'une approche directe était la meilleure solution.

— Outre l'histoire du lieu et de sa propriétaire d'origine, dit Ian, je m'intéresse aussi au présent. M. Cooper m'a dit que vous avez eu des problèmes il n'y a pas très longtemps avec des champignons empoisonnés.

— Comment ? s'étonna Jarrell. M. Cooper vous en a parlé !

— Oui. Il m'a dit aussi que c'était vous qui aviez découvert le pot aux roses. Vous devez avoir un œil très exercé pour les avoir remarqués. Tous les champignons se ressemblent, à mes yeux.

— J'ai été lauréat de ma promotion en botanique lorsque

j'étais à l'université. Et je me demande encore comment ces champignons sont arrivés dans ma cuisine. On ne les trouve pas dans le commerce et, pourtant, ils étaient emballés comme les autres. Heureusement, j'ai l'habitude de déballer tous les aliments que je commande. Sans cette précaution, aucun doute que nos clients auraient été très malades.

— Et où commandez-vous vos champignons ?

— Chez un grossiste de Portland. Je les ai appelés et ils m'ont assuré que les champignons ne venaient pas de chez eux. Je suis le seul à qui cela est arrivé.

— Vous avez une idée de la manière dont on a pu substituer la marchandise ?

— J'y ai beaucoup réfléchi. C'était certainement quelqu'un qui savait comment fonctionnait la cuisine.

— Vous pensez que cette personne fait partie du personnel ?

— Non, personne ici ne ferait une chose pareille.

Mais la lueur d'inquiétude qui traversa son regard ne lui échappa pas.

— Peut-être que l'échange a eu lieu entre le moment où la commande a été déchargée du ferry et celui où elle a été acheminée ici, avança prudemment Ian.

— Impossible. Nous contrôlons toute la chaîne. Aucun membre du personnel ne chercherait sciemment à faire du mal aux sœurs Brightman.

Soudain, le visage de Jarrell se ferma, comme s'il en avait trop dit.

— Mais si jamais je découvre quelque chose, ajouta-t-il, c'est M. Cooper que j'irai trouver.

— Je comprends, répondit Ian.

Malgré ce qu'il venait d'entendre, il restait persuadé que seule une personne de l'hôtel avait pu agir. Sachant qu'il n'obtiendrait aucune autre information, il se leva.

— Merci pour votre aide, ajouta-t-il chaleureusement.

Sans cesser de réfléchir à toutes les possibilités, il se dirigea ensuite vers le hall et monta l'escalier. Il suffisait au criminel de dérober des emballages dans les poubelles. Une fois les champignons soigneusement rempaquetés, il n'avait plus qu'à distraire quelques secondes la personne chargée de réceptionner les commandes pour placer le paquet de champignons empoisonnés dans un des cartons.

Simple comme bonjour. Mais qui parmi le personnel allait chercher les commandes au ferry ? Il le saurait bientôt.

Poussant enfin la porte de sa chambre, il entra et sentit quelque chose crisser sous ses pieds. Une enveloppe !

Curieux, il se pencha et s'en saisit. On aurait dit un document ancien et un peu jauni. Sans tarder, il l'ouvrit et en sortit un bout de papier.

Il s'agissait également d'un parchemin. Il le déplia et lut le message.

« Vous éprouverez le délicieux frisson d'être séduite par un inconnu. »

Jillian faisait les cent pas dans sa chambre. A cette heure, l'inconnu avait certainement reçu son message, songea-t-elle, anxieuse. Voilà plus d'une heure qu'elle avait glissé l'enveloppe sous sa porte, les mains tremblantes et le cœur battant. S'il avait été dans sa chambre, aucun doute qu'il l'aurait entendue.

Dans sa vie, elle avait déjà agi de façon impulsive un nombre incalculable de fois. Mais elle n'avait jamais rien fait de cet ordre-là. Elle était allée glisser l'enveloppe contenant le fantasme directement après avoir quitté la chambre de la tour pour ne pas être tentée de se raviser.

Car elle désirait cet inconnu, et il la désirait en retour. S'ils avaient passé ne serait-ce qu'une seule nuit ensemble, peut-être aurait-elle pu oublier son fantasme. Ou l'oublier, lui.

Mais voilà une heure qu'elle se sentait comme Juliette, attendant sur son balcon que Roméo vienne la chercher. Sauf que le sien n'était pas venu. Et elle était seule avec son angoisse, ses pensées. Et sa peur d'être rejetée.

Minuit passé, constata-t-elle en regardant sa montre. Il avait largement eu le temps de revenir dans sa chambre et de découvrir son message. De son côté, elle avait eu tout le loisir de prendre une douche et de choisir à tête reposée ce qu'elle allait porter.

Après tout, elle ne s'était jamais habillée pour être séduite par un inconnu auparavant. Elle observa les bougies qu'elle avait allumées pour l'occasion. Le décor était planté. Il ne manquait plus que son bel inconnu.

Sauf qu'il n'était pas là. Anxieuse, elle porta une main à sa poitrine.

Elle ne s'était pas trompée de chambre, aucun doute là-dessus. Celle-ci se trouvait bien au premier étage, un balcon à gauche en dessous du sien. Elle ferma les yeux, visualisant la petite suite à deux pièces qu'il occupait. La première contenait un lit à baldaquin et une armoire de bois satiné qu'elle affectionnait tout particulièrement. La seconde accueillait un petit lit en fer forgé. L'homme était grand et elle savait déjà où il avait choisi de dormir. Elle l'imagina, étendu en travers du matelas.

S'était-il endormi rapidement ?

Elle se tordit nerveusement les mains. Il y avait bien une explication, songea-t-elle. Peut-être n'avait-il pas trouvé le message ? Ou bien ne l'avait-il pas compris ? Elle aurait dû écrire « Ce n'est que partie remise » sur l'enveloppe.

Mais il avait aussi pu changer d'avis.

Comme d'habitude. Comme tous ces hommes qui l'avaient abandonnée. Elle avait eu beaucoup de petits amis dans sa vie, tous très différents : un joueur de football, un professeur d'université, un négociant d'art qui lui avait transmis sa passion, un pilote de course. Mais tous avaient un point commun : ils s'étaient fatigués d'elle et ils étaient partis.

Parfois, elle avait l'impression de porter une date d'expiration.

Déçue, elle s'apprêtait à sortir de nouveau sur le balcon quand, soudain, ses sens se mirent en alerte, si violemment qu'elle s'arrêta net et chancela. Il était là, sur le balcon. Un frisson délicieux la parcourut de la tête aux pieds. Elle se déplaça légèrement vers la droite pour mieux l'observer. Il était allongé sur une chaise longue, un ordinateur portable posé sur les genoux et l'enveloppe qu'elle lui avait remise glissée dessous.

Apparemment, il avait reçu son message, songea-t-elle, le feu aux joues. Et il connaissait très bien l'expéditeur. Il ne fallait pourtant pas être un fin limier pour trouver le chemin de sa chambre. Mais entre leur baiser dans l'escalier et maintenant, il avait manifestement décidé de faire marche arrière.

Parfait.

Elle saurait assumer la situation, et faire avec. Mais pas sans savoir pourquoi. Franchissant le seuil de la porte-fenêtre, elle sortit sur le balcon.

Mais l'inconnu était parti.

Ian entra rapidement dans sa chambre et posa son ordinateur portable sur la table de nuit. Cela faisait presque une demi-heure qu'il attendait sur la chaise longue que Jillian se manifeste. Il était pourtant certain que le message énigmatique qu'elle avait glissé sous sa porte signifiait bien ce qu'il avait compris.

« Vous éprouverez le délicieux frisson d'être séduite par un inconnu. »

Bien sûr, il en saisissait l'essentiel. Il avait été entraîné à analyser les messages codés.

Jillian Brightman voulait qu'il la séduise. Voilà ce que signifiait certainement cette lettre.

Tout message écrit contenait trois éléments importants : l'expéditeur, le destinataire et la finalité. Il savait sans l'ombre d'un doute que le parchemin venait d'elle. Il portait encore son odeur, cet effluve qui l'avait poursuivi depuis qu'il s'était approché d'elle sur la route, ce matin-là. Elle avait eu le temps de glisser l'enveloppe sous sa porte pendant qu'il se promenait dans le jardin ou qu'il parlait à Jarrell.

Ensuite, ce message lui était évidemment destiné. Elle savait où se trouvait sa chambre, car elle l'avait vu sur son balcon un peu plus tôt dans la soirée.

Mais quelle était sa finalité ? Il observa attentivement le pli qui n'avait pas quitté sa main. Il était vieux et fané, orné d'une belle écriture à l'anglaise. Peut-être avait-elle voulu donner à la situation une tournure à la fois mystérieuse et romantique ? Et de toute évidence, elle voulait réaliser ce fantasme — être séduite par un inconnu — avec lui.

Prenant une profonde inspiration, il ferma les yeux. Sans doute réfléchissait-il trop. Mais dans ce cas, comment pouvait-il être certain qu'il n'interprétait pas les choses à la lumière de ses propres désirs ? Car il la désirait plus que de raison.

Lorsque son téléphone portable vibra, il vérifia l'appelant et l'ouvrit.

— J'interromps quelque chose d'important ? demanda aussitôt Cody.

— Non.

— Tu commences à manquer de flair, mon vieux. J'ai fait des recherches sur les Jenkins. Le père se nomme Samuel Jenkins deuxième du nom, mais il se fait appeler « colonel ». Son fils s'appelle aussi Samuel, mais il utilise son deuxième prénom, Matthew. Le colonel est celui qui nous intéresse vraiment. Il s'agit d'un ancien militaire qui a pris sa retraite à cinquante ans. Il a ensuite acheté son premier hôtel. Matthew était déjà diplômé d'une école hôtelière et est allé travailler avec son père. Ces quinze dernières années, ils ont acquis une douzaine de petits établissements, et leur succès leur a valu plusieurs articles dans la presse économique.

— Tu ne m'appellerais pas à minuit passé si c'était tout ce que tu avais à me dire.

— C'est le premier Samuel, le père du colonel, qui va t'intéresser. Non seulement il est né et a vécu à Belle Island, mais encore il est mort à trente ans. Il est tombé d'une falaise près de Haworth House. Officiellement, sa mort a été considérée comme un suicide. Le gars a même laissé une lettre, mais je n'ai pas encore réussi à trouver son contenu. Au milieu des années 1950, les informations n'étaient pas classées comme aujourd'hui. Peut-être que les gens du pays t'en diront plus.

— Merci, Coddy.

Mais son ami se contenta de bâiller bruyamment avant de raccrocher.

Soudain, un bruit venant de l'extérieur attira son attention. On aurait dit un tressaillement assorti d'un long frisson. Jillian était là.

Son regard se porta de nouveau sur l'enveloppe serrée entre ses mains. Il n'y avait qu'un seul moyen de savoir si ses déductions étaient justes. Posant le parchemin sur son lit, il sortit sur le balcon et s'immobilisa en scrutant l'obscurité.

Jamais il n'avait eu encore l'occasion de la regarder. A chacune de leurs rencontres, soit elle était dans ses bras, soit il brûlait d'envie de la serrer contre lui.

Elle portait une robe bleue cintrée à la taille. Ses cheveux, soigneusement brossés, étaient retenus par un ruban. Les mains posées sur la balustrade en pierre, elle semblait absorbée par la contemplation de l'océan.

Baignés par le clair de lune, les traits de son visage lui parurent encore plus délicats, de même que ses mains. Pourtant, son corps mince respirait la force et la détermination. Et ce contraste le fascinait et l'attirait irrésistiblement vers elle.

L'espace d'un instant, il se concentra sur son profil. Son menton était fièrement levé, ce qui lui apparaissait maintenant comme une caractéristique chez elle. Elle affrontait les défis la tête haute. Ses yeux glissèrent ensuite de son visage vers sa taille, s'attardant sur chaque partie de son corps, la courbe de sa joue, l'angle de son cou et de ses épaules, son buste étroit. Et son dos. Il se souvint comment elle s'était raidi chaque fois qu'elle avait senti son regard posé sur elle, comme si ses sens étaient connectés aux siens. Il avait déjà ressenti le besoin impérieux de la toucher, mais maintenant…

Il la couva de nouveau du regard, se remémorant cette fois toutes les sensations qui l'avaient submergé un peu plus tôt, dans la cage d'escalier. La manière dont elle avait gémi contre ses lèvres, la brûlure de sa joue contre sa peau et la courbe de ses épaules sous ses paumes. Sa taille si mince, qu'il avait enlacée d'une seule main avant de la serrer si intimement contre lui.

Un sentiment aussi brut que primitif le transperça comme une lance et il s'appuya contre le mur pour ne pas chanceler.

Un seul regard sur elle suffisait à le déstabiliser. A l'affaiblir, comme aucune autre femme avant elle. Soudain, comme un arc, il vit son corps gracieux se tendre.

C'était certain. Elle savait qu'il était là. Mais ressentait-elle la même chose que lui ?

Il était perdu dans ses réflexions lorsqu'elle leva la tête vers son balcon. Et au moment où leurs yeux se croisèrent, il franchit le seuil de la porte-fenêtre.

— Vous ! s'écria-t-elle.

Il sourit au ton accusateur de sa voix.

— Je pourrais en dire de même, répondit-il.

Elle redressa le menton d'un air de défi.

— Vous étiez là il y a quelques instants, puis vous êtes rentré.

— Je vous ai attendue, mais vous n'êtes pas venue.

— Mais vous avez eu mon message, dit-elle d'un air fâché. J'ai été stupide de croire que vous alliez le comprendre. C'est mon fantasme, et j'étais si pressée que…

— Attendez ! l'interrompit-il en levant les mains.

Il venait d'avoir une idée extraordinaire. Si elle voulait être séduite…

— Ne dites plus rien ! ajouta-t-il.

Il poussa une chaise vers la balustrade.

— Sauf si vous avez changé d'avis, continua-t-il.

— Non, répondit-elle d'un air grave.

Il sentit son pouls s'accélérer et son cœur battre plus fort en la voyant fermer les yeux, tremblante. Il savait ce qu'elle ressentait, il connaissait ce petit pincement douloureux lié à la tentation et au risque. Et le risque qu'elle prenait était encore plus grand que le sien car, pour elle, il n'était qu'un inconnu.

— Ne bougez surtout pas ! s'écria-t-il. J'arrive tout de suite.

Il n'avait pas été entraîné à escalader les balcons lorsqu'il était à la CIA, mais il se servit de la chaise comme d'un escabeau et monta sur la balustrade. Il calcula rapidement la distance qui le séparait de son balcon, étendit les bras, plia les genoux et sauta.

Ses doigts s'agrippèrent à la balustrade du balcon supérieur et il se suspendit dans le vide. Les mains de Jillian agrippèrent ses poignets, mais déjà il se hissait et passait une jambe par-dessus la rampe en pierre. L'instant d'après, il était de nouveau à deux pas de la femme qu'il désirait.

7

Jillian le regardait fixement, les yeux écarquillés, le cœur battant.

— Vous venez de…

— Oui.

Il affichait un sourire triomphant.

Elle lâcha ses poignets et recula de deux pas. Mais lorsqu'il s'avança vers elle, elle fut saisie de peur.

— Nous pouvons aller dans ma chambre la prochaine fois, dit-il d'une voix hésitante. Sauf si…

Il regarda la balustrade, puis se tourna vers elle.

— Je peux vous balancer vers mon balcon et vous y rejoindre d'un bond.

— D'un bond ?

Elle n'en revenait pas. Cet homme venait d'escalader un balcon et l'excitation qu'elle avait ressentie en le regardant faire ne l'avait toujours pas quittée. A présent, il envisageait de recommencer, mais dans l'autre sens, en l'emmenant avec lui !

— Non, dit-elle en levant une main. Et il n'y aura pas de prochaine fois. Le message…

— L'invitation, rectifia-t-il.

— Oui. Elle n'est valable qu'une seule nuit.

— Votre fantasme ne vaut qu'une seule fois ?

— Tout à fait. Pas de regrets, pas de complications. Est-ce clair ?

— Comme de l'eau de roche.

— Alors vous pouvez entrer.

Elle pivota et trébucha sur le seuil de la porte. Elle sentit des mains puissantes la saisir par la taille et l'homme l'emmena dans la chambre. Lorsqu'il la relâcha, elle ressentit une étrange sensation de manque.

Retrouvant l'équilibre, elle leva son visage vers le sien.

— Vous avez allumé des bougies, dit-il en étudiant la pièce.

— J'aime ça.

Il plongea son regard dans le sien.

— Vous m'attendiez, dit-il en plongeant son regard dans le sien.

— J'aime être préparée aux événements.

De nouvelles vagues de plaisir l'assaillaient à mesure qu'elle continuait de battre en retraite. Lui ne cessait d'avancer. Elle ne s'arrêta que lorsqu'elle sentit dans son dos le montant du lit. Elle ne pouvait plus s'enfuir. Mais ce n'était pas non plus dans ses intentions.

Il saisit une mèche de ses cheveux et l'enroula autour de son doigt.

— Qu'est-ce que vous voulez d'autre, à part vous préparer aux événements ? demanda-t-il.

Vous, songea-t-elle. Elle désirait la présence de cet homme, cela ne faisait aucun doute. Et elle voulait aussi qu'il lui fasse l'amour, et réciproquement. Toutefois, elle n'avait jamais pensé aux détails. Et sa proximité, son odeur l'empêchaient de réfléchir.

— Je n'avais qu'une vue d'ensemble de mon fantasme, dit-elle, la bouche sèche.

— Alors laissez-moi m'occuper du reste, répondit-il en souriant. Ça tombe bien, je suis un homme de détails.

Il abandonna sa mèche de cheveux pour faire glisser son doigt le long de sa gorge et s'attarda là où son pouls battait le plus fort.

— Tu préfères que j'aille doucement, rapidement, ou entre les deux ?

— Comme tu voudras, répondit-elle d'une voix faible. En fait, je préfère tout.

— D'accord, commençons par ceci alors.

Il détacha le ruban de ses cheveux.

Elle retint son souffle, secouée par un élan de désir, tandis qu'il passait ses doigts dans ses boucles.

— Et maintenant, ceci, murmura-t-il.

Il saisit la ceinture de son peignoir et la dénoua.

— J'attends ce moment depuis l'instant où je t'ai vue debout sur ton balcon, continua-t-il.

Il fit glisser le vêtement le long de ses bras. Sa voix était grave et rauque.

— En parlant de détails, j'aime beaucoup celui-ci.

Son soutien-gorge. Elle pouvait sentir la brûlure de son regard sur sa poitrine. Le vêtement était en dentelle bleu pâle et elle l'avait choisi pour lui. Depuis qu'elle avait quitté la chambre de la tour et glissé le parchemin sous sa porte, elle n'avait cessé de penser à lui, d'espérer qu'il vienne la rejoindre.

— J'imaginais que tu serais nue sous ton peignoir, dit-il. Mais c'est encore mieux.

Il passa son long doigt sur la dentelle qui épousait ses seins.

— Pour l'instant, ajouta-t-il.

Puis il baissa la tête et son regard se troubla lorsqu'il passa une main sur son ventre, vers le petit triangle en dentelle bleue de son string. Il l'effleurait plus qu'il ne la touchait, mais cette caresse lui fit l'effet d'une brûlure. Elle sentit son corps se liquéfier et vacilla. Sans réfléchir, elle passa les mains derrière son dos et se rattrapa au montant du lit, à la fois surprise et émerveillée par ces délicieuses sensations.

Car d'une main habile et sûre, l'inconnu concentrait à présent ses caresses entre ses cuisses, là où ses chairs étaient le plus sensibles.

Un éclair de plaisir intense la transperça et son corps se raidit. Serrant ses doigts encore plus fort autour du cadre du lit, elle se hissa sur la pointe des pieds et s'arc-bouta. Mais l'inconnu retira sa main, et elle faillit pousser un cri de protestation.

— Les dessous sexy ont toujours été mon point faible, murmura-t-il contre son oreille, mais je préfère encore plus ta façon de réagir. Passons aux choses sérieuses.

Il la fit pivoter et dégrafa son soutien-gorge. Comme un pantin dépourvu de volonté propre, elle resta immobile pendant qu'il faisait glisser les fines bretelles le long de ses bras. Bientôt, son string ne fut plus qu'un minuscule amas de tissu autour de ses chevilles. Il l'aida à se dégager de ses dernières entraves, puis vint se placer en face d'elle.

— Je veux juste te regarder, dit-il en saisissant ses poignets et en levant ses bras contre le montant du lit. Nous n'avions pas le temps, dans l'escalier. Mais toute la journée, j'ai regardé ton dos en rêvant de toucher ton corps.

Il souleva la masse soyeuse de ses cheveux et les ramena délicatement vers une épaule. Puis, d'une main langoureuse, il caressa ses seins gonflés de désir. Une onde de plaisir traversa son corps et elle dut se retenir encore plus fort à la structure du lit pour ne pas tomber. La réalité dépassait de loin son fantasme.

Comment aurait-elle pu imaginer le plaisir inouï de s'abandonner à ses caresses ? De sentir ses mains parcourir lentement et délicatement ses hanches, ses cuisses, ses mollets jusqu'à ses chevilles ? Son être était devenu sensible à tout, y compris à la chaleur de la bougie dont la flamme vacillait sur sa table de nuit. Chaque parcelle de son corps devenait extrêmement réceptive, comme si elle s'éveillait après une longue nuit.

L'inconnu entama alors une longue danse de caresses en sens inverse et elle gémit. Cette fois, elle aurait dû savoir à quoi s'attendre, mais il modifia chaque pression, et son plaisir n'en fut que plus aigu et plus fort. Chaque frisson l'emmenait un peu plus loin.

Soudain, il lui prit les poignets et enroula ses bras autour de son cou puissant.

— Accroche-toi à moi, murmura-t-il.

Il la serra alors étroitement contre lui. D'une main, il caressa sa gorge tandis que l'autre descendait plus bas, toujours plus bas.

— Je veux te faire jouir, ajouta-t-il d'une voix voilée de désir.

Elle sentit les ondes de l'orgasme l'envahir dès qu'il commença à fouiller ses chairs de ses doigts habiles, s'attardant sur ses parties les plus sensibles avant de replonger au plus profond de son corps. Le plaisir qu'elle ressentait était à la limite de la douleur, et bientôt il l'emporta loin, très loin, jusqu'à ce que des étoiles de bonheur dansent derrière ses yeux.

Ian attendit patiemment que l'orgasme de Jillian s'éloigne doucement, sur la pointe des pieds. Son désir n'avait fait que croître pendant qu'il s'était attelé à lui donner du plaisir. Chaque gémissement qui était sorti de sa bouche, chaque tremblement, chaque halètement avait embrasé tous ses sens. Ainsi, lorsqu'elle s'était arc-boutée contre lui dans une explosion de plaisir, son envie d'elle l'avait transpercé comme un sabre, abolissant toute maîtrise de soi et l'entraînant bien plus loin que tout ce qu'il avait connu jusqu'à présent.

Au début, il avait prévu de prendre son temps, de lui faire l'amour lentement. Mais il ne pouvait plus attendre. Il venait de commencer à retirer son pantalon lorsqu'il la vit glisser le long du montant du lit. Aussitôt, il la prit par les épaules et caressa ses cheveux.

— Tu en es sûre ? demanda-t-il d'une voix haletante.

Elle acquiesça.

— Laisse-moi t'aider à retirer tes vêtements, dit-elle.

Et joignant le geste à la parole, elle tira sur son jean.

— J'aime beaucoup tes formes, ajouta-t-elle en refermant sa main autour de son sexe bandé.

— Je suis tout à toi, répondit-il, le souffle court.

Elle commença à le caresser doucement.

— Plus jamais je n'ignorerai les détails, dit-elle.

Il aurait dû l'emmener sur le lit, mais il ne trouva pas la volonté de retirer la main qui lui procurait tant de sensations merveilleuses.

— Arrête, finit-il par dire.

— Non, répondit-elle, sûre d'elle. Je veux te faire jouir à mon tour.

Il ne lui faudrait pas longtemps, songea-t-il. Il sentait déjà les frissons de l'orgasme naître au bas de son dos.

— Je veux te faire l'amour, dit-il en retour.

C'était la vérité. Il voulait être en elle. Et il trouva la force de refermer ses mains autour des siennes pour interrompre ses caresses. Puis, fébrilement, il fouilla les poches de son pantalon, sortit un préservatif et coiffa rapidement son sexe. Il avait atteint les limites de l'excitation lorsqu'il caressa ses cheveux et embrassa ses lèvres. Et bientôt, leurs langues s'emmêlèrent, se caressèrent et s'enlacèrent dans un ballet voluptueux et passionné.

Sans même s'en apercevoir, ils glissèrent au sol et elle vint se placer sur lui avant de l'enjamber. Soudain, il eut l'impression d'avoir été absorbé par un torrent de lave lorsqu'elle se laissa glisser le long de son sexe dressé. Fou de désir, il la saisit plus fort par les hanches, lui arrachant un gémissement rauque.

— Laisse-moi faire, grogna-t-elle.

— Je ne peux pas.

Il se sentait déjà au bord du gouffre, prêt à exploser.

Elle lutta pourtant pour lui imposer son rythme, le serrant entre ses cuisses, puis relâchant la pression.

Mais il était incapable de la laisser faire. C'était impossible.

Il continua à fouiller sa bouche et son corps encore plus rudement. Toute délicatesse, toute douceur l'avaient abandonné. Il l'embrassa profondément, comme pour se perdre dans son corps. Son cœur et ses muscles vibraient sous l'intensité du désir.

Elle sembla comprendre le message car elle l'enlaça encore plus fort, bougea encore plus vite, jusqu'à ce que l'orgasme l'emporte à son tour dans un tourbillon de plaisir. Et elle l'accompagna de sa bouche, de ses bras et de ses jambes jusqu'aux limbes du paradis.

Pendant combien de temps était-il resté couché par terre, au pied du lit, avec Jillian dans ses bras ? se demanda Ian en s'extirpant de sa torpeur. Elle dormait comme un bébé, allongée sur lui, les flammes vacillantes des bougies éclairant faiblement son corps. Même lorsqu'elle dormait, elle le tenait prisonnier. Elle avait enroulé un bras autour de son cou, une jambe autour de sa hanche, comme si elle avait eu peur qu'il la quitte pendant son sommeil.

Et une partie de lui-même craignait effectivement de ne pas pouvoir la quitter. Sa tête était nichée au creux de son épaule, dans une position si tendre, si douce, qu'il se sentit ému.

Il voulait rester avec elle, la prendre dans ses bras, la déposer sur le lit et lui faire l'amour tendrement jusqu'à ce que les bougies aient épuisé leurs mèches, jusqu'à ce que le chant des oiseaux vienne saluer l'aurore naissante. Ce besoin devint si impérieux qu'il la serra plus fort contre lui. Il aurait pu rester comme cela et l'enlacer très, très longtemps.

Mais soudain, il sentit sa gorge se nouer et sa bouche s'emplir d'un goût amer. Il y avait déjà réfléchi longuement, et cela expliquait d'ailleurs pourquoi il était resté allongé plus d'une heure sur la chaise longue. Jillian ne lui inspirait pas seulement de la passion ou du désir. Elle l'émouvait, au point de lui donner envie de s'attacher à elle.

Avec beaucoup de délicatesse, il se dégagea de son étreinte et se leva. Ce soir, sa décision était simple. Il s'en tiendrait simplement à l'arrangement qu'elle lui avait proposé. Une seule nuit. Et pas de complications.

Délicatement, il la souleva et la déposa sur le lit. Puis il rassembla ses vêtements éparpillés au sol et ferma la porte-fenêtre qui donnait sur le balcon sans oublier de souffler les bougies.

Arrivé sur le pas de la porte, il eut une courte hésitation et regarda derrière lui. Jillian gisait paisiblement sous les couvertures, ses beaux cheveux épars sur l'oreiller. Il faillit revenir sur ses pas, mais trouva la force de tourner les talons et de quitter la pièce.

Jillian s'extirpa laborieusement des brumes du sommeil. Enfant, elle imaginait Morphée tissant une grande toile d'araignée qui l'emprisonnait pendant qu'elle dormait. Certaines personnes émergeaient instantanément de leur torpeur, le matin. Mais pas elle. Elle trouvait beaucoup plus tentant d'enfoncer la tête dans les oreillers pour retenir quelques bribes de rêves.

Et aujourd'hui, la tentation de se rendormir était particulièrement grande, même si les détails de son rêve s'évanouissaient déjà. Elle poussa un petit soupir et cligna des yeux sous l'effet des premiers rayons de soleil.

Elle avait envie de café. Depuis longtemps, une bonne dose de caféine était la seule façon de l'aider à garder les yeux ouverts et à mettre son cerveau en route. Lentement, elle se souleva sur un coude, repoussa les couvertures et… découvrit qu'elle était complètement nue.

Instantanément, elle ouvrit grands les yeux. Jamais elle ne dormait dévêtue ! Son regard encore voilé se posa alors au pied du lit, où gisaient son string, son soutien-gorge en dentelle ainsi que son peignoir.

Le montant du lit… où son inconnu… Les vannes de son esprit s'ouvrirent en grand, et tout ce qu'il lui avait fait, ce qu'elle lui avait fait lui revint aussitôt à l'esprit. Le film de leur soirée repassa devant elle en accéléré. Comme elle aurait aimé appuyer sur un bouton pour revenir en arrière et revivre ces merveilleux instants !

Il l'avait totalement séduite et ce n'était pas un rêve, loin de là. Il avait même escaladé le balcon pour venir la rejoindre, tel un Zorro des temps modernes. A cette seule pensée, son pouls s'accéléra. Tout était vrai. Et l'expérience avait été aussi sauvage que merveilleuse.

Il était pourtant parti, songea-t-elle en sentant son cœur se serrer.

Bien sûr qu'il était parti ! Un inconnu qui vous séduit la nuit ne reste pas jusqu'au petit matin, se raisonna-t-elle. Cela n'était pas prévu dans son fantasme.

Mais l'homme ne s'était même pas attardé. Elle se souvenait juste d'être restée allongée sur lui à même le sol, après qu'ils eurent fait l'amour. Il avait caressé ses cheveux et elle s'était laissé bercer par ce geste si tendre pendant quelques minutes. Puis, malgré elle, elle s'était endormie.

Elle se retourna et inspecta le lit. Rien n'indiquait qu'il s'était allongé près d'elle. Elle examina ensuite la table de nuit. Après l'avoir couchée, constata-t-elle, il avait pris soin d'éteindre les bougies et de plier ses vêtements. Puis il était parti.

Par le même chemin qu'il était venu ? Inquiète, elle tourna les yeux vers les portes-fenêtres. Le soleil était déjà haut dans le ciel. Quelle heure était-il ?

Elle lança un regard furtif sur sa montre et sauta du lit d'un bond. Il était 8 heures passées et le colonel Jenkins et son fils étaient attendus à 10 heures. D'un pas rapide, elle se dirigea vers la kitchenette, se prépara un espresso et remercia celui qui était à l'origine de cette merveilleuse invention. Trente secondes plus tard, l'odeur agréable du café se diffusait dans la pièce.

La tasse à la main, elle se mit à arpenter nerveusement le minuscule espace. Elle avait besoin de remettre de l'ordre dans ses idées. Car le séduisant inconnu avait fait bien plus que réaliser son fantasme et, hélas, elle ne pouvait pas lui en tenir rigueur. Mais à présent, il fallait qu'elle revienne dans son univers où les fantasmes n'existaient pas et où seul le travail primait. Car aujourd'hui, elle allait devoir vendre ses talents aux Jenkins, qui étaient des hommes d'affaires avisés. Et pour donner le maximum, elle était déterminée à ne pas se laisser déconcentrer.

Forte de ces priorités, elle termina le reste de son café, évitant soigneusement de poser les yeux sur le montant du lit. En lieu et place, elle se dirigea vers la penderie. Mais à mi-chemin, elle bifurqua et se dirigea vers les portes-fenêtres.

Le souvenir de leur nuit était encore si vif ! Elle examina rapidement le balcon en contrebas. Il était vide. Déçue, elle se pencha par-dessus la balustrade et le vit, attablé dans la cour. Il s'entretenait avec une jeune femme rousse qu'elle reconnut aussitôt. Elle s'appelait Tess Callahan et travaillait à l'hôtel en tant que serveuse. Malgré tout, elle ressentit un pincement de jalousie.

Non, il ne faut pas, songea-t-elle en posant une main sur son ventre noué. Comment pouvait-elle être jalouse ? Ce n'était qu'un inconnu dont elle ne connaissait même pas le nom ! Elle avait eu avec lui l'aventure d'un soir qu'elle lui avait demandée, et il était parti. Elle en aurait fait de même.

Soudain, les yeux bleus de l'inconnu croisèrent les siens. Un regard franc, direct, aussi intime qu'une caresse.

C'était évident. Elle le désirait toujours. Combien de temps resta-t-elle ainsi, debout, incapable de tourner la tête et d'avoir une pensée cohérente ? Elle dut attendre qu'il se tourne de nouveau vers Tess, qu'il lui sourie, pour recouvrer ses esprits.

Sous l'effet du goût amer de la jalousie, elle ne put s'empêcher de lui lancer un regard furibond. Elle avait déjà menti dans sa vie, mais elle n'avait pas l'habitude de se mentir à elle-même. Et elle n'était peut-être pas aussi prête que lui à le laisser partir, songea-t-elle tristement.

Pourtant, elle allait devoir remettre ce petit problème à plus tard, car le colonel Jenkins et son fils l'attendaient.

Ian savait que Jillian était retournée dans sa chambre, comme il avait senti le moment où elle était sortie sur son balcon. Leurs routes se croiseraient rapidement, c'était une certitude. Il avait donc décidé de continuer sans tarder son enquête en interrogeant Tess Callahan.

Mais quelle erreur d'avoir regardé Jillian ! En sentant sa présence, il n'avait pas pu s'empêcher de lever les yeux. Elle portait le même peignoir bleu que la nuit dernière et ce simple détail avait suffi à lui faire perdre ses moyens. Il ne savait même plus ce qu'il avait dit à Tess.

Quoi qu'il en soit, la jeune fille le regardait avec un large sourire.

— Je prendrai avec plaisir du café, merci beaucoup, dit-elle.

Elle prit la cafetière posée sur la table et se servit une tasse.

— D'habitude, c'est moi qui pose cette question, ajouta-t-elle.

— Je suis heureux que vous ayez accepté de me parler.

— Je n'ai jamais parlé à un écrivain avant ce jour, répondit-elle en minaudant. M. Cooper m'a dit que vous faisiez des recherches pour votre livre sur Haworth House.

Il lui sourit. D'après les informations qu'Avery lui avait fournies, Tess était la serveuse la plus appréciée et la plus travailleuse du personnel. C'était pour payer ses études universitaires qu'elle travaillait l'été.

Après avoir quitté Jillian, il avait longtemps réfléchi à la manière dont il allait interroger Tess. Elle avait été témoin de la chute du client dans l'escalier. Il fallait qu'il l'amène à parler de l'incident sans lui poser directement la question.

— Je suis à la recherche d'événements ou d'histoires insolites sur Haworth House, dit-il. Des choses susceptibles d'éveiller l'intérêt du lecteur.

— Vous devez être au courant, pour le fantôme.

— Oui. Vous l'avez rencontré ?

Tess secoua la tête.

— Et vous devez savoir que Michael Davenport a été arrêté ici, ajouta-t-elle.

— Oui, dit-il. Mais depuis, s'est-il passé autre chose ?

Tess prit alors un air soucieux. Il fallait qu'il trouve quelque chose à dire. Maintenant, il comprenait beaucoup mieux les difficultés de l'improvisation.

— Je peux vous garantir que tout ce que vous me direz restera strictement entre nous, ajouta-t-il sur le ton de la confidence.

— Très bien, déclara Tess en baissant le ton. Il vient de se produire deux incidents que l'on pourrait qualifier d'« extraordinaires ». Tout d'abord, nous avons été victimes de champignons empoisonnés. Sans Jarrell, notre chef, nos clients seraient tombés gravement malades, vous savez.

— J'ai entendu parler de cette affaire. C'est une chance pour l'hôtel.

— Oui, répondit Tess. Les sœurs Brightman ont eu l'intelligence d'embaucher Jarrell. A l'université, c'était un génie de la botanique. Puis il a abandonné les sciences pour suivre une école hôtelière. Il est étonnant.

— Vous avez l'air de très bien le connaître, constata Ian.

— Nous sortons ensemble depuis cet été, répondit-elle en rougissant. Avec lui en cuisine, inutile de s'inquiéter à propos de la nourriture.

— Mais vous avez parlé de deux incidents.

— Oui. Il y a quelques jours, une de nos clientes est tombée dans l'escalier du hall. Je me dirigeais vers la cuisine lorsque je l'ai vue chuter. Je me suis alors précipitée vers elle.

— D'autres personnes ont été témoins de l'incident ?

Elle réfléchit quelques secondes.

— A l'exception du personnel, il y avait un homme seul dans le hall. A 14 heures, le déjeuner est terminé et les clients sont plutôt dehors lorsqu'il fait beau.

— La présence de cet homme avait donc un caractère insolite ?

— Non. En revanche, il ne s'est pas approché pour proposer son aide et plus tard, lorsque j'ai levé la tête, il était parti.

Ian garda un ton neutre.

— C'était un client ?

Tess réfléchit encore une minute.

— Je n'en suis pas certaine. Il lisait le journal, et je n'ai pas vu son visage.

— Est-ce que vous vous souvenez d'un détail ?

— J'étais surtout attentive à la femme qui venait de tomber. Mais maintenant que vous le dites, il portait des bottillons. Comme sur les chantiers. La plupart de nos clients portent plutôt des sandales ou des baskets.

Elle regarda sa montre.

— Excusez-moi, je dois partir, maintenant. Mon service commence dans cinq minutes.

— Merci pour votre aide, dit Ian en acceptant la main qu'elle lui tendait.

— Faites-moi savoir lorsque votre livre sortira. J'en achèterai un exemplaire.

— Je n'y manquerai pas.

Puis il la regarda s'éloigner à grands pas. Il était bien plus simple de collecter des informations sur internet que d'interroger des gens. Face à un ordinateur, il était inutile de mentir.

Mais l'histoire de l'homme qui avait disparu juste après la chute de la cliente dans l'escalier méritait qu'il s'y penche de plus près. La piste était très mince, mais c'était la seule dont il disposait pour l'instant. Il étudia son carnet de notes. Il était face à trois incidents, apparemment sans rapport. Un acte possible de malveillance pour le système de climatisation, un paquet de champignons empoisonnés et un homme avec des bottillons de chantier dans un hall d'hôtel désert.

— Ryan !

Il leva la tête et aperçut Avery qui s'avançait à grands pas vers lui.

— Tu t'y connais en ordinateurs et en logiciels ? demanda-t-il sans préambule.

— A mes heures perdues, oui.

— Dans ce cas, j'espère que tu as quelques instants. Tout notre système informatique vient de tomber en panne. Je ne peux plus enregistrer les départs et les arrivées. Et la file de clients s'allonge de minute en minute.

8

Jillian entendit le brouhaha qu'il y avait dans le hall bien avant d'arriver sur le palier et d'aborder la dernière volée d'escalier. A la foule agglutinée autour de la réception, elle comprit qu'il y avait un problème. A 10 heures, il y avait toujours du monde à Haworth House. Mais même si l'hôtel affichait complet, jamais elle n'avait vu autant de clients à la fois.

Soudain, un employé passa devant elle en poussant un chariot plein de bouteilles d'eau.

— Que se passe-t-il, Mike ? demanda-t-elle au serveur.

— Le système informatique est tombé en panne, répondit-il sur le ton de la confidence. On ne peut plus imprimer les factures, ni accepter de cartes de crédit, ni prendre des réservations ou donner aux nouveaux arrivants la clé de leur chambre.

— Où est M. Cooper ?

— Il est occupé à régler le problème. Un des clients s'est même proposé de l'aider.

Elle cherchait Avery des yeux lorsqu'elle entendit une voix grave et profonde l'interpeller.

— Madame Brightman ?

Surprise, elle pivota et aperçut deux hommes grands et élégamment vêtus s'approcher d'elle. Elle reconnut aussitôt le colonel Jenkins d'après les photos qu'elle avait vues sur le Web et dans plusieurs journaux.

Sa silhouette élancée, sa beauté classique et ses yeux bleus lui rappelaient un peu Paul Newman. Elle savait qu'il avait presque soixante ans, mais il en faisait dix de moins.

Son fils semblait avoir hérité des gènes familiaux et n'affichait que quelques cheveux blancs dans sa chevelure blonde. Il ressemblait beaucoup à son père. Et d'après leur réputation, ils étaient l'un et l'autre aussi intelligents que séduisants.

— Colonel, monsieur Jenkins, bienvenue à Haworth House, dit-elle, le sourire aux lèvres.

Le colonel Jenkins prit la main qu'elle lui tendait et la couvrit de son autre main avec chaleur.

— Tout le plaisir est pour moi. J'avais hâte de vous rencontrer.

— S'il vous plaît, appelez-moi Matthew, dit le plus jeune des deux.

— Dans ce cas, appelez-moi Jillian.

Pendant qu'elle lui serrait la main, le murmure des voix s'amplifia dans le hall.

— J'espère que votre voyage en ferry s'est bien passé, ajouta-t-elle sans se laisser décontenancer.

— En réalité, dit Matthew, nous avons affrété un hélicoptère à la dernière minute. Le temps était idéal pour voler et notre agenda est très serré. Nous n'aurons pas à dépendre des horaires du ferry comme cela. Y a-t-il un problème ? demanda-t-il en se tournant vers la réception.

— Nous sommes complets, dit-elle en réfléchissant à toute vitesse.

Elle ne savait pas du tout combien de temps il faudrait à Avery pour régler la panne.

— Tout rentrera bientôt dans l'ordre, dit-elle d'une voix confiante. Il s'agit d'une petite panne informatique.

Les deux hommes prirent un air soucieux et elle sentit son angoisse croître un peu plus.

— Pas trop sérieuse, j'espère, intervint Matthew. Nous aimerions prendre possession des clés de notre chambre.

— Vous devrez attendre un peu, dit-elle en les gratifiant de son sourire le plus avenant. Mais sachez que notre personnel est occupé à régler le problème. Il n'aura aucune incidence sur notre réunion.

Elle interpella un groom qui passait par là.

— Larry va se charger de vos bagages et vous accompagnera dans le patio. Nous vous offrirons le café. En attendant, excusez-moi quelques instants, je vais demander que l'on vous prévienne dès que votre chambre sera prête.

— Ce sont les ennuis liés à la gestion d'un hôtel, dit le colonel Jenkins avec un sourire entendu.

Matthew resta silencieux, mais son air soucieux ne l'avait pas quitté.

Immobile, elle attendit quelques secondes que Larry se soit éloigné avec ses invités. Pourvu qu'il les retienne suffisamment longtemps, car le volume des voix mécontentes dans le hall ne cessait de croître ! D'un pas rapide, elle traversa le hall et se dirigea vers la réception.

Mais dès l'instant où elle le vit, elle s'arrêta net. Son inconnu était assis derrière un écran d'ordinateur, ses doigts volant à toute vitesse sur le clavier. Il portait un jean et une chemise roulée jusqu'aux coudes. Mike lui avait bien dit qu'un client avait proposé son aide, mais elle ne s'attendait pas à le trouver là. Un simple regard sur lui suffit à la faire frémir de désir.

« Concentre-toi, Jillian », se dit-elle en inspirant profondément.

Détournant enfin les yeux, elle aperçut Avery, occupé à user de son charme auprès d'un groupe de clients mécontents, comme il savait si bien le faire. Elle évita soigneusement le regard de son bel inconnu et s'adressa à son ami.

— C'est grave ? demanda-t-elle à voix basse.

— Si c'est grave ? chuchota-t-il. Je n'ai jamais rien vu d'aussi catastrophique. Et nous avons le même problème au restaurant. Pour l'instant, ce n'est pas si important, mais à l'heure du déjeuner… Ryan, ici présent, semble savoir ce qu'il fait. En attendant, j'ai proposé à la clientèle de leur envoyer par mail leur facture dès que nous y aurons accès. Espérons que la situation va rapidement s'améliorer.

— Ryan ? demanda-t-elle en s'efforçant toujours de ne pas le regarder.

— Oui, Jack Ryan. Je t'en ai parlé hier soir.

— Ah, l'écrivain ! dit-elle.

Elle réfléchit quelques instants.

— Il est venu faire des recherches pour écrire un livre sur Haworth House, c'est ça ? ajouta-t-elle.

Avery tourna vers elle un visage tourmenté qu'elle ne lui avait vu qu'en de très rares occasions.

— Si nous ne pouvons pas récupérer les données, dit-il en ignorant sa question, nous allons perdre beaucoup d'argent.

— Nous allons nous en sortir, répondit-elle d'une voix rassurante. Qu'en est-il des arrivées ?

— Nous avons offert aux clients des boissons et un encas en attendant que l'on puisse leur donner la clé de leur chambre, ainsi qu'une nuit gratuite lors de leur prochain séjour.

— Parfait, dit-elle en le gratifiant d'une petite pression sur l'épaule.

La tentation était grande, mais elle s'abstint toujours de croiser le regard de l'inconnu.

— Et comment s'en sort… Jack Ryan ? demanda-t-elle d'une voix faussement désinvolte.

— Il s'en sort à merveille, je lui fais entièrement confiance.

Elle acquiesça.

Ainsi, Zorro savait faire autre chose qu'escalader les balcons.

— Le colonel Jenkins et son fils sont arrivés, annonça-t-elle.

— Il ne manquait plus que ça ! marmonna Avery.

Puis, du tac au tac, il s'adressa à un couple qui faisait la queue.

— Je suis navré pour ce contretemps, dit-il. Nous vous enverrons votre facture par mail. Je vous contacterai personnellement.

Puis il leur tendit sa carte de visite.

— En outre, vous recevrez un bon pour une nuit gratuite lors de votre prochaine visite, ajouta-t-il.

L'inquiétude qui se peignait sur le visage du couple s'évanouit aussitôt.

— Nous pouvons partir, alors ? demanda le client.

— Tout à fait, dit Avery avec un sourire rassurant.

Puis, se tournant vers elle, il lui murmura à l'oreille :

— Désolé, mon ange, mais je ne peux pas enregistrer les

Jenkins pour l'instant. L'hôtel était complet, et je n'ai aucun moyen de savoir quelles chambres sont disponibles.

— Nous devons prendre le ferry de midi ! s'écria soudain un client mécontent.

— Aucun problème, répondit Avery en lui tendant un formulaire. Saisissez vos nom et adresse et nous vous contacterons par mail.

— Pourquoi ne pas mettre les Jenkins dans ma chambre ? demanda soudain Ryan.

Avery se tourna vers lui.

— C'est une suite avec deux lits, continua-t-il. Il suffit d'envoyer une femme de ménage. Je débarrasserai mes affaires.

Il sortit une clé de sa poche et la posa sur le comptoir.

Jillian le regarda alors fixement. Il avait à peine tourné la tête vers eux, mais ses doigts couraient toujours sur le clavier à une vitesse fulgurante. Elle revoyait encore ses mains sur son corps. A cette pensée, elle sentit son corps se liquéfier de désir.

Et dire que le colonel Jenkins et son fils l'attendaient !

— Je vais rejoindre le colonel et Matthew dans le patio, dit-elle à Avery. Je leur ai expliqué qu'il y avait une panne informatique. En attendant, je vais leur faire visiter l'hôtel. Appelle-moi lorsque leur chambre sera prête.

En traversant rapidement le hall, elle mit la main contre son cœur. Il battait toujours très fort à cause de ce… Jack Ryan. Dire qu'il ne l'avait même pas regardée ! Et il ne lui avait absolument pas paru troublé, comme elle-même l'avait été.

Elle se sentit soudain d'humeur maussade. Car non seulement cet homme avait quitté sa chambre au milieu de la nuit, mais encore il avait proposé la sienne aux Jenkins. Cela voulait-il dire qu'il s'apprêtait à quitter l'hôtel ?

Il ne fallait plus qu'elle y pense.

En passant sous le porche voûté, elle reporta son attention sur le colonel Jenkins et son fils. Ils avaient la réputation de très bien gérer leurs affaires et leurs établissements étaient très bien notés dans les guides. Le chaos qui régnait actuellement dans le hall n'allait pas leur faire très bon effet.

« Surtout, rester positive », songea-t-elle en se dirigeant vers le patio. Larry avait eu la bonne idée d'installer les deux hommes à une jolie table ombragée, et leur avait fait servir du café. L'employé ne méritait pas seulement un pourboire, mais aussi une promotion.

Dès qu'ils la virent arriver, les deux hommes se levèrent de concert.

— Votre chambre sera bientôt prête, ce ne sera plus très long, dit-elle. Si vous le souhaitez, nous pouvons patienter ici. C'est un des endroits les plus agréables de l'hôtel.

— Si vous n'y voyez pas d'inconvénient, répondit Matthew en regardant sa montre, j'aimerais aller droit au but. Montrez-nous plutôt ce que vous avez fait de Haworth House.

— Mon fils ne jure que par les affaires, ajouta le colonel Jenkins en souriant d'un air aimable.

— C'est une qualité, répondit-elle.

Un peu anxieuse, elle les invita à la suivre et revint vers le bâtiment principal en révisant mentalement ses plans. Elle avait toujours été douée pour les improvisations.

— Nous reviendrons au hall dès qu'il y aura moins de monde, expliqua-t-elle en contournant le lieu.

Bifurquant vers la gauche, elle les mena vers une porte voûtée qui conduisait à un petit couloir largement éclairé par de nombreuses fenêtres.

— Nous commencerons par les salles de réunion, dit-elle. La première correspond à la bibliothèque.

Elle ouvrit la porte en grand et invita les deux hommes à entrer. Un seul mur était couvert de livres. Les autres étaient décorés de grands panneaux de bois qui encadraient une monumentale cheminée à droite, et d'immenses vitraux à gauche.

Matthew fit glisser sa main sur un des murs.

— Ils sont sculptés à la main, n'est-ce pas ? dit-il. Ils sont d'époque ?

— Oui, pour la plupart d'entre eux, répondit-elle. Un artisan local a passé beaucoup de temps à les restaurer, mais le mur autour de la cheminée a dû être refait presque entièrement.

— Etonnant, dit Matthew à voix basse. Vous avez de la chance qu'ils n'aient pas été repeints avec de la peinture laquée.

— Pas tant que ça, répondit-elle. Il a fallu tout démonter pour traiter et vernir le bois.

Le colonel Jenkins s'avança directement vers la cheminée.

— Elle est magnifique, dit-il. Elle me rappelle vaguement quelque chose.

— C'est du marbre italien, dit-elle.

Matthew fit glisser sa main tout le long du manteau. Puis il sortit un carnet de sa poche et prit des notes.

— Elle est comme neuve, dit-il.

Il jeta ensuite un regard circulaire à la pièce.

— Il restait beaucoup de mobilier lorsque vous avez acheté la demeure ?

— A peu près la moitié de ce que vous voyez, répondit-elle. La table de réunion est neuve, par exemple.

Il se promena dans la pièce, touchant un canapé, s'arrêtant pour examiner une lampe. Puis il se tourna vers elle.

— Vous avez su mélanger avec art les styles de mobilier, observa-t-il.

— Merci, répondit-elle simplement.

Il avait l'air sincère et elle se détendit un peu.

— Où allons-nous à présent ? demanda Matthew.

— Suivez-moi, dit-elle.

Elle leur fit visiter plusieurs petites salles de réunion qui pouvaient également faire office de salles à manger privatives. Matthew lui posait de moins en moins de questions, même s'il s'arrêtait fréquemment pour noircir son carnet.

— Les plafonds voûtés sont d'origine ? demanda-t-il, tandis qu'ils visitaient une petite pièce très ensoleillée qui donnait sur les jardins.

— Oui, bien sûr. Certains ont dû être restaurés. L'agent immobilier m'a dit que les anciens propriétaires n'avaient pas les moyens d'entretenir la demeure.

— C'est toujours le problème avec ces anciennes bâtisses, déclara le colonel en quittant la pièce.

— L'agent vous a-t-il aussi dit que tous les anciens propriétaires avaient fait faillite ? demanda Matthew.

Elle s'arrêta devant des portes à doubles battants et le regarda attentivement.

— Non, elle ne m'a rien dit de tout cela. Comment le savez-vous ?

— J'ai fait quelques recherches, dit le colonel. Lorsqu'une propriété nous intéresse, nous recherchons tous les renseignements possibles.

— Vous vous êtes intéressés à cette propriété ? demanda-t-elle, étonnée.

— Nous le sommes toujours, renchérit le colonel. Je n'avais plus repensé à cet endroit jusqu'à ce qu'on en fasse toute cette publicité, il y a un mois.

— Les trois précédents propriétaires n'ont rien pu en tirer, ajouta Matthew. Les Benson ont essayé d'ouvrir un internat pour adolescents. Ils ont fermé dès la deuxième année d'exploitation. Les Lansing ont alors créé une maison de retraite, qu'ils ont exploitée pendant sept ans. Puis l'université du Maine a acheté la demeure pour une bouchée de pain, dans le but d'en faire un campus secondaire. Mais ils n'ont pas trouvé les fonds nécessaires et c'est finalement un ancien élève qui l'a rachetée. Il l'a transformée en résidence de villégiature. C'est la première fois que la demeure servait d'hôtel. Mais on dirait qu'elle a un mauvais karma. Et le problème que vous rencontrez aujourd'hui en est la preuve.

Elle leva le menton d'un air de défi.

— Peut-être pas, dit-elle. L'hôtel fonctionne très bien. Et le karma est quelque chose qui se change.

Elle ouvrit les doubles portes et pénétra dans la pièce qu'elle aimait le plus.

— Messieurs, voici la salle de bal de Hattie Haworth, annonça-t-elle d'une voix forte.

La pièce était immense, et surpassait même en beauté la chambre de la tour. Le soleil se réfléchissait sur les parquets en chêne et les baies vitrées donnaient sur le superbe jardin, qui se reflétait dans les miroirs ornant les murs.

Le colonel Jenkins se dirigea directement vers les grandes fenêtres, tandis que Matthew parcourait la salle dans toute sa longueur.

— Une salle de bal ? s'étonna Matthew. D'après ce que je sais, Hattie Haworth vivait en recluse. Elle n'a jamais donné de grandes fêtes. Elle n'avait même pas de visiteurs.

— Vous en savez beaucoup sur elle, commenta Jillian.

— Oui, éluda-t-il. Ces couleurs, c'est vous qui les avez choisies ? demanda-t-il en changeant de sujet.

Elle balaya du regard les murs crème assortis au tissu des sièges.

— Oui, j'ai beaucoup travaillé pour que le résultat soit harmonieux.

— C'est magnifique, dit-il, admiratif.

Lorsqu'il eut atteint l'autre extrémité de la pièce, il leva les yeux vers le plafond.

— Vous avez fait un superbe travail de conservation, dit-il.

— Cela aurait été criminel de ne pas préserver l'existant, dit-elle.

— Tout à fait d'accord, approuva Matthew.

Il posa une main sur le montant sculpté d'une grande armoire.

— C'est du baroque français, n'est-ce pas ? continua-t-il.

— Oui.

Il passa aux sièges qui encadraient l'armoire et s'accroupit.

— Et voici des chaises chippendale.

« Ce n'était pas une question », nota Jillian pour elle-même.

— Vous avez l'air de vous y connaître en antiquités, fit-elle remarquer.

Lorsqu'il se redressa pour lui faire face, tous les plis soucieux avaient disparu de son visage qui était à présent animé d'une lueur d'excitation.

— C'est une passion que mes hôtels me permettent de vivre. J'aime voyager, et trouver les bonnes pièces.

— Vous avez personnellement chiné les meubles de vos hôtels ? demanda Jillian.

— Je me suis également chargé du travail conceptuel, c'est pourquoi je peux apprécier aujourd'hui votre travail à sa juste valeur.

— Si vous vous chargez déjà de la conception et de la découverte des antiquités, pourquoi envisagez-vous de me prendre à votre service ?

Matthew la gratifia d'un large sourire.

— Mon père songe à prendre sa retraite dans quelques années et il m'invite à m'entourer de collaborateurs. Je n'aurai pas toujours le temps d'assouvir mon petit passe-temps.

Outrée, elle serra les lèvres. Un petit passe-temps ? Ce n'était pas du tout ainsi qu'elle considérait son travail. Et qu'entendait-il par « s'entourer de collaborateurs » ? Elle s'apprêtait à lui poser la question lorsque le colonel prit la parole.

— Quelle est cette grande haie de ce côté-ci du jardin ? demanda-t-il.

— C'est un labyrinthe, répondit-elle en le rejoignant près des baies vitrées.

— J'ai le sentiment de l'avoir déjà vu avant, d'avoir déjà été dans cette pièce.

— C'est possible, dit-elle.

Elle se rappela son entretien avec miss Emmy Lou.

— Vous êtes né sur cette île, n'est-ce pas ? ajouta-t-elle.

— Oui.

Matthew posa une main sur l'épaule de son père.

— Comment aurais-tu pu te trouver dans cette pièce ? Tu avais à peine cinq ans lorsque grand-mère a quitté l'île avec toi.

Il se tourna vers elle.

— C'est la première fois qu'il revient sur l'île depuis qu'il est parti, il y a cinquante-cinq ans, expliqua-t-il.

Le colonel prit alors un air soucieux.

— Je me souviens de la tour, dit-il. J'ai toujours eu cette image de Haworth House, avec sa tour en pierre grise fendant le ciel. Je n'y avais plus songé depuis des années. Lorsque j'étais enfant, j'imaginais que cet endroit était un château habité par une princesse. Et celle-ci avait besoin d'un chevalier pour venir la secourir. Mais le labyrinthe ne me dit rien. Pouvons-nous sortir pour le voir de plus près ?

— Père, il n'est pas nécessaire de…

Le colonel coupa son fils d'un geste sec.

— Pouvons-nous nous approcher, Jillian ? demanda-t-il de nouveau.

— Bien entendu.

Elle ouvrit la porte et les conduisit dans le patio sur le chemin dallé qui menait à l'entrée du labyrinthe.

Soudain, le colonel s'arrêta net. Levant la tête, elle crut le voir pâlir. Mais peut-être n'était-ce que le fruit de son imagination.

— Le sentiment de déjà-vu est encore plus fort ici, dit-il. Maintenant, j'ai la certitude d'être déjà venu ici.

— Voulez-vous entrer dans le labyrinthe ? demanda Jillian.

— Non, répondit le colonel. Je pense que je suis allé suffisamment loin.

Il s'absorba quelques instants dans la contemplation du paysage, puis se tourna brusquement vers elle.

— De plus, Matthew a raison, continua-t-il sèchement. Nous n'avons pas beaucoup de temps. Nous devons partir.

Jillian le regarda, interloquée.

— Partir ? Mais votre chambre doit être prête maintenant. Vous n'avez pas vu la salle de restaurant. Et vous souhaiterez certainement visiter la tour.

Le colonel prit ses mains dans les siennes, comme à son arrivée.

— Cela ne sera pas nécessaire. Mon fils et moi en avons parlé pendant que nous vous attendions dans le patio. Nous sommes venus un mauvais jour. Vous êtes apparemment confrontée à un problème qui mérite toute votre attention.

— Mais d'autres s'en occupent déjà, répliqua-t-elle.

— Un événement similaire s'est produit dans un de nos établissements, près d'Atlanta. Le logiciel est tombé en panne et il nous a fallu des jours pour récupérer les données, puis des mois pour faire tous les recoupements financiers. En outre, mon fils est déjà impressionné par ce qu'il a vu aujourd'hui à Haworth House. Il ne se donne pas tant de mal pour prendre des notes lorsque quelque chose l'ennuie. Et il ne nous faut pas longtemps pour prendre des décisions. Je suis certain que nous arriverons à un accord. Nous sommes prêts à vous faire une offre très intéressante pour la demeure, le double de ce que vous avez payé pour l'acquérir. Tout le monde ne peut pas se vanter de doubler ses investissements en un an.

— Vous plaisantez ! s'écria Jillian, déconcertée.

Mais en observant son visage grave, elle comprit qu'il était sérieux.

— Nous ne plaisantons jamais lorsque nous parlons affaires, ajouta Matthew.

Retirant sa main des griffes du colonel, elle leur lança un regard furieux.

— Vous aviez dit être intéressés par mes services, dit-elle d'une voix blanche.

— Oui, et nous en parlerons dès que vous aurez convaincu vos sœurs de vendre, dit Matthew. Je recherche vraiment quelqu'un pour m'aider et vous avez du talent. Je l'ai tout de suite vu. Pendant ce temps, notre offre d'achat pour Haworth House est sur la table.

Son sourire était si éclatant, sa voix si sûre que Jillian eut envie de le gifler. Mais en lieu et place, elle tenta d'imiter son sourire et son ton ironiques.

— Je me dois de la refuser, dit-elle d'une voix sans appel.

Le colonel tenta de nouveau de prendre ses mains, mais elle les arracha aussitôt à son étreinte.

— Allons, nous n'espérions pas que vous accepteriez si vite, dit-il. Nous sommes juste venus vous faire une proposition. Vous avez le temps de réfléchir. De peser les avantages. Nous resterons en contact.

— Vous n'obtiendrez jamais de meilleure offre, ajouta Matthew.

Puis ils pivotèrent de concert et s'en allèrent vers l'hôtel.

Furieuse, elle serra les poings derrière son dos. Elle écumait de rage et rêvait de leur lancer des injures. Mais cela ne réglerait rien, elle le savait. Mieux valait les ignorer et les laisser partir.

Mais pourquoi ne marchaient-ils donc pas plus vite !

Incapable de se contenir plus longtemps, elle brandit le poing, mais son geste ne servait plus à rien. Les deux hommes ne pouvaient plus la voir.

— Si tu rêves de frapper quelqu'un, ne te gêne surtout pas.

9

Surprise, elle fit volte-face et tomba nez à nez avec son inconnu.

— Toi ! s'écria-t-elle.

— Oui, moi, répondit-il en souriant d'un air dégagé. Et mon offre tient toujours. Je vais toujours frapper dans des punching-balls pour me défouler quand je suis en colère. Ces deux hommes-là sont de véritables abrutis.

— Contente-toi de me distraire en attendant qu'ils aient disparu, répondit-elle en inspirant profondément. Je rêve de les insulter, mais ce serait puéril de ma part.

— Je te comprends. Mais ne te fatigue pas, ils ne méritent pas que tu gaspilles ta salive pour eux.

— Qu'est-ce qui te permet de le dire ? demanda-t-elle d'un air suspicieux.

— Le directeur m'a envoyé te dire, il y a environ vingt minutes, que leurs chambres étaient prêtes. Je n'ai pas eu besoin de leur donner la mienne finalement. Mais lorsque je suis arrivé, je n'ai pas osé vous interrompre.

Elle le dévisagea attentivement.

— Tu as préféré écouter aux portes, si l'on peut dire, déclara-t-elle.

— Au fait, ils viennent d'entrer dans l'hôtel, dit-il en lançant un regard par-dessus son épaule.

Elle s'avança vers lui.

— N'essaye pas de changer de sujet, et dis-moi plutôt pourquoi Avery t'a envoyé ? Tu n'étais pas censé l'aider à réparer la panne informatique ?

— Avery m'a envoyé te trouver car c'est toi qui as mes clés et la crise est sur le point d'être résolue. Le hall est pratiquement vide. Les clients ont retrouvé le sourire et se trouvent soit dans le patio pour un brunch, soit en route pour la plage. Ce qui n'est pas une mauvaise idée étant donné la chaleur.

— As-tu trouvé l'origine de la panne ? demanda-t-elle, soulagée.

Il hésita quelques instants. Devait-il lui dire que selon lui, quelqu'un avait délibérément piraté le système ?

— Non, répondit-il vaguement.

— Les Jenkins m'ont affirmé qu'ils avaient subi une panne similaire et que les pertes financières avaient été lourdes, dit-elle.

— Oui, je l'ai aussi entendu.

— Tu as entendu toute notre conversation, alors ! s'écria-t-elle, outrée.

— Je suis arrivé dans la salle de bal juste à temps pour entendre que les précédents propriétaires avaient tous fait faillite à Haworth House, dit-il d'une voix sincère.

Au comble de l'exaspération, elle tourna les talons, fit quelques pas et revint vers lui.

— C'était un coup monté. Le colonel Jenkins et son fils n'ont jamais eu l'intention de m'embaucher comme consultante. Ils voulaient juste me mettre la pression pour me pousser à convaincre mes sœurs de vendre.

Elle avait haussé le ton, et il ne l'en blâmait pas. C'était en effet un coup monté particulièrement insultant. Et même si personne ne pouvait les entendre, par mesure de sécurité, il la prit par le bras.

— Faisons quelques pas dans le labyrinthe, veux-tu ? Nous profiterons un peu de l'ombre et tu pourras continuer de pester en toute intimité.

— Pester ? s'écria-t-elle. Mais ce n'est rien par rapport à la colère que j'éprouve.

Lui emboîtant le pas, il la suivit vers l'entrée du dédale, puis ils prirent à droite au premier embranchement.

— Combien de temps sont-ils restés ? demanda-t-elle. Une heure, tout au plus ?

— Oui, c'est environ ça.

Heureusement, il lui avait fallu moins de temps pour trouver et réparer la panne informatique. Ensuite, il avait récupéré les données et réinitialisé le système.

— Je suis certaine qu'ils n'avaient pas prévu de rester plus longtemps, dit-elle. C'est pourquoi ils avaient affrété un hélicoptère. Ils ne voulaient pas être dépendants des horaires du ferry. Ils croyaient vraiment pouvoir me manipuler si facilement ?

Pendant qu'elle parlait, ils s'enfoncèrent encore plus loin dans le labyrinthe. A chaque bifurcation, il prenait mentalement note de détails qui lui permettraient de s'y repérer au retour.

— La réponse est évidente, ajouta-t-elle.

Elle lui fit signe de tourner à droite.

— Ils sont très sûrs d'eux, et ils croient que leur offre est irrésistible, continua-t-elle. Ils sont certainement en quête d'un nouvel hôtel à ajouter à leur tableau de chasse.

Pourtant, comment pouvaient-ils être si certains que Jillian et ses sœurs seraient si faciles à convaincre ? songea-t-il. D'après ce qu'il savait, les deux hommes avaient des ego démesurés, certainement confortés par le succès de leur entreprise.

— Ils ne sont même pas restés assez longtemps pour visiter le reste de l'hôtel, dit-elle d'une voix qui cachait mal sa déception, et apprécier mon travail de décoration dans les chambres et dans la tour. Pourtant, nous ouvrons rarement cette partie de la demeure au public, mais ils n'étaient visiblement pas intéressés.

Voilà qui était intéressant, en effet.

— Peut-être avaient-ils peur de visiter la tour en raison de toute la publicité qui a été faite autour du fantôme, avança-t-il.

Elle se tourna vers lui, le visage empreint de perplexité.

— S'ils ont peur du fantôme, alors pourquoi veulent-ils acheter la demeure ?

— Bonne question.

Le chemin formait maintenant des cercles concentriques. Elle bifurqua soudain vers la gauche par un petit passage, et il eut la surprise d'arriver sur un vaste terre-plein agrémenté d'une ravissante fontaine à une extrémité. Des parterres fleuris bordaient le bassin et les haies, et un petit banc en pierre venait compléter ce tableau bucolique.

Elle les avait conduits, consciemment ou non, au centre du labyrinthe.

— J'aurais dû trouver un moyen de les amener dans la tour, dit-elle. Hattie aurait alors déjoué leur plan d'acheter la maison. J'ai été idiote de croire que c'était mon jour de chance.

Ils entendirent soudain le bruit d'un hélicoptère qui passait au-dessus d'eux.

— Donne-moi la main, supplia-t-elle.

Il s'exécuta aussitôt et serra ses doigts délicats pendant que l'appareil s'éloignait en formant des cercles.

— Merci, murmura-t-elle. Je suis tellement en colère contre eux.

— C'est tout à fait ton droit. Et tu n'es pas une idiote.

Gardant sa main dans la sienne, il la conduisit près de la fontaine et l'invita à s'asseoir sur le banc.

— Ils ont bonne réputation, continua-t-il. Tu croyais simplement avoir affaire à des gens honnêtes.

Mais leur proposition ne l'était pas. Etaient-ils prêts à tout, y compris au pire, pour parvenir à leurs fins ? Il fallait qu'il en parle à Cody.

Pour la première fois, elle jeta un regard alentour et sembla comprendre où elle se trouvait.

— Comment avons-nous fait pour arriver ici ? demanda-t-elle.

— C'est à toi de me le dire, répondit-il.

A contrecœur, il lui lâcha la main. Car il ressentait le besoin urgent de la prendre dans ses bras, et il ne savait pas combien de temps il pourrait se contenir.

Une heure en arrière, lorsqu'elle était venue rejoindre Avery derrière la réception, elle avait failli le déconcentrer. Il avait réussi à éviter son regard, mais chacun de ses mouvements avait été pour lui comme une torture.

— Je n'ai fait que te suivre, dit-il. Je pense que depuis le début, tu avais l'intention de venir ici.

Puis ils restèrent silencieux, bercés par le bruit apaisant de la fontaine et le bourdonnement des abeilles. Bientôt, il la sentit se détendre.

— Tu as sans doute raison, dit-elle enfin. C'est l'endroit que je préfère sur cette île. Mes sœurs et moi en avons toutes choisi un. Pour Naomi, c'est une bande de plage et pour Reese, l'endroit du jardin où l'on aperçoit les falaises qui surplombent la mer. Mais personnellement, je préfère celui-ci. C'est un véritable défi d'arriver au centre. Nous demandons toujours aux clients de ne jamais s'aventurer dans le labyrinthe sans leur téléphone portable.

— Comment se fait-il que tu connaisses si bien cet endroit ? demanda-t-il.

— C'est moi qui l'ai fait restaurer. Tout était déjà là, sauf que le jardin était envahi par les mauvaises herbes. J'ai trouvé un dessin très détaillé du labyrinthe d'origine dans un des coffres de la salle de bal. J'ai embauché ensuite un paysagiste pour le remettre en état.

— Tu aimes beaucoup la restauration ? demanda-t-il.

— Oui, répondit-elle en se tournant vers lui. Vraiment. J'aime trouver des antiquités et faire revivre les choses du passé. Et aussi les partager. Avec l'ouverture de mon magasin, je vais enfin pouvoir assouvir ma passion. Mais bien sûr, cela peut très bien ne pas marcher.

— Cela n'arrivera pas, répondit-il d'un air confiant. Tu aimes trop ce que tu fais pour ça.

Elle se contenta de le dévisager en silence.

— Qu'y a-t-il ? demanda-t-il au bout de quelques instants. J'ai dit quelque chose de mal ?

— Non. Je sais juste que je suis encore novice dans le métier et les seules personnes qui m'ont complimentée sur mon travail jusqu'à présent sont mes sœurs. Et elles n'auraient pas osé me faire de la peine. Concernant Avery, c'est pareil. C'est mon meilleur ami et il me croit capable de faire des miracles.

— Et tu penses que c'est le message que les Jenkins ont voulu te faire passer ?

— Tout à fait, dit-elle tristement.

— Les connaissant, pourquoi accorder la moindre crédibilité à leurs propos ?

Elle commença par écarquiller les yeux, puis son visage s'illumina d'un sourire d'abord timide, puis plus franc, et quelques secondes plus tard, son rire emplit l'air autour d'eux.

Troublé et ému, il ne pouvait que la contempler. Jamais il ne l'avait vue aussi belle. Certes, avec son petit air mutin qui ne la quittait jamais, elle était très jolie. Mais là, baignée de soleil, avec son sourire qui éclairait son beau regard, elle était rayonnante.

Il la regardait toujours lorsqu'elle posa une main amicale sur son bras.

— Merci, dit-elle enfin.

— De quoi ?

— Tu m'as aidée à réfléchir au fiasco de ma rencontre avec les Jenkins. Mais je survivrai à ce nouveau rejet, comme toujours.

— Tu as l'habitude d'être rejetée ? demanda-t-il, étonné.

— Très souvent, répondit-elle tristement. J'ai même une pile de lettres pour le prouver.

Elle mit son autre main sur son ventre.

— Je suis toujours anxieuse à l'idée d'ouvrir mon magasin, continua-t-elle sur le ton de la confidence. C'est pourquoi j'étais si excitée lorsque Matthew m'a appelée. Travailler avec lui et son père était une façon de me faire connaître très vite. Mais je ferai sans eux. Cela prendra plus de temps, voilà tout.

Elle se tourna vers lui et lui sourit.

— Tu mérites mes remerciements, mais aussi mes excuses, ajouta-t-elle.

— Pourquoi ?

— Je n'aurais jamais dû t'embêter avec toutes mes histoires.

— Qui aurais-tu trouvé de mieux ?

— Mais tu es pour moi un quasi… inconnu.

— C'est vrai. Mais il est souvent plus facile de se livrer à un étranger.

Il sentit bientôt l'atmosphère changer autour d'eux et se charger de tension. La main amicale qu'elle avait posée sur son bras se mua en un geste plus intime.

— Tu as peut-être raison, répondit-elle. Mais les inconnus n'ont que faire de toutes ces émotions.

A cette distance, ses yeux étaient plus gris que bleus et lui rappelaient les brumes qui montaient du sol au petit matin.

— Tu es parti de ma chambre, la nuit dernière, dit-elle soudain.

Et derrière cette affirmation se cachait aussi une question : pourquoi avait-il fait cela ? Lui-même n'était pas certain de pouvoir y répondre.

— Je comprends que tu ne souhaites pas t'engager dans une relation sentimentale, continua-t-elle, et moi non plus d'ailleurs. Mais j'ai très envie que tu reviennes, ce soir. Sans attaches, sans complications. Viens, c'est tout. Sans passer par le balcon, cette fois.

— Et si je te disais que je ne peux pas…

Il vit son corps se raidir.

— … attendre jusqu'à ce soir, ajouta-t-il.

Elle poussa un soupir de soulagement.

— Nous pouvons toujours aller dans ma chambre, proposa-t-elle.

Il prit son visage en coupe dans ses mains.

— Je ne peux pas attendre d'y arriver non plus, dit-il d'une voix rauque de désir.

Puis il parsema de baisers sa joue, suivit la courbe de sa gorge et revint mordiller le lobe de son oreille.

— Ici ? Maintenant ? demanda-t-elle d'une voix un peu tremblante.

A cette seule idée, il tressaillit.

— Oui, j'y pense depuis que tu m'as conduit ici, murmura-t-il.

— Nous devrons faire vite, alors.

Les mains d'Ian parcouraient déjà son corps. Lorsqu'il tira son T-shirt par-dessus sa tête, il s'interrompit pour la regarder d'un œil admiratif. Elle portait un soutien-gorge en dentelle rouge foncé, qu'elle avait choisi exprès pour lui. Pour son regard brûlant et pour ses doigts qui effleuraient maintenant la pointe de ses seins.

— Si j'avais su, dit-il, nous ne serions pas arrivés jusqu'au centre du labyrinthe. Et tu n'as encore rien vu.

Il la souleva par la taille puis se pencha vers sa poitrine pour remplacer ses doigts par sa langue. Des aiguillons de plaisir la transpercèrent aussitôt.

Pour toute réponse, elle s'arc-bouta contre lui et l'entendit gémir lorsqu'elle enfonça ses doigts dans ses épaules. Elle ne pensait plus qu'à la magie de sa bouche. Et elle en voulait plus. Même lorsque ses lèvres viriles quittèrent ses seins pour descendre le long de son buste, ce ne fut pas suffisant pour apaiser sa soif de lui.

Elle avait besoin de le toucher à son tour. Désespérément. Parcourant d'une main langoureuse ses épaules et son dos, elle sentit ses muscles rouler sous ses doigts. Bientôt, elle s'attaqua fébrilement aux boutons de sa chemise.

Soudain, d'un geste si impétueux qu'elle fut parcourue de frissons, il se leva, l'entraînant avec lui. Ses mains glissaient rapidement sur son corps, et leurs doigts fiévreux s'emmêlèrent dans leur lutte contre la barrière que formaient leurs vêtements.

— Attends, dit-elle dans un souffle.

Elle fut vaguement consciente qu'il avait extrait un petit sachet en plastique de sa poche pour le poser sur le banc. Au-delà du bourdonnement des abeilles et du doux clapotis de l'eau, le bruit d'une fermeture Eclair et le contact de sa peau lui procurèrent un frisson incroyablement érotique.

L'instant d'après, elle était étendue sous lui dans l'herbe.

— Maintenant, ordonna-t-elle.

Les mots s'étranglèrent dans sa gorge tandis que ses lèvres dures s'abattaient sur les siennes. Elle eut à peine le temps de réagir à leur morsure qu'il était passé à autre chose.

Du bout de la langue, il traça des motifs sur sa gorge, et tout le long de son ventre tandis que ses doigts caressaient voluptueusement son sexe. Prise de vertige sous le flot de plaisir qui l'inondait, elle sentait tous ses sens tendus vers le contact de ses dents et de ses ongles sur sa peau, pendant que sa bouche continuait sa descente infernale et que les caresses de ses doigts se faisaient plus précises. Mais elle en voulait tellement plus !

Et il lui donna ce qu'elle attendait de lui.

Soudain, elle sentit sa bouche et sa main sur les parties les plus sensibles de son corps. Et sa langue la transperça de bonheur. Inlassablement, il lécha et aspira son sexe dans un baiser si intime qu'elle sentit son corps se tendre comme un arc avant d'être inondé d'un torrent de plaisir. Fermant encore plus fort les yeux, elle sentit toute volonté l'abandonner et soudain, anéantie, elle ne put que se soumettre à l'intensité de son orgasme.

Saisissant à pleines mains ses hanches, il parsema son corps de baisers. Elle haletait en même temps qu'elle tremblait de joie, sa peau couverte d'une fine pellicule de sueur.

Puis il s'allongea sur elle et prit le temps d'enfiler un préservatif.

— Jillian, dit-il sur un ton implorant.

Elle plongea son regard dans le sien.

— Jouis avec moi, murmura-t-il contre sa bouche.

Elle passa alors ses bras et ses jambes autour de lui, et, lorsqu'il la pénétra, son corps s'unit au sien pour l'accompagner jusqu'aux portes de la jouissance.

10

Elle ne savait pas combien de temps elle était restée allongée dans l'herbe à caresser le dos de son bel inconnu, à sentir les battements de son cœur sous sa paume. Ou de combien de temps elle disposait avant qu'un client ne s'aventure au centre du labyrinthe et ne découvre une des propriétaires de l'hôtel étendue nue sur le gazon.

Mais elle ne voulait pas bouger, pas encore.

— Je n'ai jamais rien fait de tel, dit-elle.

— Ce n'était pas non plus ce que j'avais prévu, répondit-il.

Elle se redressa légèrement pour le regarder droit dans les yeux.

— Tu avais un plan ? Dis-moi tout !

— Oh, rien de très détaillé, juste des grandes lignes. Mais j'imaginais bien un lit, c'est certain. Et nous avions plus de temps.

Mais sa réponse renvoyait à la question qu'elle lui avait déjà posée. Il aurait pu en effet lui faire l'amour dans un lit s'il n'était pas parti au petit matin…

Elle chassa ces idées de son esprit, car elles n'étaient pas justes. C'était elle qui lui avait proposé une aventure sans attaches et sans complications, non ? Mieux valait changer de sujet.

— Je parlais des Jenkins, corrigea-t-elle.

— Je croyais avoir réussi à te les faire oublier, répondit-il en enroulant une mèche de ses cheveux autour de son doigt. Mais je peux faire une autre tentative.

— Je suis certaine que tu pourrais, dit-elle en souriant. Mais nous avons un peu trop tenté notre chance d'être découverts pour l'instant.

— Je te l'accorde.

Mais aucun d'eux ne bougea. Elle voulait trop prolonger cet instant.

— Pourtant, il y a quelque chose qui me chagrine à propos des Jenkins, continua-t-elle.

— Une seule ?

— Ce sont des hommes d'affaires avertis. Depuis dix ans, ils se sont bâti une solide réputation en rachetant des établissements à rénover pour les transformer en de beaux hôtels. Le colonel est né ici, il a même encore des souvenirs personnels de cet endroit. Je suis presque certaine qu'il se souvient de la cheminée dans la bibliothèque et du labyrinthe. Il est déjà venu à Haworth House pendant que Hattie était encore en vie.

— Pourtant, d'après ce que je sais, elle vivait en recluse.

— C'est ce que l'on dit. Mais j'ai observé la manière dont le colonel Jenkins a regardé le labyrinthe. Il a dit que lorsqu'il était enfant, il croyait que Haworth House était un château où vivait une princesse qui avait besoin d'être secourue. Il n'a donc jamais oublié cet endroit. Dans ce cas, pourquoi a-t-il attendu si longtemps pour songer à l'acheter ?

— Peut-être que les souvenirs étaient enfouis dans sa mémoire jusqu'à ce que toute cette publicité faite autour du fantôme, il y a un mois, les fasse remonter à la surface.

— Peut-être.

Elle réfléchit quelques instants. Par-delà le silence qui régnait, ils entendirent au loin un petit rire.

Aussitôt, ils se redressèrent et commencèrent à se rhabiller.

— En proposant d'acheter Haworth House au double du prix que nous l'avons payé, ajouta-t-elle, ils vont à l'encontre de leur politique. Ce n'est pas ainsi qu'ils procèdent habituellement.

Elle remit la main sur son soutien-gorge à l'autre bout du banc et l'enfila.

— J'aimerais bien savoir pourquoi, conclut-elle.

Elle se retourna et vit qu'il avait enfilé son pantalon. L'idée lui vint au moment où il commençait à boutonner sa chemise.

— Peut-être peux-tu m'aider à le découvrir ? proposa-t-elle.

Lorsqu'il croisa son regard, elle continua vivement :

— Tu fais déjà des recherches sur Haworth House. Avery me l'a dit hier soir, pendant le dîner. Il paraît que tu as interrogé des membres du personnel et des gens du village sur leur perception de l'endroit et ce dont ils se souviennent de son histoire. C'est d'ailleurs ce que tu faisais en ville hier, n'est-ce pas ?

— Oui, répondit-il d'une voix hésitante.

— Je pense que l'histoire du colonel Jenkins et son soudain intérêt pour la demeure sont liés. Il doit bien exister des personnes qui se souviennent de lui. Et puis, ces informations sont susceptibles de t'intéresser, non ?

Ian hésita quelques instants. Il avait résolument l'intention de chercher le lien entre Haworth House et le colonel Jenkins. Mais il se sentait incapable de prendre des décisions rationnelles en se noyant dans le regard de Jillian.

— Je te paierai pour cela, dit-elle.

Dans quel pétrin s'était-il fourré ? songea-t-il en sentant le sol se dérober sous ses pieds. Car s'il acceptait sa proposition, il travaillerait à la fois pour Avery et pour elle. Et entre eux, la situation était déjà assez compliquée.

— Si tu es trop occupé, je comprendrais, ajouta-t-elle.

Mais son regard blessé ne lui échappa pas.

Il s'apprêtait à lui toucher le bras dans un geste de réconfort lorsqu'elle dit :

— Je ferai ma petite enquête de mon côté.

— Attends une minute, intervint-il. C'est d'accord, je vais m'en charger.

— Formidable ! s'écria-t-elle, folle de joie. Dois-je signer un contrat ou une poignée de main te suffit ?

— Serrons-nous la main !

Il venait tout juste de prendre ses doigts délicats entre les siens lorsqu'ils entendirent clairement un bruissement en provenance des buissons tout proches. Un oiseau s'envola de la haie en piaillant, juste derrière eux.

D'un geste vif, il empêcha Jillian de crier en plaçant une main devant sa bouche. Puis, en silence, il lui tendit son pantalon et son T-shirt. Le bruit venait de leur gauche, alors que l'entrée du labyrinthe était à droite. Leur visiteur serait là d'une minute à l'autre.

— Ne dis rien, murmura-t-il contre son oreille en l'invitant à s'accroupir avec lui.

Ils étaient dissimulés derrière le banc et le parterre de fleurs qui bordaient la fontaine, mais la personne de l'autre côté de la haie se faisait de plus en plus proche. Jillian venait de passer son T-shirt par-dessus sa tête lorsqu'ils entendirent un autre bruissement. Les branches de la haie à leur droite se mirent à bouger. La mystérieuse personne les avait rejoints au centre du labyrinthe.

Il était trop tard pour atteindre le banc. Et il ne fallait pas être un génie pour comprendre ce qu'ils faisaient derrière la fontaine. La situation était devenue très embarrassante.

Il prit les mains de Jillian entre les siennes pour l'empêcher de bouger, puis il lui indiqua par signes de ramper sous le banc. Il s'accroupit ensuite près d'elle. De cet angle, il pourrait certainement découvrir celui ou celle qui les avait rejoints. Il saurait alors quoi faire.

Mais ce qu'il vit ne lui plut pas du tout. Elle le dévisageait, l'air maintenant plus apeuré qu'inquiet.

Il y eut alors un bruissement, et une autre ondulation dans la haie sur leur droite. La personne était partie. D'un bond, il se redressa, attrapa Jillian par la main et la tira de sous le banc, tandis qu'un épais nuage de fumée jaillissait à travers les fleurs en face d'eux.

— Ne parle pas, ne respire pas, dit-il dans un souffle.

Elle obéit sans broncher. Ils prirent alors la direction non de l'entrée du labyrinthe, mais de la haie derrière eux.

Plongeant la tête la première dans les branches, il pesa de

tout son poids pour faire fléchir les branches. La fumée se répandait très vite. Leurs yeux se mirent à pleurer et leur vision devint floue à mesure qu'elle se propageait. Il plaça alors une main dans le dos de Jillian et la guida vers la haie suivante. Il passa de nouveau le premier et maintint les branches écartées pour l'aider à passer.

Ils avaient les poumons en feu et, lorsqu'elle inspira, elle se mit à tousser.

Il la prit par la main.

— Vite, nous devons sortir au plus vite ! s'écria-t-il.

— Il doit… y avoir… d'autres issues, dit-elle entre deux quintes de toux.

— La fumée a été contenue par les haies, elle s'envole déjà. Plus nous sortirons vite, et plus nous pourrons condamner le labyrinthe. Dépêchons-nous !

Il l'entraîna avec lui.

— Y a-t-il plusieurs sorties ? demanda-t-il.

— Oui, répondit-elle. Que s'est-il passé ? Qui était-ce ?

— Sortons d'abord.

La peur était mauvaise conseillère, songea-t-elle en retrouvant son sang-froid.

— Prends à droite, dit-elle.

Elle mobilisa ensuite ses efforts pour les faire sortir du labyrinthe. Heureusement, elle connaissait parfaitement le lieu, mais il ne fallait à aucun prix croiser la personne qui les avait rejoints au centre du dédale.

Une demi-heure plus tard, Ian était assis avec Jillian autour d'une tasse de café dans la suite d'Avery. Celui-ci avait versé un peu de cognac dans leur boisson et commandé des sandwichs. Il avait beaucoup insisté pour appeler Nate Kirby, le shérif. En attendant son arrivée, il leur posa quelques questions.

Lorsqu'ils étaient sortis du labyrinthe, il s'était précipité vers eux avec des extincteurs. Un client avait en effet signalé la naissance du feu à la réception.

Elle avait aussitôt rassuré son ami, lui indiquant qu'il ne s'agissait pas d'un feu, mais d'une simple grenade lacrymogène. Rien de plus qu'une stupide farce. Entre-temps, la plus grande partie de la fumée s'était envolée.

Sa faculté à se ressaisir était étonnante, songea Ian. Il avait lu de la peur et de la confusion dans ses yeux lorsqu'il l'avait tirée vers la deuxième haie. Mais personne n'aurait pu s'en douter, tant elle gérait bien la situation avec le personnel et les clients. Avery la secondait à merveille, et avait demandé au personnel de placer une chaîne à l'entrée du labyrinthe pour le condamner temporairement.

Pendant ce temps, Ian avait gardé un œil sur la haie extérieure. Personne n'en était sorti, ce qui ne le surprenait pas. Celui ou celle qui les avait suivis dans le labyrinthe avait très bien planifié son méfait, et savait comment quitter les lieux sans être vu. Et il était presque certain que la bombe lacrymogène était liée aux autres incidents. Il avait plusieurs preuves.

Sauf qu'il ne savait pas encore comment empêcher ses deux patrons de ne pas le renvoyer.

Avery leva son verre et but une petite gorgée.

— Quelqu'un peut-il me dire ce qui s'est passé dans le labyrinthe ? demanda-t-il.

— Je pense qu'il s'agit d'une bombe lacrymogène, répondit Ian. Le shérif Kirby pourra le vérifier. Mais avant qu'il arrive, nous devons d'abord tirer plusieurs choses au clair.

Il regarda Jillian et Avery tour à tour.

— Ensuite, vous pourrez me renvoyer tous les deux si vous le souhaitez, dit-il.

Ils le regardèrent, l'air surpris, puis Jillian prit la parole la première.

— Avery t'a embauché ? Je croyais que tu étais ici pour faire des recherches pour ton livre.

Avery lui lança un regard inquisiteur.

— Jillian vous a embauché pour faire quoi exactement ?

— Jillian m'a demandé de découvrir pourquoi les Jenkins veulent acheter Haworth House le double de son prix.

Avery prit la main de la jeune femme.

— C'est pour ça qu'ils sont venus ? demanda-t-il.

— Je vous expliquerai plus tard, répondit Ian. Pour l'heure, il est important que Jillian sache que vous m'avez embauché pour effectuer des recherches sur les trois incidents qui se sont produits à l'hôtel.

Jillian lança à Avery un regard étonné.

— Quels incidents ? demanda-t-elle.

Avery lui lança un regard courroucé.

— Vous vous fâcherez plus tard, dit Ian. Mais pour l'instant, je pense qu'elle doit être mise au courant. C'est sa sécurité qui est en jeu.

Hochant la tête d'un air contrit, Avery relata à Jillian les faits et il ne put s'empêcher de les observer. Certes, elle n'était pas heureuse d'apprendre la supercherie, mais elle ne retira pas sa main de celle de son ami. Ils partageaient une profonde amitié et, d'une certaine manière, il les enviait. Car hormis sa toute récente relation avec son frère Dane, il n'avait jamais partagé rien de tel.

Elle se massa la tempe de sa main libre.

— Quelqu'un a saboté le système de climatisation, a tenté d'empoisonner les clients avec des champignons toxiques, et a tendu un câble pour blesser un client, s'écria-t-elle, et vous n'avez rien dit, ni à mes sœurs ni à moi !

— Tous ces incidents auraient très bien pu être sans rapport, intervint Avery. Je ne voulais pas t'alarmer tant que je n'avais pas de certitudes. Après l'histoire de l'escalier, j'ai décidé d'embaucher Ian.

Elle se tourna vers lui, l'air exaspéré.

— Tu as embauché un homme venu écrire un livre pour enquêter sur ces actes malveillants ?

— C'est l'hôpital qui se moque de la charité, ma chérie, rétorqua Avery. Je te rappelle que toi aussi, tu l'as embauché.

— Je voulais qu'il vérifie des informations en rapport avec l'histoire de l'île, dit-elle. Je pensais que de toute façon, son enquête le conduirait dans ce sens. Tandis que toi, tu l'as embauché pour enquêter sur une tentative de meurtre !

— Tu vas un peu loin, répliqua son ami. Jarrell m'a affirmé que les champignons auraient tout au plus causé une bonne indigestion.

— Et tu as fait appel à un écrivain pour ça ! s'écria-t-elle, l'air narquois. Nous voilà sauvés !

Ian mit deux doigts dans sa bouche et siffla. Une fois qu'il eut attiré leur attention, il leur lança :

— Laissez-moi éclaircir la situation, dit-il. Premièrement, je ne suis pas écrivain. Et deuxièmement, je ne m'appelle pas Jack Ryan. Je suis Ian MacFarland, le frère de Dane. Avery m'a appelé car il ne voulait pas interrompre les vacances de ta sœur et de mon frère dans le sud de la France.

Il avait cru qu'il était suffisamment armé pour affronter cette situation, mais il se sentit démuni en percevant l'éclair de douleur qui traversa les beaux yeux de Jillian. Car celui-ci l'avait atteint droit au cœur.

Même s'il savait que la jeune femme était forte et qu'elle rebondirait, cette idée ne lui fut d'aucun réconfort.

Il se tourna alors vers Avery, qui avait l'air furieux.

— Je pense que pour la sécurité de Jillian, il faut qu'elle soit informée, dit Ian. Les deux derniers incidents, le vandalisme du magasin et la bombe lacrymogène, la concernent directement. Et les problèmes n'ont fait que monter en puissance, en fréquence comme en violence. L'incident de la climatisation a eu lieu il y a deux semaines, celui des champignons la semaine dernière, et le câble dans l'escalier, il y a quatre jours. En revanche, le saccage du magasin, la panne informatique et la bombe lacrymogène se sont tous produits en moins de quarante-huit heures.

— Et ils sont maintenant de notoriété publique, souligna Jillian. Concernant les trois premiers incidents, seules quelques personnes sont au courant. Mais le saccage du magasin, les problèmes informatiques et la bombe lacrymogène dans le labyrinthe vont faire les gorges chaudes des gens du village.

— Tu as raison, répondit-il en admirant sa faculté d'analyse.

— D'accord, dit Avery en se tournant vers elle. Ça me semble logique. Je suis désolé de ne pas t'avoir tenue au courant plus tôt.

Il lui tenait toujours étroitement la main.

— En définitive, dit Ian, vous m'avez tous les deux embauché pour le même problème.

Elle le regarda froidement.

— Tu penses que les Jenkins sont impliqués ? demanda-t-elle.

— Ce n'est pas exclu, répondit-il. Je me méfie des coïncidences et j'ai du mal à croire que leur envie soudaine d'acheter l'hôtel soit sans rapport. Comme par hasard, le système informatique est tombé en panne le jour de leur visite. Il faut que je mène mon enquête.

Il se tourna vers Avery.

— Je vais appeler mon ami Cody Marsh, continua-t-il, et lui demander de venir. Jillian sera ainsi encore mieux protégée.

Il la regarda, puis reporta son attention sur Avery.

— Si vous voulez me renvoyer, sachez que je ne partirai pas tant que cette histoire ne sera pas réglée. A vous de choisir s'il convient d'en informer les autres sœurs. De mon côté, je n'en dirai rien à Dane. Pour l'instant. Mais Nate Kirby doit être informé de tout.

Elle le regarda fixement.

— Je ne te renvoie pas, dit-elle. Je veux que l'on découvre qui cherche à nuire à mon hôtel.

Elle se tourna alors vers Avery.

— Nous allons tout dire à Nate, ajouta-t-elle. Je ne crois pas que ce soient des adolescents qui sont venus lancer une bombe lacrymogène dans le labyrinthe, cette fois.

— Tout à fait d'accord, dit Ian. Et ce n'est pas une simple intuition. Lorsque j'ai parlé à Tess Callahan ce matin, elle m'a dit que quand elle a vu tomber la cliente dans l'escalier, il n'y avait qu'un seul témoin dans le hall, un homme. Elle s'en souvient pour deux raisons. Tout d'abord, il ne s'est pas levé pour proposer son aide lorsque l'accident a eu lieu. Enfin, il portait des bottes de chantier, ce qui n'est pas courant dans un hôtel.

Soudain, la sonnerie du téléphone interrompit leur conversation. Avery prit aussitôt la communication.

— Faites-le monter, dit-il.

Puis il raccrocha.

— Nate vient d'arriver, annonça-t-il. Mais quelle importance peuvent bien avoir ces chaussures ? continua-t-il.

— Je n'ai pas pu voir la personne qui a lancé la bombe lacrymogène dans le labyrinthe, répondit-il, mais j'ai juste vu ses pieds : elle portait des bottillons de chantier.

Jillian prépara du café et prit le temps de disposer des tasses et des petites cuillers sur un plateau. Dès que Nate Kirby était entré dans la pièce, elle lui en avait proposé une tasse qu'il avait acceptée avec empressement et elle avait disparu dans la kitchenette attenante.

Si elle jouait à la maîtresse de maison, c'est qu'elle avait besoin de remettre de l'ordre dans ses idées. Car son esprit était encore troublé par toutes les émotions qu'elle avait vécues ainsi que par les révélations d'Avery et de Jack — alias Ian.

Elle trouva des petites serviettes en tissu et les plia soigneusement, puis elle remplit un petit bol de sucre.

Elle cherchait juste à gagner du temps pour mieux réfléchir aux trois problèmes qu'elle devait résoudre. Tout d'abord, quelqu'un cherchait à nuire à Haworth House, et ce quelqu'un était prêt à mettre la vie de ses clients en danger. Mais malgré la colère et la peur qu'elle éprouvait, elle était déterminée à aller au fond des choses.

Pourtant, ces ennuis compliquaient encore plus la situation avec Ian MacFarland. Il n'était pas question qu'elle le renvoie pour lui avoir menti car, s'il était aussi compétent que son frère, elle avait besoin de lui à son côté.

Elle n'était pas idiote.

Son deuxième problème était Ian MacFarland lui-même. Elle avait voulu une relation simple. Une, deux, voire trois nuits, cela allait encore pour une aventure avec un inconnu. Mais une semaine, ça dépassait les bornes.

Inutile de se mentir : elle avait utilisé cet homme pour réaliser un fantasme d'adolescente qu'elle aurait dû oublier il y avait déjà plusieurs années.

Et maintenant, la situation était devenue incroyablement compliquée. Ian n'était plus un inconnu, mais le frère de l'homme dont sa sœur était tombée amoureuse. Elle allait devoir faire avec.

Le troisième problème était tout aussi grave et ne la concernait qu'elle. Car indépendamment du fait qu'Ian lui avait menti, elle ne pouvait nier les émotions qu'elle avait ressenties dans le labyrinthe. Et cette seule pensée lui donnait le vertige.

Fermant les yeux, elle repensa aux moments où, après l'amour, ils avaient parlé, allongés dans l'herbe. Au fond de son cœur, quelque chose lui avait échappé. Et malgré la peur ressentie en fuyant le gaz lacrymogène, malgré sa gêne d'apprendre qu'elle avait réalisé son fantasme avec son futur beau-frère, elle n'arrivait pas à reprendre possession de cette partie d'elle-même.

— La cafetière fonctionnera mieux si tu appuies sur le bouton.

Jillian ouvrit les yeux et aperçut Avery. Elle ne l'avait même pas entendu approcher.

— Je suis désolé de t'avoir caché que j'avais embauché Ian, dit-il d'un air penaud.

— Tu aurais dû, en effet, répondit-elle froidement. Mais je comprends ta démarche. Je n'ai pas non plus envie de parler de la situation à Naomi ou à Reese si je peux l'éviter.

— Sinon, comment te sens-tu ? demanda son ami.

Elle parvint à lui sourire.

— Ça va, dit-elle d'une petite voix.

— Menteuse ! Rappelle-toi que tu parles à Avery, et tu ne vas pas bien. D'abord, ton T-shirt est à l'envers, ce qui répond peut-être à ma question : que faisais-tu avec Ian dans le labyrinthe ?

Jillian poussa un petit gémissement.

— Tu crois que Nate s'en est aperçu ? demanda-t-elle, inquiète.

— Allons, c'est un flic, répondit Avery. Il est habitué à

relever le moindre détail. Lorsque j'ai quitté le salon, Ian nous a expliqué que vous étiez seuls dans le labyrinthe jusqu'à ce que l'homme aux bottillons vous interrompe.

Elle l'arrêta d'un geste.

— Tourne-toi, ordonna-t-elle à son ami.

Elle remit rapidement son T-shirt à l'endroit et le rentra dans son pantalon.

— Permets-moi donc de te reposer la question, dit Avery. Est-ce que tout va bien ?

Cela ne servait à rien de nier. Avery la connaissait mieux que quiconque, peut-être même mieux que ses sœurs.

— Ian et moi, ce n'est rien de sérieux, dit-elle précipitamment. Je croyais que nous étions deux étrangers l'un pour l'autre, alors qu'il n'en est rien. Donc, on peut dire que c'est… terminé.

Cela lui faisait du bien de prononcer ces mots à haute voix. Mais elle devrait s'habituer à ce pincement qui étreignait douloureusement son cœur.

— En quoi le fait d'être des étrangers fait-il la différence ? demanda Avery.

— Ça change tout, expliqua-t-elle. Nous étions attirés l'un par l'autre, mais nous ne nous connaissions ni d'Eve ni d'Adam.

— Très bien, mais je ne comprends toujours pas.

— En fait, nous avons réalisé un fantasme : celui d'avoir une aventure avec un inconnu.

— C'est en effet plus clair.

— Tu comprendras donc pourquoi il est logique de mettre un terme à cette relation, puisqu'une partie du fantasme ne se vérifie plus.

Elle se sentait déjà mieux.

— Sauf si…, commença Avery en servant le café.

Elle lui lança un regard furibond.

— Il n'y a pas de « sauf si », dit-elle sèchement.

— On dirait que cette demeure a le don de réaliser des rêves secrets, répliqua Avery. Le fantasme de Naomi de faire l'amour avec un prêtre s'est accompli. C'est ainsi qu'elle a rencontré Dane, tu te souviens ?

Ignorant le petit vent de panique qui venait de la saisir, elle souleva le plateau et s'apprêta à rejoindre Nate et Ian.

— Je dois m'occuper de choses plus importantes pour l'instant, comme la sécurité de nos clients.

Elle le regarda par-dessus son épaule.

— Et concernant mon fantasme, c'est maintenant du passé.

11

— Voici le café, dit Jillian en posant le plateau sur la table basse. Du lait et du sucre, Nate ?

— Oui, volontiers, répondit-il.

Il posa son carnet de notes pour saisir la tasse qu'elle lui tendait.

Jillian se tourna alors vers Ian.

— Et pour toi ? demanda-t-elle.

— Noir et sans sucre, s'il te plaît.

Elle servit enfin Avery et elle-même et s'assit à côté de Nate.

— Je suppose que mes amis vous ont expliqué la situation, dit-elle.

Nate leur lança un regard désapprobateur.

— Oui, mais un peu tard, répliqua-t-il. A partir de maintenant, j'espère être informé plus tôt.

— Vous pouvez compter sur moi, répondit-elle en prenant une gorgée de café.

— Avery m'a remis le câble qu'il a trouvé dans l'escalier, dit Nate. Je vais le faire examiner. Il a peut-être été acheté sur l'île. J'ai aussi envoyé Tim, mon adjoint, dans le labyrinthe. Il a récupéré la bombe lacrymogène. Je vais la faire analyser.

Il prit une grande gorgée de café et s'adossa à son siège.

— Pris individuellement, dit-il, tous les incidents, à l'exception peut-être du dernier, peuvent être perçus comme une série de désagréments fortuits.

Il se tourna vers Avery.

— Comme je n'ai pas été tenu informé de ce qui se passait

à l'hôtel, ajouta-t-il, je n'ai pas pu faire le lien avec le saccage de la librairie. Mais même si vous ne m'aviez pas appelé, je vous aurai contacté.

— Pourquoi cela ? s'étonna Ian. Je croyais que vous en étiez resté au fait qu'il s'agissait d'une bande de lycéens désœuvrés.

— C'était une bonne hypothèse, en effet, dit Nate en se tournant vers Jillian. Une fois que vous êtes partie, j'ai étudié la manière dont le voyou s'est introduit dans le magasin, mais je n'ai trouvé aucun signe d'effraction.

— Mais comment…, commença-t-elle.

— Il avait soit une clé, soit un outil spécial, intervint Ian.

— C'est exact, confirma Nate. Ce pourrait donc être le travail d'un professionnel, ce qui infirme mon hypothèse de départ. Ce matin, j'ai interrogé les deux jeunes personnes qui ont taggé le château d'eau et je les ai même emmenées dans la librairie. Ils étaient outrés.

— Outrés ! s'écria Jillian.

— Ils étaient profondément blessés que l'on ait pu associer ces tags à leur art. De plus, ils ont un alibi. Les deux jeunes étaient à une fête près de Boston organisée par leur professeur d'arts plastiques. J'ai parlé à votre avocat, Jillian, et il m'a dit que Vivian Thorley, votre agent immobilier, lui a fait visiter le magasin avant de lui remettre les clés. C'était il y a dix jours et tout était en ordre.

— Ainsi, tous ces incidents se sont produits ces deux dernières semaines, conclut Ian.

Jillian regarda tour à tour Nate et Ian.

— Vous croyez qu'une seule personne est responsable de ces incidents ?

— C'est ce que je pense, en effet, répondit Nate.

— Et elle doit avoir un complice dans l'hôtel, ajouta Ian. Jarrell suppose que les champignons ont été remplacés par une personne qui connaît bien l'établissement et son fonctionnement.

Il regarda Jillian.

— Il ou elle te vise tout particulièrement. Tu n'étais censée venir que la semaine prochaine. Mais depuis ton arrivée, les incidents se sont multipliés.

— Mais pourquoi ? demanda-t-elle, interloquée.

— Le message sur le mur de ton magasin est très clair, répondit Ian. « Partez tant qu'il en est encore temps ».

Sentant la moutarde lui monter au nez, elle serra les poings.

— Je ne lui ferai pas ce plaisir, tempêta-t-elle. Je ne vais pas me laisser impressionner. En revanche, je ne veux pas mettre mes clients en danger.

Nate lui prit la main dans un geste de réconfort.

— Ne vous inquiétez pas, dit-il, jusqu'à présent, personne n'a été blessé.

— Si Jarrell n'avait pas découvert les champignons, répondit-elle, inquiète, des clients auraient pu tomber malades.

Elle lutta pour ne pas céder à la panique.

— La dame qui est tombée dans l'escalier aurait pu être blessée, continua-t-elle. Et nous avons eu de la chance que personne ne se soit trouvé dans le labyrinthe aujourd'hui. Nous devons trouver qui se cache derrière tout ça.

— Tout à fait d'accord, répliqua Ian en se tournant vers Nate. Pour l'instant, cette personne s'est contentée de méthodes dissuasives, mais rien ne nous dit qu'elle va s'en tenir là. J'ai mis Cody Marsh, un ami de la CIA, sur le coup. Il est actuellement en voyage à Seattle, mais je vais lui demander de venir aussi vite que possible pour nous aider.

— Bonne idée, répondit Nate. Je ne peux mettre personne à plein temps sur cette affaire.

Ian reporta son attention sur Jillian.

— Pendant que tu étais dans la cuisine, dit-il, j'ai raconté à Nate la visite des Jenkins. J'aimerais aller en ville et commencer mon enquête sur l'histoire du colonel dans l'île. Je voudrais que tu m'accompagnes.

Elle ouvrit la bouche pour répondre, mais il l'interrompit d'un signe de la main.

— Pour plusieurs raisons, continua-t-il. Tout d'abord, les deux hommes t'ont fait une offre d'achat pour l'hôtel. Ils peuvent donc avoir intérêt à te faire peur. Je pense que ces informations sont prioritaires. De plus, travailler en équipe sera plus rapide et plus sûr. Tant que cette affaire n'est pas élucidée, tu ne dois pas rester seule.

— C'est exact, approuvèrent Nate et Avery de concert.

Elle leur lança un regard de défi.

— Mais je ne suis pas seule dans l'hôtel, se défendit-elle.

— Oui, mais Avery ne peut pas s'occuper de la sécurité des clients tout en gardant un œil sur toi, rétorqua Ian.

Il avait raison sur toute la ligne, jusque dans le ton professionnel qu'il avait utilisé pour s'adresser à elle. Elle parlait désormais à Ian MacFarland, et non plus à Jack Ryan, son écrivain inconnu. Et elle aussi devait garder ses distances. D'ailleurs, elle n'était pas du tout certaine d'avoir envie d'enquêter avec lui sur les Jenkins, mais, à son air déterminé, elle sut qu'elle n'avait pas le choix.

— D'accord, dit-elle en soupirant.

Elle se leva et se dirigea vers la porte de la suite en passant devant lui.

— Rendez-vous dans le hall dans une demi-heure, ajouta-t-elle. Nous parlerons de la marche à suivre dans la voiture.

En la voyant descendre l'escalier, Ian admira tout autant sa ponctualité que sa tenue. Elle portait une jupe chamarrée qui dansait gracieusement autour de ses genoux. Son chemisier bleu noué autour de la taille attira particulièrement son attention. Du regard, il effleura les centimètres de peau découverte dont il se rappela la chaleur et la douceur, et un frisson de désir le parcourut.

Elle avait attaché ses cheveux en une queue-de-cheval retenue par un ruban et de grands anneaux pendaient à ses oreilles. Quelque chose en elle lui rappelait un papillon.

Puis elle croisa son regard et l'émotion le submergea. Pourquoi le troublait-elle tant ? Il devait pourtant rester concentré sur son travail.

Jusqu'à présent, il n'avait pas encore pensé à eux deux. Mais maintenant, il avait le sentiment qu'elle souhaitait faire machine arrière. Et c'était ce qu'il y avait de plus sage pour eux.

Elle avait même le droit d'être en colère contre lui. Dans le labyrinthe, il s'en voulait d'avoir été si négligent. Car le criminel aurait pu lancer un gaz plus mortel qu'une simple bombe lacrymogène. Cette idée lui avait traversé l'esprit dès qu'ils étaient sortis du jardin.

Il valait donc mieux mettre un point final à ce qui s'était passé entre Jillian Brightman et Jack Ryan. C'était beaucoup plus sûr. Du moins, tant qu'ils n'avaient pas découvert qui se cachait derrière ces incidents.

Dès qu'elle l'aperçut, Jillian se dirigea vers lui avec un petit sourire distant.

— Je suis prête, dit-elle. Et je sais exactement par où il faut commencer.

— Je t'écoute.

— Je voudrais aller à la bibliothèque pour parler avec Emmy Lou Pritchard.

— C'est comme si c'était fait, répondit-il. Ma voiture n'est pas très loin.

Il la vit froncer les sourcils.

— La mienne aussi.

— Je vois, répondit-il sur un ton neutre. Mais je ne vais pas te laisser partir seule. Il est donc hors de question de prendre deux voitures. Par ailleurs, je t'ai déjà vue conduire et j'ai déjà eu ma dose d'émotions fortes pour aujourd'hui.

Il la vit hésiter quelques secondes.

— D'accord, dit-elle, j'avoue que je ne t'ai pas fait très bonne impression.

— En ce qui concerne la conduite, uniquement, corrigea-t-il. Le reste me convient parfaitement.

Puis ils quittèrent l'hôtel et il lui ouvrit la portière de la voiture côté passager.

— Tu as fait preuve de beaucoup de sang-froid dans le labyrinthe, dit-il.

— Merci, mais tu nous as très bien sortis de là, répondit-elle.

— Je te remercie.

Il ne savait pas trop pourquoi, mais cet échange de politesses commençait à l'ennuyer. Il contourna le 4x4 et se glissa derrière le volant.

Il conduisit en silence jusqu'au bout de l'allée.

— Je suis allée sur ton site Web, dit-elle enfin. MacFarland Investigations. C'est toi qui l'as conçu ?

— Oui.

— J'ai également conçu le mien, mais il n'est pas aussi réussi. Tu pourras me donner quelques conseils ?

— Ça peut se faire.

Dans une minute, elle allait commencer à lui parler de la pluie et du beau temps. Mais son parfum l'enveloppait en faisant resurgir des souvenirs torrides, les moments qu'ils avaient partagés juste avant d'être interrompus par la bombe lacrymogène. Il savait qu'elle avait tremblé comme lui de plaisir, et qu'ils pourraient très bien recommencer. Ils avaient tant à partager ! songea-t-il.

Un seul regard vers elle confirma ses pensées. Certes, sa voix était froide et polie, mais ses mains étaient serrées si fort sur ses genoux que les jointures de ses articulations étaient blanches, preuve qu'il ne lui était pas indifférent. Cette idée le réconforta.

— Tu as travaillé en tant qu'analyste pour la CIA, dit-elle. Très impressionnant, mais pourquoi es-tu parti ?

— Mon frère Dane est venu me demander de rejoindre son entreprise.

— Et tu as démissionné, comme ça ? s'étonna-t-elle.

Au ton de sa voix, il se tourna de nouveau vers elle. Il avait l'impression d'entendre son patron lorsqu'il lui avait remis sa lettre de démission.

— Dane m'a proposé de m'associer dans sa société, mais sans aucune pression de sa part, expliqua-t-il. D'autre part, je m'ennuyais à rester assis devant un ordinateur, et mon frère et moi avions beaucoup de temps à rattraper.

— Je comprends, répondit-elle en posant une main sur son bras. Ma question était stupide. Naomi m'a raconté que vous aviez été séparés enfants, et que vous vous étiez perdus de vue pendant des années. C'était évident que tu accepterais son offre.

Toute froideur avait disparu de sa voix, à présent empreinte d'une compréhension et d'une compassion qu'il n'avait senties chez personne auparavant.

— Mon patron était très en colère, dit-il en soupirant, et mes collègues de travail m'ont traité de fou.

— Mais Dane fait partie de ta famille, et votre association fonctionne bien, dit-elle. Naomi m'a dit que vous formiez une bonne équipe.

— Jusqu'à présent, oui. Mais Dane ne va pas être très content d'apprendre que j'ai accepté ce travail sans l'en informer.

— Naomi non plus. Elle a le complexe de la grande sœur. Si elle savait ce qui se passait à l'hôtel, elle sauterait dans le premier avion venu. Nous devons vraiment découvrir le fin mot de…

Sa voix s'éteignit dans le virage où ils avaient failli trouver la mort. Il ralentit, attentif aux traces de dérapage nettement visibles sur la chaussée.

Puis il observa Jillian du coin de l'œil. Elle avait l'air vidé et las. Elle s'adossa lourdement contre le siège.

— Jillian, dit-il doucement en se garant sur le bas-côté. Que se passe-t-il ? Qu'est-ce qui ne va pas ?

— Je suis désolée, répondit-elle en se tournant vers lui. J'ai cru que j'y arriverais. D'habitude, je m'en sors plutôt bien.

— Arriver à quoi ?

— A tourner la page. J'avais décidé de faire comme toi, de maintenir nos relations sur un plan professionnel comme si… rien ne s'était passé entre nous.

Il la dévisagea quelques instants.

— Tu penses que c'est ce que je souhaite ?

— Oui, dit-elle, sûre d'elle. C'est ce que tu m'as laissé entendre dans la suite d'Avery. Et j'admets qu'il vaut mieux que nous fassions équipe. C'est plus sûr et plus efficace. Nous devons trouver le plus rapidement possible la cause de ces incidents. Je comprends donc ton choix.

— Et toi, tu veux que nous maintenions nos relations sur un plan strictement professionnel, Jillian ?

— Oui, répondit-elle après quelques secondes d'hésitation.

Elle se mit à froisser nerveusement les plis de sa jupe.

— Et que s'est-il passé entre nous dans ta chambre, la nuit dernière, et dans le labyrinthe ? demanda-t-il.

Elle le regarda de nouveau.

— Ça n'aurait jamais dû arriver. Tout est ma faute.

Il fit un geste pour lui prendre la main, mais elle se dégagea.

— Laisse-moi finir, continua-t-elle. J'ai glissé ce message sous ta porte. Tout ce que je voulais, c'est que tu sois l'inconnu de mon fantasme. Mais je croyais que les choses en resteraient là. C'était mon plan de départ.

— Tu voulais faire l'autruche. Faire comme si rien n'était arrivé, et continuer ta route.

— Exactement, lâcha-t-elle sèchement.

— J'aurais pu faire pareil, tu n'as pas besoin de me donner d'explications.

— Si, se défendit-elle. Tu es le frère de l'homme dont ma sœur est amoureuse. Tu as le droit de savoir pourquoi je me suis comportée ainsi. Ce n'est pas mon genre, tu sais.

Par expérience, il préféra se taire. Il avait passé la plupart de son temps derrière un ordinateur, mais il en savait assez sur les interrogatoires pour savoir que le silence était souvent plus efficace que les questions frontales.

Bientôt, elle reposa lourdement les mains sur ses genoux.

— Je ne comprends pas tout moi-même, dit-elle en le regardant fixement. Il me semble t'avoir déjà dit que j'étais de nature impulsive. Il m'arrive parfois de foncer. Mais je n'ai jamais rien fait de tel auparavant. Je dois reconnaître que je t'ai désiré à l'instant où je t'ai vu. Même encore maintenant. Nous ne sommes qu'à quelques mètres de l'endroit où j'ai failli te tuer et tout ce qui me vient à l'esprit, c'est ce que j'ai ressenti la première fois que tu m'as touchée. Ou comment ce sera quand tu me toucheras de nouveau.

A ces mots, il ressentit pour elle non seulement du désir, mais aussi des sentiments. Et il dut mobiliser toute sa force de volonté pour garder le contrôle de lui-même.

— Je te comprends très bien car je ressens exactement la même chose, répondit-il.

— Oh ! dit-elle en poussant un petit cri de surprise.

Il tenta d'esquisser un geste, mais elle leva les mains.

— Attends, je n'ai pas terminé, dit-elle. Le désir a sans doute été réciproque.

— Pas « sans doute », répondit-il. Il a bien été réciproque.

Elle inspira profondément avant de poursuivre :

— Mais il y avait autre chose qui m'a poussée à aller jusqu'au bout.

— Tu n'as pas besoin de te justifier, dit-il. Dès que j'ai reçu ton message, j'ai fait quelques recherches. Je voulais être certain de bien comprendre. Avoir une aventure avec un inconnu est un fantasme très courant.

Elle plaça la main devant ses yeux en gémissant.

— Et tu en as conclu que dès que j'ai croisé un homme qui me plaisait, j'ai écrit mon fantasme sur un vieux bout de parchemin avant de le glisser sous ta porte.

Il finit par prendre ses mains entre les siennes. Mais lorsqu'elle tenta de se dégager, il la retint fermement.

— Je n'ai rien pensé de tout cela, dit-il d'une voix rassurante. J'ai suffisamment d'amour-propre pour croire que tu ne l'as adressé qu'à moi.

— C'est le cas.

— J'en suis heureux.

— Tu es un homme bon, Ian MacFarland, dit-elle enfin.

Il exerça une brève pression sur ses mains.

— Non, je suis juste honnête. J'ai cru que tu avais glissé ce message sous ma porte pour répondre à ma proposition de remettre à plus tard notre interlude dans l'escalier. En revanche, j'ai été surpris par le bout de parchemin et par l'écriture calligraphiée.

Elle poussa un petit soupir.

— Voilà la partie de l'histoire dont je voulais te parler, dit-elle. Et elle est en rapport avec la découverte de la chambre secrète de Hattie Haworth. Nous y avons trouvé un carton à chapeau rempli de fantasmes sexuels inscrits sur des bouts de parchemin.

— Dane m'a en effet parlé de cette chambre, mais pas du carton, dit-il, surpris. Tu peux m'en dire plus ?

Elle lui raconta alors tout en détail : la découverte du carton à chapeau lors de la première visite de la tour, le jour où ses sœurs et elle avaient choisi leurs enveloppes, jusqu'à la veille, où elle avait tenté une troisième fois sa chance.

Il l'écouta attentivement sans l'interrompre, puis il lui sourit.

— On dirait que tu as ouvert la boîte de Pandore, dit-il. Et ton récit soulève plusieurs questions.

— Lesquelles ?

— Tu n'es pas curieuse de savoir à quoi servait cette boîte ?

Elle acquiesça.

— Je rêve de le découvrir. Mes sœurs et moi avons même supposé que Hattie dirigeait une maison close. Tu aurais dû voir à quoi ressemblait son boudoir avant sa rénovation !

— C'est ce que Nate appellerait une théorie. Mais ce n'est pas la seule possibilité. Mon ami Cody va adorer cette affaire. Il a déjà effectué quelques enquêtes dites « paranormales ». Reste à découvrir pourquoi Hattie a caché le carton et pourquoi elle t'en a révélé l'existence.

— Cela veut dire que tu crois en Hattie ?

— Mon frère y croit. Ta sœur prétend qu'elle a essayé de lui sauver la vie. Hattie mérite bien plus que mon scepticisme. Qui d'autre connaît l'existence de la boîte à fantasmes ?

— Mes sœurs, Avery et ton frère. Je suppose que Naomi lui a tout raconté, puisque son fantasme était de faire l'amour avec un prêtre.

— Vraiment ? dit-il avec un large sourire. J'imagine que Dane a dû se trouver en très mauvaise posture. Et je suis heureux que tu n'aies pas pioché celui-ci. Personne d'autre n'est au courant ?

Elle réfléchit.

— Je ne m'attendais pas que tu accueilles aussi bien cette histoire, ni qu'elle t'amuse. Je croyais plutôt te voir en colère.

— Je suis beaucoup plus intrigué qu'amusé. Mais pourquoi devrais-je être en colère ?

Elle retira ses mains d'entre les siennes.

— Pour t'avoir utilisé pour réaliser un fantasme que j'ai tiré au sort dans un carton à chapeau.

Sans réfléchir, il prit son visage entre ses mains et pressa ses lèvres contre les siennes. Aussitôt, elle s'agrippa à ses épaules, comme pour le retenir.

— Juste pour que tu te souviennes, dit-il en balayant doucement de nouveau ses lèvres. Et sache que tu peux m'utiliser pour réaliser tous les fantasmes que tu souhaites, quand tu le voudras.

Puis il se détourna et remit le moteur en route.

— Mais nous ne pouvons plus jouer à réaliser nos fantasmes ! s'écria-t-elle.

— Et pourquoi cela ?

— Nous devons découvrir qui cherche à me faire quitter Haworth House.

— Tout à fait d'accord. Mais ce qu'il y a entre nous ne va pas s'évanouir pour autant. Pourquoi ne pas laisser cette question en suspens le temps que cette affaire soit résolue ?

— Excellente idée, mentit Jillian.

C'était en effet la décision la plus logique et la plus censée.

Ian négocia un virage un peu serré puis se tourna vers elle et la regarda avec tendresse.

— Mais peut-être qu'elle ne restera pas en suspens. Dans ce cas, nous devrons nous montrer polyvalents.

12

Un mélange d'ombre et de lumière enveloppait le perron de la bibliothèque. Le bâtiment en pierre grise, formé de deux étages, aurait pu passer pour une forteresse si sa façade n'avait pas été percée d'une multitude de fenêtres.

En s'approchant avec Ian, Jillian passa mentalement en revue les questions qu'elle se posait sur Samuel Jenkins premier du nom. Et elle comptait bien trouver les réponses ici, à la bibliothèque. Si ses souvenirs étaient bons, son suicide remontait à l'année 1955. Autant dire que le dossier était clos depuis longtemps.

— C'est toi qui poses les questions, n'est-ce pas ? demanda-t-elle en se tournant vers son compagnon.

— Je pense plutôt que nous en poserons tous les deux. Nous formons une équipe, non ?

— Oui, bien sûr.

Cette réponse lui fit chaud au cœur tout en la rendant un peu nerveuse.

— Je tiens à préciser que je n'ai pas beaucoup d'expérience dans le domaine de la coopération, avoua-t-elle. Sauf avec mes sœurs.

— Pareil. J'ai toujours fait cavalier seul avant de commencer à travailler avec Dane.

Il lui prit la main et la serra dans un geste de réconfort.

— Ne t'inquiète pas, nous improviserons au fur et à mesure.

— Madame Brightman, monsieur Ryan, attendez ! cria une voix de femme.

Comme un seul homme, ils se retournèrent et aperçurent

Vivian Thorley qui s'avançait vers eux à grands pas. Avec son tailleur prune et ses chaussures assorties, elle avait l'air prête à poser pour un magazine de mode. Jillian n'aurait pas pu lui donner d'âge. Mais Avery avait mené sa petite enquête et découvert qu'elle était à l'aube de ses soixante-dix ans, même si elle en paraissait dix de moins. Jillian remarqua avec quelle agilité elle arpentait les trottoirs, y compris sur des talons vertigineux.

— C'est l'agent immobilier qui nous a vendu Haworth House, dit-elle à voix basse.

— Elle a aussi voulu me vendre quelque chose, chuchota-t-il en retour.

— Tu l'as déjà rencontrée ? demanda-t-elle, surprise.

— Jack Ryan, oui. Mais c'est une longue histoire.

Vivian venait de les rejoindre avec un grand sourire.

— Monsieur Ryan, dit-elle, comme je suis heureuse de vous revoir.

— De même, répondit Ian.

Puis elle se tourna vers Jillian.

— J'allais justement vous appeler lorsque je vous ai vus passer devant mon bureau et vous garer à l'angle de la rue. Je m'étonne de vous voir en ville.

Elle lança un regard par-dessus son épaule.

— Surtout ici, à la bibliothèque ! J'ai entendu dire que vous aviez quelques petits soucis, à Haworth House.

— Tout va très bien à l'hôtel, la rassura Jillian. J'aide M. Ryan à faire quelques recherches. Il écrit un livre sur Haworth House, vous savez.

— Oui, je l'ai aussi entendu dire.

— Vous disiez que vous alliez m'appeler, dit Jillian. Y a-t-il un problème avec la transaction du magasin ?

— Oh, non ! s'écria Vivian. La transaction est terminée. Cela concerne Haworth House. J'ai reçu un appel du colonel Jenkins, il y a environ une heure, et il m'a demandé de rédiger une offre d'achat pour l'hôtel. Je ne savais même pas qu'il était à vendre.

— Il ne l'est pas, rétorqua-t-elle sèchement.

— Mais il a pourtant dit…, continua Vivian, étonnée.

— Le colonel Jenkins s'est trompé, l'interrompit-elle vivement.

— Vous ne voulez même pas connaître son offre ? Elle est très généreuse, vous savez.

— Je suppose qu'il en donne trois fois le prix que nous l'avons acheté.

— Oui, avoua Vivian.

Ian regarda Jillian avec un air d'incompréhension.

— Tu avais dit qu'il t'en offrait deux fois plus.

— J'ai décliné cette offre, répondit Jillian.

— Et c'était très judicieux de votre part, dit Vivian, l'œil brillant. Vous lui tenez la dragée haute, et je pense qu'il peut encore aller plus loin. Je saurai quoi lui dire quand il appellera de nouveau.

— Dites-lui simplement que sa proposition ne m'intéresse pas, dit-elle.

— Madame Thorley, intervint Ian, que savez-vous des Jenkins ?

— Je sais juste que le colonel et son fils se sont fait une solide réputation dans le monde de l'hôtellerie. J'ai effectué une recherche sur le Web pendant que je parlais au colonel par téléphone.

— Possèdent-ils une propriété ici, sur l'île ?

— Pas que je sache, répondit Vivian.

— Le colonel est né ici, dit Ian. Comme vous connaissez très bien la région, peut-être savez-vous ce qu'il est advenu de la maison familiale ?

— Non, mais en quoi cela vous intéresse ?

— Mme Brightman et moi nous demandons pourquoi le colonel et son fils s'intéressent tant à l'hôtel. Ont-ils manifesté un quelconque intérêt pour un autre bien sur l'île ?

— Non, mais je dois leur parler dès que possible. J'ai été si surprise par leur incroyable offre !

Vivian leur sourit de nouveau.

— Je vais les appeler de ce pas et leur faire part de la réponse de Mme Brightman.

— Dites-leur bien que je ne suis prête ni à vendre ni à négocier, répondit Jillian d'un ton sec.

— Bien entendu, répondit Vivian avec un petit clin d'œil. Et je vais transmettre très clairement le message aux Jenkins. Je vous tiendrai au courant.

— Elle ne me prend pas au sérieux, dit Jillian en regardant Vivian s'éloigner.

— Non. Et je suis également certain qu'elle nous a menti.

— Pourquoi cela ? demanda-t-elle, surprise.

— J'ai le sentiment qu'elle en sait plus sur l'histoire de la famille Jenkins qu'elle veut bien le dire. Lorsque je suis allé hier lui rendre visite dans son agence en tant que Jack Ryan, elle connaissait l'histoire de la moindre propriété qu'elle a cherché à me vendre. Bizarre qu'elle ne sache rien sur la maison d'un homme qui s'est suicidé sur l'île.

— Mais pourquoi nous aurait-elle menti ? insista Jillian.

— Bonne question.

Dès qu'ils entrèrent dans la bibliothèque, Emmy Lou Pritchard contourna le comptoir et traversa le grand hall pour les accueillir. Ses pas résonnèrent sur le parquet de bois.

— Jillian et monsieur Ryan ! s'écria-t-elle. Comme je suis heureuse de vous voir !

— Molly a eu raison concernant cette robe, répondit Jillian. Elle vous va à merveille.

Le rouge monta aux joues de la vieille dame.

— Molly a beaucoup de goût, dit-elle. J'aimerais pouvoir lui rendre visite plus souvent. Que puis-je faire pour vous ? Je suppose que vous n'êtes pas là pour une simple visite.

— En effet, répondit Ian. Mais avant tout, j'aimerais vous avouer quelque chose. Je ne m'appelle pas vraiment Jack Ryan, même si je pense que vous vous en doutiez.

Emmy Lou lui fit un petit clin d'œil complice.

— Je suis une grande admiratrice de Tom Clancy. J'ai donc tout de suite compris que c'était un pseudonyme. Les écrivains y ont souvent recours, n'est-ce pas ?

Ian lui sourit.

— C'est une version très diplomate. Mais je ne suis pas non plus écrivain.

Il lui tendit la main.

— Je m'appelle MacFarland.

— Vous êtes de la famille de Dane MacFarland, qui a joué un rôle si important dans la capture de cet escroc à l'hôtel, le mois dernier ?

— Oui, c'est mon frère.

— Je vois. Et vous êtes aussi ici pour mener une enquête, monsieur MacFarland ?

— On peut dire ça.

— Ne vous inquiétez pas, je ne révélerai à personne votre couverture.

— Merci, répondit-il d'un air reconnaissant.

— Concernant la visite de la bibliothèque, ce que vous voyez ici est à peu près tout.

Jillian lança un regard circulaire à la pièce. Le parquet de bois était couvert de-ci, de-là par des tapis, tandis que des plantes en pots ornaient les tables et les coins de la pièce. Quelques personnes étaient confortablement installées sur des chaises et dans des canapés groupés près des larges fenêtres qui donnaient sur la rue. Deux autres visiteurs étaient assis à une grande table longiligne placée le long d'un mur. Au milieu de la pièce, des tables disposées en triangle délimitaient l'espace de travail des bibliothécaires, et les livres s'étalaient sur trois rangées d'étagères qui remplissaient le reste de l'espace. Ici et là, des tableaux décoraient les murs. L'un d'entre eux attira soudain l'attention de Jillian.

— C'est Hattie Haworth ! s'exclama-t-elle en s'approchant du cadre. C'est elle que j'ai vue dans le miroir !

Dans ce portrait, elle portait une robe bleue et ses longues boucles rousses étaient retenues en arrière par un bandeau. Un petit collier en or pendait à son cou.

— Où avez-eu eu ce tableau ? demanda Jillian.

— A sa mort, elle l'a légué avec une somme d'argent, répondit Emmy Lou.

— Elle vous a fait une donation ?

— Oui, c'est en grande partie grâce à la générosité de Hattie Haworth que la bibliothèque peut fonctionner. L'argent qu'elle nous a légué permet de payer les impôts, d'entretenir le bâtiment, et il nous en reste même pour acheter de nouveaux livres.

Elle se tourna vers la vieille dame.

— Je croyais qu'elle vivait en recluse, qu'elle ne jouait aucun rôle dans la vie du village.

— Elle restait très souvent seule, mais les premières années où elle est venue vivre ici, elle se rendait au village très souvent. J'avais huit ou neuf ans à l'époque, et mes amis et moi avions l'habitude de guetter ses apparitions. Je l'ai vue une fois à la bibliothèque. Elle avait un faible pour cet endroit. Vous êtes venue pour Hattie, aujourd'hui ?

— Non, expliqua Jillian. Nous voulons connaître tout ce que vous savez sur la mort tragique de Samuel Jenkins. J'ai rencontré le colonel et son fils aujourd'hui, et il semblerait qu'ils soient de la même famille.

— Quelle triste histoire ! dit Emmy Lou en se dirigeant vers une des baies vitrées.

Elle leur désigna des chaises avant de s'asseoir.

— Mais pourrais-je savoir pourquoi elle vous intéresse tant ?

— Pendant mon entrevue avec le colonel Jenkins, ce matin, répondit Jillian, il m'a informé de son intention d'acheter Haworth House.

Emmy Lou poussa un petit cri de surprise.

— Je ne croyais pas qu'ils puissent être intéressés par cet endroit. C'est là que Samuel Jenkins premier du nom s'est suicidé. Il a sauté par-dessus une des falaises de la propriété.

— Intéressant, murmura Ian. Pouvez-vous nous donner plus d'informations ?

Emmy Lou s'adossa à son siège.

— Je n'avais que dix ans à l'époque. Nous étions en 1955. A sa mort, Samuel Jenkins n'avait alors que trente ans.

— Il était si jeune ! dit Jillian.

— Oui, même si ce n'est pas ce qui m'a frappée, à l'époque.

— Qu'est-ce qui vous a frappée, alors ? demanda Jillian, intriguée.

— Surtout la manière dont les adultes n'en parlaient pas, répondit Emmy Lou. L'annonce de son suicide s'est répandue comme une traînée de poudre dans le village. Samuel avait laissé une lettre pour expliquer son geste. Voyez-vous, à dix ans, il est difficile de concevoir que l'on puisse porter atteinte à sa vie. A l'école, nous ne parlions que de ça. Les Jenkins étaient une famille assez importante. Ils possédaient une grande quincaillerie dans le village. Mais je connaissais surtout Samuel parce qu'il accompagnait son fils à la bibliothèque de temps en temps.

— Quelle impression vous faisait-il ? demanda Ian.

— Aucune, répondit Emmy Lou. Peut-être est-ce la raison pour laquelle j'avais tellement de questions après sa mort. Lorsque j'ai interrogé mes parents, ils m'ont dit que ce qui était arrivé était horrible, mais qu'il ne fallait plus y penser. Aujourd'hui, ils nous auraient emmenés consulter un psychologue. D'ailleurs, plus les adultes refusaient de nous donner des explications, et plus mes amis et moi étions fascinés par cet événement. Je suis enfin allée trouver ma grand-mère, qui s'occupait de la bibliothèque avant moi. J'avais l'habitude de venir l'aider après l'école.

— Et que vous a-t-elle dit ? demanda Jillian.

— Elle a commencé à me montrer comment faire des recherches dans les journaux et m'informer. C'est le rôle d'une bibliothécaire efficace, me disait-elle. J'ai donc suivi ses conseils, et j'ai découvert que Samuel Jenkins était marié depuis quatre ans avec une certaine Margie Brenner au moment de sa mort. Il a laissé derrière lui une femme qui n'avait que vingt-quatre ans et un enfant de quatre ans.

— Sa femme était donc beaucoup plus jeune que lui et elle était enceinte lorsqu'ils se sont mariés, intervint Jillian.

— Oui, répondit Emmy Lou. J'étais assez grande pour faire ces calculs. Mais ma curiosité n'était pas tout à fait satisfaite et c'est ma grand-mère qui a pris le relais. Elle m'a dit tout ce qu'elle savait. Il était de notoriété publique que Samuel Jenkins n'était pas heureux dans son couple. La famille Brenner était pauvre et Samuel Jenkins avait épousé Margie lorsqu'il avait découvert qu'elle était enceinte. D'après ma grand-mère, cette femme l'avait piégé uniquement pour mettre la main sur sa fortune. D'ailleurs, elle a quitté l'île six mois seulement après sa mort, après avoir vendu tout ce qui lui appartenait.

Emmy Lou s'interrompit quelques instants.

— Et votre grand-mère avait d'autres opinions ? demanda Ian.

— Des millions, répondit la vieille dame avec un petit sourire. Vous n'aviez pas intérêt à lui parler de politique ! Mais j'imagine que vous voulez savoir ce qu'elle pensait de Samuel Jenkins. Pour elle, c'était un homme honnête qui avait fait son devoir envers Margie Brenner, et qui aimait son fils.

— Et croyait-elle aussi, demanda Jillian, qu'il était suffisamment malheureux pour se suicider ?

— Non, pas du tout. Pour elle, cet acte n'avait aucun sens. Elle y voyait tout au plus un accident. Mais l'hypothèse du suicide ne tenait pas la route. D'après elle, Samuel avait été assassiné.

— Mais pourquoi ? s'enquit Ian. Elle avait des preuves pour justifier cette théorie ?

— Non, répondit Emmy Lou sans se départir de son petit sourire en coin. Rien de plus qu'un pressentiment. Le même qui l'avait poussée à croire que l'élection de Harry Truman signifiait la fin du monde. Lorsque celui-ci a donné l'ordre de lancer une bombe atomique sur Hiroshima, il a failli lui donner raison.

— Mais savait-elle qui aurait pu faire une chose pareille ? intervint Ian.

— Non, dit-elle en secouant la tête. Elle ne se basait que sur son instinct.

— Et vous a-t-elle convaincue de ce meurtre ? demanda Jillian.

— Suffisamment pour que je continue à éplucher les articles de journaux. Mais je n'ai rien trouvé. Et il restait à élucider le mystère de cette lettre qu'il a écrite avant de se suicider.

— Etait-elle tapée ou manuscrite ? demanda Ian.

— Les journaux ne le disaient pas, mais j'ai ma propre théorie. Je vous rappelle que je n'avais que dix ans à l'époque et que je cherchais des réponses à mes questions. L'île est entourée de falaises et je me suis toujours demandé pourquoi Samuel avait choisi celles qui bordaient Haworth House pour se jeter dans le vide.

— Bonne question, dit Jillian. Et vous en avez conclu quoi ?

— Ma théorie est très romantique, dit Emmy Lou d'une voix douce. Selon moi, Samuel et Hattie Haworth avaient une liaison et, lorsqu'elle y a mis un terme, il ne l'a pas supporté et il s'est suicidé.

— Mais elle était plus âgée que lui, souligna Jillian.

— Elle était de huit ans son aînée, mais elle était très belle. Leur couple me faisait penser à Roméo et Juliette, que j'avais étudiés à l'école.

Jillian regarda fixement le portrait de Hattie.

— Votre grand-mère croyait aussi que Samuel et Hattie avaient une liaison ? demanda-t-elle.

— Elle ne m'en a jamais fait part. Mais étant donné qu'il s'agissait d'une liaison extraconjugale, elle a sans doute eu des scrupules à m'en parler.

— Merci beaucoup pour votre aide, intervint Ian en se levant. Vous nous avez dit que votre grand-mère vous invitait à consulter les articles de journaux concernant ce suicide. On peut y avoir accès ?

— Bien sûr, mais pas sous forme numérique. Si vous voulez y jeter un coup d'œil, vous devrez descendre au sous-sol. C'est là que nous stockons nos archives.

Deux heures plus tard, Ian était toujours assis en face de Jillian dans le sous-sol de la bibliothèque. Contrairement au premier étage, si chaleureux avec son parquet de bois, les murs en pierre et les rangées d'étagères métalliques de cette partie du bâtiment lui faisaient plutôt penser à des oubliettes. Quelques rayons de soleil filtraient par des vasistas haut placés, mais ils devaient surtout compter sur une simple ampoule nue pour s'éclairer.

Grâce au classement rigoureux de la bibliothèque, ils trouvèrent sans problème la boîte contenant les exemplaires du journal local datant de 1955. Ils avaient éparpillé devant eux tous les articles qui parlaient du suicide de Samuel Jenkins. Et, à l'exception du contenu détaillé de la lettre qu'il avait laissée, ils n'avaient rien trouvé de plus que ce qu'Emmy Lou leur avait dit. Il n'y avait que trois numéros qui parlaient directement de l'incident, mais ils avaient étendu leurs recherches sur six mois et découvert un bref article sur le départ de Margie Brenner Jenkins.

Ian restait persuadé qu'ils ne trouveraient rien de plus, mais Jillian n'était pas décidée à abandonner si vite la partie. L'air sérieux, elle parcourait du doigt les colonnes jaunies d'un journal avec la concentration d'un chien de chasse.

Entre-temps, Nate lui avait confirmé par téléphone que la lettre laissée par Samuel Jenkins était bien manuscrite et il s'était entretenu ave son ami, Cody Marsh, dont un des employés enquêtait sur ce qu'étaient devenus Margie et le petit Samuel après leur départ de l'île. Mais depuis qu'il avait raccroché, il avait passé tout son temps à regarder Jillian.

Et à la désirer.

Qu'est-ce qui l'attirait tant chez elle ? Il avait beau y réfléchir, il ne trouvait pas de réponses précises à cette question. Il y avait une alchimie entre eux qui opérait dès qu'ils approchaient l'un de l'autre. Leur attirance était aussi primitive qu'irrésistible. Il lui suffisait de penser à elle pour sentir son sang s'accélérer dans ses veines. Et le fait de rester assis près d'elle pendant deux heures à cette table était plus qu'il pouvait endurer.

Pourtant, l'alchimie n'expliquait pas à elle seule le plaisir qu'il avait à la regarder en silence. Il appréciait toujours autant chez elle cette fragilité dans la courbe délicate de son visage, la naissance de son cou et la finesse de ses articulations. Elle lui rappelait ces poupées de porcelaine qui pouvaient se briser si on les manipulait.

Mais chaque fois qu'il l'avait touchée, il avait senti en elle une force et une flamme qui avaient incendié ses sens avec une intensité inégalée à ce jour.

A travers l'odeur d'humidité et de vieux journaux, son parfum, aussi capiteux que celui des fleurs au printemps, l'envoûtait. Et il savait comment il se chargeait d'effluves épicés quand, sous l'effet de la passion, son corps s'embrasait et se couvrait d'une fine pellicule de sueur.

La pièce était silencieuse. En dehors du bourdonnement lointain d'une tondeuse à gazon, seul le bruit de sa respiration venait troubler le silence. Soudain, il l'imagina, prononçant son nom d'une voix tremblante entre deux soupirs.

Ce serait pour ce soir, il s'en faisait la promesse. Il l'inviterait dans sa chambre, et ils prendraient leur temps pour faire l'amour, sans crainte d'être interrompus. Car depuis qu'il l'avait vue, si belle, descendre l'escalier de l'hôtel, il rêvait de dénouer son chemisier.

Et son souhait le plus cher était de lui faire l'amour non plus en tant qu'un écrivain inconnu, mais en tant qu'Ian MacFarland. Il voulait la caresser et l'embrasser langoureusement pour qu'elle sache qu'il était le seul à la satisfaire, le seul à la conduire jusqu'aux sommets du plaisir.

Plus il y pensait et plus il était tenté de lui faire l'amour tout de suite, sans attendre ce soir.

Quelques instants plus tard, Jillian se redressa en se massant les yeux.

— Je ne vois plus rien, dit-elle.

Secouant la tête, il dut faire des efforts pour chasser ces idées et se concentrer sur leurs affaires. Ils étaient certes venus à la bibliothèque pour enquêter sur les Jenkins, mais jusqu'à présent ils n'avaient pas encore parlé du résultat de leurs recherches et il voulait avoir son avis.

— Qu'est-ce qui te paraît le plus important, dans tout ça ? demanda-t-il en montrant les journaux éparpillés devant eux.

— La lettre, répondit-elle sans hésiter. Je suis certaine que la grand-mère d'Emmy Lou était une femme intelligente, mais il est difficile de déduire à partir de son contenu qu'il s'agit bien d'un meurtre. Encore plus depuis que Nate nous a confirmé qu'elle était manuscrite.

Ian prit la copie de lettre.

— « Pardonne-moi, lut-il à voix haute, mais quelqu'un doit mettre un terme à notre histoire. Aucun de nous n'est heureux. Tu seras à l'abri du besoin. Ton dévoué, Sam. »

Jillian posa les mains devant elle et croisa les doigts.

— Il l'a laissée de sorte que sa femme la trouve le lendemain matin, puis il s'est dirigé vers les falaises. Celles qui bordent Haworth House.

— Ce choix t'intrigue, n'est-ce pas ? dit Ian.

— Pas toi ?

Elle tira un des journaux et le tourna vers lui.

— Je reconnais cet endroit. Il s'agit des falaises, juste derrière le jardin et le labyrinthe. Je peux t'y conduire, si tu veux. Samuel se trouvait sur une propriété privée. Pourquoi avoir choisi ce lieu pour mettre fin à ses jours ?

— Tu penches pour la version romantique d'Emmy Lou, selon laquelle Samuel aurait eu une liaison avec l'ancienne star de cinéma muet ?

— Oui, dit-elle d'un air résigné. Tu peux en rire. Mais j'ai une toute petite preuve pour étayer cette théorie.

— Tu penses au sentiment de déjà-vu du colonel ce matin, lorsqu'il a visité la bibliothèque de l'hôtel et qu'il s'est trouvé face au labyrinthe.

— Oui, répondit-elle en le regardant fixement.

— Mais cela ne prouve rien. Ce ne sont que des suppositions.

— D'accord, mais s'il est vrai qu'il est venu à l'hôtel quand il était enfant, il était forcément accompagné. Peut-être même par son père.

— Ou par sa mère, objecta Ian. Nous devons en savoir plus sur Margie Brenner Jenkins. Cody a demandé à un de ses assistants de faire des recherches.

Il regarda sa montre.

— Mon ami sera là demain matin, ajouta-t-il.

Elle pianota du bout des doigts sur la table.

— Je me demande si Hattie pourrait nous aider, dit-elle, songeuse.

— Je ne savais pas que tu pouvais communiquer avec elle, répondit-il, dubitatif.

Elle fit la moue.

— En fait, elle ne parle pas vraiment avec moi. Mais lorsque je m'adresse à elle, j'ai le sentiment qu'elle écoute. Et parfois, elle m'aide à réfléchir, d'une certaine manière.

Il garda le silence et elle poursuivit :

— J'ai discuté avec elle avant de me décider à glisser l'enveloppe sous ta porte.

— Je suppose alors qu'elle était favorable à ta démarche.

— Je n'irais pas jusque-là, dit-elle avec un petit sourire. Elle ne m'est pas apparue dans le miroir comme la fois où j'ai tiré mon fantasme de la boîte. Mais c'était comme si elle me poussait à faire quelque chose que j'étais de toute façon prête à faire.

Elle réfléchit quelques instants en levant les yeux au ciel.

— Je sais que tout cela n'a rien de scientifique, dit-elle en détournant les yeux. Mais je pense que si nous allons lui rendre visite lorsque nous serons de retour à l'hôtel, je verrai alors si je sens quelque chose.

Elle s'interrompit et le regarda fixement.

— Tu dois penser que je suis folle, dit-elle en riant nerveusement. Tu es un ancien employé de la CIA et je te parle d'une sorte de communication avec un fantôme.

— Je ne pense rien de tout ça, répondit-il en la dévisageant. En réalité, voilà une demi-heure que je me demande ce que je vais faire de toi, ce soir. Je suis un très bon planificateur, Jillian. Et je suis très attaché aux détails. J'ai même choisi la bouteille de champagne que j'ai l'intention d'ouvrir avec toi.

Il vit sa poitrine se soulever, comme si elle retenait son souffle.

— Je croyais, dit-elle d'une voix troublée, que nous étions d'accord pour nous concentrer sur notre affaire.

— C'est vrai. Mais maintenant que nous avons trouvé ce

que nous cherchions et que nous savons ce que nous allons faire, je te propose de revenir un peu à nous.

Il se leva, contourna la table et l'aida à se lever.

— J'ai aussi prévu les bougies, dit-il.

D'un geste lent, il commença par dénouer le ruban qui attachait ses cheveux. Puis il se pencha vers elle et vint effleurer délicatement ses lèvres.

— Un dîner romantique, dans ma chambre cette fois, continua-t-il à voix basse.

— Dans ta chambre…

Les mots moururent sur ses lèvres tandis qu'il embrassait le coin de sa bouche.

— Cela te convient ?

Il inclina légèrement la tête pour parsemer de baisers son cou.

Si elle n'avait pas frissonné, ou si son parfum si frais ne s'était pas soudain chargé d'effluves exotiques, peut-être aurait-il fait marche arrière.

Il l'embrassa de nouveau sur la bouche et murmura dans un souffle :

— Je ne peux pas attendre ce soir, Jillian. Je te désire trop.

— Mais nous ne pouvons pas…

Il prit son visage en coupe et entrecoupa ses propos de baisers.

— Pas ici, continua-t-elle d'une voix faible.

— Tu as raison.

Fou de désir, il la prit par la taille et l'entraîna loin de la lueur blafarde que projetait l'ampoule. Au bout du couloir, il bifurqua à gauche et se dirigea vers un coin reculé du sous-sol.

— Voilà qui est beaucoup plus intime, dit-il enfin.

13

Jillian tressaillit en sentant le mur, si froid dans son dos, et le corps chaud d'Ian pressé contre le sien. Une partie d'elle-même voulait protester. Non, ce n'était pas raisonnable.

— Ian, c'est de la folie !

Il plongea son regard dans le sien.

— C'est la première fois que tu prononces mon prénom, dit-il d'une voix rauque.

Prise au dépourvu, elle ne sut quoi répondre.

— Mais je suis d'accord avec toi, continua-t-il, c'est de la folie.

L'espace d'un instant, elle crut qu'elle avait réussi à le convaincre et ressentit un petit pincement de déception.

Mais dans la seconde, il continua de dénouer son chemisier.

— Dans ce cas, ajouta-t-il, je veux bien me déclarer fou.

Tout son corps se mit à trembler.

— J'ai rêvé de ce moment toute la journée, dit-il d'une voix rauque.

D'une main fébrile, il s'attaqua ensuite aux boutons de sa blouse et, chaque fois qu'il effleurait sa peau, un nouvel aiguillon de plaisir la transperçait. Le crissement de la soie qui se déchire et d'un bouton roulant au sol mit ses nerfs à rude épreuve tout en aiguisant ses sens.

Il avait le regard luisant lorsqu'il ouvrit en grand son chemisier pour contempler sa poitrine. Ses seins tendus pointaient fièrement sous la dentelle sous l'effet combiné du froid et du désir, et elle dut prendre appui contre le mur pour ne pas chanceler.

Puis le temps parut s'arrêter. Dans les rayons obliques qui

traversaient les vasistas, les milliers de petits grains de poussière semblaient s'être figés dans leur danse. Elle se sentait incapable de raisonner et d'agir de façon sensée auprès d'Ian MacFarland.

— J'ai l'impression de déballer un cadeau, murmura-t-il en découvrant les sous-vêtements noirs qu'elle avait choisis en vue de ce moment. J'espère juste avoir le temps de déballer le reste.

Il croisa de nouveau son regard.

— Et de te caresser comme tu le mérites.

— Plus tard, dit-elle d'une voix tremblante.

— Plus tard, répéta-t-il comme une promesse.

Au loin, un petit carillon sonna, indiquant que la bibliothèque ne tarderait pas à fermer ses portes.

Répondant au signal, ils s'élancèrent de concert dans un baiser fougueux. Cette insupportable attente était enfin terminée. Elle avait cru que son désir pour lui ne pouvait pas être plus grand, mais soudain, il le devint. Elle enfonça ses doigts dans ses cheveux pour ne pas interrompre leur baiser pendant qu'il ôtait prestement ses vêtements. Parmi les battements de son cœur, elle entendit le petit bruit si érotique d'un sachet que l'on déchire.

— Maintenant, murmura-t-elle contre sa bouche. Tout de suite.

Il remonta fébrilement sa jupe tandis qu'elle se hissait à la hâte sur la pointe des pieds avant de passer ses jambes autour de sa taille. Lorsqu'elle sentit sa main glisser entre leurs corps pour écarter son string, frôlant son sexe déjà humide et prêt à l'accueillir, elle tressaillit. Un flot de sensations délicieuses, aiguës, secouait déjà son corps. Mais ce n'était encore pas assez.

Lorsqu'elle crut qu'elle ne pourrait plus supporter cette attente, il la plaqua contre le mur et abandonna sa bouche. Puis, lentement, il commença à la pénétrer. Folle de désir, elle tenta de s'arc-bouter, mais il la retint fermement par les hanches.

— Jillian, regarde-moi, dit-il.

L'esprit vide, elle ouvrit les yeux et croisa son regard.

— Dis-moi que tu me désires, supplia-t-il. Je veux t'entendre prononcer mon nom.

— J'ai envie de toi, Ian.

Il s'enfonça alors en elle dans un élan presque sauvage. Puis, par assauts rapides, il lui fit l'amour à en perdre haleine. Si ses lèvres n'avaient pas trouvé les siennes à ce moment-là, elle aurait hurlé de plaisir au moment où l'orgasme la submergea et la conduisit haut, très haut vers les sommets du plaisir.

Mais même lorsqu'elle le sentit exploser à son tour, la crainte de ne pas en avoir assez l'envahit. Et elle eut le sentiment insensé que son désir pour lui ne serait jamais satisfait.

Lorsque Ian put enfin respirer normalement, il s'aperçut qu'il était à genoux sur le sol en ciment, les jambes de Jillian toujours enroulées autour de lui. Elle le maintenait fermement en elle et cette sensation était si agréable qu'il ne voulait pas bouger. La tête nichée au creux de son cou, elle poussa un petit soupir.

— C'était..., dit-elle. Je n'ai pas de mot pour qualifier ce que nous venons de vivre.

— Moi non plus, répondit-il. Etonnant, splendide, bouleversant comme un tremblement de terre. Et je suis encore loin de la réalité.

— Je t'ai dit que je n'avais jamais fait l'amour dans des lieux publics. Maintenant, cela fait deux fois. Qu'est-ce qui ne va pas chez moi ?

— Rien du tout ! s'écria-t-il, le corps secoué d'un petit rire. Il sentit alors son sexe se contracter de nouveau et elle trembla. Posant ses lèvres sur les siennes pour l'embrasser, il s'aperçut que son corps s'était de nouveau embrasé. Mais avant qu'il ne puisse plus résister au besoin de lui faire de nouveau l'amour, il la saisit par les hanches et se détacha d'elle.

— Par déférence pour notre voisinage, je préfère remettre ça à plus tard, dit-il.

— Il y a donc de l'espoir, répondit-elle sèchement.

Prenant doucement son menton, il planta un baiser sonore sur le bout de son nez.

— Je t'aime beaucoup, Jillian Brightman.

Tout en boutonnant son chemisier, elle le dévisagea.

— Moi aussi, je t'aime beaucoup, même si tu as arraché un bouton de mon chemisier.

Puis elle se mit à genoux et tâtonna pour le trouver.

— Il doit être plus de 17 heures, dit-elle. Je suis étonnée que Miss Emmy Lou ne soit pas venue nous chercher.

Il se redressa et ajusta à son tour ses vêtements.

— Tu as trouvé ton bouton ? demanda-t-il.

— Non, mais il doit bien être quelque part, dit-elle en continuant ses recherches. Commence à ranger les journaux, si tu veux.

Il s'apprêtait à rejoindre l'espace de travail lorsqu'elle lui dit :

— Regarde ce que je viens de trouver !

Soudain, il entendit la porte s'ouvrir en haut de l'escalier.

Puis il y eut une explosion. L'impact le projeta contre le mur et ses oreilles bourdonnaient encore lorsqu'il perçut un crissement suivi du crépitement des flammes. Il imaginait déjà le feu dévorant les journaux qu'ils avaient laissés sur la table et se propageant aux vieux cartons amoncelés sur les étagères.

— Que se passe-t-il ? cria-t-elle.

Il se précipita vers elle et l'enlaça.

— C'est une bombe incendiaire.

Des volutes de fumée se profilaient déjà au bout du couloir et montaient vers le plafond.

— Nous devons sortir d'ici ! cria-t-il.

— L'escalier est sans doute bloqué, répondit-elle, paniquée.

Il attrapa une boîte d'archives sur une étagère.

— Aide-moi à les empiler près du vasistas, dit-il.

Elle s'exécuta aussitôt. Le plafond était haut et elle allait avoir du mal à atteindre la fenêtre. Mais c'était leur seule chance de survie.

Ils s'affairèrent en silence. Le crépitement du feu s'était mué en rugissement à mesure que les flammes approchaient. La fumée s'épaississait de seconde en seconde. Ses yeux brûlaient et pleuraient, tandis qu'il disposait les boîtes les unes sur les autres. Plus loin, à travers un épais nuage de fumée, les flammes se dirigeaient inexorablement vers eux. Le sous-sol était devenu une véritable fournaise. Le vasistas par lequel ils avaient prévu de s'échapper était très étroit, mais ils n'avaient pas d'autre solution.

Lorsqu'elle se plia en deux en toussant, il la saisit par la taille et l'obligea à s'accroupir au sol, là où il y avait le plus d'oxygène.

— Respire, ordonna-t-il, et remplis tes poumons.

Puis ils se redressèrent. Passant une main sur ses yeux, il essuya la sueur qui lui brouillait la vue et l'aida à escalader les boîtes avant de lui emboîter le pas.

Comme il ne pouvait pas parler sous peine de manquer d'air, il exerça une légère pression sur son épaule pour l'inviter à se mettre à genoux sur la boîte suivante.

Elle s'exécuta sans un mot, et il plaça ses deux mains contre le mur pour encadrer son corps et l'aider à garder son équilibre. Soudain, il sentit une boîte vaciller sous ses pieds avant de tomber et il commença à glisser. Il n'avait pas le choix : pour garder l'équilibre, il plaça un pied sur la boîte où elle était agenouillée.

Attrapant sa jambe, Jillian le retint juste à temps. Sous eux, les flammes léchaient déjà les boîtes tombées au sol.

Le feu était très proche maintenant, et les caisses sur lesquelles ils étaient montés pouvaient devenir à tout moment leur bûcher.

Parmi le crépitement des flammes, il entendit le bruit de sirènes. Mais s'ils ne sortaient pas par leurs propres moyens, les secours ne leur seraient plus d'aucune aide.

Elle toussa de nouveau. Il fallait agir vite ! S'accroupissant suffisamment pour l'enlacer, il la hissa avec lui. Et lorsque la boîte sur laquelle ils se tenaient se mit à vaciller, il la serra encore plus fort et, au prix d'un effort surhumain, parvint à ne pas tomber.

Aveuglé par la fumée, il tâtonna et trouva le loquet du vasistas. Aussitôt, il l'entoura de ses doigts puis, priant pour leur vie, il tira.

Rien ne bougea.

Luttant pour ne pas céder à la panique, il tira de nouveau.

Cette fois, il le sentit céder et, la troisième fois, le vasistas s'ouvrit. De l'air frais entra dans ses poumons en feu et il entendit le feu redoubler de violence dans son dos. Prenant Jillian par la taille, il l'aida à se glisser par l'étroite ouverture.

— Je la tiens ! cria une voix d'homme.

Lorsqu'il se hissa à son tour, il perçut d'autres voix. Une main, qu'il aurait reconnue entre toutes, le prit sous l'épaule : c'était celle de Jillian.

— Je le tiens aussi, dit une autre voix.

Cette fois, il reconnut celle de Nate qui, de ses bras puissants, le tirait sur le gazon.

Derrière lui, le feu rugissait de plus belle et, lorsqu'il se tourna, il vit des flammes sortir par le vasistas. Il s'en était fallu de très peu, songea-t-il. Il toussa et s'aperçut que ses doigts étaient étroitement enlacés à ceux de Jillian. Soulagé, il l'étreignit doucement.

— C'était de justesse, dit Nate en s'accroupissant près d'eux.

Un peu trop d'ailleurs, se dit Ian.

Un pompier tirait déjà une lance à incendie pour la diriger vers le vasistas.

— J'ai vu la fumée depuis mon bureau et j'ai aussitôt appelé les secours avant de me mettre en route, expliqua Nate. Savez-vous ce qui s'est passé ?

— C'est une bombe incendiaire, répondit Ian en se raclant la gorge. Quelqu'un l'a lancée dans l'escalier qui mène au sous-sol.

— Comment va miss Emmy Lou ? s'enquit Jillian d'une voix inquiète.

— Je l'ai fait sortir juste avant l'arrivée des pompiers, dit Nate. Quelqu'un l'avait enfermée dans la bibliothèque afin qu'elle ne puisse pas me prévenir que vous étiez encore à l'intérieur. Les médecins s'occupent d'elle. Ils viendront vous voir tout à l'heure. Vous avez dû inhaler beaucoup de fumée. Dès que ce sera possible, je prendrai vos dépositions.

Puis le shérif s'éloigna. Il se tourna alors vers elle et, pour la première fois, il sentit sa peur s'atténuer. Son visage était couvert de suie, mais jamais elle ne lui avait paru aussi belle. Elle était vivante, et lui aussi. Rien d'autre n'avait d'importance.

Submergé par un flot d'émotions, il passa ses doigts sur ses lèvres.

Par-dessus leurs doigts enlacés, elle le dévisagea.

— C'est vraiment une chance que tu aies préféré remettre ça à une autre fois, dit-elle sur un ton plein d'humour.

Cette remarque le fit tellement rire qu'il ne put s'empêcher de tousser en la serrant dans ses bras.

La nuit était déjà tombée. Confortablement installée sur un canapé dans la suite d'Avery, Jillian sirotait un thé au miel que son ami lui avait préparé. Nate venait d'arriver et les avait tous convoqués pour élaborer une autre stratégie. Après avoir reçu les premiers soins, Ian et elle avaient été autorisés à partir. Ils avaient eu plus de chance que miss Emmy Lou, qui avait dû être transférée vers une clinique. Il se pouvait qu'elle souffre d'une commotion cérébrale. Grâce à la robustesse du bâtiment en pierre et à l'arrivée rapide des pompiers, le premier étage de la bibliothèque n'avait souffert que de dégâts mineurs. Mais toutes les archives du sous-sol avaient été détruites.

Jillian enviait Avery pour le brandy qu'il buvait, car un petit remontant ne lui aurait pas fait de mal. Mais sa gorge la faisait trop souffrir pour s'autoriser un petit verre, comme ce devait être également le cas pour Ian, assis à son côté.

Ils venaient d'échapper de justesse au feu, mais elle évitait de trop y penser car, chaque fois qu'elle le faisait, elle revivait les quelques minutes interminables qu'ils avaient passées dans le sous-sol. Elle revoyait le moment où la boîte avait glissé sous les pieds d'Ian et où elle s'était pétrifiée, horrifiée. Elle n'avait même pas été consciente de l'avoir rattrapé par la jambe. Dans son esprit, elle l'imaginait avec terreur dégringolant au milieu des flammes.

Mais lorsqu'il l'avait hissée et littéralement poussée par le vasistas, les flammes avaient déjà commencé à lécher les boîtes sur le côté. Elle les avait vues et les avait senties. Si Nate ne l'avait pas tirée, puis aidé Ian…

Non, c'était inimaginable. Pour chasser cette image de son esprit, elle se concentra sur le tableau blanc placé au centre de la pièce. Avery l'avait fait venir d'une salle de conférences à la demande d'Ian et avait dressé la liste chronologique des incidents qui s'étaient déroulés à l'hôtel.

Elle cessa aussitôt de penser à l'incendie et reporta son attention sur Ian. Elle ne l'avait pas perdu de vue bien longtemps depuis leur retour à l'hôtel. Comme une enfant, elle lui avait demandé de rester dans sa chambre le temps qu'elle prenne une douche et qu'elle se change. Puis elle avait insisté pour l'accompagner à son tour dans sa suite.

Elle absorba une petite gorgée de thé. Elle se sentait pathétique. Il ne s'était pas engagé à vivre tous ces événements avec elle. Après tout, ils n'étaient que deux inconnus l'un pour l'autre. Pas d'attaches, que du sexe, voilà quels étaient leurs accords. Et elle commençait à s'accrocher à lui. Il n'allait pas du tout aimer ça.

Lorsque Ian se tourna pour s'adresser à Nate, elle sentit son cœur bondir légèrement dans sa poitrine, comme la première fois qu'elle l'avait vu.

Sauf que pour elle, leur histoire n'avait plus rien d'une simple aventure et, à cette seule pensée, elle sentit sa gorge se serrer.

— Jillian ?

Elle sursauta et regarda Nate.

— Oui ?

— Tu vas bien ? demanda-t-il. Nous pouvons remettre cet entretien à demain matin si tu préfères.

Elle jeta un regard autour d'elle. Tout le monde la dévisageait d'un air inquiet.

Elle devait à tout prix se ressaisir.

— Je vais très bien, dit-elle. J'étais simplement ailleurs.

Elle sentit le regard perçant d'Ian la sonder avant de prendre la parole.

— J'ai classé chronologiquement les événements qui se sont produits à l'hôtel, dit-il, en commençant à la date à laquelle tes sœurs et toi avez acheté l'établissement, il y a un an. J'espère que le fait d'avoir une vision globale nous aidera à comprendre ce qui a pu être la cause de cette escalade de violence. Pour commencer, chacun de nous va utiliser cette baguette et expliquer chaque événement.

Elle se leva et rassembla ses esprits. Puis elle prit la baguette qu'il lui tendait. Il représentait un problème qu'elle devait régler, mais plus tard. Pour l'heure, ils devaient conjuguer leurs efforts pour arrêter celui ou celle qui avait tenté de les tuer dans la bibliothèque.

Elle observa la ligne chronologique sur le tableau, puis pointa le premier jalon.

— C'était il y a quatorze mois, commença-t-elle. Naomi, Reese et moi avons signé le compromis de vente concernant Haworth House. La rénovation a demandé six mois.

Puis elle désigna le deuxième jalon.

— Au bout de six mois, nous avons ouvert. Personne ne croyait que l'on pouvait remettre l'hôtel sur pied et le lancer en si peu de temps, mais nous y sommes arrivés. Et grâce aux formidables talents d'Avery, nous nous en sortons assez bien.

Le jalon suivant était beaucoup plus proche.

— Il y a un mois, continua-t-elle, lorsque Michael Davenport a été arrêté, grâce à Dane et à Naomi, les médias sont arrivés. Son arrestation ainsi que l'apparition d'Hattie, notre fantôme local, nous ont valu de faire la une des journaux pendant presque une semaine.

— Nos problèmes ont commencé juste après, précisa Avery. Et si mes souvenirs sont bons, le système de climatisation a été saboté le lendemain du départ de Naomi et de Dane pour le sud de la France.

— Intéressant, dit Ian. Les incidents ont commencé juste après qu'un enquêteur chevronné est parti pour une période assez longue.

— Et juste au moment où aucun des propriétaires de l'hôtel n'était présent.

Nate posa sa bière sur la table basse et griffonna quelques notes sur son carnet. Puis il regarda le tableau.

— Les trois incidents suivants ont eu lieu dans le courant de la même semaine, observa-t-il.

Jillian posa la pointe de la baguette sur les jalons suivants.

— J'ai reçu ensuite un appel du colonel Jenkins me proposant de le rencontrer à Haworth House. Il avait entendu tellement de bien de mon travail qu'il envisageait de m'embaucher comme consultante. Je suis donc revenue une semaine plus tôt que prévu.

Elle fit une courte pause.

— Tout s'est enchaîné, dit-elle en se concentrant. Quelqu'un a vandalisé mon magasin en me sommant de partir tant qu'il en était encore temps. Puis le lendemain, au moment de l'arrivée des Jenkins, le système informatique est tombé en panne. Ensuite, quelqu'un a lancé une bombe lacrymogène dans le labyrinthe pendant qu'Ian et moi y étions. Et enfin, il ou elle a lancé une bombe incendiaire dans le sous-sol de la bibliothèque pendant que nous y faisions des recherches.

Avery étouffa un juron.

— Ces événements semblent dirigés contre toi, Jillian. On dirait que quelqu'un cherche à se venger.

A cette idée, un frisson d'horreur la parcourut.

— Développe, s'il te plaît, demanda Ian.

— J'informe toujours le personnel des moments où une des sœurs se trouve à l'hôtel. Il était prévu depuis des mois que Jillian soit ici à ce moment-là.

Elle acquiesça.

— Il a raison, dit-elle. J'avais pris des rendez-vous avec des entreprises pour commencer à rénover mon magasin. Tout le village était au courant que je devais venir la semaine prochaine, c'est le colonel Jenkins qui m'a fait arriver plus tôt.

— Qui que ce soit, intervint Avery, il a commencé par quelques petits sabotages, ici, à l'hôtel. Puis, lorsque tu es arrivée, les incidents se sont multipliés et sont devenus plus violents. Mais qui peut bien t'en vouloir, et pourquoi ?

Elle posa la baguette et plaça les mains sur ses hanches en analysant le tableau.

— C'est moi qui ai découvert Haworth House et qui ai convaincu mes sœurs de l'acheter.

— Ainsi, intervint Nate, si quelqu'un a intérêt à nuire à l'hôtel et qu'il s'imagine que tu es à l'origine de son succès, il va s'en prendre à toi.

Elle hocha la tête.

— D'après Matthew Jenkins, personne n'a jamais réussi à faire fructifier une affaire ici. Peut-être que quelqu'un a intérêt à ce que cette malchance se poursuive.

Puis il y eut quelques secondes de silence.

— C'est également toi, remarqua Ian, qui as ouvert la tour et libéré le fantôme de Hattie. Si quelqu'un cherche à se venger de Haworth House, il se tournera vers son propriétaire.

Tous se tournèrent vers lui et il leva les mains en signe de protestation.

— Je sais qu'une vengeance contre un fantôme ne tient pas debout, mais toutes les idées sont les bienvenues, non ?

— Tu as peut-être raison, reconnut-elle. Et si tel est le cas, cette chronologie ne remonte pas suffisamment loin. Il manque un jalon crucial.

Elle saisit la baguette et la passa à Avery.

— Quand as-tu annoncé au personnel qu'un écrivain allait venir pour faire des recherches sur Haworth House ?

Avery se leva et se dirigea vers le tableau.

— Je l'ai dit à tout le monde dès que j'ai su qu'Ian allait arriver, dit-il. C'était un jour ou deux après l'incident du câble dans l'escalier.

— Ce qui a laissé suffisamment de temps pour que la nouvelle de notre arrivée se répande, dit-elle en se tournant vers Ian. Tu pourrais très bien être la cible. Après tout, tu es ici pour enquêter sur le passé de Haworth House, et tu étais dans le labyrinthe et dans le sous-sol de la bibliothèque.

Il y eut un court moment de silence pendant lequel tous étudièrent attentivement le tableau.

— Tu as peut-être raison, Jillian, dit Nate.

Il prit de nouveau son carnet.

— As-tu remarqué si quelqu'un te suivait dans le village aujourd'hui ? demanda-t-il.

— Nous nous sommes garés sur le bas-côté quelques minutes, répondit Ian. Plusieurs voitures nous ont dépassés.

— Une fois garés dans la rue principale, beaucoup de personnes nous ont vus. Vivian Thorley nous a même accompagnés jusqu'à la bibliothèque.

— De mon bureau, j'aperçois la rue, et je vous ai vus vous diriger vers la bibliothèque, dit Nate.

— Nous n'avons jamais cherché à nous cacher, rétorqua Ian.

— Et une fois dans le sous-sol de la bibliothèque, nous étions une cible facile, ajouta-t-elle en revenant vers le tableau. Si ma théorie selon laquelle Ian pourrait aussi être visé se tient, je pense alors que notre ligne chronologique doit remonter à la mort de Samuel Jenkins, premier du nom. S'il s'agit d'un meurtre et non d'un suicide, cela explique pourquoi quelqu'un a tout intérêt à ce que personne ne le découvre.

— D'accord, approuva Nate en étudiant ses notes. Je vais me pencher sur la théorie du meurtre.

Ian se leva à son tour et elle retourna s'asseoir sur le canapé.

— A mon tour, dit-il. Tu dois ménager ta gorge.

Il expliqua alors ce qu'il avait appris dans la bibliothèque, et évoqua aussi les souvenirs qui étaient revenus à l'esprit du colonel Jenkins lorsqu'il avait visité Haworth House.

Nate, qui l'écoutait attentivement, s'adossa à son siège.

— Nous avons donc là, dit le shérif, une théorie romantique selon laquelle Samuel Jenkins avait une liaison avec Hattie Haworth et quelqu'un — sans doute sa femme —, l'aurait poussé du haut de la falaise. Et nous nous appuyons pour cela sur l'imagination fertile de miss Emmy Lou, qui avait dix ans à l'époque, et sur quelques souvenirs que le colonel Jenkins a refoulés depuis cinquante-cinq ans.

Nate leur lança un regard sceptique.

— Il y a aussi l'intérêt soudain des Jenkins pour récupérer l'hôtel, souligna Ian, et le fait qu'ils aient doublé leur offre en quelques heures.

— J'ai autre chose, dit-elle en fouillant dans sa poche.

Elle sortit un collier qu'elle avait ramassé par terre juste avant l'explosion de la bombe.

— Je l'ai trouvé dans le sous-sol de la bibliothèque, ajouta-t-elle, sous des étagères.

Ian s'en saisit en fronçant les sourcils et l'étudia attentivement.

— On dirait le collier que Hattie Haworth portait sur elle lorsqu'on a fait le portrait dont elle a fait don à la bibliothèque, dit-il.

Elle acquiesça.

— Je suis certaine que c'est le même, répondit-elle. Et nous savons que Samuel et elle se rendaient souvent à la bibliothèque. Peut-être que la théorie d'Emmy Lou n'est pas si tirée par les cheveux, après tout. Peut-être même que c'est là qu'ils se sont rencontrés et que leur histoire a commencé.

— Ou alors, ajouta Nate d'un air cynique, le collier de Hattie Haworth est tombé lors d'une de ses visites.

Il observa le tableau.

— Et l'intérêt soudain des Jenkins pour l'hôtel viendrait uniquement du fait qu'il s'agit d'une bonne affaire, conclut-il en soupirant. Il est pourtant clair que nous sommes face à une personne désespérée. Nous ne pouvons donc pas nous permettre d'écarter toutes les hypothèses. Je vais interroger mon père sur la mort de Samuel Jenkins. Il était shérif adjoint à l'époque.

— J'ai parlé avec mon ami, Cody Marsh. Il est en route pour l'île et espère être là demain matin. Il m'a informé que Margie Brenner est décédée il y a environ vingt ans. Après son départ de l'île avec son fils, elle s'est installée à Boston. Cinq ans plus tard, elle s'est remariée avec un militaire, Jeremy Daniels. Il est mort il y a une dizaine d'années.

Nate plaça les deux mains derrière sa nuque.

— Eh bien, dit-il, si Samuel Jenkins a été assassiné parce qu'il avait eu une liaison, le premier suspect est donc sa femme. Sa disparition réduit notre liste de suspects à… ?

— A quelqu'un qui ne supporte pas que le nom de Margie soit entaché, répondit Ian.

— Cette personne est allée loin pour protéger la réputation de quelqu'un qui est mort depuis vingt ans, répliqua Nate en rangeant ses affaires. Je crois plutôt que son intérêt personnel est beaucoup plus important, et qu'elle ne s'arrêtera pas là.

Elle serra la main de Ian et Nate les dévisagea tous les deux.

— Je vais vous envoyer quelques hommes, dit Nate. Entre-temps, je pense que vous ne devriez pas quitter l'hôtel.

14

En montant l'escalier, Jillian lâcha la main d'Ian. Elle avait besoin de se ressaisir. Mais lorsqu'ils dépassèrent l'étage où se trouvait sa chambre, elle sentit son cœur se serrer.

Elle comprenait parfaitement qu'après ce qui venait de se passer, il n'allait pas lui parler d'amour en buvant du champagne, comme il l'avait évoqué dans la bibliothèque.

Arrivés devant sa porte, ils firent une pause.

— Tu as besoin de dormir, dit-il d'une voix douce.

— Toi aussi.

Cette réponse était la plus sensée.

— Tu sais comment régler l'alarme que Dane a installée ? demanda-t-il.

L'étau autour de son cœur se serra encore plus.

— Oui.

Mais elle ne voulait pas d'alarme. Elle voulait Ian MacFarland. Pour son confort, sa sécurité, son plaisir ?

Peut-être tout à la fois, et sans doute un peu plus encore, comme elle commençait à s'en apercevoir. Mais n'avait-elle pas décidé dans la suite d'Avery de ne pas s'attacher à lui ?

Il lui tendit des sandwichs.

— Tu devrais manger quelque chose, même si ta gorge te fait mal, dit-il.

Lorsqu'elle prit le paquet, il referma ses mains sur les siennes.

— Nous avons besoin de mettre notre esprit au repos, continua-t-il. Pour ma part, je réfléchis mieux quand je dors.

Elle l'observa attentivement. Il était en train de lui annoncer qu'ils n'allaient pas dormir ensemble et, pourtant, il n'avait pas lâché ses mains. Qui essayait-il donc de convaincre ? Soudain, l'étau autour de son cœur se desserra un peu.

— Avant d'aller dormir, dit-elle, j'ai une demande à te faire.

— Jillian, objecta-t-il, si j'entre dans cette chambre, tu sais très bien qu'aucun de nous ne va dormir.

Elle ignora le tressaillement qui parcourut son corps.

— Je suis d'accord avec toi, mais je ne t'invite pas à entrer. Pas encore.

— Avant de nous retirer chacun dans notre chambre, ajouta-t-elle, j'aimerais aller dans la tour voir si Hattie peut nous aider à trouver quelque chose.

— Tu veux consulter un fantôme, lâcha-t-il.

Ce n'était pas une question, mais elle répondit vivement :

— Si les événements actuels ont réellement un rapport avec Samuel Jenkins premier du nom, il se peut que nous trouvions des réponses ou que nous ayons un point de vue différent en nous plongeant dans l'univers de Hattie.

C'était aussi une façon de ne pas laisser partir Ian tout de suite.

Sans attendre sa réponse, elle le prit par la main, et longea le couloir qui conduisait à la porte en chêne protégée par un code.

— Ton frère a également renforcé la sécurité de la tour, dit-elle en composant les numéros.

Elle actionna ensuite l'interrupteur qui éclairait l'escalier en colimaçon et passa la première.

En entrant dans la pièce, Ian ne put qu'admirer le lieu. Une lampe Tiffany posée sur une petite table diffusait une lumière chaude. Jillian fit le tour de la pièce pour allumer les autres éclairages. Un petit mur séparait les bureaux de l'espace de détente. Son regard se tourna alors vers les épais tapis tressés qui ornaient le parquet en chêne. L'ensemble que formait le mélange de mobilier ancien et contemporain était très réussi.

— Tu as fait du bon travail dans cette pièce, dit-il, admiratif.

Une lueur de plaisir brilla dans les yeux de Jillian, et il comprit qu'il ne lui avait pas encore fait suffisamment de compliments. Il ne lui avait pas non plus parlé assez d'amour. En quittant la suite d'Avery, il était déterminé à mettre de côté leur histoire pour se concentrer sur les événements. Mais, à présent, il brûlait de mettre son plan de côté et de la prendre dans ses bras.

Il se tourna vers elle.

— Que comptes-tu faire, maintenant ? demanda-t-il.

— Hattie m'a révélé la chambre secrète lorsque j'étais devant ce miroir.

Il regarda dans la direction qu'elle pointait. Elle actionna alors le levier caché dans le mur et le panneau s'ouvrit. Aussitôt, il se dirigea vers la pièce qu'elle venait de lui révéler.

— Le carton à chapeau était toujours près de moi lorsque j'ai essayé d'entrer en communication avec Hattie, expliqua-t-elle.

Elle se pencha et prit l'objet dans ses bras.

— Voici la fameuse boîte à fantasmes, dit-elle. Lorsque j'étais assise là, à me demander quelle attitude adopter vis-à-vis de toi, j'étais devant ce miroir.

Elle s'assit par terre et Ian vint la rejoindre.

— On fait quoi maintenant ? demanda-t-il.

— Je vais juste commencer à parler. Hattie, voici Ian, le frère de Dane.

Un peu désemparé, il regarda leur reflet dans le miroir. Ils étaient tous les deux assis en tailleur près du carton à chapeau.

— Je sais ce que tu penses, dit-elle d'une voix neutre. Il ne nous manque plus que quelques bougies et une dame avec un turban sur la tête pour démarrer la séance.

Il lui sourit.

Elle regarda alors le carton à chapeau d'un air inquiet.

— Je n'ai encore jamais parlé à voix haute devant une tierce personne, sauf devant Hattie.

— Dans ce cas, parle-moi, dit-il en lui prenant la main. Je veux savoir pourquoi tu crois à la théorie de miss Emmy Lou selon laquelle Samuel Jenkins et Hattie avaient une liaison cachée.

— Je pense que c'est à cause de la chambre secrète, répondit-elle. Depuis que Hattie me l'a révélée, je me demande à quoi elle peut bien servir. Et pourquoi je n'y ai trouvé que cette boîte. La première fois que j'y suis entrée, je croyais y découvrir des choses précieuses, comme des bijoux, des œuvres d'art. J'ai mis du temps à le comprendre, mais je pense que cette boîte avait vraiment de la valeur pour Hattie.

— Et l'idée que Hattie et Samuel aient pu avoir une liaison donne encore plus de poids aux fantasmes ?

— Ce n'était pas juste une liaison, l'interrompit-elle. Imaginons que leur histoire ait commencé par une incroyable, une irrésistible attirance ? Ils ont fini par y succomber, mais, au lieu de s'apaiser, cette attirance n'a fait que croître et s'est transformée en amour. Le genre d'amour qui n'existe que dans les livres.

— Comme deux âmes sœurs maudites, dit Ian.

Elle se tordit les mains.

— Exactement, dit-elle. Tout était ligué contre eux. Samuel avait une femme et un enfant. C'était un homme respectable. Il a épousé Margie Brenner lorsqu'il a découvert qu'elle était enceinte. De plus, il aimait le petit Sam. Le fait qu'il ait emmené son fils à Haworth House prouve bien qu'il vivait avec Hattie une histoire d'amour. Tu ne présentes pas ton enfant à une maîtresse de passage.

Il l'examina. Etait-elle consciente des larmes qui s'étaient formées dans ses yeux ? Il lui posa alors la question à laquelle elle n'avait pas encore répondu :

— Mais qu'en est-il de la boîte à fantasmes ? Elle fait plutôt pencher la balance en faveur d'une simple attirance sexuelle, non ?

Elle se ressaisit.

— Je sais, dit-elle. Je t'ai dit que lorsque mes sœurs et moi avons pioché nos enveloppes dans la boîte, nous avons émis l'hypothèse que Hattie tenait en secret une maison close. Tu aurais dû voir comment la pièce était décorée au départ. On aurait dit une maison de passe française. Mais peut-être que la boîte à fantasmes était une façon de s'évader de leur situation inextricable. Cette pièce était leur endroit secret. Ils pouvaient endosser des rôles, en s'imaginant dans la peau de différents personnages, uniquement dans le but de s'offrir du plaisir. Ils pouvaient oublier leur fantasme premier, qui était de vivre heureux ensemble pour toujours. Après la mort de Samuel, Hattie a caché la boîte afin de préserver jalousement ces précieux souvenirs.

— Ta théorie tient la route, dit-il. Mais elle est triste.

— Il me manque pourtant des pièces du puzzle. Je me demande en effet pourquoi Hattie a caché cette boîte à fantasmes et rien d'autre, pour ensuite me la révéler.

— Peut-être espérait-elle que tu allais comprendre, dit-il.

— J'essaye, et je pense aussi qu'il y a autre chose, mais je ne sais pas quoi. Tout ça doit te paraître insensé, non ?

— Tout le monde a besoin d'un peu espace pour suivre ses rêves, dit-il d'un air grave.

Il parlait rarement de lui-même, mais il était prêt à tout pour effacer la tristesse qui brouillait son regard.

— Dans la famille d'adoption dans laquelle j'ai grandi, continua-t-il, ma mère était une femme formidable. Une personne très généreuse. Elle avait envie d'adopter car elle voulait partager sa maison et son foyer avec quelqu'un qui n'en avait pas.

— Tu as eu de la chance, alors, dit-elle.

Il sourit.

— Beaucoup. Mais mes parents adoptifs avaient déjà deux fils, d'un an mon aîné et d'un an mon cadet. Pour mon père adoptif, ils étaient sa chair et son sang et, dès que je suis entré au lycée, j'ai compris qu'il valait mieux ne pas leur faire de l'ombre. Ils jouaient au football et au basket, si bien que je n'ai jamais pratiqué ces sports. Pas même lorsque le coach est venu me trouver.

— Avec ta stature et tes mains, tu aurais fait un joueur de basket formidable, dit-elle.

— Je me débrouille pas mal, dit-il en riant. J'arrive même à battre mon frère Dane.

— Mais tu as abandonné ce rêve pour ta famille.

— Je me suis inscrit au club d'échecs, répondit-il d'un air indifférent, et au club de maths. J'ai aussi fait de la course à pied, ce qui était beaucoup moins excitant. Mais je me suis surtout créé un espace où je pouvais réussir sans entrer en compétition avec mes frères. Je me suis alors découvert un don pour les ordinateurs et j'ai trouvé un métier qui me plaisait. J'aime beaucoup enquêter.

— Tu es en compétition avec Dane, maintenant ? demanda Jillian.

— Non, répondit-il en riant. Nous sommes diamétralement opposés. Lui, c'est l'homme d'action et moi, je suis la taupe.

— Je vois, dit-elle d'un air dubitatif. Une taupe capable d'escalader d'un bond un balcon !

— Ce n'est pourtant pas mon genre, répondit-il en la regardant fixement. Tu me fais découvrir des aspects de ma personnalité que je ne connaissais pas, Jillian. Et toi, tu étais en compétition avec tes sœurs, dans ton enfance ?

— Non, répondit-elle en souriant, je me sentais surtout différente car toutes savaient exactement ce qu'elles voulaient faire, alors que je me suis cherchée pendant longtemps.

— Mais aujourd'hui, tu sais ce que tu veux, dit-il.

C'était plus une affirmation qu'une question.

— Oui, en effet.

En plongeant ses yeux dans les siens, elle comprit que c'était lui qu'elle voulait. Et même si elle lui avait promis une aventure éphémère, elle était prête à tout pour garder Ian MacFarland près d'elle.

Soudain, elle sentit un vent de peur et d'angoisse la glacer. Non, elle ne pouvait pas le lui dire. Pas encore. En revanche, elle pouvait le lui montrer. Poussant le carton à chapeau sur le côté, elle s'approcha de lui à genoux.

— J'ai la tête qui tourne, dit-elle. J'ai besoin de faire une pause.

Il ouvrit la bouche, mais elle posa un doigt sur ses lèvres.

— Je sais que tu voulais aller dormir et mettre ton esprit

au repos. Mais lorsque je n'arrive pas à résoudre un problème, je ne m'acharne pas, je fais autre chose.

Elle remplaça ses doigts par ses lèvres, l'effleurant à peine, et murmura :

— Je vais donc te séduire, Ian.

Ses yeux gris changèrent de couleur pour devenir plus sombres, et elle frissonna.

— Dès que je t'ai vu, j'ai été sous ton charme. Tu portais des lunettes de soleil, et tu n'as fait qu'effleurer mon bras. Pourtant, j'ai immédiatement eu envie de toi.

Elle prit son visage entre ses mains et suivit le contour de ses lèvres du bout de la langue.

— Je ne sais pas pourquoi, continua-t-elle, mais j'ai eu envie de t'embrasser comme ça.

Elle fouilla sa bouche plus profondément.

Elle sentit alors la paume de sa main virile dans son dos, mais elle résista à la pression.

— Tu portais des lunettes de soleil et je ne pouvais donc pas voir tes yeux, dit-elle. Mais dès que je les ai aperçus, ils m'ont fascinée. Je ne savais pas que l'on pouvait se perdre dans le regard d'un homme.

— Jillian…, commença-t-il d'une voix troublée par l'émotion.

— Ne dis rien, répondit-elle en pressant de nouveau ses lèvres contre les siennes.

Plus rien ne pouvait l'arrêter.

— Lorsque tu m'as suivie au village, le premier jour, et que tu es sorti de ta voiture, je t'ai désiré encore plus. L'espace d'un instant, je ne pouvais plus bouger ni penser.

Elle recula légèrement et commença à déboutonner sa chemise.

— Et tu ne m'as même pas regardée, ajouta-t-elle sur un ton de reproche.

— Je ne pouvais pas, répondit-il. Si je l'avais fait, je n'aurais pas pu résister à la tentation de venir te rejoindre.

— Bon à savoir, chuchota-t-elle contre son oreille.

Elle fit ensuite glisser ses lèvres sur son cou, sa gorge, s'attardant suffisamment pour l'entendre retenir son souffle.

Puis, d'un geste langoureux, elle retira sa chemise et caressa son torse. Elle savourait le plaisir de palper ses muscles durs et puissants. Comme il était excitant de le sentir frissonner à son tour ! Il gémit et plus rien d'autre que lui ne comptait, à présent.

Soudain, il saisit sa main.

— Tu me rends fou, dit-il.

— Je sais.

Repoussant d'un geste ferme son torse, elle l'obligea à s'étendre à même le sol.

— Je veux prendre mon temps avec toi.

Puis, de ses mains, elle commença à explorer son corps.

Ian sentait ses forces l'abandonner, son esprit se brouiller, ses muscles faiblir. Il avait rêvé de ce moment, mais la réalité dépassait de loin son imagination. Emerveillé, il frémit au contact de ses doigts fins qui glissaient le long de son torse et laissaient derrière eux une traînée de feu et de glace.

Il commença à flotter dans un océan de sensations merveilleuses, tandis que les mains de Jillian prenaient de l'assurance. Que sa bouche était chaude en suivant le chemin tracé par ses doigts ! Chaque fois qu'elle revenait embrasser ses lèvres, son souffle se chargeait d'effluves plus puissants, plus enjôleurs.

— Ne bouge pas, dit-elle d'une voix impérieuse en dégrafant son ceinturon. J'en veux plus.

Il se laissa faire sans résister. Car lui aussi en voulait plus. De sa bouche et de ses mains, Jillian poursuivit son exploration tandis qu'elle faisait glisser son jean centimètre par centimètre le long de ses jambes. Chacune de leurs étreintes avait été intense, mais rien de comparable aux frissons de plaisir qui le secouèrent lorsqu'il sentit ses dents sur ses cuisses, sa langue dans le pli de son genou, l'effleurement de ses hanches contre sa jambe.

Puis, d'une main habile, elle coiffa son sexe d'un préservatif et il crut que son cœur allait exploser tant il était excité. Il essaya de se redresser mais elle plaça fermement les mains sur ses épaules pour l'en empêcher.

Aucune femme ne l'avait excité ou fragilisé à ce point. Pour la première fois de sa vie, il se sentit vulnérable. Son corps était couvert de sueur. Tous ses sens étaient exacerbés par le désir qui tendait ses muscles et brouillait son esprit.

Lorsqu'il réussit enfin à la faire basculer sur le côté et à couvrir son corps avec le sien, il ne se contrôlait plus. Les yeux rivés aux siens, il ne pensait plus qu'à la posséder. Ils roulèrent au sol et heurtèrent un objet. Sans y prêter plus d'attention, il la déshabilla, éliminant une à une les barrières qui les séparaient l'un de l'autre jusqu'à ce qu'elles aient toutes disparu.

Puis il la pénétra d'un coup. Cherchant à garder le contrôle de lui-même, il s'immobilisa quelques secondes. Puis, lentement, il se mit à lui faire l'amour, la conduisant vers les limbes du plaisir.

Au bout de quelques minutes de va-et-vient tantôt langoureux, tantôt sauvages, elle se mit à haleter et il sut qu'il ne pourrait plus attendre longtemps.

— Jouis avec moi, cette fois, dit-elle en roulant sur lui pour le chevaucher.

Il n'avait pas le choix. Elle se mit à bouger, lui imposant son rythme. Et lorsqu'elle accéléra la cadence, il sentit des ondes de plaisir l'amener plus près que jamais du paradis. Bientôt, il cria son nom, mais ce fut le sien qu'il entendit résonner dans la pièce.

C'était la première fois qu'elle se réveillait dans ses bras. Le soleil ne s'était pas encore levé et la pénombre inondait la pièce. Ian et elle étaient étroitement enlacés, couchés côte à côte sur un canapé. Elle prit le temps de savourer la chaleur que dégageait son corps viril, d'apprécier cette proximité avant d'ouvrir les yeux.

Elle croisa son regard : il devait l'observer depuis quelques minutes. Derrière lui, le soleil se levait, baignant d'une douce lumière la pièce. Pour l'heure, tout était calme et seul le murmure lointain de l'océan résonnait au loin. L'hôtel ne s'était pas encore éveillé.

Pourtant, l'aube s'évanouissait de minute en minute et l'univers où ils étaient seuls au monde allait bientôt disparaître. Près d'elle, il gisait, les cheveux en bataille. L'ombre d'une barbe naissante assombrissait légèrement son visage, mais ses yeux étaient déjà luisants de désir. Ils avaient encore du temps, songea-t-elle. Ils pouvaient aisément replonger dans le monde qu'ils avaient créé toute la nuit.

Elle leva alors la tête et le premier rayon de soleil traversa la fenêtre avant de heurter le miroir en scintillant.

C'est alors que quelque chose d'insolite attira son regard. Intriguée, elle se redressa pour mieux voir.

— Qu'y a-t-il ? demanda-t-il en se mettant sur pied.

Puis il le vit aussi. Le carton à chapeau gisait sur le côté en bas du miroir. Son couvercle avait glissé et les enveloppes étaient éparpillées sur le sol. Mais ce n'étaient pas les plis qui avaient attiré son attention. Un carnet relié de cuir dépassait du double fond de la boîte. Aussitôt, il enfila son jean pendant qu'elle rassemblait ses vêtements.

— J'avais raison, dit-elle, triomphante.

Elle s'agenouilla près de la boîte.

— Hattie cachait bien quelque chose en plus de ses fantasmes, ajouta-t-elle.

D'une main tremblante, elle dégagea le carnet et l'ouvrit. Des photos ornaient la première page et sur l'une d'elles figurait un très bel homme qui lisait une histoire à son fils. Les larmes lui montèrent aussitôt aux yeux.

— Elle a été prise à la bibliothèque, murmura Jillian. Pas celle de Belle Bay, celle de Haworth House.

— Le colonel avait donc raison, répondit Ian d'une voix tout aussi douce. Il est bien venu dans cette maison.

Elle saisit la photo et lut la date inscrite sur la première page du carnet : 5 juillet 1954. Dessous figurait une note rédigée dans une écriture soignée :

« Hier, à l'occasion de la fête nationale, je suis allée à une soirée caritative à la bibliothèque de Belle Bay. Voilà maintenant un an que je suis sur cette île, et je me

suis dit que je pouvais y faire une apparition. J'avais presque oublié à quel point le destin pouvait être étrange. Et si j'avais su quel tour il allait me jouer, j'aurais pu mieux m'en garder.

» Hélas, comme d'habitude, je n'étais pas préparée à ce qui allait m'arriver. A Hollywood, les événements m'avaient déjà prise par surprise et là non plus, je n'ai rien vu.

» Hier, j'ai rencontré Samuel Jenkins et j'en suis tombée amoureuse. »

— On dirait que miss Emmy Lou et toi aviez raison, finalement, dit Ian en tournant la page. Samuel Jenkins et Hattie Haworth se sont bel et bien rencontrés et sont tombés amoureux l'un de l'autre.

Mais leur histoire s'était mal terminée. Ian tourna la page, et Jillian essuya ses yeux brouillés de larmes. Main dans la main, ils entreprirent alors de lire le carnet.

15

Une heure plus tard, Ian ferma le carnet et le posa par terre, près du miroir où ils l'avaient trouvé. Désormais, ils en savaient beaucoup plus. Pourtant, ils n'avaient toujours pas la moindre idée de l'identité de la personne qui s'acharnait sur eux. Hattie avait écrit pour la dernière fois dans son journal la veille de la mort de Samuel Jenkins. Impossible donc de savoir si son décès était un suicide ou un meurtre.

Ian espérait vraiment trouver d'autres informations. Ils en avaient désespérément besoin. Dès l'instant où il s'était éveillé auprès de Jillian, il avait eu le sentiment que le temps jouait contre eux. Quelle que soit la personne qui avait lancé la bombe incendiaire dans l'escalier de la bibliothèque, elle avait depuis le début une longueur d'avance sur eux. Et il avait peur que la prochaine fois, elle parvienne à ses fins.

— Quelle triste histoire, dit-elle en se redressant.

Elle s'approcha de lui pour l'enlacer.

— Ils ont eu si peu de temps pour s'aimer. Du 4 juillet au printemps suivant, même pas une année complète.

Il passa un bras autour de ses épaules et la serra contre lui. Du coin de l'œil, il apercevait leur reflet dans le miroir.

— En lisant ce journal, dit-il, on comprend qu'ils ont partagé quelque chose de spécial, que beaucoup ne trouvent jamais. Et ils n'étaient pas prêts à le perdre.

Lui non plus, songea-t-il. Mais ce n'était pas le moment d'aborder le sujet avec elle, pas dans cette course contre la montre.

— Tu ne crois donc pas que Samuel s'est suicidé ? demanda-t-elle.

— Non, répondit-il, sûr de lui. Bien sûr, nous n'avons que la version de Hattie. Mais dans son journal, elle n'apparaît pas comme une femme aveuglée par l'amour. Elle n'était pas particulièrement heureuse de tomber amoureuse de Samuel. De plus, elle avait déjà été trahie par un homme. Il me semble qu'elle a pris le temps de bien le jauger, et plus particulièrement en raison de tous les obstacles qu'il y avait entre eux.

Jillian acquiesça.

— Tu as raison, dit-elle. Il avait une femme et un enfant. Et il se sentait responsable de Margie car elle était malade.

C'était ce qu'ils avaient découvert dans le journal de Hattie. Margie Brenner était gravement dépressive, et souffrait certainement d'une maladie mentale encore plus grave. A une autre époque, elle aurait été prise en charge par le corps médical. Mais d'après ce que disait le journal, Margie passait le plus clair de son temps couchée pendant que Samuel s'occupait de leur fils.

— Il était prêt à lui céder tous ses biens, souligna-t-elle.

— Et en échange, il gardait l'enfant.

— D'autant que Margie était incapable de s'en occuper correctement, ajouta-t-elle.

Ian se tourna vers elle, prit ses mains et la regarda droit dans les yeux.

— Nate dirait sûrement qu'à la dernière minute, Samuel n'avait pas réussi à mettre son plan à exécution. Voyant que ce choix était impossible, il avait choisi de mettre fin à ses jours.

— Mais ce n'est pas ce que tu crois, répondit-elle d'un air sceptique.

— Non, d'autant que cette théorie ne nous dit toujours pas pourquoi tous ces événements ont eu lieu. Quelqu'un est déterminé à se débarrasser de toi et de moi, dit-il en serrant les poings. Et le fait que Hattie et Samuel aient envisagé de vivre ensemble a poussé quelqu'un au meurtre.

— Ce qui nous ramène à Margie Brenner, que la maladie

mentale la clouait au lit et qui est morte il y a vingt ans, dit-elle. Nous ne pouvons pas l'interroger.

— Nous ne sommes donc pas plus avancés qu'hier soir, dit-il en tordant nerveusement les mains. Jillian, je veux t'emmener loin d'ici.

— Non ! répondit-elle avec véhémence. Je ne vais pas me laisser intimider. C'est l'endroit que mes sœurs et moi avons choisi pour vivre.

Mais leur conversation fut bientôt interrompue par la sonnerie de son téléphone. C'était Nate.

— Allô ? dit Ian en plaçant le téléphone suffisamment près pour qu'elle puisse entendre.

— Bonjour, dit le shérif. J'ai parlé à mon père. Il se souvient de l'affaire Jenkins parce que c'était le premier gros dossier sur lequel il avait travaillé. Il semblerait que le dossier ait été fermé aussi vite qu'il a été ouvert. Samuel Jenkins s'est fait piéger par une femme malade et il n'a pas pu le supporter. Mais mon père était déterminé à résoudre cette affaire. Il n'a donc pas fermé le dossier tant qu'il n'a pas interviewé Hattie Haworth et Margie Brenner. Hattie ne savait pas pourquoi Samuel était parti se promener le long des falaises de sa propriété. Et Margie avait un alibi. Sa jeune sœur était restée près d'elle ce soir-là. Samuel lui demandait souvent de tenir compagnie à Margie.

— Elle avait une sœur ! s'écria Ian. Vous avez son nom ?

— Attendez une seconde, répondit Nate. Il se trouve dans le carnet de notes de mon père. Voilà, elle s'appelait Mary Brenner et elle avait quatorze ans à l'époque.

— Nous avons aussi du nouveau, dit Ian. Hattie et Samuel avaient une liaison et prévoyaient de partir ensemble en emmenant le petit Sam avec eux.

Il lui fit part du contenu du journal.

— Et Hattie ne parle pas de la mort de Samuel dans son journal ? demanda Nate.

— Non, répondit Jillian. L'histoire de son journal se termine bien, juste le jour où ils étaient sur le point de commencer une nouvelle vie. Peut-être était-ce la partie de l'histoire qu'elle souhaitait retenir.

— Elle a déclaré à mon père qu'elle ne savait pas du tout ce qu'il faisait au bord de la falaise.

— Peut-être était-elle en état de choc, souligna Jillian.

— Mais elle pouvait aussi dire simplement la vérité, ajouta Ian. Rien n'indique dans son journal que Samuel ou elle soient revenus sur leur décision. Si elle avait cru à la version du suicide, cela l'aurait terriblement choquée. Et si elle avait plaidé pour un acte criminel, qui l'aurait crue ? Le fait d'avoir eu une liaison avec Samuel et qu'ils aient prévu de partir ensemble ne faisait que pencher en faveur du suicide. Mais cette version n'aurait pas ramené Samuel.

Pendant qu'il parlait, elle avait glissé sa main dans la sienne.

— Nate, demanda-t-elle, cette Mary, sait-on où elle est aujourd'hui ?

— Mon père m'a dit qu'elle avait quitté l'île avec Margie et le petit Sam après la vente de la propriété.

— Mon ami Cody arrive demain matin par le premier ferry, fit-il savoir. Je vais lui demander de faire des recherches sur elle.

— De mon côté, je vais appeler le colonel Jenkins, et voir ce qu'il peut me dire sur sa tante, dit Nate. Tant que nous n'en savons pas plus, je veux que vous restiez à proximité de l'hôtel. Ou plutôt, ne quittez pas vos chambres.

Après avoir raccroché, il se leva.

— Nate a raison, dit-il. Nous devons rester à l'hôtel tant que nous n'en savons pas plus. Je veux que tu restes ici, dans cette pièce.

Elle lui lança un regard étonné.

— Et tu comptes aller où ? demanda-t-elle.

— Dans ma chambre pour prendre une douche et changer de vêtements. Je viendrai t'apporter de quoi te changer. Je serai parti tout au plus vingt minutes. Si je ne peux pas te convaincre de partir, je pense que cette pièce est le lieu le plus sûr. Hattie te protégera tant que tu resteras avec elle.

— Vingt minutes ?

— Maximum.

— D'accord, dit-elle à contrecœur.

Il quitta la pièce et emprunta l'escalier en colimaçon.

Puis ce fut le choc. Lorsque la douleur envahit son corps, il n'eut qu'une fraction de seconde pour réagir. Mobilisant toute son énergie, il se jeta en arrière et pesa de tout son poids pour fermer la porte en chêne qui conduisait à la chambre de la tour. Mais juste avant que les ténèbres troublent sa vue, il eut le temps d'apercevoir une paire de bottillons de chantier.

En rassemblant les enveloppes éparpillées au sol, Jillian se posait mille questions. Le double fond de la boîte s'était certainement ouvert lorsqu'ils avaient fait l'amour. Ou bien était-ce Hattie qui l'avait ouvert pour eux ? Après avoir soigneusement mis le journal de côté, elle reconstitua la boîte, mit en tas les enveloppes et replaça le couvercle.

Puis elle se leva et se dirigea vers une des fenêtres. L'histoire d'amour tragique de Hattie et de Samuel hantait constamment son esprit, d'autant qu'elle la renvoyait constamment à sa relation avec Ian. Eux aussi avaient été irrésistiblement attirés l'un vers l'autre. Au début, ils avaient feint de l'ignorer, puis ils avaient choisi de céder à leur passion. Pleinement.

Et il avait dû en être de même pour Samuel et Hattie. Ils avaient choisi d'avoir une liaison, sans attaches, juste pour le plaisir. Sans blesser personne. Mais leurs sentiments étaient devenus plus profonds, et ils avaient dû prendre une décision.

Une fois encore, sa relation avec Ian coïncidait avec la leur. Elle commençait même à s'habituer au pincement de panique qui l'étreignait chaque fois qu'elle y pensait.

Samuel et Hattie avaient trouvé le courage d'écouter leur cœur. Elle ne doutait pas une seule seconde qu'ils auraient eu une vie heureuse si quelqu'un ne les avait pas arrêtés. Mais qui ?

Ça ne pouvait être qu'une personne de la région. Quelqu'un qui se trouvait sur l'île cette nuit-là, et qui avait intérêt à empêcher Samuel et Hattie de partir ensemble.

Se détournant de la fenêtre, elle revint vers le miroir.

— Qui était-ce ? demanda-t-elle. Hattie, qui vous a arrêtés ? Mais elle ne reçut aucune réponse. Pas même un petit scintillement. Peut-être que Hattie n'en savait rien, songea-t-elle, déçue.

— Je suis certaine que tu y as réfléchi, continua-t-elle, et que tu avais dû dresser une liste de suspects éventuels. Quelqu'un avait certainement découvert votre liaison secrète. Mais qui ? Margie ? Sa jeune sœur ?

Soudain, elle sursauta en entendant la sonnerie du téléphone. Elle alla jusqu'à la petite table et décrocha.

— Allô ?

— Madame Brightman, ici le colonel Jenkins. Je suis ici, à l'hôtel. Le directeur a eu l'amabilité de me mettre en contact avec vous.

Même s'il ne s'était pas présenté, elle aurait reconnu sa voix.

— Je sais que je n'ai pas appelé avant, mais serait-il possible de vous rencontrer ?

— S'il s'agit de votre offre d'achat…

— Non, pas du tout. Je n'ai d'ailleurs même pas dit à mon fils que je venais vous rendre visite. J'ai pris l'avion hier soir, puis le premier ferry. Depuis que je suis parti de l'île, l'autre jour, les souvenirs de Haworth House n'ont cessé d'affluer. Je suis certain d'être déjà venu lorsque j'étais enfant. Si vous avez du temps à m'accorder, j'aimerais que vous me fassiez visiter de nouveau la demeure. Vous m'aviez proposé de voir la chambre de la tour.

— Pouvez-vous patienter une minute, colonel ? demanda-t-elle.

— Bien sûr.

Posant le combiné sur la table, elle sortit son téléphone portable de sa poche et composa le numéro d'Ian. Pas de réponse. Elle se souvint alors qu'il était parti prendre une douche et lui laissa un message.

— Ian, dès que tu pourras, viens me rejoindre dans la chambre de la tour. Le colonel Jenkins est ici et dit que les souvenirs lui reviennent.

Puis elle composa le numéro d'Avery.

— Jillian ? dit-il.

— Je suis dans la chambre de la tour. Ian est retourné dans sa chambre pour prendre une douche. Peux-tu venir avec le colonel Jenkins ? Il dit que les souvenirs lui reviennent et j'ai très envie d'entendre ce qu'il a à me dire.

— J'arrive, dit-il aussitôt.

Peu à peu, Ian revint à lui. Son agresseur avait utilisé un genre de pistolet paralysant suffisamment puissant pour l'assommer quelques instants. Juste le temps de lui attacher les mains dans le dos. Il gisait sur le côté en face de la porte qui conduisait à la chambre de la tour. Et à travers ses paupières entrouvertes, il aperçut les bottillons de chantier.

Soudain, il reçut un violent coup de pied dans le ventre.

— Lève-toi !

Il toussa sous le choc. La voix qui l'avait interpellé était grave et faussement gutturale. Aucun doute que la personne cherchait à déguiser sa voix. Il prit autant de temps qu'il put pour se mettre à genoux et leva les yeux. Son agresseur portait un pantalon en toile très large surmonté d'une chemise tout aussi ample. Mais c'était un revolver équipé d'un silencieux et non un pistolet paralysant qu'il braquait sur lui. Son visage était couvert d'une cagoule.

De loin, il aurait pu penser qu'il s'agissait d'un homme de petite taille. Mais à cette distance, il était certain d'être en présence d'une femme. Ses petits pieds ainsi que sa fausse voix étaient révélateurs.

— Vous êtes Mary Brenner, n'est-ce pas ? dit-il.

Un éclair de surprise traversa les yeux de la femme, rapidement remplacée par une expression de colère proche de la folie.

— Personne ne m'a plus appelée par ce nom depuis cinquante-cinq ans, répondit-elle froidement. Je l'ai abandonné en quittant Belle Island. Lorsque je suis revenue, je me suis inventé une nouvelle identité. Vous allez regretter d'être venu remuer le passé. Et les sœurs Brightman aussi. Avance !

Elle s'approcha de lui et désigna la cage d'escalier du bout du revolver.

— Si nous croisons quelqu'un, je serai cachée derrière vous. Ne tentez rien, sinon je tire.

Son regard dément suffit à le convaincre qu'elle ne plaisantait pas. Elle ne cherchait même plus à déguiser sa voix. Pourtant, il avait deux avantages sur elle. Non seulement ils s'éloignaient de Jillian, mais encore il savait maintenant à qui il avait affaire.

— Où allons-nous ? demanda-t-il d'un air faussement désinvolte en descendant vers le premier étage.

— Nous allons vers les falaises où j'ai conduit Samuel cette nuit-là. Puis nous appellerons Jillian et nous l'inviterons à venir nous rejoindre. Tout se terminera à l'endroit même où, il y a cinquante ans, je croyais que tout était fini.

16

Lorsqu'elle entendit frapper à la porte, Jillian dévala en trombe l'escalier en colimaçon.

— Avery ? demanda-t-elle.

— C'est moi. Je t'ai amené le colonel.

Aussitôt, elle ouvrit la porte en grand. Le colonel Jenkins était debout devant elle, très différent de l'homme qui s'était présenté à elle la veille. Bien qu'impeccablement habillé, des poches sombres soulignaient ses yeux et les traits de son visage s'étaient creusés.

— Merci de me recevoir, madame Brightman, dit-il sur un ton d'excuse.

Avery s'avança avec le colonel et murmura à voix basse en passant devant elle :

— Cody Marsh, l'ami d'Ian, est également arrivé. Je l'ai envoyé dans sa chambre et j'ai expliqué au colonel que, par mesure de sécurité, j'allais rester avec toi en attendant leur arrivée.

Le colonel gravit d'un pas lourd les marches de l'escalier. Arrivé en haut, il s'arrêta quelques secondes pour étudier la pièce. Jillian passa alors devant lui et désigna des chaises près des portes-fenêtres vitrées.

L'air déçu, le colonel s'effondra sur le siège en soupirant.

— Je ne me souviens pas de cette pièce, dit-il. Pas comme de la bibliothèque ou du labyrinthe. J'espérais pourtant y trouver des réponses.

Il se massa les tempes.

— Tout me revient par bribes, ajouta-t-il. Je venais ici avec mon père lorsque j'étais enfant. Il y avait une belle femme, et je croyais que c'était une princesse. Nous jouions à cache-cache dans le labyrinthe et nous lisions des livres dans la bibliothèque. Un jour qu'il pleuvait, nous avons fait la course dans la salle de bal.

— Votre père vous a conduit ici l'été de vos quatre ans, intervint-elle.

— Comment le savez-vous ? demanda-t-il, surpris.

Elle regarda d'abord Avery avant de se tourner vers le colonel.

— Nous avons trouvé le journal de Hattie Haworth, répondit-elle. Votre père venait ici souvent car il avait une liaison avec Hattie.

Le colonel quitta son siège et se dirigea vers les portes-fenêtres.

— Ma mère m'a dit en effet qu'il l'avait trompée et que, pris de remords, il s'était suicidé. Peut-être est-ce la raison pour laquelle j'ai refoulé ces souvenirs ?

— Je ne suis pas psychologue, dit-elle. Mais votre tante a déménagé avec vous et votre mère lorsque vous avez quitté l'île. Mary V. Brenner. Vous a-t-elle déjà parlé de la mort de votre père ?

Le colonel Jenkins la regarda fixement.

— Non, dit-il. Lorsque j'ai voulu lui poser des questions, elle m'a répondu qu'il valait mieux tout oublier. C'est pourquoi je me suis tourné vers ma mère.

— Colonel Jenkins, dit-elle. J'aimerais poser quelques questions à votre tante sur cette nuit-là. Pourriez-vous me dire où elle se trouve ?

— Mais vous avez déjà été en contact avec elle, répondit-il d'un air perplexe. C'est elle qui m'a appelé pour nous dire que vous aviez l'intention de vendre Haworth House. Il s'agit de Vivian Thorley. Mary Vivian Thorley. Mais elle préfère utiliser son deuxième prénom.

Une multitude d'images déferla dans son esprit. Tout devenait clair à présent ! Qui d'autre pouvait connaître le fonctionnement interne de l'hôtel ? Vivian y recevait souvent ses clients. Et elle avait facilement pu entrer dans le magasin. Il lui suffisait de faire un double des clés. Enfin, elle se rappela qu'elle les avait pratiquement suivis dans la bibliothèque.

Prise de panique, elle consulta sa montre. Cette femme pouvait très bien se trouver dans l'hôtel en ce moment. Mais où était Ian ? Cela faisait bien plus de vingt minutes qu'il était parti.

Lorsque son téléphone portable sonna, elle sursauta.

— Jillian, dit une femme d'une voix autoritaire, je sais que vous êtes dans la chambre de la tour. Avancez-vous jusqu'à la fenêtre.

Elle plaça une main devant le micro.

— C'est Vivian, dit-elle à voix basse.

Dès qu'elle regarda dehors, elle aperçut Ian. Vivian et lui se tenaient près d'un lampadaire, dans le jardin. Elle portait des vêtements d'homme, mais, même à cette distance, elle reconnaissait aisément ses cheveux et ses traits. Ian était debout près d'elle, les mains derrière le dos.

— Votre ami écrivain et moi allons faire une petite promenade le long des falaises, derrière le labyrinthe, dit Vivian. Si tu viens accompagnée, tu ne reverras jamais Jack Ryan.

— Elle tient Ian, dit-elle en les voyant disparaître sur le chemin qui serpentait le long du précipice. Si elle voit que je suis accompagnée, elle le tuera, ajouta-t-elle au bord des larmes.

— Je vais appeler Nate, dit aussitôt Avery.

Sans perdre une seconde, elle s'élança dans l'escalier et lui lança par-dessus son épaule :

— Dis-lui de traverser le labyrinthe. Nous serons près de la falaise où Samuel Jenkins a sauté.

Ian pria pour que Jillian vienne avec du renfort. Mais pourquoi l'avait-il donc laissée seule, dans la tour ? Vivian sur les talons, il quitta le jardin et longea le long chemin qui bordait le labyrinthe sur une cinquantaine de mètres avant de descendre vers les falaises déchiquetées qui plongeaient à pic dans la mer. Le bruit des vagues s'écrasant sur les rochers en contrebas étouffait celui de leurs pas.

Personne ne pourrait accompagner Jillian en restant à couvert, songea-t-il, la peur au ventre. La seule solution était de mettre à exécution son plan B. Il devait attirer l'attention de Vivian sur lui jusqu'à ce qu'il trouve le moyen de la désarmer.

Plus déterminé que jamais, il s'arrêta à environ trois mètres du vide et s'assit sur un rocher. De cet endroit, il verrait Jillian arriver.

— Je ne vous ai pas demandé de vous asseoir, dit Vivian sur un ton cinglant.

— J'imagine que je suis votre appât, dit-il en souriant. Vous ne pouvez pas me pousser tant que Jillian n'est pas là. Sinon, pourquoi viendrait-elle nous rejoindre ici ?

Il planta son regard dans celui de la femme. Elle avait retiré sa cagoule dans la cage d'escalier et des plis soucieux marquaient son visage. Mais elle tenait son revolver d'une main ferme.

Pourtant, la partie n'était pas perdue, car il venait de sentir dans son dos un bout de rocher suffisamment tranchant pour couper les liens qui entouraient ses poignets.

— Comment avez-vous attiré Samuel, cette nuit-là ? demanda-t-il, plein d'espoir.

— Je n'ai pas eu besoin de le faire, répondit-elle d'un air cynique. Il avait rendez-vous ici avec Hattie Haworth. Il m'a donc suffi de le suivre. Le petit Sam était avec lui et j'avais un revolver. Je m'étais débrouillée pour récupérer l'enfant, il était donc obligé de faire ce que je lui disais. Sinon, je n'aurais pas hésité à m'en prendre à son fils.

Elle s'exprimait d'une voix dure, comme le jour où il l'avait rencontrée dans son agence immobilière. Elle lui avait alors parlé d'une propriété qui allait bientôt être à vendre, se souvint-il soudain avec effroi. Il frotta un peu plus frénétiquement les liens sur l'éclat de rocher, tranchant comme une lame.

— Pourquoi l'avez-vous tué ? demanda-t-il pour gagner du temps.

— Parce qu'il était à moi ! s'écria-t-elle d'une voix pleine de rage. Cette femme n'avait aucun droit de l'emmener loin de moi !

Un éclair de démence traversa son regard. Depuis quand

était-elle folle ? Depuis cette nuit où elle avait tué un homme, ou depuis toujours ?

— Vous étiez amoureuse de lui, n'est-ce pas ?

— Il était tout pour moi, continua-t-elle en secouant tristement la tête. Et tout aurait été différent s'il n'avait pas rencontré cette actrice de cinéma passée de mode.

— Mais n'était-il pas déjà marié à votre sœur ?

Elle renifla avec mépris.

— Elle était malade, répondit-elle. C'est moi qui ai travaillé dur pour sa famille pendant deux ans. Après sa rencontre avec Hattie Haworth, il m'a demandé de tenir compagnie à Margie pour pouvoir rester auprès de cette femme. Il avait même le culot d'emmener son fils chez elle. Mais j'ai toujours cru qu'il finirait par s'en lasser. Après tout, il avait une femme et un enfant, et surtout il m'avait, moi. Un soir, j'ai trouvé la lettre qu'il avait laissée à l'intention de Margie. « Pardonne-moi, mais quelqu'un doit mettre un terme à notre histoire. Aucun de nous n'est heureux. »

Elle revivait encore sa colère d'antan.

— Il était prêt à partir pour de bon, dit-elle d'une voix tremblante de rage. Je suis donc allé le trouver. Il fallait qu'il comprenne à quel point il s'était trompé.

— Mais il n'était pas d'accord avec vous, conclut-il.

Un éclair furieux traversa son regard.

— J'ai essayé de lui expliquer que nous formions une famille. Je lui ai donné une chance de revenir avec moi et avec le petit Sam. Je lui ai même dit que j'étais amoureuse de lui, mais il n'a rien voulu savoir. Il répétait sans cesse que j'étais trop jeune, que je ne pouvais pas comprendre, que mon amour pour lui n'était qu'une toquade d'adolescente. J'ai alors compris qu'il était décidé à partir en emmenant son fils avec lui. Et que je reviendrais à ma pauvre condition de fille Brenner. Je l'ai donc tué.

— Comment avez-vous fait ? demanda-t-il, soucieux qu'elle continue de parler. Vous n'avez pas tiré sur lui. Il n'y avait pas de traces de balles sur son corps.

Elle haussa les épaules d'un air indifférent.

— Il m'a suffi de tirer n'importe où pour le forcer à reculer. Il faisait nuit, nous étions au bord de la falaise. Il a fini par perdre l'équilibre et il est tombé.

Jillian se rua dans l'escalier qui conduisait au rez-de-chaussée. Hors d'haleine, elle sentit la panique la gagner. Mais le moment était mal choisi pour craquer. Il fallait qu'elle garde les idées claires.

Elle réfléchit à toute allure à la situation. Avery était chargé d'appeler Nate, et le shérif était un homme intelligent. Mais elle ne pouvait pas se permettre de l'attendre. Elle revoyait encore Vivian menaçant Ian de son arme.

Une fois hors de l'hôtel, elle emprunta l'allée en direction du labyrinthe et s'efforça de ralentir le pas. Jamais Vivian ne tirerait sur Ian tant qu'elle ne les aurait pas rejoints, songea-t-elle pour se rassurer.

Si leur théorie était juste, et si Vivian était bien celle qui avait envoyé Samuel à la mort, ils n'avaient plus affaire à une personne saine d'esprit. Elle en avait pour preuve l'épisode de la bombe incendiaire. Vivian pouvait donc très bien ne pas attendre qu'elle arrive pour passer à l'action. En abordant le virage qui conduisait au labyrinthe, elle se mit de nouveau à courir et s'arrêta lorsqu'elle eut atteint la grande haie qui bordait l'arrière du jardin. Respirant profondément, elle s'avança lentement et jeta un regard prudent en direction de la falaise.

C'est alors qu'elle les vit. Ian était assis sur un rocher, les mains derrière le dos, et Vivian braquait son revolver vers lui.

Prise de vertige, elle ferma les yeux. Par-dessus le bruit des vagues qui venaient mourir sur les rochers en contrebas, elle entendit la voix de Vivian. Mais elle était trop loin pour saisir ses propos.

Soudain, son téléphone portable sonna. Aussitôt, elle se remit à couvert derrière la haie.

— Nate ? dit-elle dans un souffle.

— Je suis à l'hôtel avec Tim, mon second, et Cody, l'ami d'Ian.

— Je suis derrière le labyrinthe, chuchota-t-elle. Traversez-le, vous nous trouverez près des rochers, au bord de la falaise. Exactement là où Samuel Jenkins est tombé. Je laisse mon téléphone allumé.

Puis elle contourna la haie.

Ian était tourné face à elle et, lorsque leurs regards se croisèrent, ses idées devinrent plus claires. Vivian était de profil, son revolver pointé vers Ian. Jillian calcula rapidement que dès qu'elle quitterait son abri, Vivian n'aurait plus qu'à tourner la tête pour l'apercevoir. De son côté, Ian n'arrêtait pas de lui parler. Il voulait faire diversion, comprit-elle.

Si seulement elle pouvait s'approcher suffisamment près, elle pourrait la prendre au dépourvu.

Elle longea la haie autant que possible, puis se dirigea à découvert vers eux.

Un frisson de terreur le parcourut lorsqu'il aperçut Jillian s'avancer vers eux. Elle marchait beaucoup trop vite. Tout en continuant de frotter ses liens sur le rocher, il suivit attentivement sa progression. Il fallait à tout prix capter l'attention de Vivian. La faire parler.

— Je comprends pourquoi vous avez voulu tuer Samuel, dit-il, et aussi pourquoi je représentais une menace pour vous. Je suis venu ici pour écrire un livre sur Hattie Haworth. J'allais donc être amené à fouiller son passé. Et il était probable que je m'intéresse à la mort de Samuel. Mais pourquoi avoir essayé de porter atteinte à l'hôtel de Jillian et avoir vandalisé sa boutique ?

— Vous ne comprenez pas ! s'écria-t-elle en s'avançant vers lui. Si j'avais infligé suffisamment de dommages à son hôtel, si j'avais pu détruire son entreprise, elle serait partie. C'est elle qui a fait sortir Hattie de la chambre de la tour. Il y a eu toute cette publicité autour de son fantôme soi-disant revenu hanter l'hôtel. Je ne pouvais pas supporter l'idée de dîner avec des clients et de l'imaginer en train de me narguer. Hattie était la seule à connaître la vérité. Elle savait que j'avais tué Samuel. Mais je ne suis plus Mary Brenner. Je suis Vivian Thorley. Et je dois m'assurer qu'elle retournera au néant qu'elle n'aurait jamais dû quitter.

Jillian était suffisamment proche maintenant pour entendre tout ce que Vivian disait. L'agent immobilier était la première personne avec laquelle elle était entrée en contact lorsqu'elle était arrivée sur l'île. Comment n'avait-elle pas remarqué à quel point elle était folle ?

— Je ne suis pas un assassin ! criait Vivian en baissant la tête.

Sa voix hystérique était terrifiante. D'une minute à l'autre, cette femme pouvait passer à l'action, et elle était encore trop loin pour intervenir.

— Je n'ai jamais cru que vous vouliez devenir un meurtrier, Vivian.

— Si Samuel m'avait écoutée, répondit-elle d'une voix empreinte de tristesse, il ne serait pas tombé du haut de la falaise. Et nous aurions pu rester ensemble.

— Mais après votre départ de Belle Island, vous avez refait votre vie, non ?

Ian lui parlait d'une voix calme et Vivian s'immobilisa. Jillian en profita alors pour quitter le sentier et avancer prudemment parmi les rochers.

— Oui, répondit-elle en soupirant. La santé de Margie s'est améliorée et elle s'est remariée. Je me suis également mariée de mon côté et je suis revenue sur l'île sous une nouvelle identité. J'ai ensuite créé une entreprise avec mon mari et personne n'a jamais découvert que j'étais une fille Brenner. Tout allait bien jusqu'à ce que cette Jillian Brightman achète Haworth House. Puis vous êtes arrivé pour écrire votre livre. Il fallait faire vite. Cette vieille sorcière de Hattie allait tout gâcher. Mais je n'ai jamais eu l'intention de faire du mal à quiconque.

— Je sais, dit Ian d'une voix rassurante. C'est pourquoi

vous avez lancé une bombe lacrymogène dans le labyrinthe. Vous vouliez juste nous faire peur.

— Oui. Mais lorsque vous vous êtes rendus à la bibliothèque, j'ai compris que vous ne vous étiez pas laissé intimider. Je devais en finir avec vous. Levez-vous !

Lorsqu'elle vit Ian se redresser, Jillian décida d'agir à découvert.

— Ce n'est pas lui que vous voulez, Vivian, s'écria-t-elle d'un air de défi, mais moi !

Vivian braqua alors son revolver vers elle et Jillian se prépara à parer le coup. Mais celui-ci ne vint pas. Vivian lâcha son arme et se mit à crier bien avant qu'Ian se jette sur elle. Ils roulèrent durement sur le sol caillouteux, mais Vivian réussit à se dégager et se redressa vivement.

Puis elle leva les mains et cria de nouveau.

— Non, s'exclama-t-elle d'une voix blanche, tu ne peux pas être là ! Je t'ai tué. Laisse-moi tranquille !

Interloquée, Jillian suivit son regard perdu dans le vide. Pendant ce temps, Nate, accompagné de son adjoint et d'un autre homme, s'avançait vers eux. Tous les trois étaient armés.

— Ne bougez plus, madame Thorley, lança Nate. Tout est fini, maintenant.

— Non ! hurla Vivian en reculant vers le bord de la falaise. Tu es mort. Je t'ai vu tomber. Ne m'approche pas !

Jillian avait déjà rejoint Ian. Ils se tenaient à plusieurs mètres de Vivian lorsqu'elle cria une dernière fois avant de basculer dans le vide.

Les yeux écarquillés, Jillian ne put qu'assister, impuissante, à la scène. Ian la prit alors dans ses bras, et ils restèrent de longues minutes étroitement enlacés.

Ian regarda sa montre. Cela ne faisait que trois heures qu'ils étaient revenus à l'hôtel. Pourtant, il avait l'impression que des jours entiers s'étaient écoulés. Accoudé au comptoir dans la cuisine d'Avery, il tenait compagnie à son ami Cody, assis devant un verre de bière. Avery était occupé à ranger les restes de leur repas.

Quel cauchemar !

Après l'accident, ils avaient appelé une équipe de secours pour récupérer le corps de Vivian et Matt Jenkins était en route pour venir rejoindre son père. Nate avait fini de les interroger et était parti depuis peu. De son côté, il s'était enfin décidé à appeler son frère Dane et avait même réussi à le convaincre qu'il était inutile qu'il interrompe ses vacances. Son regard glissa enfin vers le canapé où Jillian était recroquevillée, le téléphone à la main. Il avait surpris quelques bribes de conversation et savait qu'elle racontait à toutes ses sœurs l'histoire d'amour entre Hattie et Samuel.

Grâce à Dieu, elle était saine et sauve, songea-t-il, rassuré. Depuis leur retour dans la suite d'Avery, il n'avait de cesse qu'il s'en convainque. Il n'arrivait pas à se sortir de l'esprit le moment où Vivian avait braqué son revolver sur elle. Il avait bien cru qu'elle allait tirer. Et elle l'aurait sûrement fait si elle n'avait pas vu une apparition.

— J'ai horreur de partir sitôt le déjeuner terminé, dit Cody en reposant sa bière sur le comptoir.

Ian se tourna vers son ami.

— Tu peux très bien rester, s'indigna-t-il. Je ne t'ai même pas fait visiter la chambre de la tour.

— Oh, mais je reviendrai, objecta son ami. Tu me dois toujours un week-end gratuit. Mais crois-moi, j'en ai eu pour mon argent. Voir Samuel Jenkins premier du nom apparaître en haut de la falaise m'a suffi.

Avery leva la tête de l'évier.

— Vous avez vraiment vu Samuel Jenkins ? demanda-t-il. Le père du colonel ? Vous n'avez pourtant rien dit à Nate.

Cody se contenta de hausser les épaules.

— Tous ceux qui étaient là sont d'accord pour dire que Vivian Thorley a vu quelque chose. Je l'ai juste vu mieux que vous.

— Cody a des dons pour les événements surnaturels, expliqua Ian.

Mais son ami avait raison. Ils avaient tous senti que l'homme qui avait précipité Vivian dans la mort avait été présent, jusqu'au bout.

— Tu es certain que tu ne peux pas rester ? demanda-t-il.

— L'hôtel est complet, mais il me reste une chambre que je garde pour les invités, intervint Avery.

— Oui, mais si je réponds à votre invitation, répondit Cody, Ian va se sentir obligé de passer du temps avec moi.

Il tourna la tête vers Jillian avant de le regarder de nouveau.

— Et je sais que tu as d'autres choses en tête, ajouta-t-il avec un clin d'œil.

Avery sourit à Cody, puis s'adressa à Ian.

— Votre ami me plaît, dit-il. Jillian et toi devriez aller faire un tour, maintenant.

Ian ne se fit pas prier. Avec un petit sourire, il prit Jillian par la main et quitta la pièce.

En gravissant les marches de l'escalier qui conduisait à la chambre de la tour, Jillian se sentait tout excitée. Dès qu'elle était sortie de la suite d'Avery, elle avait demandé à Ian de l'y accompagner. Elle voulait — ou plutôt elle devait — mettre à plat ce qu'il y avait entre Ian et elle. Et une fois encore, elle avait besoin de Hattie pour trouver des réponses à ses questions.

Elle se dirigea aussitôt vers le miroir biseauté et lança un regard circulaire à la pièce. Dans la lumière oblique qui traversait les fenêtres, les images du présent et du passé se superposèrent, et elle se revit la première fois où elle était entrée dans la pièce.

Elle se rappela aussi le moment où elle avait eu le sentiment qu'il y avait un lien entre l'aventure de Samuel et Hattie et la sienne avec Ian. Mais jusqu'où pouvait-elle pousser la comparaison ? se demanda-t-elle la gorge nouée.

Tout avait commencé dans cette pièce dès l'instant où elle avait pioché l'enveloppe. Il fallait juste qu'elle trouve un moyen de donner un sens à leur histoire. Elle se tourna vers Ian en se tordant nerveusement les mains. Soudain, une lueur apparut dans le miroir, près du panneau qui conduisait vers la chambre secrète.

Elle venait d'avoir une idée.

Sans hésiter, elle actionna le levier et sortit le carton à chapeau de la petite pièce.

— Jillian…, intervint Ian.

— Attends, répondit-elle d'une voix ferme. Assieds-toi. Je vais tirer une enveloppe.

— Mais…, objecta-t-il.

Surtout, ne pas céder à la panique.

— Laisse-moi terminer, répondit-elle en prenant une profonde inspiration. Assieds-toi près de moi, je vais te montrer.

Une fois assise en tailleur devant le miroir, elle souleva le couvercle de la boîte.

— Mais d'abord, ajouta-t-elle, je dois te dire quelque chose. Prends une enveloppe.

Le visage d'Ian se chargea de perplexité.

— Ce matin, expliqua-t-elle, je me suis dit que notre histoire pouvait être mise en parallèle avec celle de Samuel et de Hattie. Nous avons commencé par réaliser nos fantasmes. Et de leur côté, s'ils s'en étaient tenus là, peut-être que leur histoire se serait terminée différemment.

— Jillian…, intervint-il.

Elle l'interrompit en saisissant le carton à chapeau et pressa un doigt sur ses lèvres.

— Je n'ai pas terminé, objecta-t-elle. Plutôt que de s'en tenir à leurs fantasmes, ils ont pris des risques. Le plus grand de tous.

— Qu'essaies-tu exactement de me dire, Jillian ?

— Attends, je vais te montrer.

Elle ouvrit alors la boîte, prit une enveloppe au hasard, et la lui tendit.

Ian sentit son cœur de serrer. Voulait-elle lui faire comprendre qu'elle ne voulait vivre avec lui que des fantasmes ? Jamais il ne pourrait s'en contenter, comprit-il soudain.

— Ouvre-la, dit-elle, et lis le message.

« Vous éprouverez le délicieux frisson d'être séduite par un inconnu, » lut-il à haute voix.

— Tu vois bien ! s'écria-t-elle, triomphante.

— C'est toujours le même fantasme, dit-il, stupéfait.

— Exactement. Et il semblerait que je ne puisse pas en choisir d'autre. Je t'ai déjà raconté que le soir où le compromis de vente a été accepté, Vivian Thorley m'a donné les clés de Haworth House. Je suis alors revenue en cachette dans cette pièce. Lorsque Hattie m'a révélé l'existence de la chambre secrète, je n'ai pas attendu mes sœurs. J'ai tout de suite choisi une enveloppe. La même que celle que tu tiens entre tes mains. Puis, lorsque j'ai annoncé à mes sœurs l'existence de la boîte à fantasmes, nous en avons toutes choisi un, et c'est encore le même qui est revenu. Enfin, le soir où j'ai décidé de glisser l'enveloppe sous ta porte, je suis venue ici et j'ai de nouveau tiré un pli de la boîte. Mais je choisis toujours le même. C'était écrit ! Mais il fallait que je prenne le risque de le partager avec toi.

Elle fit une courte pause et inspira profondément en pointant l'enveloppe qu'il tenait dans sa main.

— C'est ma quatrième tentative et j'ai encore choisi le même fantasme. Nous ne pouvons pas nous en sortir, Ian. Nous sommes liés l'un à l'autre.

— Mais je ne veux pas être lié à toi par un fantasme. Je veux ce que Hattie et Samuel étaient prêts à vivre, que notre relation aille plus loin. Je veux être lié à toi pour le reste de ma vie, Jillian.

— Oh, Ian ! dit-elle en sentant son cœur bondir de joie.

D'un geste vif, elle repoussa le carton à chapeau et s'avança vers lui à genoux.

— Moi aussi, je te veux, pour toujours.

Et lorsque leurs bouches s'unirent, elle perçut dans le miroir deux petites lueurs briller et se fondre pour ne plus faire qu'une.

CARA SUMMERS

Troublants fantasmes

INTÉGRALE

UN HIVER BRÛLANT

Traduction française de

EMMA PAULE

SAGAS

HARLEQUIN

Titre original :
TWICE THE TEMPTATION

Ce roman a déjà été publié en 2011

Prologue

Rien n'aurait pu préparer Avery Cooper à servir un argumentaire de vente à un fantôme, même pas son MBA à Harvard. Vraiment pas, songea-t-il en pénétrant dans la pièce de la tour où l'esprit de la légendaire star hollywoodienne Hattie Haworth avait résidé plus de quarante-cinq ans. Il ne lui restait plus qu'à improviser l'« entretien » de bout en bout.

Il rajusta le nœud de sa cravate et prit une profonde inspiration. Il dirigeait le *Haworth House Hotel* pour les sœurs Brightman depuis un peu plus d'une année et, dès son entrée en fonction, il avait été averti que le fantôme de la star hantait les lieux. Selon la légende, elle s'était réfugiée à Belle Island après avoir vu sa carrière et son mariage sombrer simultanément à Hollywood, et elle s'y était fait construire un nouveau foyer.

Elle était apparue aux trois sœurs dans cette même pièce. Sa meilleure amie et colocataire du temps de l'université, Jillian Brightman le lui avait appris lorsqu'elle lui avait proposé la direction de l'établissement.

Cependant, même une douzaine de fantômes n'auraient pu le décourager d'accepter cette offre, pas après que Jillian lui avait expliqué ce que les sœurs Brightman — Naomi, Reese et elle — avaient en tête. Aujourd'hui, le tableau qu'elle lui avait brossé d'un petit hôtel de charme sur une île au large des côtes du Maine était devenu réalité.

En cette fin de journée, le soleil entrait à flots par les fenêtres circulaires et on entendait à peine le fracas de la mer sur les rochers en contrebas. Pendant les travaux de rénovation, la salle de la tour avait été transformée en bureau-salle de repos privée, et les sœurs y travaillaient quand elles étaient là. Cinquante-cinq ans plus tôt, c'était ici, dans ce boudoir, que Hattie et son amant, un homme du village, avaient vécu leur amour et réalisé leurs fantasmes pendant presque une année.

Mais ce n'était pas pour remuer de vieux souvenirs, aussi charmants fussent-ils, qu'il était venu ici. Qu'est-ce qui n'allait pas chez lui ? s'interrogea-t-il, rembruni. Il n'était pourtant jamais à court de mots, et Hattie avait déjà prouvé qu'elle l'aimait, lui, autant que les trois sœurs. Non seulement elle était intervenue énergiquement lorsqu'il s'était agi de sauver les vies de Naomi et de Jillian, mais elle avait permis que chacune à son tour rencontre l'amour de sa vie en satisfaisant leurs fantasmes les plus secrets.

C'était justement de fantasmes qu'il voulait parler à Hattie. Il alla donc se planter devant le grand miroir biseauté au cadre doré, mais eut beau le regarder, il n'y vit que son propre reflet — un homme grand et bien bâti, à la peau mate, approchant de la quarantaine. Sa grand-mère aurait approuvé son choix de vêtements — cravate, chemise et costume, le tout dans un camaïeu de gris. Mamie Cooper lui avait toujours inculqué l'importance d'être bien vêtu.

Pourvu que Hattie pense la même chose ! Même si, pour l'instant, il n'en voyait aucun signe dans le miroir. Les trois sœurs affirmaient y avoir aperçu un reflet de Hattie Haworth. Naomi et Jillian prétendaient même avoir pu mener une sorte de conversation à une voix avec elle.

Il tripota encore une fois sa cravate. La dernière fois qu'il avait été aussi nerveux, c'était le jour où il avait soutenu sa thèse à Harvard…

— Hattie, je m'appelle Avery Cooper, mais vous avez dû me voir assez souvent dans le coin, se lança-t-il.

Il sut tout de suite que ce n'était pas ainsi qu'il devait s'y prendre. Il ferait mieux d'en venir au fait.

— Je suis venu vous parler d'une idée que j'ai eue. A propos de votre boîte à fantasmes et de Reese.

Il plissa les yeux. Etait-ce un infime éclair lumineux qu'il venait de capter dans le miroir ?

— Jillian m'a raconté comment elle a découvert votre pièce secrète et ce carton à chapeaux qui contient les fantasmes, et comment ses sœurs et elle en ont tiré une enveloppe, la nuit où elles ont acheté *Haworth House*.

Il marqua une pause. Rien, dans la surface réfléchissante. S'était-il fait des idées ?

— D'accord, tout cela, vous le savez. Mais ce que je voudrais vous dire, c'est que je pense le plus grand bien des deux hommes — Dane et Ian MacFarland — avec lesquels Naomi et Jillian ont noué une relation à la suite de leurs fantasmes.

C'était la pure vérité, Dane et Ian étaient parfaits pour les deux sœurs. Maintenant, si Hattie pouvait distiller un peu de sa magie sur Reese…

Ah ! Cette fois-ci, il fut certain d'avoir vu un infime chatoiement de lumière. Juste un instant, mais ce fut suffisant pour lui donner un petit coup au cœur.

Il considéra qu'il avait capté son attention et qu'il ne lui restait plus qu'à lui vendre son idée.

— Voici ce que j'ai pensé : Reese est un chef de premier ordre — c'est elle qui a conçu tout le menu de l'hôtel. C'est aussi elle qui a dessiné la cuisine. Elle est tellement bonne que le pilote qu'elle a filmé pour une émission de cuisine à Los Angeles vient de se vendre pour treize épisodes.

« Droit au but, Avery ! » s'enjoignit-il.

— Seulement, ça fait un bon moment qu'elle n'est pas revenue à *Haworth House*. D'accord, elle a déménagé toutes ses affaires ici, mais elle ne s'est pas vraiment installée. Elle prétend qu'elle a trop de travail mais, même maintenant, elle se terre à Los Angeles alors que les tournages de la série se sont arrêtés.

Il se rapprocha du miroir.

— Je me demande si ce n'est pas cette enveloppe qu'elle a tirée de votre boîte à fantasmes qui la panique. Et puis, il faut être deux pour réaliser un fantasme. Peut-être que si j'en avais tiré un moi-même, ça me rendrait un peu nerveux, moi aussi.

Il fit une pause pour reprendre son souffle, et fut presque persuadé d'avoir entendu un bruit. Un rire ?

— Eh, ne vous faites pas d'idées ! s'écria-t-il en levant les mains. Le truc des fantasmes ne me choque pas, c'est juste que ma compagne et moi sommes très heureux.

Rien.

— En fait, j'aimerais bien que Reese soit aussi heureuse que ses sœurs, reprit-il avant de s'éclaircir la gorge. Et ce n'est pas le cas. Je crois qu'elle a juste besoin qu'on la pousse un peu, et vous êtes la seule personne de ma connaissance à pouvoir le faire. Alors, j'ai eu l'idée d'organiser un week-end pour célibataires ici, à l'hôtel, un week-end incluant des activités telles qu'un pique-nique sur la plage, une randonnée, de la voile, afin que les célibataires puissent se rapprocher selon leurs intérêts communs. J'en ai un peu parlé à Reese et l'ai convaincue de la nécessité de sa présence. Ses sœurs et leurs fiancés sont en voyage, et au moins une des propriétaires doit être sur place, lui ai-je dit. Eh, je l'ai même persuadée de faire une petite démonstration de cuisine à main levée pour les amateurs, dimanche après-midi.

Il se tut, le temps de reprendre son souffle.

Il n'y eut plus dans le miroir ni lumière ni rire. Pourvu qu'il parvienne à lui vendre son idée ! Toutefois, il n'avait pas encore abattu sa plus belle carte.

— Une fois qu'elle sera là, je me suis dit que ce serait à vous de prendre la relève, comme vous l'avez fait avec Naomi et Jillian.

Il inspira à fond, et relâcha sa respiration.

— Mais voici ce pour quoi je suis venu vous voir.

Rien.

— Je veux me servir de votre boîte à fantasmes comme argument marketing. Nous donnerions une réception le premier soir et permettrions à tous les célibataires qui le désirent de tirer une enveloppe de la boîte. Peut-être que personne ne le fera, vu que seuls les gens du coin sont au courant, pour la boîte à fantasmes. Mais quand je me suis dit qu'il faudrait attirer Reese ici afin que vous puissiez vous occuper de son fantasme, j'ai pensé : Pourquoi ne pas le proposer à d'autres ? Et puis… advienne que pourra ! conclut-il en agitant la main.

L'espace d'un instant, rien ne bougea autour de lui. Puis, reflété dans le miroir, il vit un panneau s'entrouvrir derrière lui.

La pièce secrète.

Il avait entendu Naomi et Jillian en parler, mais il ne l'avait encore jamais vue. Il pivota sur lui-même et se dirigea vers l'ouverture. Sur le sol, il découvrit un carton à chapeaux, qu'il souleva et apporta devant le miroir.

Sur le couvercle, il lut : *Boîte à fantasmes. Attention ! Celui que vous choisirez deviendra réalité.*

Les sœurs lui avaient parlé de l'avertissement, mais le fait de le lire de ses propres yeux fit remonter un petit frisson le long de sa colonne vertébrale.

— Ceci n'est pas pour les cardiaques, dit-il en reportant les yeux sur le miroir. Mais j'en déduis que j'ai votre accord.

L'espace d'un instant, il eût juré entendre plus fort le fracas de l'océan. Puis il vit deux images prendre forme dans le miroir — une femme aux longs cheveux bouclés et cuivrés en robe blanche et un homme grand aux cheveux clairs debout près d'elle, sa main dans la sienne.

Tous deux souriaient.

Longtemps après que les images eurent disparu, Avery garda les yeux rivés sur le miroir.

REESE

1

Jeudi matin,
un jour avant le Week-end Célibataires

Reese avait fait le vœu que ce jour marquerait un tournant décisif dans son existence et que désormais elle prendrait sa vie en charge.

Enfin, c'était le plan, songea-t-elle en descendant de son van devant *Haworth House*. Elle mit sa main en visière et leva les yeux vers la tour, dont ses sœurs et elle avaient fait leur foyer. Un foyer où elle avait déménagé toutes ses affaires avant de permettre à un fantôme de l'en chasser.

Oh, ce n'était pas de Hattie Haworth dont elle avait peur, et elle savait même qu'elle devait une fière chandelle à l'ex-star du muet, qui avait sauvé la vie de ses deux sœurs et leur avait permis de rencontrer l'homme de leur vie, Dane et Ian MacFarland. A vrai dire, ce qui l'avait empêchée de s'installer définitivement à *Haworth House*, c'était le fantasme qu'elle avait pioché dans la boîte à fantasmes de Hattie allié aux talents d'entremetteuse de cette dernière.

Eh bien, ça allait s'arrêter. Elle avait à présent vingt-quatre ans, et son *modus operandi* était sur le point de changer. Reese Brightman en avait fini de fuir. Fini de laisser les gens qui se souciaient d'elle lui faciliter les choses.

Car, jusqu'à présent, c'était toute l'histoire de sa vie. Cadette de la famille, elle était encore bébé quand leur mère était morte et que leur père les avait laissées aux bons soins des bonnes sœurs d'un pensionnat catholique dans le sud de la France. Quand lui aussi était mort, six mois plus tard, les religieuses avaient pris leur éducation en charge. Les gens avaient toujours pris soin d'elle, ils lui avaient facilité la vie en éliminant tous les obstacles sur son chemin.

Dorénavant, elle allait gérer elle-même ses propres problèmes. Et, en tête de liste, elle allait s'occuper de ce fantasme imbécile qu'elle avait tiré de la boîte de Hattie. Lorsque Avery l'avait appelée pour lui demander de l'aider à organiser un premier *Week-end Célibataires* à l'hôtel, elle avait sauté sur l'occasion : c'était le coup de pouce dont elle avait besoin pour se lancer.

Et puis, aussi, ça ne lui ferait pas de mal de se tenir loin de Los Angeles et de ses problèmes. D'ailleurs, le seul fait de repenser aux deux lettres anonymes qu'elle avait reçues ce dernier mois suffit à lui nouer l'estomac de peur. Une peur qu'elle repoussa aussitôt sans ménagement. Elle n'était pas une poule mouillée. Ces lettres, elle aurait tout aussi bien pu les ignorer, si elles n'avaient pas été accompagnées par une rose noire. C'étaient les roses qui l'avaient terrifiée.

Ensuite, il y avait le producteur de ses émissions de cuisine télévisées, M. Mac Je-n'arrive-jamais-à-me-décider Davies qui, après avoir tourné trois pilotes différents, tergiversait toujours sur le choix du décor des treize épisodes à venir. Selon son agent, le personnel de Davies recherchait encore des emplacements, et le tournage était suspendu tant qu'il n'aurait pas déniché le décor de ses rêves. Et c'est elle qui devrait être patiente…

Bizarrement, elle l'était. Ce qui n'était pas dans sa nature, mais cette émission était la chose la plus énorme qui lui fût jamais arrivée. Ce qui la contrariait, c'était que ce M. Davies ne lui eût jamais demandé son avis. Chaque fois qu'elle avait tenté de prendre rendez-vous avec lui, il avait refusé de la recevoir. Et elle, elle l'avait laissé s'en tirer comme ça ! Tout à fait digne de l'ancienne Reese Brightman, se dit-elle en fixant la tour.

— Votre bagage, Miss Brightman.

Reese détourna les yeux pour regarder le jeune homme qui l'avait accueillie au débarcadère du ferry.

— Aimeriez-vous que je l'emporte dans le hall pour vous ?

— Non, je vous remercie, Larry. Je peux m'en arranger, dit-elle avant de sourire devant l'air surpris de celui-ci.

Elle n'était pas encore prête à entrer et à parler avec Avery qui, à cette heure, devait se trouver dans les parages.

D'abord, elle allait devoir rassembler ses pensées et avoir un petit entretien avec Hattie. Dès que le van disparut, elle descendit l'allée, jeta un coup d'œil alentour puis sortit une enveloppe de parchemin de sa poche. Elle reporta les yeux vers les fenêtres de la tour.

— C'est à cause de toi que j'ai évité cet endroit comme la peste.

Les mots n'étaient pas plus tôt sortis de sa bouche qu'elle se sentit honteuse de les avoir prononcés.

— O.K., O.K., ce n'est peut-être pas entièrement ta faute, marmonna-t-elle.

Elle avait eu un planning très chargé, entre la fin de la tournée de promotion de son livre de cuisine et le tournage des trois pilotes pour M. Jamais-content Mac Davies.

— C'est en partie à cause de mon génial producteur. Dans le premier pilote, j'étais une chef pâtissière française et tout le décor était rose. Beurk ! Et puis il a changé d'avis et m'a transformée en femme au foyer complètement écervelée qui s'obstinait à décorer les plats les plus banals. Double beurk !

Elle fronça les sourcils. Etait-ce son imagination, ou venait-elle de voir une silhouette derrière une des fenêtres de la tour ? Hattie avait bien connu le milieu du cinéma quelque soixante ans plus tôt, et peut-être n'avait-il pas tant changé que cela. Encouragée, elle poursuivit.

— Je n'ai jamais rencontré ce producteur, mais mon agent m'exhorte à la patience. Car, bien sûr, c'est Mac Davies que les chaînes vont voir quand elles veulent accroître leur audience. Toutes les émissions qu'il a produites ont remporté des prix.

Elle se rembrunit, et agita l'enveloppe.

— Et ce n'est pas de ça dont je voulais te parler. C'est à propos de ce fantasme ridicule.

Et en effet, il était ridicule. Mais elle avait beau le reconnaître, cela ne l'empêchait pas de ressentir un frisson d'anticipation chaque fois qu'elle y pensait.

Elle prit une grande inspiration, sortit le parchemin de son enveloppe et le lut encore une fois. « *Vous explorerez tous les délices sensuels d'avoir votre propre homme-objet.* »

Un *homme-objet*.

Le simple fait de regarder ces mots lui faisait chaud partout et lui coupait le souffle.

Elle remit le parchemin dans l'enveloppe et lança un regard noir sur la tour.

— Je n'ai jamais fantasmé sur un homme-objet !

Enfin… jamais avant de lire ce parchemin.

Frustrée, elle se mit à aller et venir tout en reprenant :

— Naomi et Jillian ont toutes les deux pioché des fantasmes qu'elles avaient effectivement eus auparavant. Alors, je pense qu'avec moi tu as fait une erreur.

Elle n'avait jamais eu le temps ni l'envie de… quoi ? Jouer avec un homme-objet ?

— Les fantasmes…, ronchonna-t-elle à mi-voix.

Peut-être que c'était comme cela que Hattie et son amant avaient décidé de passer leur temps ; ça ne la dérangeait pas. A la lumière de ce qu'elle avait appris sur l'histoire d'amour entre Hattie et Samuel Jenkins, et sa fin tragique, elle ne leur reprocherait jamais le peu de temps qu'ils avaient passé ensemble. Elle, en revanche, avait bien mieux à faire.

— Je n'ai tout bonnement pas de temps pour les hommes. J'ai bien trop de préoccupations pour l'instant.

Pour la première fois depuis des années, elle eut une pensée pour celui qu'elle avait connu au début de son stage au Cordon bleu. Charlie Dutoit, lui aussi stagiaire, était beau, charmant, et elle était si jeune. C'était en avril à Paris, et elle en était tombée follement amoureuse. Quand il avait rompu, deux semaines avant l'obtention de leur diplôme, elle avait couru se réfugier au pensionnat et n'avait pas été loin d'abandonner son rêve de devenir un chef internationalement reconnu.

Tout cela s'était déroulé cinq ans plus tôt et, depuis, il lui était arrivé tant de choses ! Elle s'immobilisa brutalement, fit volte-face et se retourna vers la fenêtre de la tour. Elle n'avait plus repensé à Charlie depuis des années. Pourquoi s'en souvenir maintenant ?

Elle baissa les yeux sur l'enveloppe qu'elle avait toujours en main. Et si ce n'était pas le fantasme, mais bien plus, qui lui faisait peur ?

Elle plissa les yeux et regarda encore la fenêtre.

— Peut-être que ce n'est pas seulement le fantasme qui me rend nerveuse. Au début, il est possible que je ne sois pas revenue parce que je pensais que tu t'étais trompée. Seulement, j'ai vu ce que tu as fait avec mes sœurs, et je dois reconnaître que tu as fait beaucoup plus que réaliser leurs fantasmes. Dane MacFarland est parfait pour Naomi, et Ian est ce qu'il fallait à Jillian.

Etait-ce là la vraie raison de son état de nervosité ?

— Je n'ai aucune envie d'avoir un homme dans ma vie pour l'instant ! martela-t-elle devant la fenêtre, les poings sur les hanches.

Mais un homme-objet… ?

Ces derniers mots ne s'étaient pas formés dans son esprit qu'elle fut certaine d'avoir vu deux silhouettes debout derrière la fenêtre. Puis elles disparurent. A l'inverse des mots qui tournaient toujours dans sa tête. Elle y pensait sans cesse, en fait.

Un homme-objet…

Elle baissa de nouveau les yeux sur l'enveloppe. Etait-il possible qu'une trahison vieille de cinq ans affecte encore sa vie ? Etait-il possible que Charlie Dutoit ait encore le pouvoir de la faire douter d'elle et de ses choix en matière d'hommes ?

Eh bien, plus maintenant !

Elle tourna les yeux vers l'entrée de l'hôtel. Elle tenait en main un fantasme encore non réalisé et elle se rendait à un week-end pour célibataires… pour le pire ou le meilleur.

Elle se tourna alors une dernière fois vers la tour, où plus rien n'apparaissait derrière les vitres.

— Je sais que tu es là, Hattie, alors voilà le marché : je ne laisserai personne, pas même toi, me pousser à faire ce que je ne suis pas prête à faire. Je suis venue donner un coup de main à Avery pour son week-end spécial. Si je décide de m'offrir un homme-objet, ce sera parce que je l'aurai décidé.

Car c'était à partir de ce jour qu'elle prenait sa vie en charge, oui ou non ?

Elle s'en fut vers le porche de l'hôtel et grimpa les marches deux à deux, à présent pressée de faire savoir à Avery qu'elle arrivait un jour en avance. Ainsi, ils pourraient discuter de ce qu'il voulait qu'elle fasse pour ce *Week-end Célibataires*. Il lui avait parlé d'un barbecue sur la plage au crépuscule, d'un tournoi de volley et aussi de journées de voile. Et puis, elle tenait surtout à voir ce qu'il voulait qu'elle fasse durant sa démonstration de cuisine, le dimanche. Et aussi, bien sûr, il y avait la grande réception du lendemain soir, celle qui permettrait aux candidats de piocher un fantasme dans la boîte de Hattie.

La porte de l'hôtel s'ouvrit devant elle. Elle s'engouffra tête baissée et percuta de plein fouet un mur solide. Un mur fait de muscles et d'homme.

Le choc lui fit lâcher son sac et ses papiers qui s'envolèrent tandis qu'elle-même atterrit sur les fesses, le souffle coupé. Et, l'espace d'un instant, elle ne put que fixer bêtement les jambes moulées dans un jean qui se tenaient devant elle.

Avant même qu'elle puisse reprendre sa respiration, elle sentit deux mains la soulever de terre et la remettre sur pied. Elle avait beau être grande, elle dut renverser la tête pour regarder l'homme qui venait de la porter comme si elle ne pesait pas plus qu'une plume. Et elle se retrouva face à des yeux si bleus, si brûlants, qu'elle crut en être transpercée.

Son cœur se mit à battre la chamade sous la pression de ses longs doigts fins. Elle fut frappée par le peu de résistance qu'elle lui opposait, elle d'habitude si rétive.

— Désolé. Est-ce que ça va ?

Elle pensa avoir réussi à hocher la tête, mais plusieurs autres choses lui passèrent par la tête. Comme il était grand et fort ! Elle observa les mains qu'il venait de poser sur ses bras : elles étaient larges et résolument viriles. Elle n'était que trop consciente de leur chaleur sur sa peau.

— Vous êtes sûre que ça va ?

Incapable de respirer, les jambes en coton, elle ne réussit qu'à hocher encore une fois la tête. Ces yeux d'un bleu indicible la retenaient prisonnière, même si elle remarquait à présent la beauté de ce visage aux pommettes de guerrier et au menton énergique. A se demander comment l'industrie publicitaire n'en avait pas fait une star des médias. Ses cheveux bruns étaient vaguement ébouriffés, comme si quelqu'un venait d'y passer ses mains.

Ses mains ? Alors même que les siennes la démangeaient de s'enfouir dans sa tignasse, une décharge brûlante la traversa — une décharge similaire à celle qu'elle éprouvait chaque fois qu'elle songeait à ce fantasme.

Son fantasme ! Où était-il passé ?

— Mes… affaires, balbutia-t-elle.

Elle recula d'un pas, s'accroupit et, affolée, jeta un coup d'œil circulaire, à la recherche de l'enveloppe. Elle finit par la repérer derrière l'homme et tendit la main pour s'en emparer, mais il avait eu la même idée qu'elle. Il fut le premier à s'en saisir. Elle tenta bien de la lui subtiliser d'une main preste, mais se retrouva avec l'enveloppe, tandis que lui tenait toujours le parchemin.

Elle fut au comble de la panique en le voyant baisser les yeux sur sa trouvaille. Qu'allait-il penser ? Que pourrait-elle dire ? L'instinct lui commanda de fuir à toutes jambes. Mais non, c'était fini, ça aussi. Elle ne fuyait plus.

— Voilà, dit-il en lui tendant le parchemin.

Si elle ne trouva pas le courage de le regarder en face en récupérant son bien, au moins ne s'était-elle pas enfuie.

— Merci, réussit-elle à bafouiller en prenant le papier et en fourrant les documents dans sa poche.

Puis elle se releva.

— Vous êtes certaine que ça va ? lui demanda-t-il de nouveau en lui tendant son sac.

Non, ça n'allait pas du tout. Elle prit la première vraie inspiration depuis qu'elle l'avait percuté.

— Absolument.

D'une façon ou d'une autre, elle allait affronter ce que la vie lui réservait. Elle carra le menton et leva les yeux vers les siens.

Le soulagement la submergea quand elle ne vit rien dans son regard, ni rire, ni questions, ni même de la curiosité. Peut-être n'avait-il pas lu le parchemin, après tout…

Non, elle n'était pas déçue. Pas du tout.

— Reese, ma petite chérie ! fit une voix bien connue.

Elle fut encore plus soulagée en voyant Avery accourir vers elle. Il l'avait appelée « ma petite chérie » dès l'instant où sa sœur Jillian les avait présentés, et cette expression lui faisait toujours le même effet : réconfortant et chaleureux.

Elle lui sauta dans les bras.

— Tu es en avance ! dit-il en la soulevant pour la faire tourner autour de lui.

— Seulement d'une journée.

— Eh bien, en tout cas, c'est génial. Ton aide ne sera pas de trop. Je viens de louer la dernière chambre disponible à un vieux copain de Ian MacFarland du temps de la CIA, Cody Marsh. Tu te souviens de lui ?

— Et comment ! Il a aidé Ian à sauver la vie de Jillian. Et il a aussi un don pour percevoir les fantômes. Il lui arrive même de les voir. C'est bien ça ?

— Tout à fait, répondit Avery en souriant. Il mourait d'envie de revenir depuis qu'il a vu l'amant de Hattie sur le sentier de la falaise. Je pense que notre *Week-end Célibataires* va lui offrir d'autres occasions de voir des fantômes.

— Tu… espères que Hattie y jouera un rôle actif ? s'enquit-elle, l'estomac serré.

— C'est sa boîte à fantasmes.

Peut-être même que Hattie était déjà mêlée à tout cela. Tout en se laissant entraîner par Avery, elle ne put s'empêcher de jeter un coup d'œil par-dessus son épaule.

Yeux Bleus était en train de passer la porte. Elle admira sa silhouette avec ses épaules larges, sa taille mince et ses longues jambes. Soudain, elle fut prise de l'envie irrépressible de courir vers lui et esquissa même le geste de dégager son bras qu'Avery tenait serré.

— Reese ? Quelque chose ne va pas ?

— Non, fit-elle en levant les yeux vers lui et en réussissant à lui sourire.

— Ça m'étonne toujours de voir comment tu peux avoir l'air élégant même en jean et T-shirt, fit-il observer.

— Ah, tu ne vas pas commencer ! riposta-t-elle. Depuis que Jillian a poussé Naomi à s'habiller de façon plus sophistiquée, elles sont deux à me seriner que j'ai besoin d'une nouvelle garde-robe. Ce qui est faux. Pourquoi s'en faire alors que je suis toujours en tenue blanche de chef ?

— Parce que tu travailles trop.

— Et toi, alors ? repartit-elle en souriant.

— La différence, c'est que je connais les règles du jeu. Et tu ferais bien d'en faire autant. Molly Pepperman, qui tient la boutique du village, va venir ce week-end, et je lui ai demandé de te proposer des vêtements qui conviendraient mieux à la circonstance. Juste quelques pièces spéciales.

— Molly vient en cliente ?

— Oui. Elle a convaincu sa grand-mère de tenir la boutique pendant le week-end, et elle va d'ailleurs venir avec Lou Pritchard, la bibliothécaire. Toutes les deux, elles ont envie de tenter leur chance avec la boîte à fantasmes.

Aussitôt, l'image de Yeux Bleus s'imposa à elle. Si quelqu'un correspondait à la description d'un homme-objet, c'était bien lui.

— Les gens viennent de partout pour ce *Week-end Célibataires*. En fait, il y en a même un qui est venu de très loin pour te voir. Il prétend être un de tes vieux amis.

— Qui ?

— Je ne voudrais pas gâcher la surprise, dit-il en l'entraînant sous la voûte donnant sur la cour intérieure qui servait de salle à manger quand le temps le permettait.

— Tiens, il est là-bas, près de ce pilier.

Elle tourna les yeux dans la direction qu'il lui indiquait et vit un homme debout, le dos tourné, et une femme plus petite que lui, coiffée d'un chapeau de paille.

— Qui est-ce ? fit-elle.

— Charles Dutoit. A l'en croire, vous avez été très proches il y a cinq ans, à Paris.

Charlie ? s'étonna-t-elle, l'estomac noué. Etait-ce possible ? Mais, alors que l'homme se retournait vers eux, elle le reconnut. Le doute n'était pas permis. Il avait les cheveux courts à présent, alors qu'à l'époque il les nouait en queue-de-cheval avec un lacet de cuir. Il avait aussi le visage plus mince, aux angles plus prononcés. Sa mâchoire était également plus ferme. Elle fixa sa bouche. Il avait le même sourire charmeur qu'alors, quand elle était tombée amoureuse de lui.

Elle fut tentée de reculer, mais Avery l'entraînait vers l'avant. Elle fit tout son possible pour repousser le moment fatidique où elle devrait affronter son ancien amoureux, en marchant le plus lentement possible.

— Quel boulet…, marmonna-t-elle.

Tout d'abord estomaqué, Avery partit ensuite d'un éclat de rire tonitruant, attirant bien sûr l'attention générale sur eux. Sous le feu croisé des regards, Reese trouva le courage de regarder Charlie dans les yeux alors qu'il se précipitait vers elle.

— Reese ! Plus jolie que jamais, s'exclama-t-il en lui prenant les deux mains dans les siennes.

Elle était tout à fait soulagée. Si c'était bien Charlie, avec cette même intensité dans le regard qui l'avait captivée à Paris, elle sut immédiatement que l'emprise qu'il avait eue sur elle quand elle avait dix-neuf ans n'avait plus cours. Elle put donc lui rendre un sourire amical, même si sa curiosité était piquée.

Il lui baisa les doigts d'une main, puis de l'autre. Ce geste parfaitement rodé lui avait mis le cœur à l'envers, à l'époque. Plus maintenant.

— C'est sympa de te revoir, Charlie, dit-elle en toute sincérité.

— On l'appelle Charles à présent, fit une voix féminine. Ça va avec son restaurant et sa gamme d'ustensiles de cuisine, *Avec Charles*.

Reese tourna la tête vers la femme qui se tenait debout près de Charlie, mais elle n'en vit pas grand-chose sous le chapeau et les lunettes de soleil qu'elle portait. Elle retira sa main pour serrer celle que la femme lui tendait.

— Annie Thornway, je suis la chargée de communication de Charles.

— Enchantée, dit Reese avant de se retourner vers Charlie : Félicitations ! Ton propre restaurant, ta marque… impressionnant !

— Et je pense agrandissement.

— Il visite de nouveaux emplacements de restaurant dans le Nord-Est, précisa la femme. Quelqu'un que nous avons croisé nous a dit le plus grand bien de votre cuisine, et…

Charlie la fit taire d'un geste.

— Je n'ai pas envie de parler affaires, dit-il. Je voulais te voir, Reese. Il faut que je te parle. J'ai fait une énorme boulette à Paris, et je ferai tout ce que je peux pour me faire pardonner. Viens boire un café avec moi. On pourra rattraper le temps perdu.

Elle se débrouilla pour écraser le pied d'Avery avant que celui-ci ne s'interpose et dise n'importe quoi.

— Plus tard, peut-être, répondit-elle. Nous avons pas mal de choses à voir, Avery et moi. Il y a énormément à faire pour le week-end à venir.

— Un *Week-end Célibataires* pour réaliser tous vos fantasmes les plus secrets, intervint Annie. Charles a trouvé une brochure. Vous auriez même un fantôme « entremetteur » sur place.

Elle avait appuyé sur le mot entremetteur avec une pointe de contrariété dans la voix et cela n'avait pas échappé à Reese. Qu'est-ce qui pouvait justifier sa mauvaise humeur ?

— Reese, ne vois-tu pas que c'est le destin qui nous fait

nous retrouver ici et maintenant ? intervint alors Charlie. Je t'en prie, rejoins-moi pour le dîner.

Le destin ? Quel grand mot ! Elle fut prise d'un mouvement de panique mais se reprit à temps. Personne ne pourrait la pousser à faire ce qu'elle n'avait pas envie de faire, se répéta-t-elle.

— Impossible, Charlie. Avery et moi avons beaucoup de travail, ce soir.

— Puisque vous êtes ici, vous devriez en profiter pour prendre un peu de bon temps, dit Avery avec tact au couple. Nous allons donner une grande réception demain soir. Tous les clients de l'hôtel y seront conviés.

Puis il prit le bras de Reese et l'entraîna à l'écart.

— Désolé, ma petite chérie. Il m'a fait croire qu'il était un vieux béguin.

— Il l'a été, mais ça fait longtemps que je n'éprouve plus rien pour lui.

— A voir la façon dont il te regarde, répondit Avery en jetant un coup d'œil par-dessus son épaule, ce n'est pas le cas pour lui. J'ai du mal à croire qu'il a fait tout ce chemin simplement parce que quelqu'un aurait vanté ta cuisine. Il est venu pour toi, ma petite chérie.

— Eh bien, il m'a vue. Et il a rompu avec moi il y a cinq ans. Il a été très clair sur ce point quand il m'a laissée tomber.

— Non ? Il t'a plaquée ? L'imbécile ! s'indigna Avery en faisant signe à un serveur. Apportez-nous du champagne, s'il vous plaît, demanda-t-il avant de lui refaire face. C'était ton premier amour ?

— Le premier et le dernier, acquiesça-t-elle en tournant légèrement la tête vers la fenêtre de la tour. Et même Hattie n'a pas le pouvoir de changer le cours de cette histoire. Donc, et au cas où elle aurait des intentions sur ce point, je vais lui donner un bon conseil : Charles Dutoit, c'est fini, terminé.

— Je bois à cela, dit Avery en lui tendant une coupe de champagne.

2

Que faisait Reese Brightman à *Haworth House* ?

Mac Davies fit le tour de l'hôtel et se promena dans le jardin. D'après son agent, elle se trouvait à Los Angeles et travaillait au livre de cuisine qu'ils allaient lancer avec sa nouvelle émission de télévision sur le câble. C'était justement pour cette raison qu'il avait décidé de venir inspecter le lieu qu'elle appelait son chez-elle.

Même s'il avait vendu treize épisodes de son émission, il n'était pas encore totalement satisfait du produit. Quelque chose manquait toujours ; aussi avait-il fait le voyage depuis Los Angeles afin de voir si *Haworth House* lui apporterait la réponse. C'était le cas.

Dès l'instant où il avait vu apparaître la tour sur fond de ciel d'azur, il l'avait senti — ce coup au cœur qu'il avait toujours quand tout se mettait en place. Et il l'avait éprouvé une deuxième fois en pénétrant dans le hall de l'hôtel.

Enfin ! Faire de *Haworth House* le décor de l'émission *Reese cuisine pour ses amis* offrirait ce petit plus, l'élément de différence qui avait fait la réputation de Mac Davies Productions. Et cela devrait également faire le succès de l'émission pour laquelle il avait été embauché par la chaîne câblée.

Toutefois, il avait peiné avant d'arriver à cet instant où tout « se met en place ». D'ordinaire, il ne lui fallait pas trois essais avant de mettre le doigt sur un concept. Et il n'avait jamais traversé tout le pays pour inspecter lui-même un emplacement.

Le problème, c'était Reese. Elle l'avait remué d'une étrange façon et sur un plan tout personnel la première fois où il l'avait vue. Aussi avait-il évité de traiter avec elle. Il l'avait évitée, point final.

Parvenu à un belvédère, il en gravit les marches et se retourna vers l'hôtel. Il n'avait jamais prévu que leurs chemins se croiseraient. Depuis six mois qu'il travaillait au développement de son émission, il avait tout fait pour ne pas se retrouver face à elle. Il avait refusé ses demandes d'entretien, même après avoir changé de concept pour la troisième fois. N'avait-elle pas suffisamment perturbé sa concentration, même involontairement ?

Et voilà qu'ils avaient fini par se rencontrer. De façon pour le moins percutante et personnelle. Quand l'employé de l'hôtel avait ouvert la porte, elle lui avait foncé droit dessus et, dans ce bref instant où ils avaient été en contact, il n'avait plus pensé qu'à elle. Qu'à ce corps qui l'incendiait.

La réalité de ce contact avait largement surpassé n'importe quel fantasme qu'il avait pu caresser à son endroit ces six derniers mois. Et pourtant, il y en avait eu !

Il laissa son esprit dériver vers la toute première fois qu'il avait vu Reese. Elle était venue parler de son premier livre de cuisine lors d'une émission qu'il produisait. Dès l'instant où son image s'était inscrite sur l'écran de télévision, il avait éprouvé une vague de désir intense et primitif. Il avait perçu une connexion avec elle qui frisait la reconnaissance. Comme une impression de déjà-vu.

Cependant, il ne l'avait jamais rencontrée. De cela, au moins, il était certain. Intrigué, il s'était rapproché de l'écran et avait passé un petit moment à tenter d'analyser sa réaction. Elle n'était pas belle. Attirante, oui, avec des traits délicats et un corps long et mince, mais elle n'était vraiment pas son type de femmes. Il aimait les blondes aux cheveux longs alors qu'elle portait courts ses cheveux bruns. Ses yeux étaient vraiment inhabituels — immenses, et inclinés sur les bords comme ceux d'un chat. Ou… d'une sorcière ?

Et, oui, elle lui avait définitivement jeté un sort. Lorsque la caméra avait fait un gros plan, elle avait souri, et lui, il avait tout bonnement cessé de respirer.

Juste un instant, bien sûr. Mais c'était à cet instant précis qu'il avait perçu ce… courant, ce fourmillement de nerfs lui annonçant que Reese Brightman était son prochain projet. Il allait en faire une star du petit écran.

Il avait presque réussi à se convaincre que la réaction qu'il avait eue avait été purement professionnelle, quand un spot publicitaire avait interrompu brièvement le programme. Soudain, elle n'avait plus été là, et la sensation de perte qu'il avait alors éprouvée n'avait rien eu de professionnel.

Reese Brightman avait sur lui un impact qu'aucune autre femme n'avait jamais eu. Son instinct lui soufflait qu'elle aurait peut-être le pouvoir de le gagner tout entier, et ça, ce n'était pas dans les cartes pour lui. Il avait très tôt appris la leçon. Sur le plan émotionnel, s'attacher trop à quelqu'un conduisait fatalement au rejet et à la perte. Donc, il avait sagement gardé ses distances.

Et il avait eu raison. Quelques instants plus tôt, quand il lui avait pris les poignets pour l'aider à se relever, il avait perdu toute notion de ce qui l'environnait. Et il n'avait pas eu envie de la lâcher. Si elle ne s'était pas arrachée à son emprise, peut-être ne l'aurait-il pas fait.

Il s'accouda à la balustrade du belvédère, sortit son portable et composa le numéro personnel de l'agent de Reese Brightman.

— Madelyn ? Mac Davies à l'appareil.

— Dites-moi que vous adorez *Haworth House*, répondit-elle en guise de bonjour.

Depuis plus de vingt ans qu'elle était dans le métier, Madelyn Willard était réputée pour être quelqu'un de fin et de coriace, mais raisonnable.

— Eh bien ? reprit-elle. Ne faites pas durer le suspense. Je n'ai rien dit à Reese de votre idée d'utiliser *Haworth House* comme décor parce que je pensais que vous pourriez encore changer d'avis. Qui sait ? Vous pourriez tout aussi bien être pris d'une envie subite de vouloir les Caraïbes ou peut-être l'Himalaya.

— Tiens, je n'avais pas pensé au Tibet..., répondit-il pince-sans-rire.

— Et ne vous avisez surtout pas d'y penser maintenant ! Je plaisantais.

— Moi aussi, Madelyn.

— Bien. Toutefois, je sais à qui j'ai affaire. Et, pour vous, tourner au Tibet ne représente aucun obstacle particulier.

Elle avait raison. Depuis trois ans qu'il produisait ses propres projets, il avait acquis la réputation d'avoir de l'instinct et de savoir prendre des risques. Jusque-là, ça lui avait réussi. *Variety* l'avait récemment cité comme étant un des rares producteurs capables de faire exploser le taux d'audience et d'accumuler les nominations pour les Emmy Awards. Or, la chaîne qui avait acheté l'émission de Reese voulait les deux. Avec *Haworth House* pour décor, *Reese cuisine pour ses amis* devrait les lui offrir sur un plateau.

Tout en parlant, il s'était machinalement retourné face à l'hôtel, ce qui le ramena à son problème actuel.

— Ce n'est pas le problème pour le moment. Je vous appelle pour savoir ce que Reese fiche à *Haworth House*.

— Elle est là-bas ?

— Je l'y ai vue il n'y a pas dix minutes.

Et plus que cela, même, songea-t-il.

— Elle ne m'en avait pas informée. La dernière fois que je lui ai parlé, elle avait l'intention de s'enfermer chez elle pour travailler sur ce livre de cuisine. Cependant, je ne suis ni sa mère ni même sa bonne fée. Vous avez définitivement arrêté votre choix sur *Haworth House*, n'est-ce pas ?

Retour au travail. C'était un des traits qu'il admirait chez Madelyn.

— Oui. L'hôtel sera un décor parfait pour l'émission.

Il avait déjà imaginé quelques-unes des scènes : Reese servant des amis dans une des salles à manger privées, un pique-nique sur la plage, un dîner en plein air sur ce même belvédère…

— Alléluia ! Imaginez que je suis en train de grimper aux rideaux !

— Une fois que vous aurez son accord et que les papiers seront signés, je pourrai faire venir une équipe technique pour commencer à filmer les scènes d'arrière-plan.

Et tout cela, il pourrait le faire depuis Los Angeles. Le réalisateur pourrait aller repérer d'autres extérieurs sans problèmes. Il n'avait pas à tout gérer lui-même. Il pourrait prendre le prochain ferry et s'en aller.

Ce serait le plus intelligent à faire. Le plus sûr. Et il avait toujours choisi la sécurité dès qu'il s'agissait de femmes. Orphelin à quatre ans, il avait été séparé de ses frères et sœurs, ce qui lui avait appris la prudence quant aux relations personnelles. Et ce n'était pas ce qu'il avait vécu en familles d'accueil qui avait adouci la leçon, bien au contraire. Ses parents adoptifs, acteurs tous les deux, avaient toujours fait passer leur carrière en premier, et il n'avait donc jamais été proche d'eux.

Dans l'ensemble, toutefois, il ne pouvait pas se plaindre. Il avait eu des nounous, une excellente éducation à l'université de New York et l'accès à un fabuleux réseau professionnel qui lui avait permis d'avancer rapidement dans la carrière qu'il avait choisie. Oui, il aimait prendre des risques. Mais avant de voir Reese, jamais il n'avait eu la tentation de prendre un risque sur le plan personnel.

— Vous êtes toujours là, Mac ?

— Oui.

— Je peux appeler Reese à propos de prendre *Haworth House* pour décor de sa série, bien sûr, mais puisque vous y êtes en personne, pourquoi ne pas le faire vous-même ? Ainsi, vous pourriez lui vendre directement votre idée sans vous encombrer d'intermédiaires.

— Vous pensez que cela va poser un problème ? s'enquit-il, soudain rembruni.

— Je n'ai pas dit cela. Mais vous avez déjà tourné trois

versions du pilote avant d'être content. Elle pourrait peut-être s'imaginer que vous atermoyez encore une fois, et vous pourriez la rassurer.

Oui. Et ruiner son projet de garder ses distances.

Voyant qu'il ne répondait rien, Madelyn reprit :

— La raison de sa présence à *Haworth House* m'intrigue un peu. Même si c'est la maison de famille dont ses sœurs et elle ont toujours rêvé, elle ne s'y rend pas très souvent. Peut-être que ses sœurs vont revenir pour un événement particulier.

Un *événement.*

Mac fourra la main dans sa poche et en sortit une brochure que lui avait donnée Tess, une des serveuses. C'était une publicité pour un *Week-end Célibataires.* La jeune femme en avait parlé tout le temps de son service à sa table, et l'avait encouragé à participer aux activités, lui promettant qu'il ne serait pas déçu. Il y aurait tout un tas d'occasions de rencontre entre célibataires, et même une soirée où les plus courageux pourraient piocher un fantasme dans une boîte dont la star du muet Hattie Haworth avait fait usage avec son amant.

Soudain, l'échange de Reese avec le directeur de l'hôtel lui revint à la mémoire…

« Tu es en avance, avait-il dit.

— Seulement d'une journée », avait répondu Reese.

Et ils avaient ensuite parlé du *Week-end Célibataires.*

Puis il se souvint du parchemin qu'il avait ramassé par terre… « *Vous explorerez tous les délices sensuels d'avoir votre propre homme-objet.* » Sur le moment, cette phrase l'avait laissé perplexe, mais il avait mis de côté toute curiosité pour s'éloigner d'elle au plus vite.

A présent qu'il était à même de réfléchir, il se rembrunit encore une fois. Car il n'aimait pas du tout le cours que prenaient ses pensées en ce moment. Un *homme-objet* ? Avait-elle modifié ses plans et était-elle venue dans le but d'explorer un fantasme sexuel ?

Non. Ce n'était pas le genre de femme à se livrer à… des jeux sexuels. Enfin, ça ne collait pas avec le personnage d'aimable voisine qu'elle projetait sur le petit écran. Ni à l'idée qu'il s'en faisait.

— Je vais lui parler, Madelyn, finit-il par dire. Vous avez raison, il vaut mieux que je le fasse moi-même.

— Super. Je verrai demain avec elle avant de commencer à rédiger les papiers.

— C'est cela.

Une fois son portable rangé dans la poche, il retourna vers l'hôtel. Autant il se méfiait de Reese sur un plan personnel, autant il devait en priorité s'assurer de produire la meilleure émission possible. Il allait donc séjourner ici assez longtemps pour la convaincre que *Haworth House* était le cadre idéal pour attirer l'audience propre à booster leurs deux carrières.

Et puis, il regagnerait Los Angeles.

Cela décidé, il gravit les marches du perron et pénétra dans le hall. Il suivit la direction d'où provenait un bourdonnement de conversations et arriva sous l'arche qui ouvrait sur une cour intérieure. Un petit groupe de clients et de membres du personnel s'était rassemblé autour de l'une des tables. Il repéra d'abord Avery Cooper. En se rapprochant, il vit que le directeur avait passé un bras autour des épaules de Reese.

Il lui fallut une seconde pour reconnaître la personne de l'autre côté de Reese. Charles Dutoit. C'était un chef actuellement très en vogue à Los Angeles. Mac se souvint que son agent était même venu lui parler d'émission télévisée. Il avait lui-même brièvement visionné quelques clips vidéo, mais l'homme avait beau être relativement beau, il y avait un petit quelque chose chez ce Charles Dutoit qui ne lui revenait pas.

Que faisait-il à *Haworth House* ?

Il repéra ensuite Tess, la serveuse si gracieuse de tout à l'heure, et la rejoignit.

— C'est le décalage horaire qui me fait réagir de manière excessive, disait Reese.

— Je ne pense pas, commentait Charles Dutoit. Une rose noire n'est pas une chose qu'on envoie à quelqu'un.

Grâce à sa haute taille, Mac put apercevoir la rose dont il était question, et il frissonna. Il se pencha vers Tess.

— Que s'est-il passé ? lui demanda-t-il à mi-voix.

— Oh, monsieur Davies, répondit-elle à voix contenue elle aussi. Une chose vraiment affreuse, ajouta-t-elle en tournant la tête vers Reese. Mlle Brightman venait juste d'arriver, elle déjeunait avec M. Cooper quand il y a eu une livraison d'un fleuriste pour elle. Je la lui ai apportée.

Elle se retourna vers lui, les yeux agrandis.

— C'était cette rose noire. Et puis, il y avait une carte.

— Savez-vous ce qu'elle disait ?

— Non, mais ça l'a contrariée. Je l'ai entendue dire à M. Cooper qu'elle en avait récemment reçu deux autres à Los Angeles et que, les deux fois, elles étaient accompagnées d'une rose noire.

Mac tourna les yeux vers Reese. Elle était à cinq mètres tout au plus de lui, et il pouvait parfaitement percevoir sa peur. L'espace d'un instant, il eut envie de courir la réconforter, de la protéger ; une envie si pressante qu'il avait déjà fait un pas en avant quand il s'immobilisa.

Ce ne serait pas très malin de lui révéler tout de suite son identité ni de lui demander s'il pouvait lui être utile. Mieux valait attendre qu'elle se fût installée. Qu'il eût fait de même, lui aussi. Ensuite, il irait se présenter à elle et lui vendrait son idée d'utiliser *Haworth House* comme décor pour son émission. Tel était son objectif, après tout.

Il porta une nouvelle fois les yeux sur la rose, et son estomac se serra. Une menace de ce genre pouvait être une blague de mauvais goût, mais trois ? Reese s'était-elle fait un ennemi juré ?

La célébrité est une arme à double tranchant, et il se sentit un peu responsable de ce qu'il lui arrivait. Deux semaines plus tôt, *Variety* avait beaucoup parlé du pilote de l'émission de Reese Brightman. Cet article aurait-il pu attirer l'attention d'un détraqué ?

« Oh, on se calme ! » se dit-il en fourrant les mains dans ses poches. Il n'allait pas sauter à la conclusion maintenant, alors qu'il pouvait y avoir mille autres explications à la rose noire. Peut-être quelqu'un était-il jaloux de son succès, peut-être s'agissait-il d'un ex-petit ami mécontent.

Ou un petit ami actuel ? songea-t-il en tournant les yeux vers Charles Dutoit. Il ne savait rien de la vie privée de Reese Brightman, et il avait toujours tenu à l'ignorer… jusqu'à présent. Toutefois, et selon toute apparence, Charles Dutoit et elle se connaissaient bien. Quelle était donc la raison de la présence du chef à *Haworth House* ?

L'homme prit le verre de whisky que lui apportait un serveur et se tourna vers Reese.

— Tiens, ma chérie. Je l'ai commandé pour toi. Bois-en un peu.

Reese le prit d'une main qui tremblait tant que Dutoit dut le récupérer et le poser sur la table.

Une fois de plus, Mac dut réprimer une violente envie d'aller vers elle. Quiconque avait envoyé ces roses funestes l'avait terrifiée. Il regarda Dutoit, qui avait pris les mains de Reese. Il ne put entendre ce qu'il lui disait, mais il y eut quelque chose dans sa manière de lui parler qui lui laissa un goût amer dans la bouche.

La colère et la jalousie étaient précisément le genre de réactions émotionnelles qu'il fuyait à tout prix. Qu'il ne s'autorisait pas. Jamais. C'est en évitant de s'attacher à qui que ce soit qu'on ne souffrait pas.

Un instant plus tard, Dutoit gagna une autre table et s'assit près d'une femme dont le visage était dissimulé par un chapeau de paille à larges bords. D'autres personnes se dispersèrent de même.

Il se serait lui-même détourné si Reese n'avait relevé les yeux à cet instant précis et croisé son regard. Il fut pris d'un désir brûlant, pressant, un désir qu'il n'avait encore jamais éprouvé, un désir infiniment douloureux.

Une image s'imposa à lui : elle et lui dans un espace clos, nus et les membres emmêlés. Il n'avait d'autre choix que de la posséder — de se mouvoir en elle, de percevoir sa chaleur autour de lui, comme un piège encore plus implacable.

Cette image, ces sensations, perdurèrent bien longtemps après qu'elle eut baissé les yeux. Il ne pouvait plus bouger. Il n'osa pas bouger avant d'être certain que, lorsqu'il le ferait, il aurait le pouvoir de s'en aller.

3

Jeudi soir,
un jour avant le Week-end Célibataires

— Voici, dit le jeune barman — prénommé Grant — en posant une bière devant Mac.

— Merci, répondit celui-ci. Y a-t-il toujours autant de travail ?

— Août, répondit le jeune homme en souriant, c'est la pleine saison dans l'hôtellerie. Le restaurant ferme à 22 heures. Les clients ont deux possibilités, ici ou le room-service.

— D'après ce que je vois, très peu ont choisi la seconde option.

— C'est ce qu'on préfère, acquiesça Grant.

Il fit des yeux le tour de la salle, pratiquement comble. Au centre trônait le bar d'acajou et de cuivre en forme de U. Dans un angle, un piano installé sur une petite estrade était planté au centre d'une piste de danse. Par les fenêtres recouvrant tout un mur, on pouvait apercevoir l'océan, dans la journée.

— Certains de nos clients sont arrivés un peu plus tôt pour notre *Week-end Célibataires*, reprit Grant en servant deux verres de vin. Allez-vous rester, vous aussi ?

— Oui.

Il avait longuement ruminé sa décision, et ce n'était pas seulement parce qu'il se sentait en partie responsable des menaces que Reese avait reçues. Ni parce qu'il avait un intérêt particulier et tout professionnel quant à la sécurité de la jeune femme. Ni même parce qu'il devait l'approcher pour la convaincre de sa décision quant au décor de la série télé.

Bien sûr, toutes ces raisons auraient justifié un séjour prolongé à *Haworth House Hotel,* mais il savait pertinemment qu'il s'était laissé influencer par ce qu'il avait lu sur ce morceau de parchemin. Et par les émotions que Reese Brightman suscitait en lui.

Sinon, que ferait-il perché sur son tabouret à attendre, dans l'espoir qu'elle aussi vienne au bar ? Il avait soigneusement choisi son emplacement, au bout du comptoir, entre l'endroit où on emplissait les plateaux des serveurs et une plante luxuriante. Si jamais Reese faisait une apparition, il la verrait au travers du feuillage.

Il regardait justement dans cette direction quand Charles Dutoit pénétra dans le bar et jeta un coup d'œil circulaire sur les tables, cherchant visiblement quelqu'un. La femme avec qui il avait déjeuné tout à l'heure ? Mac jeta lui aussi un coup d'œil alentour mais ne la vit pas.

Ou alors, Dutoit cherchait-il Reese ? songea-t-il, rembruni. Il ne faisait aucun doute que l'homme l'avait très bien connue. Pourquoi était-il présent pour ce *Week-end Célibataires* ? s'interrogea-t-il, de plus en plus renfrogné.

Au bout d'un instant, Dutoit fit volte-face et retourna dans le hall.

— C'est la première fois qu'on fait un *Week-end Célibataires*, dit Grant en chargeant un plateau de boissons. C'est très excitant. Il y a des tas d'événements prévus pour encourager les gens à faire connaissance. Et demain, ajouta-t-il en se penchant vers Mac, il a été prévu une soirée vraiment très spéciale pour les clients. Ils pourront piocher des fantasmes dans la boîte à fantasmes de notre fantôme local.

— J'en ai effectivement entendu parler. Que pourriez-vous m'apprendre sur cette boîte ?

— C'est une longue histoire. Très romantique. Pensez *Roméo et Juliette*, *West Side Story.*

— Les amants tragiques, commenta Mac.

— Tout à fait, repartit Grant en lui faisant un clin d'œil. Si on en croit la rumeur locale, Hattie Haworth et Samuel Jenkins n'étaient peut-être pas destinés l'un à l'autre, mais ils ont pleinement profité du temps qu'ils ont passé ensemble. C'est eux qui ont créé cette boîte à fantasmes. Les fantasmes sont écrits sur des bouts de parchemin. Oh, je n'en ai encore jamais vu, mais ils sont réputés être très… stimulants.

Mac ne put qu'être d'accord. Ce qu'il avait lu sur ce parchemin ce matin l'avait maintenu en érection toute la journée. Il avait eu beau y faire, il n'avait pas pu se débarrasser du fantasme de devenir l'homme-objet de Reese Brightman.

Pour quelle autre raison n'était-il pas allé se présenter à elle, hein ? Parce que, justement, tout deviendrait bien plus compliqué entre eux une fois qu'elle saurait qui il était et la raison de sa présence sur l'île. Elle penserait forcément qu'il voulait remanier une dernière fois le concept de son émission.

En d'autres termes, adieu le fantasme.

Ah, il n'y avait pas de quoi être fier ! Il saisit son verre et but une grande lampée de bière. Cette femme le rendait fou. Elle l'empêchait de penser clairement depuis l'instant où il l'avait vue à la télévision, et à présent il devait reconnaître qu'elle lui avait fait perdre les pédales.

Toute la journée, il avait traîné dans les environs en essayant de décider quoi faire. Et il n'en savait toujours rien. La dernière chose à faire, vraiment, serait de continuer à fantasmer bêtement à propos de Reese. Elle ne l'attirait pas seulement sur un plan physique, mais elle le touchait au plus profond de lui-même, comme si elle avait un accès direct à ses émotions. Il n'y avait qu'à se souvenir de ce sale goût qu'il avait dans la bouche à l'idée d'un autre devenant son homme-objet.

Il levait de nouveau son verre à ses lèvres quand il perçut sa présence, signalée par ce coup brutal au ventre et sa façon de se mettre instantanément sur le qui-vive. Il fut obligé de relever les yeux. Elle avançait effectivement vers lui, flanquée de deux hommes. Il reconnut Avery Cooper. L'autre, un grand gaillard aux cheveux cendrés, arborait un badge et avait un revolver à la ceinture.

Ainsi, ils n'avaient pas pris la rose noire à la légère. Soulagé qu'ils aient déjà eu le bon sens de lui adjoindre un agent de sécurité, il les suivit du coin de l'œil tandis que Reese et ses deux compagnons s'installaient dans un box à sa droite. Le feuillage de la plante lui bouchait partiellement la vue, mais il vit alors qu'elle s'asseyait… le coin d'un morceau de parchemin qui dépassait de sa poche de jean.

L'effet fut immédiat. Tout d'abord, les mots ricochèrent dans sa tête : « *Vous explorerez tous les délices sensuels d'avoir votre propre homme-objet.* » Puis ce furent des images qui lui vinrent. D'eux, ensemble, dans un lit. Il y avait des bougies, des fleurs parfumant l'air, mais il avait les yeux rivés sur son visage ; il regardait ses yeux s'assombrir, il écoutait son souffle devenir court, il observait les modifications de ses expressions alors qu'il la caressait lentement.

A quoi cela pourrait-il bien ressembler d'être l'homme-objet de Reese Brightman ? De penser exclusivement à lui donner du plaisir ? A la faire sienne ?

— Désirez-vous une autre bière ?

Les paroles de Grant lui parvinrent de très loin, et quand elles percèrent enfin le brouillard sensuel dans lequel il était pris, il découvrit qu'il avait agrippé le bar à deux mains.

— S'il vous plaît, oui, répondit-il.

Mais ce n'était pas d'une bière fraîche qu'il avait besoin. C'était d'une douche froide.

— Ouvrez une bouteille de notre nouveau pinot gris pour Mlle Brightman, dit Avery à la serveuse. Le shérif Kirby et moi-même allons prendre une bière pression.

— Vous n'aviez pas besoin de faire toute cette route, Nate. Votre adjoint a pris ma déclaration un peu plus tôt dans la journée, dit Reese dès que la jeune serveuse les eut laissés, avant de se tourner vers Avery : Tu n'aurais pas dû l'appeler.

— J'ai respecté tes désirs et n'ai pas téléphoné à tes sœurs… pas encore, répondit Avery en lui tapotant la main. Quelqu'un se donne bien du mal pour te menacer. Plus tôt on y mettra un coup d'arrêt, mieux cela vaudra.

Il avait raison, pensa-t-elle. Depuis l'instant où avaient été livrées la fleur et la lettre anonyme, il avait tout fait pour lui changer les idées en la faisant s'activer sur les derniers préparatifs du week-end. Il lui avait proposé de clôturer les festivités par une démonstration de cuisine le dimanche après-midi. Et elle, elle s'était volontiers coulée dans son vieux *modus operandi* : s'immerger dans le travail pour éviter de penser à ses ennuis.

Elle regarda Nate sortir et ouvrir son carnet. Les fleurs et les messages n'allaient pas disparaître. M. Yeux Bleus non plus. Tôt ou tard, elle allait devoir affronter ces deux problèmes.

Elle avait plusieurs fois aperçu Yeux Bleus dans la journée et, chaque fois, il avait paru avoir un effet encore plus dévastateur sur ses sens.

Cet instant, dans la cour, où leurs yeux s'étaient rencontrés, avait balayé tout le reste — toutes ses inquiétudes, tout le stress accumulé ces derniers mois. Elle en était même arrivée à tout oublier des roses et des menaces.

S'il pouvait parvenir à cela simplement en la regardant… que pourrait-il faire s'il la touchait ? Quel effet cela lui ferait-il s'il l'embrassait ? Si elle lui rendait son baiser ?

Cependant, chaque fois que ses pensées s'égaraient dans cette direction, la panique la submergeait. Se pourrait-il qu'il fût l'homme que Hattie avait choisi pour son fantasme ? Yeux Bleus était-il destiné à devenir son homme-objet ? Et elle, que voulait-elle faire de tout ça ?

De ces questions-là, Avery n'avait pas totalement réussi à la distraire.

Et si elle décidait de prendre sa vie en charge, elle avait besoin d'une réponse à ces interrogations… Un petit frisson la parcourut à cette idée.

— Reese ?

Elle se reprit et découvrit que Nate avait posé son crayon

sur son carnet comme s'il l'attendait. Elle carra les épaules et annonça :

— Demandez-moi tout ce que vous voudrez.

— Selon Tim, le premier message disait juste : « Compliments ».

— Oui. Je ne l'ai pas pris pour une menace.

— Ma petite chérie, intervint Avery, même avec ton passé de pensionnaire des sœurs, tu aurais dû savoir qu'une rose noire est un peu sinistre.

— Je l'ai oubliée sitôt reçue.

Et, comme d'habitude, elle s'était fourré la tête dans le sable, se reprochait-elle encore.

— Le deuxième message et la deuxième rose sont arrivés une semaine plus tard, reprit Nate. Cette fois-ci, il disait : « Cueillez dès à présent les roses de la vie. »

— Oui, dit-elle en éprouvant le même frisson que lorsqu'elle avait découvert cette note.

Autre négligence : ces lignes aussi, elle les avait ignorées.

— Le thème de ce poème est la fuite du temps et la brièveté de la vie, fit remarquer Avery. Pourquoi n'as-tu pas rapporté l'incident à la police ?

— Parce que j'étais une poule mouillée, répondit-elle après avoir inspiré à fond. Je refusais d'admettre la possibilité de menaces réelles.

— Ma petite chérie, tu es tout sauf une poule mouillée, la corrigea Avery en lui prenant les mains.

— Bien sûr que si. Quand tu m'as téléphoné pour me demander de venir t'aider, j'ai sauté à pieds joints sur l'occasion. Je me disais que, si je quittais Los Angeles un petit moment, le problème pourrait disparaître de lui-même. Ou que je pourrais m'en occuper à mon retour. Seulement, j'ai compris que je n'aurais aucun répit quand cet envoi est arrivé, tout à l'heure.

— Cette troisième carte contient une vraie menace, commenta Nate. « Jouissez des douceurs du succès maintenant. Il se terminera bientôt. »

— Je sais. Mais j'en ai fini de fuir. Et j'ai conscience que, qui que soit cette personne, elle a réussi à me traquer jusqu'ici.

— Avez-vous la moindre idée de son identité ? s'enquit Nate.

— Non, fit-elle en réprimant un soupir de frustration. Je ne sors pas, donc ça ne peut être un ex-petit ami. Pour autant que je sache, je n'ai pas non plus d'admirateurs cinglés. Je mène une vie plutôt tranquille.

— Il y a Charles Dutoit, intervint Avery en jetant un coup d'œil à Nate. C'est un ex-petit ami et il est ici, à *Haworth House*. Il a fait parvenir trois douzaines de roses blanches à Reese, cet après-midi.

— C'était juste par gentillesse, dit Reese. Il voulait me faire oublier la rose noire.

— Et il a laissé un message à la réception pour t'inviter à dîner ce soir, poursuivit Avery. Encore. Il le lui avait déjà demandé avant l'incident de la rose et elle avait refusé.

— Je peux lui parler, proposa Nate. Mais je pense qu'il essaye plutôt de ranimer une vieille flamme, pas de vous effrayer. Et un rival ? La première fleur est arrivée juste après qu'on a parlé de votre émission dans les journaux. Quelqu'un serait-il jaloux de votre succès ?

— Je sais que plein de jeunes chefs doivent m'envier, répondit-elle après un instant de réflexion. J'ai le vent en poupe depuis que j'ai obtenu mon diplôme au Cordon bleu, il y a quatre ans de cela. Toutefois, je ne vois personne capable de faire une chose pareille.

— Réfléchissez encore, insista Nate. Ces lettres ont un parfum de jalousie professionnelle.

— Envoyer des roses noires… Ça ne doit pas être évident, réfléchit-elle à voix haute.

— Pas tant que cela, dit Nate. Tim a demandé à Lynn McNally, la fleuriste de Belle Bay. Elle reçoit régulièrement des commandes de fleurs colorées, surtout en période de vacances. C'est assez simple à faire. D'après ce qu'elle a déclaré à Tim, il lui a fallu moins de dix minutes pour colorer à la bombe une rose blanche, ce matin. Cependant, elle n'a jamais reçu commande de roses noires.

— Alors, qu'allons-nous faire ? s'enquit Avery.

— Attendre et monter la garde. Je suppose que tu vas garder Reese à l'œil pendant le week-end, répondit Nate avant de se tourner vers elle : Et vous, je voudrais que vous cherchiez des gens qui pourraient avoir un motif de vous menacer. En commençant par votre stage au Cordon bleu, s'il le faut.

— Tu pourrais relire ces carnets de notes que tu tenais, suggéra Avery.

— Des carnets de notes ? s'étonna Nate.

Elle sentit le rouge lui monter aux joues.

— Sœur Marguerite nous avait donné l'idée de rassembler des souvenirs, expliqua-t-elle. C'est la religieuse qui m'a donné mes premières leçons de cuisine. Selon elle, il était important que je tienne une chronique de mes succès culinaires. Ainsi, en cas de doutes sur moi-même, je pourrais revenir sur mes premiers succès. Je les ai toujours.

En fait, elle avait même apporté de nouvelles photos de Los Angeles.

— Relisez-les. Ils pourraient peut-être vous faire revenir quelque chose en tête, lui conseilla Nate avant de consulter sa montre. Je vais passer un coup de téléphone à un ami capitaine de police à Los Angeles, et m'assurer qu'ils enregistrent les deux incidents précédents. Ils pourront enquêter auprès de votre équipe de production et voir si quelqu'un rôdait autour du plateau quand vous étiez filmée.

— J'aimerais bien que tu me laisses appeler tes sœurs, dit Avery à Reese, la mine grave. MacFarland Investigations pourrait nous envoyer quelqu'un pour assurer ta sécurité.

— Non. Si jamais elles apprenaient ce qu'il se passe ici, elles rappliqueraient en quatrième vitesse. Et Naomi plaide lundi pour qu'un juge décide de l'ouverture de dossiers d'adoption confidentiels à propos de la femme dont Ian et Dane pensent qu'elle pourrait être leur sœur.

— Ils s'efforcent aussi de retrouver un frère, non ? lui demanda Nate.

— Oui, dit Reese. Jusqu'à présent, ils ont seulement découvert qu'après la séparation de la fratrie, leur frère cadet avait été placé en famille d'accueil pendant un an. Je refuse de distraire Naomi… elle a bien assez à faire comme ça.

— D'accord, concéda Avery. Mais…

Il fut interrompu par l'arrivée de deux femmes qui s'arrêtèrent à leur table. Reese les reconnut tout de suite. La petite brunette était Molly Pepperman, une commerçante du village qui était devenue très proche de Jillian. Elle se leva pour lui faire la bise et se tourna ensuite vers sa compagne plus âgée, Emmy Lou Pritchard, la bibliothécaire locale.

— Reese ! Avery nous a averties de ta présence, on ne te voit pas assez à Belle Bay, s'exclama Molly avant de saluer les deux hommes de la tête. Avery, Nate, ravie de vous voir également.

— Que faites-vous ici, toutes les deux ? s'enquit Reese.

— Nous sommes en avance pour le *Week-end Célibataires*, expliqua Molly en décochant un sourire à miss Emmy Lou. Nous avons décidé que cela pourrait nous avantager de faire un premier inventaire des possibilités. Nous avons aussi décidé de tenter notre chance avec la boîte à fantasmes.

— Non, je…, commença Emmy Lou.

— Vous, quoi ? l'interrompit Nate, intrigué par ce qu'il entendait.

— Il y a une grande réception demain soir, répondit Molly en le regardant en face, et Avery va laisser les clients qui le désirent piocher un fantasme dans la boîte à fantasmes de Hattie Haworth. Miss Emmy Lou et moi-même allons être en tête de file.

— Tu parles du carton à chapeaux découvert dans la pièce secrète de Hattie ? l'interrogea Nate, les yeux plissés.

— C'est exact, dit Molly avec entrain. Ma grand-mère arrive demain pour s'occuper de la boutique pendant ces deux jours, et je pourrai me consacrer pleinement aux festivités ici.

— Clarissa revient tenir le magasin ? s'étonna Nate.

— C'est exact, répondit Molly avant de se tourner vers Reese : Comptes-tu en piocher un, également ?

— Non, répondit-elle.

Le sien brûlait déjà sa poche.

— Oh, c'est vrai, j'oubliais, dit Molly en se tapant le front du plat de la main. Tu as dû piocher le tien en même temps que Naomi et Jillian. Ça doit être pour ça que tu es ici ce week-end ; tu dois avoir envie de savoir si Hattie peut t'ensorceler toi aussi !

Reese ouvrait la bouche pour rétablir la vérité quand une pensée la frappa : peut-être que l'amie de Jillian disait vrai. Elle n'était peut-être pas venue avec cette idée en tête, mais la graine avait bel et bien été plantée à l'instant où elle avait percuté M. Yeux Bleus dans l'entrée.

La question étant : qu'allait-elle en faire ?

Ce fut à cet instant précis qu'elle eut conscience d'une présence, celle-là même qu'elle avait eue chaque fois que Yeux Bleus n'était pas loin.

Il était ici, dans le bar, en ce moment même.

L'espace d'une seconde, tout en elle voulut fouiller l'assemblée des yeux afin de le trouver. Tout laisser derrière elle et courir à lui.

— Miss Emmy Lou et moi-même allons nous installer dans notre chambre, annonça alors Molly. Surtout, n'hésite pas à nous rejoindre quand tu auras un moment de liberté.

Elle refusa de regarder les deux femmes s'éloigner car, si elle le faisait, elle était certaine de le voir lui. Et elle n'avait pas encore décidé quoi faire. Elle se sentait bouillonner intérieurement sous l'effet de la panique et de l'anticipation. Une fois qu'elle le reverrait, elle aurait à prendre une décision. Elle devrait assumer.

— Quel genre de *Week-end Célibataires* donnes-tu ici, Avery ?

La sécheresse du ton de Nate eut pour effet de ramener son attention sur les deux hommes. Elle percevait clairement la tension du shérif.

— Rien que de très normal. Beaucoup d'hôtels font ce genre de réception.

— Les autres hôtels ne proposent pas la boîte à fantasmes

de Hattie Haworth ni la promesse que ces fantasmes puissent se réaliser, fit remarquer Nate avec une certaine aigreur.

— Le fait de tirer parti de la réputation croissante de Hattie Haworth et de son amant pour permettre aux gens de se rencontrer n'est pas une pratique illégale, que je sache, répliqua Avery après avoir étudié Nate un bon moment.

— Ce n'est pas sur leur aura d'amoureux que tu comptes. Depuis l'instant où ont filtré les informations sur cette boîte, on dit partout dans le village que ces morceaux de parchemin contiennent tous des messages très crus.

— Et quel mal à cela ? fit Avery en lui adressant un clin d'œil. Comme pour Las Vegas, ce qui se passe à *Haworth House* reste à *Haworth House*.

Elle vit le rouge monter aux joues de Nate.

— Le mal, c'est qu'un pilier de notre communauté, miss Emmy Lou, a l'intention de tirer une de ces fantaisies sexuelles. Elle approche tout de même des soixante-dix ans !

— Y aurait-il un âge limite pour s'amuser… une sorte de loi dont je n'aurais pas pris connaissance ? ironisa Avery.

— Non, jeta Nate en tournant la tête vers les deux femmes qui s'éloignaient.

C'est alors qu'elle comprit ce qui contrariait tant le shérif. Ce n'était pas après miss Emmy Lou qu'il en avait, mais après Molly ! Il lui revint à la mémoire que, d'après Jillian, le shérif et Molly avaient eu une relation, naguère.

— Non, répéta Nate en refaisant face à Avery. Rien de ce que tu fais n'est illégal. Mais, pour m'assurer que cela continue, je vais louer une chambre pour ce *Week-end Célibataires*.

— J'avais comme le sentiment que tu pourrais bien le faire, répondit Avery en souriant. Nous sommes complets, mais je t'en avais mis une de côté. Viens avec moi.

Elle réussit à dissimuler son amusement jusqu'à ce que les deux hommes eussent quitté le box. Mais son sourire s'évanouit en voyant un homme se glisser sur la banquette face à elle.

Dès l'instant où elle releva les yeux, elle se trouva piégée dans son regard. Incapable de penser à quoi que ce soit, uniquement consciente de son cœur qui battait la chamade, palpitant tel un oiseau blessé.

— Je crois que nous devrions parler du fantasme sur votre parchemin.

4

— Vous voulez parler du parchemin ? demanda Reese.

— Oui, répondit Mac. J'y pense depuis que nous nous sommes percutés ce matin. J'étais installé au bar, pas loin de vous, poursuivit-il, et je n'ai pas pu m'empêcher d'entendre ce que vous disiez.

— Vous nous avez espionnés ? fit-elle, soupçonneuse.

— Je sais, c'est grossier. Mais j'assume.

Ce qu'il avait entendu avait finalement réglé le conflit qui l'avait déchiré depuis… oh, depuis peut-être le premier instant où il l'avait vue. Si Reese Brightman avait pour destin de se lier avec un homme-objet ce week-end, autant que ce soit lui. Et il n'avait plus un instant à perdre, surtout si Charles Dutoit rôdait dans les parages dans le même but.

— Ce parchemin, vous l'avez pioché dans la boîte de Hattie ? l'interrogea-t-il.

Elle hocha la tête, et il se détendit un peu. Il prenait un gros risque, tant professionnel que personnel, et il le savait. Il n'avait pas l'intention de lui révéler tout de suite son identité, pas encore. C'était trop tôt. Même s'il savait qu'il aurait à en payer le prix.

Cependant, à présent qu'il était assis face à elle, il avait cette certitude, ce « déclic » qu'il avait toujours quand un projet prenait vraiment forme. Quelles qu'en soient les conséquences, il savait ce qu'il lui restait à faire.

— Puis-je le revoir ?

L'espace d'une seconde, elle se contenta de le fixer, le cœur battant, la tête vide. Elle avait déjà plongé dans ces yeux auparavant et éprouvé cette sorte de désir brûlant dont parlent les livres. Maintenant, elle y discernait quelque chose de dangereux, une pointe de témérité qu'elle n'avait pas encore remarquée. Et cela l'excitait au plus haut point.

Déchirée entre l'envie de le contenter et la panique, elle se rassura en se disant qu'elle pouvait toujours refuser. Elle pouvait se lever et s'en aller. Avery et Nate n'étaient pas loin. Mais ce n'était pas ce qu'elle voulait. Ce qu'elle voulait plus que tout, c'était s'abandonner à la tentation, s'embarquer dans cette folle équipée que seul cet homme pourrait lui offrir.

— S'il vous plaît ? Puis-je le revoir ? répéta-t-il en lui souriant.

Un sourire qui lui fit un tel effet que ses narines en frémirent.

Elle sortit le carré de papier de sa poche sans le lâcher des yeux à aucun moment, le déplia et le posa à plat sur la table entre eux. Il sortit le parchemin de l'enveloppe et le retourna face à lui, effleurant accidentellement ses doigts au passage. Tous deux se figèrent. Ce fut comme si un immense incendie s'était brusquement allumé en elle et consumait son corps, ne laissant intact que son cœur — intact mais étreint d'un poignant désir.

Qui était-il, pour lui faire cet effet ? Et qui était-elle, pour accepter ce qu'elle semblait incapable d'éviter ? Ces deux questions tournaient dans son esprit de façon lancinante. Elle n'aurait de cesse d'obtenir les réponses dont elle avait besoin.

— *Vous explorerez tous les délices sensuels d'avoir votre propre homme-objet*, lut-il. Je voulais juste m'assurer que je me souvenais bien du message exact. En tout cas, si tel est votre fantasme, je désire poser ma candidature.

Elle ressentit de nouveau l'étrange impression que son cœur flottait à l'intérieur de sa poitrine. Et, pendant un long moment, elle fut tentée de jeter toute prudence aux orties et de dire un simple « Oui ». Ce serait peut-être la chose la plus folle qu'elle aurait jamais faite. Cet homme était tellement tentant… il lui suffirait de se laisser emporter.

Toutefois, c'était toute l'histoire de sa vie. Les gens lui avaient toujours facilité les choses — ses sœurs lui aplanissaient le chemin, son agent se chargeait de ce producteur si exigeant.

Elle baissa les yeux vers le morceau de parchemin. Même Hattie s'en était plus ou moins mêlée en lui attribuant ce fantasme censé tout arranger pour elle, sans parler du fait qu'elle lui apportait le parfait homme-objet sur un plateau !

Elle devait bien mettre au crédit de Hattie que Yeux Bleus était presque parfait. Toutefois, elle ne pouvait pas passer le restant de sa vie à suivre le courant.

— Vous êtes un peu trop direct pour moi, réussit-elle à dire.

Plus tard, elle se demanderait comment elle avait eu l'aplomb de reprendre le parchemin, de le glisser dans son enveloppe et de répondre cela.

Il la regarda un bon moment avant de répondre :

— D'accord. Quand je veux vraiment quelque chose ou quelqu'un, j'ai une tendance à me précipiter. Mais je peux y aller en douceur.

Ça, elle en était certaine ! Il était facile d'imaginer ces mains se mouvant prudemment, très lentement sur elle. Cette seule pensée fit soudain monter la température du bar à des hauteurs équatoriales. Elle en eut la gorge sèche. Elle se passa la langue sur les lèvres et jeta un coup d'œil circulaire à la salle.

— Je n'ai jamais fait cela, draguer un homme dans un bar. Je ne sais même pas comment vous vous appelez.

— Je m'appelle Mac. Et s'il m'est déjà arrivé de draguer des femmes dans des bars, ce n'est pas une habitude, répondit-il en se laissant aller contre son dossier. En général, on commence par discuter un peu. J'ai déduit de votre conversation et de l'attitude amicale du personnel que vous devez être Reese Brightman, une des propriétaires de ce superbe hôtel. Et que c'est le premier *Week-end Célibataires* que propose *Haworth House*. C'est une première pour moi, aussi. Je n'ai encore jamais assisté à ce genre de manifestation. Et vous ?

— Jamais, répondit-elle en se penchant un peu en avant. Je suis là parce que le directeur m'a demandé de venir lui donner un coup de main. En général, je suis du genre prudent. Je ne plonge jamais avant d'avoir tâté l'eau. Je me consacre surtout à mon travail, et mes sœurs ont coutume de dire de moi que je suis un bourreau de travail.

— Même chose pour moi. Quand j'étais petit, j'ai eu une nounou qui me trouvait bien trop sérieux. Elle cherchait à inventer toutes sortes de jeux auxquels nous aurions pu jouer.

— On croirait entendre mes sœurs, répondit-elle en souriant malgré elle. Si on m'avait laissé la bride sur le cou, j'aurais passé tout mon temps dans la cuisine.

— On dirait que nous avons déjà un point commun.

Elle le dévisagea un long moment, prise de court. Jamais elle n'aurait pensé avoir quoi que ce soit en commun avec ce gaillard fabuleusement beau. Il paraissait si sûr de lui. Si l'éclair d'insouciance avait disparu de son regard, il était toujours déterminé et ne semblait s'intéresser qu'à elle.

— C'est aussi ma première expérience dans le domaine des fantasmes, reprit-elle en tapotant l'enveloppe du doigt.

— Vraiment ? s'étonna-t-il. Vous n'avez jamais eu de fantasme particulier quand vous étiez petite ?

Elle réfléchit quelques instants, puis secoua la tête.

— Non. Je rêvais de devenir un chef réputé, et mes sœurs et moi avons toujours rêvé de monter une affaire ensemble. Mais les rêves et les projets sont différents des fantasmes.

— Vous avez raison. Les rêves et les projets relèvent du sérieux. Cela exige beaucoup de travail pour les réaliser, de la persévérance et je ne parle même pas de chance. Cependant, les fantasmes devraient être sources d'amusement. Ce qui irait certainement avec le thème de l'homme-objet, non ?

Elle n'avait pas vu les choses sous cet angle-là, songea-t-elle en baissant les yeux vers le parchemin.

— Depuis l'instant même où je l'ai pioché dans la boîte, j'ai été persuadée que c'était une erreur. Je n'ai jamais eu le fantasme d'avoir un homme-objet. Jamais. Et puis…, dit-elle en le regardant de nouveau dans les yeux, je vous ai percuté ce matin, et depuis je n'arrive plus à penser à autre chose qu'à… à découvrir ces délices sensuels.

— J'y ai moi aussi pas mal réfléchi, dit-il. Il semblerait qu'on soit en butte au même problème, là.

En fait, le fantasme s'était tant imprimé en lui que, en dépit de ses efforts pour y aller en douceur, il se retenait de ne pas se jeter sur elle pour l'emporter sur son épaule jusqu'à sa chambre. Pourtant, les tactiques d'homme préhistorique n'étaient pas son style, pas plus que les esclandres.

Ses pulsions le surprenaient. Reese lui faisait un tel effet qu'il peinait à comprendre ses propres réactions. Par-dessus son épaule, il vit qu'Avery Cooper et le shérif se trouvaient devant le comptoir de la réception et qu'un troisième homme les avait rejoints. Charles Dutoit. Tous les trois s'interposeraient certainement s'il jouait à l'homme des cavernes.

Cependant, quand il reporta les yeux sur elle, il se contint pour une tout autre raison que la présence dissuasive des trois hommes dans les parages. Ce fut la vulnérabilité qu'il lut dans ses yeux, une vulnérabilité qui remua quelque chose au plus profond de lui. Il voulait le fantasme, mais seulement si elle le voulait autant que lui.

— Si cela peut vous être utile, dit-il en tapotant lui aussi du doigt le parchemin, je n'ai aucune expérience en ce qui concerne le fait d'être l'homme-objet d'une femme. Ce qui fait de nous deux des néophytes en la matière. Aussi, j'aurais une suggestion à vous faire.

— Laquelle ?

— Y a-t-il un moyen de sortir d'ici sans passer par la réception ? s'enquit-il en regardant autour de lui.

— Oui.

— Pourquoi n'irions-nous pas faire un tour pour faire un petit essai ? lui demanda-t-il en lui tendant la main. Alors, nous pourrions décider si nous avons envie de poursuivre.

— Un petit essai ? répéta-t-elle, perplexe. Comme on essaye une voiture avant de l'acheter ?

Il éclata d'un grand rire.

— Non. Je pense que si l'essai est concluant pour nous deux, nous aurons tous deux décidé de poursuivre le fantasme plus avant. Je pensais tâter l'eau. Une promenade dans le jardin. Un baiser. Nous nous exposerions moins aux spéculations en faisant cela un peu à l'écart, précisa-t-il en prenant l'enveloppe pour la lui rendre. Je vous promets de ne rien faire sans votre consentement. Avez-vous envie de prendre le risque ?

Elle hésita, mais juste une seconde. C'était sa chance de prendre sa vie en charge, de prendre sa propre voie.

— Allons-y, dit-elle en mettant sa main dans la sienne.

Son rire l'avait un peu rassurée. Comme sa façon de l'écouter avec attention. Du moins, c'était ce qu'elle se disait alors qu'ils empruntaient un des chemins du jardin. Elle se sentait si nerveuse qu'elle s'efforça de penser à quelque chose d'apaisant. Elle admira le décor que formaient les petites lanternes installées dans les parterres de fleurs, diffusant une faible lumière ; d'autres ampoules clignotaient dans le belvédère et d'autres dans un arbre.

Après leur sortie du bar, il lui avait lâché la main. Et, s'ils marchèrent côte à côte jusqu'au jardin, ils veillèrent à ne pas se toucher. Même sans vrai contact physique, elle ne se souvenait pas d'avoir eu aussi sensuellement conscience de la présence d'un homme. L'atmosphère avait beau être emplie par le parfum des fleurs, elle ne sentait que son odeur quand elle inspirait, une odeur de savon et d'autre chose de très viril.

Quand il posa une main au creux de son dos pour lui faire quitter le chemin et traverser la pelouse, elle perçut la pression de chacun de ses doigts et songea que seul son T-shirt très fin empêchait un contact direct avec sa peau.

Quel effet cela lui ferait-il quand il la toucherait… quand il la toucherait vraiment ? Et puis, comme si penser à cela ne suffisait pas, il y avait encore le baiser. Le seul fait de l'anticiper lui faisait flageoler les genoux. Et, si elle parvint à chasser ces images de son esprit, elle fut en revanche impuissante à combattre l'excitation qui s'était emparée de chaque fibre de son corps.

— Est-ce que cet endroit vous convient ?

A la question, elle se secoua mentalement et prêta attention à l'endroit où ils se trouvaient. Il l'avait conduite à l'extrémité du jardin, près d'un bosquet. Son estomac fit un bond.

— Juste au-delà de ces arbres se trouve le lieu que je préfère entre tous.

— Montrez-le-moi.

— Il fait nuit, protesta-t-elle.

— La lune est pleine, dit-il en se tournant vers elle. Et la mer ne peut être bien loin : je l'entends d'ici.

— Pourquoi voulez-vous le voir ? fit-elle en le dévisageant.

— Par curiosité. Mais je pense aussi que c'est une tactique pour gagner du temps. J'ai très envie de vous embrasser, Reese. Mais j'ai peur de ne plus pouvoir vous donner le temps que vous désirez une fois que j'aurai commencé.

Elle se mit à trembler des pieds à la tête. Et lui dut serrer les poings pour ne pas la prendre dans ses bras.

— D'accord.

Elle pivota et ouvrit le chemin parmi les arbres. Un chemin qu'elle connaissait parfaitement, songea-t-il alors qu'elle contournait les arbres et les branches tombées.

— Vous venez souvent ici, constata-t-il.

— Chaque fois que je suis ici. Le labyrinthe et le reste du jardin ont été soigneusement restaurés dans l'état qui devait être le leur du vivant de Hattie Haworth. Mais cette partie est restée ce qu'elle a toujours été. Enfin, c'est ce que je me plais à penser.

Ils avaient atteint le chemin de la falaise, si on pouvait l'appeler ainsi. L'escarpement abrupt devant eux était couvert de rochers. Il repéra un banc de fer forgé un peu plus loin.

— Ce banc n'a pas toujours été là, fit-il remarquer.

— Non, répondit-elle en riant. J'ai demandé à deux paysagistes de l'y installer pour moi. J'avais l'intention de venir y faire ma paperasserie, mais j'ai découvert un endroit bien plus sympa, juste après la pente.

— Vous devez aimer travailler au calme.

— C'est vrai. Je suppose que ça date de la période du pensionnat.

— Le pensionnat ?

— Un pensionnat catholique dans le sud de la France. A la mort de nos parents, mes deux sœurs et moi y avons été élevées. A l'époque, j'étais encore tout bébé. Il y avait toujours des gens autour de nous — les bonnes sœurs, le chapelain, d'autres élèves. La nuit, ma sœur Jillian me faisait entrer en douce dans la cuisine pour essayer quelques-unes de mes recettes.

— Une fois, j'ai eu une nounou qui adorait cuisiner. Je n'y avais plus pensé depuis des années. Les jours de congé du cuisinier, elle m'emmenait dans la cuisine et nous préparions des biscuits et du pain irlandais au lait fermenté.

— Vous en avez eu beaucoup ? Des nounous ?

— Pas mal. Mes parents étaient comédiens, et ils s'absentaient souvent très loin pour leur travail. Ils n'avaient pas d'autre solution que d'embaucher une nounou pour s'occuper de moi.

— Comme c'est triste !

— C'était il y a longtemps.

Il jeta un coup d'œil alentour. La lune était pleine et projetait une large bande argentée sur la mer. Un autre souvenir lui remonta à l'esprit et, sous le coup d'une impulsion, il ajouta :

— Ici, ce serait l'endroit rêvé pour jouer à cache-cache. Ça vous tente ? proposa-t-il en la regardant.

Il sourit devant sa mine stupéfaite.

— Vous avez envie de jouer à cache-cache ? Vous n'êtes pas sérieux !

Il éluda d'un geste, franchement tenté par l'idée.

— Je ne suis peut-être pas un expert dans le domaine des hommes-objets, mais il me semble que le jeu doit représenter une part importante dans l'histoire, dit-il en lui prenant la main pour la porter à ses lèvres.

Dans le clair de lune, elle avait les yeux plus sombres, de la couleur du chocolat au lait supérieur, et le besoin de la goûter devenait de plus en plus pressant.

— Qu'en dites-vous, Reese ? Ça vous dit de jouer avec moi ? Ou alors, nous pourrions essayer ce baiser.

Elle récupéra sa main et lui planta l'index dans le torse.

— Chiche ! Tournez-vous et comptez jusqu'à cinquante.

Il obtempéra et, une fois son compte terminé, elle avait disparu. En comptant, il avait entendu dévaler des pierres, aussi s'en fut-il vers la pente. En en atteignant le sommet, il ne vit pas trace d'elle. Etait-elle tombée de la falaise ?

Quel imbécile il faisait ! se dit-il, le cœur serré d'inquiétude. C'était ça, le problème, quand on cédait à ses impulsions. On ne pouvait prévoir toutes les conséquences. Sans compter qu'il ignorait combien de temps il lui faudrait pour la retrouver. C'est alors que la brise lui apporta un effluve du parfum de Reese.

Il baissa les yeux et vit une large corniche à une dizaine de mètres en contrebas, dont la surface polie luisait sous la lune. Il descendit avec difficulté. La crevasse dans la falaise n'était pas immense. Reese y était assise en tailleur.

— Vous êtes bon ! dit-elle.

— J'ai senti votre parfum. Mais vous m'aviez aussi donné un bel indice. C'est ici, l'endroit que vous trouvez bien mieux que le banc.

— Oui. C'est parfait pour réfléchir.

— C'est ce que je vois.

Mais soudain, il n'eut plus envie de réfléchir.

— D'abord, nous devrions remonter sur la terre ferme si nous voulons continuer à tâter l'eau, reprit-il.

Ils ne dirent plus rien avant d'avoir regagné le banc. Une fois assis, il se tourna vers elle.

— Je ne peux plus attendre.

— Moi non plus.

Il n'eut pas besoin d'autres encouragements, et baissa la tête pour happer sa lèvre inférieure entre ses dents. Quand elle frémit, il ignora l'accès de désir brûlant qui le traversait de part en part et prit le temps de la goûter.

Il voulait la savourer, partout. Tout goûter. Son parfum, étonnamment capiteux, avec une pointe de vin. Sa texture, si douce. Le mouvement de sa langue contre la sienne, si soyeuse.

Elle émit un son, une vibration qui se répercuta directement dans ses reins. Puis elle commença à trembler.

Plus. Il devait lui en montrer plus. Mettant un frein aux besoins qui le dévoraient, il prit son temps, il fit glisser ses mains le long de ce torse mince, sur les côtés de ses seins, puis sur son dos. Centimètre après centimètre, il l'attira à lui jusqu'à ce que leurs corps se rencontrent, se coulent l'un contre l'autre.

Quand elle trembla pour la deuxième fois, il modifia l'inclinaison de sa tête et l'embrassa avec passion.

Reese avait l'impression de se noyer dans un flot de sensations, de nostalgie, de besoins. L'air s'était bloqué dans ses poumons, elle ne pouvait plus respirer. Elle s'en moquait.

Elle pensait s'être préparée pour ce baiser. Elle n'avait guère pensé à autre chose depuis qu'ils avaient quitté le bar. Mais comment aurait-elle pu anticiper une chose qui lui était inconnue ? Comment aurait-elle pu savoir l'effet que cela lui ferait d'avoir sa langue qui jouait avec la sienne ? D'avoir ses mains sur elle, qui la taquinaient, qui la tourmentaient, qui la tentaient, qui prenaient ?

Et ce désir. Jamais encore elle n'avait éprouvé semblable sensation. Jamais encore elle n'avait pensé pouvoir l'éprouver un jour. Il fallait qu'elle se rapproche. Il fallait que… Elle aurait voulu pouvoir se faufiler directement en lui.

Puis, soudain, il referma les mains sur son visage, et sa bouche ne fut plus sur la sienne. Elle perçut la fraîcheur de la brise océane entre eux. A l'agonie, elle se passa la langue sur les lèvres pour capter encore son goût. Elle ouvrit les yeux et se découvrit incapable de faire le point sur quoi que ce fût.

— Chut, fit-il quand elle ouvrit la bouche.

Ce fut alors qu'elle l'entendit, un bruit de voix, mais pas assez proche pour pouvoir entendre ce qu'elles disaient. Elle commença à recouvrer ses esprits, mais elle n'eut aucune idée du temps qui s'écoula avant qu'elle entende un rire venu de plus loin. A ce moment-là, elle s'était suffisamment reprise pour murmurer :

— Je suppose que nous ne sommes pas les seuls à être

venus tâter l'eau. Encore quelques minutes, et je pense que nous aurions fait ce galop d'essai.

Elle entendit le rire de Mac démarrer loin dans sa gorge et, quand la brise l'emporta, elle riait aussi. Il la souleva et lui fit faire une pirouette avant de la reposer par terre.

— Donc, ai-je passé le test, Reese ?

Elle serra plus fort ses mains, qu'elle avait posées sur ses épaules, et l'observa longuement dans le clair de lune.

— Allez, laissez-moi partager votre fantasme. Laissez-moi être votre homme-objet.

Consciente qu'elle n'avait jamais fait plus téméraire, jamais fait une chose qu'elle mourait d'envie de faire, elle répondit un simple :

— D'accord.

5

Ils étaient arrivés au bout du jardin quand une silhouette émergea de l'ombre pour leur barrer la route.

— Reese ?

— Charlie ?

— Tu as reçu mes fleurs ?

— Oui. Elles sont très belles.

— Je t'ai cherchée, plus tôt, au bar, et j'ai cru t'apercevoir quand j'étais à la réception. Et puis soudain, tu avais disparu.

— Qu'est-ce que tu veux ? s'impatienta-t-elle.

— Il faut que je te parle, en privé. C'est urgent, répondit l'homme avant de tourner les yeux vers Mac : Si vous voulez bien nous excuser.

— Désolé, c'est impossible, riposta Mac. Reese et moi étions en train de rentrer.

Et, sans laisser le temps à Reese de dire un mot, il posa son bras autour de sa taille, lui fit contourner Charles Dutoit et la fit pénétrer dans le bâtiment.

— Reese…

Quoi que Dutoit ait voulu ajouter fut noyé dans le bruit que fit la porte en claquant derrière eux.

— Ça, ce n'était pas gentil, fit remarquer Reese qui courait presque pour rester à la hauteur de Mac.

— A grossièreté, grossièreté et demie !

Elle se mit à rire.

— C'est vrai que Charlie a toujours été un brin suffisant.

Il lui jeta un regard de côté, poussa la porte de l'escalier et l'entraîna avec lui vers l'étage supérieur.

— Une idée de ce dont il voulait vous parler ? s'enquit-il.

— Non, aucune. Mais Avery a comme l'impression qu'il est venu dans l'espoir de raviver une vieille flamme éteinte depuis longtemps.

— Et moi, j'ajouterais qu'Avery a vu juste.

— Si tel est le cas, il va être déçu. Je suis sortie avec lui quand nous étions ensemble au Cordon bleu, à Paris. Il a été mon premier amour. Comme c'est lui qui m'a laissée tomber, j'estime ne rien lui devoir.

Il s'arrêta net au premier étage et se retourna vers elle. Il s'apprêtait à dire quelque chose quand ils entendirent s'ouvrir la porte qu'ils venaient de passer. Il posa un doigt sur les lèvres de Reese pour lui intimer de garder le silence.

— Reese… ? lança la voix de Dutoit un étage plus bas.

Il les avait suivis !

Les secondes s'écoulèrent. Finalement, ils entendirent la porte se refermer.

Il laissa passer encore quelques instants avant de dire :

— Il est tenace, le bougre ! Bon sang, il doit être persuadé qu'il a une chance de vous récupérer.

— A ceci près que je ne suis plus la gamine naïve que j'étais à dix-neuf ans…

Il la dévisagea un moment sans rien dire, puis :

— Que s'est-il passé, Reese ?

— C'est une histoire très banale et très courte, fit-elle avec une grimace. Charlie avait un charme fou, et son arrogance me plaisait. Je suis tombée raide dingue amoureuse. Il partageait un appartement avec sa sœur, mais il a très vite emménagé avec moi, et j'ai cru qu'il m'aimait aussi. Et puis, quelques semaines avant d'obtenir notre diplôme, il m'a plaquée, et j'en ai eu le cœur brisé. Je suis retournée au couvent où j'avais grandi.

— Je suis désolé, dit-il avant de la surprendre en lui prenant les mains pour les porter à ses lèvres. Voulez-vous que j'aille lui casser la figure pour vous ?

Elle ne put s'empêcher de rire malgré la vague de chaleur qui l'avait envahie.

— Non, mais merci ! Tout s'est très bien arrangé, au final. Sœur Marguerite — la bonne sœur qui m'avait encouragée à suivre le stage — a passé un coup de fil au Cordon bleu, et ils m'ont permis de terminer avec deux semaines de retard.

— Cette religieuse devait avoir une certaine importance pour eux, réfléchit-il à voix haute.

— Elle avait été une de leurs premières diplômées avec mention avant qu'elle décide de consacrer sa vie à Dieu, et elle connaissait bien le directeur de l'école, Jean-Pierre LeBeau. C'est lui qui m'a fait revenir, et il est devenu mon mentor. Il a même participé à mon premier livre de cuisine.

— J'aimerais bien faire la connaissance de votre sœur Marguerite, dit-il en pressant les lèvres sur ses doigts.

L'espace d'un instant, aucun des deux ne dit mot. Elle eut soudain une conscience extrême de la proximité entre eux. Il était si près qu'elle put voir ses yeux bleus prendre la couleur du ciel au crépuscule. Elle eut du mal à respirer.

— Reese, j'ai encore envie de vous embrasser. Et quand je le ferai, je n'arrêterai pas.

Elle sentit comme un éclair de feu la traverser jusqu'aux orteils.

— Gardez cela en tête, dit-elle en lui prenant la main pour lui faire grimper un autre étage jusqu'à sa chambre.

— Tu es sûr que tout va bien pour Reese ?

Avery se laissa aller sur son fauteuil en suivant la direction du regard de Nate. Installés à une table de la cour intérieure, ils jouissaient d'un point de vue imprenable sur le balcon de la chambre de Reese. On y avait allumé la lumière un petit quart d'heure auparavant.

— Je te fais le pari qu'elle se sent mieux que depuis quelques mois. Cette fille s'est transformée en vrai bourreau de travail ; elle a besoin d'oublier un peu la pression et de s'amuser.

— Cet homme est peut-être là-bas en haut avec elle, riposta

Nate. On l'a vu filer droit vers sa table à peine quelques secondes après notre départ. Ils sont allés faire un tour dans le jardin.

— Bonté divine, tu devrais peut-être les arrêter ! ironisa Avery en souriant à son vieux complice.

— On n'a aucune garantie que ce type est un gentleman ni qu'il s'est contenté de la raccompagner à sa porte.

— C'est exact.

Et Avery espérait bien que Mac Davies était avec Reese en ce moment. Quand il avait parlé pour la première fois à Charles Dutoit, il avait commencé par penser que le Français était peut-être l'homme que destinait Hattie à Reese. Cependant, il n'avait pas manqué de voir le parchemin qui s'envolait quand Reese et Davies s'étaient percutés dans le vestibule. Il avait aussi vu Mac le ramasser et le lire subrepticement avant de le rendre à Reese.

— N'oublions pas que Reese est une grande fille, tempéra-t-il.

— C'est peut-être lui qui lui envoie ces lettres anonymes, grommela Nate, pas convaincu.

— C'est très peu probable, répondit Avery. Je l'ai remarqué quand Reese lui est rentrée dedans ce matin, et j'ai fait quelques recherches à son propos.

Devant l'air interrogateur de Nate, il poursuivit.

— Je veille, en quelque sorte, sur les sœurs Brightman. Cet homme s'appelle Mac Davies, et ce que j'ai appris en premier, c'est qu'il est producteur à Hollywood mais qu'il n'en fait pas tout un plat. Ensuite, j'ai découvert que c'est lui qui est aux manettes de l'émission télévisée de Reese.

— Donc, elle le connaît ?

— Je ne pense pas. Aucun n'a fait mine de reconnaître l'autre quand ils se sont percutés, ce matin.

Il avait le fort pressentiment que Hattie allumait une nouvelle flamme au lieu d'en ranimer une ancienne. Et il ne pouvait qu'espérer qu'elle ferait de même pour quelques clients de son *Week-end Célibataires*.

Pour l'instant, il reporta son attention sur le shérif.

— Tu ne peux pas décemment croire que l'homme qui se

trouve peut-être avec Reese en ce moment est le même que celui qui lui envoie les roses noires ?

— Non, effectivement, grogna Nate après avoir poussé un soupir et détaché les yeux du balcon de Reese. Et si c'était lui, pourquoi se serait-il fait remarquer en la draguant au bar devant tout le monde ?

Avery but une gorgée de sa bière et laissa dériver son regard vers une table d'angle, où Molly Pepperman et miss Emmy Lou Pritchard partageaient une bouteille du meilleur champagne de l'hôtel. Il le leur avait fait lui-même apporter.

— Puisque nous en sommes aux confidences, reprit-il, pourquoi ne pas mettre cartes sur table et admettre que tu te fiches un peu que Reese ait trouvé un homme avec qui elle a envie de passer la nuit ? Ce qui te contrarie, c'est que notre jolie petite commerçante locale pourrait bien faire la même chose demain soir.

— C'est pas mes oignons ! grogna Nate en reposant si fort sa chope sur la table que la bière en déborda.

— Ah, non ? Mon petit doigt me dit que vous avez été ensemble, Molly et toi.

— C'est vrai. Mais c'est du passé.

— Le petit doigt me dit aussi que tu l'as plaquée le soir du bal de promo, et que tu lui as brisé le cœur.

Un éclat de rire leur parvint de la table de Molly et de miss Emmy Lou.

Nate se tendit comme un arc, résistant à l'envie de tourner la tête dans leur direction. Il se contenta de reprendre sa chope et de boire une longue gorgée de bière.

— Elle a eu le cœur à peine ébréché. Elle devait entrer dans une école de mode à New York, elle s'était trouvé un nouveau petit ami supersexy et elle commençait à faire parler d'elle.

— Elle est revenue sur l'île, lui fit remarquer Avery.

— Elle a repris la boutique quand sa grand-mère est tombée malade. La famille, ça a toujours beaucoup compté pour elle. Mais elle ne restera pas, et elle ne devrait pas rester. Son rêve est ailleurs, répondit Nate avant de poser son verre et de se lever. Je vais aller faire le point avec mon inspecteur, et ensuite j'irai me coucher.

Avery réprima un sourire et le regarda gagner le hall en faisant un grand détour pour ne pas avoir à saluer Molly et sa compagne. Il avait beau prétendre ne pas s'intéresser à Molly Pepperman, il avait tout de même réservé une chambre pour le week-end entier, et ça, c'était intéressant. Nate Kirby n'avait encore jamais dormi ici.

Il attendit que le shérif ait disparu pour se lever à son tour et regagner une autre table, dans l'ombre de l'un des portiques.

— Colonel Jenkins. Désolé d'avoir manqué votre arrivée.

— Asseyez-vous, je vous prie, monsieur Cooper, dit un homme qui ressemblait à un Paul Newman vieillissant. Je suis venu dès que j'ai eu connaissance de votre message. Elle est ici.

Avery tourna la tête vers la table où étaient assises Molly et miss Emmy Lou.

— Comment avez-vous réussi à la convaincre d'assister à votre *Week-end Célibataires* ? s'enquit le colonel. Il y a un mois, lorsque j'étais de passage à la bibliothèque, je l'ai invitée à venir boire un café avec moi, et elle m'a carrément dit qu'elle refuse de sortir avec des hommes. Et la voilà ici.

— Je pense que Molly l'a convaincue de l'accompagner afin de lui apporter son soutien psychologique, expliqua Avery. Mais je ne serais pas étonné si votre père et Hattie Haworth avaient prévu quelque chose pour miss Emmy Lou aussi bien que pour Molly.

« Et même peut-être vous, colonel », songea-t-il.

Le colonel but une gorgée de son vin.

— Dire qu'il y a deux mois à peine, j'ignorais que mon père et Hattie Haworth avaient été amants ! Et pas seulement amants, ils étaient amoureux, de ce genre d'amour qui est censé durer éternellement. Tout ce que je savais, c'était que mon père s'était suicidé en me plantant là.

— Je ne pense pas qu'il soit jamais parti d'ici. J'y ai un peu réfléchi, reprit Avery, et j'ai une théorie.

L'officier lui adressa un regard de vieux renard rusé.

— On ne dirige pas avec succès un hôtel pourvu de deux fantômes, à moins d'avoir vraiment soupesé les conséquences possibles. J'aimerais bien entendre cette théorie.

— Je crois que votre père et Hattie ont vécu une sorte d'existence, ici, pendant cinquante-cinq ans.

— Même pendant les dix années où elle lui a survécu ? l'interrogea Jenkins, perplexe.

— Oui. Et je pense qu'ils ont été heureux. La boîte à fantasmes de Hattie — leur boîte à fantasmes — est le moyen qu'ils ont trouvé pour répandre ce bonheur autour d'eux. Bien sûr, ils ont été emprisonnés quand on a muré la tour, mais les sœurs Brightman les ont libérés, expliqua Avery en levant son verre. Donc, si j'étais vous, je ne renoncerais pas à miss Emmy Lou comme ça.

Les yeux du colonel s'attardèrent sur la table des deux femmes.

— Je n'en n'ai jamais parlé à personne, mais j'ai le béguin pour elle depuis l'enfance — depuis que j'avais quatre ou cinq ans. Mon père m'emmenait souvent à la librairie, et elle travaillait avec sa grand-mère. Elle devait avoir douze ans à l'époque, mais elle avait déjà cette superbe chevelure blonde. J'étais persuadé qu'elle était tout droit sortie d'*Alice au pays des merveilles.*

Avery dissimula un sourire. Si son intuition était juste, Hattie et le père du colonel allaient trouver le moyen de les pousser ensemble dans le terrier du lapin.

6

Plus tard, Mac se demanderait comment il avait réussi à atteindre la chambre de Reese sans la toucher. Lorsqu'elle avait évoqué son premier amour, dans cet escalier, il avait cru devenir à moitié fou de désir pour elle.

Furieux qu'on ait osé la faire souffrir dans le passé, il voulait la réconforter, lui donner du plaisir qui mettrait du baume sur ses plaies. Mais il voulait le faire quand ils seraient arrivés à un autre étage de la tour et qu'elle aurait pianoté le code d'entrée.

Dès l'instant où ils furent à l'intérieur, il referma la porte d'un coup de pied, poussa Reese contre le mur, lui prit la taille et plaqua son corps contre le sien. Il s'accorda un instant pour se régaler de la sensation de douceur contre lui, un autre pour trouver la position exacte. En étant quasiment certain que le sol avait bougé sous ses pieds.

Il savait trop qu'il serait irrémédiablement perdu une fois qu'il aurait commencé à l'embrasser, aussi lui caressa-t-il les lèvres des siennes avant de se faire un chemin de baisers vers son oreille.

— Et le fantasme ? lui demanda-t-elle.

— Hein ?

Il avait pourtant l'impression d'être en plein fantasme, tout de suite. Sa peau était si douce sous la mâchoire…

— Le truc de l'homme-objet ? Ne devrions-nous pas…

— C'est vrai.

Il s'en voulut aussitôt. Il fut certain d'entendre ses pensées ferrailler dans sa tête, avant de finir par se remettre en place.

Le truc de l'homme-objet. Cette femme avait de la suite dans les idées.

Et lui, il voulait lui donner du plaisir. Donc, si elle tenait à ce fantasme… pourquoi ne pas s'y plier ?

— Vous avez parfaitement raison. Encore une fois, je vais plus vite que la musique, dit-il en lui effleurant de nouveau les lèvres avant de se reculer assez pour la regarder. Je crois que c'est à vous de décider.

— A moi ?

Elle avait le regard embrumé, ce qui le ravit secrètement. Quand il fit un autre pas en arrière et lui lâcha la taille, il remarqua qu'elle s'était plaquée plus fermement que nécessaire contre le mur.

— Si je suis votre homme-objet, c'est à vous de décider comment vous désirez jouer avec moi. Qu'avez-vous envie que je fasse, tout d'abord ?

Elle battit des cils et prit une profonde inspiration. Il avait raison. C'était son fantasme, c'était donc à elle de décider. Et, dans l'espace de quelques petites secondes, ses genoux allaient se raffermir sous elle. Ensuite, il ne lui resterait plus qu'à… savoir quoi faire.

— Je pourrais vous faire quelques suggestions, dit-il.

— Je peux y arriver, répondit-elle, les deux mains levées en signe d'apaisement. D'abord, vous devriez enlever vos vêtements. Il me semble qu'un homme-objet doit offrir le plaisir des yeux.

— On dirait que vous y avez un peu réfléchi, dit-il en lui souriant et en sortant son T-shirt de son pantalon.

— C'est tout moi quand j'improvise, dit-elle, mais je me dis que ça doit être comme suivre une recette — un ingrédient à la fois.

— Pas mal, comme idée. Comment trouvez-vous ceci comme première étape ?

Elle sentit sa bouche devenir sèche quand il remonta lentement son T-shirt, qu'il fit ensuite passer sur sa tête pour finalement le laisser tomber par terre.

— Parfait, dit-elle.

Mais elle eut à peine le temps d'admirer le torse large et musclé et la taille mince qu'il posa les mains sur sa boucle de ceinture.

— Deuxième étape, dit-il.

Elle ne pouvait détourner le regard de ses mains alors que celles-ci défaisaient la boucle, puis le bouton de pantalon, et enfin la fermeture Eclair. Elle laissa échapper un son rauque alors qu'il la descendait très lentement.

— Je croyais vous avoir entendu dire que vous étiez néophyte, dit-elle après avoir dû inspirer à fond.

— Je n'ai jamais fait un strip-tease pour une femme.

Elle plaqua les mains contre le mur alors qu'il ôtait ses chaussures, faisait descendre le pantalon sur ses chevilles et l'enlevait. Il était excité.

— Vous faites cela comme un professionnel, et je suis persuadée que vous pourriez être un chippendale. Je…

Quoi qu'elle eût pu vouloir dire lui échappa quand il enleva son boxer.

— Oh, Seigneur, fut tout ce qu'elle réussit à dire.

— Vous voyez quelque chose qui vous donne envie de jouer avec ?

Sans aucun doute ! Elle mourait d'envie de refermer les mains sur lui. Et puis de…

Chacun avait fait un pas vers l'autre quand elle releva les mains.

— Pas encore. Allez vous allonger sur le lit. J'ai une idée, dit-elle, consciente qu'elle n'aurait plus l'esprit aussi clair dès l'instant où il la toucherait.

Il hésita juste un instant. Ils étaient tous deux à la limite de l'explosion… et ils le savaient l'un et l'autre. Dès l'instant où il la toucherait, la récréation se terminerait. La tentation faisait vibrer l'air entre eux. La note d'intrépidité était de retour dans ses yeux, et il sentait qu'elle se retenait de lui laisser reprendre les rênes.

— Vous êtes certaine de me vouloir sur le lit ? dit-il.

— Vous avez dit que c'est à moi de décider, lui rappela-t-elle, ravie que ce soit le cas.

Qu'arriverait-il si elle mettait son fantasme en scène ? Si elle cédait à la tentation de le toucher… de jouer avec lui comme elle en avait envie ?

Il se pencha pour prendre quelque chose dans sa poche de pantalon.

— Si vous voulez procéder étape par étape, lui remémora-t-il en lui montrant l'étui de préservatif, il ne faudrait surtout pas oublier cela.

Le seul fait qu'il songe à la protéger lui fit chaud au cœur. Il posa le préservatif sur la table de nuit et s'assit sur le lit.

— Allongez-vous complètement, dit-elle en avançant vers lui.

— Vous avez bien trop de vêtements sur vous, dit-il en s'étendant.

— C'est exact.

Les doigts un peu gourds, elle fit passer son T-shirt par-dessus sa tête et le laissa tomber par terre. C'était dur de ne pas le faire à la va-vite. La lueur sauvage qu'elle avait vue s'allumer dans ses yeux tandis qu'elle tripotait la ceinture de son jean lui commandait d'accélérer, mais le grognement qu'il poussa lorsqu'elle le fit descendre sur ses jambes la remplit d'une ivresse incroyable : elle tenait cet homme à sa merci. Elle fut certaine d'enlever trop vite ses sous-vêtements, mais le spectacle de Mac sur le lit, pleinement dressé, et son désir de le toucher furent presque trop pour elle.

— Aidez-moi un peu, Reese. Je ne suis pas certain du nombre d'étapes que je vais encore pouvoir supporter.

Elle sentit ses genoux se dérober sous elle, et elle dut repousser à toute force le besoin de lui sauter dessus. Cependant, lorsque son regard croisa le sien et qu'elle vit y pétiller une lueur amusée, son cœur fit un énorme bond dans sa poitrine. Elle dut lutter afin de ne pas se laisser déconcentrer.

— Juste une de plus, je pense, répondit-elle. Passez les mains derrière votre tête.

Il obéit, même s'il ignorait combien de temps il pourrait

rester ainsi. Déjà, il avait pratiquement perdu les pédales en la regardant se déshabiller. Elle l'avait fait avec la même économie de mouvements dont elle faisait preuve dans une cuisine, des gestes simples qu'il trouvait particulièrement érotiques.

Les yeux plissés, il la regarda grimper sur le lit et venir l'enfourcher. Mais quand il sentit son sexe brûlant contre lui, il laissa échapper un grognement et retira ses mains de sous sa tête.

— Pas encore ! dit-elle en souriant et en lui donnant une petite tape sur les mains, en les lui remettant derrière la tête.

— Je commence à me dire que j'ai laissé la bride sur le cou à un monstre, dit-il.

— Voyons voir si vous avez raison.

Quand elle se pencha pour l'embrasser, il s'efforça de capturer sa bouche, dans l'espoir de la faire accélérer, mais elle se dégagea en gigotant et lui mordilla l'épaule. Puis elle commença un long voyage le long de son corps. Tout au long de sa très lente progression vers le bas, elle faisait courir un courant de lave non seulement avec sa bouche mais aussi avec son sexe brûlant pressé contre lui. Mille sensations délicieuses et dévastatrices traversèrent son corps et son esprit, jusqu'à ce qu'il ne puisse plus songer qu'à une seule chose : la fin de ce voyage.

Finalement, elle referma les mains sur lui. Et il la regarda baisser la tête. Le premier effleurement de sa langue le long de son sexe dressé lui fit gémir son prénom. Puis elle le prit complètement dans sa bouche et entreprit de le caresser vraiment.

Il pourrait l'arrêter, songea-t-il, mais ses bras étaient bien trop pesants. Et sa bouche si chaude… presque aussi chaude que le feu qui le dévastait. Il s'était déjà demandé comment elle ferait, mais jamais il n'aurait imaginé cela. Aucune femme ne l'avait tant privé de ses forces. Aucune femme ne lui avait procuré ce genre de plaisir presque douloureux.

Son orgasme se rapprochait quand il trouva enfin la force de lui prendre le visage entre ses mains.

— Reese, je veux être en toi. Je veux être capable de te faire jouir quand je jouirai. Et je vais avoir besoin de ton aide pour ce préservatif.

Ils se démenèrent avec fébrilité sur le préservatif. Puis il la souleva et l'empala sur lui. Il n'aurait pas cru possible d'éprouver tant de plaisir, mais il avait eu tort. Un plaisir qui n'en finissait plus de croître alors qu'elle s'accordait au rythme de ses coups de reins et que, d'une poussée finale, il s'abandonnait à elle.

Mac s'éveilla tout contre Reese, pelotonnée au centre du lit. Il avait les bras autour d'elle et la tenait serrée. L'idée qu'ils étaient faits l'un pour l'autre lui traversa l'esprit avec une force inouïe.

Puis il jeta un coup d'œil circulaire à la pièce et vit une lumière grise filtrer au travers des voilages.

L'aube était proche.

Il n'avait pas vraiment prévu qu'il s'éveillerait près d'elle ce matin. Il n'avait encore jamais passé une nuit entière avec une femme à qui il avait fait l'amour. Mais, là encore, il n'avait pu cesser de désirer Reese.

Pas après qu'ils avaient fait l'amour sous la douche. Pas après lui avoir refait l'amour dans le lit. La pensée des prodiges que sa bouche avait accomplis sur lui suffit à faire dresser fièrement son sexe.

S'il la retournait, il pourrait de nouveau être en elle. En quelques secondes à peine, il pourrait sentir ce poing soyeux et brûlant se refermer sur lui.

Ce qui l'empêcha de céder à son désir, ce qui le fit se dégager précautionneusement d'elle ne fut pas le soudain souvenir des règles qu'il s'était fixées en ce qui concernait les femmes. A son grand désarroi, il venait de comprendre qu'il voulait plus que du sexe avec Reese Brightman et cette envie nouvelle le prenait complètement au dépourvu.

Oui, il voulait passer du temps avec elle, apprendre à la connaître. Et il voulait sans nul doute passer plus d'une nuit avec elle.

Comment diable en était-il arrivé là ?

Il se passa les mains dans les cheveux, fit quelques pas, puis se retourna vers le lit. Elle dormait en chien de fusil, le menton dans la main. Dans le sommeil, son visage exprimait l'innocence et la droiture qu'il avait perçues en elle depuis le début.

Mais il savait désormais qu'elle pouvait aussi manifester des passions et des besoins de femme, et ce mélange de candeur et d'érotisme le fascinait.

Quant à lui, il devait faire face à un sérieux problème. Un problème dû à sa méfiance instinctive, qui l'avait empêché de donner libre cours à son besoin quasi vital de posséder Reese. Et voilà qu'il se trouvait piégé dans un beau gros mensonge. Reese ne le connaissait que comme Mac, son homme-objet.

Il devait lui dire qui il était. Tout comme il devait lui vendre son idée de prendre *Haworth House* pour décor de sa série. Il savait parfaitement qu'une fois qu'Avery Cooper et ce shérif à l'œil aiguisé l'auraient vu en compagnie de Reese, ils chercheraient à se renseigner sur son compte. Ensuite, ils voudraient lui parler… ainsi qu'à elle, probablement.

Un quidam envoyait des roses noires et des menaces à Reese. Et le fait que lui, le créateur de sa série télévisée, était ici et avait saisi l'opportunité de se rapprocher d'elle allait le placer dans la catégorie des suspects potentiels.

« Bien joué, Mac. »

Dégoûté par lui-même, il entreprit de rassembler ses affaires et de se rhabiller. Il avait besoin de prendre une douche. Et il avait besoin de réfléchir.

Et, euh, il avait aussi besoin de ses chaussures.

Il regarda autour de lui, mais ne les vit nulle part. Pourtant, les chaussures ne partent généralement pas toutes seules. Il tomba à genoux et regarda sous le lit.

Rien.

Il se releva et baissa les yeux sur Reese, qui s'étirait langoureusement. L'idée le traversa qu'il pouvait aussi tout remettre à plus tard et se glisser dans le lit avec elle. Quelle bonne idée, en effet ! Mais malgré l'envie qu'il en avait il se retint au dernier moment. Il avait déjà poussé l'insouciance un peu loin ! S'il voulait plus d'une nuit avec Reese, il allait d'abord devoir comprendre quelques petites choses. Ce qui nécessiterait de la réflexion et un planning.

Heureusement, il excellait dans les deux domaines. Il tourna résolument le dos au lit et s'en fut vers la porte. Pour commencer, il allait prendre une douche et se changer.

Une douche froide.

Il jeta un coup d'œil à sa montre. Il allait devoir avoir un petit entretien avec Avery Cooper afin de gagner un peu de temps. Il n'aurait pas deux fois l'occasion de dire à Reese qui il était et la raison de sa venue à *Haworth House*, et il devait prendre toutes les précautions nécessaires pour ne pas tout gâcher.

Un plan germait déjà dans son esprit quand il ouvrit la porte et que son pied nu percuta une boîte, l'envoyant de l'autre côté du couloir. Il laissa échapper un cri de douleur.

— Que se passe-t-il ? fit la voix ensommeillée de Reese.

Il regarda par-dessus son épaule et la vit ramper sur le lit en clignant des yeux, sans doute éblouie par la lumière venue du couloir.

— Tu t'es fait mal ? l'interrogea-t-elle.

— Non.

Ce fut le cri étouffé qu'elle poussa qui l'alerta avant même qu'il se retourne pour regarder ce qui avait gâché son projet de fuite à l'anglaise.

Un carton de fleuriste.

Son coup de pied avait fait tomber le couvercle, et plusieurs roses noires étaient répandues sur le sol.

Chacune d'elles était flétrie.

D'un geste vif, il vint se placer devant elle et l'empêcher de voir l'affligeant spectacle, tandis que lui-même détachait le message. Puis il la ramena dans la chambre, referma la porte derrière eux et l'attira dans ses bras dans un geste de protection.

— Elles sont mortes, murmura-t-elle.

Il ne répondit rien mais la tint serrée contre lui, la joue pressée contre son torse. Sans trop savoir s'il lui apportait du réconfort ou s'il en prenait. La seule chose dont il fut certain, c'était qu'il voulait que l'instant dure le plus longtemps possible.

Finalement, elle releva la tête et rencontra son regard.

— Fais-moi voir la carte.

Il la lâcha et sortit le mot de l'enveloppe. Ils le lurent ensemble.

« Vous n'auriez jamais dû venir à Los Angeles. Maintenant, vous allez payer. »

7

Tôt le vendredi matin
Week-end Célibataires, jour 1

Du thé. Sa nounou irlandaise lui avait toujours dit qu'une bonne tasse de thé pouvait tout arranger. Ce fut donc ce qui vint à l'esprit de Mac une fois qu'il eut fait couler un bain et y eut installé Reese.

Il avait également besoin de se calmer. De reprendre le contrôle des émotions qui bouillonnaient en lui. D'abord, et surtout, la peur. Car son instinct lui disait que celui qui se cachait derrière ces envois macabres voulait vraiment du mal à Reese.

Et puis il y avait la colère, non seulement contre celui qui terrifiait Reese mais aussi contre lui-même. Il s'en voulait terriblement de s'être laissé obnubiler par Reese au point d'en oublier les menaces qui pesaient sur elle et qui l'avaient poursuivie jusqu'à *Haworth House*.

Une fois qu'il eut allumé le feu sous la bouilloire dans la minuscule kitchenette, il sortit deux tasses du placard. N'eût été l'heure, il aurait volontiers ajouté une rasade de whisky à leur boisson.

Une hanche appuyée contre le plan de travail, il tenta de remettre de l'ordre dans ses pensées. Dans la cour, hier matin, il avait d'abord pensé que les roses noires ne pouvaient être que l'œuvre d'un fan un peu dérangé, alors que le shérif privilégiait un rival jaloux.

« Vous n'auriez jamais dû venir à Los Angeles. Maintenant, vous allez payer. »

Le message contenait une menace beaucoup plus sérieuse qui donnait à penser que son auteur pouvait être un dangereux criminel.

Tout en réfléchissant, il trouva le thé et en disposa un sachet dans chaque tasse. Reese était venue à Los Angeles pour terminer la tournée de promotion de son livre de cuisine, et elle y était restée à cause de la série télévisée. Question : qui aurait pu prendre cela pour une menace ?

Un pair, tel Charles Dutoit ?

L'homme était non seulement un rival, mais aussi un ex-amant. Ceci posé, ce que lui-même savait de lui se résumait à pas grand-chose.

Un coup d'œil à sa montre lui apprit qu'il était 2 heures du matin en Californie, et que donc son assistante personnelle devait probablement être de retour chez elle après une soirée en boîte. Michelle était jeune, très branchée, et était toujours au courant des derniers commérages en ville. Ce qu'elle n'avait pas en tête, elle savait le rechercher.

Il sortit donc son portable et composa son numéro.

— Michelle ?

— Avez-vous idée de l'heure qu'il est ? répondit-elle.

— Absolument, mais je sais aussi que vous êtes un oiseau de nuit. Ecoutez, est-ce que cela vous ennuierait de me trouver tout ce que vous pourrez sur un chef répondant au nom de Charles Dutoit ? Nous avions visionné quelques clips vidéo en vue d'une émission possible, il y a quelques mois.

— Je m'en souviens. Il tient un restaurant — Avec Charles — très en vogue actuellement.

— C'est bien cela. Pourriez-vous ressortir tout ce que vous avez sur lui, y compris son stage au Cordon bleu à Paris ? Ah, et j'ai aussi appris que Reese Brightman a reçu des lettres anonymes accompagnées de roses noires pendant que nous tournions le pilote. Voyez si le personnel de production a quelque chose à vous dire à ce sujet.

— Est-ce qu'elle va bien ?

— Jusqu'à présent, oui.

— Et… je présume que vous voulez ces informations pour avant-hier ?

— C'est pour cela que je vous paye une fortune ! repartit-il en riant.

— Pas faux.

Tout en continuant à réfléchir intensément, il rempocha son téléphone, disposa les tasses sur un plateau et sortit un carton de lait. Reese était à Los Angeles depuis six mois, mais elle n'avait jamais fait mention d'une rencontre, même fortuite, avec Charles Dutoit. L'avait-il délibérément suivie ici afin d'établir un contact ? Et pourquoi ?

Il ressortit son portable. Une chose était certaine : il devait tenir Avery Cooper informé du dernier envoi de fleurs, et aussi de l'insistance de Dutoit, afin qu'il puisse transmettre les nouvelles au shérif.

Allongée dans la baignoire, Reese s'efforça de laisser les vapeurs parfumées apaiser le tourbillon d'émotions négatives qui l'agitait.

Il fallait qu'elle réfléchisse.

C'était ce que lui avait recommandé Mac après lui avoir fait couler ce bain.

Après avoir découvert le contenu du message, elle avait été prise de tremblements irrépressibles et, même après avoir enfilé une robe de chambre, elle continuait à claquer des dents, si bien que Mac lui avait recommandé de se plonger dans un bain chaud.

Elle ne se souvenait pas d'avoir été aussi désemparée de toute sa vie, hormis cette seule fois, quelques semaines avant la fin de son stage, quand son univers s'était écroulé. A l'époque, elle avait fui.

Elle observa son reflet dans le miroir qui recouvrait tout le mur opposé de la salle de bains. Quel chemin parcouru depuis l'époque où elle n'était que cette gamine épouvantée par la vie ! Elle était bien décidée à ne pas laisser le passé se répéter. Elle était venue à *Haworth House* afin de composer avec le fantasme pioché dans le carton de Hattie. Et c'est ce qu'elle avait fait. De même, elle allait composer avec les roses noires.

« Réfléchis. »

Le problème, c'était que la seule chose à laquelle elle avait pu réfléchir alors que Mac l'enveloppait dans sa robe de chambre et faisait couler ce bain, c'était à lui. Comment était-elle censée réfléchir sainement tandis qu'elle regardait ces grandes mains jouer avec les minuscules fioles de sel et d'huiles de bain ? Il avait même allumé des bougies.

— Pendant que j'attendais que l'eau chauffe, lança Mac depuis la porte, j'ai appelé Avery Cooper pour l'informer du dernier envoi. Comme je lui ai dit que tu avais besoin d'un peu de temps pour te remettre, il nous laisse une heure avant de réveiller le shérif.

Se remettre ? Au moment où la tête de Mac disparut de nouveau, elle se frotta la poitrine du plat de la main, là où un étau s'était resserré autour de son cœur. Avant de réfléchir aux roses noires ou de dresser une liste d'ennemis possibles, il fallait qu'elle comprenne quoi faire de Mac.

Dans un sens, elle était reconnaissante à la personne qui avait déposé le carton à la porte, car Mac s'apprêtait à filer sur la pointe des pieds lorsqu'il avait découvert le colis.

Et il ne serait peut-être jamais revenu.

Elle se frotta de nouveau la poitrine. Elle avait plus ou moins eu conscience du fait qu'il se levait, mais ce n'était que lorsqu'il avait donné un coup de pied dans la boîte qu'elle s'était vraiment réveillée.

Elle n'était pas idiote. Elle avait bien vu qu'il s'était rhabillé et qu'il était sur le point de s'en aller.

Sa nuit de fantasme était terminée.

Elle scruta son reflet. Mais c'était son fantasme à elle, donc elle aurait dû avoir son mot à dire sur qui s'en allait et quand.

— J'ai fait du thé, dit Mac en entrant, un plateau dans les mains.

Quelque chose se noua en elle. Cela faisait si longtemps qu'on ne lui avait plus préparé du thé. Et personne ne lui avait non plus fait couler un bain. Pas même elle, car en temps normal elle était plutôt une adepte des douches.

Elle prit la tasse qu'il lui tendait et l'observa par-dessus le rebord. La salle de bains n'était pas minuscule, mais il paraissait la remplir complètement.

Le T-shirt noir et le jean ne dissimulaient rien de son anatomie — ni les épaules larges, ni la taille et les hanches minces. Le seul fait de le regarder lui rappela les délices sensuels éprouvés entre ses mains cette nuit. L'eau du bain lui parut plus chaude, la pièce plus petite.

Elle n'avait pas fini de jouer avec son homme-objet. Oh, non.

— As-tu fait une liste ?

— Une liste ? répéta-t-elle en battant des cils.

— De tes ennemis possibles, repartit-il en se rembrunissant. De quiconque, dans ton passé, ait pu te vouloir du mal. Je suis certain que tu as inscrit Charles Dutoit en tête de liste.

Elle se rembrunit à son tour et réfléchit un instant.

— Nous n'avons jamais été ennemis. C'est lui qui a rompu avec moi, c'est donc moi qui aurais pu avoir des raisons de vouloir me venger.

— T'es-tu jamais rendue dans son restaurant de Los Angeles ?

— Non. J'ai trop à faire pour sortir déjeuner à l'extérieur. Et j'ignorais qu'il lui appartenait jusqu'à ce qu'il en parle, ce matin.

— Je ne pense pas que nous puissions écarter le fait qu'il est installé à Los Angeles, et que quelqu'un est contrarié par ta présence, dit-il avant de la dévisager un instant. Pourquoi a-t-il rompu ?

— Je n'en sais rien. C'était deux semaines avant d'obtenir nos diplômes, et on avait parlé d'aller fêter ça quelque part. Et puis, un jour, il est passé chez moi avant les cours pour me dire qu'il avait changé d'avis. Qu'il n'était pas amoureux de moi et qu'il devait avant tout penser à sa carrière. Qu'elle devait passer en premier.

— Je crois que je vais vraiment lui casser la figure de ta part, fit-il en s'asseyant sur le bord de la baignoire.

— C'était il y a longtemps, répondit-elle en souriant. Et tout s'est bien terminé, en fin de compte.

— Donc, tu en as vraiment terminé avec Charlie ?

— Tout à fait. Et si quelqu'un essayait de me faire la même chose aujourd'hui, je lui casserais la figure toute seule.

L'œil rieur, il la dévisagea un moment.

— Alors, pourquoi est-il ici ? Il doit bien y avoir un truc que tu as oublié. Ou auquel tu n'as pas prêté attention à l'époque. Hier soir, au bar, quand tu discutais avec Avery et le shérif, tu as mentionné des carnets de notes.

— Oui. Ils sont là-haut, dans la tour.

— Il serait peut-être intéressant d'y jeter un coup d'œil, de regarder des photos ou des mémos qui dateraient de ton séjour parisien. Ils pourraient peut-être te rappeler quelque chose.

Elle but une gorgée de thé et posa la tasse au bord de la baignoire.

— Avant il y a une chose dont je veux te parler. Tout à l'heure, quand tu as donné un coup de pied dans la boîte, tu t'en allais, non ?

Elle vit un éclair surpris passer dans ses yeux.

— Je comptais revenir, Reese.

Elle sentit sa tension se relâcher un peu.

— J'avais besoin de me doucher et de me changer, reprit-il en posant sa tasse, lui aussi.

— Je ne te demande aucune explication ; c'est juste qu'on n'a jamais pris le temps de discuter des détails de ce fantasme quand on a fait ce galop d'essai.

— Que veux-tu dire ? l'interrogea-t-il, confus.

— Je ne pense pas avoir voulu cela, répondit-elle. Je suis revenue à l'hôtel pour me prouver justement que je n'avais pas à me laisser influencer par ce truc du fantasme. Quand je t'ai vu et que j'ai décidé le contraire — quand j'ai décidé que je te voulais —, je ne suis pas allée plus loin que cela.

— Je ne te crois vraiment pas capable de feindre, dit-il en lui prenant le menton.

— Je n'en suis pas si sûre, fit-elle en rougissant.

Il se pencha et lui posa un baiser sur le bout du nez.

— Moi, je le suis. Après t'avoir vue et après avoir compris le sens du message que j'avais lu sur le parchemin, je n'ai plus été capable de penser à autre chose. Ça ne me ressemble pas du tout. Mais c'est aussi une des raisons pour lesquelles je retournais dans ma chambre. Je me disais qu'en mettant un peu de distance entre nous, je pourrais de nouveau penser correctement. Comprendre ce qu'il se passait.

Il sourit, et elle perçut un peu plus de tension se relâcher au fond d'elle-même.

— On n'a pas besoin de penser tout de suite, dit-elle. On a tout le week-end pour comprendre.

Il hésita.

— Quoi ?

— Tu ne sais rien à mon sujet.

— Je sais tout ce que j'ai besoin de savoir, dit-elle en repoussant un peu les bulles de mousse. Et il me semble que je me suis trouvé un homme-objet, et qu'en plus j'ai une heure à tuer avant l'arrivée d'Avery et du shérif. Pourquoi ne viendrais-tu pas jouer avec moi, Mac ?

A aucun moment il ne la lâcha du regard. Ni quand il se releva, ni quand il se débarrassa prestement de ses vêtements. Elle se laissa transpercer par la brûlure des yeux bleus tout en se régalant du festin qu'il lui offrait en dénudant son corps.

Puis elle fixa le regard sur une partie précise de son anatomie.

— Je vois tout à fait la partie avec laquelle j'ai envie de jouer.

— Moi aussi.

Il avait un pied dans la baignoire quand il récupéra son jean et en sortit un préservatif. Il en déchira l'enveloppe avec les dents, le sortit et le posa sur le rebord.

— Merci. Je passe mon temps à oublier ce genre de détails.

— Nous autres, hommes-objets, sommes comme les scouts. Toujours prêts.

Il s'assit dans la baignoire, et leurs jambes s'emmêlèrent. Elle attrapa le préservatif.

— Peut-être que je peux…

Il l'interrompit en lui lançant de la mousse sur la figure.

— Tu as dit que tu voulais jouer, non ?

Elle s'essuya les yeux en riant et avança jusqu'à être à califourchon sur ses jambes.

— Je veux jouer, mais j'ai un jouet particulier en tête. Et… je crois bien que je l'ai trouvé, dit-elle en refermant les mains sur son membre tendu sous l'eau.

Elle le regarda attentivement alors qu'elle le caressait une fois, puis une autre.

— Je n'ai pas encore eu le temps de vraiment m'amuser.

— Ton petit jeu pourrait s'arrêter très vite, Reese, répondit-il en tentant — en vain — de lui reprendre le préservatif des mains.

— C'est *mon* jouet, et je veux le voir plus nettement, insista-t-elle en passant une main dans son dos pour ouvrir la bonde et laisser le niveau d'eau descendre un peu. Ah ! Maintenant, je veux bien partager un peu.

Elle fit glisser le latex sur son pénis et l'entendit pousser un cri rauque.

— Et que dis-tu de ça ?

Elle le gaina lentement, méticuleusement, emballée par ce qu'elle éprouvait quand il se mit à trembler. Chacune de ses réactions ajoutait à son plaisir.

Soudain, il referma les mains sur les siennes.

— A mon tour, Reese. Sinon, la cloche va bientôt sonner la fin de la récré.

Sans lui laisser le temps de protester, il la prit par la taille, l'assit au bout de la baignoire et s'empara de l'un de ses pieds. Il en caressa la plante d'une main et prit la savonnette de l'autre.

— Et ça, tu aimes ?

— Mmm, fit-elle en fermant les yeux, sûre qu'ils venaient de se croiser.

Quel délice, ce massage de ses orteils…

— Préfères-tu cela ?

Il fit courir ses mains sur ses mollets, et l'eau devint soudain si chaude qu'elle crut percevoir le début d'un bouillonnement.

— Ou ça ?

Il traça des dessins à l'intérieur de sa cuisse.

— Eh bien…

Tout en elle se liquéfia, y compris son cerveau. Elle ne parvenait plus à se concentrer. Ni à respirer.

— A quoi penses-tu ?

Penser ? Il avait mystérieusement changé de position, et ils étaient allongés côte à côte dans la baignoire, à présent. Une de ses mains s'était refermée sur un sein tandis que l'autre jouait sur sa cuisse. A travers le brouillard de plaisir qui l'enveloppait, elle perçut son amusement.

Elle rouvrit les yeux et le regarda.

— Si c'est une interro surprise, je réponds oui à toutes les questions précédentes.

— Essayons cela.

Il pencha la tête et referma les dents sur un mamelon tout en introduisant dans le même temps deux doigts en elle. Puis il les retira, et les plongea de nouveau.

Elle se cambra et sentit l'orgasme démarrer dans ses pieds et se déchaîner en elle.

Il releva la tête et la regarda se laisser aller au plaisir, hypnotisé. Puis il changea de position et la pénétra.

Elle enroula bras et jambes autour de lui.

— Respire, murmura-t-il avant de lui prendre passionnément la bouche et de leur faire faire le grand saut.

Des coups réguliers et forts furent frappés à la porte, et Mac sortit de la salle de bains en courant. Il repoussa ses cheveux trempés et regarda par le judas. En reconnaissant Avery, il ouvrit grand la porte et s'effaça devant lui pour le laisser passer.

Avery l'examina des pieds à la tête avant d'entrer dans la chambre.

— Nate est en route, et j'ai les carnets, fit-il en regardant partout. Reese ?

— Elle s'habille.

Sur un hochement de tête, Avery se tourna vers lui.

— Et vos chaussures ?

— Elles sont quelque part dans le coin, répondit-il.

Mais il avait été bien incapable de les retrouver. Il fit un pas en avant car, plus tôt, quand il avait appelé Avery, il avait appris que le directeur n'ignorait rien de sa véritable identité et il crut bon se justifier.

— Ecoutez, ce n'est pas moi qui envoie ces lettres anonymes.

— Pourquoi feriez-vous une chose pareille ? répondit Avery. Et pourquoi voudriez-vous punir Reese d'être à Los Angeles ? Elle est la dernière star que vous avez accrochée à votre locomotive. Quelles seraient vos motivations ?

— Nous nous sommes compris, dit Mac. Le problème, c'est que Reese ignore qui je suis.

— Vous voulez bien répéter ? lui demanda Avery, stupéfait.

Nerveux, Mac se mit à faire les cent pas. Cependant, s'il devait jamais avouer tout à Reese, il ferait tout aussi bien de faire un galop d'essai avec son ange gardien, aussi lança-t-il :

— Nous ne nous étions jamais rencontrés avant l'incident d'hier, dans l'entrée. Et je n'avais aucune intention que cela arrive. Elle n'était même pas censée être là.

— Pourquoi ne vouliez-vous pas la rencontrer ?

— Parce que je maintiens toujours une distance professionnelle avec les gens associés à un de mes projets, répondit Mac en affrontant son regard.

Sous le regard scrutateur d'Avery qui le détaillait des pieds à la tête, il était bien conscient que son air débraillé et ses pieds nus devaient paraître louches.

— Comment est-ce que ça fonctionne pour vous, en ce moment ? s'enquit Avery avant de lever une main : Vous pouvez considérer cela comme une question rhétorique. Je vous suggère fortement de lui dire qui vous êtes avant qu'elle ne le comprenne elle-même. Elle est futée.

Comme un fait exprès, Reese arriva dans la chambre juste à ce moment-là.

— Ma petite chérie ! fit Avery en la serrant dans ses bras. Comment tiens-tu le coup ?

— Pas si mal que ça.

— Menteuse, répondit-il après l'avoir dévisagée.

D'autres coups résonnèrent à la porte, et Avery alla ouvrir. De la position un peu en retrait où il se trouvait, Mac l'entendit accueillir le shérif et un serveur du room-service. Toutefois, il observait Reese avec attention. Avery avait raison. Elle était futée. De combien de temps disposerait-il avant qu'elle ne comprenne ?

Et que ferait-elle quand elle comprendrait ? Refuserait-elle de le revoir ? s'interrogea-t-il, inquiet. Car c'était la vraie raison de son silence. Une fois qu'elle connaîtrait son identité, une fois que le fantasme aurait été exploré à fond, il y avait de grandes chances pour qu'elle refuse de le revoir.

Il ne la laisserait pas faire. Et il n'allait pas lui dire qui il était tant qu'il n'aurait pas découvert qui se dissimulait derrière les roses et les lettres anonymes.

Mais son instinct lui soufflait que l'heure des révélations approchait.

8

9 heures du matin, vendredi
Week-end Célibataires, jour 1

— Je prends le risque de proférer une lapalissade, mais c'est comme chercher une aiguille dans une meule de foin, dit Avery en posant son paquet de photos et de notes sur la table basse.

La brise qui arrivait par la porte-fenêtre grande ouverte en dispersa quelques-unes. Il les rassembla de nouveau et posa une tasse à café au sommet de la pile.

Reese rangea son propre tas sous le bord de l'un de ses carnets à présent vides. Chacune des cinq années passées depuis son entrée au Cordon bleu était enregistrée dans ces carnets. Cela faisait plus d'une heure que tous quatre en triaient le contenu. Ils avaient pris des tours, échangé leurs piles, et elle avait répondu à toutes leurs questions. Pour l'instant, Mac était sorti sur le balcon afin de répondre à un appel sur son portable. Le fait qu'on l'appelle lui remit à la mémoire le peu qu'elle savait sur lui.

— Il faut bien commencer par quelque chose, fit Nate en lui jetant un coup d'œil. Le capitaine de police de L.A. va me rappeler s'il découvre quelque chose de son côté. En attendant, j'ai aussi quelques questions, ajouta-t-il en posant lui aussi sa pile sur la table. Après l'obtention de ton diplôme au Cordon bleu, tu as été embauchée par l'un des instructeurs, Jean-Pierre LeBeau, pour travailler dans son restaurant cinq étoiles dans la vallée de la Loire. Vous avez collaboré pour la rédaction d'un livre de cuisine. Y aurait-il une chance pour qu'il ait été contrarié par ta démission et ta venue à L.A. ?

— Non, fit Reese. Jean-Pierre a près de quatre-vingts ans, il est comme un père pour moi. C'est lui qui a insisté pour que je fasse seule la tournée de promotion de notre livre, parce qu'il voulait que je sois sous les projecteurs. Il disait qu'il était temps pour moi de quitter le nid.

— Tu as dû lui faire une grosse impression, dit Mac en remettant son portable dans sa poche.

— C'est un excellent ami de sœur Marguerite, mon mentor au pensionnat, précisa-t-elle. Je crois bien qu'il y a eu quelque chose entre eux, avant qu'elle n'entre dans les ordres. Ils s'écrivent toujours.

— Je peux lancer une vérification sur ses allées et venues, juste pour être sûr, dit Nate.

— Je vote pour qu'on raye l'octogénaire de la liste des suspects, dit Avery en se redressant pour saisir une photo au sommet de sa pile. Mon candidat préféré reste Charles Dutoit. Il t'a connue au tout début de ta carrière, il habite actuellement à Los Angeles et, brusquement, il vient à *Haworth House*. Tout cela ne peut être une coïncidence.

— Je suis d'accord, intervint Mac. Il s'est installé à L.A. sitôt son diplôme en poche. Et il a ouvert son propre restaurant il y a à peine deux ans.

Tous se retournèrent vers lui.

— J'ai téléphoné à une amie un peu plus tôt, se justifia-t-il dans un haussement d'épaule. Elle vient juste de me rappeler. Il y a autre chose, aussi. Il y a quelques mois, Dutoit a tourné un pilote pour une série télévisée — le concept étant de réimaginer la cuisine française classique pour une société de fast-food. Ça ressemblait un peu à ce qu'avait fait Julia Child dans les années soixante-dix. Jusqu'à présent, il n'a réussi à intéresser personne. Il se dit partout qu'il n'a pas devant la caméra la présence exigée par ce genre d'émissions.

— En d'autres termes, il n'est pas Julia Child, résuma Avery.

— Il n'est même pas Reese Brightman, ajouta Mac. Ce qui pourrait induire qu'il est jaloux de son succès. La première menace est arrivée quelques jours à peine après l'annonce de son émission dans les médias.

Il y eut, dans le regard que lui lança Reese, un quelque chose qui lui rappela l'avertissement d'Avery. Elle se demandait déjà comment il pouvait connaître les détails de son émission. Ou qui, à Los Angeles, lui avait appris la tentative échouée de Charles pour commencer une carrière télévisuelle.

Elle ouvrit la bouche, et il se préparait à la question qui allait venir quand Nate se tourna vers elle.

— Etiez-vous rivaux, tous les deux, au Cordon bleu ?

— Je suppose, répondit-elle, que tu aurais pu nous qualifier de compétiteurs. Nous l'étions tous, toute la classe. Mais Charlie et moi-même ne nous sommes jamais considérés comme rivaux.

— Cependant, quand il t'a plaquée et que tu t'es enfuie, il t'a effectivement éliminée de la compétition, lui fit remarquer Mac. Qui a obtenu le premier prix ?

— Charlie, je suppose.

— Et si tu n'étais pas partie ?

— Je l'aurais probablement obtenu, répondit-elle avant de se rembrunir. Mais c'est du passé, tout ça. Que voudrait-il bien obtenir en m'envoyant ces menaces ? Son restaurant a du succès, et il a même monté sa propre marque d'ustensiles de cuisine.

— Tu as une émission de télévision, et un nouveau livre à venir, insista-t-il. Sans parler du fait qu'on parle beaucoup de toi dans les médias, surtout à L.A.

Quand elle riva ses yeux aux siens, Mac y lut de la curiosité et comprit l'énormité de la bourde qu'il venait de commettre. La signature du contrat pour ce deuxième livre était toute récente, et peu de gens le savaient. Il devait s'attendre à ce qu'elle le bombarde de questions à la première occasion venue !

Mais Avery prit la main de la jeune femme.

— Eh, ma petite chérie, tous les cinglés ne sont pas à l'asile. N'oublions surtout pas le prince des agents immobiliers de

Belle Island, celui qui a voulu incinérer ta sœur Jillian et Ian MacFarland il n'y a pas un mois.

La brise éparpilla encore un peu les photos, et Mac saisit ce prétexte pour échapper au regard de Reese. Il les rassembla et y jeta un coup d'œil. Soudain, il fronça les sourcils et se pencha plus près.

— Attendez un instant. Elles étaient dans différents carnets selon les années, alors je n'y avais pas fait attention, dit-il en posant deux des photos côte à côte devant Nate, Avery et Reese. On tient peut-être un indice, là. Te souviens-tu du moment où elles ont été prises, Reese ?

Les doigts sur les tempes, elle étudia les deux clichés.

— Celle de gauche, répondit-elle, a été prise lors de la réception donnée avant le début des classes au Cordon bleu. Il y a donc plus de cinq ans.

— Reconnais-tu tout le monde ? lui demanda Mac.

— Mes condisciples. Nous sommes tous au premier rang. Mais on nous avait permis de venir avec des invités. Sœur Marguerite ne figure pas sur la photo car c'était elle qui tenait l'appareil.

Mac enjamba les genoux de Nate, et se fit une place entre lui et Reese sur le canapé. Il posa le doigt sur une femme debout au deuxième rang.

— Te souviens-tu de quoi que ce soit à propos d'elle ? Te souviens-tu de l'avoir jamais revue ?

Elle examina le cliché, et secoua la tête.

— Dis-moi ce que tu vois sur celle-ci, reprit alors Mac en tapotant la deuxième photo.

— Ce sont des photos que j'ai apportées, dit-elle, perplexe. Elles ont été prises lors du tournage de mon pilote pour la télévision. Le producteur avait donné une réception pour célébrer les ventes.

Nate ouvrit son carnet et le feuilleta.

— Selon les notes prises par mon inspecteur, tu as reçu la première rose noire pendant la réception, dit-il.

— Je crois que je vais avoir besoin de la loupe de Sherlock Holmes, fit Reese en se penchant sur la photo.

— Ou de Watson, commenta Avery.

Elle examina une nouvelle fois la photo en question. A la seconde où elle vit ce qu'il lui montrait, un frisson de peur la parcourut et elle rechercha d'instinct la main de Mac qu'elle serra.

— C'est la femme en veste de traiteur, n'est-ce pas ?

— N'est-ce pas quoi ? fit Nate en se penchant plus près.

Mais il avait déjà posé le doigt sur la femme que Mac avait désignée sur la première photo.

— On peut faire agrandir le cliché, mais je crois que vous avez raison. Ça pourrait bien être la même personne, dit-il en relevant les yeux sur Mac. Vous avez l'œil pour repérer les visages.

— Ça ne peut pas être une coïncidence, ajouta Reese en étudiant encore les épreuves. Ces photos ont été prises à cinq ans d'intervalle. Elle était à Paris et ensuite ici, à Los Angeles.

— Dutoit voyage avec sa chargée de com. Est-ce que ça pourrait être elle ? dit Avery.

— La femme avec le chapeau à large bord ? réfléchit Mac tout haut. Je l'ai à peine entr'aperçue, mais le menton pourrait être le même. Ainsi que la bouche.

— Peut-être que sœur Marguerite se souviendra d'elle, hasarda Reese en sortant son portable. Je vais essayer de la joindre.

La sonnerie du téléphone de la chambre les fit sursauter.

Nate décrocha le combiné et le passa à Reese.

— Allô !

— Reese, il faut que je te voie. C'est une chose très importante dont j'ai besoin de te parler.

— Charlie, chuchota-t-elle aux autres après avoir plaqué sa main sur le micro. Il veut me voir.

— Je t'en prie, poursuivit Charlie, au nom du bon vieux temps. C'est à propos de la rose noire que tu as reçue hier. Il y a un truc qu'il faut que tu saches. Y a-t-il un endroit où on pourrait se voir ?

— Je pourrais te retrouver dans la cour intérieure.

— Non ! s'écria-t-il, avec une sorte de panique dans la voix. Il faut que ce soit un endroit plus privé.

— Et le chemin de la falaise au bout du jardin ? Tu dépasses le belvédère. On peut le voir depuis la fenêtre du bar, il faut suivre le chemin et prendre à gauche à l'embranchement. Il fait le tour et rejoint la piste ouverte au public. Je t'y retrouve dans une demi-heure.

— Oui. D'accord. Promets-moi de venir seule.

Du coin de l'œil, elle vit Mac secouer énergiquement la tête. Elle remit alors sa main sur le micro du combiné et chuchota :

— Il dit qu'il a besoin de me parler de quelque chose à propos de la rose d'hier. C'est notre chance de découvrir s'il y est pour quelque chose.

Puis, sans attendre un accord, elle reprit, dans l'appareil :

— Je viendrai seule, Charlie. Une demi-heure.

— Tu ne vas pas y aller seule, s'emporta Mac en lui attrapant le bras.

— Il suffit de lui faire croire que je suis seule, le rassura-t-elle en posant sa main sur la sienne. Alors, il sera plus à même de se confier. Je vais le rencontrer sur le chemin où nous étions hier soir, dans la partie qui se trouve à l'arrière de l'hôtel et qui est ouverte aux clients.

— Par là, il y a plusieurs endroits où vous pourrez vous cacher, Nate et vous, fit remarquer Avery.

Nate s'était déjà levé.

— Nous allons faire un circuit par l'arrière du labyrinthe, et puis suivre le chemin de la falaise en partant de là — juste au cas où Dutoit ou quelqu'un d'autre monterait la garde, dit-il. Avery, tu restes avec Reese.

Le shérif s'approcha de la fenêtre de la suite.

— D'ici, reprit-il, on peut voir le belvédère. Si la chance

nous sourit, tu pourras voir Dutoit prendre le chemin. Ensuite, tu accompagneras Reese aussi loin que le belvédère et tu la garderas à portée de vue aussi longtemps que tu pourras. Je t'appellerai dès que Mac et moi serons en position.

— Compris, dit Avery.

— Et, au cas où, je vais avoir besoin de ton portable, Reese, ajouta le shérif.

Elle le sortit de sa poche et le posa dans sa main tendue.

— J'y enregistre mon numéro comme ton premier appel d'urgence. S'il t'arrive quoi que ce soit, tape 1 et laisse ton téléphone ouvert, comme ça nous entendrons tout, lui dit Nate avant de se tourner vers Mac : Vous allez avoir besoin de chaussures.

— Je vais passer par ma chambre.

— Je crois qu'elles sont près de la porte, fit observer Avery.

— Mais… elles n'y étaient pas, avant, fit Mac en constatant que c'était la vérité.

Il les enfila, puis revint à Reese. Il l'aida à se lever du canapé et l'embrassa passionnément.

— Sois prudente.

L'espace d'un instant, aucun des deux ne bougea, et Reese eut une envie désespérée de s'accrocher à lui.

— Je peux y aller à ta place, proposa-t-il.

— Non, il sera plus en confiance avec moi.

— Il faut partir maintenant, si on veut se mettre en place, objecta Nate.

— On se voit juste après que tu en auras fini avec Dutoit, dit encore Mac, puis il emboîta le pas au shérif.

Reese regarda sortir les deux hommes, le cœur lourd. Elle avait une idée de ce dont ils allaient parler. Le sujet qu'ils n'avaient pas abordé dans la salle de bains.

— J'aurais volontiers juré que ces chaussures n'étaient pas là quand je suis entré. Je sais qu'elles n'y étaient pas quand je suis allé ouvrir à Nate.

— Que veux-tu dire ? l'interrogea-t-elle, en revoyant parfaitement l'image de Mac pieds nus quand il avait donné un coup de pied dans la boîte de fleuriste.

— Hattie a peut-être eu envie de nous jouer un de ses vieux tours, dit Avery en lui pressant l'épaule. J'espère vraiment qu'elle gardera un œil sur toi quand tu seras avec Dutoit.

9

— L'idée de te laisser seule ne me plaît pas, dit Avery en atteignant le belvédère. Une fois que tu auras passé ce virage, je ne pourrai plus te voir ; et tu n'auras pas atteint les falaises avant cinq bonnes minutes.

— Ça va aller, le rassura Reese. Et si ça tourne mal, j'ai mon portable dans la poche. De plus, Mac et Nate ne seront pas loin.

Le soleil matinal avait entamé son ascension dans le ciel et réduit les ombres des arbres. De la cour où les clients prenaient leur petit déjeuner, leur parvenait un brouhaha étouffé de discussions et de rires.

— Si tout le reste échoue, j'aurai toujours Hattie à mes côtés, reprit-elle en voyant la mine toujours préoccupée de son ami.

— C'est la seule raison pour laquelle je te laisse y aller, dit-il en lui prenant la main. Et tu as raison, Mac et Nate t'attendent à l'autre bout.

Oui, Mac l'attendait. Reese se détourna, prit une grande inspiration et s'éloigna d'Avery, l'estomac tout de même un peu retourné. Elle songea à la nuit passée dans l'espoir de se donner du courage, au moment où elle avait avancé dans la même direction en compagnie de Mac. Elle était bien plus nerveuse, alors. Et excitée. Ce fut à l'instant où elle passa la première courbe que ce détail la frappa.

Cela faisait moins de douze heures que Mac l'avait embrassée — juste vingt-quatre heures qu'ils s'étaient percutés. Et sa vie en avait été totalement chamboulée.

Elle s'arrêta net. Est-ce ainsi que cela avait été pour Hattie et Samuel ? Etait-ce cela qu'avaient expérimenté ses sœurs ? Soudain, ce ne fut plus son estomac qui fut retourné, mais elle tout entière. De panique. Elle connaissait à peine Mac et, déjà, depuis le tout début, il était devenu… quoi ? Important ? Indispensable ?

Elle n'aurait jamais pensé trouver ces qualités dans un homme-objet.

Sa panique s'intensifia. Non ! C'était son travail qui lui était indispensable. Son aventure avec Charlie n'avait été qu'une aberration. Et, quand il l'avait laissée tomber, elle s'en était remise relativement vite.

Mais… si Mac la laissait tomber ? L'étau autour de son cœur se resserra tant qu'elle dut se frotter la poitrine du plat de la main afin d'apaiser la douleur. Elle s'était remise de la rupture avec Charlie parce qu'elle n'avait pas été amoureuse de lui.

Et Mac, était-elle tombée amoureuse de lui ?

Non, il ne fallait pas penser à cela maintenant. Elle devait se reprendre, et terminer le travail en cours — rencontrer Charlie et découvrir ce qu'il savait à propos des roses noires et de la femme sur les photos.

Ensuite, elle trouverait quoi faire avec Mac.

Elle reprenait sa route, rassérénée, quand une voix s'éleva dans son dos :

— Arrêtez-vous là, Reese.

Elle fit volte-face et vit une femme émerger de derrière une haie et la rejoindre d'un pas pressé. Prise de peur, elle la reconnut immédiatement. De taille moyenne, la femme avait rassemblé ses cheveux en queue-de-cheval et portait une casquette de golf. Avec ses lunettes de soleil, son short et ses sandales, elle ressemblait à n'importe quel client de l'hôtel. Cependant, elle ressemblait aussi terriblement à la femme des photos, et il suffit à Reese de l'imaginer portant un chapeau à larges bords pour reconnaître celle que Charlie lui avait présentée comme étant sa publiciste.

Toutefois, elle avait une certaine difficulté à regarder simultanément le visage de la femme et le pistolet qu'elle braquait sur elle.

— Vous êtes la publiciste de Charlie, dit-elle néanmoins.

— Pas tout à fait. Je suis Chantal, la sœur aînée de Charles. Je me fais souvent passer pour sa publiciste ou son manager parce que ça me permet de faire profil bas quand je dois intervenir pour faire avancer sa carrière. A présent, levez les mains et suivez le chemin en marchant dans l'herbe.

La femme avait dit tout cela sur le ton de la conversation, très polie, en totale contradiction avec le geste autoritaire qu'elle fit ensuite de sa main armée. La tête bourdonnante, Reese était tétanisée de peur, mais elle s'efforça d'ignorer ce sentiment.

— Vos mains ?

Reese les leva mais ne bougea pas. Il fallait qu'elle continue à faire parler Chantal.

— C'est vous qui habitiez avec Charlie à Paris, n'est-ce pas ?

— Oui, et j'aurais dû vous tuer à ce moment-là.

« Me tuer ! » Cette femme était-elle folle ? A cet instant, Chantal ôta ses lunettes de soleil et Reese eut sa réponse en voyant ses yeux pour la première fois. Elle fut prise d'une violente envie de s'enfuir en courant, mais elle n'en fit rien. « Continue à la faire parler ! »

— Pourquoi voudriez-vous me tuer ?

— Ne faites pas comme si vous ne le saviez pas ! s'exclama la femme en plissant les yeux, toute amabilité disparue. Vous recommencez à compromettre la carrière de mon frère, comme vous le faisiez déjà au Cordon bleu !

— Compromettre sa carrière ?

— Arrêtez de jouer les innocentes ! brailla Chantal. D'abord, vous l'avez attiré loin de moi, et puis vous êtes devenue la chouchoute de LeBeau. Vous avez peut-être réussi à tromper Charles, mais pas moi. Jamais. Il fallait que Charles obtienne le premier prix de sa classe s'il voulait avoir la carrière dont il avait besoin. Quand je lui ai expliqué de quelle façon vous mettiez sa carrière en danger en usant de vos charmes sur lui, il a enfin retrouvé le sens commun.

— Mais qu'est-ce que tout cela a à voir avec moi, aujourd'hui ?

— Vous refaites la même chose, exactement !

La femme hurlait presque, à présent. Elle inspira à fond et relâcha son souffle.

— Maintenant, avancez ou je vous tire dessus ici même.

L'espace d'un instant, Reese demeura figée sur place. Même son esprit lui paraissait anesthésié, ce qui ne l'aidait pas à faire le tri parmi les options qu'il lui restait. Mac ou Nate l'entendraient-ils, si elle hurlait ? Avery devait être rentré à l'hôtel.

— Si vous pensez à appeler de l'aide, je tuerai tous ceux qui s'approcheraient, fit Chantal en avançant d'un pas, menaçante. Et si vous ne faites pas ce que je vous ordonne de faire, je n'aurai aucun scrupule à mettre un terme à tout cela ici même. Avancez, ou faites votre prière. Le choix vous appartient.

Reese se retourna et s'engagea sous les arbres. Elle ne sentait plus ses genoux, mais au moins ses jambes fonctionnaient. Il ne lui restait plus qu'à dégager le brouillard dans lequel baignait son esprit et se concentrer, tout comme elle le faisait quand elle créait une recette. D'abord, il fallait trouver le moyen de presser la touche d'appel d'urgence de son portable.

Très lentement et très prudemment, elle glissa une main dans sa poche et pressa une touche en priant pour que ce fût la bonne. Puis elle compta jusqu'à vingt en espérant que cela suffise à établir la connexion avec Nate.

Finalement, elle reprit la parole.

— J'étais en chemin pour aller retrouver Charlie, mais ce n'est pas le bon. Si nous continuons dans cette direction, nous allons arriver sur la partie du chemin de la falaise non sécurisée. Laissez-moi vous emmener jusqu'à Charlie. Ensuite, nous pourrons tout régler.

— Non ! Tout ce que mon frère saura jamais, c'est que vous avez glissé et que vous êtes tombée de la falaise en allant le rejoindre. Il se sentira mal un moment, comme à Paris, mais ensuite il se reprendra et avancera vers le destin qui est le sien : il deviendra le plus grand chef qu'ait jamais connu ce pays.

Sa voix avait pris une intonation hystérique, et Reese frissonna de terreur. Le chemin de la falaise n'était plus qu'à une dizaine de mètres d'elle. Il fallait qu'elle fasse encore parler Chantal.

— Excusez-moi, mais je ne comprends pas. Pourquoi me voyez-vous comme une menace pour Charlie ?

— Parce qu'il est retombé amoureux de vous.

Le dos plaqué contre une haie, Mac risqua un furtif coup d'œil vers le chemin qui longeait la falaise. Cela faisait un quart d'heure que Charles Dutoit faisait les cent pas en consultant régulièrement sa montre. Lui aussi était conscient du retard de Reese.

Ce retard était anormal. Ces mots ne cessaient de tourner dans son esprit. Elle aurait dû être déjà là, maintenant. Elle connaissait ce coin mieux que quiconque.

A une cinquantaine de mètres de là, une autre haie dissimulait Nate. Impossible de communiquer avec lui sans en avertir l'homme à côté.

Et l'heure avançait. Et si Dutoit avait fixé le rendez-vous pour les leurrer et les éloigner de Reese tandis qu'une autre personne pourrait l'atteindre ?

Repoussant sa peur, Mac se décida à sortir de sa cachette et marcha droit sur Dutoit. Il l'attrapa par son col de chemise et le secoua comme un prunier.

— Où est Reese Brightman ?

— Je n'en ai aucune idée. Lâchez-moi.

Mac laissa retomber ses mains mais ne bougea pas, certain que Dutoit disait la vérité. Cela desserra un peu le nœud qu'il avait dans l'estomac.

— Vous vouliez lui donner une information sur les roses noires. Laquelle ?

— Je ne sais pas de quoi vous parlez, dit Dutoit en reculant d'un pas.

— Vous mentez !

Il fit un pas en avant, Dutoit un autre en arrière.

— Est-ce vous qui lui avez envoyé ces roses à Los Angeles ?

— Non ! fit Dutoit en reculant d'un autre pas.

— Ne vous approchez pas trop du bord de la falaise, conseilla Nate en posant une main sur le bras de l'homme.

Mac tira les deux photos de sa poche de poitrine.

— Elle est en danger, à la merci de quiconque lui a envoyé ces fleurs. Qui est cette femme sur ces photos ? Est-ce elle qui les a envoyées ?

Charles Dutoit fixa les yeux sur les clichés sans dire un mot.

— Qui est-elle, Dutoit ? l'interrogea Nate. Si quoi que ce soit arrive à miss Brightman, vous serez aussi responsable que cette femme.

— C'est ma sœur. Elle ne ferait pas de mal à une mouche. Elle est juste contrariée parce que je suis amoureux de Reese. Elle est très protectrice envers moi, et elle m'a tout dit à propos des roses. Elle voulait juste effrayer Reese pour qu'elle quitte Los Angeles. Elle ne lui ferait jamais aucun mal.

— Est-elle au courant de votre rencontre ? s'enquit Mac.

— Oui. Elle m'a demandé pardon de s'être mêlée de mes affaires. C'est elle qui m'a encouragé à appeler Reese.

— Elle a intercepté Reese, en conclut Mac en regardant Nate. Quelque part entre le belvédère et ici.

C'est alors que le portable de Nate se mit à sonner. La voix de Reese s'éleva : *« J'étais en chemin pour aller retrouver Charlie, mais ce n'est pas le bon. Si nous continuons dans cette direction, nous allons arriver sur la partie du chemin de la falaise non sécurisée. Laissez-moi vous emmener jusqu'à Charlie… »*

— Je sais où elle est ! s'écria Mac en empruntant le chemin de la falaise au pas de course.

Dans son dos, il entendit Nate ordonner à Dutoit :

— Venez avec nous. Vous pourrez peut-être faire entendre raison à votre sœur.

Tout en piquant le sprint de sa vie, Mac fit une prière pour arriver à temps.

Reese fit volte-face et regarda fixement Chantal.

— Vous vous trompez ! Charlie n'est pas amoureux de moi. Ça fait six mois que je suis à Los Angeles, et il ne m'a même pas donné un coup de téléphone.

— Seulement parce que j'ai réussi à le faire se concentrer sur son travail. Au début, il ne savait pas que vous étiez en ville, puisqu'il tournait le pilote pour une émission de cuisine. Mais après, il a essuyé refus sur refus et cela a sapé son moral. Il était devenu si vulnérable ! C'est là qu'il a vu votre nom dans les journaux et un clip vous montrant au journal télévisé du soir. Et tout a recommencé. Il disait qu'il n'avait jamais cessé de vous aimer et qu'il voulait se réconcilier avec vous. On s'est disputés, comme à Paris. Mais cette fois-ci, vous ne réussirez pas à me le prendre, répondit Chantal en agitant son arme. Avancez !

Reese ouvrit la marche sous les arbres et arriva près de la pente. Il devait bien y avoir quelque chose qu'elle puisse faire, non ? S'enfuir en courant était exclu. Non seulement le chemin était glissant, mais elle savait que la femme n'hésiterait pas à lui tirer dessus.

Mais il était également hors de question qu'elle se laisse tirer comme un lapin. Chantal Dutoit allait connaître son Waterloo.

En quelque sorte.

Même si elle ne savait pas comment.

Elle se retourna une fois encore.

— Ecoutez, Charlie, vous pouvez l'avoir. Je n'en veux pas, j'ai déjà un amoureux.

Quelque chose se dénoua en elle alors qu'elle prononçait le mot. Oui, amoureux était bien mieux qu'homme-objet, cela sonnait plus permanent.

— Laissez-moi expliquer la situation à Charlie, et il devra bien l'accepter, reprit-elle.

— Si Charles refuse de m'écouter, pourquoi le ferait-il avec vous ? ricana Chantal. Avancez encore. Juste un peu plus loin. Je crois que ça serait parfait si vous tombiez d'ici.

Reese se retourna et vit qu'elle était plus près du bord qu'elle ne l'avait pensé. Assez près pour voir Mac passer le virage du chemin en courant, suivi de Nate et de Charlie.

Elle se mit à trembler de peur. Chantal ne pouvait pas encore les voir, mais ça n'allait plus tarder, et elle était suffisamment déséquilibrée pour tirer sur eux tous.

Non ! Soudain, elle fut sûre de ce qu'elle avait à faire. Elle se pencha, avança les pieds sur l'extrême bord de la pente, puis dévala l'autre versant.

— Non ! hurla Chantal. Stop !

Les cailloux glissaient sous ses pieds, mais Reese courait. Encore quelques mètres. Quand elle repéra l'arête en dessous d'elle, il n'était plus temps de s'arrêter, plus temps de descendre prudemment. Plus temps de penser. Elle sauta par-dessus le bord de la falaise.

Le cœur de Mac cessa de battre quand résonna le coup de feu et qu'il vit disparaître Reese. Le moment d'avant, elle était là, sur le bord de la falaise, et puis plus rien.

Quand la femme armée d'un revolver lui était apparue au sommet de la pente, il lui restait quarante mètres à parcourir. Elle était bien plus près que lui de l'endroit où avait disparu Reese.

Il y eut une autre détonation, et des éclats de roche s'envolèrent juste devant lui. Il les évita d'un bond.

— Stop ! hurla la femme. Ne vous approchez pas plus ! Il faut que j'en finisse avec ça !

— Chantal !

Il y avait de la panique dans la voix de Dutoit.

— Lâchez cette arme ! tonna Nate.

Vingt mètres.

Deux détonations simultanées. Mac sentit la chaleur de la balle qui avait sifflé près de lui.

— Vous avez tiré sur elle ! Vous avez tiré sur ma sœur ! cria Dutoit à Nate, qui s'était immobilisé, arme au poing.

Mac vit la femme tituber et s'écrouler au sol alors que lui-même s'immobilisait à l'endroit où il avait vu Reese pour la dernière fois.

Cependant, ce ne fut pas elle qu'il vit quand il baissa les yeux vers l'arête rocheuse. Ce furent deux silhouettes presque transparentes, debout, comme pour monter la garde devant la petite grotte. Il aurait juré qu'elles lui avaient souri avant de s'effacer.

— Reese ?

Il vit une main apparaître. Juste une main. Et son cœur se remit à battre.

— Reste où tu es, lui dit-il.

Il releva les yeux et vit que Nate et Charles s'étaient agenouillés près du corps inerte de la femme. Alors, il sauta sur l'arête et attira Reese entre ses bras.

— Tu n'as pas de mal ? lui demanda-t-il.

— Non. Est-ce que tu les as vus ? Hattie et Samuel ? lui demanda-t-elle en se nichant contre lui.

— Je les ai vus.

— Ils m'attendaient, quand j'ai sauté. Je n'aurais peut-être pas réussi sans eux.

Il l'enferma entre ses bras et la serra longtemps contre lui.

Mac chercha Reese partout, sans la trouver. Cela faisait deux fois qu'il passait à la réception, et il scruta plus attentivement la foule qui encombrait les lieux. Derrière le comptoir, un Avery souriant invitait les clients à se joindre à la réception du soir même.

La vie à *Haworth House* paraissait avoir recouvré son cours normal. Pas lui, songea-t-il en se passant une main dans les cheveux. Il n'était plus certain de redevenir normal un jour. Il voulait Reese.

La dernière fois qu'il l'avait vue, une demi-heure plus tôt, ils étaient devant l'entrée à regarder Charles Dutoit monter dans l'ambulance qui conduirait sa sœur à la clinique de la ville. Elle s'en sortirait.

Charles avait téléphoné à un avocat qui arrivait en avion de Los Angeles et, durant tout le temps qu'il fallut aux ambulanciers pour transporter sa sœur jusqu'au véhicule, il avait parlé à l'oreille de Nate pour lui demander des soins appropriés pour Chantal. Elle n'avait manifestement plus toute sa tête.

Ils avaient tous les deux besoin d'aide, songea Mac.

Quand la voiture de Nate avait disparu à la suite de l'ambulance, il avait tourné la tête vers Reese, mais celle-ci avait disparu. Un membre du personnel lui avait alors appris qu'elle était rentrée dans le hall afin de répondre à un appel téléphonique.

Alors, il avait senti la panique le gagner, car il y avait de grandes chances pour que la personne qui l'avait appelée fût Madelyn Willard, son agent. C'était ce qu'ils avaient prévu la veille. Il devait vendre à Reese son idée d'utiliser *Haworth House* comme décor, et ensuite Madelyn devait téléphoner afin de finaliser les détails.

A l'heure qu'il était, Reese devait parfaitement savoir qui il était. Et elle aurait certainement quelques questions à lui poser. Il fallait absolument qu'il la trouve, qu'il lui explique. Il fallait qu'ils parlent.

La réception avait été le premier lieu où il l'avait cherchée, mais il ne l'avait pas trouvée. Personne ne se souvenait l'y avoir vue.

Le cœur battant, il appela son portable.

Pas de réponse.

Il essaya sa chambre. Elle n'avait pas répondu à son appel sur le poste de sa chambre, elle ne répondit pas plus aux coups qu'il frappa à la porte.

Ensuite, il alla voir sur le chemin de la falaise. Il descendit même sur l'arête rocheuse afin de vérifier qu'elle ne s'était pas cachée dans sa petite grotte. Non.

— Vous cherchez quelqu'un ?

Mac se retourna, et trouva Avery près de lui.

— Je n'arrive pas à la trouver, dit-il. Nous assistions au départ de l'ambulance et de Nate, et puis elle a disparu. Tout ce que j'ai pu apprendre, c'est qu'elle avait reçu un coup de téléphone.

— Essayez la pièce dans la tour. Elle m'a dit qu'elle y montait pour parler avec Hattie. Elle veut régler le problème du fantasme qu'elle avait pioché dans sa boîte une fois pour toutes.

« Parler avec Hattie ». « Régler le problème ». Ce n'étaient pas les mots qu'il aurait voulu entendre. Il repoussa un nouvel accès de panique.

— Il faut d'abord que je lui parle.

Parce qu'il savait exactement ce qu'elle voulait faire à propos du fantasme.

Il fit volte-face, manqua percuter un couple de clients, puis escalada l'escalier du porche quatre à quatre. Il ne vit donc pas un immense sourire fleurir sur les lèvres d'Avery.

Dans la salle de la tour, Reese se planta face à son reflet dans le miroir. Cela faisait quinze mois qu'elle ne l'avait pas fait — depuis que ses sœurs et elle avaient fêté l'achat de *Haworth House.*

Quinze mois depuis qu'elle avait pioché ce fantasme dans la boîte de Hattie. Et à peine plus de vingt-quatre heures depuis qu'elle avait dit à Hattie qu'elle ne se laisserait plus porter par les événements. Qu'elle allait prendre sa vie — et son fantasme — en charge.

Elle sortit le parchemin de sa poche et le contempla. Eh bien, elle l'avait bel et bien pris en charge !

Elle inspira profondément et fixa les yeux sur le miroir.

— Je suis venue pour te parler de ce truc.

Rien.

— Je ne voulais pas, insista-t-elle en levant le menton dans un geste de défi. Et peut-être que je t'en voulais parce que j'avais l'impression que tu me poussais dans quelque chose. Cependant, je ne vais pas m'excuser. Parce que j'avais raison. Je ne veux pas de ce fantasme.

Rien.

Elle commença à éprouver une panique noire, mais elle la repoussa à toute force. Cela ne servirait à rien de se laisser aller. Alors, elle posa l'enveloppe sur la table et reporta les yeux sur le miroir.

— Ecoute. Je sais que tu as déjà fait beaucoup. Tu m'as sauvé la vie. Et peut-être aussi celle de Mac. Mais je n'ai pas demandé ce fantasme, ce truc de l'homme-objet. Et puis, quand j'ai vu Mac, j'ai changé d'avis. Je n'ai même pas essayé de découvrir quoi que ce soit sur lui. Et maintenant que je sais qui il est… Enfin, c'est un producteur de Hollywood. Peut-être que ce n'est pas la première fois qu'il joue les hommes-objets. Je ne sais plus quoi penser, ni quoi faire.

Elle bafouillait. Comment pouvait-elle espérer que Hattie et Samuel l'aident si elle ne leur en laissait pas l'occasion ? Elle attendit cinq bonnes minutes, puis planta ses poings sur ses hanches et tapota du pied, impatiente.

— Eh bien ? C'est vous qui m'avez collée dans ce fantasme. Je crois que c'est à vous de m'aider à comprendre ce que je dois faire à partir de là, non ?

Cette fois-ci, elle pensa voir un frémissement dans le miroir.

— Peut-être que je pourrais te donner quelques indications.

Elle pivota sur elle-même et découvrit Mac debout en haut de l'escalier.

Elle sentit son cœur pris dans un étau. Elle n'était pas prête à lui parler. Elle n'avait aucun plan.

Et il n'aurait pas dû se trouver là.

— Comment es-tu entré ? l'interrogea-t-elle, mécontente. Est-ce qu'Avery t'a donné le code ?

— Les portes se sont ouvertes dès l'instant où j'ai mis la main sur la poignée.

— Hattie, maugréa-t-elle.

Il fit une prière pour que Hattie soit de son côté. Il avait gravi les marches, mais depuis l'instant où il l'avait entendue dire qu'elle ne voulait pas de ce fantasme, il sentait la peur le gagner.

— Je n'ai pas pu m'empêcher d'entendre ce que tu disais à Hattie et Samuel, dit-il.

— Tu m'as espionnée. Encore une fois.

— Oui. Et je ne vais pas m'en excuser. Cependant, je suis

désolé de ne pas t'avoir dit qui j'étais dès le départ. Je me suis laissé emporter par ton fantasme.

— Moi aussi… mais…

— Non ! l'interrompit-il en avançant vers elle, les pieds enfin décollés du sol. Ne dis rien avant de m'avoir laissé terminer ce que j'ai à te dire.

Il lui prit les mains. Elle ne résista pas, et sentit sa panique refluer un peu.

Il n'avait toujours aucune idée de ce qu'il allait lui dire, mais il voulait se montrer absolument sincère.

— J'avais une vie parfaite avant de te connaître. Du moins, je la croyais parfaite.

— Moi aussi. Ma vie me satisfaisait pleinement… enfin, à part mon producteur qui n'arrivait pas à se décider pour mon émission.

— *Touché*, dit-il en français. Je t'ai dit la vérité en ce qui concerne l'homme-objet. J'étais un néophyte. Je n'ai jamais fait une chose pareille avant.

Elle ne répondit rien.

D'accord. Il allait avoir besoin d'une nouvelle tactique. Du coin de l'œil, il aperçut le parchemin sur la table.

— On a commencé sur les chapeaux de roues, Reese. Et comme tu ignorais qui j'étais quand tout cela a démarré, je pense qu'il nous faudrait tout reprendre depuis le début.

Elle se contenta de le fixer. Que voulait-il dire ? se demanda-t-elle, plus que jamais inquiète.

— J'ai fait ce que je devais faire chaque fois que j'essayais de trouver le bon décor pour l'émission.

Finalement, elle hocha la tête sans le lâcher des yeux.

— Si je me souviens bien, tu as recommencé trois fois.

— C'est parce que j'aime que ce soit parfait. Mais je paraissais incapable de faire cela avec toi. Même le pilote que nous avons vendu n'était pas parfait. C'est pour cela que je suis venu ici, dans l'espoir de trouver une réponse. Et je l'ai trouvée. *Haworth House* serait le décor idéal pour *Reese cuisine pour ses amis.*

— Ça, j'aurais pu te le dire. J'ai voulu prendre rendez-vous pour te le suggérer, mais tu as refusé de me recevoir.

— J'avais peur. J'avais tellement peur de ce que j'éprouvais pour toi, même à l'époque. Cependant, si je n'étais pas venu ici, je ne t'aurais peut-être jamais trouvée.

Sa main toujours dans la sienne, il l'entraîna vers la table.

— Avec toi, je veux que tout soit parfait. J'aimerais bien que tu me relises ce fantasme.

Elle le scruta un instant avant de lâcher sa main, de prendre l'enveloppe et d'en sortir le parchemin.

— *Vous explorerez tous les délices sensuels d'avoir votre propre homme-objet.*

Il lui reprit la main et mit un genou en terre.

— Si tel est ton fantasme, je tiens à postuler une nouvelle fois. Mais, cette fois-ci, je veux plus qu'un week-end. Et je veux que tu saches qu'être avec toi est plus qu'un fantasme pour moi. C'est devenu mon rêve.

— Ton rêve ? fit-elle en le regardant.

— Nous sommes convenus qu'il y a une différence, tu te souviens ?

Elle hocha la tête.

— Je veux une chance de réaliser mon rêve. Je t'aime. Donc, si je n'y arrive pas bien cette fois-ci, si le résultat ne satisfait aucun d'entre nous, je veux un nombre illimité de chances de tout recommencer.

Elle tomba à genoux.

Il vit ses yeux scintiller de larmes et fut repris de peur.

— Et si tu avais tout bien réussi ? lui demanda-t-elle.

Il lui sourit. Il referma les mains sur son visage et essuya ses larmes de ses pouces.

— Alors, il y a toujours des choses à améliorer. Tu me connais. Je sais qu'il doit y avoir quelque chose sur quoi on pourrait travailler.

— Tant qu'on y travaille ensemble.

— Exactement.

— Je t'aime, moi aussi, Mac, dit-elle en lui souriant. Mais

tu vas peut-être encore un peu trop vite pour moi. Je crois qu'on devrait faire un petit galop d'essai.

— Excellente idée.

Elle tirait déjà sur sa chemise.

— Je crois que je vais adorer travailler avec toi, Reese Brightman.

— Ne tire pas tout de suite des conclusions hâtives, le prévint-elle en attirant sa tête vers elle. On peut toujours tout recommencer.

Leurs lèvres s'unirent, et ils l'entendirent tous deux — comme un rire de bonheur venu de nulle part.

BRIE

1

11 h 30, vendredi
Week-end Célibataires, jour 1

Brie Sullivan s'éveilla progressivement, au fur et à mesure que la réalité s'imprimait en elle. Un ronronnement de moteur, la mélopée d'un saxo en sourdine, le jour qui était levé.

Où était-elle ?

Elle ouvrit les yeux et battit des cils sous l'éclat du soleil qui inondait la voiture, puis les referma.

Elle savait exactement où elle se trouvait. Un seul rapide coup d'œil à l'homme au volant avait suffi à lui faire revenir à la mémoire les plus horribles détails.

Cet individu était un ex-agent de la CIA du nom de Cody Marsh ; il l'avait pratiquement kidnappée dans les environs de Times Square, et finalement emmenée dans sa voiture.

Elle ne voyait aucune objection à ce qu'il la conduise loin de cet endroit. Elle l'avait même suivi de bon cœur quand on avait tiré sur elle.

Cependant, elle ignorait combien de temps elle avait dormi, même si elle avait vraiment eu besoin de ce bref répit dans le cauchemar qu'était devenue sa vie. A présent, la réalité lui revenait dans toute sa laideur. Cody Marsh était le deuxième à recevoir pour mission de la garder en vie afin qu'elle puisse témoigner au procès de Dicky Ferrante, à New York.

Son premier garde du corps était mort.

Hier, en l'escortant à l'aéroport de Kansas City, il avait pris une balle qui était destinée à la tuer, elle. Elle s'était enfuie en courant et, quand elle avait usé du portable spécial qu'on lui avait confié en cas d'urgence, le capitaine Maxine Norville, capitaine du FBI et agent en charge de son affaire, était venue en personne l'escorter jusqu'à la Grosse Pomme. Le capitaine lui avait alors dit soupçonner une fuite au sein de son service. Aussi Maxine avait-elle passé un appel à Cody Marsh après lui avoir expliqué que, en dépit des méthodes peu orthodoxes qu'il utilisait, il n'avait pas son pareil en matière de sécurité.

Et s'il était une chose dont elle avait eu la démonstration éclatante au cours des dernières vingt-quatre heures, c'était bien qu'elle avait plus que jamais besoin d'être en sécurité.

Jusque-là, Cody Marsh s'était montré à la hauteur de sa mission. Il avait esquivé les balles à Times Square sans aucun problème, et elle se sentait davantage en sécurité avec lui qu'au cours des six derniers mois, depuis qu'elle avait dû quitter son lieu de travail, un bar sélect de l'Upper East Side de New York. Cela avait marqué le début de ses problèmes.

Le Dark Horse Tavern lui avait fourni une scène rêvée depuis plus d'un an, et son agent venait juste de lui décrocher un contrat dans un casino nouvellement ouvert à Las Vegas. Tout semblait lui sourire jusque-là.

Enfin, jusqu'à ce qu'elle mette le pied dans cette allée et assiste au meurtre de son patron par le parrain de la pègre, Dicky Ferrante.

Quand on parle de se trouver au mauvais endroit au mauvais moment… Ferrante avait pointé son arme vers elle et tiré avant qu'elle ne s'enfuie en courant, aidée en cela par ses qualités athlétiques, qui lui avaient valu un record national en course à pied. Une fois hors de danger, et en bonne citoyenne, elle était allée au commissariat rapporter ce qu'elle avait vu.

Depuis, toute sa vie partait à vau-l'eau. On l'avait intégrée au programme de protection des témoins et expédiée dans une petite ville du Kansas, où elle avait travaillé comme serveuse pendant des mois… et rongé son frein dans l'attente du procès de Dicky Ferrante. Procès qui devait enfin s'ouvrir le lundi suivant. Ensuite, elle entendait bien reprendre le cours de sa vie normale.

Et Cody Marsh pourrait peut-être bien être son ticket pour y parvenir. Il avait parfaitement maîtrisé la situation à Times Square. Dès l'instant où une balle avait fait exploser la vitre devant laquelle ils se trouvaient, il l'avait empoignée, jetée à terre et emmenée loin de la scène.

Il y avait eu des cris, dont ceux de Maxine Norville. Le capitaine leur avait crié de revenir, mais Cody Marsh n'avait tenu compte de l'avis de personne lorsqu'il l'avait propulsée dans l'entrée d'un hôtel, puis dans le premier taxi qui passait.

A présent, elle était en voiture avec lui. Autrement dit, sa vie était entre les mains d'un homme dont elle ignorait tout.

A l'exception d'une chose.

Pour une raison qu'elle ne parvenait pas à s'expliquer ni à concevoir, il l'attirait terriblement. Mais aussi, cette réaction irrationnelle était sans doute naturelle pour quelqu'un qui venait de subir un choc psychologique majeur en frôlant la mort. A deux reprises.

Du moins, c'était ce qu'elle espérait.

Et il n'y avait qu'un seul moyen de le savoir.

La première étape était d'ouvrir les yeux. Ce fut ce qu'elle fit, très lentement, et elle dut cligner de nouveau des yeux tant le soleil l'éblouit. L'aube se levait à peine quand ils avaient quitté New York.

Elle tourna la tête vers la vitre plutôt que de regarder directement Cody. Elle n'était pas encore prête pour cela. Elle observa les hautes herbes qui longeaient la route, et les rochers un peu plus loin. A la faveur d'un virage, elle aperçut la mer.

— Ça se voit qu'on n'est plus dans le Kansas.

— Plus du tout, fit Cody avec un petit rire. On est dans le Maine.

Le son de sa voix suffit à la faire frissonner.

Oh, oh… Sa théorie de la réaction irrationnelle due à un choc psychologique revint en force. Elle était très tentée de le regarder, car il souriait. Et cet homme avait un sourire à tomber. Elle en avait eu un bref aperçu avant que l'enfer se déchaîne. Elle préféra reporter son attention sur une mouette qui planait dans un ciel sans nuages.

— Où allons-nous ?

— Dans un petit hôtel, sur une île isolée à quelques encablures de la côte. *Haworth House Hotel.* Je connais le directeur, et un de mes anciens collègues de la CIA est fiancé à une des propriétaires. Je lui ai rendu service il y a quelque temps et, depuis, on m'accueille toujours à bras ouverts à *Haworth House.* J'ai déjà téléphoné afin de réserver une chambre, et je leur ai dit que je venais avec ma fiancée.

— Votre fiancée ? fit-elle en s'efforçant de ne pas tourner la tête vers lui.

— Ce sera notre couverture pour le week-end. Ainsi, personne ne s'étonnera que nous partagions la même chambre.

— Nous allons partager une chambre ?

Allons bon, voilà qu'elle se mettait à ânonner ! Ça ne lui ressemblait pourtant pas, songea-t-elle. Et même si elle ne le regardait toujours pas, elle perçut la chaleur de son regard sur elle.

— Tant que je ne vous aurai pas amenée dans la salle du tribunal lundi, et tant que vous n'aurez pas témoigné contre Dicky Ferrante, je ne vous lâcherai pas d'une semelle. Personne, pas même Maxine Norville, ne sait où nous allons. Il ne devrait pas y avoir de problème, mais je préfère être prêt à tout. Donc, je ne vous quitte pas des yeux.

Elle garda les yeux sur la route, mais ne put réprimer le frisson qui la parcourut des pieds à la tête.

Elle s'enjoignit de se reprendre et de se donner une contenance digne. Elle ne devrait pas penser aux plaisants à-côtés possibles qui l'attendaient en partageant une chambre avec Cody Marsh. N'en avait-elle pas déjà assez en tête ?

Et ça non plus, ça ne lui ressemblait pas. D'être si… quoi ? Si vite emballée par un homme ? Oh, bien sûr, la connexion immédiate, l'attirance sexuelle, elle les chantait à longueur de spectacles. Et elle savait le faire. Même si, en ce qui concernait sa vie privée, elle privilégiait généralement la méfiance. Ce n'était pas qu'elle n'aimait pas les hommes, loin de là, mais elle préférait des relations épisodiques, amusantes. Elle avait toujours fait passer sa carrière en premier. Et sa carrière repasserait en premier, une fois que tout cela serait terminé.

— Je n'ai pas de vêtements avec moi, dit-elle une fois qu'elle se fut reprise. Tous mes bagages, je les ai laissés sur place à l'aéroport de Kansas City quand on a tiré sur ce jeune capitaine.

— Dès que j'ai reçu l'appel de Maxine, je suis allé faire des courses et je vous ai préparé un sac. Je pense avoir vu juste pour les tailles. Pour les chaussures, je me suis cantonné à des sandales.

Des sandales. Cet homme lui avait acheté des sandales.

— Votre petit somme mis à part, je pense que vous n'avez pas dû beaucoup dormir, depuis hier. Une fois que nous serons à *Haworth House*, vous pourrez dormir tout le week-end si ça vous chante. Vous y serez en sécurité.

— Quand le capitaine Norville est venue me chercher à Kansas City, elle m'a dit la même chose, objecta-t-elle en lui jetant un rapide coup d'œil de côté. Pourtant, on nous a tiré dessus à Times Square.

— Oui, dit Cody. Quelqu'un, dans son service, est sans aucun doute un mouchard de Ferrante. C'est pour cela que je ne lui ai pas dit où nous allions. A propos, Maxine vous estime beaucoup. Elle dit que vous vous êtes pliée aux contraintes du programme de protection des témoins en vraie professionnelle.

Une vraie professionnelle. C'était elle tout craché, ça. Brie Sullivan, chanteuse de cabaret, accessoirement témoin d'un meurtre, et tout cela en vraie professionnelle. Elle imagina ces mots clignotant au-dessus de sa tête.

Elle se sentit envahie par une bouffée de colère qu'elle accueillit avec soulagement après cet engourdissement qui la terrassait depuis la veille.

— C'est exactement ce qu'elle m'a dit il y a six mois, quand j'ai accepté de témoigner contre Ferrante.

— C'était ce qu'elle était censée vous dire. C'est son travail, de vous convaincre de coopérer, et elle est plutôt bonne à cela.

— Oh, mais j'ai coopéré ! répliqua-t-elle, les poings serrés sur ses genoux mais en veillant à conserver le regard braqué sur la route. Et où cela m'a-t-il conduite, jusqu'à présent ? J'ai passé les six derniers mois à faire la serveuse à Ploucville, quelque part dans le Kansas, j'ai manqué une opportunité en or de vraiment percer à Las Vegas, je n'ai pu chanter que sous la douche, et Dicky Ferrante a essayé par deux fois de me tuer ces deux derniers jours !

— Donc, le programme de protection des témoins n'a pas fonctionné comme vous l'espériez ?

La note de compassion dans sa voix lui fit tourner la tête dans sa direction.

Et elle dut mettre sa théorie de la réaction irrationnelle définitivement de côté.

Un seul regard, si furtif fût-il, avait suffi à faire renaître tout ce qu'elle avait éprouvé en le voyant pour la première fois à Times Square.

Ils avaient eu beau être pris dans une foule dense de piétons qui les bousculait de tous côtés, elle n'avait eu d'yeux que pour lui. Ils auraient aussi bien pu se trouver dans une bulle. Elle n'avait jamais encore été si consciente de la présence d'un homme, et elle avait absorbé le moindre détail de ses traits et de sa silhouette. Le corps grand et mince, le beau visage aux pommettes bien dessinées, au menton fort, la bouche pleine, et les cheveux blonds qui ondulaient par-dessus le col de la chemise. Et les yeux ! D'une teinte gris sombre, ils lui avaient paru capables de lire en elle.

Quand il lui avait pris la main et souri, elle avait été choquée par le brutal éclair de chaleur, et par autre chose qu'elle n'avait pu définir. Comme si elle le connaissait déjà ?

Ce qui était tout à fait ridicule.

Elle ne l'avait jamais rencontré. Et à présent, même s'il ne la regardait pas, elle éprouvait la même chose.

— Ça va ? s'enquit-il en lui lançant un regard interrogateur.

— Oui.

Du moins se promit-elle que ça allait aller. Elle trouverait bien le moyen de composer avec tout cela. Elle avait toujours su assumer ses responsabilités.

— Vous savez, vous n'avez pas besoin de parler des six derniers mois. Cela ne me regarde pas.

Elle se secoua et se souvint qu'il lui avait posé une question, à propos du programme de protection des témoins.

— Non, ça ne me dérange pas.

Au contraire, cela lui ferait du bien de parler. Cela pourrait même la distraire suffisamment pour qu'elle cesse de le fixer bêtement.

— Le pire, dans le fait d'être intégrée à ce programme, c'est que je n'ai pas pu trouver un travail correspondant à ce que je sais faire. Chanter.

— Oui, dit-il en lui jetant un bref coup d'œil avant d'obliquer sur un chemin de terre battue. Je sais.

Elle frémissait de la tête aux pieds chaque fois qu'il la regardait. Elle allait finir par s'y habituer, non ?

— Vous êtes une très bonne chanteuse. J'ai fait ma petite enquête.

— Sur moi ? fit-elle en le fixant, étonnée.

— Oui. Avant d'accepter une mission, je rassemble toutes les informations possibles. C'est une vieille habitude de la CIA.

— Et ? Qu'avez-vous appris sur moi ?

— J'ai appris que Brie Sullivan est devenu votre nom légal quand vous avez été adoptée à l'âge de deux ans. Je n'ai rien pu trouver avant cela, car les dossiers sont confidentiels. Vous souvenez-vous de quoi que ce soit ?

Seulement en rêve, des images. Mais elle avait toujours aimé ces rêves, car elle y avait des grands frères qui s'occupaient d'elle. Un petit fantasme sans grandes conséquences, se disait-elle. Seulement, dans la vraie vie, elle devait s'assumer seule. Aussi répondit-elle :

— Non. Qu'avez-vous trouvé d'autre ?

— Vos parents adoptifs ont divorcé trois ans plus tard, vous aviez donc cinq ans.

— Ils m'avaient adoptée dans l'espoir que cela sauverait leur mariage. Je n'ai jamais compris pourquoi les gens s'imaginent qu'un enfant peut régler des problèmes de couple. Ma mère m'a rendue responsable de leur divorce car, selon elle, je passais mon temps à pleurer.

— Et votre père ? Faisait-il de même ?

— Je ne le vois jamais. C'est comme s'il avait mis une croix sur le passé lorsqu'il s'est remarié. Il m'a tout de même soutenue financièrement quand j'ai fait mes études.

— Vous avez obtenu un diplôme remarqué dans une université de l'Etat de New York, où vous pratiquiez la course à pied et le chant. Vous vous assumez seule depuis lors en poursuivant votre carrière de chanteuse. C'est pour cela que je sais que vous le faites bien.

Il lui lança un autre regard tout en arrêtant la voiture sur un parking. Elle lisait de l'approbation dans ses yeux gris. Et l'approbation, ce n'était pas une chose qu'elle avait souvent rencontrée, surtout depuis qu'elle avait quitté l'université. Elle ressentit un doux bien-être, bien différent de l'éclair brûlant de tout à l'heure. Passer ainsi du chaud au froid présentait toujours un danger, elle le savait bien.

— La pérennité de mes engagements a peut-être plus à voir avec ma détermination qu'avec mon talent.

— C'est aussi ce que je me suis dit, répondit-il en coupant le contact. Et c'est une des raisons pour lesquelles j'ai accepté la mission que me proposait Maxine.

L'espace d'un instant, le silence se fit dans l'habitacle. Plus que jamais consciente de leur proximité, elle songea qu'il serait si facile de tendre une main et de le toucher. Cette idée la traversa avec la force d'un désir irrépressible qui la surprenait. Elle croisa les mains afin de s'en empêcher de manière certaine.

Quand il ôta ses mains du volant, elle fut persuadée que c'était peut-être lui qui finalement allait la toucher. Et qu'elle ne ferait rien pour l'en dissuader.

— Le ferry part dans dix minutes, dit-il en débouclant sa ceinture de sécurité et en ouvrant sa portière.

Ah oui, le ferry ! Elle devait se reprendre pour garder la tête froide et ne pas oublier qu'ils allaient prendre un ferry qui les emmènerait vers l'hôtel dont il avait parlé. Il avait la tête à sa mission, et elle à lui. Le bon côté, c'était qu'elle avait enfin réussi à ne plus faire le perroquet.

— Nous ne prenons pas cette voiture ?

— Avery Cooper, le directeur de l'hôtel, va nous en fournir une. Il a fait ses études avec une des propriétaires, Jillian Brightman, et je lui ai donné un coup de main il y a un mois, alors qu'elle avait reçu des menaces. Quand il m'a proposé cette voiture, j'ai accepté. De cette manière, si nous devons nous enfuir dans l'urgence, nous aurons toujours un moyen de locomotion ici, sur le continent.

Voyant qu'elle ne répondait rien, il lui passa une main sur le bras.

— Je ne prévois aucun ennui, mais je préfère garder ça en tête.

Et il avait une tête bien faite, se dit-elle. Il lui en avait apporté la preuve à Times Square, hier.

— Ah, il faut aussi que je vous prévienne, reprit-il. Il y a un fantôme à *Haworth House*. Je vous en parlerai en route.

2

A la grande surprise de Cody, le ferry pour Belle Bay était plein à craquer, et il embarquait encore des passagers. Comme tous les sièges étaient occupés sur le pont, Brie et lui s'accoudèrent au bastingage.

De là, il put voir la dernière voiture monter dans le bateau. A la dernière seconde, une moto arriva en trombe dans un nuage de poussière et monta également.

Puis le ferry se mit en route.

— Combien de temps dure la traversée ? l'interrogea Brie.

— A peu près une demi-heure. Vous voyez la falaise, là-bas ? C'est là que se trouve le *Haworth House Hotel*, dit-il en tendant le doigt.

Il était très conscient de la proximité de Brie. Elle était si proche de lui qu'en se tournant pour regarder dans la direction indiquée par son doigt, elle frôla son bras. L'effet qu'elle avait sur lui n'avait pas diminué d'un iota depuis l'instant où il lui avait serré la main, à Times Square.

Il l'avait mesurée du regard alors qu'il émergeait de son taxi. Elle était plus petite qu'il ne l'avait pensé, et toute menue. Et, dans la réalité, elle paraissait bien plus jeune que sur ces photographies sophistiquées qu'il avait vues sur son site Web. En fait, dans ce jean et ce T-shirt, elle faisait plus penser à une adolescente qu'à la sirène sexy de ses affiches publicitaires. Les cheveux étaient différents, aussi. Ils tombaient en une cascade de boucles dorées sur les photos, alors qu'elle les avait rassemblés en sage queue-de-cheval.

La première fois qu'il avait vu sa photo sur ce site, il avait ressenti ce picotement lui annonçant qu'il aurait de grandes chances d'être attiré par elle. Toutefois, ce pressentiment ne l'avait nullement préparé à ce qu'il avait éprouvé lorsqu'il s'était retrouvé face à elle, et à ses yeux.

Ils étaient vert émeraude et pailletés d'or autour des iris. Quand leurs mains étaient entrées en contact, il avait senti comme une décharge électrique le traverser, et le vide s'était fait dans son esprit.

Le vide. Ça ne lui était encore jamais arrivé. Lors de ce simple et bref contact de mains et d'yeux, il n'avait plus songé qu'à elle.

Et même quand elle avait lâché sa main, il avait compris qu'il voulait la toucher de nouveau. Partout. Et qu'il voulait aussi la goûter.

Chaque fois qu'ils étaient entrés en contact au cours de leur fuite, chaque fois qu'il lui avait pris le bras, ou qu'il avait posé la main dans son dos, ou qu'il l'avait effleurée, il avait senti son désir d'elle s'accroître un peu plus.

Il avait nourri l'espoir de pouvoir remettre les choses en perspective pendant qu'elle dormait dans la voiture, mais son désir ne s'était pas calmé. Il avait même crû. A la vérité, il avait dû lutter contre une violente envie de la toucher quand il avait garé la voiture.

L'espace d'un instant, il n'avait pas été sûr de pouvoir y résister.

Une seule pensée l'en avait empêché. Brie Sullivan avait cruellement besoin d'un garde du corps pour le moment, et pas d'un amant. Quelqu'un dans le service de Maxine fournissait des informations à Dicky Ferrante, puisqu'on avait même réussi à trouver leur lieu de rendez-vous.

Heureusement qu'il avait insisté pour Times Square, où les possibilités de retraite en urgence étaient légion. Et heureusement qu'il avait vite pu reprendre ses esprits quand la vitre avait explosé derrière eux.

Brie venait d'engager la conversation avec une femme accoudée près d'elle, et il en profita pour scruter la foule des yeux, chose qu'il devrait faire bien plus souvent, se reprocha-t-il. Quelque effet qu'eût Brie sur ses sens, il ne pouvait le laisser interférer avec son travail.

Maxine et lui avaient travaillé ensemble sur une affaire trois ans auparavant, et elle ne l'avait plus rappelé depuis. Il avait sauvé la vie de son témoin, mais leurs méthodes de travail avaient provoqué bien des frottements. Il n'était pas du genre à obéir aux ordres sans broncher — surtout si cela pouvait mettre son client en danger — et Maxine avait tendance à vouloir tout diriger. Elle n'allait pas du tout apprécier de ne pas savoir où se trouvait Brie Sullivan ce week-end, et il n'avait aucune intention de le lui dire.

Dicky Ferrante avait gros à perdre dans cette histoire, et une solide réputation d'être un personnage implacable. Il pouvait se vanter d'avoir un réseau étendu de relations bien placées, hérité de son grand-père. Si on ajoutait à cela un esprit vif et un frère rongé d'ambition, pas étonnant que Dicky ait attendu six mois avant de vouloir faire éliminer Brie. Il avait probablement toujours su où elle se trouvait, mais il avait rongé son frein jusqu'à ce qu'un officier la ramène à New York.

Sans le témoignage de Brie, il n'y aurait certainement pas de procès. Sans compter que le fait d'éliminer le témoin crucial et d'échapper à la prison au dernier moment ne manquerait pas d'impressionner le grand-père.

Il savait parfaitement que Ferrante ne renoncerait pas à son projet.

Il releva les yeux vers la tour de *Haworth House*. Dès l'instant où il avait accepté la mission, il avait su que l'hôtel lui offrirait le sanctuaire rêvé pour Brie. Sa dernière visite avait été brève, mais il avait su en partant qu'il reviendrait bientôt. Et l'occasion était idéale. Hattie Haworth avait déjà permis de sauver la vie de deux des sœurs. Il était prêt à parier qu'elle étendrait sa protection sur Brie.

— Ils donnent un grand *Week-end Célibataires* à *Haworth House*.

A ces mots, il reporta son attention sur la femme d'un âge

avancé qui se tenait près de Brie. Avery ne lui avait rien dit de tel quand il lui avait téléphoné.

— Ils vont sortir la boîte à fantasmes de Hattie Haworth pour animer la réception de ce soir, poursuivit la femme. Si j'avais dix ans de moins, je tenterais peut-être ma chance.

— Une chance, pourquoi ? s'enquit Brie.

— Voir mon fantasme sexuel le plus secret se réaliser. Je viens pour aider ma petite-fille, Molly. Elle tient une boutique sur Main Street, et je vais la garder ce week-end afin qu'elle puisse passer ces deux jours à l'hôtel.

Brie lui décocha un regard en coin comme pour lui faire passer un message secret, puis reporta son attention sur sa voisine.

— C'est la première fois que je viens à *Haworth House*. Pourriez-vous m'en dire plus sur cette boîte ?

— Eh bien, le fantôme qui hante la maison s'appelle Hattie Haworth ; c'était une star du cinéma muet qui s'est retirée ici quand sa carrière s'est achevée. Lorsqu'elles ont ouvert l'hôtel, les sœurs Brightman ont découvert la boîte à fantasmes que Hattie aurait utilisée avec son amant.

L'œil pétillant, la femme se pencha plus près.

— On dit que, une fois qu'on a pioché un fantasme dans la boîte, elle fait en sorte de le réaliser.

— Vraiment ? fit Brie.

— Je le jure ! dit la femme, main droite levée. C'est plutôt effrayant, quand on y songe. Mais ma petite-fille y croit dur comme fer. Si vous êtes à l'hôtel ce soir, vous pourriez lui demander ce qu'elle en pense. Elle s'appelle Molly Pepperman. Je suis certaine qu'elle arrivera à vous convaincre de faire un essai.

— Mon fiancé ne serait peut-être pas d'accord, répondit-elle.

La femme tourna les yeux vers lui.

— Je comprends cela ! Nul besoin d'une boîte à fantasmes quand on a un tel homme sous la main !

— Clarissa ?

— Ah, il faut que j'y aille, dit la femme. A plus tard, peut-être ?

Une fois la vieille dame partie, elle se tourna vers lui.

— Vous emmenez votre fiancée dans un *Week-end Célibataires* ? On dirait que notre relation bat de l'aile.

— Avery ne m'avait pas parlé de ce week-end, fit-il, grimaçant.

— Je suppose qu'il existe de moins agréables façons de mettre fin à des fiançailles, fit-elle, l'œil pétillant d'humour.

— Parce que vous avez de l'expérience, dans le domaine ? répliqua-t-il sur le même ton.

— Non, pas moi. Les relations à long terme ne m'intéressent pas. Pour le moment, je suis fiancée à ma carrière et, d'après ce que j'ai pu voir, les relations finissent toujours par se déliter et vous rendre malheureux.

Sur ce, elle se tourna encore une fois vers la mer et *Haworth House*.

— Donc, poursuivit-elle, vous m'emmenez dans un hôtel hanté par un fantôme qui exauce les fantasmes des gens.

— Entre autres choses. Hattie Haworth a aussi le chic pour remettre les escrocs et les meurtriers aux mains de la justice. Et elle a contribué à sauver la vie de deux des propriétaires.

Elle haussa les sourcils.

— Vous parlez d'elle comme d'une vraie personne.

— Les fantômes sont de vraies personnes. J'en ai croisé quelques-uns.

— Non ?

Il sourit à son ton sec.

— Dans les trois années qui ont suivi ma démission de la CIA, j'ai travaillé sur quelques affaires liées à des éléments paranormaux, et je me suis découvert un talent pour… euh… pour voir les fantômes.

— Vous voyez les morts ? Comme le petit garçon dans *Le Sixième sens* ?

— Mes talents ne sont peut-être pas aussi développés, mais j'entrevois parfois des gens qui sont passés de vie à trépas. La dernière fois que je suis venu, j'ai très brièvement vu Samuel Jenkins, l'amant de Hattie. Elle, en revanche, je ne l'ai encore jamais vue. J'avais donc prévu de revenir bientôt.

— Pour voir un fantôme ?

Elle le regardait carrément maintenant, éberluée.

S'il lui disait qu'il pensait être censé revenir bientôt, s'il lui disait qu'il pensait être persuadé que Hattie voulait qu'il revienne, elle allait le prendre pour un dément. Aussi leva-t-il les deux mains.

— Je sais ce que vous pensez. « Me voici affublée d'un garde du corps qui m'emmène dans un *Week-end Célibataires* tout en prétendant être mon fiancé et qui, en plus, croit au spiritisme ! » Et c'est vrai, j'y crois. Hattie Haworth est une des raisons pour lesquelles j'ai décidé de venir ici avec vous. En plus de réaliser des fantasmes, elle prend soin des gens qu'elle aime bien.

Même si elle ne détourna pas les yeux, il crut la voir se retenir de sourire.

— Et si je ne lui plais pas ?

— Ne vous en faites pas. Elle m'aime, moi.

Son éclat de rire fut si spontané et si contagieux qu'il ne put que rire aussi. Ils riaient encore quand le bateau tangua brutalement. Il lui passa le bras autour de la taille afin de lui éviter de basculer sous le choc et leurs corps se heurtèrent, se frôlèrent, puis recouvrèrent leur aplomb.

Il crut avoir reçu une balle en plein ventre. Le vide se fit de nouveau dans sa tête, comme si quelqu'un en avait arraché la prise, et il lutta pour recouvrer ses esprits. Il fallait qu'il la lâche, tout de suite, mais ce fut impossible. Ensuite, il fit l'erreur de sa vie et laissa tomber les yeux sur sa bouche. Elle n'avait pas de maquillage et avait entrouvert les lèvres. Il fallait à tout prix qu'il la goûte. Peut-être que c'était la seule façon de remettre les choses en perspective.

— J'ai envie de vous embrasser depuis que je vous ai vue à Times Square, déclara-t-il tout de go. Ça me perturbe.

A la vérité, il avait l'impression de mourir à petit feu depuis qu'il était si proche d'elle sans pouvoir la goûter. Quand elle s'humecta les lèvres, d'autres cellules de son cerveau se déconnectèrent, et il lui posa une main sur la nuque. Il voulait sa bouche.

— Ce serait une erreur que de s'embrasser, dit-elle.

— Oui. Nous sommes d'accord sur ce point.

Mais elle ne bougea pas. Lui non plus.

— D'un autre côté, l'erreur pourrait être plus énorme si je ne pouvais pas vous sortir de ma tête et que ça m'empêche de faire mon travail, dit-il.

Il l'attira à lui et recouvrit sa bouche de la sienne. Et ce qu'il obtint fut infiniment pire. Ce fut la dernière pensée cohérente qu'il eut avant que le premier choc n'ébranle son système. L'éclair de feu, il s'y était attendu. Ce qu'il n'avait pas prévu, ce fut l'intensité de la douleur qui irradia le centre de son être et se propagea par vagues jusqu'à ses extrémités.

Il fit appel à toute la force de sa volonté pour garder les mains où elles étaient, alors qu'il rêvait de les faufiler sous le mince T-shirt.

Il savait pertinemment qu'il devait la lâcher avant de perdre totalement pied ! Mais il commença par l'étreindre plus fortement, puis, s'appuyant au bastingage, se régala de sa bouche.

Brie ne parvenait plus à aligner deux pensées à la suite. Ni même à respirer. Il avait envahi ses sens jusqu'à ce qu'il n'y ait plus rien que lui. Ses mains, l'une sur sa hanche, l'autre derrière sa nuque, étaient si chaudes, si… nécessaires. Son cœur battait la charge.

Et cette chaleur. Elle l'enveloppait mieux qu'un haut-fourneau, et elle ne rêvait plus que de s'y plonger jusqu'à ce que ses os fondent. Alors, peut-être que le nœud de désir en elle se relâcherait.

Un fracas soudain la figea sur place et l'empêcha de passer les bras autour de son cou. Même alors, ce fut lui qui se redressa et fit un pas en arrière.

— Nous approchons du quai, dit-il.

Elle battit des cils mais ne vit rien qui ressemblât à un quai. Cependant, elle réussit à dire :

— Je vous avais dit que ce baiser serait une erreur.

— Et vous aviez mille fois raison.

Le seul fait qu'il ne paraisse pas contrit pour un sou, ni même préoccupé, suffit à lui éclaircir la vision.

— Je suis sérieuse. A présent, il va falloir décider quoi faire.

— J'ai bien quelques idées à vous proposer.

Son sourire avait quelque chose de ravageur.

Elle aussi, avait bien quelques idées à lui proposer. Et elle avait beau s'y efforcer, elle ne parvenait pas à effacer les images de sa tête.

— Comme la plupart de mes idées ne seraient pas appropriées ici même, je vous suggère de différer cette discussion jusqu'à ce que nous soyons à *Haworth House*, lui dit-il en lui prenant le bras pour l'entraîner vers la file d'attente déjà en formation.

— Peut-être pourrions-nous prendre des chambres séparées, suggéra-t-elle, car il fallait bien que l'un d'eux, au moins, fasse preuve de bon sens.

— Je parierais volontiers qu'avec ce *Week-end Célibataires*, l'hôtel affiche complet. Mais je suis d'accord, il va nous falloir trouver une solution. Commençons par chercher la voiture de location. Nous pourrons établir une stratégie sur la route.

Une stratégie. Oh, fabuleux ! D'abord, il lui faisait perdre tout sens commun en l'embrassant, et maintenant il voulait qu'elle se transforme en stratège !

Alors qu'ils rejoignaient la file d'attente, il lui prit le menton et l'obligea à le regarder.

— Tout d'abord, je tiens à vous dire une chose, Brie. Ma priorité reste d'assurer votre sécurité.

3

Cody engagea la voiture louée par Avery sur la route menant à l'hôtel. Ils y seraient déjà si la voiture d'un conducteur âgé n'avait pas calé au beau milieu de la première intersection après les docks. Le seul véhicule capable de s'échapper de l'embouteillage qui en avait résulté avait été le motard qu'il avait vu embarquer à la dernière minute dans le ferry.

Ils avaient bien dû perdre une demi-heure, selon ses calculs. D'abord, un autre automobiliste et lui-même étaient allés soulever le capot de la voiture immobilisée afin d'en vérifier le moteur. Puis ils avaient dû persuader le conducteur de les aider à pousser sa voiture dans une rue adjacente.

Il tourna les yeux vers Brie. Ils n'avaient pas échangé un mot depuis qu'ils étaient descendus à quai.

Quelle grossière erreur, ce baiser ! Oh, des erreurs, il en avait déjà fait, et certaines d'entre elles lui avaient coûté très cher. Mais se commettre avec quelqu'un qu'il avait pour mission de protéger ? Celle-là, c'était une première !

Heureusement qu'il aimait les défis, car, à présent qu'il avait pu avoir un avant-goût d'elle, il savait qu'il lui en faudrait un autre. Et plus, encore.

Il lui jeta un autre coup d'œil. Les mains jointes sur les genoux, elle avait le regard braqué devant elle.

Elle réfléchissait. Ils ne se connaissaient que depuis quelques heures et, déjà, il avait rassemblé deux ou trois petites choses à son propos. Elle était courageuse, et intelligente.

Elle avait échappé au tueur qui en voulait à sa vie la veille, à l'aéroport, et elle était aussitôt entrée en contact avec l'officier en charge de son affaire. Si elle avait paniqué et tenté de fuir toute seule, elle serait déjà morte.

Elle savait aussi se déplacer à la vitesse de l'éclair si nécessaire. Elle n'avait eu aucun mal à le suivre à la course quand ils avaient dû filer de Times Square.

— Avez-vous élaboré une stratégie ? lui demanda-t-il.

— Je pense que la solution est plus qu'évidente. Nous n'allons pas recommencer. Et si nous devons partager une chambre, il est hors de question que nous dormions dans le même lit.

Il freina et amorça le premier des virages en épingle à cheveux qui aboutissaient à *Haworth House*. Sur leur gauche, la terre commençait déjà à disparaître.

— Je suis d'accord pour le second point. Il y a deux chambres dans la suite qui nous a été réservée. En revanche, je ne garantis pas que je ne vous embrasserai pas encore.

— Et pourquoi pas ? fit-elle en le regardant, mécontente. Nous sommes tous deux des adultes responsables. Nous devrions faire preuve de bon sens.

— Nous sommes tous deux des adultes libres de toute attache. Cela fait partie intégrante du problème, et ce que nous « devrions faire » a besoin d'être réaliste. L'alchimie qui s'est produite entre nous lorsque nous nous sommes embrassés n'arrive pas si souvent que cela. En fait, cela ne m'était encore jamais arrivé. Qu'en est-il pour vous ?

Il y eut un silence, puis :

— A moi non plus, et je n'aime pas cela, répondit-elle.

— Pourquoi ?

— J'ai besoin de toute mon énergie pour reconstruire ma carrière, dit-elle en agitant la main. Toute cette histoire n'a rien arrangé, loin de là. J'ai dû partir dans le Kansas alors qu'un contrat m'attendait à Las Vegas. Et il m'avait fallu presque une année pour l'obtenir. Avez-vous seulement idée de ce que j'ai manqué ? Ça aurait été mon plus beau tremplin !

— Maxine ne vous a-t-elle pas dit que vous ne pourriez jamais retourner à votre ancienne vie, même après avoir témoigné ? l'interrogea-t-il en lui jetant un regard.

— Elle m'a dit que je ne pourrais pas le faire sous le nom de Brie Sullivan. J'ai été adoptée, au cas où vous l'auriez oublié, et donc, ce n'est pas mon vrai nom. Peut-être que je vais essayer de faire des recherches sur mes origines, ou alors je vais me trouver un autre nom et me réinventer. Autrement dit, je devrai tout recommencer depuis le début, mais j'y suis prête.

Du courage, de l'intelligence et du cran. Trois qualités qu'il admirait. Ce n'était pas juste l'enveloppe de Brie qui l'attirait, mais la femme qui se cachait dedans. Et… ça pourrait s'avérer dangereux.

— Il va me falloir du temps avant d'obtenir un nouveau contrat à Las Vegas, mais j'y arriverai, reprit-elle. Ma priorité pour le moment, c'est de survivre au procès. Et de me remettre à chanter. Je n'ai pas de temps pour une relation.

— Moi non plus, répondit-il en toute sincérité.

Il maudit Maxine Norville d'avoir manqué d'honnêteté avec Brie mais, après avoir entendu vibrer la passion dans sa voix quand elle parlait de son métier, il compatit un peu sur le sort de son ex-collègue. Il n'aurait pas voulu être à la place de celui qui lui apprendrait que, si elle recommençait à chanter, il y aurait de grandes chances pour que Dicky Ferrante remonte un jour sa trace.

Bah, il aurait tout le temps de le lui dire une fois le procès terminé.

— A vous non plus, ça ne doit pas vous plaire, dit-elle en se tournant vers lui. Cela va terriblement compliquer votre travail.

— Je ne discuterai pas ce point. Toutefois, malgré les éventuelles complications, malgré le fait que cela ne nous convienne ni à l'un ni à l'autre, nous allons tous les deux être tentés de le refaire.

— Nous ne sommes pas obligés de céder à la tentation. Nous pouvons prendre des précautions.

— D'accord, dit-il en engageant la voiture dans la dernière ligne droite, et en lui jetant un coup d'œil. Mais je ne vous fais aucune promesse. Celles que je fais, je les tiens. La seule chose sur laquelle vous pouvez vraiment compter, c'est que je vais assurer votre sécurité jusqu'à votre témoignage au procès.

Il reporta les yeux sur la route, qui recommençait à serpenter. Ils roulaient à présent entre une paroi rocheuse et une falaise dévalant dans la mer, sans aucun bas-côté, ni à droite ni à gauche. Alors qu'ils passaient un poteau annonçant d'autres virages sans visibilité, il remarqua que les câbles du garde-fou longeant cette section précise de la route reposaient sur le sol.

A trente mètres en face d'eux apparut une moto qui vira et exécuta un dérapage très près du garde-fou. Dans un hurlement de moteur, elle se redressa, obliqua sur leur voie et fonça droit sur eux.

Trop vite, songea Cody en appuyant sur la pédale de frein et en dirigeant la voiture vers la ligne médiane. Le secret, c'était de ne pas s'affoler. D'un côté, la paroi ne leur laisserait aucune chance, de l'autre, la pente était trop à pic pour risquer de partir en dérapage comme le motard venait de le faire.

Le motard vira immédiatement afin de demeurer face à eux.

Cody appuya le pied plus fort sur le frein, les deux mains refermées sur le volant.

La moto ne ralentit pas.

Dix mètres.

Un jeu d'enfant, songea-t-il. Le motard essayait de lui faire perdre ses moyens et de le pousser à donner un brutal coup de volant. Ce qui serait désastreux d'un côté comme de l'autre.

— Il va nous rentrer dedans, s'écria Brie en s'agrippant désespérément à la poignée au-dessus de sa porte.

A la dernière seconde, le motard se rabattit sur la voie de gauche mais sa cuisse frôla au passage leur pare-chocs, et cela suffit à lui faire perdre le contrôle de sa machine.

Il y eut un hurlement de pneus. Cody immobilisa la voiture et se retourna à temps pour voir la moto se pencher follement alors qu'elle se dirigeait à toute allure vers l'un des garde-fous. L'homme réussit à reprendre le contrôle de la direction et parvint à l'éviter, mais non à remettre sa moto sur l'asphalte. Dans un jaillissement de graviers, elle s'envola.

L'espace d'un instant, moto et motard parurent suspendus dans les airs. Cela rappela à Cody un documentaire sur Evel Knievel qui tentait de sauter par-dessus le Snake River Canyon. Seulement, la moto d'Evel était équipée d'un parachute. Ce qui n'était pas le cas de celle-ci, et un hurlement leur parvint alors qu'homme et moto plongeaient.

Brie et lui bondirent hors de la voiture et se précipitèrent en direction du garde-fou contre lequel le motard avait failli s'encastrer quand retentit le bruit du premier impact — un épouvantable fracas de ferraille contre rocher. Puis vint le second.

Ils se plantèrent devant le rail et virent la moto rebondir et continuer sa chute. Le motard gisait sur une arête rocheuse à une cinquantaine de mètres en contrebas.

— Je vais appeler le shérif, dit-il en sortant son portable. Je le connais, c'est un brave homme.

Une fois Nate Kirby en ligne, il lui brossa un tableau de la situation et ajouta :

— Nous allons aller voir si l'homme est vivant, ce qui est peu probable. Je vous rappelle dès que possible.

— Merci, lui dit Brie quand il eut raccroché. Tout est arrivé si vite que, si j'avais été au volant, j'aurais essayé de l'éviter, et nous aurions fait le grand plongeon à sa place. Vous avez extrêmement bien réagi.

Puis elle lui jeta les bras autour du cou et l'étreignit de toutes ses forces.

Une foule d'émotions l'envahit à ce contact. Mais ce ne fut pas un choc brûlant cette fois-ci, ce fut comme une chaleur douce qui se répandit jusqu'à son cœur.

Quand elle se redressa, il eut un mal fou à ne pas la ramener contre lui.

— Donc, j'aurais regagné quelques-uns des points que j'ai perdus quand je vous ai dit que je voyais les fantômes ? dit-il plutôt.

— Un peu.

— Je ne veux pas vous laisser seule ici, reprit-il en regardant alentour. Vous pensez pouvoir descendre jusqu'à cette arête ?

— Bien sûr, répondit-elle en le regardant. Ce n'était pas un accident, selon vous ? Vous pensez qu'il voulait vraiment nous faire basculer par-dessus la falaise ?

Il la dévisagea avec attention. Quand une femme cumule courage, intelligence et cran, elle mérite la vérité.

— C'est une possibilité. Je pense aussi que c'est le même motard qui nous a doublés quand nous sortions de Belle Bay, le même qui est monté au dernier moment sur le ferry. Ce que je n'arrive pas à comprendre, c'est comment il a pu nous suivre depuis New York. Mais aussi, j'ai une certaine tendance à la paranoïa quand je suis en mission.

Cette fois-ci, ce fut elle qui regarda partout alentour, puis elle se rapprocha du garde-fou. Elle se pencha et ramassa un des câbles.

— Oubliez la tendance. Je ne suis pas experte, mais ces câbles m'ont tout l'air d'avoir été sectionnés.

Il le retourna en songeant à ce qu'il s'était dit juste avant que le motard ne retienne toute son attention.

— Ils sont tous par terre, reprit-elle. S'ils avaient été en place, cet homme ne serait peut-être pas passé par-dessus. Ni nous.

— Cela ne peut être une coïncidence.

— Qu'en pense votre côté parano ?

Il chercha son regard.

— Il pense que quelqu'un sait exactement à quel moment nous sommes descendus du ferry et que nous prendrions cette route. *Haworth House* est la principale destination une fois qu'on est sorti de Belle Bay.

— Ils travaillent vite, dit-elle.

Trop vite, pensa-t-il. Mais elle suivait la même ligne de pensée que lui.

— Allons voir qui a essayé de nous faire quitter la route, dit-elle encore.

— Suivez-moi.

Il ouvrit le chemin en faisant une prière pour que ce que lui soufflait son instinct soit faux. Car il lui disait que ce qu'ils allaient découvrir à propos du corps inerte tout en bas n'allait pas leur plaire.

4

Une heure plus tard, debout sur le côté de la route en compagnie de Cody, Brie regardait deux auxiliaires médicaux charger le corps d'une femme dans leur véhicule. Car le motard s'était avéré être une motarde, et elle était morte. Elle n'avait aucun papier d'identité sur elle, seulement un téléphone portable.

A son arrivée, le shérif Nate Kirby avait pris leurs deux dépositions. Suivant les conseils de Cody, elle avait raconté qu'elle et son fiancé avaient prévu un week-end de détente à *Haworth House*.

Après avoir noté cela dans son carnet, Nate avait regagné sa voiture et passé quelques coups de fil.

Un de ses adjoints avait réussi à s'approcher suffisamment de ce qui restait de la moto pour relever son numéro d'immatriculation, manifestement faux. Il avait aussi récupéré une boîte à outils.

Brie avait regardé assez de séries télévisées pour savoir que l'absence de pièces d'identité n'augurait rien de bon. Il y avait donc peu de chance que la femme soit une touriste égarée ayant accidentellement perdu le contrôle de son véhicule. En plus des outils habituels, la boîte contenait un revolver muni d'un silencieux.

Dicky Ferrante savait donc exactement où elle se trouvait. Ça, au moins, c'était une certitude.

— Qu'allons-nous faire, maintenant ? souffla-t-elle à Cody quand Nate s'en fut parler aux auxiliaires.

— Dès que notre présence ici ne sera plus nécessaire, nous

irons à l'hôtel nous faire enregistrer. Je pense que c'est le plus sûr pour le moment.

Elle aurait eu plus confiance dans le plan de Cody si elle ne l'avait pas soupçonné de fonder sa déclaration, du moins partiellement, sur sa foi dans un fantôme.

Toutefois, elle devait bien admettre que, jusqu'à présent, il avait mérité un 20 sur 20 en tant que garde du corps. Ils étaient bien vivants, et la femme censée les éliminer ne l'était plus.

Et puis, ses options étaient limitées. Vers qui d'autre pourrait-elle se tourner ? La fuite dans les services de Maxine Norville était de nature à abattre une digue et inonder le pays. Ce n'était plus une fuite, mais le Niagara !

Elle n'était pas idiote au point de tenter de s'en sortir seule tant que ce bon vieux Dicky ne serait pas derrière les barreaux.

De plus, elle se sentait plus en sécurité avec Cody qu'avec personne d'autre, depuis longtemps. Même dans son enfance, elle avait vite appris qu'elle ne pouvait compter que sur elle-même. Sa mère adoptive n'était pas une marâtre, mais elle lui avait toujours reproché son divorce, et son père… son père n'était pas là.

Elle savait, au moins, qu'elle pourrait compter sur Cody pendant ce week-end. Il lui faudrait juste éviter de trop prendre goût à cette dépendance. L'étreindre, tout à l'heure, avait presque été une aussi grosse erreur que l'embrasser. Quand il avait refermé ses bras sur elle et qu'il l'avait tenue contre lui, elle avait eu trop envie de s'accrocher à lui.

Vraiment trop.

Il y avait manifestement plus que de simples atomes crochus entre eux. Ou, du moins, le potentiel pour plus. L'espace d'un instant, quand ils avaient été sur le bord de la route, dans les bras l'un de l'autre, elle avait eu le sentiment d'être chez elle.

Chez elle.

Les seules autres fois où elle avait éprouvé cette sensation avaient été en rêve, quand elle était avec ses trois frères qui prenaient si bien soin d'elle.

Ridicule ! Ces rêves de frères relevaient d'un fantasme qu'elle aurait dû dépasser, maintenant. Elle laissa dériver ses yeux vers Cody. Il avait le visage et le corps d'un guerrier. D'un protecteur. C'était si tentant de se reposer sur lui. Toutefois, elle n'avait nul besoin d'un nouveau fantasme pour remplacer l'ancien !

La stratégie qu'elle lui avait proposée était donc la meilleure. Il leur suffirait de se comporter en adultes intelligents.

Alors que la camionnette démarrait, Nate remit son portable dans sa poche et revint vers eux.

— Jusqu'à présent, l'identité de la femme reste un mystère, leur dit-il. Mon adjoint Tim va passer ses empreintes ainsi que son numéro d'immatriculation dans toutes les banques de données disponibles. Avec un peu de chance, nous trouverons quelque chose grâce à son portable. Avery Cooper me dit que personne correspondant à sa description n'est descendu à l'hôtel.

— Elle n'était pas au mieux de sa forme, en bas, leur fit remarquer Brie.

— Vrai, dit Nate. En tout état de cause, Avery va lancer une vérification de tous ses clients afin de savoir si l'un d'eux est porté manquant. Un de mes hommes va aussi se rendre au bureau du ferry afin de voir si quelqu'un peut l'identifier. Cependant, il va s'écouler un certain temps avant que nous n'obtenions des réponses.

Un silence s'écoula, puis le shérif fit face à Brie.

— Cela m'aiderait de savoir exactement qui vous êtes, lui dit-il avant de tourner la tête vers Cody : Et ce que l'un de vous, ou les deux, avez fait pour vous attirer les attentions d'une tueuse à gages.

A la surprise de Brie, Cody sourit à Nate.

— Vous n'avez pas avalé l'escapade de deux fiancés ?

— Eh bien… les scènes de crime sont plutôt rares dans le coin, mais nous avons la télévision. En plus des outils et de l'arme qu'avait emportée notre femme mystère, il y a ceci…

Il s'en alla ramasser un des câbles du garde-fou.

— Ils ont l'air d'avoir été tous récemment sectionnés. Un d'entre eux par terre, il y a de quoi s'inquiéter. Mais tous ? Cela élimine définitivement l'hypothèse de l'accident. Je suis monté à l'hôtel un peu plus tôt dans la journée, et les câbles étaient tous en place.

Il releva les yeux sur eux deux.

— Ils ont été sectionnés il y a peu de temps, sinon le premier automobiliste à passer par ici en aurait averti mon bureau. C'est principalement ce genre d'appels que je reçois quotidiennement, ici à Belle Bay. Deux tentatives de meurtre dans la même journée, l'île n'a jamais connu cela !

— Deux ? l'interrogea Cody.

— Oui. Si je suis monté à *Haworth House* ce matin, c'était pour arrêter une femme qui a tenté d'assassiner Reese Brightman. On était justement en train de l'hélitreuiller pour la conduire à l'hôpital quand vous m'avez appelé.

— Reese va bien ? s'inquiéta Cody.

— Très bien. Mieux que bien, en fait, à mon avis. Je crois bien que cette boîte à fantasmes de Hattie a joué un rôle dans le fait qu'elle est maintenant avec Mac Davies.

— Mac Davies ? s'enquit Brie.

Elle connaissait ce nom, mais…

— C'est le producteur qui produit l'émission de Reese Brightman, précisa Nate.

La mémoire revint à Brie. Elle avait lu ce nom dans un journal, où le journaliste l'avait surnommé le « faiseur de stars ».

— Et ils ne se connaissaient pas avant de se percuter dans le hall de l'hôtel, poursuivait Nate. Je suis sûr qu'on vous racontera toute l'histoire une fois que vous serez à *Haworth House*.

Une rencontre avec Mac Davies pourrait bien représenter pour elle un nouveau départ, songea-t-elle. Enfin, dès que le procès serait fini.

— Avant que vous ne partiez, vous n'avez pas répondu à ma première question, leur rappela le shérif.

— Avez-vous entendu parler de Dicky Ferrante ? lui demanda Cody.

— Bien sûr, nous avons le câble par ici. C'est un des deux fils Ferrante qui rêvent de succéder à leur mafieux de grand-père. Son affaire passe en jugement lundi, si je ne m'abuse ?

— Brie est le principal témoin à charge dans ce procès, dit Cody. Son témoignage pourrait bien envoyer Dicky dans le couloir de la mort.

Nate laissa échapper un sifflement.

— J'avais pensé que Belle Bay serait le refuge idéal…, reprit Cody.

— Pas tout à fait, répondit Nate en baissant les yeux sur le précipice. Une idée sur la façon dont cette femme vous a pistés ?

— Aucune.

C'était une excellente question. Elle prit le temps d'y réfléchir tandis que Cody résumait au shérif le reste des derniers événements.

— Donc, cette femme vous a suivis sur le ferry et est venue tendre son piège ? fit Nate. Impressionnant.

— Trop ! renchérit Cody. La question qui me tarabuste, c'est comment elle nous a trouvés. Je n'ai jamais parlé à personne de cette île. Et je n'ai même pas pris ma propre voiture.

— Ils font des merveilles en matière de GPS de pistage, intervint Brie.

Les deux hommes la fixèrent, stupéfaits.

— Moi aussi, je regarde la télé, leur dit-elle. Un portable m'a été remis quand j'ai intégré le programme, et je dois seulement l'utiliser en cas d'urgence afin de contacter les bureaux de Maxine Norville.

— Ils ne vous ont jamais appelée dessus ? s'enquit Cody.

— Non. Ces derniers mois, le bureau local me contactait via ma ligne fixe. Après l'incident de l'aéroport, je l'ai utilisé pour appeler Maxine Norville.

— Fais-le-voir.

Elle le sortit de sa poche et le posa dans la main tendue de Cody.

Il lui fallut moins d'une minute pour localiser le système de traçage.

— Maintenant, on sait comment la moto vous a pistés, en conclut Nate.

— J'aurais dû y penser, se reprocha Cody. Maxine aurait dû

le faire aussi. Surtout elle, avec cette fuite. C'est probablement aussi comme ça qu'ils nous ont trouvés à Times Square.

— Si vous avez un plan B, je peux vous faire sortir de l'île, proposa Nate.

— Je vous prendrai peut-être au mot, mais pas pour le moment, répondit Cody. D'abord, j'ai besoin de réfléchir. Ensuite, nous devrons nous assurer que rien d'autre n'a été prévu pour nous. Je suppose que la mort de cette femme va nous permettre de gagner du temps, car les professionnels ne vont au rapport qu'une fois le travail achevé.

— Si vous voulez, dit Nate à Brie, je peux essayer de le convaincre de vous emmener ailleurs.

— Je suis bien ici avec lui, dit-elle après une seconde de réflexion. Il est efficace. Et j'entends prendre une plus grande part dans ma propre protection.

— D'accord, dit Nate avant de regarder Cody : Vous devriez en parler à Avery Cooper, et puis aussi à Mac Davies. Je repasserai un peu plus tard.

— Merci, Nate, je vous suis reconnaissant de votre aide.

— Pas de problème, lança le shérif en partant vers sa voiture, j'ai une chambre réservée pour ce week-end. Ah, un dernier conseil ! Si j'étais vous, je ne m'approcherais pas trop de ce carton à fantasmes. Vous avez bien assez de problèmes comme ça !

5

Milieu d'après-midi, vendredi
Week-end Célibataires, jour 1

Tous deux grognons, Brie et Cody se plantèrent au bout de la file d'attente devant la réception de *Haworth House.*

Ils s'étaient disputés dans la voiture en terminant le trajet, car le plan de Cody était d'enfermer Brie dans leur chambre pendant qu'il irait faire le point avec Avery Cooper. Elle était aussitôt montée sur ses grands chevaux et lui avait précisé qu'une cible mouvante est toujours plus difficile à atteindre qu'une cible fixe.

— Nous en reparlerons une fois que nous serons enregistrés, avait-il dit pour conclure la dispute.

Elle s'était mordu la langue.

Il y avait tant de choses qu'elle aurait pu lui opposer. Comme : fini d'être la brave fille qui se laisse ballotter de droite et de gauche et qui obéit sans rechigner aux ordres. Ou : si ce traceur avait été implanté sur le portable dès le départ, elle avait renoncé à sa carrière et essuyé les verres au fond du café pour rien ! Dicky Ferrante aurait pu se débarrasser d'elle n'importe quand.

Et aussi que quelque chose — peut-être son instinct de survie — lui disait que si Ferrante ne savait pas où elle était à présent, il ne tarderait pas à le faire.

Seulement, Cody savait déjà tout cela. Et elle avait appris

très tôt à ne pas se plaindre, même si pour l'heure cela lui faisait un bien fou. Elle devait plutôt trouver un argument logique.

Elle risqua un coup d'œil vers lui, et son cœur fit un drôle de petit bond. Même en faisant la tête, il réussissait à lui mettre l'eau à la bouche ! Elle se revit entre ses bras, alors qu'il l'embrassait.

Elle avait oublié de respirer ; quant à penser, c'était devenu un vœu pieu. Tout cela avait été effacé par l'intensité du désir qui s'était emparé d'elle.

Son univers s'était réduit à ces lèvres sur les siennes, à ces mains posées sur sa hanche et sa nuque.

S'il se tournait vers elle maintenant et qu'il lui prenait la main, elle le suivrait au bout du monde.

Cette fois-ci, ce ne fut pas un petit bond que fit son cœur, il manqua carrément un battement.

Elle fut en proie à un sentiment de panique mêlée de stupéfaction. Mais qu'est-ce qui lui prenait ? Et qui était cet homme, pour être capable de susciter tant d'émotions en elle ?

Elle avait pourtant assez de problèmes pour le moment et, en dépit de sa stratégie d'adultes censés, elle était terriblement tentée de tout mettre de côté afin de faire de la place à Cody Marsh.

« Mauvais endroit. Mauvais moment. » Elle se répéta ces mots tel un mantra.

Il se retourna vers elle à cet instant. A voir ses yeux assombris, ce fut soudain le bon endroit pour elle. Une image s'imposa à son esprit. Elle était enroulée autour de lui, dos contre une porte, et il la caressait comme il ne l'avait encore jamais fait.

Comme elle voulait qu'il le fasse.

Et elle le caressait. Comme elle en rêvait.

Un mélange enivrant de stupeur et d'expectative la parcourut. Ce qui devait arriver arriverait inéluctablement.

Et les yeux de Cody devinrent des tisons. Il y pensait aussi, il se demandait quel effet cela ferait, quand ils feraient l'amour.

Cette certitude la fit vaciller. L'espace d'un instant, son monde se réduisit à une seule chose : elle sut qu'elle pourrait se perdre en lui.

Elle dut faire appel à son instinct de survie pour se reprendre et effacer l'image toujours imprimée en elle.

— Ecoutez, fit Cody.

Il avait la voix grave. Râpeuse. Mais au moins, il était capable de parole, lui.

— Je sais que vous ne voulez pas rester dans la chambre, mais j'ai besoin de réfléchir. Quelque chose me titille l'esprit, une chose de la première importance, et je n'arrive pas à mettre le doigt dessus. Vous me perturbez.

« Idem », songea-t-elle.

Mais où était sa stratégie d'adultes censés ?

— Dès que nous nous serons enregistrés, je vais demander à Avery de vous accompagner à la chambre. Si c'est moi qui le fais, nous n'arriverons même pas jusqu'au lit.

Le lit…

Elle chassa cette nouvelle image. Finalement, elle fut capable de détourner les yeux de lui et de les porter sur ce qui les environnait. Heureusement, il y avait plein de choses à voir, ici.

D'abord, elle fixa le plafond délicatement sculpté, puis les parquets de bois blond ciré. Un grand escalier circulaire menait au premier étage, puis se scindait à angle droit avant de donner accès au deuxième. Sous une arcade, elle aperçut une cour intérieure ensoleillée garnie de tables où mangeaient des clients.

— Est-ce toujours aussi bondé ? s'enquit-elle.

Bien, elle avait recouvré l'usage de la parole. Et sa voix paraissait presque normale.

— Non, dit-il, d'une voix plate, et tendue.

Elle refit le tour de la pièce des yeux. Avait-elle perçu quelque chose ? Ou quelqu'un ? Cependant, tous les gens qu'elle voyait ressemblaient à… des touristes, ravis de profiter de l'atmosphère chaleureuse de l'hôtel.

Même ceux qui attendaient devant eux avaient un air parfaitement normal.

Elle examina encore une fois les alentours. Pas un poil de sa nuque ne se hérissa — du moins, pas de la façon dont ils le faisaient quand elle avait l'intuition que l'affrontement, ou la fuite, était imminent.

Elle reporta les yeux sur un homme grand et ridiculement beau derrière le comptoir. De complexion sombre, il avait une carrure d'athlète et paraissait responsable des arrivées.

Autant mettre l'attente à profit, songea-t-elle, pressée de faire comprendre son utilité à Cody. De par son métier, elle savait s'y prendre avec les hommes. C'était d'ailleurs vital quand on chante dans des night-clubs et des bars.

— Je sais que vous avez besoin de réfléchir, mais je peux vous aider, chuchota-t-elle à Cody. Deux têtes valent mieux qu'une. Et je suis fine psychologue. A la tête que vous faites, par exemple, je peux vous dire ce que vous pensez en ce moment.

— Eclairez-moi, dit-il en lui jetant un regard.

— Vous mourez d'envie de vous frayer un chemin à coups de coudes jusqu'au comptoir. Mais cela provoquerait une scène et attirerait l'attention sur nous. Donc, vous n'allez pas le faire.

— Correct.

— Et cela pourrait vraiment contrarier l'homme au sourire de publicité pour dentifrice juste derrière. Je pense qu'il s'agit d'Avery Cooper, le directeur.

Elle fut immensément soulagée de voir Cody esquisser un sourire quand il lui répondit.

— Encore correct.

— Je vois à présent pourquoi le shérif Kirby vous a dit de lui parler. Il m'a l'air à même de vous donner un sérieux coup de main si jamais nous rencontrions un autre problème.

— C'est là qu'est le hic, dit-il, la voix de nouveau tendue. Nous n'étions pas censés avoir de problèmes. J'espérais qu'en vous amenant ici je n'aurais pas besoin de renfort.

— A part celui d'un fantôme, le taquina-t-elle en riant.

— Je compte toujours sur elle, dit-il en jetant un coup d'œil alentour. Il me faut un endroit calme pour réfléchir et accéder à mon ordinateur portable.

— Je crois que nous allons avoir besoin de trouver qui, dans les services de Maxine, est à la solde de Ferrante.

— Vous avez raison, l'approuva-t-il. Mais vous n'avez pas à vous en préoccuper. Une fois que je vous aurai emmenée à la chambre, vous y resterez jusqu'à ce que j'aie élaboré un plan. Ça ne devrait pas prendre longtemps.

Elle ouvrait la bouche pour protester, mais une voix s'éleva près d'eux :

— Monsieur Marsh ?

Ils pivotèrent tous deux vers une jeune femme rousse vêtue de l'uniforme des employés. D'après son badge, elle s'appelait Tess.

— Je me souviens de vous, dit-elle. M. Cooper m'a demandé de m'occuper de vous et de votre fiancée. Pendant que vous attendez votre chambre, l'hôtel serait ravi de vous offrir à déjeuner dans la cour. Si vous voulez bien me suivre…

Sentant qu'il allait décliner l'invitation, Brie décocha un sourire radieux à Tess.

— Seigneur, vous me sauvez la vie ! Je meurs de faim, mais je suis allergique au soleil. Pourrions-nous déjeuner au bar ?

— Il n'est pas encore ouvert, mais je vais vous installer et prendre votre commande. Par ici, je vous prie.

— Ce sera bien plus isolé que la cour, souffla-t-elle à Cody. Et j'ai vraiment faim. Pendant que nous mangeons, vous pourrez toujours faire passer un message à Avery Cooper via Tess. Comme ça, peut-être pourrons-nous sauter l'enregi…

Elle se tut dès l'instant où ils pénétrèrent dans le bar.

— Impressionnant, n'est-ce pas ? fit Tess en souriant.

La salle était un endroit adorable décoré de façon traditionnelle. Par les fenêtres alignées sur un mur, on apercevait un jardin. Mais ce qui attirait vraiment l'œil était le bar d'acajou et de cuivre en U au centre de l'espace. Les clients avaient le choix entre les tabourets de bar, les tables ou des box.

En termes de classe et de style, cet endroit en aurait remontré à la plupart des établissements dans lesquels elle avait chanté. Parfois, elle se promettait de trouver un lieu comme celui-ci pour chanter. Elle fit le tour de la pièce des yeux et s'arrêta sur un coin obscur à sa droite.

— Un piano ! s'exclama-t-elle en entraînant Cody dans son sillage.

Il était installé sur une petite scène surélevée. Des miroirs habillaient le mur du fond et, devant, un lustre de cristal surplombait une petite piste de danse.

— Je crois que c'est un Steinway, souffla-t-elle, ébahie.

— C'est exact, madame, lui répondit Tess. Il appartenait à la précédente propriétaire, Mme Hattie Haworth.

— Est-il accordé ?

— Tout à fait. Des orchestres se produisent ici tous les week-ends.

— Et quelqu'un joue sur ce piano, en particulier ?

— Les sœurs Brightman pensent que c'est ce qu'aurait voulu Hattie. Où aimeriez-vous vous installer ?

« Au piano ! » songea Brie. Tout, en elle, mourait d'envie de grimper sur la scène, puis de s'installer sur le piano, et de chanter les premières mesures de *Someone to watch over me,* d'Ella Fitzgerald.

— Par là, dit Cody.

Du coin de l'œil, elle le vit faire un geste de la main, puis elle sentit la pression de sa main sur son bras.

— Brie ?

— Laissez-moi juste une minute.

Il lui répondit d'une nouvelle pression de la main. Dans un brouillard, elle l'entendit passer la commande, puis elle l'entendit prononcer le nom d'Avery Cooper et sentit que Tess s'en allait. Mais elle ne pouvait arracher les yeux du piano.

Consciente que cela faisait bien plus qu'une minute, elle allait se détourner quand elle perçut quelque chose dans le miroir. L'image d'une femme dans une longue robe blanche, avec une cascade de cheveux blonds et bouclés. Elle était juchée sur le piano à queue, jambes croisées. Et elle chantait.

Ce n'était pas la chanson qu'elle avait eue en tête quelques secondes plus tôt, mais celle avec laquelle elle terminait toujours son tour de chant. *When you wish upon a star.*

— Brie ?

Au son de la voix de Cody, l'image et la musique disparurent. Elle battit des cils comme pour s'assurer qu'elle était bien réveillée.

Rien.

Elle se détourna pour suivre Cody vers un box, et tenta de s'éclaircir les idées. Elle n'était pas femme à croire aux contes de fées, ni à laisser son imagination s'emballer facilement. L'explication de la vision qu'elle venait d'avoir devait tenir à son état de fatigue nerveuse, et peut-être à sa fringale. Quand avait-elle mangé pour la dernière fois, à propos ?

Manger. Elle ne devrait avoir que cela en tête. Ça, et convaincre Cody de ne pas l'enfermer dans la chambre.

Cependant, elle ne put s'empêcher de jeter un nouveau coup d'œil en arrière en arrivant au box.

Rien.

Ce fut à ce moment précis qu'elle percuta Cody. Soudain, ils furent face à face, épaule contre épaule, cuisse contre cuisse. La gorge soudain sèche, elle trouva l'air trop épais pour pouvoir respirer.

Ni l'un ni l'autre ne fit un geste. Elle n'était même pas sûre d'en être capable, tant elle était absorbée par la vision de son visage. Et ces cheveux, ses doigts auraient voulu y plonger et les caresser. Et, comme si ce n'était pas assez, il y avait ces yeux. A cette distance, elle put les voir s'assombrir, et voir son propre reflet piégé dans ce gris sombre. Son cœur entama une folle sarabande.

— Bon sang, souffla-t-il. Il faut que je vous embrasse tout de suite.

Elle sentait la menace s'approcher, mais le désir, le besoin étaient trop intenses, trop… nécessaires.

— Oui, chuchota-t-elle.

Yeux grands ouverts, ils se rapprochèrent lentement jusqu'à ce que leurs bouches se touchent et se soudent l'une à l'autre. Elle aurait dû s'attendre au choc, elle aurait dû y être préparée. Mais, une fois encore, elle se sentit libre, merveilleusement bien. Sa langue se mêla à la sienne, exigeante.

D'un geste vif, il la plaqua contre la paroi du box et fit courir ses mains sur son torse, sur les côtés de ses seins, puis il les referma dessus. Elle se cambra contre lui et se permit de faire ce qu'elle n'avait pas encore osé faire. Elle empoigna sa chevelure à pleines mains.

Une foule de sensations la priva sur le moment de toute pensée cohérente. Il n'y eut plus que lui — ses bras, son corps, sa bouche.

Ils ne se séparèrent que pour reprendre leur souffle, et même alors, elle sentit l'air lui brûler les poumons.

— Encore, dit-il.

— Oui.

Elle lui empoigna les cheveux et attira sa bouche à elle.

Il éprouva un désir qu'il n'avait encore jamais ressenti pour aucune femme. Incapable de les retenir, il fit courir ses mains sur elle et palpa chacune de ses courbes délicates. Le tremblement qui l'avait saisie l'émerveillait. Son gémissement lui en fit vouloir davantage. Il fallait qu'il l'ait sous lui, peau contre peau. Il voulait… non, il avait désespérément besoin, de l'avoir sous lui, d'avoir ces jambes fines enroulées autour de sa taille, il avait besoin de se perdre en elle.

Se perdre.

Ce ne fut que lorsque ces mots le pénétrèrent qu'il fut capable de se détacher d'elle et de reprendre, ne fût-ce que vaguement, conscience de la réalité.

Ils se trouvaient dans un box, dans un bar. Et quelqu'un la recherchait pour la tuer. Le cœur battant, le désir plus brûlant que jamais, il réussit toutefois à la lâcher et à mettre un peu de distance entre eux.

Serait-il capable de garder ses distances ?

Cela devint la question principale quand il regarda ces yeux voilés. Et toutes ses bonnes intentions se seraient peut-être envolées si Tess n'était pas apparue avec leurs assiettes.

Elle les posa devant eux et s'enquit :

— Désirez-vous autre chose ?

— Non, tout va bien, lui répondit-il.

— Tout ne va pas bien, souffla Brie dès que Tess fut partie. Nous sommes cinglés. Nous avons pratiquement…

— Oui, l'interrompit-il en poussant des assiettes devant elle. Je ne savais pas ce que vous aimiez, alors je vous ai commandé un cheeseburger, des frites et une salade d'épinards.

— Ce sera parfait, dit-elle avant de chercher son regard. Je vous laisse me distraire au moyen de nourriture parce que je suis affamée. Mais il va falloir que nous parlions de…

Elle se tut et ouvrit de grands yeux.

— Vous m'aviez presque fait oublier !

— Quoi donc ? s'enquit-il en croquant une frite.

— A quoi ressemble cette Hattie Haworth ?

— Ils disent tous qu'elle a de longs cheveux bouclés et qu'elle porte une robe longue et blanche qui flotte autour d'elle, répondit-il en la regardant. Pourquoi ?

— Je pense que je viens juste de la voir, dit-elle avant de poser son sandwich sur son assiette.

6

— Où ? Racontez-moi tout, dit Cody.

— Je l'ai juste aperçue, répondit Brie en prenant une frite et en la pointant vers le piano. Elle était assise sur le Steinway dans une pose typique de chanteuse.

— Une pose de chanteuse ? fit-il en tournant la tête vers la scène.

— Jambes croisées, appuyée en arrière sur les mains. Pensez à Michelle Pfeiffer dans *Susie et les Baker Boys.* Je peux vous montrer.

— Je vois. Pensez profil bas.

— Une autre fois, alors, reprit-elle en mordant dans son cheeseburger avant d'ajouter, la bouche pleine : Vous ne l'avez pas vue ?

— Non. Quand vous est-elle apparue, exactement ?

— Vous étiez en train de passer la commande à Tess. Je n'arrivais pas à détacher mes yeux du piano.

— Je l'avais remarqué.

— C'est au moment où j'ai voulu me détourner que je l'ai vue. Et je l'ai entendue, aussi.

— Qu'a-t-elle dit ? s'enquit-il, penché vers elle.

— Elle chantait.

— Une chanson ?

Elle opina du chef tout en prenant une autre bouchée.

— Mais ce n'était pas la chanson que j'avais en tête quand je m'imaginais assise sur ce piano. Et ce n'était pas ma voix. La sienne est plus grave, plus rauque. Cependant, c'était la chanson que je chante toujours en clôture de mon tour de chant. C'est un peu ma signature. *When you wish upon a star.*

— Hattie n'apparaît jamais à personne. J'ai vu son amant, Samuel, mais jamais elle. Pour autant que je sache, elle n'a jamais parlé ni chanté pour personne, avant.

— C'est vous qui avez le don de voir des fantômes, dit-elle en salant ses frites. Pourquoi pensez-vous qu'elle me soit apparue, à moi et pas à vous ?

— C'est une question intéressante. Mais je suis prêt à parier qu'elle seule en connaît la réponse.

— D'un côté, je veux croire que mon imagination m'a joué un tour. De l'autre, je sais ce que j'ai vu. C'est un peu comme la nuit où je suis sortie dans l'allée et que j'ai vu ce salaud assassiner mon patron. Une fois saine et sauve, j'ai voulu faire comme si je n'avais rien vu. J'ai voulu me persuader que j'avais eu une hallucination. Mais je savais que j'essayais de me mettre le doigt dans l'œil.

— C'était courageux, d'aller tout raconter à la police.

— Non, ça ne l'était pas. C'était une décision pratique. Dicky m'avait vue, il m'avait même tiré dessus. Je savais qu'il ne tarderait pas à savoir qui j'étais, et j'avais besoin de protection.

Il lui prit la main et la serra fort. Aussitôt, il perçut cette alchimie qu'il avait déjà éprouvée par deux fois.

— Je vais vous protéger, Brie.

— Et je peux vous faciliter le travail.

Il ouvrait la bouche pour protester quand elle le fit taire d'un geste.

— Laissez-moi terminer.

— Allez-y.

— Je vous ai déjà dit qu'on pense mieux à deux.

— Je travaille généralement seul.

— Pareil pour moi, dit-elle avant de pencher la tête et de le dévisager. Avez-vous vu le film *Piège en haute mer,* avec Steven Seagal ?

— Celui où il est cuistot sur un navire de guerre qui est pris en otage par Tommy Lee Jones et ses comparses ?

— Exact, répondit-elle en pointant une frite vers lui. J'ai l'impression d'être miss January — la fille qui surgit du gâteau d'anniversaire du capitaine. Vous m'avez déjà sauvé deux fois la vie, donc je pense que le plus sûr pour moi est de rester près de vous. C'est comme ça qu'elle a convaincu Steven Seagal de ne pas la fourrer dans une armoire. Et plus tard, dans le film, elle lui sauve la vie. Je crois donc que nous ferions mieux de faire équipe.

Elle n'avait pas tort. De plus, il y avait un éclat dans ses yeux qu'il n'y avait encore jamais vu. De la vulnérabilité. Elle savait la dissimuler. Peut-être fut-ce cela qui le décida.

— D'accord, on reste ensemble.

— Merci.

Elle lui sourit, et la chaleur de ce sourire le transperça.

— Vous voulez encore des frites ? dit-elle ensuite, les yeux braqués sur son assiette.

— Vous ne ressemblez pas non plus à l'Olive de Popeye, s'esclaffa-t-il en tirant sa salade d'épinards à lui tout en poussant son assiette devant elle.

— J'espère bien que non ! fit-elle en plongeant une frite dans le ketchup. Pourquoi la CIA ?

— J'ai fait mon droit pour faire plaisir à mes parents, répondit-il en embrochant une fourchetée d'épinards. Mais, après avoir travaillé un an dans le cabinet de mon grand-père, je m'ennuyais à mourir. Le seul côté du métier d'avocat qui me plaisait vraiment était les enquêtes, essayer de trouver une solution à un problème donné. J'avais horreur de plaider. Alors, un de mes amis, Ian MacFarland, n'a pas eu de gros efforts à faire pour me recruter. Il est fiancé à une des sœurs Brightman à présent, mais, à l'époque, il était analyste à la CIA.

— Pourquoi avez-vous démissionné ?

— L'ennui, encore. La recherche et l'analyse me plaisaient beaucoup, mais je ne pouvais suivre le processus jusqu'au bout. Je devais remettre mes résultats à quelqu'un d'autre, qui agissait en conséquence… ou pas. En plus, j'ai découvert que je n'aime pas avoir un patron.

— Votre métier actuel ne doit donc pas vous sembler ennuyeux.

— Vous avez raison, répondit-il en riant. Même si je n'ai pas connu beaucoup de journées semblables à aujourd'hui. Et vous ? Comment êtes-vous devenue chanteuse ?

— J'ai toujours voulu être chanteuse. Aussi loin que je me souvienne, j'ai toujours eu des chansons dans la tête.

— Votre mère chantait-elle pour vous ?

— Je me plais à le penser, mais j'ai été adoptée à deux ans, donc je n'en sais rien. Chantait-elle, ou avais-je imaginé qu'elle le faisait, mystère et boule de gomme.

— Vous n'avez jamais douté de votre vocation ?

— Jamais, repartit-elle en le fixant droit dans les yeux. Et je ne vais pas commencer maintenant.

— Ils sont là, fit la voix de Tess.

Ils se retournèrent de concert vers l'entrée. Tess avançait vers eux, suivie d'une femme de haute taille et d'un homme plus grand encore. La femme portait ce qui ressemblait à un carton à chapeaux.

— Cody ? fit-elle, et celui-ci se leva pour la serrer dans ses bras.

— C'est bon de te revoir, Reese, dit-il.

— Nous vous avons cherchés partout ! Mac et moi étions en route pour retrouver un ami quand nous sommes tombés sur Avery et Nate à la réception. Ils étaient tous deux inquiets que vous n'ayez pas encore signalé votre présence. On s'est donc séparés pour vous chercher.

— Je vais informer les autres que vous les avez trouvés, lança Tess en partant à grands pas.

— Brie, j'aimerais vous présenter Reese Brightman.

— Et je suis Mac Davies, ajouta l'homme.

— Nate nous a très brièvement raconté ce qu'il vous est arrivé en venant, dit Reese en posant son carton.

— En quoi pouvons-nous vous aider ? s'enquit Mac.

— En gardant les yeux ouverts, répondit Cody. Et je précise que, pour tous les autres, Brie et moi sommes fiancés et sommes ici en amoureux. Mais le plus intéressant pour vous est que

Brie a déjà fait la connaissance de Hattie Haworth. Elle va elle-même vous raconter ça.

Reese et Mac se tournèrent vers elle, ébahis.

— Je crois bien l'avoir vue en train de chanter, assise sur le piano, leur déclara-t-elle.

— Hattie aura eu une journée chargée, dit Reese en jetant un coup d'œil à Mac. Ce matin, Samuel et elle m'ont sauvé la vie sur les falaises. Personne parmi ceux qui ont eu la chance de la voir ne l'a jamais entendue chanter ou parler. Que vous a-t-elle chanté, Brie ?

Tous les yeux étaient braqués sur elle à présent. Et personne ne semblait douter qu'elle ait vraiment vu — et entendu — un fantôme.

— *When you wish upon a star.* Le plus étrange, c'est que je chante systématiquement cette chanson à la fin de mon tour de chant. Et elle n'est ordinairement pas au répertoire des chanteurs de cabaret.

— Non, répondit Mac. Elle est tirée du *Pinocchio* de Disney. Je me souviens que ma mère me la chantait quand j'étais petit. Depuis combien de temps chantez-vous ?

— Depuis toujours, répondit-elle. Juste avant de voir Hattie, je m'imaginais sur ce piano. Aucun de mes contrats ne m'a jamais assuré un Steinway. Toutefois, plus j'y pense, plus je me dis que j'ai dû avoir une hallucination.

Reese lui prit la main et la serra.

— Je connais cette impression ; j'ai eu la même la première fois que je l'ai vue, moi aussi. Je refusais de croire qu'elle était réelle, ajouta-t-elle en regardant Mac. Mais elle l'est.

Ils ne purent poursuivre cette conversation car Nate et Avery venaient d'arriver dans le bar, eux aussi.

— Vous n'êtes pas faciles à pister, tous les deux ! dit Nate.

— C'est précisément notre but ! ironisa Cody.

— Vous devez être Brie, dit Avery en se tournant vers elle pour la serrer sans façon contre lui. Bienvenue à *Haworth House*, ajouta-t-il en reculant, les mains sur ses épaules. Je suis navré que votre trajet ait été aussi mouvementé, et encore plus navré que nous ayons été trop occupés pour vous accueillir honorablement à votre arrivée. Si je puis faire quelque chose pour me faire pardonner, n'hésitez surtout pas !

Peut-être que s'il n'avait pas paru aussi sincère, ou peut-être que si le piano n'avait pas été dans sa ligne de vision… ou peut-être que si elle n'avait pas eu un bref souvenir d'avoir vu Hattie lui sourire, assise dessus, alors, peut-être qu'elle aurait pu se taire…

Car l'idée était fabuleuse et belle, hardie et périlleuse. Les mots finirent par jaillir spontanément de sa bouche.

— Je veux chanter sur ce piano.

— C'est chose faite, dit Avery en souriant.

— Non ! s'écrièrent Cody et Nate à l'unisson.

— C'est bien trop dangereux, expliqua Nate. J'ai reçu les informations sur votre femme mystère. Elle s'appelait Marielle Radtke, et c'était un as parmi les tueurs à gages. Elle ne travaille pas seule mais avec un partenaire. Interpol a un épais dossier sur elle, et il y a de fortes chances pour que son partenaire soit un homme.

— Radtke était seule sur cette moto quand elle a embarqué, mais cela ne veut pas dire que son acolyte n'ait pas été du voyage dans un autre véhicule, précisa Cody à Brie. Donc, il est peut-être encore quelque part sur l'île, et il est hors de question que vous chantiez en public avant la fin du procès. Autant vous peindre une cible sur le dos !

Brie, qui s'apprêtait à répondre, fut interrompue par l'arrivée en fanfare d'une petite brune.

— Reese, enfin je te trouve ! s'écria-t-elle.

La jolie femme s'arrêta net dans son élan sous le feu croisé de tous les regards.

— Nate, dit-elle après une brève hésitation, puis elle sourit. Je dois parler à Reese.

— C'est vrai, répondit Reese. Messieurs, si vous voulez bien nous excuser, nous allons nous retirer à l'autre bout du bar pour avoir un entretien entre filles. Venez, Brie.

— Oui, venez, acquiesça Molly, car c'était elle qui venait de faire une entrée si remarquée. J'ai besoin de tout le réconfort possible, car je suis sur le point de faire un grand pas en avant.

— Allez-y, dit Cody en lui pressant la main. Je vous raconterai tout par la suite.

Brie eût juré qu'Avery lui avait adressé un clin d'œil avant qu'elle suive Reese et Molly.

Le cerveau de Cody se mit en régime démultiplié alors que le trio s'asseyait de l'autre côté du bar. Il y avait quelque chose… quelque chose qui planait dans un coin de son esprit mais qu'il n'arrivait toujours pas à cerner. Ça le titillait depuis l'instant même où ils avaient quitté la scène de l'accident.

Il avait dit la pure vérité à Brie. Il avait besoin de temps pour réfléchir. Alors, ça lui reviendrait. Nate et lui s'étaient assis à un endroit d'où ils pouvaient clairement voir les trois femmes, et Avery préparait des cafés. Il s'efforça de mettre de l'ordre dans ses idées. S'il ne parvenait pas à s'isoler, pourquoi ne pas exprimer ce qu'il pensait à haute voix ?

— Marielle Radtke, dit-il, songeur. Ce genre d'oiseau n'est pas une chose à laquelle Ferrante aurait facilement accès. Je le vois très bien embaucher les deux guignols qui ont essayé d'éliminer Brie à Kansas City, et même ceux qui ont fait de même à Times Square. Mais un duo aussi dynamique que Radtke et compagnie… ça vole peut-être un peu trop haut pour lui.

— Vous pensez donc qu'il s'est fait aider, dit Nate.

— Oui, dit Cody en plissant les yeux alors qu'une idée germait en lui. Vous avez reçu les informations les concernant plutôt vite. Je pense que vous avez dû contacter Ian ou Dane.

— Ian, admit Nate. Reese a parlé à ses deux sœurs ce matin, après l'attentat. Elles vont arriver, ainsi que Ian et Dane, qui seront là demain dans la journée. Je suis donc rentré au bureau et j'ai appelé Ian. Il ne lui a pas fallu longtemps après avoir reçu les empreintes et la photo de la femme. Les deux sœurs de Reese sont fiancées à deux frères qui dirigent une entreprise florissante de détectives privés, précisa-t-il à l'intention de Mac.

— C'est ce que j'ai appris récemment, dit ce dernier. MacFarland Investigations. Ce nom me dit quelque chose, mais je n'ai pas encore pu retrouver quoi.

— Ils sont excellents dans leur domaine, reprit Nate avant de refaire face à Cody : Une idée sur qui aurait pu mettre Radtke et Ferrante en contact ?

— Oui, et elle ne me plaît pas du tout, répondit Cody. Je pense que quiconque a organisé cette dernière agression contre Brie va tout faire pour protéger sa peau. Si Radtke avait réussi à nous faire faire le grand plongeon, ce serait peut-être passé pour un accident.

— Je ne pense pas que j'aurais omis de remarquer les câbles sectionnés ! se défendit Nate.

— Radtke ne vous connaissait pas, objecta Cody. Elle a cru avoir affaire à…

— Un cul-terreux de shérif de province, termina Nate pour lui.

— Tout à fait, lança Avery en posant les cafés sur la table.

Un éclat de rire leur fit tourner la tête en direction de la table où les femmes étaient installées. Reese avait soulevé le couvercle du carton à chapeaux.

— Que se passe-t-il là-bas ? bougonna Nate.

— Molly a demandé à Reese de lui rendre un service, expliqua Mac. Elle veut prendre les devants et piocher son fantasme avant la grande réception de ce soir.

— Des crétineries, tout ça, marmonna le shérif.

Cependant, Cody nota que son expression contredisait ses paroles. Il avait l'air bien inquiet pour quelqu'un qui prenait ces histoires pour de simples « crétineries ». Cody trouva sa réaction bien curieuse, et reporta son attention sur Molly, dont les mains planaient au-dessus du carton.

— Ainsi, c'est ça, la fameuse boîte à fantasmes !

— La seule et unique, dit Avery en jetant un regard en coin à Nate. Son pouvoir va au-delà de la seule réalisation de fantasmes. Jusqu'ici, trois couples se sont formés grâce à cette boîte.

— Souhaitez-moi bonne chance ! entendirent-ils dire Molly.

Nate pivota sur son tabouret et tourna le dos au trio.

— Nous avons bien plus important à discuter, maugréa-t-il.

« Tout à fait d'accord », songea Cody.

7

— Souhaitez-moi bonne chance, dit Molly en étendant les mains au-dessus du carton à chapeau.

A la dernière seconde, elle les referma en poings et les reposa sur la table.

— Il ne regarde même pas ! s'exclama-t-elle.

— Qui ? s'enquit Brie.

— Le shérif, répondit Reese à mi-voix. C'est le premier amour de Molly, et elle n'a jamais pu l'oublier.

— Eh bien, moi, il m'a oubliée ! Je suis revenue sur l'île depuis plus d'un an, et je pourrais aussi bien être une touriste, pour ce qu'il me regarde…, fulmina Molly avant de se pencher vers Brie : C'était mon amour de lycée, et il m'a laissée tomber au bal de promo.

— C'est moche, compatit Brie.

— Bah, dans un sens, c'est la plus belle chose qui me soit arrivée. Je suis partie, et je suis allée au Fashion Institute de New York. Je pensais avoir oublié Nate Kirby, je pensais que je me l'étais sorti de la peau. Après quatre années passées dans la Grosse Pomme, j'avais un autre projet — celui de créer des vêtements pour les célébrités. Et puis ma grand-mère est tombée malade, et je suis revenue tenir son magasin.

— Et Molly s'avère une excellente commerçante, remarqua Reese. C'est elle qui dessine la plupart des vêtements, et elle commence à attirer des acheteurs de partout.

— Oui, soupira Molly. Mon seul problème, c'est de n'avoir

jamais réussi à oublier Nate, dit-elle en jetant un regard meurtrier à ce dernier. C'est mon dernier essai. Je me jette à l'eau.

— Je crois bien avoir rencontré votre grand-mère en venant, sur le ferry, dit alors Brie. Elle s'appelle Clarissa ?

— Oui ! Elle est à la retraite à présent, mais elle est venue tenir la boutique pour moi ce week-end.

— Il faut juste que tu sois certaine de vouloir le faire, la prévint Reese en inclinant le couvercle pour lui montrer l'avertissement qui y était inscrit.

— *Boîte à fantasmes. Attention ! Celui que vous choisirez deviendra réalité,* lut Brie en se penchant pour voir.

— Votre grand-mère m'a parlé de ces fantasmes, dit-elle. Est-ce que cet avertissement est réel ?

— Tout à fait, répondit Reese. Mes sœurs et moi pouvons en attester. Les fantasmes que nous avons piochés se sont réalisés. Pour Jillian et Naomi, c'était des fantasmes secrets qu'elles avaient bercés toute leur vie. Non seulement Hattie les a fait se réaliser, mais elle leur a permis de rencontrer Ian et Dane MacFarland.

— Cody m'a parlé de Ian, fit observer Brie.

— Ils étaient à la CIA ensemble. Les MacFarland n'ont pas eu la vie facile. Leur mère est morte quand ils étaient tout petits et leur famille a été dispersée aux quatre coins du pays. Ian, son petit frère ainsi que sa petite sœur ont été adoptés, Dane a été trimballé de foyer d'accueil en foyer d'accueil. Il a finalement remonté la piste de Ian il y a un an, à peu près. Et les deux ont bien l'intention de retrouver leurs deux cadets.

— Attends une minute, intervint Molly. N'as-tu pas dit que ton fantasme aussi s'était réalisé ? Tu ne m'en avais rien dit hier soir, quand on s'est vues.

— C'était parce que ce n'était pas encore fait. Et je n'étais pas certaine que cela arrive. J'étais persuadée que Hattie s'était trompée en me faisant tirer ce fantasme concernant un homme-objet, répondit Reese en souriant, le feu aux joues. Un homme-objet, non mais ! Pas mon style, vraiment ! Et puis… et puis je suis tombée sur Mac.

Au rire de Reese, Brie remarqua que les trois hommes s'étaient tournés vers elles. Puis Nate leur tourna obstinément le dos.

— C'est bon, je me lance, chuchota Molly, déterminée. Et j'espère que Hattie fera pour moi ce qu'elle a fait pour vous toutes. Je ferme la porte au passé, j'ouvre celle de l'avenir.

— On croirait entendre une cassette d'automotivation, s'amusa Reese.

— On peut le dire ! s'exclama Molly en fourrant la main dans la boîte à fantasmes.

Avec un tel élan que, lorsqu'elle piocha un parchemin, un autre s'envola et atterrit sur la table devant Brie. Cependant, elle était trop concentrée sur la mine que faisait Molly pour le remarquer.

Une mine perplexe face au papier qu'elle venait de sortir de l'enveloppe.

— Je ne comprends pas, murmura-t-elle. A moins que…

Alors, arriva la surprise.

— Oohh !

A la regarder, elle comprenait enfin.

— Ça y est, j'ai compris ! fit-elle en remettant le parchemin dans l'enveloppe, puis le tout dans son sac.

— Vous n'allez pas nous dire ce que vous avez tiré ? s'enquit Brie.

— Non, répondit Molly, pensive. Ce n'est peut-être pas ce que je crois. Et je ne veux pas que vous me disiez que je me trompe. Cela saperait ma détermination.

Elle se leva et se dirigea vers la sortie. A mi-chemin, elle s'arrêta net et se retourna.

— On se voit à la réception de ce soir, les filles !

— Elle a vraiment piqué ma curiosité ! commenta Brie en la regardant disparaître.

— Les fantasmes sont toujours très personnels, lui fit remarquer Reese. Mes sœurs et moi ne nous sommes dit ce que nous avions pioché qu'une fois ces fantasmes réalisés. Je crois que c'est un peu comme un vœu. On a toujours peur qu'en l'énonçant tout haut, il ne se réalise pas.

Alors, elle baissa les yeux vers la table.

— Pourquoi n'ouvrez-vous pas le vôtre ?

— Oh, ce n'est pas le mien ! Il est tombé de la boîte quand Molly a pioché le sien avec autant d'entrain.

— Hattie ne fait jamais d'erreurs en ce qui concerne sa boîte à fantasmes. Je vous en parle en connaissance de cause. Cette enveloppe vous était destinée.

Brie ne parvenait plus à arracher ses yeux de l'enveloppe jaunie. La tentation de l'ouvrir était forte. Cependant, elle hésitait, consciente que les fantasmes étaient chose dangereuse, qu'ils donnaient des envies pas toujours réalistes. Enfin, incapable de s'en empêcher, elle tourna les yeux vers Cody.

L'alchimie fut intense, à tel point qu'elle faillit courir à lui. Jamais elle n'avait désiré un homme comme elle voulait Cody Marsh. Toutefois, ce n'était ni le lieu ni l'heure. La femme qui avait essayé de les tuer n'était pas seule. Son comparse rôdait peut-être en ce moment même quelque part dans la résidence hôtelière en attendant le bon moment pour attaquer.

Une chanson lui vint à l'esprit, une des chansons les plus tristes qu'elle ait jamais chantées — *Somewhere,* de *West Side Story.* Dans cette histoire, les amoureux n'avaient été réunis que pendant un court instant de leur vie. Cody et elle étaient dans le même cas.

Peut-être que ce serait la seule fois où ils seraient ensemble. Si elle ne la saisissait pas, elle le perdrait peut-être à jamais.

Elle prit l'enveloppe et en sortit le carré de parchemin. « *Vous écarterez le passé comme l'avenir et vous offrirez une aventure unique.* »

Elle relut les mots, le cœur serré comme dans un étau.

— Ne vous inquiétez pas s'il semble ne pas vous correspondre, lui dit Reese. Moi aussi, j'ai cru que Hattie s'était trompée.

— Non, il colle, répondit-elle en relevant la tête.

Ses yeux rencontrèrent immédiatement ceux de Cody. Même à cette distance, elle perçut la brûlure de son regard.

— Il colle parfaitement, ajouta-t-elle.

Et elle avait bien l'intention de se l'offrir.

— Qu'en dites-vous ?

Cody arracha ses yeux de Brie. Chaque fois qu'il la regardait, il perdait le fil de ses pensées. Il fallait qu'il remédie à cela.

— Excusez-moi ? dit-il à l'adresse de Mac.

— Je disais que si Nate pense que vous feriez mieux de partir, je peux vous aider. Il suffirait de me donner jusqu'à demain matin, et mon jet pourrait vous attendre à Portland. Je m'arrangerais pour que mon pilote vous y emmène en hélicoptère.

— Avez-vous toujours le portable de Brie ? lui demanda Nate.

Cody le sortit de sa poche.

— Je peux le faire emporter sur le continent par le premier ferry.

— Une petite erreur de localisation ? réfléchit-il tout haut. Je ne suis pas certain que ça fonctionne. Si le coéquipier de Radtke est encore là — ce que je pense —, il ou elle nous a peut-être déjà repérés.

Il se tut alors qu'une autre idée lui venait.

— Raison de plus pour vous faire regagner le continent, fit observer Nate.

— Je ne suis pas persuadé que nous ne serions pas pistés, ou suivis, objecta-t-il. Jusqu'à présent, ils se sont débrouillés pour toujours avoir un coup d'avance sur moi. Si Maxine Norville a fait appel à moi, c'est parce que quelqu'un de son service est à la solde de Ferrante. Et c'est manifestement quelqu'un d'assez haut placé pour avoir pu contacter Marielle Radtke et compagnie.

— Poursuivez, l'encouragea Nate.

— Je me dis que cette personne a autant à perdre que Ferrante. Si Brie témoigne et envoie ce truand dans le couloir de la mort, il va vouloir passer un accord et il se mettra à table. Donc, ce ne sont pas seulement son frère et son grand-père qui ont intérêt à faire taire Brie.

— Vous entendez par là qu'un membre des services du capitaine Norville serait également sur sa piste ? l'arrêta Mac.

— C'est ainsi que je vois les choses, acquiesça-t-il. Si j'ai raison, dès l'instant où je l'emmènerai témoigner lundi, j'aurai signé son arrêt de mort.

Le silence se fit sur la tablée. Ce fut Nate qui le rompit.

— Alors, qu'est-ce qu'on fait ?

— Si nous pouvions identifier et capturer le partenaire de Radtke, nous pourrions peut-être lui faire dire qui dirige tout cela à partir des services.

— Comment le faire sans mettre Brie en danger ? voulut savoir Mac.

— On ne peut pas, répondit Cody, les yeux attirés par le piano. Il va simplement falloir minimiser ce danger.

— Ces frères MacFarland, dit Mac à Nate, ne pourraient-ils pas créer une nouvelle identité à Brie et la sortir de ce piège mortel ?

— Ils pourraient, répondit Cody. Mais cela voudrait dire que Ferrante s'en sortirait libre, et la taupe aussi. En plus, Brie veut se remettre à chanter, et elle pourrait bien se faire un nom. Si c'est le cas, elle redeviendra facile à pister.

Il eut de nouveau les yeux attirés par le piano. Quelque chose chatoyait dans le miroir. C'est alors qu'il vit Hattie, perchée sur le piano, jambes croisées, appuyée sur les mains. Elle lui fit un clin d'œil puis disparut.

A cet instant, il comprit ce qui lui échappait depuis le matin.

— Le timing, marmonna-t-il.

Les trois autres hommes le fixèrent, dubitatifs.

— Quelque chose me tracassait depuis tout à l'heure, précisa-t-il. Je ne mets pas en doute le fait que ce soit le traceur du portable de Brie qui a permis à Radtke de nous trouver. Toutefois, il lui fallait du temps pour sectionner les câbles. Et je crois savoir où elle l'a trouvé.

— Nous sommes tout ouïe, l'encouragea Nate.

— Cette voiture qui a calé en plein milieu de l'intersection, sur Main Street, juste devant le café. Radtke a été la seule à pouvoir la doubler sur sa moto. Tous les autres, nous compris, ont dû poireauter une bonne demi-heure dans l'embouteillage. De plus, le chauffeur n'a pas eu l'air ravi quand j'ai insisté pour qu'il descende de sa voiture et nous aide à la pousser dans la rue voisine.

— Vous l'avez donc bien vu.

— Cheveux gris, lunettes à monture épaisse.

— C'était peut-être un déguisement, objecta Mac.

— Sans aucun doute, mais on ne peut grimer ni sa taille ni sa stature. Il était très grand et très maigre. Pensez à Ichabod Crane dans *La Légende de Sleepy Hollow.*

— J'appelle mon adjoint et je lui dis de transmettre le signalement, dit Nate en sortant son portable.

— Je préviens le personnel, ajouta Avery.

— Vous envisagez un piège, dit Nate en l'examinant, une fois qu'il eut terminé sa communication.

— J'ai déjà entraîné Brie dans un piège. Cette fois-ci, j'aimerais bien en tendre un pour quelqu'un d'autre.

— Nous pourrions la perdre, dit Nate.

— Je m'attends à la perdre dès lundi, répondit Cody en le regardant franchement.

— Votre plan ? fit Nate après avoir poussé un soupir.

Cody regarda de nouveau le piano. Hattie n'y était plus, mais elle avait réussi à lui souffler une idée. Il voulait croire qu'elle leur prêterait main-forte.

— Brie va chanter ici, ce soir.

— C'est trop dangereux ! s'écrièrent aussitôt Mac et Nate.

— C'est notre meilleure chance de pousser cet homme à sortir du bois. Nous sommes quatre, nous pouvons donc couvrir tous les accès. Si elle est assise sur ce piano, ce type ne pourra pas la voir avec assez de précision pour la viser depuis le vestibule ou les jardins. Il sera obligé d'entrer dans le bar. Nous savons à quoi il ressemble, et nous aurons l'avantage du choix du lieu et de l'heure, précisa Cody avant de se tourner vers Mac : A quelle heure débute la réception ?

— 21 heures.

— Donc, le meilleur moment pour un tour de chant se situerait aux alentours de 22 heures ou 22 h 30.

— Parfait, approuva Avery. Et nous disposerons de plus de monde que l'équipe que nous formons. Le colonel Jenkins est déjà là, c'est un ancien militaire apparenté à l'amant de Hattie

Haworth. Je suis certain qu'il acceptera de nous aider. Et puis il y a Hattie, ne l'oublions pas.

— Il faut que je parle à Brie avant de tout finaliser, dit Cody.

— J'ai une idée ! s'écria Avery. Jusqu'à ce que le problème soit résolu, vous allez monter et rester dans la pièce de la tour. Là-haut, Hattie prendra soin de vous.

8

Tard dans l'après-midi, vendredi
Week-end Célibataires, jour 1

Brie suivit Avery dans un étroit escalier de pierre, consciente de la présence de Cody derrière elle, et aussi du parchemin qu'elle tenait serré dans la main. Avant de quitter le bar, Cody lui avait fait part de sa théorie concernant la voiture soi-disant en panne et du partenaire de Marielle Radtke. Ça se tenait.

En haut, Avery obliqua dans un petit couloir.

— Les sœurs ont des chambres à ce niveau, les informa-t-il en désignant plusieurs portes.

Mais il ne s'arrêta pas avant d'avoir atteint une grande porte de chêne sculptée à l'extrême bout du corridor.

— Il n'y a pas de clé, dit-il en pianotant quelques chiffres sur un boîtier. Le système de sécurité a été installé par MacFarland Investigations, et aucun membre du personnel n'a ce code. Vous serez en totale sécurité.

La porte ouverte, elle pénétra dans un espace exigu servant de palier inférieur à un escalier en colimaçon. Les seules sources de lumière provenaient du sommet de l'escalier et du couloir derrière eux.

— Si vous avez besoin de quoi que ce soit, demandez-le-moi par le téléphone de la chambre, leur dit encore Avery.

Puis la porte se referma dans un claquement.

Tout ce dont elle avait besoin, c'était l'homme debout derrière elle, et le silence s'installa.

Elle n'avait aucune arrière-pensée, mais c'était si nouveau pour elle… D'accord, elle prenait souvent des risques ; on ne peut pas être timorée quand on entreprend une carrière de chanteuse.

Cependant, ces risques étaient d'ordre professionnel, et elle avait toujours eu un plan B. La prudence, voilà ce qui avait toujours gouverné sa vie personnelle. Et en ce qui concernait Cody, elle n'avait aucun plan de secours. Juste ce lieu, et ce moment.

Elle agrippa plus fort le parchemin et se retourna vers lui. Il avait le visage dans l'ombre, mais elle put distinguer ses yeux, et ce qu'elle y vit lui convenait tout à fait.

Elle fit un pas en avant.

Il fit de même.

Ils se touchaient presque.

— Il y a une chose que je dois vous dire, commença-t-il, et puis ensuite vous allez avoir besoin de repos.

— Plus tard, dit-elle. Pour l'instant, faisons semblant.

— Semblant ?

— Imaginons que personne n'essaye de me tuer, précisa-t-elle en faisant un autre pas vers lui. Imaginons qu'il n'y a que vous et moi. Et personne d'autre.

— C'est le problème. Quand je suis avec vous, rien d'autre n'existe, dit-il en posant leurs sacs.

Il leva les mains, libéra ses cheveux de leur barrette et y enfouit les doigts.

— Je me suis promis de ne pas faire ça, marmonna-t-il en faisant glisser sa main sur ses boucles avant d'effleurer ses épaules et ses bras.

— Non, vous avez dit que nous n'arriverions jamais jusqu'au lit, lui rappela-t-elle.

— C'est vrai.

Il lui posa les mains sur la taille et l'attira si près qu'elle noua les bras autour de son cou avant que leurs bouches n'entrent en contact.

— Montrez-moi ce que vous vous êtes promis de ne pas faire, chuchota-t-elle en se haussant sur la pointe des pieds.

— Ça, par exemple ?

Il frôla ses lèvres des siennes, une fois, deux fois, taquin. Il n'avait pas encore eu l'occasion de l'embrasser ainsi, comme s'il avait l'éternité devant lui.

Elle n'avait pas prévu cela, mais comment aurait-elle su que c'était ce dont elle avait besoin ? songea-t-elle alors qu'il lui mordillait délicatement les lèvres et leur donnait de petits coups de langue taquins.

Le plaisir monta progressivement à mesure qu'il jouait avec elle. Le temps, ce temps précieux et bref dont ils disposaient, se mit à tournoyer autant que l'escalier au-dessus de leurs têtes. Un éclair de feu la traversa quand il planta les dents dans sa lèvre inférieure. De sa bouche, de sa langue et de ses dents, il l'emmena aux limites de la raison et la laissa exsangue.

Absolument vidée.

Et il prenait encore. Le cœur de Brie n'avait jamais tambouriné aussi vite. Jusque-là, jusqu'à lui, son corps n'avait jamais autant vibré. Elle n'avait jamais rêvé d'expérimenter cet état. Et pourtant, elle en voulait plus, elle aussi. Que pourrait-il lui montrer d'autre ?

Elle voulut qu'il le fasse maintenant. Tout de suite.

Elle ne sut pas si elle l'avait demandé à haute voix ou simplement pensé, mais il la fit pivoter contre la porte, remonta lentement les mains vers ses seins, puis vers son ventre et ses hanches. Elle lui planta les doigts dans les épaules, se cala contre le panneau de chêne et enroula les jambes autour de sa taille.

L'espace d'un merveilleux instant, ils furent l'un contre l'autre, aussi près qu'un homme et une femme peuvent l'être. Mais cela ne fut bientôt plus suffisant.

Elle le rendait fou. La pression de ce corps menu, agrippé à lui, lui faisait perdre la raison. Elle balançait à présent les hanches contre lui, et chacun de ses mouvements attisait le feu qui flamboyait déjà en lui.

Il arracha sa bouche de la sienne un instant.

— Attends.

— 'peux pas.

Et en effet elle ne s'arrêta pas, mais continua à se balancer contre lui, de plus en plus vite.

— 'peux pas…, haleta-t-elle.

— Je veux être en toi, réussit-il à bafouiller en sentant l'imminence de son propre orgasme.

Il n'était pas certain de pouvoir survivre s'il n'était pas en elle dans les secondes suivantes. Il fit péniblement un pas en avant et rassembla ses forces pour l'asseoir sur la deuxième marche de l'escalier.

Aussitôt, elle posa les mains sur son bouton de jean.

— Attends, dit-il encore. Il y a quelque chose…

— Quoi ?

— Protection…, dit-il en tentant de retrouver un semblant de self-control.

— Je prends la pilule.

— O.K.

Ils s'arrachèrent leurs vêtements avec fébrilité. Elle se jucha sur la marche supérieure tandis qu'il lui ôtait ses chaussures et son jean.

— Vite, dit-elle.

— Il y a probablement un lit là-haut, dit-il en s'occupant de son propre pantalon.

— Plus tard, dit-elle en faisant passer son T-shirt par-dessus sa tête.

— O.K.

Il lui prit le T-shirt, le jeta au hasard et reposa les mains sur elle, sur la peau nue et satinée de ses seins, de cette poitrine menue. Il la souleva et referma la bouche sur la sienne.

— Maintenant. Tout de suite.

Lequel des deux prononça cette phrase d'elle ou de lui ? Lui ? Elle ? Les deux ?

Tout ce qu'il savait avec certitude, c'était qu'un désir identique au sien étincelait dans ses yeux.

Il l'attira à lui, elle enroula les jambes autour de lui.

Puis il s'enfonça en elle, presque désespéré. Elle se referma sur lui et l'attira plus loin encore.

Aucun des deux ne bougea. Il rêva de pouvoir arrêter le temps. De rester comme ça, ici, avec elle, aux limites du plaisir. Mais c'était impossible, ça au moins, il le savait. Il se retira, et plongea de nouveau en elle.

Elle cria, s'accrocha davantage à lui alors que l'orgasme s'emparait d'elle, et quelque chose se rompit en lui. Il la serra plus fort contre lui et entreprit un mouvement de va-et-vient éperdu.

Elle lui planta les ongles dans le dos alors qu'elle accordait les mouvements de son corps au sien — plus vite, plus vite encore, presque violents — et il sentit qu'un second orgasme montait en elle.

« A moi », songea-t-il alors que la jouissance le submergeait.

Lorsque la réalité reprit le dessus, le cœur de Cody battait toujours le tambour et il avait encore du mal à respirer. Et Brie était allongée sous lui dans l'escalier.

Il se maudit silencieusement et roula sur le flanc en l'entraînant avec lui. Il perçut la pression d'une arête de marche dans son dos et se maudit encore une fois.

— Ça va, toi ?

— Mmm…

— Tu dois avoir des marques dans le dos.

— Quelle importance ? fit-elle en souriant.

Il se mit à rire et le tressautement de son corps suffit à l'exciter encore. Il lut le choc dans son regard, puis le plaisir alors qu'elle connaissait un nouvel orgasme.

Il voulut lui prendre les hanches, mais elle posa les mains sur ses épaules en lui faisant signe de se taire.

Et elle entreprit de le chevaucher, lentement d'abord. Mais il durcit de plus en plus en elle et, bientôt, ils bougèrent de plus en plus vite, de plus en plus fort, chacun entraînant l'autre plus haut, plus loin, et cette fois-ci ils explosèrent simultanément.

Cody s'efforça d'apaiser sa fébrilité en attendant que Brie termine sa toilette dans la salle de bains. Son idée de l'utiliser comme appât afin de piéger un tueur était risquée, et l'instant de mettre ce plan en action approchait.

Il n'avait plus de temps pour les tergiversations. Surtout qu'il n'avait aucune autre option.

Il s'était écoulé du temps avant qu'ils ne finissent enfin de gravir cet escalier, et encore du temps avant qu'ils ne prennent une douche et refassent l'amour. Puis il lui avait exposé le traquenard prévu pour le soir.

— D'accord, avait-elle simplement répondu.

Comme ça. Sans une seconde d'hésitation.

Il savait qu'elle accepterait, et s'il connaissait les risques qu'elle courait, il savait aussi que c'était la meilleure solution pour lui sauver la vie.

Toutefois, dès l'instant où le mot avait passé ses lèvres, il avait ressenti la peur s'insérer en lui et lui nouer l'estomac.

— Tu es sûre ?

— Certaine. Ça commence à me fatiguer de jouer les cibles fixes. Et puis, puisque ce type ressemble à Ichabod Crane, il sera facile à repérer.

— Exact.

Du moins, en théorie.

— Et puis, il y aura plein de gens alentour pour monter la garde. Avery va prévenir le personnel ; Reese va en parler à Molly ; Davies a l'œil, il n'est pas producteur pour rien. Nate sera là, et nous aurons même un véritable colonel de notre côté.

— Le piano est placé de telle manière à ce qu'il soit impossible de le viser depuis le jardin ou la réception. Notre homme devra entrer dans le bar, et…

Il se tut en se rendant compte que c'était lui qu'il s'efforçait de convaincre.

— Dans la gueule du loup ! termina-t-elle pour lui, ravie.

Après l'avoir persuadée de faire une petite sieste sur le canapé, il répartit le temps qui lui restait entre la mise au point des derniers détails avec Avery et Nate, et la recherche d'une solution plus sûre.

Il acheva la première partie mais échoua à la seconde.

Mains dans les poches, il fit les cent pas le long du mur du fond de la grande salle et alla se planter devant la fenêtre qui offrait un point de vue stupéfiant sur l'océan.

Les minutes s'égrenaient, tout se mettait en place.

Avery avait déjà installé aux endroits stratégiques des panneaux annonçant la prestation de Brie. Quelques instants plus tôt, Reese et Mac avaient frappé discrètement à la porte, ils apportaient une robe pour Brie.

Elle était justement en train de l'enfiler.

Il se frotta la nuque en soupirant. Il y avait toujours quelque chose qui le tracassait, un détail qu'il ne parvenait pas à saisir. Il savait d'expérience qu'il finirait par lui revenir, tout comme la signification de cette voiture en panne à la sortie du ferry.

Et la meilleure façon d'y arriver était de penser à autre chose. Sur un coup d'œil en direction de la porte de la salle de bains, il sortit un morceau de parchemin de sa poche. Il l'avait ramassé par terre tout à l'heure, en allant ouvrir à Mac et Reese, et depuis l'envie d'y jeter un œil le démangeait.

Il avait tout appris de la boîte à fantasmes de Hattie et de ses pouvoirs la première fois qu'il avait séjourné à *Haworth House*. Ensuite, il avait appris que les trois sœurs avaient tiré des enveloppes de la boîte le premier jour, et qu'elles avaient toutes trois trouvé l'amour de leur vie grâce à cela.

Il n'avait pas encore tous les détails concernant Reese et Mac, mais le même scénario que pour ses sœurs aînées semblait s'être répété. Il ne pouvait donc qu'être curieux de celui qu'avait pioché Brie. Il ouvrit l'enveloppe et le sortit.

« Vous écarterez le passé comme l'avenir et vous offrirez une aventure unique. »

Il eut un coup au cœur en relisant le parchemin.

Une aventure unique.

Etait-ce cela, le fantasme qu'elle caressait secrètement ?

C'était logique, songea-t-il, vu qu'elle ne pensait qu'à sa carrière.

Eh bien, il allait juste falloir qu'il arrive à la faire changer d'avis ! Car il avait bien l'intention de lui proposer plus qu'une aventure unique. Il remit le papier dans l'enveloppe et posa le tout sur une table.

Brie posa un œil critique sur son reflet dans le miroir. Les cheveux, ça allait. Elle les avait laissés libres et juste repoussés en arrière au moyen de quelques pinces.

Parfait.

La robe était bien aussi. La soie noire de la robe dos nu parvenait à mettre en valeur le peu de courbes qu'elle avait.

Mais c'était son visage qui lui tirait l'œil chaque fois qu'elle s'inspectait dans la psyché. Il était différent. Le maquillage qu'elle y avait appliqué d'une main experte n'était pas la cause de ce changement. Elle resplendissait. Et elle savait qui en était responsable. Cody Marsh.

Son corps vibrait encore de tout ce qu'ils avaient exploré dans l'escalier et sous la douche.

Les mains plaquées sur le ventre, elle s'efforça de s'éclaircir les idées. Ce n'était pas facile.

Oh, elle avait su que l'instant où lui et elle feraient l'amour serait spécial, elle l'avait su dès l'instant où leurs mains étaient entrées en contact, à Times Square. Toutefois, elle ne s'était pas attendue à cela, elle n'avait pas anticipé ce qu'il s'était réellement produit. Comment peut-on imaginer une chose qu'on n'a jamais connue ?

Peut-être était-ce cela, ce que le parchemin qualifiait d'aventure unique. Un souvenir à chérir à jamais. Elle croisa son regard dans le miroir et ignora délibérément l'étau qui se resserrait autour de son cœur.

Il était temps que la Brie Sullivan pratique et sensée refasse une apparition. Elle avait une représentation de la première importance, ce soir, et il fallait qu'elle se concentre sur cela.

Elle allait enfin pouvoir chanter, pour la première fois depuis six mois ! Oh, d'accord, le mauvais côté de la chose était qu'on allait probablement la prendre pour cible.

Le bon était que Mac Davies, le « faiseur de stars » serait dans la salle. Et ça faisait toute la différence.

Et Cody… eh bien, elle aurait toujours le souvenir.

Elle prit une profonde inspiration, et ouvrit la porte de la salle de bains.

9

— De quoi ai-je l'air ? s'enquit Brie en émergeant de la salle de bains.

Cody crut avoir reçu une balle en plein cœur.

Elle fit un petit tour sur elle-même, lui laissant le temps d'apprécier la courbe gracile de sa nuque et son dos mince.

Et que dire de ses jambes ? Il n'avait pas eu vraiment le temps de les regarder. Elles avaient été parfaites pour courir, et pour s'enrouler autour de lui, mais il n'avait pas eu l'occasion d'en évaluer la longueur. Les talons aiguilles faisaient certes une différence — d'ailleurs, comment arrivait-elle à marcher là-dessus ?

Elle avança gracieusement dans la pièce et se dirigea vers le grand miroir.

Bien.

Parce que, si elle s'approchait plus de lui, il savait déjà ce qu'il voudrait faire, même s'il n'était pas certain que les connexions entre ses muscles et son cerveau soient en ordre de marche.

Elle lui fit alors face, dos au miroir.

— Avant de descendre, je voudrais te dire quelque chose. Ce qui s'est passé tout à l'heure… quand on a fait l'amour… je n'ai jamais… Je n'ai jamais éprouvé ça avant.

Il trouva finalement la force de mettre un pied devant l'autre et se planta devant elle. Très lentement, il leva les mains et les referma autour de son visage.

— Pour moi non plus, ça n'a jamais été comme ça.

Et là, debout face à elle, les yeux dans les siens, il comprit qu'il ne trouverait plus jamais, avec personne, ce qu'il avait découvert avec elle.

— Quoi qu'il arrive ce soir, fit-elle en avançant d'un pas, je garderai à jamais le souvenir de ce que nous avons partagé. Personne ne pourra jamais me l'enlever. Jamais.

Le souvenir ? Il lui fallut une bonne seconde pour comprendre de quoi elle parlait. Ah oui ! Le fantasme. L'aventure unique.

Quelque chose lui étreignit le cœur tandis que la peur s'insinuait en lui. Il voulait plus qu'un souvenir avec elle. Ils n'avaient même pas eu le temps de parler. Et il n'avait pas le temps non plus de lui dire ce qu'il avait dans le cœur. Aussi pressa-t-il sa bouche contre la sienne.

Dès l'instant où leurs lèvres s'unirent et se mêlèrent, sa peur s'évanouit. Et ce fut juste, au milieu du chaos dans lequel ils se débattaient depuis deux jours. Nul accès de désir, nul besoin pressant, aucun feu courant dans ses veines. Simplement une chaleur douce, stable et sincère.

Sur le moment, il ne comprit pas. Mais c'était si… juste de l'embrasser. Elle dut le percevoir, elle aussi, car il vit le vert de ses yeux s'embrumer quand il modifia l'angle de son baiser. Et elle se mit à trembler.

C'était si différent. Ce fut la seule pensée qui ne s'était pas envolée de l'esprit de Brie quand il l'avait embrassée. Avec une tendresse toute nouvelle.

Même quand il approfondit le baiser, très lentement, il n'y eut aucune des exigences qu'elle avait perçues auparavant, juste une requête. Il l'emmenait ailleurs. Et elle fondit, molécule après molécule, jusqu'à ce que son cœur, son âme, ses rêves, ses désirs, tout ce qu'elle était, passe d'elle à lui.

Et il n'y eut rien d'autre qu'une chaleur douce, confortable, apaisante.

Elle était rentrée chez elle.

Elle ne sut pas combien de temps ils restèrent là ; la seule chose dont elle fut certaine, c'était qu'elle avait voulu que cet instant dure à jamais.

Ce fut le téléphone qui les ramena tous deux à la réalité. Même alors, ce ne fut que la deuxième sonnerie qui les sépara.

Les mains encore sur son visage, il lui murmura :

— Retiens ce souvenir aussi, Brie. Il y en aura d'autres.

Puis il laissa retomber les mains et empoigna le combiné.

— Oui ? Oui, Avery, nous sommes prêts, répondit-il en la regardant. Nous descendons.

Cody scruta l'assemblée dans le bar. Sur la scène, un trio de musiciens jouait du blues en sourdine. Deux couples dansaient sur la piste.

Grâce aux lustres et aux bougies allumées sur toutes les tables, il pouvait voir chacun des spectateurs présents. Et si le nombre égal d'hommes et de femmes debout au bar ou installés aux tables était une indication, le *Week-end Célibataires* d'Avery atteignait son objectif.

Quant à Brie, elle était en sécurité dans un box avec Reese, Molly et une autre femme qu'on lui avait présentée comme étant miss Emmy Lou Pritchard, la bibliothécaire du village.

Les hommes étaient en place. Le colonel Jenkins, qu'il avait rencontré lors de sa dernière visite, était posté près de la sortie de secours, au bout de la salle. Cette sortie débouchait sur un corridor qui donnait accès aux jardins et aux salles de réunion. L'homme ressemblait étrangement à Paul Newman dans ses derniers films, et même si Jenkins devait avoir une petite soixantaine, Cody était persuadé qu'il saurait maîtriser l'acolyte de Radtke si celui-ci tentait une entrée par cette issue.

Personne correspondant à la description d'Ichabod Crane ne se trouvait dans le bar pour l'instant, ce qui n'eut rien pour le surprendre. L'homme n'aurait pas échappé aux recherches si longtemps s'il ne s'était pas montré prudent. Sans compter que la mort de sa partenaire avait dû aiguiser sa méfiance.

Selon lui, l'homme allait passer aussi peu de temps que possible dans le bar avant d'éliminer sa cible.

Il sentit le nœud dans son estomac se resserrer, mais il choisit fermement de l'ignorer.

Nate avait pris position dans l'entrée voûtée menant à la réception. Son adjoint Tim était planté derrière le comptoir de cette même réception. Ils stopperaient le tireur si jamais il voulait entrer par là.

Mac était au bar, à quelque distance des femmes, et Avery circulait parmi les tables. Lui-même avait choisi une position près de l'un des grands arbres en pot qui encadraient la petite scène. De là, il jouissait d'un point de vue imprenable sur toutes les parties du bar, à l'exception de l'entrée. Ça le plaçait aussi à quelques pas de Brie une fois qu'elle se serait juchée sur le piano.

Il pensait avoir tout couvert. C'était également ce qu'il avait pensé dès l'instant où il avait reçu l'appel de Maxine Norville, tellement persuadé qu'il pourrait accomplir sa mission. Cependant, il y avait encore et toujours ce détail qui le tracassait, qui lui titillait la mémoire, qu'il n'arrivait pas à retrouver. Ce petit détail qui le rongeait.

Il reporta les yeux sur Brie et le chassa de son esprit. Pour l'instant, il allait concentrer toute son attention à la maintenir en vie.

Reese tapa du doigt sur le parchemin que la femme assise face à elle avait sous les mains.

— Maintenant que vous l'avez pioché dans la boîte, il faut que vous le lisiez, miss Emmy Lou.

— Je n'aurais jamais dû le prendre, dit miss Emmy Lou, je suis trop vieille pour cela.

— Ma grand-mère dit toujours : « Le jour où on s'estime trop vieux pour rêver, on est bon pour manger les pissenlits par la racine » ! rétorqua Molly.

— Tu as probablement raison, lui répondit miss Emmy Lou. C'est juste que…

— Ce que vous allez trouver vous rend nerveuse, acheva Reese pour elle.

— Ça me donne une frousse inimaginable !

— Tu aurais dû me voir tout à l'heure, lui dit Molly. J'avais les mains qui tremblaient !

— Et Reese a dû me mettre au défi d'ouvrir le mien ! enchaîna Brie.

Ce bavardage anodin avec ses nouvelles amies apaisait un peu sa tension. Elle risqua un coup d'œil vers Cody, qui se tenait près de la scène. Il était son ange gardien, songea-t-elle.

— Ce parchemin est la plus belle chose qui me soit arrivée, reprit Reese.

— Idem, dirent en chœur Molly et Brie.

— Vous êtes des rapides, les filles, constata Reese.

— Dès que j'ai ouvert le mien, j'ai compris que j'avais perdu bien trop de temps, expliqua Molly en sortant le sien de sa poche pour le lire à voix haute : « *Vous retrouverez tous les délices découverts avec votre premier amour.* » Après avoir lu ça, j'ai su ce que je voulais, ce que j'avais en tête depuis mon retour.

— Tu es toujours amoureuse de Nate, constata Reese. Je croyais que le fantasme t'aiderait à aller de l'avant.

— C'était le plan, acquiesça Molly. Mais, en le lisant, j'ai commencé à réfléchir. A dix-sept ans, j'avais pour rêve d'aller à la Fashion School de New York, et puis j'ai commencé à sortir avec Nate. Et j'ai su que c'était le bon. On ne peut pas expliquer ce qu'on éprouve, mais ça vient de très loin, et c'est bien là.

— Oui, l'approuva Reese en souriant.

Brie se contenta d'un hochement de tête. Le fait qu'elle sache précisément de quoi parlait Molly lui fit tout drôle. Ce n'était pas possible que Cody fût le bon pour elle, il était son aventure unique !

— En fait, si Nate n'avait pas rompu, je serais restée, poursuivit Molly. Je ne serais jamais partie à New York. Donc, j'ai eu un petit entretien avec lui cet après-midi.

— Vous avez juste parlé ? s'enquit Reese.

— Oui, répondit Molly avec une petite grimace. Il est très pris par une affaire. Mais bon, je lui ai carrément posé la question. M'a-t-il laissée tomber pour que je puisse aller à New York ? Et il m'a répondu oui. Et en plus, il est persuadé que je ne suis revenue que parce que ma grand-mère est tombée malade, et que je repartirai à la première occasion !

— Qu'avez-vous fait, alors ? demanda Brie.

— Je l'ai détrompé, répondit Molly en sortant une carte magnétique de sa poche. Et je vais aller le retrouver dans sa chambre plus tard pour poursuivre cette discussion. Enfin, pas seulement !

Reese applaudit, et Brie se joignit à elle.

— A ton tour, dit Molly à miss Emmy Lou en riant de plaisir.

— Tu n'as pas besoin de nous dire ce que c'est, lui rappela Reese.

Brie remarqua que avant d'ouvrir son enveloppe, miss Emmy Lou avait tourné les yeux vers le fond du bar. Dès qu'elle rabaissa les yeux sur son enveloppe pour l'ouvrir, Brie risqua un coup d'œil dans la même direction. Un homme grand, et à l'air distingué, qui lui fit penser à Paul Newman, se tenait près de la porte du fond. Quand elle reporta les yeux sur miss Emmy Lou, celle-ci contemplait son parchemin d'un œil sévère.

— Ne t'en fais pas s'il n'a pas l'air de coller, lui dit Reese, les voies de Hattie sont comme celles du Seigneur : impénétrables.

— Je suis censée découvrir les joies d'être avec un homme plus jeune, leur dit miss Emmy Lou en s'empourprant. A mon âge !

— J'ai lancé une recherche Google sur le colonel le mois dernier, quand il t'a invitée à prendre un café, lui dit alors Molly. Il a seulement huit ans de moins que toi.

Brie jeta un nouveau coup d'œil par-dessus son épaule.

— Nous parlons bien du sosie de Paul Newman qui se tient près de la porte du fond ?

— Oui, répondit Reese. C'est aussi le fils de l'amant de Hattie. Et le premier Samuel Jenkins avait au moins dix ans de moins que Hattie.

— C'était à l'époque, objecta miss Emmy Lou.

— Et nous sommes maintenant, repartit Brie. L'âge n'est

plus un problème. Voyez Demi Moore et cet Ashton Je-ne-sais-plus-comment.

Du coin de l'œil, elle vit approcher Avery. Son tour de chant allait commencer. Elle prit une grande inspiration et se tourna vers Reese.

— Quelqu'un a-t-il déjà pioché un second fantasme dans la boîte ?

— Pas que je sache.

— J'aimerais bien faire un autre essai après mon tour de chant, dit-elle en se levant.

— Pas de problème pour moi, répondit Avery en lui souriant, avant de l'escorter jusqu'à la scène.

Alors qu'il la présentait, les yeux de Brie croisèrent ceux de Cody. Oh, oui, elle avait un fantasme différent en tête pour Cody Marsh. Et elle allait lui en parler dès que possible.

Cody garda l'œil sur Brie tandis qu'Avery la faisait monter sur scène et la juchait sur le piano.

— Mesdames et messieurs, nous avons une surprise pour vous ce soir, annonça le directeur dans le micro. La chanteuse Brie Sullivan, de New York, a accepté de se produire devant vous.

Des applaudissements crépitèrent. Le joueur de basse et le saxophoniste quittèrent la scène en même temps qu'Avery. Les conversations se turent, la lumière des lustres se fit plus tamisée.

Du coin de l'œil, Cody vit Brie croiser les jambes et se pencher en arrière, appuyée sur les mains. La fameuse position de chanteuse. Il aurait volontiers souri s'il ne s'était pas concentré sur l'audience afin de scruter les visages. Avery avait entrepris de contourner le bar. Lui aussi examinait la foule.

Puis Brie commença à chanter. *A capella* d'abord. Sa voix douce et rêveuse enfla peu à peu et lui alla droit au cœur. Après quelques mesures, le piano entama son accompagnement.

C'était une vieille chanson — *Someone to watch over me* —, mais jamais encore il ne l'avait entendue chantée avec tant de tristesse et d'espoir, tant de nostalgie.

Et il ne fut pas le seul à être transporté. Un silence total s'était fait dans la salle, tout le monde l'écoutait religieusement. Il reporta son attention sur les visages, conscient que Nate, le colonel, Mac et Avery faisaient de même.

Quand la dernière note s'envola et s'effaça, un tonnerre d'applaudissements salua la performance. Cody fit de même, les yeux toujours braqués sur la salle. La seule expression qui attira son attention fut celle de Mac Davies. Il avait l'air surpris. Cody se raidit mais, quand il capta le regard de Mac, celui-ci lui fit signe que ce n'était rien.

Brie se pencha pour dire quelque chose au pianiste, puis marqua la cadence des doigts sur le piano. Elle commença sa deuxième chanson, *Luck be a lady tonight,* un classique de Sinatra. Ce n'était pas un mauvais choix pour un public réuni en vue d'un *Week-end Célibataires* incluant une boîte à fantasmes. Cependant, ce choix aurait été encore meilleur pour l'engagement qu'elle avait manqué à Las Vegas.

Il comprit alors que c'était de chance qu'il avait justement besoin. Et Brie aussi.

Elle entama le deuxième chorus, et c'est à cet instant qu'il comprit. Il sut exactement ce qui l'avait tracassé toute la journée. Radtke et consort avaient eu besoin de plus que de la chance s'ils voulaient que leur projet d'accident ait une chance de réussite. Ils avaient eu besoin d'une première reconnaissance de la route qui menait de Belle Bay à *Haworth House.*

Lui qui avait été persuadé que personne ne pourrait savoir qu'il emmènerait Brie à *Haworth House* s'était manifestement et grossièrement trompé.

Et ils allaient devoir chercher cette autre personne aussi bien que le partenaire de Radtke.

Il s'en fut vers Nate et lui fit partager l'intuition qu'il venait d'avoir.

Il fit de même avec Mac et lui demandait de relayer l'information à Avery et au colonel quand Brie se lança dans une nouvelle chanson. Celle-ci parlait d'amants s'efforçant de trouver du temps et un endroit pour être ensemble.

Dès l'instant où il croisa son regard, il ne put détourner les yeux. Elle chantait pour lui, elle déversait en lui toute la tristesse et la nostalgie des paroles de son chant. L'espace d'un instant, il fut perdu, ailleurs. Un peu comme s'ils avaient été seuls dans la pièce.

— *Quelque part.*

Alors que ces mots enflaient, elle le maintenait sous l'emprise de ces émotions, et le public avec lui.

Il ne pouvait détourner les yeux. Et s'il n'avait pas eu le regard braqué sur elle, totalement transporté, il aurait manqué la silhouette qui se matérialisait près d'elle sur le piano. Hattie.

Soudain, le noir se fit.

— A terre ! hurla-t-il, en priant pour que Brie l'ait fait quand le miroir explosa derrière la scène.

10

Une autre détonation retentit.

Brie perçut la chaleur de la balle qui sifflait près d'elle.

Les gens hurlaient. D'autres éclats de miroir volèrent.

— Tout le monde à terre !

Elle était déjà à terre. Elle s'était aplatie sur le piano et avait commencé à ramper sur la surface vernie dès qu'elle avait perçu cette autre présence près d'elle.

Une troisième détonation se fit entendre. Une balle percuta le Steinway juste avant qu'elle se laisse choir sur la scène. Ses genoux amortirent tant bien que mal sa chute. Puis des bras forts l'empoignèrent et quelqu'un l'aplatit sur le sol entre la scène et le mur.

Cody. Son corps le reconnut avant même qu'il ne lui souffle à l'oreille :

— Tu vas bien ? Ces balles ne t'ont pas touchée ?

— Non, murmura-t-elle en retour. Je n'ai rien.

Un silence irréel s'était appesanti sur la salle de bar. Elle entendit Cody lutter pour respirer calmement, et tenta elle-même de recouvrer son souffle. Au moins, on ne tirait plus.

Le vacarme d'une empoignade suivi d'un bruit de chute se firent entendre depuis l'autre côté du bar.

— On l'a eu, lança une voix d'homme, celle de Mac.

Il y eut des hoquets, des questions qui fusaient de l'assistance.

— Que s'est-il passé ?

— Qui a tiré des coups de feu ?

— Restez où vous êtes. Nous allons rallumer les lumières.

Elle reconnut la voix d'Avery. Puis Cody lui chuchota à l'oreille :

— Surtout, ne bouge pas. Je tiens à leur faire croire qu'ils t'ont eue pour de bon.

— Parce qu'ils seraient plusieurs ?

— Peut-être deux, dit Cody en se soulevant et en s'accroupissant une seconde pour jeter un coup d'œil par-dessus la scène.

Puis il ne fut plus là.

La peur s'empara d'elle et lui glaça les veines. Il y avait encore quelqu'un quelque part, armé. Et Cody serait parti à sa recherche ? Elle tenta de compter les secondes qui s'écoulaient, mais tout avait ralenti en elle, le cerveau comme le cœur.

Quand elle parvint à prendre une nouvelle inspiration, elle ressentit une vive douleur à la poitrine, comme quand il lui était arrivé de boire la tasse lors d'une baignade. Soudain, elle fut pressée de savoir. Aussi silencieusement que possible, elle se haussa sur les mains et risqua un œil par-dessus la scène, comme Cody venait de le faire.

— Encore quelques instants, reprit la voix calme d'Avery. Nous travaillons à remettre le courant.

La salle n'était plus d'un noir d'encre, comme au début de la coupure. Il n'y avait toujours pas d'électricité, mais les bougies encore allumées sur les tables offraient un peu de visibilité.

Quiconque avait tiré ces coups de feu pourrait voir qu'elle n'était plus sur le piano. Serait-il leurré au point de croire son forfait accompli ?

Et où était Cody ?

Brie vit une ombre se détacher de la masse près du bar et se diriger vers la réception. Puis elle distingua des mouvements alors qu'une autre silhouette se jetait sur la première. Elles atterrirent toutes deux au sol et roulèrent. La lutte fut brève.

Le faisceau d'une lampe torche illumina une partie bien précise du bar. Entre les pieds du piano, Brie nota vaguement que Cody était à califourchon sur un corps inerte. Nate se tenait tout près, son arme à la main.

— Qu'avons-nous là ? s'enquit-il.

Cody baissa la main, arracha la perruque de la personne qu'il chevauchait et dit, fort civilement :

— Je vous présente le capitaine fédéral Maxine Norville.

Trois heures plus tard, accoudé au bar, le portable à l'oreille, Cody écoutait ce que lui disait Nate de ses avancées dans l'enquête. Avery et Mac étaient assis sur des tabourets près de lui. Mais lui, il voyait mieux Brie en restant debout. Et il n'était pas encore disposé à la perdre de vue.

Elle avait survécu à la soirée avec seulement une égratignure au genou. Ça aurait pu être infiniment pire.

Il lui suffisait de tourner légèrement les yeux sur la droite pour voir le trou qu'avait fait la balle dans le Steinway. Toutefois, c'était le premier tir, celui qui avait eu raison du miroir de fond de scène, qui aurait pu lui être fatal sans l'intervention de Hattie.

S'il n'avait pas été transporté par Brie et sa chanson, il ne l'aurait peut-être pas vue se matérialiser sur le piano et il n'aurait pas hurlé son avertissement à temps.

Il ne doutait pas un seul instant que Hattie eût veillé sur Brie, et qu'elle lui fût apparue sur ce piano pour lui envoyer un signal.

— Vous êtes toujours là ? entendit-il dire Nate dans son oreille.

— Oui.

Il était là, et Brie était là aussi. Cela seul comptait.

Reese et elle dégustaient un brandy bien mérité dans un box non loin de lui. Le colonel Jenkins et miss Emmy Lou Pritchard s'étaient isolés à une table au fond de la salle, très près de l'endroit où Mac avait empoigné l'homme qu'ils pensaient être le complice de Radtke. La foule de début de soirée était moins dense, mais le tumulte n'avait pas chassé tout le monde.

Molly avait suivi Nate un peu plus tôt, quand ses adjoints et lui-même avaient escorté les prisonniers jusqu'à la prison de Belle Bay.

— Le partenaire de Radtke se montre très coopératif, lui dit Nate.

— Déjà ?

— Eh bien, je lui ai fait remarquer qu'il a été pris avec des jumelles de vision nocturne et une arme qui a servi récemment ; et comme il n'a tué personne, je lui ai suggéré que sa coopération pouvait ouvrir la voie à un accord avec le procureur. Il a reconnu avoir installé un boîtier électronique lui permettant de couper le courant à distance. C'est tout ce que j'ai obtenu de lui avant que les fédéraux et les gendarmes n'envahissent mon bureau. Molly, Tim et moi sommes ratatinés dans l'espace immédiatement attenant à ma table de travail.

— A ce point ?

— Heureusement, ils sont tous en train de parler dans leurs portables. C'est comme ça que j'arrive à suivre les progrès qu'ils font. Ils nous prennent, nous locaux, pour des incapables.

— Grave erreur, dit Cody en riant.

— La bonne nouvelle, c'est que Maxine Norville veut passer un accord. S'ils l'inscrivent au programme de protection des témoins, elle est prête à tout déballer. Il semblerait qu'elle ait travaillé pour la famille Ferrante depuis un certain temps, déjà. Et ils lui ont vraiment mis la pression quand le premier attentat contre Brie a échoué. Selon elle, elle a pris une part plus active parce qu'elle craignait pour sa propre vie.

— Et comme elle voulait que personne ne la soupçonne comme étant à l'origine de la fuite dans les services, elle a fait appel à moi, marmonna Cody. Et puis elle a fait appel à des pros pour nous liquider tous les deux.

— Vous lisez dans ses pensées, ou quoi ? commenta Nate avant de marquer une petite pause. Vous savez, la fin aurait pu être radicalement différente si vous n'aviez pas compris que Norville était impliquée.

— Oui, jeta Cody, peu désireux de s'étendre sur ce point. Et nous pouvons remercier Brie. Si elle n'avait pas chanté cette chanson, je n'aurais peut-être pas compris que Radtke et consort avaient besoin d'autre chose que de la simple chance pour mettre leur piège au point. J'aurais dû le comprendre plus tôt. Simplement, je n'arrivais pas à comprendre comment quelqu'un aurait pu savoir que nous viendrions à *Haworth House*. Une fois compris que Radtke et compagnie n'avaient pu agir seuls, j'ai su que Maxine Norville était mouillée jusqu'au cou. Je suis prêt à parier qu'elle a fait mettre mon appartement sur écoute avant de m'appeler pour me parler de la mission. C'est juste après avoir raccroché que j'ai appelé Avery pour réserver une suite. Elle n'avait plus qu'à en informer ses tueurs.

Il entendit des voix en arrière-fond.

— Il faut que je raccroche, dit alors Nate. Faites passer les nouvelles aux autres, voulez-vous ? Molly et moi serons probablement de retour dans la nuit. Je vous tiens au courant.

Son portable remis dans la poche, il résuma ce qu'il venait d'entendre à Mac et Avery.

— Tout est bien qui finit bien ! lança Avery en levant sa bière.

Cody reporta les yeux sur Brie et Reese dans leur box. Le problème était qu'il ne voulait pas voir son histoire avec Brie se terminer si vite.

Quand Avery alla communiquer les nouvelles aux deux femmes, Mac se tourna vers lui.

— Ce n'est pas encore fini pour Brie, n'est-ce pas ? Il faut toujours qu'elle témoigne au procès Ferrante, lundi ?

— En principe.

Et cela faisait aussi partie du problème qu'il rencontrait. Il fallait encore qu'elle survive au procès. Et il y avait de grandes chances pour qu'elle soit obligée de demeurer dans le programme de protection des témoins.

— Seulement, à présent que Maxine Norville est en garde à vue et que ses services font l'objet d'une enquête approfondie, elle ne craint plus rien. De toute façon, je ne la quitte pas.

— Que savez-vous du passé de Brie ? lui demanda Mac après les avoir regardés tour à tour.

— Pourquoi cela vous intéresse-t-il ? demanda-t-il, interrogateur.

— Quand je l'ai entendue chanter, au début… l'espace d'un instant, j'ai cru reconnaître sa voix. A tout hasard, aurait-elle été adoptée ?

— Oui, quand elle avait deux ans. J'ai vérifié, mais les dossiers sont confidentiels.

— Je sais que je ne l'ai jamais vue sur scène avant ce soir, ajouta Mac. Je n'aurais jamais pu l'oublier.

— Je doute que quelqu'un puisse le faire, intervint Avery, de retour au bar. Une voix pareille n'est pas donnée à tout le monde. Je me souviens avoir entendu une fois Streisand en concert quand j'étais petit. Brie m'a fait penser à elle.

— Ce n'est pas Barbra Streisand qu'elle m'a rappelée, fit Mac. Je suis presque certain d'avoir déjà entendu cette voix quelque part. Ça me reviendra. Dans le même temps, je pense que je vais aller récupérer Reese. La journée à été longue pour elle. Pour nous tous, conclut-il en tournant les yeux vers Avery.

Le portable de Cody sonna.

— Encore une bonne nouvelle, et une excellente ! lança Nate à l'autre bout de la ligne. Un des fédéraux vient de recevoir un appel de Quantico. Il n'y aura pas de procès Dicky Ferrante. Il a passé un accord avec les fédéraux, et puis il s'est mis à table. Donc, maintenant, nous avons ici un concours entre lui et Maxine Norville pour savoir celui qui en dira le plus et obtiendra le meilleur accord.

— Les nouvelles vont décidément très vite !

— Tout ce qu'il faut, s'esclaffa Nate, c'est une douzaine de mecs en costume dans mes locaux, tous au téléphone !

Sur ce, il coupa la communication.

Cody rempocha son appareil et fit signe à Mac et Avery de le suivre. Il partit vers le box.

— Donc, je suis enfin libre ? résuma Brie peu de temps après. Je peux reprendre mon ancienne vie ?

— Ou alors, en démarrer une toute nouvelle, lui suggéra Mac. J'ai de nombreux contacts dans le milieu de la musique à Los Angeles.

— Et si tu trouves utile de changer d'agent, j'appelle le mien dès que tu veux, renchérit Reese.

— Oh, mon Dieu, fit Brie en pressant une main contre son cœur. Je n'arrive plus à respirer ! Je...

— J'apporte du champagne ! proposa Avery.

— Et la boîte à fantasmes ! repartit Brie. Vous avez promis que je pourrais en tirer un autre.

— C'est vrai.

Quelque chose se défit en Cody, et quelque chose d'autre lui étreignit le cœur quand il vit revenir Avery avec le carton à chapeau. Mais pourquoi désirait-elle un autre fantasme ?

Une seule réponse se présenta à lui : elle était prête à reprendre sa route. Il la regarda plonger la main dans la boîte.

Dès qu'elle eut pioché une enveloppe, elle se tourna vers lui et la lui tendit.

— Je ne veux pas le lire avant que nous soyons dans la salle de la tour. Tu viens ?

En arrivant en haut de l'escalier en colimaçon, Brie n'était même pas sûre de pouvoir aligner deux mots à la suite. Pourtant, elle avait préparé son discours. Elle l'avait même répété avec Reese alors qu'elles dégustaient leur verre de brandy. Mais c'était avant.

Auparavant, elle avait reçu l'aide de Hattie. Elle avait clairement perçu sa présence juste avant l'explosion du miroir dans le fond de scène. Oh, elle ne l'avait pas vue, mais elle était bien certaine qu'elle l'avait aidée à éviter la balle qui lui était destinée.

Et elle avait encore besoin d'elle. C'était pour cela qu'elle avait demandé à tirer un autre fantasme. Car elle ne voulait plus d'une aventure unique. Elle voulait bien plus.

Le problème, c'est que parfois on ne peut avoir plus. Déjà, Mac Davies et Reese lui ouvraient des portes qui étaient fermées pour elle avant. Hier, ça aurait suffi à faire son bonheur, mais plus aujourd'hui.

Le cœur lourd, elle entra dans la grande salle. Jamais elle n'avait été aussi nerveuse, aussi effrayée. Davantage que lorsqu'on avait tenté de la tuer, ces derniers jours. Plus que ce matin, sur la route.

Ce matin. Elle ne connaissait Cody que depuis la veille.

Comment avait-il pu devenir si important, si… essentiel à sa vie en si peu de temps ?

Il y eut comme un déclic, et la lumière changea d'intensité. Ce fut alors qu'elle eut un aperçu d'elle-même dans le miroir biseauté. L'autre image dans la glace s'effaça instantanément, mais elle avait eu le temps de la reconnaître. Et la mélodie de *When you wish upon a star* lui emplit les oreilles. Elle fit face aux fenêtres. Des centaines d'étoiles brillaient au firmament, mais elle n'en voulait qu'une, la plus brillante. Elle ferma les yeux et fit un vœu.

— Pourquoi as-tu voulu un autre fantasme, Brie ?

— J'ai décidé que je ne voulais plus de l'ancien, dit-elle en se retournant vers lui.

— Mais tu en as pris un autre, répliqua-t-il, cachant mal la peur qu'il éprouvait.

— C'est vrai.

Ainsi elle reconnaissait qu'elle voulait un autre homme. Il eut l'impression que des mains invisibles lui arrachaient le cœur.

— Donc, tu as décidé de reprendre ta route.

— Oui.

— Non.

Il leva l'enveloppe, la déchira en deux et en laissa tomber les morceaux par terre.

— Mais que…, commença Brie.

— Tu ne vas pas avoir un nouveau fantasme, l'interrompit-il en faisant un pas vers elle. Tu es sûre que tu ne veux plus de l'ancien ?

— Oui, répondit-elle en ne regardant pas ses yeux, mais ses mains.

— Parfait, je ne suis pas fan des aventures uniques.

— Tu as lu mon fantasme ? s'insurgea-t-elle.

— Tu l'avais laissé traîner par terre. Je suis enquêteur de métier, dit-il en déchirant aussi la première enveloppe.

— Non !

Elle allait se pencher pour ramasser les morceaux quand il lui prit les poignets.

— Je refuse de te laisser t'en aller, Brie. Pas sans moi. Si tu as envie d'autres fantasmes, ce sera avec moi.

Elle sentit que sa tête se mettait à tourner, et elle fut de nouveau incapable de respirer normalement. Ce n'était pas bon, tout cela. Une chanteuse a besoin de souffle. Et peut-être, juste peut-être, n'avait-elle pas bien entendu ce qu'il venait de dire. Il fallait qu'elle sache, qu'elle soit sûre. Elle s'efforça de se secouer et dit :

— Et si, moi, je ne veux pas de nouveaux fantasmes ?

— Que veux-tu, en ce cas ?

Elle vit ce qu'il y avait dans ses yeux. Une trace de colère, un soupçon de peur. Et plus encore. Ce fut ce plus qui lui insuffla le courage de parler.

— Toi. Je t'ai voulu dès que nous nous sommes rencontrés. Je ne sais pas pourquoi.

— On dirait que nous sommes sur la même longueur d'onde, répondit-il en souriant, parce que je t'ai voulue aussi au même moment. Et je te veux maintenant. Pour de bon.

— Pour de bon…

Elle eut à peine le temps de répéter ces mots qu'il plaquait sa bouche sur la sienne et l'attirait au sol avec lui.

Ils se retrouvèrent nus en quelques secondes à peine, et un incendie se déclara en elle. Puis il se dressa au-dessus d'elle, entrelaça ses doigts aux siens et s'introduisit en elle.

— Ce ne sera plus une aventure unique si nous le refaisons. Et le refaisons encore. Et encore.

Elle crut voir un éclair traverser la pièce alors qu'une vague de plaisir s'annonçait déjà. Il envahit chaque recoin de son être mais, quand elle voulut se cambrer sous lui, il l'en empêcha.

— Tu veux retrouver ta carrière, et tu l'as.

— Je croyais que c'était tout ce que je voulais. Tout ce que je pouvais avoir.

— Oui, lui dit-il en souriant. Mais, à présent, nous pouvons avoir infiniment plus.

— Ensemble, gémit-elle alors qu'il intensifiait ses va-et-vient en elle.

Bien longtemps plus tard, alors qu'ils étaient allongés par terre face au miroir, il lui caressa l'épaule et dit :

— Tu sais, j'ai beaucoup réfléchi à ton fantasme depuis que je l'ai lu. Et j'ai une théorie.

— Ne fais pas durer le suspense.

— Je pense que le truc d'une aventure unique est le fantasme qui a d'abord réuni Hattie Haworth et Samuel Jenkins. Il était plus jeune, marié, et il avait un enfant. Les sœurs ont appris qu'ils s'étaient rencontrés à la bibliothèque. Et peut-être que c'est arrivé pour eux, juste comme ça. Juste comme pour nous.

— Mais, une fois qu'ils ont fait l'amour, ils n'ont pas pu résister, dit Brie en roulant sur lui. Ils devaient le refaire encore.

— Et encore, répondit Cody avant de soulever les hanches et de la pénétrer.

Ils furent bientôt si perdus l'un dans l'autre qu'ils ne virent même pas le miroir scintiller près d'eux.

Épilogue

15 heures, samedi
Week-end Célibataires, jour 2

Avery fit tinter son verre afin de capter l'attention du petit groupe rassemblé dans le bar de *Haworth House*. Les participants au *Week-end Célibataires* s'activaient dehors, et l'hôtel était relativement calme.

— Je veux proposer un toast à la boîte à fantasmes de Hattie, dit-il.

Et il leva sa coupe de champagne. Le carton à chapeau trônait sur le comptoir du bar. Tous levèrent leur coupe.

— Que les fantasmes durent à jamais, s'écria Cody.

Mais ce fut les yeux rivés à ceux de Brie qu'il but. Du coin de l'œil, il remarqua que les autres hommes présents — Dane et Ian MacFarland et Mac Davies — levaient chacun leur verre vers leurs moitiés respectives. Les frères MacFarland, Jillian et Naomi étaient arrivés dans la matinée.

— Pour toujours, ajouta Reese.

— Et même plus longtemps ! fit Brie.

— Absolument, déclara Jillian. Je crois que Hattie et Samuel profitent encore du leur.

— Puissions-nous avoir autant de chance qu'eux, souhaita Naomi.

Toutes les coupes furent de nouveau levées.

Brie était installée avec les sœurs Brightman dans un box.

Naomi et Jillian tenaient à entendre tous les détails de leurs plus récentes aventures. Cody présumait que les frères MacFarland les avaient invités, Mac et lui, à les rejoindre devant le bar pour la même raison. Il n'avait pas encore eu l'occasion de discuter avec Ian mais il savait que cela viendrait bientôt. Son ami était toujours avide de détails.

Il différa l'interrogatoire en se tournant vers ses compagnons.

— Moi, je voudrais proposer un toast pour Avery Cooper. Qu'il reste longtemps le gardien de la boîte !

— Entièrement d'accord, dit Mac en regardant Avery. Si tu n'avais pas eu l'idée de ce *Week-end Célibataires*, je n'aurais peut-être jamais fait la connaissance de Reese, puisque j'avais délibérément programmé ma visite un jour où elle ne devait pas être là.

— Et moi, je suis reconnaissant à Ian de m'avoir invité la première fois à *Haworth House*, ajouta Cody. Si je n'avais pas vu Samuel, je n'aurais peut-être pas eu envie de revenir, et je n'y aurais pas amené Brie. Et, sans ce week-end, elle n'aurait peut-être jamais choisi un fantasme.

— Les voies de Hattie sont souvent sinueuses, déclara Avery.

— De plus, ajouta Dane, je crois que nous devrions remercier Avery d'avoir su remettre cette salle en état. Je ne vois aucune trace de la fusillade d'hier soir.

Il avait raison. Avery avait mystérieusement réussi à faire nettoyer le bar et remplacer les miroirs, tout ça un samedi matin. Le bar pourrait ouvrir normalement ce soir à 17 heures.

— Il reste juste le trou dans le Steinway, fit remarquer Mac, mais les dommages sont purement esthétiques. Un menuisier de talent saura le réparer, et le piano n'est même pas désaccordé. Je l'ai essayé.

— Tu joues du piano ? fit Cody.

— Mes parents adoptifs avaient de l'argent, assez pour payer dix années de cours de piano, éluda le producteur.

— A propos, dit Dane, je suis allé faire une petite visite à Nate en arrivant. Il n'était pas content, mais il m'a donné les dernières informations en date. L'avocat de Chantal Dutoit essaye de convaincre le District Attorney de passer un accord. La police de Los Angeles a également très envie de l'interroger. Assez envie pour envoyer un inspecteur à l'hôpital où elle se trouve en ce moment. Il semblerait qu'elle soit intervenue de façon musclée à plusieurs reprises dans le seul but d'assurer la carrière de son frère. Ils veulent aussi interroger Charles Dutoit.

— La seule chose qu'ait pu nous dire Nate à propos de Maxine Norville, reprit Ian en regardant Cody, c'est qu'il n'y a plus de costumes dans son bureau. Dane et moi avons un contact à New York qui essaye d'en savoir plus du côté du FBI. Mais Brie est définitivement sortie d'affaire.

— Excellente nouvelle, conclut Cody. Mais j'étais persuadé qu'Avery nous avait tous réunis pour un debriefing.

— Ce sont Mac et Reese qui m'ont demandé de vous rassembler, se défendit Avery.

— C'est moi, en fait, déclara Mac. Je tenais à entendre encore Brie chanter. J'ai une idée que j'ai très envie de creuser. Un truc un peu fou, mais, plus j'y pense, plus ça colle. Alors, j'en ai parlé à Reese et nous avons décidé une réunion de famille.

De famille ? Brie et lui ne faisaient pas vraiment partie de la famille. Il regarda Brie se glisser hors du box, suivie par les autres femmes. Toutes se placèrent près de leur homme.

— Quand je vous ai entendue hier soir, dit Mac à Brie, j'ai été sûr de vous avoir déjà entendue quelque part, mais je n'arrivais pas à mettre le doigt dessus. J'espère donc que, si vous chantez de nouveau, ça finira par me revenir.

— Bien sûr, dit Brie. Y a-t-il une chanson particulière que vous voudriez entendre ?

— Oui, répondit-il en l'entraînant vers le piano, sur lequel il la jucha avant de s'asseoir devant le clavier. Je veux que vous chantiez la chanson que vous avez entendu Hattie vous chanter.

— O.K.

Brie attendit qu'il joue une petite introduction avant de commencer.

Tous se turent alors que sa voix emplissait la pièce. Il y avait une tristesse, une nostalgie, un espoir dans ces paroles qui serrèrent le cœur de Cody. Et il ne fut pas le seul à en être affecté. Près de lui, il vit Ian agripper la main de son frère, et ce qu'il lut sur leurs deux visages fut très proche de ce qu'il avait vu sur celui de Mac la veille. C'était un mélange de surprise et de… reconnaissance ?

Ian se pencha pour murmurer quelque chose à l'oreille de son frère, mais Cody ne l'entendit pas, certain qu'une autre voix s'était jointe à celle de Brie. Il reporta aussitôt son attention sur le piano. Et, l'espace d'un instant, il vit Hattie assise près de Brie.

Puis la dernière note s'éleva, et Brie fut de nouveau seule en scène. Tous applaudirent. Mac se leva de son siège et prit Brie par la main.

En voyant Ian et Dane descendre de leur tabouret et partir vers la scène, Cody les suivit, ainsi que les autres.

— J'ai parlé avec Reese, leur dit Mac en baissant les yeux sur les deux frères, mais je ne voulais rien dire avant d'en être certain. A présent, je le suis, ajouta-t-il en faisant face à Brie : Votre voix m'a rappelé celle de ma mère. Je me suis souvenu qu'elle chantait cette chanson tout le temps. Cody m'a dit que vous aviez été adoptée, et je me demande si vous ne seriez pas ma petite sœur.

— Votre sœur ? fit Brie, ahurie.

— J'avais quatre ans quand ma mère est morte et que la famille a été dispersée entre diverses institutions, poursuivit Mac. Mais je me suis toujours souvenu que j'avais deux frères aînés et une petite sœur.

Alors, il se retourna vers Ian et Dane.

— Reese m'a dit que vous avez aussi été séparés de votre famille. Et si je peux me fier à la vieille mémoire d'un enfant de quatre ans, les prénoms de mes frères étaient Ian et Dane. Tout est arrivé si vite, ici, que je n'ai pas fait le rapport avant que Reese et moi ayons l'occasion de parler un peu, tard hier soir.

— Mac voulait entendre encore Brie, juste pour être sûr, enchaîna Reese en regardant les deux frères. Y aurait-il un moyen pour que vous découvriez avec certitude si vous êtes vraiment apparentés, vous quatre ?

— Le prénom de notre petite sœur était Briana, commença Dane.

— Et celui de notre petit frère était Caleb, ajouta Ian.

— C'était mon prénom ! s'écria Mac. Mes parents ont décidé de m'appeler Mac, mais j'ai toujours pensé que c'était mon deuxième prénom. Je leur ai téléphoné ce matin pour m'en assurer, et ils m'ont dit qu'ils avaient choisi Mac en diminutif de MacFarland, qui était mon nom de famille quand ils m'ont adopté.

Dane lui tendit une main.

— Maintenant que nous savons qui sont tes parents adoptifs, Ian va certainement pouvoir accéder à ton dossier d'adoption.

— Et moi, j'aurai de grandes chances de pouvoir accéder au dossier de Briana MacFarland en allant au tribunal, demain, renchérit Naomi.

— Cependant, je ne pense pas que nous en aurons besoin, dit Ian. Dane et moi avons également reconnu la voix. Tu as la même voix que maman, petite sœur, dit-il en grimpant sur la scène pour serrer Brie dans ses bras. Salut, sœurette.

Pendant quelques minutes, Brie fut emportée dans un tourbillon d'étreintes et de questions. Dès qu'il vit les larmes jaillir de ses yeux, Cody vint la serrer très fort contre lui.

— Respire, à fond.

— Je sais. Je passe mon temps à oublier de le faire, sanglota-t-elle en riant, avant de le regarder. J'ai toujours eu ce rêve dans lequel j'avais trois frères. Je pensais que c'était un fantasme, mais c'est la réalité ! Et puis, tu es devenu mon fantasme. Et toi aussi, tu es réel !

— Et bien réel !

Derrière eux, les frères MacFarland s'étaient plantés à côté du piano. Mac jouait. Tous les trois chantaient *When you wish upon a star.*

— Je devrais chanter avec eux, dit Brie.

— Nous devrions tous, dit-il en l'emmenant au piano, et en lançant un coup d'œil à Avery.

Le directeur était toujours devant le bar. Il sourit à Cody et tapota affectueusement le carton à chapeau.

Et Cody fut certain d'entendre la voix de Hattie et une autre, plus grave, se joindre à eux pour chanter cette chanson.

Retrouvez en janvier
dans votre collection

SAGAS

Tétralogie intégrale : LES DIAMANTS DE SKAVANGA
de Susan Stephens - N°142

Trahie par le cheikh

Elle a été trahie ! Britt est furieuse : l'inconnu dans les bras duquel elle vient de s'abandonner n'est autre que le cheikh Kareshi. Et celui-ci s'est servi d'elle pour prendre le contrôle de la mine de diamants familiale. Blessée, Britt compte bien confronter ce cheikh arrogant et... irrésistible.

Le plus précieux des diamants

Être surprise par le comte Quisvada, après s'être introduite illégalement chez lui, ne faisait pas partie du plan d'Eva. Ce qu'elle voulait, c'était discuter de la mine de diamants qu'il vient de racheter à sa famille. À présent, face à cet homme magnétique et puissant, elle perd tous ses moyens...

L'amant d'une seule nuit

Leila a toujours été la plus sage des sœurs Skavanga. Pourtant, quand Raffa Leon, le richissime – et bien trop troublant – Espagnol, lui propose d'être son cavalier lors d'une soirée de gala, elle ne trouve pas la force de refuser. Pourtant, dès demain, ils devront reprendre leurs distances...

Une passion de feu et de glace

En tant que sœur du roi de Kareshi, Jasmina met un point d'honneur à se conduire de façon exemplaire. Mais le jour où Tyr Skavanga, l'ami d'enfance de son frère, revient au palais, elle sent tout son monde vaciller. Plus beau et mystérieux que jamais, Tyr semble décidé à la séduire...

Tétralogie intégrale : MANHATTAN HOSPITAL - N°143

Seconde chance pour un docteur de Tina Beckett

S'il y a bien une personne que Tessa ne s'attendait pas à croiser au Manhattan Hospital, c'est bien Clayton Matthews ! Clayton... son premier amour. Aussi, comment pourrait-elle le considérer comme un simple collègue, alors que les sentiments qu'elle croyait disparus bouillonnent à nouveau en elle ?

Une rivale trop séduisante d'Amalie Berlin

Voilà quatre ans qu'Enzo aspire à devenir le meilleur interne du Dr Ootaka. Et il n'est pas question de se faire damer le pion par Kimberlyn Davis, si mignonne et compétente soit-elle ! Sauf que, pour lui, seule sa carrière compte. Et à ce jeu-là comme en amour, tous les coups sont permis...

Le docteur parfait de Lucy Ryder

Malgré sa réussite en tant que chirurgienne, Holly manque cruellement de confiance en elle. Alors, le jour où elle chute aux pieds du séduisant Dr Alexander, elle perd complètement ses moyens. Pour elle, c'est le coup de foudre. Mais comment pourrait-il bien s'intéresser à elle ?

Retrouvez en janvier dans votre collection SAGAS

Un chef bien trop sexy d'Amy Ruttan

D'ordinaire, les rencontres d'un soir ne sont vraiment pas le genre de Samuel ; mais il faut avouer que la nuit dernière en valait la peine. Si seulement sa conquête d'une nuit n'avait pas été Mindy Walker, dont il vient de découvrir qu'elle est sa nouvelle chef de service !

Trilogie intégrale : LE DESTIN DES FRÈRES HUNTER de Robyn Grady - N°144

Une incontrôlable passion

Jamais Taryn n'aurait dû accepter que Cole Hunter, son patron, l'accompagne pour un repérage à l'autre bout du monde. Car maintenant qu'elle se retrouve en tête à tête avec lui sur une île aussi paradisiaque que déserte, elle a bien du mal à se concentrer sur son travail. Au point qu'elle ne songe bientôt plus qu'à une chose : qu'il pose ses lèvres sur les siennes...

Le goût de la tentation

Choquée, Shelby ne peut détacher ses yeux du spectacle indécent qu'offrent Dex Hunter, son futur employeur, et la femme avec laquelle il est en train d'échanger un baiser torride. Pourtant, devant son insistance, elle finit par accepter le poste de gouvernante qu'il lui propose. Tout en se jurant bien de ne jamais se laisser séduire par son sourire irrésistible...

Passion pour une inconnue

Wynn Hunter n'en revient toujours pas. La sublime inconnue avec qui il a passé la plus belle nuit de son existence n'est autre que Grace Munroe, la petite peste qui ne cessait de l'agacer lorsqu'ils étaient enfants. Pourtant, maintenant qu'il a découvert la femme que Grace est devenue, il ne songe plus qu'à conquérir celle qu'il détestait autrefois...

Trilogie intégrale : UN AMOUR À PROTÉGER de HelenKay Dimon - N°145

À l'épreuve du risque

Alors qu'elle se trouve dans son jardin, Julia est agressée par un homme qui plaque une main sur sa bouche et jure qu'il ne lui fera aucun mal. Il s'appelle Cameron Roth, il est agent secret, et ses jours sont comptés. Rassurée par le regard calme de Cameron, Julia le comprend aussitôt : elle ne peut refuser son aide à cet homme si séduisant...

Protecteur malgré lui

À peine arrivé à New Foundations, une communauté d'apparence paisible, Holt fait la connaissance de Lindsay. Et bientôt, il s'interroge sur son acharnement à démanteler le groupe au sein duquel elle a grandi et auquel elle voue désormais une haine tenace. Une haine qui la pousse à mettre sa vie en danger et qui contraint Holt à la protéger...

Mission clandestine

Blottie dans les bras de Shane, Makena laisse peu à peu sa terreur s'apaiser. Dire qu'il a fallu qu'elle se fasse agresser chez elle pour que le meilleur ami de son frère vienne à son secours et semble enfin la remarquer ! Pourtant, si elle souhaite plus que tout être aimée de Shane, en aucun cas elle n'est prête à lui parler de l'enquête qu'elle mène en secret...

Composé et édité par HarperCollins France.

Achevé d'imprimer en octobre 2020.

CPi
BLACK PRINT

Barcelone

Dépôt légal : novembre 2020.

FSC
www.fsc.org
MIXTE
Papier issu de sources responsables
FSC® C108412

Pour limiter l'empreinte environnementale de ses livres, HarperCollins France s'engage à n'utiliser que du papier fabriqué à partir de bois provenant de forêts gérées durablement et de manière responsable.

Imprimé en Espagne.